U0694760

〔宋〕秦觀 撰
徐培均 箋注

淮海集箋注

修訂本 三

上海古籍出版社

淮海集箋注卷第二十八

啓

謝及第啓〔一〕

光靈遽被，愧幸特深。竊以聖神臨御之初，實惟祖宗熙洽之後，戈兵收偃，經藝著明。風俗莫榮於爲儒，材能咸耻乎不仕。圜冠句屨〔二〕，求自試者幾千萬焉；血指汗顔〔三〕，獲見收者纔數百耳。既甚嚴其程度，宜盡得於豪英。如某者，淮海孤生，衣冠末系。志在流水，嘗辱子期之知〔四〕；困於鹽車，頗爲伯樂之顧〔五〕。徒以爲養而求仕〔六〕，故雖被黜以忘慚。懲於羹者吹虀〔七〕，白知其安；不量鑿而正枘〔八〕，人指爲狂。豈意力田而逢年〔九〕，亦稱長袖而善舞〔一〇〕。太羹焉用，以貴本而不遺〔一一〕；昌歜甚微，緣嗜偏而見取〔一二〕。方賢書之上獻〔一三〕，俄吏議之旁連〔一四〕。竊鈇致疑，事非在我〔一五〕，解驂見贖〔一六〕，世鮮其人。尚賴平反，卒蒙昭雪。折劍既以重鑄〔一七〕，死灰因而復燃〔一八〕。究其倚伏之難常〔一九〕，益信窮通之有定。屬皇明之既照，推睿澤以横流〔二〇〕特免試言，徑躋仕版。技能莫效，初如不戰而屈人〔二一〕；名宦亟成，更類無功而受禄〔二二〕。退而省察，殆有夤緣。此蓋伏遇某官誘進人材，主張士類。離奇蟠木，素爲左右之先〔二三〕；璀璨餘光，復自比鄰之借〔二四〕。致兹寒陋，亦預採收。敢不慎操修之方，明出處之致；庶期末路，獲報明恩。過此以還，未知所措。

【校】

〔圜冠句屨〕「句」，張本、胡本作「方」。

〔幾千萬〕「千」原作「十」，據張本、胡本改。

【箋注】

〔一〕本篇作於元豐八年乙丑（一〇八五）。秦譜謂是歲少游「登焦蹈榜進士第，作謝及第啓」。

〔二〕圜冠句屨：指儒生。莊子田子方：「儒者冠圜冠者，知天時；履句屨者，知地形。」陸德明音義：「圜音圓，句音矩……李云：方也。」

〔三〕血指汗顔：神情緊張貌。韓愈祭柳子厚文：「不善爲斲，血指汗顔；巧匠旁觀，縮手袖間。」此處反用莊子徐無鬼匠石斲堊事，以喻己之不才。

〔四〕志在二句：見卷五次韻夏侯太沖秀才注〔六〕。

〔五〕困於二句：戰國策楚四：「夫驥之齒至矣，服鹽車而上太行。蹄申膝折，尾湛胕潰，漉汁灑地，白汗交流，中阪遷延，負轅不能上。伯樂遭之，下車攀而哭之，解紵衣以幕之。驥於是俛而噴，仰而鳴，聲達於天，若出金石聲者，何也？彼見伯樂之知己也。」此喻賢才屈居賤役。伯樂，春秋秦穆公時人，善相馬。

〔六〕爲養而求仕：後漢書卷三九毛義傳：「廬江毛義少節，家貧，以孝行稱。南陽人張奉慕其名，往候之。坐定而府檄適至，以義守令，義奉檄而入，喜動顔色。奉心賤之。」「及義母死，去官行服」，後舉賢良，公車徵，遂不至。張奉歎曰：「賢者固不可測，往日之喜，乃爲親屈也。斯蓋所謂家貧親老不擇官而仕者也。」案：少游與蘇子由著作簡：「顧親已老，田園之入，殆不足以給朝夕之養。」又與蘇公先生簡四：「辱誨諭，且令勉彊科舉……重以親老之命，頗自摧折。」俱云爲養親而求仕。

〔七〕懲於羹者吹虀：屈原九章惜誦：「懲於羹者而吹虀兮，何不變此志也？」

〔八〕不量鑿而正枘：見卷三春日雜興十首其三注〔一〇〕。

〔九〕力田而逢年：見卷六覿覯二弟作小室請書魯直名曰寄寂詩注〔一一〕。

〔一〇〕長袖而善舞：喻事有憑藉則易爲功。韓非子五蠹：「鄙諺曰：『長袖善舞，多錢善賈。』此言多資之易爲工也。」

〔一一〕太羹二句：太羹，一作大羹，古祭祀用肉汁。禮記郊特牲：「大羹不和，貴其質也。」又樂記：「大羹不和，有遺味者矣。」又儀禮士昏禮：「大羹湆在爨。」孔疏：「禮記郊特牲云『大羹不和』，謂不致五味，故知不和鹽菜。唐虞以上曰大古，有此羹。三王以來，更有鉶羹，則致以五味。雖有鉶羹，猶存大羹，不忘古也。」此用其意。

〔一二〕昌歜二句：昌歜，用菖蒲根切製之鹽菜。昌，通「菖」。韓非子卷十六難四：「或曰：『屈到嗜芰，文王嗜菖蒲葅，非正味也，而二賢尚之，所味不必美。』」左傳僖公三十年：「王使周公閱來聘，饗有昌歜、白、黑、形鹽。」韓愈送無本師歸范陽詩：「來尋吾何能？無殊嗜昌歜。」

〔一三〕賢書：舉薦賢能之書。周禮地官鄉大夫：「鄉老及鄉大夫群吏，獻賢能之書於王，王再拜受之，登於天府。」案：是歲少游有上王岐公書，蓋王珪曾以書薦之。

〔一四〕俄吏議之旁連：吏議，指有司按律議罪。文選司馬遷報任少卿書：「因爲誣上，卒從吏議。」案：本句及下文，皆言少游曾蒙冤議罪，而卒獲昭雪。或爲元豐六年淮南詔獄事之餘波，待考。參見卷七對淮南詔獄二首注〔一〕。

〔一五〕竊鈇二句：列子説符：「人有亡鈇者，意其鄰之子，視其行步，竊鈇也；顔色，竊鈇也；言語，竊鈇也；作動態度，無爲而不竊鈇也。俄而扫其谷而得其鈇。他日復見其鄰人之子，動作態度無似竊鈇者。」張注：「鈇，鉞也。」

〔一六〕解驂見贖：晏子春秋雜上：「晏子之晉，至中牟，睹弊冠反裘負芻息於塗側者，以爲君子也。

使人問焉，曰：『子何爲者也？』對曰：『我越石父者也。』晏子曰：『何爲至此？』曰：『吾爲人臣僕於中牟，見使將歸。』晏子曰：『何爲爲僕？』對曰：『不免凍餓之切吾身，是以爲僕也。』晏子曰：『爲僕幾何？』對曰：『三年矣。』晏子曰：『可得贖乎？』對曰：『可。』遂解左驂以贈之，因載而與之俱歸。」驂，駕車時位於兩旁之馬。

〔一七〕折劍既以重鑄：化用墨子耕柱：「採金於山川，而陶鑄之於昆吾。」注：「採，舊作折。」昆吾，古劍名。

〔一八〕死灰因而復燃：喻由厄運轉好運。史記韓長孺傳：「安國坐法抵罪，蒙獄吏田甲辱安國。安國曰：『死灰獨不復然乎？』田甲曰：『然即溺之！』」

〔一九〕倚伏之難常：謂禍福之相互依存與轉化，固非一定。老子：「禍兮福所倚，福兮禍所伏。」

〔二〇〕睿澤：聖澤。睿，聖也。漢書五行志中上：「思曰容，容作聖。」注：「容，古文作睿。」

〔二一〕初如句：孫子謀攻篇：「不戰而屈人之兵，善之善者也。」

〔二二〕更類句：詩伐檀序：「在位貪鄙，無功而受禄。」

〔二三〕離奇二句：漢書鄒陽傳獄中上書：「蟠木根柢，輪囷離奇，而爲萬乘器者，以左右先爲之容也。」注引張晏曰：「輪囷離奇，委曲盤戾也。」又引師古曰：「蟠木，屈曲之木也。」

〔二四〕璀璨二句：見卷九答龔深之注〔二〕。

賀呂相公啓〔一〕

伏審光膺宸命，顯正台司。凡在生成，舉同抃蹈。竊以媧皇補天之際〔二〕，高宗夢帝之初〔三〕，未就泥金，正資陶鑄〔四〕；不調琴瑟，方賴更張〔五〕。是謂大有爲之時，必得非常人之佐〔六〕。

恭惟中書僕射相公，累朝元老，當世大儒，力足以扶持顛危，風足以興起貪懦。青天白日，奴隸不知其明；璞玉渾金〔七〕，鑒識莫名其器。既天資之篤實，加地胄以高華。四世五公〔八〕，勳在王室；一門萬石〔九〕，寵冠廷臣。宗族謂之小許公〔一〇〕，夷狄以爲真漢相〔一一〕。果從人望，爰享天心。方司左轄之嚴，遽踐鸞臺之峻〔一二〕。獻可替否，而思矯激之過〔一三〕；解紛挫鋭，而有調和之能〔一四〕。必欲成仁之始終，非特潔身之去就。繇是端人坌集，巽黨寖微，寬大之澤四覃，苛刻之風一變。名既得功而並立，位當與德而俱崇。明詔始班，吉士交慶。太公入國，固知天下之父歸〔一五〕；伊尹得君，益見聖人之任重〔一六〕。

念某猥緣幸會，叨被題評。昔陪北海之樽，有同夢寐〔一七〕；今望平津之館〔一八〕，如隔雲天。但欣衆正之路開，始幸太平之責塞。願稽故事，就封富民之侯〔一九〕；請與諸生，復上得賢之頌〔二〇〕。

【校】

〔念某〕原脱「念」字，據蜀本補。

【箋注】

〔一〕本篇作於元祐元年丙寅（一〇八六）四月。呂相公，指呂公著。據宋史宰輔表，是歲四月壬寅，呂公著自金紫光禄大夫、門下侍郎依前官加右僕射兼中書侍郎。

〔二〕媧皇補天：見卷六和子瞻雙石詩注〔五〕。

〔三〕高宗夢帝：高宗，殷王武丁。書説命上：「恭默思道，夢帝賚予良弼。其代予言，乃審厥象，俾以形旁求於天下，説，築傅巖之野，惟肖，爰立作相。」比喻哲宗求得賢相。

〔四〕未就二句：泥金，指泥金帖。王仁裕開元天寶遺事：「新進士及第，以泥金書帖子附於家中……謂之喜信。」墨子耕柱：「昔者夏后開使蜚廉折金於山川，而陶鑄之於昆吾。」範土曰陶，鎔金爲鑄。時少游雖已進士及第，然猶希呂公著栽培，故有此語。

〔五〕不調二句：漢書董仲舒傳：「竊譬之琴瑟不調，甚者必解而更張之，乃可鼓也；爲政而不行，甚者必變而更化之，乃可理也。」此喻「元祐更化」。宋史紀事本末卷四三元祐更化：「（元豐八年)秋七月,以吕公著爲尚書左丞。……公著既居政府,與司馬光同心輔政,推本先帝之志,凡欲革而未暇與革而未盡者,一一舉行之。」於是詔罷保甲法、方田法、保馬法。

〔六〕是謂二句:大有爲,孟子公孫丑下:「故將大有爲之君,必有所不召之臣。」非常人,漢書武帝紀:「蓋有非常之人,必有非常之功。」

〔七〕璞玉渾金:見卷八寄孫莘老少監注〔五〕。

〔八〕四世五公:范祖禹左中散大夫少府監吕公墓誌銘:「公諱希道,字景純,其先自太原副留守遂爲河東人,由文穆公(吕蒙正)而下,三相五尹,遂家開封,世族冠天下。曾祖蒙亨,大理寺丞,贈太師中書令兼尚書令,魏國公。祖夷簡,守太尉,致仕,贈太師中書令兼尚書令,秦國公,謚文靖公。」宋史吕夷簡傳附:「公弼字寶臣……薨,年七十六,贈太尉,謚曰惠穆。」又吕公著傳:「宋興以來,宰相以三公平章重事者四人,而公著與父居其二。」則四世五公爲:吕蒙正,文穆公;蒙亨,魏國公;夷簡,文靖公;公弼,惠穆公;公著,以三公而平章重事。

〔九〕萬石:漢制,丞相、太尉、御史大夫號稱萬石,其月俸各三百五十斛穀。見漢書百官公卿表上顔師古注。

〔一〇〕小許公:公著父夷簡封許國公,故宗族以小許公稱之。

〔一一〕真漢相:漢書王商傳:「河平四年,單于來朝,引見白虎殿。丞相商坐未央廷中,單于前,拜謁商。商起,離席與言,單于仰視商貌,大畏之,遷延却退。天子聞而歎曰:『此真漢相矣！』」案：宋史吕公著傳謂元祐初，吐蕃首領鬼章青宜結，陰與夏人合謀，復取熙、岷。公著自遣軍器丞游師雄以便宜諭諸將。不逾月，生致於闕下。蓋是時以真漢相譽之。

〔一二〕方司二句：左轄，指尚書左丞，公著以元豐八年七月任此職。鸞臺，舊唐書職官志二：「門下省，光宅改爲鸞臺。」據宋史宰輔表，元祐元年閏二月，吕公著自尚書左丞爲門下侍郎，故云。

〔一三〕獻可二句：謂既能獻言進諫，又能矯正流俗。獻可替否，左傳昭公二十年：「君所謂可，而有否焉，臣獻其否，以成其可；君所謂否，而有可焉，臣獻其可，以去其否。是以政平而民不干。」後漢書胡廣傳：「臣聞君以兼覽博照爲德，臣以獻可替否爲忠。」矯激，韋皋西川鸚鵡舍利塔記：「可以矯激流俗。」

〔一四〕解紛二句：謂既能果斷解決矛盾又能予以調和。老子：「挫其鋭，解其紛，和其光，同其塵，是謂玄同。」淮南子泰族訓：「伊尹憂天下之不治，調和五味，負鼎俎而行。」

〔一五〕太公二句：見卷六次韻黄冕仲寄題順興步雲閣注〔一〇〕。

〔一六〕伊尹二句：伊尹，商人，名摯，耕於有莘氏之野，湯三聘始出，相湯伐桀，尊之爲阿衡。見史記殷本紀。

〔一七〕昔陪二句：北海，指孔融，曾爲北海太守，好賓客，三國志魏書崔琰傳注引張璠漢紀：「（融）雖居家失勢，而賓客日滿其門，愛才樂酒，常嘆曰：『座上客常滿，尊中酒不空，吾無憂矣。』」

此喻自己曾爲吕公著座上之客。元豐七年公著出知維揚，少游曾有投卷詩（見卷三春日雜興十首其一注〔一一〕），並在雲山閣作有中秋口號詩以頌之（見後集卷三），可見曾參與燕集。

〔一八〕平津之館：漢公孫弘，武帝元朔中爲丞相，封平津侯。曾建議設五經博士，置子弟員，並以俸禄養故人賓客，家無所餘，後世遂以作延攬賢士之楷模。史記、漢書有傳。

〔一九〕富民之侯：漢書韋玄成傳：「迺封丞相爲富民侯，以大安天下，富實百姓。」又車千秋傳亦謂封千秋爲富民侯。

〔二〇〕得賢之頌：文選漢王褒（子淵）有聖主得賢臣頌，李善注：「漢書曰：王褒既爲益州刺史王襄作中和、樂職、宣布詩，王襄因奏言褒有軼才，上乃徵褒。既至，詔爲聖主得賢臣頌。」

【彙評】

段斐君本淮海集徐渭評：語語典覈。

賀蘇禮部啓〔一〕

伏審光膺睿命，入拜儀曹。凡有識知，所同欣抃。竊以大儒之出處，實爲當世之重輕。三仁去而商寖微〔二〕，二老歸而周始大〔三〕。長孺仕漢，諸侯寢謀〔四〕；中立相唐，列藩聽命〔五〕。殆亦天時之有數，豈伊人力之能爲？伏惟禮部郎中先生，道貫神明，智周事物。決科射策，亟聞董相之風〔六〕；逆指犯顏，屢奪史魚之節〔七〕。周旋臺閣，而風采可畏；流落江湖，而容貌不枯〔八〕。蓋好仁無以尚之，故特立有如此者。斯文未喪〔九〕，果蒙日月之照臨；吾道將興，更屬風雲之盛會。既補郡守，俄遷侍郎〔一〇〕。雖未厭於人情，漸當陪於國論。昔神龍失水，幾爲螻蟻之所侵〔一一〕；今猛虎在山，將見藜藿之不採〔一二〕。某久操笈箠，獲侍門牆〔一三〕。歎刻鵠之未成〔一四〕，念攀鴻而何敢〔一五〕；聞之不寐，知告於人。晛見曰消，頗動雪雲之態〔一六〕；厦成相賀，獨申燕雀之私〔一七〕。

【箋注】

〔一〕本篇作於元豐八年乙丑（一〇八五）。蘇禮部，指蘇軾，據續資治通鑑長編卷三五九，是年六月，司馬光薦蘇軾，九月己酉朝奉郎蘇軾爲禮部郎中。

〔二〕三仁：論語微子：「微子去之，箕子爲之奴，比干諫而死。孔子曰：『殷有三仁焉。』」此喻舊黨被逐。

〔三〕二老句：二老，指伯夷、吕尚。孟子離婁上：「伯夷辟紂，居北海之濱，聞文王作，興曰：『盍歸乎來！吾聞西伯善養老者。』太公辟紂，居東海之濱，聞文王作，興曰：『盍歸乎來！吾聞西伯善養老者。』二老者，天下之大老也，而歸之，是天下之父歸之也。天下之父歸之，其子焉往？」此喻舊黨起用。

〔四〕長孺：汲黯，字長孺，見卷十三任臣下注〔一〕。據漢書本傳，淮南王謀反，惟憚黯，遂寖其謀。

〔五〕中立：裴度字。見卷二十二李訓論注〔一三〕。新唐書裴度傳：「（度）既有功，名震四夷，使外國者，其君長必問度年今幾，狀貌孰似，天子用否。其威譽德業比郭汾陽，而用不用常爲天下重輕，事四朝，以全德始終。」

〔六〕決科二句：董相，指董仲舒。見卷二次韻邢郭夫秋懷十首其九注〔二〕。據漢書本傳，武帝即位，董仲舒以賢良對策，有制曰：「朕獲承至尊休德，傳之亡窮……故廣延四方之豪儁，郡國諸侯選賢良修絜，博習之士，欲聞大道之要，至論之極。今子大夫褎然爲舉首，朕甚嘉之。」本傳謂「仲舒所著，皆明經術之意，及上疏條數，凡百二十三篇」。射策，即對策。案：王文誥蘇詩總案卷二嘉祐六年：「八月二十五日，仁宗御崇政殿試所舉賢良方正能言極諫策問，公對制策，復入三等。自試制策以來，惟吳育與公得列三等。」

〔七〕逆指二句：史魚，春秋時衛大夫，以正直敢諫著稱。論語衛靈公：「子曰：直哉史魚！邦有道，如矢；邦無道，如矢。」朱熹傳：「史魚自以不能進賢退不肖，既死猶以尸諫，故夫子稱其直。」案：施宿東坡年譜熙寧二年：「春，至京師，除判官告院兼判尚書祠部。時王安石方用事，議改法度，以變風俗，知先生素不同己，故置之是官。五月，以論貢舉法不當輕改，又爲安石所不樂。……秋，爲國子監考試官，以發策爲安石所怒……又上疏論事，慷慨不屈。」

〔八〕流落二句：蘇軾元豐二年以烏臺詩案謫居黄州，至七年始量移汝州，二句謂在貶謫時東坡猶樂觀曠達。案：元豐三年十一月，東坡在黄州貶所，有答秦太虚書云：「吾儕……當速用道書方士之言，厚自養錬。謫居無事，頗窺其一二。……太虚視此數事，吾事豈不既濟矣乎！……展讀至此，想見掀髯一笑也。」

〔九〕斯文句：論語子罕：「天之將喪斯文也，後死者不得與於斯文也；天之未喪斯文也，匡人其如予何！」

〔一〇〕既補二句：據王宗稷蘇文忠公年譜，元豐八年五月，復朝奉郎知登州，到郡五日，以禮部郎官召，到省半月，除起居舍人，未云遷侍郎，蓋爲傳聞之誤。

〔一一〕昔神龍二句：管子形勢：「蛟龍，水蟲之神者也，乘於水，則神立；失於水，則神廢。」淮南子主術訓：「吞舟之魚，蕩而失水，則制於螻蟻，失其居也。」二句喻東坡在烏臺詩案中遭小人中傷，謫居黄州。

〔一二〕今猛虎二句：見卷五送劉貢父舍人二首其一注〔二〕。

〔一三〕某久操二句：莊子達生：「田開之曰：『開之操拔篲以侍門庭，亦何聞於夫子？』」拔，通「筊」，把也。案：少游自元豐元年起從東坡游，故有此語。見卷四别子瞻學士注〔二〕。

〔一四〕刻鵠：後漢書馬援傳：「學龍伯高不就，猶爲謹飭之士，所謂刻鵠不成尚類鶩者。」

〔一五〕念攀鴻句：文選丘遲與陳伯之書：「棄燕雀之小志，慕鴻鵠以高翔。」此用其意。

〔一六〕晛見二句：見卷八寄李公擇郎中注〔六〕。

〔一七〕燕雀之私：喻小人物之祝願。北齊書盧文偉傳：「盧詢祖初襲爵，封大夏男，有宿德，朝士謂之曰：『大夏初成。』應聲答曰：『且得燕雀相賀。』」淮南子説林訓：「湯沐具而蟣蝨相吊，大厦成而燕雀相賀。」

賀中書蘇舍人啓〔一〕

光膺中詔，進直西垣〔二〕，伏惟慶慰。恭以某官當世大儒，斯民先覺，論議爲四海之輕重，出處繫一時之安危。蕭夫子之文章，蠻夷亦慕〔三〕；張使君之威望，草木猶知〔四〕。始從記注之嚴〔五〕，爰掌絲綸之重〔六〕。姦邪聞命，投匕筯以自驚〔七〕；忠義承風，引壺觴而相慶〔八〕。某猥緣幸會，謬接光儀。昔者先生，嘗蒙論次〔九〕；兹焉伯氏，又獲追攀〔一〇〕。竊聞進拜之崇，倍切欣愉之至。

【校】

〔張使君〕「使」原作「史」，此據張本、胡本、李本、段本、王本、秦本、四部本改。

【箋注】

〔一〕本篇作於元祐元年丙寅（一〇八六）。孫汝聽蘇潁濱年表云：「八月甲辰，以（蘇）轍爲起居郎，有辭免二狀。」辛亥，「轍權中書舍人」。表云「始從記注之嚴，爰掌絲綸之重」，正與此相合。

〔二〕西垣：中書省之别稱。韋應物和張舍人夜直中書寄吏部劉員外詩：「西垣草詔罷，南宫憶上才。」

〔三〕蕭夫子二句：蕭夫子，指唐蕭潁士，此喻蘇轍。參見卷八客有傳朝議欲以子瞻使高麗……詩注〔二〕。

〔四〕張使君二句：張使君，張萬福，唐魏州元城人。舊唐書本傳云：「德宗以萬福爲濠州刺史，召見，謂曰：『先帝改卿名正者，所以褒卿也。朕以爲江淮草木亦知卿威名，若從先帝所改，恐賊不知是卿也。』復賜名萬福。」

〔五〕記注：宋史職官志一「起居郎」：「一人，掌天子言動。……國朝舊置起居院，命三館校理以上修起居注。……元豐二年，兼修注王存乞復起居郎、舍人之職，使得盡聞明天子德音，退而書之。」蘇轍曾爲起居郎，故云。

〔六〕絲綸：禮記緇衣：「王言如絲，其出如綸。」疏：「王言初出，微細如絲；及其出行於外，言更漸大如綸也。」宋史職官志一「中書舍人」：「掌行命令爲制詞。」故云「掌絲綸之重」。

〔七〕投匕筯句：三國志蜀書先主傳：「曹公從容謂先主曰：『今天下英雄，惟使君與操耳。本初之徒，不足數也。』先主方食，失匕箸。」此處借其語而轉義用之。

〔八〕引壺觴：陶淵明歸去來辭：「引壺觴以自酌，眄庭柯以怡顔。」

〔九〕昔者二句：元豐元年，少游赴京應試過南京，始識蘇轍，其與蘇子由著作簡云：「惟先生不棄，時教之以書。」故云「嘗蒙論次」。

〔一〇〕玆焉二句：謂從蘇軾游。軾爲轍之兄，故稱伯氏。

謝程公闢啓〔一〕

某啓：比緣省覲，薄游句踐之都〔二〕；獲執掃除〔三〕，叨預老聃之役〔四〕。辱品題之已過，慚報效之何從。伏念某少也妄庸，長而屯賤。枘方乖鑿〔五〕，人指爲狂；鈎直失魚〔六〕，自知其拙。碌碌抱簀中之耻〔七〕，棲棲含胯下之羞〔八〕。不謂修撰給事誤賜采葑〔九〕，曲加推轂〔一〇〕。引置金臺之館〔一一〕，俾參珠履之游〔一二〕。瀟洒蘭亭，嘗繼孫王而奉筆〔一三〕；風流蓮社〔一四〕，屢陪劉阮以焚香〔一五〕。既令馮子而出輿〔一六〕，仍爲穆生而設醴〔一七〕。至於升將軍之故第〔一八〕，泛賓客之舊湖〔一九〕，輿與天横，情隨水遠。牙檣錦纜，擁南國之佳人；玉斝金罍〔二〇〕，醉西園之清夜〔二一〕。往來乎十洲三島之上〔二二〕，俯仰乎千巖萬壑之間〔二三〕。曾微瓊玉以報刀〔二四〕，祇枉明珠而彈雀〔二五〕。從游八月〔二六〕，大爲北客之美談；酬唱百篇，永作東吴之盛事。退而省察，何以堪勝！血指汗顔〔二七〕，徒爲今日；輸肝破膽〔二八〕，期在異時。庶追國士之風，少盡門人之禮。

【箋注】

〔一〕本篇作於元豐二年己未（一〇七九）。據秦譜，是時少游如越省親，受程公闢（師孟）禮遇，歲暮返高郵，故作啓以謝。起首四句，正與此相合。

〔二〕句踐之都：春秋時越王句踐都於會稽，故云。

〔三〕獲執掃除：謂盡弟子之禮。論語子張：「子夏之門人小子，當洒掃應對進退，則可矣。」

〔四〕老聃：史記老子傳：「老子者，楚苦縣厲鄉曲仁里人也，姓李氏，名耳，字聃，周守藏室之史也。孔子適周，將問禮於老子。……於是老子迺著書上下篇，言道德之意五千餘言而去，莫知其所終。」此喻己曾「問禮」於程師孟。

〔五〕枘方乖鑿：見卷三春日雜興注〔一〇〕。

〔六〕鉤直失魚：楚辭七諫謬諫：「以直鍼而爲釣（一作鉤），又何魚之能得？」王逸注：「言君不能以禮聘諸賢者，猶以直鍼釣魚，無所能得也。」

〔七〕簀中之恥：史記范雎傳：「魏齊大怒，使舍人笞擊雎，折脅摺齒。雎詐死，即卷以簀，置厠中。賓客飲者醉，更溺雎，故僇辱以懲後，令無妄言者。雎從簀中謂守曰：『公能出我，我必厚謝公。』守者乃請出棄簀中死人。」

〔八〕胯下之羞：史記淮陰侯傳：「淮陰屠中少年有侮(韓)信者，曰：『若雖長大，好帶刀劍，中情怯耳。』衆辱之曰，『信能死，刺我；不能死，出我袴下。』於是信孰視之，俛出袴下，蒲伏。一市人皆笑信，以爲怯。」集解：「徐廣曰：『袴，一作胯。胯，股也，音同。』」

〔九〕誤賜采葑：喻不棄材質之惡。詩邶風谷風：「采葑采菲，無以下體。」箋云：「此二菜者，蔓菁與葍之類也，皆上下可食。然而其根有美時有惡時，采之者，不可以根惡時并棄其葉。」

〔一〇〕推轂：舉薦。史記鄭當時傳：「其推轂士及官屬丞史，誠有味其言之也，常引以爲賢於己。」

〔一一〕金臺之館：相傳戰國時燕昭王曾築黄金臺延攬天下賢士。葛立方韻語陽秋卷六：「李白古風云：『燕昭延郭隗，遂築黄金臺。劇辛方趙至，鄒衍復齊來。』余考史記不載黄金臺之名，止云昭王爲郭隗改築宫而師事之。孔文舉與曹公書曰：『昭王築臺，以尊郭隗。』亦不著黄金之名。上谷郡圖經乃云：『黄金臺在易水東南十八里，燕昭王置千金於臺上，以延天下士，遂因以爲名。』皇甫松登黄金臺詩云：『燕相謀在兹，積金黄巍巍。上者欲何顔，使我千載悲。』其迹尚可得而考也。」

〔一二〕珠履之游：史記春申君傳：「春申君客三千餘人，其上客皆躡珠履以見趙使，趙使大慙。」

〔一三〕瀟洒二句：晉書王羲之傳：「會稽有佳山水，名士多居之，謝安未仕時亦居焉。孫綽、李充、許詢、支遁等皆以文義冠世，並築室東土，與羲之同好，嘗與同志宴集於會稽山陰之蘭亭。羲之自爲之序以申其志。」孫、王，孫綽、王羲之。此喻程公闢等。

〔一四〕蓮社：白蓮社，見卷十一留别平闍黎注〔二〕。下文劉阮，劉，借指蓮社劉遺民；阮，不詳所指。

〔一五〕劉阮：劉晨、阮肇。紹興府志：「劉晨阮肇，剡人，（東漢）永平中，入天台山採藥……見二女容顔妙絶，呼晨肇姓名，問：『郎來何晚也？』因相款待，行酒作樂，被留半年。求歸，至家，子孫已七世矣。」

〔一六〕馮子而出輿：史記孟嘗君傳謂馮驩聞孟嘗君好客，投其門下，置於傳舍十日。「孟嘗君問傳舍長曰：『客何所爲？』答曰：『馮先生……彈其劍而歌曰：長鋏歸來乎，食無魚。』孟嘗君遷之幸舍，食有魚矣。五日，又問傳舍長。答曰：『客復彈劍而歌曰：長鋏歸來乎，出無輿。』孟嘗君遷之代舍，出入乘輿車矣。」

〔一七〕穆生：漢魯人。嘗與楚元王（劉交）、申公同受詩於浮丘伯，仕元王爲中大夫。穆生不喜酒，元王置酒，常爲生設醴。見漢書楚元王傳。

〔一八〕升將軍之故第：指王羲之故居，羲之曾爲右軍將軍，故稱。案：故居在今紹興蕺山下。

〔一九〕賓客之舊湖：指鑑湖。賓客，指唐賀知章，曾爲太子賓客，後請歸，明皇以鑑湖一曲賜爲放生池。見新唐書本傳。

〔二〇〕玉斝金罍：酒杯之美稱。

〔二一〕西園：在會稽卧龍山西側。參見卷七流觴亭并次韻二首其一注〔一〕。

〔二二〕十洲三島：海内十洲記：「漢武帝既聞西王母説，八方巨海之中，有祖洲、瀛洲、玄洲、炎洲、長洲、元洲、流洲、生洲、鳳麟洲、聚窟洲，有此十洲，乃人跡所稀絶處。」三島，即蓬萊、方丈、瀛洲，海上三神山也。見史記封禪書。以上皆喻會稽山水。

〔二三〕千巖萬壑：世説新語言語：「顧長康從會稽還，人問山川之美，顧云：『千巖競秀，萬壑争流，草木蒙籠其上，若雲興霞蔚。』」

〔二四〕瓊玉以報刀：張衡四愁詩：「美人贈我金錯刀，何以報之英瓊瑶。」此謂深情難報。

〔二五〕明珠而彈雀：揚雄太玄：「明珠彈於飛肉，其得不復。」范注：「飛肉，禽鳥也。」金樓子立言：「明珠徑寸，豈勞彈雀？」

〔二六〕從游八月：據秦譜，少游元豐二年五月抵越，至歲暮，約八月。

〔二七〕血指汗顔：見本卷謝及第啓注〔三〕。

〔二八〕輪肝破膽：謂效忠。見卷二六代蘄守謝上表注〔八〕。

謝館職啓〔一〕

法同博士，閲五載而遷官〔二〕；例比編書，通三年而改秩〔三〕。寵靈既逮〔四〕，愧懼實深。伏念某族系單微，器能淺陋。少時好賦，僅成童子之雕蟲〔五〕；中歲窮經〔六〕，未究古人之糟粕。始策名於進士〔七〕，俄充賦於直言〔八〕。濫居方物之前〔九〕，叨被傳車之召〔一〇〕。文章末技，固非道義之尊；箕斗虚名〔一一〕，祇取謗傷之速〔一二〕。亟從引避，幾至顛隮。褒未就於衮華〔一三〕，惡已成於瘡痏〔一四〕。三朞之内，王尊乍佞而乍賢〔一五〕；七年之中，魯田一與而一奪〔一六〕。但以偏親垂老〔一七〕，生計屢空，聊復覥顔以居，未能投劾而去〔一八〕。日期沙汰，分絶進升。豈期積日以累勞，輒亦逢年而遇合〔一九〕。束緼還婦〔二〇〕，雖蒙假借之私；黴羹吹虀〔二一〕，尚慮譴訶之及。竊觀前史，具見鄙宗。西蜀中郎，孔明呼爲學士〔二二〕；東海釣客，建封任以校書〔二三〕。雖爲將相之品題，實匪朝廷之選用。夫何寡陋，遽有遭逢！此蓋伏遇某官道欲濟時，仁能錫類〔二四〕。始憐貧女，稍分秦壁之光〔二五〕；終念波臣，爲激越江之水〔二六〕。矧兹奇蹇，亦與甄收，敢不以古人行己之方〔二七〕，爲國士報君之義〔二八〕。千金弊帚〔二九〕，聊依翰墨以自娱；一割鉛刀〔三〇〕，或冀事功之可立。過此以往，未知所裁。

【校】

〔孔明呼爲學士〕「學士」原作「博士」，據張本、三國志蜀書秦宓傳及王公四六話改。

【箋注】

〔一〕本篇作於元祐八年癸酉(一〇九三)五月。續資治通鑑長編卷四八四載:「五月乙丑,左宣德郎、祕書省校對黄本書籍秦觀爲正字。」案:少游初任館職,以范純仁薦,後集卷五與許州范相公書云:「豈圖相公過有採聽,首賜論薦,使備著述之科。」可證。

〔二〕法同二句:法,謂磨勘轉官法。宋史職官志九「文臣換右職之制」列有「太常博士」、「國子博士」,並云:「右文官換右職者……差使及五年,方許試換。」然執行中亦小有變動,續資治通鑑長編卷四七一元祐七年三月:「己丑,詔祕書省校對黄本書籍官承務郎以上,到任三年爲一任,與除正字,選人並依太學博士條改官。」案少游爲左宣德郎,元豐改制前爲正七品,改制後爲新寄禄官,相當于著作佐郎;承務郎改制前爲從八品,後相當於校書郎。故可三年改秩。

〔三〕例比二句:編書,指修撰。宋史職官志九「文臣京官至三師敘遷之制」謂「修撰、修起居注、直舍人院,轉右名曹」,需磨勘三年,「方許轉換」。案:少游於元祐五年六月爲祕書省校對黄本書籍,至本年,正爲三年,故以爲喻。蓋校對黄本書籍一官之遷升,本應與太學博士同,需磨勘五年;今「三年而改秩」,却與修撰一樣,故深受感動,而云「寵靈既逮,愧懼實深」。

〔四〕寵靈:謂恩寵。見卷二十七代謝敕書獎諭表注〔三〕。

〔五〕少時二句:揚雄法言吾子:「或問:『吾子少而好賦?』曰:『然,童子雕蟲篆刻。』俄而曰:

『壯夫不爲也。』」案：説郛本李廌師友談記：「少游曰：『某少時用意作賦，講貫已成。』」

〔六〕中歲窮經：王安石改革科舉制度，熙寧四年以後廢詩賦取士，改以經義，故少游中歲始致力之。參見宋史紀事本末卷三八。

〔七〕始策名於進士：少游元豐八年登焦蹈榜進士。見年譜。

〔八〕俄充賦於直言：少游元祐三年以蘇軾、鮮于侁薦，試賢良方正能直言極諫科。見年譜。

〔九〕濫居方物之前：禮記内則：「四十始仕，方物，出謀發慮。」疏：「方，常也；物，事也。言年壯仕宦，行其常事。」此爲出仕之謙詞。

〔一〇〕叨被傳車之召：傳車，驛車。史記游俠朱家傳：「條侯爲太尉，乘傳車將至河南。」案：此指少游自蔡入京。

〔一一〕箕斗：二星宿名。詩小雅大東：「維南有箕，不可以播揚；維北有斗，不可以挹酒漿。」蘇軾和三舍人省上詩：「嗟君妙質皆瑚璉，顧我虛名但箕斗。」

〔一二〕祇取謗傷之速：指賈易等對己之攻訐。見卷二六辭史官表注〔六〕。

〔一三〕褒未就句：袞華：詩豳風九罭：「我覯之子，袞衣繡裳。」朱注：「袞衣裳，九章：一曰龍，二曰山，三曰華蟲，雉也，四曰火，五曰宗彝，虎蜼也，皆繢於衣。」此指官服。

〔一四〕惡已成句：文選張衡西京賦：「若其五縣遊麗辯論之士，街談巷議，彈射臧否，剖析毫釐，擘肌分理，所好生毛羽，所惡成瘡痏。」五臣注：「銑曰：言此辯士所好者，譽之使生毛羽；所惡者，毀之令生瘡痏。」

〔一五〕三朞二句：王尊，漢涿郡人，字子贛，擢安定太守，捕誅豪强，威震郡中，被劾免。後爲京兆尹。漢書本傳稱：「尊以京師廢亂，群盜並興，選賢徵用，起家爲卿。賊亂既除，豪猾伏辜，即以佞巧廢黜。一尊之身，三期之間，乍賢乍佞，豈不甚哉！」案：少游於元祐六年始擢正字，因賈易彈劾而罷，至本年復爲正字，故云。

〔一六〕七年二句：魯田，謂春秋時魯國汶陽之田。左傳成公八年：「晉侯使韓穿來言汶陽之田，歸之於齊。……詩曰：『女也不爽，士貳其行，士也罔極，二三其德。』七年之中，一與一奪，二三孰甚焉？」

〔一七〕偏親：父母中一方死亡，一方存在稱偏親。此指其母戚氏。

〔一八〕投劾：謂自劾罪狀而去官。後漢書周黄徐姜申屠傳：「投劾而去。」注：「案罪曰劾，自投其劾狀而去也。」

〔一九〕豈期二句：活用列女傳魯秋潔婦典，見卷六覿覯二弟作小室詩注〔一二〕。

〔二〇〕束緼還婦：喻説情，推薦。漢書蒯通傳載一寓言，謂齊母束緼（麻絮）成引火物，向鄰家求火種，藉以爲一逐婦解紛。駱賓王上瑕丘韋明府啓曰：「是以臨邛遺婦，寄束緼於齊鄰。」

〔二一〕懲羹吹虀：見本卷謝及第啓注〔七〕。

〔二二〕西蜀二句：中郎，指秦宓。據三國志蜀書本傳云：秦宓，字子敕，廣漢綿竹人，少有才學。

劉先主定益州，辟爲從事祭酒。「先主改稱尊號，將東征吴，必陳天時必無其利，坐下獄幽閉，然後貸出。建興二年，丞相亮領益州牧，選宓迎爲別駕，尋拜左中郎將、長水校尉。吴遣使張温來聘，百官皆往餞焉，衆人皆集而宓未往，亮累遣使促之。温曰：『彼何人也？』亮曰：『益州學士也。』」

〔二三〕東海二句：指秦系。系，字公緒，越州會稽人。天寶末，避亂剡溪，後結廬於泉州南安九日山，號南安居士，又號東海釣客。新唐書本傳云：「張建封聞系之不可致，請就，加校書郎。」張建封，字本立，唐南陽人，德宗時，官至徐泗濠節度使。唐書有傳。

〔二四〕錫類：詩大雅既醉：「孝子不匱，永錫爾類。」毛傳：「類，善也。」鄭箋：「孝子之行非有竭盡之時，長以錫與汝之族。類，謂廣之以教道天下也。」

〔二五〕始憐二句：見卷五送劉貢父舍人二首其二注〔一〇〕。

〔二六〕終念二句：莊子外物：莊周顧視車轍中有鮒魚焉，問之曰：「鮒魚來，子何爲邪？」對曰：「我東海之波臣也，君豈有升斗之水而活我哉？」周曰：「諾，我且南遊吴越之王，激西江之水而迎子，可乎？」

〔二七〕古人行己之方：孔子家語弟子行：「貴之不喜，賤之不怒，苟利於民矣，廉於行己，其事上也，以佑其下：是澹臺滅明之行也。」少游所云「古人行己之方」、「國士報君之義」，指此。

〔二八〕國士報君之義：史記刺客列傳：豫讓謂趙襄子曰：「臣事范、中行氏，范、中行氏皆衆人遇我，我故衆人報之。至於智伯，國士遇我，我故國士報之。」

〔二九〕千金弊帚：見卷九次韻答裴仲謨注〔三〕。

〔三〇〕一割鉛刀：見卷二十七代謝敕書獎諭表注〔一四〕。

【彙評】

王銍王公四六話：秦少游觀在元祐諸館職最後，自校對黄本書籍方除正字，以啓謝諸公，當時稱之，用三國志蜀書秦宓博識，諸葛孔明呼爲學士；爲〔與〕唐詩人秦系自號東海釣鼇客，張建封始署爲校書郎。少游用此當家二故事作啓，略云：「竊觀前史，具見敝宗。西蜀中郎，孔明呼爲學士；東海釣客，建封任以校書。雖爲將相之品題，且匪朝廷之選用。夫何寡陋，遽爾遭逢！」

賀崔學士啓〔一〕

伏審顯膺明命，榮領近藩，凡在庇庥，所同欣抃。恭以知府學士妙知德奥，精契道真，斥百氏之奇偏〔二〕，傳七師之要妙〔三〕。著于書者乃其糟粕〔四〕，見乎業者亦其緒餘〔五〕。即之如渾金璞玉而難名〔六〕，望之如高山深林而莫測〔七〕。作歌而去陋，晁董之不爲〔八〕；應聘而興指，臯夔而自許〔九〕。既參璧水之直〔一〇〕，俄預道山之游〔一一〕。入則陪國論於五房〔一二〕，出則督工徒於二監〔一三〕。世推前輩，地號要津。然而了不器於盈虛，澹無心於舒卷〔一四〕。願奉三年之最〔一五〕，固辭五兵之曹〔一六〕。邸音播騰，士論聳嘆。矧汝南之奧壤，爲右輔之名區〔一七〕，僊聖所棲，英豪斯聚。競欲識先生之杖屨〔一八〕，匪徒瞻太守之旂旍〔一九〕。昔誦高辭，極大行之表裏〔二〇〕；行觀美化，遍汝水之陰陽〔二一〕。尚疑未駕於征軺〔二二〕，固已召還於法從〔二三〕。某謬聯服役，叨預婚姻〔二四〕。顧罪悔之方虞，幸依歸之遽獲。車逢峻阪，空嗟兩耳之垂〔二五〕；船在中流，實有一壺之望〔二六〕。

【箋注】

〔一〕本篇當作於元祐五年庚午（一〇九〇）。崔學士，即崔公度。道光高郵州志卷十二文苑傳：「崔公度，字伯易，希甫之孫，口吃而內絶敏，書一閲即不忘。閉户讀書。常〔嘗〕作感山賦，歐陽公題其後曰：『司馬子長之流也。』以示韓魏公（韓琦），魏公上之，謂其守道甚篤，文章雄奇贍逸，一時無比，英宗即付史館，授和州防禦推官。後召對延和殿，進光禄丞，擢御史。未幾，爲崇文校書，加集賢校理，歷兵、禮部郎中、國子司業，知海潁蔡潤宣通六州。所著有曲轅集四十篇，詩賦百咏。官終朝散大夫、直龍圖閣。」案：蘇轍欒城集卷三〇西掖告詞有崔公度知潁州，轍於元祐元年十一月至次年十一月爲中書舍人，告詞當作於此一期間。又山谷詩集次韻崔伯易席上所賦因以贈行任淵注曰：「按實録，元祐二年十月，將作監崔公度知潁州。」州志本傳列知蔡於知潁之下,知潁三年秩滿移蔡,故此篇當作於元祐五年。宋史有傳,然未載知蔡州。

〔二〕百氏:即諸子百家。

〔三〕傳七師句:七師:疑即七聖。莊子徐無鬼:「黄帝將見大隗乎具茨之山,方明爲御,昌寓驂乘,張若、謵朋前馬,昆閽、滑稽後車,至於襄城之野,七聖皆迷,無所問塗。」陸德明音義:「七聖:黄帝一、方明二、昌寓三、張若四、謵朋五、昆閽六、滑稽七也。」要妙,楚辭屈原遠遊:「質銷鑠以汋約兮,神要眇以淫放。」補注:「眇與妙同。要眇,精微貌。」此謂通道家精微之義。

〔四〕著于書句:莊子天道:「桓公讀書於堂上,輪扁斲輪於堂下,釋椎鑿而上,問桓公曰:『敢問公之所讀爲何言邪?』公曰:『聖人之言也。』曰:『聖人在乎?』公曰:『已死矣。』曰:『然則君之所讀者,古人之糟魄矣夫!』」

〔五〕見乎業句:莊子讓王:顔闔對魯之使者曰:「道之真以治身,其緒餘以爲國家,其土苴以治天下。」注引司馬李曰:「緒者殘也,謂殘餘也。……土苴,糟魄也。」

〔六〕渾金璞玉:見卷八寄孫莘老少監注〔五〕。

〔七〕望之句:韓愈殿中少監馬君墓誌銘:「當是時,見王於北亭,猶高山深林,鉅谷龍虎,變化不測,魁傑人也。」案:馬君名繼祖,祖燧封北平郡王,新、舊唐書有傳。

〔八〕晁董：晁錯、董仲舒。見卷二次韻邢敦夫秋懷十首其九注〔二〕。

〔九〕皋夔：皋陶、夔，舜時賢臣。見書虞書、史記五帝本紀。

〔一〇〕璧水：見卷七駕幸太學注〔四〕。此句謂公度曾任國子司業，見宋史本傳。

〔一一〕道山：即道家蓬萊山，借指國家藏書之處。參見卷九和劉僕射感舊言懷注〔八〕。據宋史本傳，崔公度曾除祕書少監，方志本傳又謂曾爲崇文校書，加集賢校理，故云。

〔一二〕五房：唐書百官志：「改政事堂號中書門下，列五房於其後：一曰吏房，二曰樞機房，三曰兵房，四曰户房，五曰刑禮房。」崔公度歷兵、禮部郎中，故云。

〔一三〕出則句：二監，崔公度曾爲將作監、祕書少監，故云。據宋史職官志五「將作監」：掌「凡土木工匠之政，京都繕修隸三司修造案。」

〔一四〕然而二句：不器，喻大道。禮記學記：「大道不器。」盈虚，易豐：「天地盈虚，與時消息，而況人乎？」無心，參見卷二二五心説注〔二〕、〔四〕。又陶淵明歸去來辭：「雲無心以出岫。」晉書武帝紀：「和光同塵，與時舒卷。」此謂順應自然，與時消長。據宋史本傳，熙寧間崔公度曾媚附王安石。今逢元祐更化，而公度又得任職。少游蓋從正面譽之。

〔一五〕願奉三年之最：言崔公度願就外任，並祝其在守蔡任朔内治績優良。據宋制，地方官一秩爲三年。宋史職官志三「考功郎中」：「以四善、三最考守令……獄訟無冤、催科不擾爲治事之最，農桑墾殖、水利興修爲勸課之最，屏除姦盜、人獲安處、振恤困窮、不致流移爲撫養之最。通善、最分三等：五事爲上，二事爲中，餘爲下。」

〔一六〕五兵之曹：即五兵尚書。資治通鑑晉紀：「成帝咸康八年，右僕射張離領五兵尚書。」注：「曹魏置五兵尚書。沈約志曰：『五兵尚書領中兵、外兵、騎兵、別兵、都兵。』故謂之五兵。」

〔一七〕矧汝南二句：汝南，即蔡州，見卷五送劉貢父舍人二首其二注〔四〕。蔡州屬京西北路，在汴京右側，故云「右輔之名區」。

〔一八〕杖屨：見卷八次韻子由蜀井注〔五〕。

〔一九〕旂旍：同「旍旗」。枚乘七發：「旍旗偃蹇，羽毛肅紛。」此指旌旗。

〔二〇〕昔誦二句：指崔公度之感山賦。大行，山名。書禹貢：「大行恒山，至于碣石，入于海。」即今太行山。

〔二一〕汝水之陰陽：即汝南之南北。水經注卷二十一汝水：「汝水出河南梁勉鄉西天息山，東南過其縣北，又東南過潁川郟縣南，又東南過定陵縣北，又東南過郾縣北，又東南過汝南上蔡西。」注：「汝水又東逕懸瓠城北。」案懸瓠城即蔡州。

〔二二〕征軺：猶征車。軺，使者之車。丘遲與陳伯之書：「乘軺建節，奉疆埸三任。」此句謂崔公度尚未出發。

〔二三〕法從：見卷五送劉貢父舍人二首其一注〔九〕。

〔二四〕某謬聯二句：服役：漢書食貨志注引師古曰：「服，事也，給公事之語也。」少游元祐初曾爲蔡州教授，故有此語。至於聯姻事，待考。

〔二五〕車逢峻阪二句：史記屈原賈生列傳賈誼弔屈原賦：「驥垂兩耳兮服鹽車。」索隱引戰國策曰：「夫驥服鹽車上太山中阪，遷延負轅不能上，伯樂下車哭之也。」

〔二六〕一壺：見卷五送劉貢父舍人二首其二注〔九〕。

代賀呂司空啓〔一〕

伏審光膺顯命，正位公台〔二〕，伏惟慶慰。恭以司空相公，學師古始，道造淵微，以一代之人英，爲四朝之國老〔三〕。允迪厥德，克世其家。言乎時，則韋平豈可分道而行〔四〕；論其事，則袁楊安得同日而語〔五〕？年高德邵〔六〕，而臣節益峻；功成名遂，而帝眷愈隆。進拜冬官〔七〕，非止居四民而時地利；平章國論，實惟有一德以享天心。聖王之文章具焉，天下之能事畢矣！某叨分符節，辱在陶鎔，陪班謁以無緣，第承風而竊抃。

【箋注】

〔一〕本篇元祐三年戊辰（一〇八八）爲蔡州守向宗回代作。呂司空，指呂公著。宋史本傳云：

「（元祐）三年四月，懇辭位，拜司空、同平章軍國事。」續資治通鑑卷八十謂爲四月己卯。

〔二〕正位公台：宋史職官志一「三師、三公」：「宋承唐制，以太師、太傅、太保爲三師，太尉、司徒、司空爲三公。」此云吕公著居三公之正位。

〔三〕四朝：宋史本傳謂公著「判吏部南曹，仁宗獎其恬退，賜五品服」。後歷仕英宗、神宗、哲宗，故云「四朝之國老」。

〔四〕言乎時二句：韋，指韋玄成，漢元帝時丞相，見卷十九韋玄成論注〔一〕。平，平當，漢哀帝時官至丞相，參見卷十三任臣上注〔一〇〕。漢書平當傳云：「自元帝時，韋玄成爲丞相，奏罷太上皇寢廟園，當上書言：『……高皇帝聖德受命，有天下，尊太上皇，猶周文武之追王太王、王季也。此漢之始祖，後嗣所宜尊奉以廣盛德，孝之至也……』上納其言，下詔復太上皇寢廟園。」又云：「漢興，唯韋、平父子至宰相。」案：此處借喻吕公著。公著與其父夷簡皆官至宰相。

〔五〕論其事二句：袁，指袁安，漢和帝時爲司徒，安孫湯，桓帝初爲司空，累遷司徒、太尉。湯子逢，以累世三公子，靈帝時爲司空，加號特進，謚曰宣文侯。逢弟隗，先逢爲三公，獻帝時爲太傅。又安次子敞，元初三年爲司空。並見後漢書袁安傳。楊，指楊震，漢安帝延光二年爲太尉。震中子秉，桓帝延熹五年爲太尉；秉子賜，靈帝熹平二年爲司空，後又拜司徒、太尉。賜子彪，中平中爲司空、司徒。並見後漢書楊震傳。又有論云：「延光之間，震爲上相……

遂累葉載德，繼踵宰相。信哉，『積善之家，必有餘慶。』先世韋、平，方之蔑矣。」續齊諧記楊寶黄雀：「寶之孝大聞天下，名位日隆。子震，震生秉，秉生賜，賜生彪：四世名公，爲東京盛族。」此以袁楊頌吕公著一門。

〔六〕年高德卲：揚雄法言孝至：「吾聞諸傳，老則戒之在德，年彌高而德彌卲者是孔子之徒與！」卲，一作「劭」。

〔七〕冬官：據周禮冬官考工記，周代設六官，司空稱冬官，掌工程制作。後世亦指工部。

代賀中書僕射范相公啓〔一〕

伏審光奉明恩，進陞右弼〔二〕，伏惟慶慰。恭以中書僕射相公器兼文武，學備天人，出處繫一時之安危，議論爲四海之輕重。臨大節而不奪〔三〕，雖小善其必爲〔四〕。荀氏群龍〔五〕，慈明爲最；河東諸鳳〔六〕，伯褒尤奇。投閑散而聞望愈隆，涉憂患而精誠益壯。果濟世美，簡在上心。昔執鴻樞，既致干戈之戢〔七〕；今居端揆〔八〕，何難禮樂之興！坦然衆生之路開，行矣太平之責塞。某叨分符節，云云。

【校】

〔聞望愈隆〕「聞」原誤作「問」。從張本、胡本、李本、段本、王本、秦本、四部本改。

〔行矣太平之責塞〕王本考證附纂云：「行矣太平之責塞，案五百家播芳大全『責塞』下有『某叨分符節，辱在陶鎔，陪班謁以無緣，第承風而竊喜』四句。」王本、四部本無「某叨分符節云云」七字。

【箋注】

〔一〕據「叨分符節」云云，知本篇係於元祐三年戊辰（一〇八八）爲蔡州守向宗回代作。宋史哲宗本紀載，是歲夏四月辛巳，以范純仁爲尚書右僕射兼中書侍郎。純仁，字堯夫，仲淹子，宋史有傳，參見卷二次韻邢敦夫秋懷十首其七注〔五〕。

〔二〕右弼：右相。三國志吴書孫登傳：「以恪爲左輔，休爲右弼。」此指右僕射。宋元豐改制後，右僕射即右相，故云。

〔三〕臨大節句：據宋史范純仁傳，治平中議濮王典禮，宰相韓琦、參知政事歐陽修等議尊崇之。純仁與吕誨以爲不可，不聽，遂還所授侍御史告敕，家居待罪。又奏：「王安石變祖宗法度，掊財利，民心不寧」，「語多激切」，「安石大怒，乞加重貶」。知慶州時，受邊將种古誣陷，純仁就逮而萬民遮道，卒以他過黜知信陽軍：此皆「臨大節而不奪」也，故下文曰：「投閑散而聞望愈隆，涉憂患而精誠益壯。」

〔四〕雖小善句：據宋史范純仁傳：「知慶州時……秦中方饑，擅發常平粟振貸，僚屬請奏而須報，純仁曰：『報至無及矣，吾當獨任其責。』……民讙曰：『公實活我，忍累公邪？』」又云：

「初，种古因誣純仁停任；至是，純仁薦爲永興軍，又薦知隰州。每自咎曰：『先人與种氏上世有契義，純仁不肖，爲其子孫所訟，寧論曲直哉？』」此皆「雖小善其必爲」也。

〔五〕荀氏群龍：見卷九次韻劉遜父以寧齋詩二軸作以還之注〔三〕。

〔六〕河東諸鳳：見卷四別子瞻學士注〔一一〕。純仁有弟純粹、純祐、純禮，俱有高名，因以爲喻。

〔七〕昔執鴻樞二句：據宋史哲宗本紀：元祐元年閏二月乙卯，以吏部尚書范純仁同知樞密院事。宋史范純仁傳：「元祐初，進吏部尚書，數日，同知樞密院事。初，純仁與議西夏，請罷兵棄地，使歸所掠漢人，執政持之未決。至是，乃申前議，又請歸一漢人予十縑。事皆施行。」此即「致干戈之戢」也。

〔八〕端揆：指宰相。晉書職官志：「建安十三年，罷漢台司，更置丞相，而以曹公居之，用兼端揆。」

代賀門下孫侍郎啓〔一〕

伏審光奉明恩，進陞東省〔二〕，伏惟慶慰。恭以門下侍郎星躔異稟〔三〕，嶽鎮殊鍾〔四〕。先朝藩邸之舊臣〔五〕，今日廟堂之耆老〔六〕。正直如羔羊之德〔七〕，信厚有麟趾之風〔八〕。解劇樞庭〔九〕，乃心不怠；均勞輔郡〔一〇〕，報政斯成。民心佇以旋歸，國論倚之進斷。粤從琳館〔一一〕,入踐鸞臺〔一二〕。薄夫撫己以自慚〔一三〕,吉士舉酒而相慶〔一四〕。矧同升之俊乂〔一五〕,皆妙選於縉紳。三王之法本人情〔一六〕,固無過舉;六官之長皆民譽〔一七〕,兹謂昌期。某辱在陶鈞,叨分符節,第承風而竊抃,念稱慶以無緣。

【箋注】

〔一〕本篇作於元祐三年。孫侍郎,即孫固。固,字和甫,鄭州管城人。據宋史宰輔表載,是歲四月壬午,孫固自觀文殿學士、正議大夫兼侍讀,除門下侍郎。時少游在蔡州,當爲代州守向宗回而作。

〔二〕東省:指門下省。雍録:「政事堂在東省,屬門下。」

〔三〕星躔:駱賓王帝京篇:「五緯連影集星躔,八水分流横地軸。」箋注:「躔,星之躔次也。」參見卷二十七代謝曆日表注〔六〕。

〔四〕嶽鎮句:謂孫固鍾有山川之靈氣。嶽,五嶽。周禮春官大宗伯:「五祀五嶽。」注:「五嶽:東曰岱宗(泰山),南曰衡山,西曰華山,北曰恒山,中曰嵩高山。」鎮,四鎮。周禮春官小宗伯:「有司將事於四望。」疏:「釋曰:其四望者,謂五嶽、四鎮、四瀆。」小學紺珠地理類四鎮:「揚州會稽(山)、青州沂(山)、幽州醫無間(山)、冀州霍山。」

〔五〕先朝句:宋史孫固傳:「治平中,神宗爲潁王,以固侍講;及爲皇太子,又爲侍讀。」

〔六〕耇老：老年人。國語晉語八：「吾聞國家有大事，必順於典型，而訪咨於耇老，而後行之。」

〔七〕羔羊：見卷二十七代中書舍人謝上表注〔二一〕。

〔八〕麟趾：詩周南麟之趾：「麟之趾，振振公子，吁嗟麟兮。」朱熹傳：「故詩人以麟之趾興公之子，言麟性仁厚，故其趾亦仁厚。」

〔九〕解劇樞庭：宋史本傳謂孫固「元豐初，同知樞密院事」，即指此。

〔一〇〕均勞輔郡：宋史本傳謂固：「哲宗即位，以正議大夫知河南府，徙鄭州。」此皆輔郡也。

〔一一〕琳館：道觀。范祖禹送鄭宏中待制提舉洞霄宫詩：「琳館遥瞻霄漢外，秋風一鶴上空虚。」孫固元祐二年，曾提舉中太一宫，遂拜門下侍郎，故有此語。

〔一二〕鸞臺：門下省之别名。見本卷賀吕相公啓注〔一二〕。

〔一三〕薄夫：孟子萬章下：「故聞柳下惠之風者，鄙夫寬，薄夫敦。」趙岐注：「薄淺者更深厚。」

〔一四〕吉士：指正人。書立政：「自今立政，其勿以憸人，其惟吉士，用勱相我國家。」

〔一五〕俊乂：賢能有德之人。書皋陶謨：「俊乂在官。」

〔一六〕三王：禹、湯、文武。

〔一七〕六官之長：六卿之官，即天官冢宰、地官司徒、春官宗伯、夏官司馬、秋官司寇、冬官司空。見王應麟小學紺珠卷八。

代賀中書劉侍郎啓〔一〕

伏審光奉明恩，進陞西省〔二〕，伏惟慶慰。恭以中書侍郎智周事變，道本誠明，語默不愆其時，進退必度於禮。雪霜既降，知松柏之後凋〔三〕；鳥雀或鳴，見鷹鸇之必擊〔四〕。君未比隆於二帝〔五〕，我則若撻於市朝〔六〕；民有失所之一夫，我則如擠於溝壑〔七〕。大任既降，英聲益飛。豈止邦家之光，實爲天地之紀。逮茲進拜，尤慰具瞻〔八〕。廉陛難躋，益致高堂之峻〔九〕；股肱克壯，重增元首之尊〔一〇〕。某辱在陶鈞，云云。

【校】

〔某辱在陶鈞云云〕王本、四部本無此七字。

【箋注】

〔一〕本篇作於元祐三年戊辰（一〇八八）。劉侍郎，指劉摯，字莘老，據宋史哲宗紀，是歲夏四月壬午，劉摯爲中書侍郎。時少游在蔡州，當爲代州守向宗回而作。

〔二〕西省：指中書省。

〔三〕松柏之後凋：見卷四別子瞻學士注〔八〕。

〔四〕烏雀二句：左傳文公十八年：「見無禮於其君者，如鷹鸇之逐鳥雀也。」此用其意。

〔五〕二帝：指堯、舜。

〔六〕若撻於市朝：書説命下：「予弗克俾厥后惟堯舜，其心愧耻，若撻於市。」

〔七〕民有二句：孟子萬章下：「思天下之民，匹夫匹婦有不與被堯舜之澤者，如己推而内之溝中。」此用其意。

〔八〕具瞻：詩小雅節南山：「赫赫師尹，民具爾瞻。」此指人民瞻仰之情。

〔九〕廉陛二句：漢書賈誼傳：「人主之尊譬如堂，群臣如陛，衆庶如地。故陛九級上，廉遠地，則堂高；陛亡級，廉近地，則堂卑。」注：「廉，側隅也。」後因以指朝廷。

〔一〇〕股肱二句：書益稷：帝舜作歌：「元首明哉，股肱良哉，庶事康哉！」

淮海集箋注卷第二十九

啓

代賀王左丞啓〔一〕

伏審光奉明恩，進升左轄，伏惟慶慰。恭以左丞大中夙鍾間氣〔二〕，早擅英聲，學窮游夏之淵源〔三〕，文列班揚之伯仲〔四〕。周旋不撓，出處可觀。共推天下之中庸〔五〕，自得賢人之簡易〔六〕。其退也如陂萬頃，撓不濁而澄不清〔七〕；其進之若火一然，用彌明而宿彌壯。大任斯降，貴名益昭。曉達吏方，戴肯旋更於二轄〔八〕；潤飾儒術，平津即至於三公〔九〕。某辱在陶鈞，云云。

【校】

〔某辱在陶鈞云云〕王本、四部本無此七字。

【箋注】

〔一〕本篇作於元祐三年戊辰（一〇八八）。王左丞，即王存，字正仲。據宋史哲宗紀，是歲夏四月壬午，以王存爲尚書左丞。時少游在蔡州，此表當爲代州守向宗回而作。詳卷六正仲左丞生日注〔一〕。案：左右丞屬尚書省，亦稱左右轄。續通典職官尚書上：「宋制：左右丞掌參議大政，通治省事，以貳領僕射之職。元豐五年詔左右僕射、丞，合治省事。」即副宰相。

〔二〕恭以句：左丞大中，宋史宰輔表元祐三年戊辰，「王存自中大夫、尚書右丞除尚書左丞」。間氣，舊謂賢豪間世而出，禀天地之靈氣而生。太平御覽三〇六引春秋演孔圖：「正氣爲帝，間氣爲臣。」柳宗元祭楊憑詹事文：「公禀間氣，心靈洞開，翱翔自得，誰屑群猜？」

〔三〕游夏：子游、子夏，孔子弟子，以文學稱。見史記仲尼弟子傳。

〔四〕班揚：班固、揚雄，漢辭賦家。漢書、後漢書有傳。

〔五〕中庸：禮記中庸：「仲尼曰：『君子中庸，小人反中庸。』」朱熹注：「中庸者，不偏不倚，無過不及，而平常之理乃天命所當然，精微之極致也。」

〔六〕簡易：論語雍也：「居敬而行簡，以臨其民不亦可乎。」集解：「孔曰：居身敬肅，臨下寬略。」禮記中庸：「故君子居易以俟命。」注：「易，猶平安也。」

〔七〕其退也二句：見卷五送張叔和兼簡黄魯直注〔九〕。

〔八〕戴胄句：戴胄，唐安陽人，字玄胤。隋末王世充謀簒，胄切諫不納。至唐太宗時，爲大理少卿，敢犯顔直諫，辨析秋毫，遷尚書左丞，檢校吏部尚書。新、舊唐書有傳。二轄，謂尚書左右丞。

〔九〕平津：漢平津侯公孫弘，見卷十三任臣下注〔一〕。

代賀胡右丞啓〔一〕

伏審光奉明恩，進升右轄，伏惟慶慰。恭以右丞大中抱英傑之器〔二〕，屬休明之期。智無不照，而御之以寬；學無不窺，而守之以約〔三〕。待時藏器〔四〕，未嘗枉尺而直尋〔五〕；肆筆成書，惟欲琢雕而復朴〔六〕。風采凛乎其可畏，議論坦然而易行。俄鑿枘之相投〔七〕，遽囊錐之穎出〔八〕。擢丞御史，人無間言；進轄文昌〔九〕，朝有故事。面折廷争〔一〇〕，已聞國士之風；内平外成，行見大儒之效。某叨分符節。云云。

【校】

〔琢雕〕王本、四部本「琢」作「斵」。

〔某叨分符節云云〕王本、四部本無此七字。

【箋注】

〔一〕本篇作於元祐三年戊辰（一〇八八）。胡右丞，即胡宗愈。據宋史哲宗紀，是歲夏四月壬午，以御史中丞胡宗愈爲尚書右丞。時少游在蔡州，此篇當爲代郡守向宗回而作。

〔二〕右丞大中：宋史宰輔表元祐三年四月壬午，「胡宗愈自試御史中丞除大中大夫、尚書右丞」。

〔三〕學無不窺二句：孟子離婁下：「博學而詳説之，將以反説約也。」趙岐注：「博，廣；詳，悉也。廣學悉其微言，而説之者將以約説其要，意不盡知，則不能要言之也。」守約，猶言掌握要領。

〔四〕待時藏器：論語子罕：「子貢曰：『有美玉於斯，韞匵而藏諸，求善賈而沽諸。』子曰：『沽之哉，沽之哉，我待賈者也！』」集注：「范氏曰：君子未嘗不欲仕也，又惡不由其道。士之待禮，猶玉之待賈也。」此用其意。

〔五〕枉尺而直尋：孟子滕文公下：「且志曰：『枉尺而直尋』，且若可爲。」八尺爲一尋。屈一尺而得伸直八尺，謂小有所屈而大有所獲。後漢書張衡傳：「枉尺直尋，議者譏之；盈欲虧志，孰云非羞？」

〔六〕琢雕而復朴：莊子應帝王：「彫琢復朴。」注：「去華取實。」疏：「真復朴素之道者也。」

〔七〕鑿枘之相投：見卷三春日雜興十首其三注〔一〇〕。

〔八〕囊錐之穎出：史記平原君傳：「平原君曰：『夫賢士之處世也，譬若錐之處囊中，其末立見。……』毛遂曰：『臣乃今日請處囊中耳。使遂早得處囊中，乃穎脱而出，非特其末見而已。』」

〔九〕文昌：指尚書省。見卷六正仲左丞生日注〔一五〕。

〔一〇〕面折廷争：漢書王陵傳：「（陳）平曰：『於面折廷爭，臣不如君；全社稷，定劉氏後，君亦不如臣。』」

代賀京西運判啓〔一〕

伏審光奉睿恩，榮分漕計，恭惟慶慰。恭以運判道師古始，識造淵微。身兼數器，而用之以時；學備諸家，而守之以約〔二〕。討論不乏，嘗編簡以成圖；俯仰無心，任摘山之變法〔三〕。屢奉三年之最〔四〕，亟更一道之權。舉屬吏以傾心，竚前旌之入境。矧是右輔〔五〕，實惟奥區〔六〕，南則控引於荆揚，西則轉輸於秦雍〔七〕。奉嚴陵寢〔八〕，備繕河防。於措置以爲難，在選掄而尤重。登車攬轡〔九〕，初承使者之風；結綬懷金〔一〇〕，行被從官之召。

【箋注】

〔一〕本篇似元祐四年己巳（一〇八九）爲代蔡州守向宗回而作。據續資治通鑑長編卷四三四，是歲冬十月壬戌，「權發遣同州承務郎張景先權京西路轉運判官」。本篇云：「亟更一道之權。」情況正相符。權發遣，謂不拘銓選常規，資序低而攝高位，猶今言「代理」。隔兩等資序者稱「權發遣」，隔一等者稱「權知」。案：宋史職官志七「都轉運使、轉運使、副使、判官」：「掌經度一路財賦，以察其登耗有無，以足上供及郡縣之費。」

〔二〕守之以約：見本卷代賀胡右丞啓注〔三〕。

〔三〕摘山：指採茶。宋史食貨志下六茶引劉敞疏：「先時百姓之摘山者，受錢於官。」

〔四〕三年之最：見卷二八賀崔學士啓注〔一五〕。

〔五〕右輔：指京西路。宋史地理志一：「京西路，舊分南北兩路，後併爲一路。熙寧五年，復分南北兩路。」

〔六〕奥區：腹地。後漢書班固傳西都賦：「防禦之阻，則天下之奥區焉。」注：「奥，深也。言秦地險固，爲天下深奥之區域。」

〔七〕南則二句：宋史食貨志上漕運：「江南、淮南、荆湖路租糴，於真、揚、楚、泗州置倉受納，分調舟船泝流入汴，以達京師，置發運使領之。……陝西諸州菽粟，自黄河三門沿流入汴，以達京師，亦置發運司領之。」秦雍，即指陝西諸州。

〔八〕陵寢：指宋代皇陵，在今河南鞏義黑石山、大小牛山附近。據宋史地理志一，鞏縣屬京西北路河南府洛陽郡。

〔九〕登車攬轡：後漢書范滂傳：「時冀州飢荒，盜賊群起，乃以滂爲清詔使按察之。滂登車攬轡，慨然有澄清天下之志。」

〔一〇〕結綬懷金：結紫綬、懷金印，此喻顯貴、榮陞。顔延年秋胡詩：「脱巾千里外，結授登王畿。」後漢書馮衍傳：「懷金垂紫，揭節奉使。」

賀京西運使啓〔一〕

伏審光奉宸恩，榮分漕計，伏惟慶慰。恭惟運使知周事變，識照幽微。挺忠鯁之一心，兼縱横之數器。英標特出，早膺神聖之知；劇任屢更，果見事功之立。比繇太府，來領外臺。回卿月之餘光〔二〕，動使星之異色〔三〕。邸音初播〔四〕，屬部增欣。暫駕輕軺〔五〕，坐使邦財之阜；佇歸法從〔六〕，進謀王體之嚴。

【箋注】

〔一〕本篇蓋作於元祐二年丁卯（一〇八七）。運使，即轉運使，職掌見本卷代賀京西運判啓注〔一〕。續資治通鑑長編卷四〇七云，是歲十二月庚辰，「朝請郎太府少卿王子淵爲京西路轉運使」，正與啓中「比繇太府，來領外臺」相合。案：太府卿，太府寺官員。宋史職官志五謂元豐官制太府寺置卿、少卿各一人。卿掌邦國財貨之政令及府庫出納商税平準貿易之事。少卿爲之貳。

〔二〕卿月：謂列卿。書洪範：「王者惟歲，卿士惟月。」傳：「卿士各有所掌，如月之有别。」

〔三〕使星：後漢書方術張郃傳：「和帝即位，分遣使者，皆微服單行，各至州縣，觀採風謡。使者二人當到益部，投郃候舍。時夏夕露坐，郃因仰觀，問曰：『二君發京師時，寧知朝廷遣二使邪？』二人默然，驚相視曰：『不聞也。』問何以知之。郃指星示曰：『有二使星向益州分野，故知之耳。』」

〔四〕邸音：即邸報。漢唐時州郡長官於京師設邸，傳鈔詔令奏章，以報於諸郡，故名。

〔五〕輕軺：謂使者之車。見卷二十八賀崔學士啓注〔一一〕。

〔六〕法從：謂皇帝車駕。見卷五送劉貢父舍人二首其一注〔九〕。

代賀簽書趙樞密啓〔一〕

伏審光膺睿命，進貳鴻樞，伏惟慶慰。恭以樞密大中器猷宏博，學術精微。敏識照於未然，奇節見於已試。犯顔逆旨，屢輸汲黯之忠〔二〕；别嫌明疑，力折董宏之妄〔三〕。進退周旋而可度〔四〕，艱難險阻而不渝。俄被召以旋歸，遽干霄而直上〔五〕。粤自卿曹之貳，進陪樞筦之崇〔六〕。邸音播騰，士論欣快。亟聞趙武，越四等以將上軍〔七〕；行見千秋，以一言而取宰相〔八〕。某叨分符節，云云。

【校】

〔某叨分符節云云〕王本、四部本無此七字。

【箋注】

〔一〕本篇作於元祐三年戊辰（一〇八八）。趙樞密，指趙瞻。據宋史宰輔表，是歲四月壬午，趙瞻自中散大夫、試户部侍郎除大中大夫簽書樞密院事。時少游在蔡州，此篇當爲代郡守向宗回而作。

〔二〕犯顔二句：指趙瞻直言敢諫。汲黯，見卷十三任臣下注〔一〕。

〔三〕別嫌二句：據宋史趙瞻傳云：「時議追崇濮安懿王，瞻引漢師丹董宏事，謂其屬薛温其曰：『事將類此，吾必以死争，固吾所也。』」案：董宏，漢代人。漢書師丹傳：「初，哀帝即位，成帝母稱太皇太后，成帝趙皇后稱皇太后，而上祖母傅太后與母丁后皆在國邸，自以定陶共王爲稱。高昌侯董宏上書言：『秦莊襄王母本夏氏，而爲華陽夫人所子，及即位後，俱稱太后。宜立定陶共王后爲皇太后。』事下有司，時（師）丹以左將軍與大司馬王莽共劾奏宏……上新立，謙讓，納用莽丹言，免宏爲庶人。」

〔四〕進退句：宋史趙瞻傳：「聞吕誨等諫濮議皆罷去，乞與同貶，不報。趣入對……遂通判汾州。」

〔五〕俄被召二句：宋史趙瞻傳：「哲宗立，轉朝議大夫，召爲太常少卿，遷户部侍郎。」

〔六〕粤自二句：卿曹之貳，即貳卿。古以尚書爲卿，侍郎爲貳卿。二句指趙瞻自户部侍郎除簽書樞密院事。

〔七〕亟聞二句：趙武，春秋晉人，趙盾孫，亦稱趙孟。父朔爲屠岸賈所殺，武爲遺腹子，賴程嬰、公孫杵臼保護長成。後立爲卿。相悼公，薄諸侯之幣而重其禮，諸侯以是睦於晉。曾越四等晉升以將上軍。見史記晉世家。

〔八〕行見二句：漢書車千秋傳：「車千秋，本姓田氏，其先齊諸田，徙長陵。千秋爲高寢郎，會衛太子爲江充所譖敗，久之，千秋上急變訟太子冤，曰：『子弄父兵，罪當笞；天子之子，過誤殺人，當何罪哉！臣嘗夢見一白頭翁教臣言。』是時，上頗知太子惶恐無他意，乃大感寤，召見千秋……謂曰：『父子之間，人所難言也，公獨明其不然。此高廟神靈使公教我，公當遂爲吾輔佐。』立拜千秋爲大鴻臚。數月，遂代劉屈氂爲丞相，封富民侯。千秋無他材能術學，又無伐閲功勞，特以一言寤意，旬月取宰相封侯，世未嘗有也。」

代賀蔡相公啓〔一〕

光膺制書〔二〕，榮還内殿，伏惟慶慰。恭以判府觀文相公〔三〕，道貫精微，智周事變，以文章擅一時之譽，以器業結萬乘之知。姚元崇入贊鴻鈞，初聞遠略〔四〕；霍子孟建承顧命，益見忠謀〔五〕。勳業顯隆，夷夏歡頌。惟三郡均勞之久〔六〕，當二聖圖舊之勤〔七〕。既奉綸言，復青氈之舊物〔八〕；竚瞻繡衮，反黄閣之故居〔九〕。某猥辱異知，欣承嘉命。屬繆分於符竹，阻祇慶於門闌，系頌實深，敷宣罔既。

【箋注】

〔一〕本篇作於元豐八年乙丑（一〇八五）。蔡相公，即蔡確。據宋史宰輔表，是歲五月戊午，蔡確自通議大夫、右僕射兼中書侍郎加兼門下侍郎、左僕射。時少游方入京應舉，此篇未知代何人作。

〔二〕制書：皇帝詔敕之一種。漢書高后紀：「太后臨朝稱制。」注引師古曰：「天子之言，一曰制書，二曰詔書。制書者，謂爲制度之命也。」

〔三〕判府觀文相公：宋史宰輔表元豐五年四月癸酉：「蔡確自太中大夫、參知政事依前官加右僕射兼中書侍郎。」又元豐八年五月戊午：「蔡確自通議大夫、左僕射兼中書侍郎加兼門下侍郎、左僕射。」又元祐元年閏二月庚寅：「左僕射蔡確累爲劉摯、孫覺、蘇轍、朱光庭、王巖叟所論，以觀文殿大學士知陳州。」案：宋史職官志二「觀文殿大學士」：「皇祐元年，詔：『置觀文殿大學士，寵待宰相，今後須曾任宰相，乃得除授。』」其後熙寧中自韓絳始，宰相亦有不爲大學士者。蔡確元豐中爲相，依舊例，確有資格爲觀文殿大學士，故此時雖未至元祐元年，仍可稱之爲判府觀文相公。判者，以高職兼低職之謂。

〔四〕姚元崇二句：姚元崇即姚崇，因避開元年號諱省「元」字。唐陝州硤石人。武后時官鳳閣侍郎，睿宗時爲相，以奏請太平公主出居東都被貶。玄宗立，復入相。新唐書本傳謂先天二年入相前，玄宗「乃咨天下事」，崇以「十事」奏聞，「翌日，拜兵部尚書，同中書門下三品」。贊曰：「姚崇以十事要説天子而後輔政，顧不偉哉！」遠略，即指此。鴻鈞，指掌國柄之大臣。

〔五〕霍子孟二句：霍光，字子孟，西漢人。昭帝八歲即位，光承武帝顧命(遺詔)輔政。昭帝崩，迎立昌邑王劉賀，以其淫亂廢之。立宣帝。見漢書本傳。此喻蔡確於元豐八年三月神宗將崩時議立儲君，竭盡忠謀。然後世史乘却謂：「神宗疾革，王珪議建儲事。……確自見得罪於世，陰與章惇、邢恕等合志邪謀，謂珪實懷異意，賴己擁護，故不得逞。」後竟以此遭貶。見宋史姦臣傳。

〔六〕三郡均勞之久：此前蔡確曾知陳州、安州、鄧州，故云。

〔七〕二聖：指高太皇太后與哲宗。

〔八〕青氈：晉書王羲之傳附王獻之：「夜卧齋中，而有人入其室，盜物都盡。獻之徐曰：『偷兒，青氈我家舊物，可特置之。』群偷驚走。」後以青氈爲士人故家舊物之代稱。

〔九〕黄閣：見卷九送蔣穎叔帥熙河二首其一注〔七〕。

代賀司馬相公啓〔一〕

顯奉明恩，進陞上宰，老成登用，區夏均驩。竊以大河之渾，持寸膠不能以止〔二〕；積歲之旱，待霖雨然後乃蘇〔三〕。故當大有爲之時，必得非常人之輔〔四〕。伏惟相公望隆一代〔五〕，節著四朝〔六〕，力足以扶持顛危，風足以興起貪懦〔七〕。青天白日，奴隸亦知其明〔八〕；璞玉渾金，鑒識莫名其器〔九〕。果符物論，克享天心〔一〇〕。伊尹得君，耻一物之失所〔一一〕；姚崇作相，陳十事而後爲〔一二〕。姦邪失匕箸而自驚〔一三〕，忠義引壺觴而相慶。某夙叨記省，方預陶甄。欣衆正之路開，信太平之責塞〔一四〕。願稽故事，就封富民之侯〔一五〕；請與諸生，更上得賢之頌〔一六〕。

【箋注】

〔一〕本篇作於元祐元年丙寅（一〇八六）。司馬相公，指司馬光。據宋史哲宗紀，是歲閏二月庚寅，蔡確罷，以司馬光爲尚書左僕射、門下侍郎。案續資治通鑑長編卷二六二「命震出守」注：「元祐元年閏二月四日壬辰，震罷給事，以龍圖閣待制知蔡州。」震，即王震，字子發，王鞏之從子。蘇轍有送王震給事知蔡州詩，云：「西臺出命書，落筆波濤翻。東臺典封駁，坐惜日月奔。試劇得上蔡，高卧强東藩。」正相合。時少游爲蔡州教授，本篇當爲代王震作。

〔二〕竊以二句：喻力少難成大事。抱朴子佳遯：「欲推短才以釐雷同，仗獨是以彈衆非，寸膠不能治黄河之濁，尺水不能卻蕭邱之熱，是以身名並全者甚稀，而先笑後號者多有也。」參卷二次韻邢敦夫秋懷其四注。

〔三〕待霖雨然後乃蘇：見卷二次韻邢敦夫秋懷十首其七注〔四〕。

〔四〕故當二句：見卷二八賀吕相公啓注〔六〕。

〔五〕望隆一代：宋史司馬光傳：「（元豐八年三月）帝崩，（光）赴闕臨，衛士望見，皆以手加額曰：『此司馬相公也！』所至，民遮道聚觀，馬至不得行，曰：『公無歸洛，留相天子，活百姓。』」

〔六〕四朝：指仁宗、英宗、神宗、哲宗四朝。

〔七〕風足以興起貪懦：孟子盡心下：「故聞伯夷之風者，頑夫廉，懦夫有立志……奮乎百世之上，百世之下聞者莫不興起也。」

〔八〕青天二句：韓愈與崔群書：「青天白日，奴隸亦知其清明。」

〔九〕璞玉二句：見卷八寄孫莘老少監注〔五〕。

〔一〇〕克享天心：書咸有一德：「克享天心。」孔傳：「享，當也。」蔡傳：「湯之君臣皆有一德，故能上當天心。」

〔一一〕伊尹二句：伊尹，殷之賢相，佐湯得天下。揚雄法言君子：「聖人之於天下，耻一物之不知。」此處蓋用其意。參見卷十五官制上注〔八〕。

〔一二〕姚崇二句：據新唐書姚崇傳，先天二年，玄宗講武新豐。崇知帝大度，因跪奏十事：一曰政先仁恕；二曰不倖邊功；三曰法行自近；四曰宦豎不與政；五曰租賦外一絶獻納；六曰戚屬不任臺省；七曰接大臣以禮；八曰群臣皆得直諫；九曰絶道佛營造；十曰以禄、莽、閻、梁亂天下之事爲萬代鑒戒。翌日遂爲相。

〔一三〕失匕箸：見卷二八賀中書蘇舍人啓注〔七〕。

〔一四〕某夙叨記省四句：陶甄，造就、治理。張華女史箴：「茫茫造化，二儀既分；散氣流形，既陶且甄。」衆正之路開，漢書楚元王傳更生諫曰：「杜閉群枉之門，廣開衆正之路。」案：續資治通鑑長編卷三六八元祐元年閏二月壬辰：「給事中王震爲龍圖閣待制知蔡州。震初附王安石以進，及司馬光當國，震不自安，欲引去。會光以州郡讞獄情理可憫，刑名疑慮，得貸者衆，雖有生，比不肯用。震見光省中曰：『天下奏案，一耳。前此例貸死，今何殺之？』光曰：『刑輕於古，致民易犯，矧刑名疑慮，引例求貸，皆古所無。』震曰：『漢約法三章，殺人及盜抵罪。今盜固有至死者，罪宜從輕，與其殺不辜，寧失不經：皆聖人在上憫元元之意也。』……明日，以光所斷當生而殺者，具其名數，誦言於朝。而御史王巖叟累奏言震不當居封駁之任，乃命出守。」此處四句即指此。

〔一五〕富民之侯：見卷二八賀呂相公啓注〔一九〕。

〔一六〕得賢之頌：漢王褒（子淵）有聖主得賢臣頌，見文選卷四七。

代賀胡右丞知陳州啓〔一〕

均逸中臺〔二〕，承流右輔〔三〕。地接日畿之重〔四〕，職兼禁殿之華〔五〕。凡在庇庥，所同欣抃。恭以某人智周事變，道本神明。學窮游夏之淵源〔六〕，文列傅班之伯仲〔七〕。霜雪既至，知松柏之後彫〔八〕；烏雀或鳴，見鷹鸇之必擊〔九〕。既丞御史，遂轄文昌〔一〇〕。語默惟時，獨任天下之事；卷舒以道，有古大臣之風。邸音播騰，士類聳嘆。矧是淮陽之郡，實惟太昊之墟〔一一〕。風氣和平，獄訟稀少。屈英游而卧治，徯惠政之立成〔一二〕。騰實飛聲〔一三〕，已應半千之用〔一四〕；贊元經體〔一五〕，竚歸尺五之天〔一六〕。某夙以單微，嘗蒙題品。念使旌之在望，嗟吏役之攸拘。

【箋注】

〔一〕本篇作於元祐四年己巳（一〇八九）。胡右丞，指胡宗愈。據宋史宰輔表，是歲三月己卯，胡宗愈自尚書右丞以資政殿學士知陳州。時少游在蔡州，當爲代郡守向宗回而作。

〔二〕中臺：指尚書省。通典職官典尚書上：「漢初，尚書雖有曹名，不以爲號。靈帝以侍中梁鵠爲選部尚書，於是始見曹名，總謂尚書臺，亦謂中臺。」胡宗愈曾爲尚書右丞，故云。

〔三〕右輔：指陳州。宋史地理志一：「淮寧府，輔，淮陽郡……本陳州，政和二年，改輔爲上，宣和元年升爲府。」淮寧府屬京西北路，故云「右輔」。

〔四〕日畿：京畿、京郊。葉廷珪海録碎事卷四：「天子之畿方千里，象日月徑圍，故曰日畿。」

〔五〕職兼句：指兼資政殿學士。宋史職官志二：「資政殿在龍圖閣之東序。」「（龍圖閣）大中祥符中建，在會慶殿西偏，北連禁中，閣東曰資政殿。」

〔六〕游夏：見本卷代賀王左丞啓注〔三〕。

〔七〕傅班：傅毅、班固，二人漢章帝時嘗同爲蘭臺令史，校内府藏書，兼擅辭賦。後漢書俱有傳。

〔八〕松柏之後彫：見卷四别子瞻學士注〔八〕。

〔九〕鳥雀二句：見卷二九代賀中書劉侍郎啓注〔四〕。

〔一〇〕文昌：指尚書省。見卷六正仲左丞生日注〔一五〕。

〔一一〕矧是二句：淮陽，指陳州。讀史方輿紀要河南開封府：「陳州，古庖犧氏所都，曰太昊之墟。」

〔一二〕屈英游二句：史記汲黯列傳：「召，拜爲淮陽太守，黯伏謝，不受印。上曰：『君薄淮陽耶？吾今召君矣。顧淮陽吏民不相得，吾徒得君之重，卧而治之。』」徯，等待。

〔一三〕騰實飛聲：謂名實俱佳。宋書謝靈運傳論：「爰逮宋氏，顔謝騰聲。」北史周宗室傳論：

「飛聲騰實，不滅於百代之後。」

〔一四〕半千之用：謂受大用。半千，即五百。孟子盡心篇謂「由湯至於文王，五百有餘歲」；「由文王至於孔子，五百有餘歲」，皆五百年出一聖人。新唐書員半千傳云：半千本名餘慶，與何彦先同事王義方，以邁秀見賞。義方常曰：「五百歲一賢者生，子宜當之。」因改名半千。

〔一五〕贊元經體：韓愈許國公碑：「册拜司徒兼中書令，贊元體經，不治細微，天子敬之。」意爲輔助政治大計。

〔一六〕尺五之天：見卷六南都新亭行寄王子發注〔一七〕。

賀錢學士啓〔一〕

被渥帝宸，升華儒館，伏惟慶慰。恭以學士天資英發，地冑高嚴〔二〕。翩然鵠止於碧梧〔三〕，卓爾珠遺於滄海〔四〕。申之以聞見之洽，重之以探討之精。咸五登三出〔五〕，屬休明之運；駢四儷六，尤多絶妙之詞。敏捷擅枚臯之風〔六〕，雅健得子長之體〔七〕。倚馬可待，下筆不休〔八〕。所以特受眷於先朝，屢見稱於元老。矧册府校讎之號，洎刑曹勾稽之司〔九〕？惟實與名，既清且要〔一〇〕。熊掌兼魚飧之美，自古爲難〔一一〕；羔裘加豹飾之華，於今蓋寡〔一二〕；緬彼文學之貴，見乎諸吏之中〔一三〕。雖出異恩〔一四〕，實繇公議。芸臺畫省〔一五〕，諒難歲月之淹；鼇禁掖垣〔一六〕，行復風雲之會。

【校】

〔咸五登三出，屬休明之運；駢四儷六，尤多絕妙之詞〕諸本皆如此。「屬休明之運」應與「尤多絕妙之詞」對仗，故「屬」上疑少一字，或即上句「咸」字誤倒，附此待考。

【箋注】

〔一〕本篇作於元祐八年癸酉（一〇九三）十一月以後不久。錢學士，蓋指錢勰。宋詩紀事卷二四：「勰字穆父，易之孫，彥遠之子，居崇德州錢里，以從父明逸任。元祐初，歷龍圖閣直學士，知開封府，拜翰林學士，出知池州。」案宋史本傳謂：「哲宗蒞位，翰林缺學士，章惇三薦林希，帝以命勰，仍兼侍讀。以嘗行惇謫詞，懼而求去。帝曰……朕固知之，無庸避也。」考哲宗本紀，元祐八年「九月戊寅，太皇太后崩」；「冬十月戊申，群臣七上表請聽政」；「十一月丙子，始御垂拱殿。」錢勰於哲宗蒞位後任翰林學士，當在十一月至十二月。參卷十觀辱錢尚書和詩餉祿米再成二章上謝注〔一〕。

〔二〕地胄高嚴：謂出身貴族，錢勰爲吴越王錢鏐後裔，故云。

〔三〕翩然鵠止於碧梧：韓愈殿中少監馬君誌：「翠竹碧梧，鸞鵠停峙。」此喻仕至高位。

〔四〕珠遺於滄海：見卷六正仲左丞生日注〔一〇〕。

〔五〕五登三出：指錢勰仕途之經歷。登者進官，出者外任；三五皆概數。宋史本傳謂勰以蔭知尉氏縣，授流内銓主簿。「安石知不附己，命權鹽鐵判官，歷提點京西、河北、京東刑獄。……奉使吊高麗，……還，拜中書舍人。元祐初，遷給事中，以龍圖閣待制知開封府……積爲衆所憾，出知越州，徙瀛州，召拜工部、户部侍郎，加龍圖閣直學士，復知開封府。……哲宗涖位，翰林缺學士，章惇三薦林希，帝以命勰，仍兼侍讀。」案哲宗涖位親政，在元祐八年十一月丙子，章惇入相在紹聖元年夏四月壬辰，於此益可證錢勰爲翰林學士在此期間。

〔六〕枚臯：漢枚乘子，字少孺，武帝時爲郎。好詼諧，時以比諸東方朔。善賦頌，文思敏捷。揚雄嘗曰：「軍旅之際，戎馬之間，飛書馳檄，則用枚臯。」見漢書枚乘傳附。此喻錢勰才思敏捷。宋史本傳謂勰「生五歲，日誦千言。十三歲，制舉之業成」。

〔七〕子長：司馬遷字，其文雄深雅健，見卷二司馬遷注〔一〕。

〔八〕倚馬可待二句：喻文思敏捷。世説新語文學：「桓宣武北征，袁虎（即袁宏）時從，被責免官，會須露布文，唤袁倚馬前令作，手不輟筆，俄得七紙，殊可觀。」李白上韓荆州書：「請日試萬言，倚馬可待。」下筆不休，曹丕典論論文班固與弟超書曰：「武仲以能屬文爲蘭臺令史，下筆不能自休。」案宋詩紀事卷二四引宋史本傳：「勰知開封，臨事益精。蘇軾乘其據案時遺之詩，勰掃筆立就以報。軾曰：『電掃訟庭，響答詩筒，近所未見也。』」

〔九〕刓册府二句：册府，舊謂國家藏書之處，指祕書省、祕閣。宋史本傳：「熙寧三年試應，既中祕閣選，廷對入等矣，會王安石惡孔文仲策，遷怒罷其科，遂不得第。」「刑曹勾稽之司」，謂曾任京西、河北、京東提點刑獄也。

〔一〇〕既清且要：宋史錢勰傳：「神宗稱之。……明日召對，將任以清要官。」清要，趙升朝野類要二稱謂：「職慢位顯謂之清，職緊位顯謂之要，兼此二者，謂之清要。」

〔一一〕熊掌二句：孟子告子上：「魚，我所欲也；熊掌，亦我所欲也。二者不可得兼，舍魚而取熊掌者也。」此指兼任翰林、侍讀二學士。

〔一二〕羔裘二句：詩唐風羔裘：「羔裘豹袪，自我人居居。豈無他人，維子之故。」朱熹傳：「羔裘，君純羔，大夫以豹飾。袪，袂也。」

〔一三〕緬彼二句：稱譽翰林學士之職。宋史職官志二翰林學士院：「掌制、誥、詔、令撰述之事。……凡降大赦、曲赦、德音，則先進草。」

〔一四〕雖出異恩：謂勰之翰林學士由哲宗親自任命，不同於一般，參注〔五〕。

〔一五〕芸臺畫省：指祕書省、尚書省。宋史高麗傳：「俾登名於桂籍，仍命秩於芸臺。」此指祕書省。又杜甫秋興八首之二：「畫省香爐違伏枕，山樓粉堞隱悲笳。」此指尚書省。

〔一六〕鼇禁掖垣：鼇禁，掌文翰之官署。司馬光神宗皇帝挽詞之三：「鼇禁叨承詔，金華侍執經。」掖垣，天子宮牆。劉楨贈徐幹詩：「誰謂相去遠，隔此西掖垣。」參注〔五〕。

代賀提刑啓〔一〕

光奉宸恩，就持憲節〔二〕，伏惟慶慰。恭以提刑，器識深宏，材猷敏卲〔三〕。進退必度於義，夷險不易其誠。程輂轂之工徒〔四〕，亟聞善狀；督江湖之冶鑄，益著能聲。既累效於事功，肆就分於使指。矧茲右輔，實號要區。士林承命以欣愉，屬部望風而悚跂〔五〕。傳車夙駕〔六〕，暫煩僕御之勞；法從進聯〔七〕，諒非歲月之久。

【箋注】

〔一〕本篇蓋作於元祐六年辛未（一〇九一）。文云：「矧茲右輔」，當指京西路。提刑，宋史職官志七「提點刑獄公事」：「掌察所部之獄訟而平其曲直，所至審問囚徒，詳覆案牘，凡禁繫淹延而不決，盜竊逋竄而不獲，皆劾以聞，及舉刺官吏之事。」所賀京西提刑，似爲孔平仲。平仲字義甫（一作毅甫）。續資治通鑑長編卷四八三元祐八年夏四月甲寅：「禮部言提點京西南路刑獄孔平仲奏鄧州社稷壇牆垣頽毁」云云。又宋史本傳：「文仲卒，歸葬南康，詔以平仲爲江東轉運判官護葬事，提點江淛鑄錢，京西刑獄。」本篇云「督江湖之冶鑄」，蓋指「提點江淛鑄錢。」案宋史孔文仲傳謂元祐三年文仲卒，「命弟平仲爲江東轉運判官，視其葬」，後再提點江浙鑄錢，其間須三年左右，則平仲之任京西提刑，約在元祐六年，賀啓當作於是時。

紹聖三年，少游貶郴州，曾於衡陽遇州守孔毅甫，以所作千秋歲詞呈之，「延留待遇有加」，并「飲於郡齋」（見曾敏行獨醒雜志），蓋其友誼始於此時。

〔二〕憲節：舊時巡按、廉訪使巡察各地所持之符節。元史和尚傳：「前後七持憲節，剛正不撓。」此稱京西提刑所執帝王賜與之憑信。

〔三〕敏卲：猶敏劭，敏慧、勤勉。

〔四〕輦轂：此謂輦轂下，即天子車駕近旁，指京師。司馬遷報任安書：「僕賴先人緒業，得待罪輦轂下，二十餘年矣。」宋史職官志五「將作監」：「（掌）凡土木工匠之政、京都繕修隸三司修造案。」「輦轂之工徒」，指此。平仲何時任此職，本傳不載。

〔五〕悚跂：同「竦企」，猶言翹首企望。張九齡荔枝賦：「聞者歡而竦企，見者訝而驚仡。」

〔六〕夙駕：早起駕車出行。詩鄘風定之方中：「星言夙駕，説於桑田。」

〔七〕法從：請隨從皇帝車駕。見卷五送劉貢父舍人二首其一注〔九〕。

代回胡右丞年節啓〔一〕

天端肇正〔二〕，人統全生〔三〕。實萬類引達之期，乃四序調和之始。恭以某官受時間氣〔四〕，爲國寶臣。天資英發，而持之以謙；地冑高華〔五〕，而守之以約〔六〕。履茲獻歲〔七〕，茂擁休祥。治譽藹聞，已備賜環之寵〔八〕；恩靈下逮，行膺錫馬之蕃〔九〕。頌願之私，敷宣罔既。

【箋注】

〔一〕本篇作於元祐四年己巳（一〇八九）。胡右丞，即胡宗愈。據宋史宰輔表，胡宗愈以元祐三年四月壬午除尚書右丞，四年三月己卯出知陳州。則元祐四年年節猶在汴京。時少游在蔡州，此篇當爲代州守向宗回作。

〔二〕天端：春也，春爲天之始，履端於始也。公羊傳隱公元年「元，謂王也」，注：「故上繫天端。」疏：「天端，即春也。故春秋説云：以元之深，正天之端；以天之端，正王者之政是也。」

〔三〕人統：指夏正建寅。論語爲政「所損益可知也」，注：「所損益，謂文質三統。」疏：「建寅之月爲人統者，以人物出於地，人功當須修理，故謂之人統。統者本也，謂天地人之本。」

〔四〕間氣：見本卷代賀王左丞啓注〔二〕。

〔五〕地胄高華：宋史胡宿傳附胡宗回傳：「胡氏自宿（宗愈之從父）始大，及宗愈仍世執政，其後子孫至侍從、九卿者十數，遂爲晉陵名族。」

〔六〕守之以約：見卷二八代賀胡右丞啓注〔三〕。

〔七〕獻歲：指元旦。見卷十元日立春三絶之二注〔一〕。

〔八〕賜環之寵：謂詔還朝廷。荀子大略：「絶人以玦，反絶以環。」楊倞注：「玦如環而缺，肉好若一謂之環。古者臣有罪，待放於境，三年不敢去，與之環則還，與之玦則絶，皆所以見意也。」後遂稱召還爲賜環。案熙寧中宗愈知諫院，王安石用李定爲御史，宗愈力争不可，安石怒，出通判真州，歷提點河東刑獄等職，元祐初始召還，「進起居郎、中書舍人、給事中、御史中丞」。見宋史本傳。

〔九〕行膺句：喻即將昇遷。易晉：「康侯用錫馬蕃庶，晝日三接。」孔疏：「晉者，卦名也。晉之爲義，進長之名。此卦名臣之昇進，故謂之晉。康者，美之名也。侯謂昇晉之臣也。臣既柔進，天子美之，賜以車馬，蕃多而衆庶，故曰『康侯用錫馬蕃庶』也。『晝日三接』者，言非惟蒙賜蕃多，又被親寵，一晝之間三度接見也。」

代回呂吏部啓〔一〕

密室飛灰，見陽生於本律〔二〕；清臺課候，知日起於初躔〔三〕。恭惟某官，望重本朝，材高當世。一時千載，韋平之遇已稀〔四〕；四世五公，袁楊之興未艾〔五〕。既承召節，仍屬佳辰。宜戩穀之駢臻〔六〕，顧頌言而何既！

【箋注】

〔一〕本篇作於元豐八年冬至日。吕吏部，即吕希績。宋史翼卷一：「吕希績，字季常，公著次子。元豐七年，以校書郎充伴遼國賀正旦使，八年爲吏部員外郎，祕書少監。」長編卷三五九載，元豐八年御史中丞黄履言：「吕希績是左丞吕公著之子，故自吏部員外郎爲少府少監。」又云：「吏部員外郎吕希績爲少監，並避親也。」案：東京夢華録卷十：「十一月冬至，京師最重此節……慶賀往來，一如年節。」又趙與時賓退録卷九：「冬至賀禮，古無有也，其殆始於漢乎？」

〔二〕密室飛灰二句：謂測視氣候，知冬至已到。後漢書律曆志上：「候氣之法，爲室三重，户閉，塗釁必周，密布緹縵。室中以木爲案，每律（指十二律）各一，内庳外高，從其方位，加律其上，以葭莩灰抑其内端，案曆而候之。氣至者灰動。其爲氣所動者其灰散，人及風所動者其灰聚。殿中候，用玉律十二，惟二至乃候靈臺。」「密室飛灰」，即古人候氣之法。「見陽生於本律」，易復「後不省方」，孔疏：「冬至一陽生，是陽動而陰復静也。」杜牧冬至日遇京使發寄舍弟書：「遠信初逢雙鯉去，他鄉正遇一陽生。」

〔三〕清臺二句：清臺，古之天文臺，見卷二七代謝曆日表注〔二〕。「日起於初躔」，漢書律曆志上：「玉衡杓建，天之綱也；日月初躔，星之紀也。」注：「孟康曰：『躔，舍也。二十八舍列在四方，日月行焉，起於星紀，而又周之，猶四聲爲宫紀也。』」又曰：「斗綱之端連貫營室，織女之紀指牽牛之初，以紀日月，故曰星紀。」一年之中，日之所行，「極於牽牛之初，日中之時景最長，以此知其南至也」，「故傳不曰冬至，而曰日南至」。可見「日起於初躔」，亦謂冬至日也。漢曆以冬至爲二十四節氣之首，故少游沿用此義，以四句述之。

〔四〕韋平：韋賢、平當。見卷十三任臣上注〔一〇〕。

〔五〕袁楊：袁安、楊震。見任臣上注〔一一〕。

〔六〕戩穀：福禄。詩小雅天保：「天保定爾，俾爾戩穀。」傳：「戩，福；穀，禄。」

代謝中書舍人啓〔一〕

一時承乏，方慙越俎以代庖〔二〕；數月爲真，更愧操刀而製錦〔三〕。才微任過，恩重報艱。竊以三省之興，實先朝之盛典；四禁之任〔四〕，尤當代之要津。上則潤色於典、謨、訓、誥、誓、命之文，下則稽參於吏、户、禮、兵、刑、工之事〔五〕。自非詞章妙絶，吏術精通，何以特被選揚，預從班於仗内；遂叨任使，專外制於筆端〔六〕？如某者，少也鈍頑，長而屯賤。請鄰祭竈〔七〕，聊爲寄食之資；賣劍買牛〔八〕，行作歸耕之計。豈意千齡之會〔九〕，誤蒙二聖之知。猥從冗員，屬居言責。雖奮身不顧，頗摧當路之豪强；而燭理未明，莫正本朝之缺失。日求罷退，聊避謗議。忽叨左史之除〔一〇〕，俄冒西垣之選〔一〕。曾非踴躍，冶金偶就於莫耶；惟是青黄，溝木遂成於犧象〔二〕。此蓋伏遇某官道師古始，識造幾微。成就人才，爲今天下之計；主張善類，有古名臣之風。肆令衰病之餘，獲預禁嚴之列。某敢不温尋舊學，激勵晚途。作漢文章，何敢望相如之輩〔三〕；正唐鹽法，庶幾爲處厚之徒〔四〕。過此以還，未知所措。

【校】

〔竊以〕「竊」原作「切」，據蜀本、王本、四部本改。

【箋注】

〔一〕本篇作於元豐八年乙丑（一〇八五）。據續資治通鑑長編卷三五八云，是歲七月丙辰，「起居郎范百禄爲中書舍人」。百禄，字子功。宋史本傳云：「元豐末，入爲司門吏部郎中、起居郎。哲宗立，遷中書舍人。」啓云「忽叨左史（即起居郎）之除，俄冒西垣（中書省）之選」，正指此。又云：「雖奮身不顧，頗摧當路之豪强；而燭理未明，莫正本朝之缺失。」宋史本傳云：「與徐禧治李士寧獄……禧右士寧，以爲無罪；執政主禧，貶百禄監宿州酒。」二者相符。案少游與范祖禹爲姻家，其女適祖禹之子温，而祖禹爲范鎮從孫，百禄爲祖禹從父。故而爲之代作。

〔二〕越俎以代庖：見卷二七代南京謝上表注〔一〇〕。

〔三〕數月二句：爲真，指真除中書舍人。操刀而製錦，左傳襄公三十一年：「子皮欲使尹何爲邑，子産曰：『少，未知可否？』子皮曰：『愿，吾愛之，不吾叛也。使夫往而學焉，夫亦愈知治矣。』子産曰：『不可。人之愛人，求利之也；今吾子愛人則以政，猶未能操刀而使割也，其傷實多。……子有美錦，不使人學製焉。大官大邑，身之所庇也，而使學者製焉。其爲美錦，不亦多乎！』」此喻經驗不足，恐難勝任。

〔四〕四禁之任：見卷二七代中書舍人謝上表注〔七〕。

〔五〕上則二句：喻中書舍人之職責。宋史職官志一「中書舍人」：「掌行命令爲制詞，分治六房。」六房，即吏房、户房、兵房、禮房、刑房、工房。

〔六〕外制：指爲皇帝起草機要詔令。宋時翰林學士加知制誥，所起草之制、誥、詔、令、赦書、德音，稱内制；他官加制誥，起草以上文書，稱外制。

〔七〕請鄰祭竈：見卷九答曾存之注〔四〕。

〔八〕賣劍買牛：見卷九答曾存之注〔五〕。

〔九〕千齡之會：晉書禮志上：「元皇中興……戴邈詣闕上疏云：『方今天地更始，萬物權輿，蕩近世之流弊，創千齡之英範。』」此喻哲宗新立，内含暗頌中興之意。

〔一〇〕左史：指起居舍人。禮記玉藻：「(天子)玄端而居，動則左史書之，言則右史書之。」宋史職官志一謂起居舍人同起居郎：「掌記天子言動。」宋史范百禄傳謂：「元豐末，入爲司門吏部郎中、起居郎。」

〔一〕西垣:指中書省。見卷二八賀中書蘇舍人啓注〔二〕。

〔二〕曾非踴躍四句:莊子大宗師:「今大冶鑄金,金踴躍曰:『我且必爲鏌鋣。』大冶必以爲不祥之金。」注:「鏌鋣,劍名。」又天地:「百年之木,破爲犧尊,青黄而文之;其斷在溝中。比犧尊於溝中之斷,則美惡有間矣,其於失性一也。」犧象,酒器。禮記明堂位:「犧象,周尊也。」孔疏:「犧象周尊也者,畫沙羽及象骨,飾尊也。」一説犧象指犧尊與象尊。此處少游巧用莊子二典,皆寓自謙、傲倖之意。

〔三〕相如:司馬相如。見卷五和東坡紅鞓帶注〔二〕。

〔四〕正唐二句:舊唐書韋處厚傳:「(張)平叔以征利中穆宗意,欲希大任。以榷舊鹽法爲弊年深,欲官自糶鹽,可富國强兵,勸農積貨,疏利害十八條。詔下其奏,令公卿議。處厚抗論不可,以平叔條奏不周……乃取其條目尤不可者,發十難以詰之。……穆宗稱善,令示平叔,平叔詞屈無以答。」案韋處厚,字德載,京兆人。穆宗召入翰林,授中書舍人。後官至同中書門下平章事。史稱「處厚在相位,務在濟時,不爲身計。中外補授,咸得其宜」。

代賀運使啓〔一〕

伏審光奉制函,榮分漕計〔二〕,伏惟慶慰。恭以運使郎中器猷宏敏,道術精微。

資之以問學之優，侈之以聞見之博。持綱憲府，風聲豈畏於悍彊〔三〕；贊治天官〔四〕，冰鑑無私於微眇〔五〕。惟兹右輔，實號奥區〔六〕。禄廩兵食之資，異時或屈〔七〕；陵寢河防之費〔八〕，他路所無。肆輟名郎，出爲膚使〔九〕。符檄未加於一道，威名已肅於列城。外幹邦材，頗鬱縉紳之論〔一〇〕；進謀王體，諒非歲月之淹〔一一〕。

【校】

〔冰鑑〕「冰」原作「水」，此從張本、胡本、李本、段本、王本、秦本、四部本。案：周禮天官「凌人」謂：「掌冰，正歲十有二月令斬冰，三其凌，春始治鑑。」後人以鑑爲鏡，曰冰鑑。

【箋注】

〔一〕本篇作於元祐三年戊辰（一〇八八）。續資治通鑑長編卷四一八元祐三年十二月庚寅：「吏部員外郎宇文昌齡權發遣京西路轉運副使。」昌齡，字伯休，成都雙流人。宋史有傳。時少游任蔡州教授，當代郡守向宗回而作。

〔二〕榮分漕計：漕，漕運。句謂爲運使分擔漕運之責，意即副使也。轉運使職掌，見本篇注〔七〕。

〔三〕持綱二句：憲府，指御史臺。柳宗元同劉二十八院長述舊言懷感時書事……詩：「憲府初收迹，丹墀共拜嘉。」時柳爲監察御史，故云。宋史宇文昌齡傳：神宗朝昌齡拜監察御史：

「鄜延帥奏所部劉紹能與西羌通，將爲患。帝察其不然，命昌齡即鄜州鞠之，果妄也。昌齡因深戒守臣，毋生事徼賞，以靖邊人之心。使還，賜五品服。」二句指此。

〔四〕天官：周禮分設六官，以冢宰爲天官，乃百官之長。後多指吏部尚書。宋史宇文昌齡傳「元豐官曹更新，昌齡「改吏部員外郎」。員外郎爲吏部尚書屬員，故曰「贊治天官」。

〔五〕冰鑑：以冰爲鑑（鏡），喻洞察事理。江淹謝開府辟召表：「臣謬贊國機，職宜冰鑑。」

〔六〕惟茲二句：謂京西路號稱國之腹地。見本卷代賀京西運判啓注〔五〕〔六〕。

〔七〕禄廩二句：宋史職官志七「轉運使、副使」：「掌經度一路財賦，而察其登耗有無，以足上供及郡縣之費；歲行所部，檢察儲積，稽考帳籍。」

〔八〕陵寢：指宋皇陵，在河南鞏義。河防，謂黄河水利之費，皆由京西路承担。參見本卷代賀京西運判啓注〔八〕。

〔九〕膚使：美使，謂圓滿盡職之使節。揚雄法言淵騫：「張騫、蘇武之奉使也，執節没身，不屈王命，雖古之膚使，其猶劣諸？」注：「膚，美。」此指昌齡出任運使。

〔一〇〕外斡二句：意謂國之棟梁放外任，頗已引起縉紳之之贊譽。鬱，盛也。

〔一一〕進謀二句：預祝早日召還爲朝官。王體，國是，國家體制。

代賀提刑落權發遣字啓〔一〕

榮膺睿旨，寵進華資，伏惟慶慰。恭以提刑風猷妙敏〔二〕，襟韻疏明〔三〕。智無不燭，而待之以寬；謀無不周，而斷之以必。傑出名臣之後〔四〕，藹居膚使之前〔五〕。持節陝關，倉廩於焉充實；按刑淮海，囹圄爲之虛空〔六〕。屬右輔之浩繁，屈高材而刺舉〔七〕。既被賜環之寵〔八〕，仍蒙增秩之榮。詔音播騰，士論欣快。嵩山汝水，既久滯於星軺〔九〕；金馬玉堂，佇歸聯於法從〔一〇〕。

【箋注】

〔一〕本篇作於元祐四年己巳（一〇八九）。提刑，指王瑜。瑜，字忠玉，元祐二年權發遣京西提刑，至本年落權發遣字。詳卷五和王忠玉提刑注〔一〕考證。本篇云「嵩山汝水，皆久滯於星軺」，言其在京西任期甚長也，故知爲元祐四年。詩云「黄綬我聊爾」，謂作者時任蔡州教授也。此賀啓當爲州守向宗回代作。「落權發遣字」謂落去「權發遣」之字而正式任此職，古稱「真除」。案自宋太祖始，罷各節度使，立「權發遣」、「權知」名目。不拘銓選常規，資序低而委以重任，隔兩等資序者稱「權發遣」。王瑜落權發遣字而獲正式任命，已提陞兩等，故而該地區郡守致賀。

〔二〕風猷：品格、氣概。南史隱逸傳叙：「解桎梏於仁義，示形神於天壤，則名教之外，别有風猷。」謝朓奉和隨王殿下詩：「風猷冠淄鄴，衽舄愧唐枚。」

〔三〕襟韻：情操風度。杜牧池州送孟遲先輩詩：「歷陽裴太守，襟韻苦超越。」

〔四〕傑出名臣之後：王瑜乃王舉正之孫、王化基之曾孫。化基官至禮部尚書，卒贈右僕射，謚惠獻。舉正官至禮部尚書，兼翰林侍讀學士，以太子少傅致仕，卒贈太子太保，謚安簡。宋史俱有傳。參注〔一〕。

〔五〕膚使：見本卷代賀運使啓注〔九〕。

〔六〕按刑淮海二句：欒城集卷二九西掖告詞王瑜京西提刑：「以爾案刑於淮海，歷年之久，民無怨言。」

〔七〕屬右輔二句：謂任京西提刑。同上告詞：「茲復命爾督視許鄧，地雖不同，而職事如一。」許州、鄧州，皆屬京西路。案：刺舉，指偵視檢舉。史記田叔列傳田仁上書言：「天下郡太守多爲姦利，三河尤甚，臣請先刺舉三河。」宋史職官志七「提點刑獄公事」：「掌察所部之獄訟……及刺舉官吏之事。」

〔八〕賜環：見本卷代回胡右丞年節啓注〔八〕。

〔九〕星軺：古稱帝王使者爲星使，因亦稱使者之車爲星軺。宋之問奉和梁王宴龍泓應教詩：「水府淪幽壑，星軺下紫微。」

〔一〇〕金馬二句：預祝將召爲侍從之臣。金馬、玉堂，即漢之金馬門與玉堂殿，後世借指翰林院。歐陽修會老堂口號：「金馬玉堂三學士，清風明月兩閒人。」法從，見卷五送劉貢父舍人二首其一注〔九〕。

謝胡晉侯啓〔一〕

伏審光奉明恩，寵登上第，伏惟慶慰。恭以新恩先輩器猷閎博，問學淵深。挺生旌表之門，優入英雄之彀〔二〕。臂折惟九，終號良醫〔三〕；璞獻者三，竟爲美瑞〔四〕。雖邅回之可歎〔五〕，逮遭際以尤榮。而觀者昔陪絳帳之生〔六〕，近被棘闈之屬〔七〕。兒寬早歲，嘗爲諸大之徒〔八〕；夢得晚年，翻作奇章之客〔九〕。矧惟季弟，又獲同年。交情既重於他人，喜氣亦殊於他日。追惟二紀〔一〇〕，有同夢寐之遊；復會一時，如閱簡編之事。未修鄙牘，遽辱華緘。感佩之私，敷陳罔既。

【箋注】

〔一〕本篇作於元祐六年辛未（一〇九一）。啓云：「矧爲季弟，又獲同年。」季弟，指少游弟秦覯，字少章，元祐六年中馬涓榜進士。參見卷四送少章弟赴仁和簿注〔一〕。胡晉侯，生平不詳。啓云「新恩先輩」，新恩者，新近蒙恩中第之意；先輩有數義：一謂前輩，如三國志吴書闞澤傳：「澤州里先輩丹陽唐固，亦修身積學。」一謂同時中進士者相互之敬稱，如李肇國史補：「得第謂之前進士，互相推敬謂之先輩。」少游與胡晉侯並非同時及第，故非第二義，而應爲第一義，即其前輩也。從「昔陪絳帳之生」看，少游早年當從胡受業，故有「兒寬早歲，嘗爲諸大之徒」之語。此人必久困場屋，累試不第，故稱其「臂折惟九」、「璞獻者三」；及其中第，已與秦覯同年，故稱其「夢得晚年，翻作奇章之客」。晚年者，年已暮矣。

〔二〕僂入英雄之彀：喻胡晉侯新登高第。王定保唐摭言卷一述進士：「（唐太宗）私幸端門，見新進士綴行而出，喜曰：『天下英雄入吾彀中矣！』」

〔三〕臂折二句：屈原九章惜誦：「九折臂而成醫兮，吾至今而知其信然。」喻胡晉侯累試不第，積有豐富經驗。

〔四〕璞獻二句：史記鄒陽傳「昔卞和獻寶」集解：「應劭曰：『卞和得玉璞，獻之武王。武王示玉人，玉人曰石也，刖右足。武王没，復獻文王，玉人復曰石也，刖其左足。至成王時，卞和抱璞哭於郊，乃使玉尹攻之，果得寶玉。』」此喻胡晉侯懷才不遇已久，終於成功。

〔五〕亶回：見卷二夜坐懷孫莘老司諫注〔四〕。

〔六〕絳帳：後漢書馬融傳：「融居宇器服，多存侈飾。常坐高堂，施絳紗帳，前授生徒，後列女樂。」

〔七〕棘闈：一作「棘圍」。唐五代試士，用荆棘圍試院，以防放榜時士子喧噪；其後又用以杜塞傳遞夾帶之弊。後世因稱試院爲棘闈。此句似指少游曾以祕書省官吏身份參與試事。據續資治通鑑長編卷四〇八元祐三年正月命蘇軾知貢舉時，注謂魯直、子明爲參詳，志完、天啓爲點檢試卷，而六年獨不載。據此文語氣，少游或爲六年點檢試卷，未嘗不可，附此待考。

〔八〕兒寬二句：漢書兒寬傳：「初，梁相褚大通五經，爲博士，時寬爲弟子。及御史大夫缺，徵褚大。大自以爲得御史大夫。至洛陽，聞兒寬爲之，褚大笑。及至，與寬議封禪於上前，大不能及，退而服曰：『上誠知人！』」案：兒寬，西漢千乘人，受業於孔安國，武帝時官御史大夫，與司馬遷共定太初曆。

〔九〕夢得二句：夢得，唐劉禹錫字，舊唐書本傳：「禹錫晚年與少傅白居易友善，詩筆文章，時無在其右者。」又新唐書劉禹錫傳云：「素善詩，晚節尤精，與白居易酬復頗多。居易以詩自名者，嘗推爲『詩豪』，又言：『其詩在處，應有神物護持。』」奇章，指牛僧孺，新唐書本傳：「敬宗立，進封奇章郡公。」太平廣記卷四九七引雲溪友議：「牛僧孺赴舉之秋，每爲同袍見忽，嘗投刺於補闕劉禹錫，對客展卷，飛筆塗竄其文，且曰：『必先輩期至矣。』雖拜謝礱礪，終爲怏怏。歷三十餘歲，劉轉汝州，僧孺鎮漢南，枉道駐旌，信宿酒酣，直筆以詩喻之。劉承詩意，因戒子咸佐、承雍等曰：『吾立成人之志，豈料爲非。……』僧孺詩曰：『粉署爲郎四十春，向來名輩更無人。休論世上升沉事，且閱尊前見在身。珠玉會因成咳唾，山川猶覺露精神。莫嫌恃酒輕言語，會把文章作後塵。』禹錫詩云：『昔年曾忝漢朝臣，晚歲空餘老病身。初見相如成賦日，後爲丞相掃門人。追思往事咨嗟久，幸喜清光語笑頻。猶有當時舊冠劍，待公三日拂埃塵。』牛吟和詩，前意稍解，曰：『三日之事，何敢當焉。』於是移宴竟夕。」此處借稱譽劉夢得喻胡晉侯晚年文章愈精。

〔一〇〕二紀：二十四年。十二年爲一紀。此處當爲約數。句係追憶二十餘年前與胡晉侯在一起時的生活。元祐六年少游四十三歲，則「二紀」前，約爲英宗治平四年（一〇六七）左右。

代參寥與鍾公實啓〔一〕

伏承較藝數奇〔二〕，獻書遇合〔三〕，起家戎幕，受職儒宫。榮動一時，寵踰三舍〔四〕，伏惟歡慶。竊以文高徐樂〔五〕，才贍馬周〔六〕。性理内融，事機旁照。扣角負鼎〔七〕，無羡昔人；轉海回天〔八〕，復聞今日。某夙親談議，猥與從游；睹此盛隆，竊深欣抃。

【校】

〔文高徐樂〕原脱「樂」字，注曰：「闕文。」據張本、胡本補。

【箋注】

〔一〕本篇作於元豐元年戊午（一〇七八）歲暮。鍾公實，名世美，旌德人。續資治通鑑長編卷二九四謂是歲十一月乙酉，「太學生鍾世美爲試校書郎、睦州軍事推官、太學正。世美以内舍生上書稱旨，下國子監保明在學行義亦飭故也。或刻世美書印賣，上批世美所論有經制四夷等事，傳播非便，令開封府禁之」。又卷三〇三云，元豐三年夏四月庚子，「又詔太學正鍾世美上年陳太學事有可行者，下看詳太學條制所立法以聞」。案公實仕履宋史失載，據長編拾補卷二〇載，崇寧元年七月己未，詔中書開具元符臣僚章疏姓名，内分「正」「邪」兩類，每類又分三等，鍾世美名列「正上」，而張耒名列「邪中」，可見與章惇爲一派。同月庚子，拾補又載：「贈宣德郎鍾世美爲右諫議大夫，録其子爲郊社齋郎。世美元符末任福建路提舉常平，因日食應詔上書，乞復熙寧、紹聖政事，以銷天變；至是追贈。」參寥，即釋道潛，見卷二夜坐懷莘老司諫注〔一〕。

〔二〕較藝數奇：謂考試未中。吴澄貢院較文詩：「棘闈較藝日如年，生怕談經説用燕。」

〔三〕獻書遇合：指太學上書得神宗賞識，見注〔一〕。

〔四〕三舍：指太學内舍、外舍、上舍。熙寧四年定三舍法：初入學爲外舍，人數不限；外舍升内舍，二百人；内舍升上舍，一百人。見宋史選舉志三。

〔五〕徐樂：漢無終人，武帝時與主父偃、嚴安俱上書言世務。武帝謂曰：「公皆安在？何相見之晚也！」漢書有傳。

〔六〕馬周：唐清河茌平人，字賓王，貞觀五年，爲何常條陳便宜二十餘事，帝大悦，召見授官。舊唐書有傳。

〔七〕扣角負鼎：指干時求進取。扣角，三齊略記云：「寧戚飯牛車下，扣角歌曰：『南山粲，白石爛,生不逢堯與舜禪。』」後蒙齊桓公知遇,命後車載之而歸。負鼎,史記殷本紀:「伊尹名阿衡。阿衡欲奸湯而無由,乃爲有莘氏媵臣,負鼎俎,以滋味説湯,致于王道。」後因以負鼎喻干時以求進用。後漢書馬援傳論:「馬援騰聲三輔,遨遊二帝,及定節立謀,以干時主,將懷負鼎之願,蓋爲千載之遇焉。」

〔八〕轉海回天:喻諫阻有力。吴兢貞觀政要卷二載,給事中張玄素諫止太宗修乾元殿,魏徵嘆曰:「張公遂有回天之力。」李白寄譙郡元參軍詩:「回山轉海不作難,傾情倒意無所惜。」

淮海集箋注卷第三十

簡

答傅彬老簡〔一〕

彬老足下，昨奉手教，所以慰誨甚勤，并蒙録示寄蘇登州書并題眉山集後，尊賢善道，發於誠心，詞旨清婉，近世所希見也。發函展讀，殆不能釋手。欽想高風，益增企系。屢迫賤事，修報後時，悚愧何已！然僕昧陋，不能具曉盛意，中間有未然處，輒爲左右具言之。惟閣下恕其僭易，幸甚幸甚！

閣下謂蜀之錦綺妙絶天下〔二〕，蘇氏蜀人，其於組麗也獨得之於天，故其文章如錦綺焉。其説信美矣，然非所以稱蘇氏也。蘇氏之道，最深於性命自得之際〔三〕；其次則器足以任重，識足以致遠〔四〕。至於議論文章，乃其與世周旋，至粗者也。閣下論蘇氏而其說止於文章，意欲尊蘇氏，適卑之耳〔五〕。閣下又謂三蘇之中〔六〕，所願學者，登州爲最優〔七〕。于此尤非也。老蘇先生，僕不及識其人；今中書、補闕二公，則僕嘗身事之矣。中書之道如日月星辰經緯天地，有生之類皆知仰其高明。補闕則不然，其道如元氣行於混淪之中，萬物由之而不知也。故中書嘗自謂「吾不及子由」〔八〕，僕竊以爲知言。閣下試贏數日之糧，謁二公於京師；不然，取其所著之書，熟讀而精思之，以想見其人。然後知吾言之不謬也。

文翁哀詞〔九〕，抒思久矣，重蒙示諭，尤增感愴。時氣尚熱，未及晤見，千萬順時自愛，因風無惜以書見及，幸甚！

【校】

〔抒思〕張本、胡本、李本、段本、秦本「抒」俱作「杼」。

【箋注】

〔一〕傅彬老：生平不詳。宋華鎮送傅彬老檢討赴宜興簿詩：「不是雙翎羽未齊，天門欲到失雲梯。」案：華鎮，元祐元年監永嘉鹽場，其送傅詩可能作于元豐中，此時傅曾任檢討及宜興主簿，蓋受貶也。蘇軾有與傅質簡一首，云：「再辱示教，伏審酷熱，起居清勝。見諭，某何敢當，徐思之，當不爾。然非足下相期之遠，某安得聞此言，感愧深矣。體中微不佳，奉答草草。」此人元符末爲真州守，其名與字蓋本論語「文質彬彬」。本篇云：「今中書、補闕二公。」案施宿東坡先生年譜謂元祐元年，「三月辛未，蘇軾免試除中書舍人」。又蘇潁濱年表云：元豐八年十月丁丑，「以轍爲司諫，哲宗元祐元年，轍至京師」。司諫，即補闕，可見本篇作於元祐元年。

〔二〕蜀之錦：蜀錦譜：「蜀以錦名天下，故城名以錦官，江名以濯錦。」

〔三〕性命自得：易乾：「乾道變化，各正性命。」疏：「性者，天生之質，若剛柔遲速之別；命者，人所禀受，若貴賤夭壽之屬是也。」文選嵇叔夜（康）琴賦：「齊萬物兮超自得，委性命兮任去留。」李善注：「莊子有齊物論。楚辭曰：『漠靈静以恬愉，澹無爲而自得。』」案所引楚辭見遠遊。

〔四〕其次則二句：論語泰伯：「士不可不弘毅，任重而道遠。仁以爲己任，不亦重乎！死而後已，不亦遠乎！」

〔五〕閣下三句：當時重道德而輕文章，如孫升孫公談圃卷上：「子瞻以温公（司馬光）論薦，簾眷（高太皇太后垂簾聽政）甚厚，議者且爲執政矣。公（孫升）力言蘇軾爲翰林學士，其任已極，不可以加。如用文章爲執政，則國朝趙普、王旦、韓琦未嘗以文稱。又言王安石止可以爲翰林，則軾不過如此而已。若欲以軾爲輔佐，願以安石爲戒。」升所言雖略後（在元祐元年九月），然元祐更化，懲王安石當事之「弊」，時論如此，少游亦受其影響。

〔六〕三蘇：王闢之澠水燕談録卷四才識：「蘇氏文章擅天下，目其文曰三蘇，蓋洵爲老蘇，軾爲大蘇，轍爲小蘇也。」

〔七〕登州：指蘇軾。據王文誥蘇詩總案卷二十六：「元豐八年乙丑，六月告下，復朝奉郎起知登州軍州事。」（案時蘇軾由黄州至常州）十月，「十五日抵登州任，進謝上表」，「二十日告下，以禮部郎中召還」。是軾知登州不過七日，此處少游係沿用傅彬老來函中稱呼。可知傅簡亦作於元豐八年十月。

〔八〕故中書句：東坡全集卷三〇答張文潛書：「子由之文實勝僕，而世俗不知，乃以爲不知。其爲人深不願人知之，其文如其爲人。故汪洋澹泊，有一唱三嘆之聲。而其秀傑之氣，終不可没。」

〔九〕文翁：漢廬江舒人。景帝末，任蜀郡守，於成都市中起官學，招屬縣子弟入學。入學者免徭役，學而優者以補郡縣吏。武帝時令天下郡國立學校官，自文翁爲之始。漢書有傳。案：老蘇曾授文安縣主簿，張方平爲作墓表，稱文安先生。明茅坤唐宋八大家文鈔稱之爲蘇文公。此處文翁當喻指老蘇，篇首謂傅彬老録示題眉山集後，眉山集似爲當時對嘉祐集或蘇老泉文集之别稱。老蘇卒於治平三年，至元祐元年已二十年矣。傅彬老之跋文當有寄哀之詞，故曰「哀詞」，其構思已多年，故下文曰：「抒思久矣，重蒙示諭，尤增感愴。」

【彙評】

林紓林氏選評名家文集淮海集：東坡所長，豈但文章？少游知東坡深，故言之真切。

與蘇公先生簡〔一〕

其一

某頓首再拜知府學士先生。比參寥至，奉十二月十二日所賜教，慰悔勤至，殆如服役，把玩彌日，如晤玉音，釋然不知窮困憔悴之去也。即日伏惟尊候，動止萬福。某鄙陋不能脂韋婉孌〔二〕，乖世俗之所好。比迫於衣食，彊勉萬一之遇，而寸長尺短，各有所施；鑿圓枘方，卒以不合〔三〕。親戚游舊，無不憫其愚而笑之。此亦理之必然，無足嘆者。殆以再世偏親皆垂白〔四〕，而田園之入，殆不足奉裘葛、供饘粥〔五〕。犬馬之情〔六〕，不能無悒悒爾。然亦命也，又將奚尤？惟先生不棄，而時賜之以書，使有以自慰。幸甚，幸甚！窮冬未由侍坐，伏乞爲國自重，下慰輿情〔七〕，不宣。

【校】

〔其一〕此爲箋注者所加。下同。

【箋注】

〔一〕此簡作於元豐元年戊午（一〇七八）十二月底。是歲蘇軾知徐州，夏四月，少游曾往訪。後參寥子訪蘇軾於彭城，軾有次韻僧潛見贈詩云：「秋風吹夢過淮水，想見橘柚垂空庭。」冬，參寥亦有自彭城回止淮上因寄子瞻詩，云：「寂寞蒹葭霜雪後，何時重倚玉青葱？」東坡與少游書，作於十二月十九日之後。參寥子攜至高郵，當在月底。

〔二〕不能脂韋婉孌：謂不善取媚於世。脂韋，圓滑貌。屈原卜居：「寧廉潔正直以自清乎？將突梯滑稽如脂如韋以潔楹乎？」婉孌，美好、親愛貌。詩齊風甫田：「婉兮孌兮，總角丱兮。」後漢書朱佑傳贊：「婉孌龍姿，儷景同飄。」注：「婉孌，猶親愛也。」

〔三〕比迫於衣食六句：謂近來應舉落第。秦譜：「元豐元年戊午，先生年三十。先生舉鄉貢不售，蘇公有詩云：『底事秋來不得解，定中試與問諸天。』又簡云：『此不足爲太虛損益，但吊有司之不幸耳。』先生退居高郵。」案蘇軾詩題作次韻參寥師寄秦太虛三絶句時秦君舉進士不得，王文誥蘇詩總案卷十七繫之於元豐元年十二月十九日之後，云：「和參寥寄秦觀失解……」注引本集與秦少游書云：「別後數辱書，（既冗懶且）無便不一寄（裁）答，愧悚之至。參寥至，頗聞動止，爲慰。然見解榜不見太虛名字，甚惋嘆也！（此不足爲太虛損益，但吊有司之不幸爾。即日起居何如？）參寥真可人，太虛所與之不妄矣。（何時復見，臨紙惘惘，惟萬萬自愛而已。謹奉手啓上問。）諸事可問參寥而知。（入夜困倦，書不詳悉。程文甚美，信非當世君子之所取也。）僕去替不遠，尚未知後任所在，意欲東南一郡爾，得之當遂相見。」以上圓括號内爲總案注文所略，方括號内爲總案注文所誤。寸長尺短，自謙才淺，語本屈原卜居：「夫尺有所短，寸有所長。」鑿圓枘方，見卷三春日雜興十首其三注〔一〇〕。

〔四〕再世偏親：再世，兩代。謂祖父母、父母各僅存一方。此指大父承議公及母戚氏。

〔五〕裘葛、饘粥：指衣食之粗者。漢書司馬遷傳太史公叙六家要指，謂墨者尚堯舜，又謂堯舜「糲粱之食，藜藿之羹，夏日葛衣，冬日鹿裘」。禮記檀弓上：「饘粥之食。」疏：「厚曰饘，稀曰粥。」

〔六〕犬馬之情：論語爲政：「子游問孝，子曰：『今之孝者，是謂能養；至於犬馬，皆能有養，不敬，何以别乎？』」此處自謙奉養大父及母之孝心。

〔七〕輿情：本指民衆心願。李中獻喬侍郎詩：「格論思名士，輿情渴直臣。」此處自謙之辭。

其　二〔一〕

某頓首再拜。頃蒙不問鄙陋，令賦黄樓，自度不足以發揚壯觀之萬一，且迫於科舉〔二〕，以故承命經營，彌久不獻。比緣杜門多暇，念嘉命不可以虚辱，輒冒不韙，撰成繕寫呈上。詞意蕪迫，無足觀覽，比之途歌野語，解顔一笑可也。又多不詳被水時事〔三〕，恐有謬誤并太鄙惡處，皆望就垂改竄，庶幾觀者不至詆訶，以重門下之辱〔四〕。素紙一軸，敢冀醉後揮掃近文并芙蓉城詩〔五〕，時得把玩，以慰馳情。幸甚，幸甚！

【校】

〔題〕原作「同前」，張本同。王本、四部本無題。此爲箋注者所改，下同。

〔某頓首再拜〕此句各本原接前簡之末。王本、四部本案：「『某頓首再拜』字當在下一行『頃』字上。」據此改。

〔詞意蕪迫〕林紓林氏選評名家文集淮海集作「詞意蕪穢」。

【箋注】

〔一〕本篇作於元豐元年戊午（一〇七八）冬，詳見卷一黄樓賦注〔一〕。

〔二〕且迫於科舉：是歲秋，少游曾赴京應試，詳卷十泗州東城晚望注〔一〕。

〔三〕被水時事：蘇轍黄樓賦敘：「熙寧十年秋，七月乙丑，河決於澶淵，東流入鉅野，北溢於濟，南溢於泗。八月戊戌，水及彭城下。余兄子瞻適爲彭城守，水未至，使民具畚鍤、畜土石、積芻茭，完窒隙穴，以爲水備。故水至而民不恐。自戊戌至九月戊申，水及城下者二丈八尺，塞東、西、北門，水皆自城際山，雨晝夜不止。子瞻衣製履屩，廬於城上，調急夫、發禁卒以從事。令民無得竊出避水，以身帥之，與城存亡。故水大至而民不潰。」是時少游不在徐州，故知之不詳。

〔四〕門下：指弟子。淮南子道應：「公孫龍顧謂弟子曰：『門下故有能呼者乎？』」十駕齋養新録：「黄魯直、秦少游、張文潛、晁無咎，稱蘇門四學士。」

〔五〕芙蓉城詩：蘇軾作，其自叙云：「世傳王迥子高與仙人周瑶英遊芙蓉城。元豐元年三月，余始識子高，問之信然。乃作此詩，極其情而歸之正，亦變風『止乎禮義』之意也。」此詩一時盛傳，故少游索之。王迥子高後因姓字著於樂府，遂用此詩「蘧蘧形開如醉醒」之句，改名蘧，字子開。據葉夢得避暑録話卷上，蘇子瞻與王子高爲姻親。淮海後集卷三有悼王子開五首，可參看。

【彙評】

林紓林氏選評名家文集淮海集：語近晉人。

其　三〔一〕

某頓首，昨所遣人還〔二〕，奉所賜詩書〔三〕。伏蒙奬與過當，固非不肖之迹所能當也。愧畏愧畏，比辰伏惟尊候萬福。

某比侍親如故，敝廬數間，足以庇風雨。薄田百畝，雖不能盡充饘粥絲麻，若無横事，亦可給十七。家貧素無書，而親戚時肯見借，亦足諷誦。深居簡出，幾不與世人相通。老母家人，見其如此。又得先生所賜詩書，稱借過當；副之藥物，亦可以湔所敗辱爲不朽矣。

參寥時一見過〔四〕，他客既以奔軍見棄〔五〕，又不與之往還，因此遂絶。頗得專意讀書，學作文字。性雖甚愚戇，亦時有所發明，差勝前時汩汩中也〔六〕。懋誠集引尋已付邵君刻石畢〔七〕，寄上次黄樓賦；比以重違尊命，率然爲之，不意過有愛憐，將刻之石，又得南都著作所賦〔八〕，但深愧畏也。文與可學士尚未至〔九〕，如過此，當同參寥往見矣。春初未侍坐間，伏乞保衛尊重，下慰惓惓，不宣。某頓首。

【校】

〔愧畏愧畏〕原無後「愧畏」二字，據王本、四部本補。

【箋注】

〔一〕本篇作於元豐二年己未（一〇七九）。據孫汝聽蘇潁濱年表，熙寧十年正月十二日，「轍以舉者改著作佐郎」；「二月癸巳，以張方平爲南京留守，方平辟轍簽書應天府判官」。又云元豐元年九月，轍「有黄樓賦」。本篇云「又得南都著作所賦……春間未侍坐間」，當爲次年、即元豐二年春間。

〔二〕昨所遣人還：指遣人送前一簡及黄樓賦至徐州。

〔三〕奉所賜詩書：東坡有次韻參寥師寄秦太虚三絶句時秦君舉進士不得、太虚以黄樓賦見寄作詩爲謝二詩，當此時寄與。又所乞芙蓉城詩，亦當書贈。又東坡答秦太虚云：「某昨夜偶與客飲酒數杯，燈下作李端叔書，又作太虚書，便睡。今日取二書覆視，端叔書猶粗整齊，而太虚書乃爾雜亂，信昨夜之醉甚也。本欲别寫，又念欲使太虚於千里之外，一見我醉態而笑也。無事時寄一字，甚慰寂寥。不宣。」此書亦此前寄自徐州。

〔四〕參寥時一見過：時參寥子往來於山陽、廣陵之間，亦嘗暫住高郵乾明寺，故得與少游相見。見年譜。

〔五〕他客句：指孫莘老等。莘老丁祖母憂期間，嘗於熙寧九年偕少游、參寥遊歷陽之湯泉，是時已赴官，其子子實亦赴北海尉。參見卷七過六合水亭懷裴博士次韻三首其一注〔一〕。

〔六〕汩汩：動蕩不安。杜甫自閬州領妻子却走蜀山行三首其一：「汩汩避群盜，悠悠經十年。」

〔七〕懋誠集引：即邵茂誠詩集敘，蘇軾作。王闢之澠水燕談録卷四才識：「邵迎，高郵人，博學强記，文章清麗而尤長於詩。……平生奇蹇不偶，登進士十餘年，而官止州縣。窮死無嗣，其妻苦於飢寒。蘇子瞻哀君之不幸，集其文爲之引。」案：迎，字茂誠，與蘇軾同年。懋，通茂。蓋以其字名其集。

〔八〕南都著作所賦：指蘇轍所作之黄樓賦。王宗稷蘇文忠公年譜謂「子由作黄樓賦，先生跋云：『元豐元年八月癸丑，樓成。九月庚辰，大合樂以落之。』」本篇云「次黄樓賦」，乃指次子由原作也。

〔九〕文與可：文同，字與可，號笑笑先生、錦江道人。梓州永泰人。皇祐進士，元豐初知湖州。善畫山水，尤長墨竹。宋史有傳。

其　四〔一〕

某頓首再拜，去冬伏奉所賜教〔二〕，旋又李獻甫過此〔三〕，甚得興居之詳，欣慰何可勝言！尋欲上狀，而區區之情欲布於左右者，一日復一日，人事無間斷，而自春已來尤復擾擾。家叔自會稽得替，便道取疾入京改官，令某侍大父還高郵，又安厝亡嬸靈柩在揚州，且買地，趁今冬舉葬。入夏又爲諸弟輩學時文應舉。而家叔至今雖已改官，尚滯京師未還。老幼夏間多疾病，更遇歲饑，聚族四十口，食不足，終日忽忽無聊賴。本欲作書詳道，至今不果，甚可笑也。想公當悉此意矣。

即日初寒，伏惟尊候萬福。前得所賜書，承用道家方士之言，自冬至後，屏去人事，室居四十九日乃出〔四〕。又李漕傳到成都大慈寶藏記文〔五〕，誦書讀記，想見公超然逸舉於形骸埃壒之外，雖欲從之，不可得也。辱誨諭，且令勉彊科舉〔六〕。如某者，實無所有，豈敢求異於時，但長年頗慚爲兒女子所嗤笑耳。得公書，重以親老之命，頗自摧折，不復如向來簡慢。盡取今人所謂時文者讀之，意謂亦不甚難及，試就其體作數首，輒有見推可者，因以應書，遂亦蒙見録，今復加工如求應舉時矣。但恐南省所取又不同〔七〕，儻只如此，恐十有一二可得也。前寄呈亂道〔八〕，繼亦作得十數篇，未敢附上。子駿以公言，顧遇甚厚，嘗令作揚州集序〔九〕，并辯才法師見囑作龍井記〔一〇〕、言師囑作雪齋記〔一一〕，二記皆黄魯直爲書，已刻成，尚未寄到；今且録草去，因便却乞并此書轉到高安先生處〔一二〕。幸甚，幸甚！

子駿以保任不當，罷去。莘老復固辭不來〔一三〕。此亦是無聊一事也。莘老云，有兩書託公擇寄去〔一四〕，不知曾有書寄去否？渠云：「非求答，但欲知達否爾。」昨過此不多日，然相聚甚款，未嘗無一日不數十次及公昆仲也。雖不求揚州，爲公作黄樓主人〔一五〕，亦是吾黨中一段佳事。某來歲東歸時，庶幾到徐見之也〔一六〕。

黄魯直去年過此，出所爲文，尤非昔時所見，其爲人亦稱，是真所謂豪傑間出之士也！但恨去速，不得與之從容。參寥在阿育王山璉老處極得所〔一七〕，比亦有書來，昨云已斷吟詩，聞説後來已復破戒矣。

某數日間便西行〔一八〕，未緣侍坐，伏乞與時自重，下慰瞻依，不宣。某再拜！

【箋注】

〔一〕本篇作於元豐四年辛酉（一〇八一）。秦譜云：「春正月，先生叔父定自會稽得替，便道取疾入京改官。先生侍大父承議公還高郵，又安厝亡孀於揚州。」所云正與此篇合，可證作於本年。

〔二〕去冬伏奉所賜教：秦譜謂元豐三年，「冬十一月，得蘇黄州書」。案：即蘇軾答秦太虚書，見附録。

〔三〕李獻甫：李琮，字獻甫，江寧人。登進士第，調寧國軍推官。吕公著尹開封，薦知陽武縣。時役法初行，琮處畫盡理。後以轉運副使，徙梓州路。元祐初，黜知吉州，歷相、洪、潞三州，遷户部侍郎。終以寶文閣待制知瀛州。爲人長于吏治，而所至主於掊克，爲士論嗤鄙。宋史有傳。案宋史食貨志上謂元豐四年，李琮爲淮南轉運副使。又續資治通鑑卷七十六載，元豐四年秋七月己酉，泰州暴雨浸城，詔淮海轉運副使李琮按視以聞。據蘇軾答李琮書云：「秦太虚維揚勝士，固知公喜之。」此時李獻甫當因東坡之託而過訪少游。

〔四〕承用道家四句：爲蘇軾答秦太虚書中語。

〔五〕又李漕句：李漕，指李獻甫。漕，轉運使之簡稱。成都大慈寶藏記文，即蘇軾元豐三年所作勝相院藏經記，見東坡續集卷十二。文曰：「蜀成都大聖慈寺，故中和院，賜名勝相。」其中復謂「作大寶藏，湧起於海，有大天龍背負而出，及諸小龍糾結環繞……及諸佛子光色聲香，自相摩激，璀璨芳郁，玲瓏宛轉，生出諸相，變化無窮」。故少游曰：「誦書讀記，想見公超然逸舉於形骸埃壒之外。」東坡答李琮書亦云：「知荆公（王安石）見稱經藏文，是未離妄語也。」可見少游所稱譽者與荆公同。

〔六〕且令勉彊科舉：蘇軾答秦太虚書云：「太虚未免求禄仕，方應舉求之。應舉不可必，竊爲君謀宜多著書，如所示論兵及盜賊等數篇，但似此得數十首，皆卓然有可用之實者，不須及時事也；但旋作此書，亦不可廢應舉。」少游即指此。

〔七〕但恐句：南省，唐宋時尚書省在大内之南，因稱南省。亦專指禮部。洪邁容齋四筆官稱别名：「唐人好以他名標榜官稱，禮部爲小儀，爲南省。」此指應禮部試恐不中式。

〔八〕亂道：漢書張禹傳禹謂成帝曰：「陛下宜修政事以善應之，與下同其福喜，此經義意也。新學小生，亂道誤人，宜無信用，以經術斷之。」可知亂道指離經之論。此係少游謙語。

〔九〕子駿三句：子駿，鮮于侁字，元豐三年知揚州，嘗令作揚州集序。詳卷七鮮于子駿使君生日注〔一〕及卷三六鮮于子駿行狀。

〔一〇〕辯才法師：俗姓徐，名元浄，字無象，杭之於潛人。年十六落髮，十八就學於天竺慈雲法師，二十五賜紫衣及辯才號。隱於錢塘之天竺山。元豐二年，退居龍井之壽聖院。少游是歲八月中秋後一日來訪。見蘇轍龍井辯才法師塔碑。少游亦有龍井題名記、龍井記及録龍井辯才事諸文叙其事迹。

〔一一〕言師：僧人，名法言，字無擇，又字思聰，住杭州孤山法會院，嘗從蘇軾遊。熙寧中，東坡倅杭，令和參寥「昏」字韻詩，大受稱賞，謂「不減唐人」。元豐二年，少游過杭，與之相識，爲作雪齋記，並爲改字曰聞復。大觀、政和間攜琴游京師，日造貴人之門。久之還俗，爲御前使臣。參見竹坡詩話、續高僧傳。

〔一二〕高安先生：指蘇轍，時謫監高安（筠州）鹽酒税。

〔一三〕莘老：孫覺字，見卷二夜坐懷莘老司諫注〔一〕。

〔一四〕公擇：李常字，見卷七懷李公擇學士注〔一〕。

〔一五〕雖不求二句：黄樓，在徐州東門，元豐元年蘇軾所建，詳卷一黄樓賦注〔一〕。據北宋經撫年表卷四，是歲十一月，知福州孫覺將改知揚州。而孫莘老年譜謂本年「徙知亳州，辭不赴；又徙知揚州，辭不赴；徙知徐州」。故此處云「不求揚州，爲公作黄樓主人」。公，指蘇軾。

〔一六〕某來歲二句：指明年（元豐五年）應試歸來時擬經徐州。第二年少游歸過徐州時，孫覺爲州守，曾往見之。

〔一七〕阿育王山：在今浙江鄞縣。晉太康中，并州人劉薩訶得阿育王舍利，建塔於此，建廣利寺，至梁武帝改名阿育王寺。璉老，即大覺禪師懷璉。原爲漳州龍溪陳氏子，齠齔出家，師事泐潭法師十餘年，去游廬山，掌記於通訥禪師所。皇祐中，仁宗召對化成殿，問佛法大意，奏對稱旨，賜號大覺禪師，留住東京浄因禪院。治平中，上疏丐歸，英宗依所乞賜手詔。既渡江，少留金山、西湖。四明郡守以育王虚席迎致。後蘇軾知杭州，應邀作宸奎閣碑。事見五燈會元卷十五。

〔一八〕某數日間便西行：謂將赴京應試。

【彙評】

林紓林氏選評名家文集淮海集：述瑣事初無俗調。

與邵彥瞻簡〔一〕

其一

某頓首啓：日月不相貸借，奉違未幾，已復清明。緬惟還自諸邑，尊履勝常，欽企欽企。春色遂爾藹然，草木魚鳥，各有佳意。廣陵多登臨之美〔二〕，臨風把盞，所得故應不訾〔三〕。古語有之：良辰、美景，賞心、樂事，四者難并〔四〕。今又以風流從事，從文章太守，游淮海佳郡，豈不爲七難并得乎？甚盛，甚盛！邑中少所還往〔五〕，杜門忽忽，無以自娛，但支枕獨卧，追惟舊游而已。欲南去，屬私故，未能伺舟，但增引悒，不宣。

【校】

〔其一〕此爲箋注者所加,下同。

【箋注】

〔一〕本篇作於元豐三年庚申(一〇八〇)清明後。秦譜云:「是歲鮮于公侁字子駿爲揚州守,待先生以禮,爲作揚州集序;邵彦瞻爲揚州從事,爲作集瑞圖序。」參見卷三和游金山注〔一〕。

〔二〕廣陵句:寫今江蘇揚州市。登臨之美,指山水之勝。孟浩然登峴山:「江山留勝蹟,我輩復登臨。」

〔三〕不訾:多得不可計量。史記貨殖傳:「巴蜀寡婦清……家亦不訾。」

〔四〕良辰三句:見卷七鮮于子駿使君生日注〔二一〕。

〔五〕邑中:指高郵。少游家在縣城東武寧鄉(今三垛鎮),距城四十五里,參見年譜。

其　二〔一〕

某頓首,頃蒙以集瑞圖序文見屬,此固盛時之事,前世詞臣墨客所頌歎者,不特爲南方之美、君家之祥也。不腆之文〔二〕,何以稱此?然重逆盛意〔三〕,又竊喜託名圖上以爲榮,故不敢固辭,輒撰次,并揚州集序寄呈〔四〕。中間尤惡處,不惜指示,就與改竄，尤幸。或要手寫，可先具素〔五〕，令畫史圖一本，畀時淥水堂中，爲設清酒一樽，芍藥數枝，可乘醉一揮也。揚州集序雖鄙陋，然頗能道廢興遷徙之詳。如無他文，似不若寘之於前，使觀者開卷便知作集之意也。望與使君議之〔六〕，仍得其集一觀。幸甚幸甚！

【校】

〔某頓首〕三字原屬前簡之末。王本、四部本案：「『某頓首』三字，當在下行『頃』字上。」據此改。

〔望與使君議之〕「使」原誤作「史」，據王本、四部本改。

【箋注】

〔一〕本篇作於元豐三年庚申（一〇八〇）。詳前與邵彥瞻簡一注〔一〕。

〔二〕不腆：不善，謙詞。儀禮燕禮：「寡君有不腆之酒。」

〔三〕重逆盛意：即難逆盛意。重，難也。漢書淮南厲王長傳：「重自切責之。」注：「如淳曰：重，難也。」

〔四〕揚州集序：少游作，見卷三十九。

〔五〕具素：準備白絹，以便書寫。

〔六〕使君：指揚州郡守鮮于侁（子駿）。

與孫莘老學士簡〔一〕

某頓首，司諫學士丈丈〔二〕，屢奉所賜教，誨慰殷勤，雖父兄之於子弟，無以過此。仰荷盛意，不復勝言，幸甚幸甚！

比日伏惟鎮撫餘暇〔三〕，尊候萬福。某自入夏得中暑疾，去之不時，至秋遂大作，伏枕餘月。今雖少間，而疲頓非常，氣息僅屬，人事殆廢。起居之問，曠然不進於下塵，職此之故。前書聞姨婆縣君服藥甚久，徐氏弟兄及妻子皆憂撓不知所爲〔四〕，近聞得僧法賓者調治已平，可勝忻慰！南方險遠，風氣固非人所安；然丈丈行已二年，北歸之期甚近，更善調護數月，即達中州矣。

越州祖父得書甚安。頃蒙教以先至會稽，迎侍祖父還家，家叔徑入都。甚荷留意，已封所賜教，取稟於越州矣。

蘇黄州雖不得書，然昨蘇子由著作過此〔五〕，及南來士大夫，具云在黄甚能自處，了不以遷謫介意，日但杜門蔬食，誦經讀書而已。昔之論者常患其才高太鋭，今日之事尤足以成其盛德也。前日辱齒及亂道〔六〕，誨喻尤詳。某雖不肖，請終身誦之矣。自越歸後，頗無事，幸不廢所學，但久去門下，聞見日益昏塞。雖復區區，卒無所得耳。詩文數篇，謾録呈左右。因風更乞指喻教育之賜，幸甚幸甚！

【箋注】

〔一〕本篇作於元豐三年庚申（一〇八〇）。秦譜謂是歲「子由將赴高安，過高郵，相從兩日」；又云「入夏得中暑疾，秋復大劇，浹月始安」，與簡中所云相吻合。

〔二〕司諫學士：宋史孫覺傳謂覺「徙廬州改右司諫」，至此時仍領此銜。

〔三〕鎮撫：指爲州守。宋史孫覺傳謂覺持喪服除，知蘇州，徙福州。據宋刊三山志，元豐元年十二月至四年四月：「孫覺以右司諫直集賢院知福州。」本篇下文云：「南方險遠，風氣固非人所安。」即指福州而言。

〔四〕前書聞二句：茆泮林孫莘老年譜：「慶曆六年丙戌十九歲，娶某氏。」案語引此二句，並云：「疑是娶於徐氏。」案：少游妻爲高郵徐成甫女文美，此稱莘老夫人爲「姨婆」，蓋以此也。

〔五〕蘇子由著作過此：據王宗稷蘇文忠公年譜：蘇轍以兄軾謫降黄州團練副使，願以現職爲兄贖罪，因而謫監筠州酒税。宋史本傳謂「坐兄軾以詩得罪，謫監筠州鹽酒税。」元豐三年三月過高郵，與少游相從兩日，少游送至邵伯埭而還。見卷七次韻子由題斗野亭注〔一〕。

〔六〕亂道：自謙離經之論。見本卷與蘇公先生簡其四注〔八〕。

【彙評】

陳繼儒太平清話：少游工簡，一云「蘇黄州雖不得書……」又云「還家來……」，二札有道況。（徐案：前者指此簡，後者指與李樂天簡。）

林紓林氏選評名家文集淮海集：晉人小簡，多言俗事，而偏不俗，由胸次高尚耳。此書乃酷類晉人。

與黄魯直簡〔一〕

某頓首，奉違甚遽，殊不盡所欲言者。每覽焦尾、弊帚兩編〔二〕，輒悵然終日，殆忘食事。昔人千里命駕〔三〕，良有以也。歲莫苦寒，不審行李已達何地？奉惟榮養吉慶！

昨揚州所寄書，中得次韻莘老斗野亭詩〔四〕，殊妙絶，來者雖有作，不能過也。及辱手寫龍井、雪齋兩記，字畫尤清美，殆非鄙文所當，已寄錢塘僧摹勒入石矣〔五〕。幸甚，幸甚！比又得真州所寄書及手寫樂府十月十三日泊江口篇〔六〕，諷味久之，竊已得公江上之趣矣。

李端叔後公十數日，遂過此南如晉陵〔七〕，爲留兩日。斗野詩、八音、二十八舍歌并公所寄詩皆和了〔八〕，今録其副寄上。所要子由金山詩，并某所屬和者〔九〕，今奉寄。八音歌、次韻斗野亭、黄子理憶梅花詩〔一〇〕，凡四首，亦隨以呈，聊發一笑耳。皖口見公擇李六〔一一〕，不知相從幾多時，恨不同此集也。餘歲就畢，杜門忽忽，殊無佳意。何時展晤，以盡所懷？未間。願與時自愛，千萬千萬。不宣。某再拜。

【箋注】

〔一〕黄魯直：黄庭堅，字魯直。元豐三年改官，得知吉州泰和縣，其秋自汴京赴任，途經高郵，會少游，爲書龍井、雪齋兩記。本篇云「比又得真州所寄，及手寫樂府十月十三日泊江口篇」，並云「餘歲就畢」，可見作於歲暮。

〔二〕焦尾、弊帚：葉夢得避暑録話卷上載黄元明語：「魯直舊有詩千餘篇，中歲焚三之二，存者無幾，故名焦尾集。其後稍自喜，以爲可傳，故復名弊帚集。」詩人玉屑卷十八引王直方詩話：「山谷舊所作詩文，名以焦尾、弊帚。」清陸心源善本書室藏書志卷二七云：「焦尾、弊帚即外集詩文也。」外集即李彤所編山谷外集，今有四庫本。

〔三〕千里命駕：晉書嵇康傳：「東平吕安，服康高致，每一相思，輒千里命駕。」

〔四〕次韻莘老斗野亭詩：見卷三和莘老題召伯斗野亭詩附。孫莘老爲黄庭堅岳父。

〔五〕及辱手寫四句：見本卷與蘇公先生簡其四注〔一〇〕、〔一一〕。

〔六〕比又得句：真州，今江蘇儀徵。此謂魯直至真州曾有書及詩寄少游。

〔七〕李端叔二句：李之儀字端叔，其姑溪居士文集李氏歸葬記云：「李氏世葬滄州無棣，自先祖出仕，從於楚州。」故知其時由楚州山陽（今江蘇淮安）赴晉陵（今江蘇常州）。至晉陵後有毗陵西城樓感懷詩云：「願言平生友，各在天一方。遡遊不可從，山川阻且長。」又有秦太虛寄書云想君在毗陵廣座中白眼望青天也因録此語爲寄兼簡諸君一詩。端叔生平見卷九與鄧慎思沐於啓聖遇李端叔詩注〔一〕。

〔八〕斗野詩句：斗野詩，即和莘老題召伯斗野亭詩。山谷外集注卷六有八音歌贈晁堯民、二十八宿歌贈别無咎二詩，少游和作已佚。李端叔和作尚存秦太虛出魯直所寄詩因次其韻、再登斗野亭次舊韻寄太虛。

〔九〕子由二句：見卷三和游金山注〔一〕及附録。

〔一〇〕黄子理憶梅花詩：見卷四和黄法曹憶建溪梅花注〔一〕。

〔一一〕皖口見公擇李六：時李公擇任淮南西路提點刑獄，住舒州。皖口，古地名，宋時屬舒州，在今安徽懷寧西。公擇爲庭堅舅氏。

【彙評】

林紓林氏選評名家文集淮海集：魯直小簡甚佳，此作亦有意追摹之。

與蘇子由著作簡〔一〕

其一

某頓首，再拜著作先生，頃過南都，幸一拜清重〔二〕。扁舟東下，迫於同行，不獲款聽緒言以厭所願〔三〕，但增於悒耳！比日苦寒，伏惟尊候動止萬福。某受性庸昧，與世異馳。昨迫於衣食，彊出應書，僥倖萬一之遇，既而擯棄〔四〕，乃理之當然，無足道者。顧親已老，田園之入，殆不足以給朝夕之養。犬馬之情，不能無堙鬱耳〔五〕。此外亦復何恨？惟先生不棄，時教之以書，使無聊之中，有以自慰。幸甚，幸甚！未緣侍坐，伏乞爲國自頤，以副輿願〔六〕，不宣。

【校】

〔其一〕此爲箋校者所加，下同。

【箋注】

〔一〕本篇作於元豐元年戊午（一〇七八）冬，時蘇轍以著作佐郎在南京張方平幕下任簽判，少游赴京應秋試落第，途經南京謁蘇轍，歸來不久作此簡。參見與蘇公先生簡其三注〔一〕。

〔二〕清重：清高穩重。王充論衡自紀：「充爲人清重。」此對蘇轍之敬稱。

〔三〕緒言：莊子漁父：「曩者先生有緒言而去，丘不肖，未知所謂。」釋文：「緒言，猶先言也。」

〔四〕昨迫於四句：指元豐元年秋入京應舉，落第而歸，參見本卷與蘇公先生簡其一注〔三〕。

〔五〕堙鬱：悶塞、氣不舒暢。賈誼弔屈原賦：「已矣，國其莫我知，獨堙鬱兮其誰語？」

〔六〕輿願：猶輿情，衆人之願也。見本卷與蘇公先生簡其一注〔七〕。

其二〔一〕

某再拜，不肖之迹，雖復爲世所棄；而杜門謝客，頗得專意讀書，衡茅之下〔二〕，有以自適。古語有之：「蘭生幽谷，不爲莫服而不芳。」〔三〕某雖不敏，竊事斯語。但鄉閭士子，類皆從事新書〔四〕，每有所疑，無從考訂。而先生長者，皆在千里之外，以此良悒悒耳！比因冬後，輒爲古詩一首寄獻〔五〕，下執事繕寫以呈。雖詞意鄙迫，不足以道盛德之萬一，然區區之慕望，庶幾於此少見之。伏惟少賜覽閲，幸甚，幸甚！

【校】

〔蘭生幽谷〕各本「谷」俱作「宫」，此據淮南子説山訓改。

【箋注】

〔一〕本篇作於元豐元年戊午（一〇七八）冬，見前簡注〔一〕。

〔二〕衡茅：指隱居者之茅舍。詩陳風衡門：「衡門之下，可以棲遲。」陶淵明辛丑歲七月赴假還江陵夜行塗口作：「養真衡茅下，素以善自名。」

〔三〕蘭生二句：喻高潔之士不以處逆境而喪其節操。淮南子説山訓：「蘭生幽谷，不爲莫服而不芳。……君子行義，不爲莫知而止休。」

〔四〕類皆從事新書：謂當時士人皆學王安石三經新義。宋史紀事本末卷三十八熙寧八年：「六月己酉，王安石以所訓釋詩、書、周禮三經上進……遂頒於學官，號曰三經新義，一時學者無不傳習，有司純用以取士。」後蘇軾答張文潛縣丞書亦對此不滿，云：「王氏之文，未必不善也，而患在於使人同己。……惟荒瘠斥鹵之地，彌望皆黄茅白葦，此則王氏之同也。」

〔五〕古詩一首：蓋指春日雜興十首其三，中有「猗猗上宮蘭」「莫服吏幽閒」之句，與此篇所引古語同義。

【彙評】

林紓林氏選評名家文集淮海集：文頗矜重。

與李德叟簡〔一〕

某頓首。昨得遞中所寄書，甚慰馳仰。尋欲作報，會得傷寒疾甚重，不食七八日，伏枕又踰月乃平，遂因循至此。黄魯直去必能道所以然也。歲莫苦寒，伏惟奉養吉慶。某去年除日還自會稽〔二〕，鄉里交朋皆出仕宦，所與游者無一二人。杜門獨居，日益寡陋。秋間本欲一至黄州，因過舒奉見，不意遭此疾病，遂不能遠去親側，頗負平時區區之意，夫復何言！

別後所論著想甚多，殊不寄一二，何也？然觀所枉書，詞翰妙絶，足以知他皆準此矣。仰服仰服。魯直過此爲留兩日，雖匆遽不盡所懷，然有益於人多矣。其㡀帚、焦尾兩編〔三〕，文章高古，邈然有二漢之風。今時交游中以文墨自業者，未見其比。所謂珠玉在旁，覺人形穢〔四〕，信此言也。

未緣展奉，願與時自重，慰此馳情。十一月十五日，不宣。

【校】

〔仰服仰服〕「服」原作「伏」，據張本、胡本、李本改。

【箋注】

〔一〕本篇作於元豐三年庚申（一〇八〇）冬十一月十五日。中云：「黄魯直去必能道所以然也，歲莫苦寒……」正爲黄庭堅赴官太和之際。李德叟，南康人，名秉彝，李布之子，李公擇（常）之姪，於黄庭堅爲表兄弟。是時庭堅過舒州見李公擇，曾與蘇子平、李德叟登擢秀閣，有詩；發舒州向皖口道中亦有詩寄李德叟。詩話總龜卷八引古今詩話云：「李秉彝，字德叟，寄詩一卷與李希聲云：『此余近作。』希聲讀至『朋也老無能，淡如雲水僧』，爲之撫掌。蓋洪龜父名朋，善作詩，德叟欲資其名，失於點勘故耳。」

〔二〕去年除日還自會稽：元豐二年少游如越省親，除夕回至高郵。見秦譜。

〔三〕敝帚、焦尾兩編：見本卷與黄魯直簡注〔二〕。

〔四〕所謂珠玉二句：世説新語容止：「驃騎王武子是衛玠之舅，儁爽有風姿，見玠，輒嘆曰：『珠玉在側，覺我形穢。』」

【彙評】

林紓林氏選評名家文集淮海集：簡約有致。

與蘇黄州簡〔一〕

某再拜。自聞被旨入都〔二〕，遠近驚傳，莫知所謂，遂扁舟渡江。比至吴興，見陳書記、錢主簿，具知本末之詳〔三〕。以先生之道，仰不愧天，俯不怍人，内不愧心，某雖至愚，亦知無足憂者。但慮道途頓撼、起居飲食之失常，是以西鄉惘惘有兒女子之懷〔四〕，殆不能自克也。比聞行李已達齊安〔五〕，燕居僧坊〔六〕，水飲蔬食，有以自適。然後私所念慮，一切俱亡，且知平時有望於先生者爲不謬矣。彼區區所謂外物者，又何足爲左右道哉〔七〕！本欲便至齊安，屬久離侍下，未可遠適〔八〕，問道或在秋杪也。惟親近藥餌方書，以節宣和氣。臨紙於悒，不盡所懷。

【校】

〔臨紙於悒〕「悒」原作「邑」，通。此從張本、胡本、李本、段本、王本、秦本、四部本。

【箋注】

〔一〕本篇作於元豐三年庚申（一〇八〇）。蘇黄州，指蘇軾，時謫爲黄州團練副使。據王宗稷蘇文忠公年譜，軾以是歲二月一日至黄州，寓居定惠院，簡云「比聞行李已達齊安」，是作此簡當在其後不久。

〔二〕被旨入都：元豐二年少游如越省親與蘇軾同舟至湖州。少游别軾赴越，不久蘇軾烏臺詩案發，七月二十八日中使皇甫遵到湖追攝，遂陷詔獄。見蘇文忠公年譜。

〔三〕遂扁舟渡江四句：少游約於八月上旬北渡錢塘，來湖州探詢。其龍井題名記云：「元豐二年中秋後一日，余自吳興過杭，東還會稽。」則中秋乃在湖州度過也。陳書記，王文誥蘇詩總案卷十九謂蘇軾就逮時，「掌書記陳師錫獨出餞之」。並案曰：「宋史陳師錫傳：調昭慶軍掌書記。郡守蘇軾器之，倚以爲政。軾得罪，捕詣臺獄，親朋多畏避不相見，師錫獨出餞之，又安輯其家。」又卷三五「送陳師錫赴闕」，案曰：「陳伯修，前爲湖州掌書記，公赴臺獄，人皆畏避，伯修獨出餞之。……」則師錫字伯修，明矣。錢主簿，指錢濟明，參寥子詩集卷四有同吳興尉錢濟明南溪泛舟詩。濟明，名世雄，東坡貶嶺外，常有書信往來，見蘇詩總案卷三七。

〔四〕西鄉：鄉，同「嚮」「向」。黄州在西，故云。

〔五〕齊安：即黄州。

〔六〕燕居僧坊：指寓居定惠院。王文誥蘇詩總案卷二十謂蘇軾於元豐三年二月一日到黄州，「寓定惠院，閉門却掃，隨僧蔬食」。

〔七〕彼區區二句：莊子外物：「外物不可必，故龍逢誅，比干戮，箕子狂，惡來死，桀紂亡。人主莫不欲其臣之忠，而忠未必信，故伍員流於江，萇弘死於蜀，藏其血三年而化爲碧。」陸德明音義：「外物，王云：夫忘懷於我者，固無對於天下，然後外物無所用必焉。若乃有所執爲者，諒亦無時而妙矣。」左右，尊稱蘇軾。

〔八〕屬久離二句：時少游在越省大父承議公，故有此語。

【彙評】

林紓林氏選評名家文集淮海集：此書頗有情文。

與李樂天簡〔一〕

某頓首。昨在會稽，遊雖不數，然誦盛文、講高誼熟矣。及還淮南，又得所寄書，詞古而義高，超然有從我於寥廓之意〔二〕，豈所謂有心相知者邪？幸甚，幸甚！

僕散漫可笑人也。去年如越省親，會主人見留，辭不獲去〔三〕，又貪此方山水勝絶，故淹留至歲暮耳。非僕本意也。自還家來，比會稽時人事差少，杜門却掃，日以文史自娛。時復扁舟，循邗溝而南〔四〕，以適廣陵，泛九曲池，訪隋氏陳迹〔五〕，入大明寺〔六〕，飲蜀井〔七〕，上平山堂，折歐陽文忠所種柳〔八〕，而誦其所賦詩，爲之喟然以歎。遂登摘星寺。寺，迷樓故址也〔九〕，其地最高，金陵、海門諸山，歷歷皆在履下。其覽眺所得，佳處不減會稽望海亭〔一〇〕，但制度差小耳。僕每登此，竊心悲而樂之。

人生豈有常？所遇而自適，乃長得志也。以閣下趣尚高遠，非復今時舉子之比，得以發其狂言。他人聞之，當絶倒矣。未展晤間，與時自重，不宣。

【箋注】

〔一〕本篇作於元豐三年庚申（一〇八〇）春，中云「去年如越省親」，又云「泛九曲池」。案是歲蘇轍過廣陵，有九曲池等五詩，少游雖因寒食上塚未及陪遊，然其和詩述其地之景甚詳，可證曾多次游覽。李樂天，史籍無考，然據簡中所云，當爲會稽舉子，曾從少游遊。

〔二〕寥廓：屈原遠遊：「下峥嵘而無地兮，上寥廓而無天。」

〔三〕會主人見留二句：苕溪漁隱叢話後集卷三三引藝苑雌黄：「程公闢守會稽，少游客焉，館之蓬萊閣。」參見卷二八謝程公闢啓。

〔四〕邗溝：今運河揚州境内一段。見卷三春日雜興十首其二注〔九〕。

〔五〕泛九曲池二句：見卷八次韻子由題九曲池注〔一〕。

〔六〕大明寺：嘉慶揚州府志卷二八：「大明寺，在甘泉縣西北五里，古之棲靈寺也，又曰西寺，以其在隋宫西，故名。」案：在揚州西北蜀岡上，唐高僧鑒真曾住此。

〔七〕蜀井：見卷八次韻子由題九曲池注〔三〕。

〔八〕上平山堂二句：張邦基墨莊漫録卷二：「揚州蜀岡上大明寺平山堂前，歐陽文忠公（修）手植柳一株，謂之歐公柳，公詞所謂『手種堂前楊柳，别來幾度春風』者。」案：上引二句乃朝中措送劉仲原甫守維揚詞中語。參見卷八次韻子由題平山堂注〔一〕。

〔九〕遂登摘星寺三句：摘星寺，原在今揚州北觀音山上。見卷八次韻子由題摘星亭注〔一〕。

〔一〇〕會稽望海亭：在今浙江紹興卧龍山上。嘉泰會稽志卷一引沈立越州圖序云：「刺史之居，蓬萊閣、望海亭、東齋、西園，皆燕樂之最者。」

【彙評】

段斐君本淮海集徐渭評第二段：是一篇小遊記。

與參寥大師簡〔一〕

某頓首。懶慢滋甚，不奉問幾一年，中間屢蒙惠書，賜責亦不加切，參寥師真知我者也。幸甚，幸甚！

僕自去年還家，人事擾擾，所往還者，惟黄子理、子思家兄弟〔二〕。子思又已分居，困於俗事。彦瞻每行縣〔三〕，輒得數日從遊。此外但杜門塊處而已〔四〕，甚無佳興。至秋得傷寒病甚重，食不下咽者七日。汗後月餘食粥，畏風如見俗人。事事俱廢，皆緣此也。

比蒙録示黄州書并跋尾〔五〕，幸甚！觀其詞意，憂患固未足以干其中，愈令人畏服爾。僕所題名，此却無本，煩囑聰師寫一通相寄爲望〔六〕，仍并蘇公跋尾。前所寄者，已爲端叔彊取去矣〔七〕。

昨聞蘇公就移滁州〔八〕，然未知實耗；果然，甚易謀見也。蓋此去滁纔三程，公便可輟四明之游〔九〕，來此偕往，瑯琊山水亦不減雪竇天童之勝〔一〇〕。子由春間過此，相從兩日，僕送至南埭而還〔一一〕，後亦未嘗得書。渠在揚州淹留甚久，時僕值寒食上冢，故不得往從之耳。莘老壽安君竟不起，子實遂丁憂〔一二〕。遠方罹此禍故，殊可傷也。傳師已聞作司農簿〔一三〕，聲聞籍甚，恐旦夕得一美除。公擇近亦得書，説秋初嘗至湯泉，到寄老庵見顯之〔一四〕，恨不與吾儕同此樂。顯之恐數日間來此，爲十數日之會，今已到天長矣〔一五〕。

黄魯直近從此赴太和令，來相訪〔一六〕，爲留兩日，得渠新詩一編〔一七〕，高古妙絶，吾屬未有其比。僕頃不自揆，妄欲與之後先而驅，今乃知个及遠甚。其爲人亦放此〔一八〕，蓋江南第一等人物也。黄詩未有力盡翻去，且録數篇，嘗一臠足知一鼎味也〔一九〕。又爲僕手寫兩記〔二〇〕，今封去，如辯才無擇要入石，使可用此模勒〔二一〕。僕自病起，每把筆如讎，不知何謂。得此公爲我書，殊增氣也。其字差瘦，更爲潤色，開時令盡墨爲妙，中間更未安及不是處，但請就改之。若開得成，囑二師各寄數本。

李端叔在楚，音問不絶，比如毗陵〔二二〕，過此相見極歡。揚州太守鮮于大夫〔二三〕，蜀人，甚賢有文。僕頗爲其延禮，有唱和詩數篇〔二四〕，今録一通去，當一笑也。頃聞公不作詩，有一小詩奉戲，又已復破戒矣〔二五〕，可謂熟處難忘也。聰師有書來要字序，僕近日無好意思，明年又應舉，方欲就舉子學時文，恐未有好言語。今但爲渠取字曰「聞復」，蓋取楞嚴所謂「聞復翳根除」者也〔二六〕。錢塘多文士，可求人爲作，不必須僕也。

蔡彦規已卒關中〔二七〕，今歸葬山陽，可傷！朋友彫落如此，獨有僕數人朴鈍落魄者無恙，又多病少佳意，人世良可悲耳！何時合并，以盡此懷，不宣。

【校】

〔令人畏服〕「服」原作「伏」。據張本、胡本、李本改。

〔昨聞蘇公〕原脱「公」字，據王本、四部本補。

〔聲聞籍甚〕「聞」原作「問」，誤，此從張本、胡本、李本、段本、王本、秦本、四部本。

〔用此模勒〕各本「模」俱誤作「摸」。

【箋注】

〔一〕本篇作於元豐三年庚申（一〇八〇），中云「不奉問幾一年」，又云「僕自去年還家」。案少游元豐二年如越省親時，與參寥子同隨蘇軾船南下，沿途頗多唱和。於湖州别軾後，復與參寥子同船至杭州。歲暮自越返里，經杭與參寥子告别。此時已至元豐三年冬初，故云「不奉問幾一年」。參見秦譜。

〔二〕黄子理、黄子思兄弟：見卷四和黄法曹憶建溪梅花注〔一〕。

〔三〕彦瞻：邵光，字彦瞻，時爲揚州從事。見前卷三和游金山注〔 〕。

〔四〕塊處：史記滑稽列傳：「崛然獨立，塊然獨處。」

〔五〕黄州書并跋尾：黄州書，指蘇軾答參寥書，書中有云「僕罪大責輕，謫居以來杜門念舊而已」，又云「更與磨揉以追配彭澤」，此即少游所謂「觀其詞意，憂患固未足以干其中」也。跋尾，指蘇軾秦太虚題名記，中云：「因録以寄參寥，使以示辯才，有便至高郵，亦可録以寄太虚也。」故參寥子遵囑因便録寄。

〔六〕聰師：思聰，即法言，見本卷與蘇公先生簡其四注〔一一〕。

〔七〕端叔：李之儀，字端叔。是歲秋自山陽赴晉陵，蘇軾跋秦太虚題名記，當爲經高郵時索去。詳見卷四送李端叔從辟中山詩注〔一〕。

〔八〕昨聞句：滁州，今安徽滁州。按：此訊不確。

〔九〕四明：今浙江寧波。

〔一〇〕瑯琊山水句：瑯琊，山名，在滁州。歐陽修醉翁亭記：「其西南諸峯，林壑尤美。望之蔚然而深秀者，瑯琊也。」雪竇，山名，在今浙江奉化縣。上有佛寺亦名雪竇，後圮，今修復。天童，山名，在今浙江寧波東，有佛迹石、玲瓏岩、龍隱潭諸名勝。上有天童山景德禪寺，簡稱天童寺。

〔一一〕子由三句：見卷十次韻子由召伯埭見別三首其一注〔一〕。案：其時子由與揚州郡守鮮于侁、從事邵彥瞻同游蜀井、平山堂、九曲池，復由彥瞻陪同渡江游金山，俱有詩，見卷三、卷八。故下句云「渠在揚州淹留甚久。」

〔一二〕莘老壽安君二句：壽安君，孫覺莘老之妻封號。子實，孫莘老子，見卷六覿覯二弟作小室詩注〔一〕。孫莘老年譜元豐三年：「先生夫人壽安君卒。」覩下句「遠方罹此禍」，知壽安君卒於福州莘老任所。

〔一三〕傳師：孫覽，字傳師，孫覺弟。宋史本傳稱其知尉氏縣時，士卒欲叛變，覽諭之以理，衆意遂安。因而「神宗壯其材，以爲司農主簿」。孫莘老年譜謂在是歲六月。詳見卷十寄孫傳師著作注〔一〕。

〔一四〕公擇三句：時李公擇爲淮南西路提刑，距歷陽近，故嘗游湯泉。寄老庵，孫莘老所築，詳卷一寄老庵賦注〔一〕；顯之，即顯之長老，見卷九顯之禪老許以草庵見處注〔一〕。

〔一五〕天長：縣名，今屬安徽。

〔一六〕黃魯直二句：見本卷與蘇公先生簡其四注〔八〕。

〔一七〕新詩一編：指焦尾、敝帚詩集，見本卷與黃魯直簡注〔二〕。

〔一八〕其爲人亦放此：謂其爲人亦與詩相同。放，通「仿」。

〔一九〕甞一臠句：吕氏春秋察今：「甞一脟肉，而知一鑊之味，一鼎之調。」脟，同「臠」。

〔二〇〕手寫兩記：指龍井記、雪齋記，載卷三八，參見本卷與蘇公先生簡其三注〔一〇〕、〔一一〕。

〔二一〕辯才無擇：杭州兩僧名。見前與蘇公先生簡其四注〔一〇〕、〔一一〕。

〔二二〕李端叔三句：楚，指山陽（今江蘇淮安），宋爲楚州治。毗陵，即晉陵，今江蘇常州。參見本篇注〔七〕。

〔二三〕鮮于大夫：即鮮于侁，見前卷七鮮于子駿使君生日注〔一〕。

〔二四〕有唱和詩數篇：指和游金山、廣陵五題等。

〔二五〕破戒：參寥子曾於元豐三年決心不作詩，此刻已作小詩，故云「破戒」。

〔二六〕楞嚴：佛經名，全稱大佛頂如來密因修證了義諸菩薩萬行首楞嚴經。

〔二七〕蔡彦規：山陽人，官關中醴泉主簿。其所爲文，能自立意理，名冠東南。徐積（仲車）節孝先生文集卷十五哭彦規七首序云：「徐氏居鄉，與蔡氏最舊，鄰屋對宅，凡已數世矣。……余外氏在關中，自祖父母而下，凡八九喪，積數十年未葬，彦規却有關中官，即與之買地，又爲之謀葬。……葬有月日，而彦規病矣。……彦規卒官京北，……其伯兄與二季率内外親屬迎喪於洪澤，葬於先塋。」案：少游外舅徐成甫之繼室蔡氏，有弟名蔡繩。段朝端徐集小箋謂蔡繩字彦規，因「準繩規矩，名字相應。」參見卷二次韻酬徐仲車見寄注〔一〕。

【彙評】

林紓林氏選評名家文集淮海集：此簡中叙無數事，卻隨節斬截，自關筆妙。

淮海集箋注卷第三十一

文

謁先師文〔一〕

惟公聖神所鑄，號古哲人，凜然高風，聞者爲起。諸生不敏，承學累年，依憑餘光，以得名宦〔二〕。時方尚德進爵〔三〕，既崇祭重報先〔四〕。敢望大賜，祠以薄饌。公其鑒之！

【箋注】

〔一〕秦譜謂少游元豐八年中進士第後，除定海主簿，授蔡州教授，有到任謁先師文。然考少游行蹤，中第後即過南京妙峯亭歸里，到蔡州任似已在元祐元年初。文當作於歸里期間。先師，指孔子，全稱至聖先師。謁先師，實即謁孔廟也。

〔二〕依憑二句：謂依靠先師之恩澤，始得進入仕途。餘光，見卷五送劉貢父舍人二首其二注〔一○〕。

〔三〕時方尚德進爵：謂當時晉陞官職，以道德爲主要條件。尚德，論語憲問：「君子哉若人，尚德哉若人。」

〔四〕祭重報先：謂當時崇尚隆重祭祀，有大事則報於先人。禮記郊特牲注：「報，猶白也。」

祈晴文〔一〕

凡物平爲福，有餘爲禍，雖陰陽之大，猶不免焉。乃季春以來，雨霪不止，漫溝畎〔二〕，漲川澮〔三〕，麥苗垂敗，將弗克有秋，是用禱於爾神。惟神廟食此土，當赫厥靈，以福于民。民亦將有以事神而不敢懈。尚饗！

【箋注】

〔一〕本篇元祐四年己巳（一○八九）作於蔡州。是歲春蔡州暴雨成災，少游有次韻太守向公登樓眺望二首（見卷九）及汝水漲溢説（見卷二五），可參看。

〔二〕溝畎：田中水溝。

〔三〕澮：田中排水渠。

祭馬通議文〔一〕

惟公盛德之後，克承厥先〔二〕。不激爲高，不詭爲僻。不見瑕疵，器實渾然。踐更中外，垂五十年〔三〕。長者之風，四方是傳。始使六路〔四〕，國用充委；旋帥二邊，羌虜唯唯〔五〕。亳許江都，下車風靡，法度具存，頌聲未已。我來此邦，公適厭事，杖履阡陌，優游卒歲。方期暇日，從公遊詣；孰云奄然，棄我而逝？日月飄忽，端如筈紘〔六〕；承凶未幾，遽卜新阡〔七〕！惟時淮海，春御戒旋〔八〕；悲鳥號木，愁雲蔽川。念公此行，無復來還。奠觴薦詞，用訣終天。尚饗！

【校】

〔不見瑕疵〕「疵」原作「玼」，此從胡本、李本、段本、王本、秦本、四部本。

【箋注】

〔一〕本篇作於熙寧七年甲寅（一〇七四）。馬通議，指馬仲甫，馬中玉（瑊）之父。字子山，廬江人，舉進士，宋史本傳謂熙寧初，守亳、許、揚三州，糾察在京刑獄。復爲揚州，提舉崇福觀，卒。續資治通鑑長編卷二二三謂熙寧四年五月戊戌，「天章閣待制知揚州馬仲甫判都水監」。北宋經撫年表卷四謂馬仲甫熙寧三年至四年知揚州；熙寧五年至七年：「知銀臺司馬仲甫再知揚州，奉祠卒。」因知此文作於七年。

〔二〕惟公二句：宋史本傳謂仲甫爲太子少保馬亮之子，故云。

〔三〕踐更二句：仲甫以熙寧七年卒，上溯五十年，當在仁宗天聖末入仕。

〔四〕始使六路：路，宋代大行政區。據宋史本傳，仲甫初知登封縣，後通判趙州、知台州，又奉詔往訂淮、汴水運，出爲夔路轉運使，徙使淮南。本句即指此。

〔五〕旋帥二句：宋史本傳云：「（仲甫）知瀛州、秦州，古渭介青唐之南，夏人在其北，中通一徑，小警則路絶。仲甫得篳栗城故址，自雞川砦築堡，北抵南谷，環數百里爲内地，詔賜名甘谷堡。故時羌人入城貿易，皆僦邸。仲甫設館處之，陽示禮厚，實閑之也。」

〔六〕日月二句：猶言光陰如箭。筈絃，弓箭。陸機爲顔彦先贈婦詩：「離合非有常，譬如弦與筈。」筈，箭之尖端。

〔七〕新阡：指墳墓。阡，墓道。

〔八〕惟時二句：淮海，此指揚州，時爲淮南東路治所。「春御戒旋」，旋，還也。喻春天本已駕車而至，因公之亡，戒而還去。可見祭文作於熙寧七年春。

吊鑄鐘文〔一〕

嘉魚縣旁湖中〔二〕，比歲大旱，水皆就涸，而夜常有光怪赫然屬天。鄉人相與誌其處而掘之，得古鏄鐘焉。其形有兩欒，如合兩瓦面，左右九乳，總三十六牙〔三〕，鼓、鉦、舞、衡、銿、旋、斡之類〔四〕，考之不與禮合者無幾。縣令施君識其寶，謀獻之太常〔五〕，未果；乃輸武昌庫中。會其守解秩，佐攝事見而惡之，曰：「那得背時物，畜之不祥也！」亟命投於兵器之冶。嗚呼，物之不幸有如是邪！

昔九江吏盜顔忠肅之碑材，寘其所述，歐陽詹聞而吊之以詞〔六〕。予悲夫鏄鐘古樂之器，先王所以被功德而和人神，審音之士，至有振車鐸於空地而求之者〔七〕，非若九江碑材因人而貴也。而辱於泥塗，無所自效，遇其非鑒，以觸廢毁。好古之士，焉得默默而已乎？乃作文以吊之。詞曰：

嗚呼，衆方之生，謬形殊器；更首迭尾，雌雄相廢。朝爲姬姜，夕爲憔悴〔八〕。或奇偶之相續，或九升而一躓。清餓和黜〔九〕，刑王眇貴〔一〇〕。生犢失明〔一一〕，得駿折髀〔一二〕。洞所遇之參差，莽循環於一氣。傳曰：「黄鐘毁棄，瓦缶雷鳴。」〔一三〕余始以爲不然，今乃信之矣。嗚呼鏄鐘，何世所爲？質不呈剛，形不露奇。協律中度，渾如天資。掩抑雖久，不見瑕疵。爰有兩欒，三十六乳。厥音琅然，小大隨叩。曷所挺之瓌偉，而偶沉於幽陋？辱泥塗之污漫，厭鱗鬣之腥臭。嗟筍簴之一辭〔一四〕，邈月絃之幾殼〔一五〕。幸陽愆而水涸〔一六〕，天日悅其復覯。謂庭貢之是充，獲效鳴於金奏。何夜光之暗投，卒按劍而莫售〔一七〕。

嗚呼，赤刀大訓〔一八〕，天球河圖〔一九〕；秦璽漢劍〔二〇〕，趙璧隋珠〔二一〕；犍爲之磬〔二二〕，汾陰之鼎〔二三〕，曲阜之履〔二四〕，天澤之弧〔二五〕：歷世相傳，以華國都。下至威斗錯刀〔二六〕，羯鼓之棬〔二七〕，破鏡缺符〔二八〕，遺簪墮珥〔二九〕：信無益於經綸，猶見收於好事。是鐘也，郊廟所薦，樂之紀綱；統和元氣，舞獸儀凰〔三〇〕；令大河而更清，使左角其不芒〔三一〕；變化風俗，返乎羲皇。而乃廢於深淵，出而遇毀；殆藻盤之不如，矧牛鐸之敢企〔三二〕。此義夫志士所爲疾心而切齒也。然余聞之，陰精之純，燥氣之裔〔三三〕。雖從火革，其質不變；一晦一明，昔者既然；僨而復起〔三四〕，可無畢年。

嗚呼鐘乎！今焉在乎？豈復爲樂，激宮流羽〔三五〕，以嗣其故乎？將憑化而遷，改象易制，以周於用乎？豈爲錢爲鎛、爲銍爲艾〔三六〕，以供耕稼之職乎；將爲鼎爲鼐，以效烹飪之功乎？豈爲浮圖老子之像，巍然瞻仰於緇素乎〔三七〕？將爲麟趾褭蹄之形〔三八〕，翕然觀玩於邦國乎？豈爲干越之劍〔三九〕，氣如虹霓，掃除妖氛於指顧之間乎？將爲百鍊之鑑〔四〇〕，湛如止水，別妍醜於高堂之上乎？新故相代，未始云畢；紛然殊途，必有一出。決不泯泯，草亡木卒。嗚呼鎛鐘，又將奚邮？

【校】

〔朝爲姬姜〕「姬姜」原作「姜姬」，據王本、四部本改。

〔羯鼓之棬〕各本「棬」俱誤作「捲」，據唐南卓羯鼓録改。

〔改象易制〕「象」原作「傷」，疑誤，此從張本、胡本、李本、段本、工本、秦本、四部本。

〔豈爲錢爲鎛、爲銍爲艾，以供耕稼之職〕各本「艾」俱作「釜」。王本考證附纂云：「豈爲錢爲鎛、爲銍爲釜，以供耕稼之職：案『職』下脱『乎』字。『釜』當作『艾』，文全用詩『庤乃錢鎛，奄觀銍艾』二句義。毛傳：『銍，穫也。』説文：『銍，穫禾短鐮也。』國語：『挾其槍刈槈鎛。』韋昭曰：『刈，鐮也。』吕氏春秋：『因胥歲不舉銍艾。』蓋『銍艾』皆穫名，亦皆穫器名。『艾』與『刈』同。『艾』『父』字相似而譌，淺人又加『玉』成『釜』。『釜』非耕稼器。」王説是，據此改。

〔翕然觀玩〕各本俱脱「觀」字。王本考證附纂云：「翕然玩於邦國乎：案韻府翫字下引『玩』上有『觀』字。」據此補「觀」字。

【箋注】

〔一〕秦譜謂元豐五年少游落第後，「遂如黄州，候蘇公於館舍，作吊鎛鐘文」，并案云：「若舫先生鈞儀云：『武昌府嘉魚縣太平湖，相傳水嘗涸時，夜有光怪，或誌其處而掘之，得銅鐘一。』明一統志云：宋秦觀爲吊鎛鐘文，即此。』」案：鎛鐘，樂器名，周禮春官鎛師鄭玄注謂鎛似鐘而大，鎛鐘即鎛。鎛鐘者，對編鐘而言，後者編懸而此爲特懸。

〔二〕嘉魚縣：今屬湖北省。

〔三〕其形四句：謂鎛鐘各部之結構。兩欒，鐘口兩角曰欒。周禮考工記鳧氏：「兩欒謂之銑。」疏：「欒、銑一物，俱謂鐘兩角。」乳，即鐘面上突出之乳狀部份，其形尖，亦稱牙，故下文曰：「三十六乳。」此處衹云「左右九乳」，其實前後亦各九乳，四面相加，得「三十六乳」。

〔四〕鼓、鉦、舞、衡、鏞、旋、斡：皆鎛鐘各部之結構。周禮考工記鳧氏：「鳧氏作鐘……于上謂之鼓，鼓上謂之鉦，鉦上謂之舞，舞上謂之甬，甬上謂之衡。」又云：「鐘縣謂之旋，旋蟲謂之斡。」注：「旋屬鐘柄，所以縣(懸)之也。」案：甬，通「鏞」。參閱阮逸胡瑗皇祐新樂圖記及戴震考工記圖。

〔五〕太常：宋史職官志四「太常寺」謂有天樂祭器庫、圓壇大樂禮器庫。可收藏此物。

〔六〕昔九江吏三句：據歐陽詹吊九江驛碑材文：顏魯公(真卿)於湖州載一碑材，至江州南湖祖將軍廟，造亭曰祖亭，自爲文，手勒斯碑而立之。後典州吏取此碑，剗魯公之文，寘己之述，爲九江驛之碑。歐陽詹因吊之曰：「題人之札翰，亡魯公之用，就人之用，是去蘭室而居鮑肆，捨牢醴而食糟糠，脱錦繡而服枲麻，黜諸夏而即夷狄，可悲之甚者！」歐陽詹，字行周，唐晉江人，常袞薦之，始舉進士，閩人擢第自詹始。官國子監四門助教。

〔七〕審音之士二句：晉書荀勖傳：「初，勖於路逢趙賈人牛鐸，識其聲。及掌樂，音韻未調，乃曰：『得趙之牛鐸則諧矣。』遂下郡國，悉送牛鐸，果得諧者。」黃庭堅和劉景文詩：「牛鐸調黄鍾，薪餘合琴瑟。」

〔八〕朝爲姬姜二句：見卷十四論議上注〔一六〕。

〔九〕清餓和黜：謂聖之清和者受餓被黜。孟子萬章下：「伯夷，聖之清者也。……柳下惠，聖之和者也。」伯夷餓死於首陽山，見史記伯夷列傳。論語微子云：「柳下惠爲士師（法官），三黜。人曰：『子未可以去乎？』曰：『直道而事人，焉往而不三黜？』」

〔一〇〕刑王眇貴：謂受刑者封王，眇目者顯貴。史記黥布列傳：「少年，有客相之曰：『當刑而王。』及壯，坐法黥。」後項羽立爲九江王。南史梁元帝徐妃傳：「妃以帝眇一目，每知帝將至，必爲半面妝以俟。」梁元帝雖目眇而貴爲人君，故云。

〔一一〕生犢失明：淮南子人間訓：「昔者宋人好善者，三世不解（通「懈」），家無故而黑牛生白犢，以問先生。先生曰：『此吉祥，以饗鬼神。』居一年，其父無故而盲，牛又復生白犢。其父又復使其子以問先生。其子曰：『前聽先生言而失明，今又復問之，奈何！』其父曰：『聖人之言，先忤而後合，其事未究，固試往復問之。』其子又復問先生。先生曰：『此吉祥也，復以饗鬼神。』歸，致命其父。其父曰：『行先生之言也。』居一年，其子又無故而盲。其後，楚攻宋，圍其城。當此之時，易子而食，析骸而炊，丁壯者死，老病童兒皆上城，牢守而不下。楚王大怒，城已破，諸城守者皆屠之。此獨以父子盲之故得無乘城。軍罷圍解，則父子俱視（原注：視，復明也）。夫禍福之轉而相生，其變難見也。」

〔一二〕得駿折髀：淮南子人間訓：「近塞上之人，有善術者，馬無故亡而入胡，人皆吊之。其父曰：『此何遽不爲福乎？』居數月，其馬將胡駿馬而歸，人皆賀之。其父曰：『此何遽不能爲禍乎？』家富良馬，其子好騎，墮而折其髀，人皆吊之。其父曰：『此何遽不爲福乎？』居一年，胡人大入塞，丁壯者引弦而戰，近塞之人，死者十九。此獨以跛之故，父子相保。故福之爲禍，禍之爲福，化不可極，深不可測也。」

〔一三〕黄鐘二句：見楚辭屈原卜居，朱熹注：「黄鍾，謂鍾之律中黄鍾者，器極大而聲最閎也。瓦釜，無聲之物；雷鳴，謂妖怪而作聲如雷鳴也。」

〔一四〕筍簴：一作筍虡，古代懸鐘之木架，横曰筍，直曰簴。周禮考工：「梓人爲筍虡。」

〔一五〕月絃之幾彀：謂幾度月缺月圓。月缺時有上絃、下絃，故云。

〔一六〕陽愆：陽氣愆時，即上文所云「比歲大旱」。

〔一七〕何夜光二句：史記鄒陽列傳：「臣聞明月之珠，夜光之璧，以闇投人於道路，人無不按劍相眄者。何則？無因而至前也。」謂至寶投人非時，反遭疑忌。

〔一八〕赤刀大訓：書顧命：「陳寶：赤刀、大訓、弘璧、琬琰，在西序。」蔡沈注：「赤刀，赤削也。大訓，三皇五帝之書，訓誥亦在焉；文武之訓，亦曰大訓。」

〔一九〕天球河圖：書顧命：「大玉、夷玉、天球、河圖，在東序。」蔡沈注：「球，鳴球也。河圖，伏羲氏龍馬負圖，出於河。」

〔二〇〕秦璽句：秦璽：史記秦始皇本紀「矯玉御璽」，集解引衛宏曰：「秦以來，天子獨以印稱璽，又獨以玉，群臣莫敢用。」又集解引崔浩曰：「李斯磨和璧作之，漢諸帝世傳服之，謂『傳國璽』。」漢劍，指漢高祖斬蛇之劍，見史記高祖本紀，索隱引漢舊儀云：「斬蛇劍長七尺。」

〔二一〕趙璧句：趙璧指和氏璧，趙國曾使藺相如用以與秦國易十五城，卒知其妄，完璧歸趙。見史記藺相如列傳。隋珠，隋侯之珠，淮南子覽冥訓「隋侯之珠」，注：「隋侯，漢東之國，姬姓諸侯也。隋侯見大蛇傷斷，以藥傅之，後蛇於江中銜大珠以報之，因曰隋侯之珠。」

〔二二〕犍爲句：漢書禮樂志：「成帝時，犍爲郡於水濱得古磬十六枚，議者以爲善祥。劉向因是説上：『宜興辟雍，設庠序，陳禮樂，隆雅頌之聲，盛揖讓之容，以風天下。』」犍爲，今四川縣名。

〔二三〕汾陰句：史記武帝本紀元狩三年：「其夏六月中，汾陰巫錦爲民祠魏脽后土營旁，見地如鉤狀，掊視得鼎。……乃以禮祠，迎鼎至甘泉。」「既得寶鼎，上與公卿諸生議封禪。」至公元一一六年，改年號曰元鼎。案：漢書吾丘壽王傳：「及汾陰得寶鼎，武帝嘉之，薦見宗廟，臧（通藏）於甘泉宮。群臣皆上壽賀曰：『陛下得周鼎。』壽王獨曰非周鼎……乃漢寶……上曰：『善！』群臣皆稱萬歲，是日賜壽王黄金十斤。」此蓋吾丘壽王巧爲之説，以迎上寵。

〔二四〕曲阜句：指孔子之屐。晉書張華傳：「武庫火，華懼因此變作，列兵固守，然後救之，故累代之寶及漢高斬蛇劍、王莽頭、孔子屐等，盡毁焉。」

〔二五〕天澤之弧：弧，弓也。蓋指傳説中黄帝之弓。史記武帝本紀申公曰：「黄帝上騎……龍乃上去，餘小臣不得上，乃悉持龍䫇，龍䫇拔，墮黄帝之弓……其弓曰烏號。」案左傳僖公二十五年：「天爲澤以當日。」此乃晉侯使狐偃卜筮。卜，得「黄帝戰於阪泉之兆」；筮，得「大有☰之睽☲」。大有之下卦爲乾，乾爲天；變而爲睽之下卦爲兑，兑爲澤。故狐偃曰：「且是卦也，天爲澤以當日。」日者，大有與睽之上卦皆爲離，離爲日。此卜與筮綜合考察，則「天爲澤」與黄帝「阪泉之戰」似有一定聯繫。且易繫辭下言黄帝堯舜取易卦而成九事，「弦木爲弧」爲九事中之第六事，「蓋取諸睽」。以易與左傳二事相較，其共同點一爲黄帝，一爲睽卦，則「天澤之弧」可爲黄帝創制之弓，結合漢書武帝本紀所云，則其弓已墮地，成爲文物。

〔二六〕下至句：威斗，漢書王莽傳始建國四年：「是歲八月，莽親之南郊，鑄作威斗。威斗者，以五色銅爲之，若北斗，長二尺五寸，欲以厭勝衆兵。」注引李奇曰：「以五色藥石及銅爲之。」厭勝，以迷信方法壓伏衆兵。錯刀，以黄金鑲嵌之佩刀。文選張平子（衡）四愁詩：「美人贈我金錯刀，何以報之英瓊瑶。」李善注引謝承後漢書：「詔賜應奉金錯把刀。」應奉與張衡同時。

〔二七〕羯鼓句：羯鼓，古羯族樂器，唐代多用之。南卓羯鼓録：「棬用剛鐵，鐵當精鍊，棬當自匀。」廣韻：「棬似升，屈木爲之。」林紓選評淮海集棬作「桅」，桅鼓槌也，非是。據羯鼓録當爲用以綳住鼓面之鋼鐵鼓桶或鐵圈。

〔二八〕破鏡句：破鏡，據孟棨本事詩情感云，陳太子舍人徐德言與樂昌公主爲夫婦，時陳政方亂，德言知不相保，乃破一鏡，各執其半，以爲他日相會時信物。缺符，指分開之虎符。

〔二九〕遺簪句：史記滑稽列傳：「前有墮珥，後有遺簪。」

〔三〇〕舞獸句：書益稷：「夔曰：戛擊鳴球，搏拊琴瑟，以詠。……簫韶九成，鳳凰來儀。」又曰：「予擊石拊石，百獸率舞。」

〔三一〕令大河二句：謂時世清平，刑獄不興。易緯乾鑿度下：「天之將降嘉瑞應，河水清三日。」鄭錫日中有王字賦：「河清海晏，時和歲豐。」史記天官書：「左角，李；右角，將。」索隱：「李即理。理，法官也。」左角無光芒，喻刑獄不興。

〔三二〕牛鐸：見本篇注〔七〕。

〔三三〕陰精二句：陰精，本指月。後漢書天文志：「月者，陰精之宗。」此處謂陰陽相互轉化。黄帝内經素問陰陽别論：「陰陽者，天地之道也，萬物之綱紀，變化之父母，生殺之本始。……陽生陰長，陽殺陰藏，陽化氣，陰成形，寒極生熱，熱極生寒。」故句中「陰精」乃指純陰。書洪範「潤下作鹹」，疏：「水既純陰，故潤下趣陰；火是純陽，故炎上趣陽。」

〔三四〕僨而復起：即一僨一起，參卷十二進策序篇注〔二〇〕。

〔三五〕激宫流羽：謂聲調激越。漢書禮樂志郊祀歌八天地：「函宫吐角激徵清，發梁揚羽申以商。」宫、羽、角、徵、商，皆古曲調名，合變宫、變徵爲七聲。

〔三六〕豈爲錢爲鎛二句：詩周頌臣工：「庤乃錢鎛，奄觀銍艾。」朱熹注：「錢，銚；鎛，鉏，皆田器也。銍，穫禾短鐮也；艾，穫也。」

〔三七〕豈爲浮圖二句：浮圖，指佛。後漢書西域傳天竺國：「後桓帝好神，數祀浮圖、老子，百姓稍有奉者，後遂轉盛。」緇素，指僧人和俗衆。僧人衣緇，百姓衣素，故稱。魏書釋老志：「緇素既殊，法律亦異。」

〔三八〕將爲麟趾句：漢書武帝紀太始二年獲白麟、天馬、黄金：「今更黄金爲麟趾褭蹄，以協瑞焉。」注：「武帝欲表祥瑞，故普改鑄爲麟趾褭蹄之形以易舊法耳。今人往往於地中得馬蹄金，金甚精好而形制巧妙。」

〔三九〕干越之劍：莊子刻意：「干越之劍者，柙而藏之，不敢用也。」成玄英疏：「干，吴也；言吴越二國并出名劍，因以爲名。」

〔四〇〕百鍊之鑑：以精金製成之鏡。西京雜記卷一：「戚姬以百鍊金爲彄環。」

【彙評】

段斐君本淮海集徐渭評「赤刀大訓……可無畢年」一段：古色陸離。

林紓林氏選評名家文集淮海集：豈止惜一鏄鐘，亦寓悼惜人材之意。

又淮海集選序：又吊鏄鐘文，古色斑斕，又與東坡殊其狀況。○吕居仁稱其學西漢者，殆指鏄鐘之文。張相、周邦英選評宋文鑑簡編評全篇：亦是借題發揮，寫其牢騷。○評「嗚呼，衆方之生」以下至結尾：卜居之遺。

遣瘧鬼文〔一〕

邗溝處士秋得痎瘧之疾〔二〕，發以景中〔三〕，起於毛端，伸欠乃作〔四〕。其始也淒風轉雨，洒然薄人；其少進也，如沍壑陰崖〔五〕，單衣犯雪；軀穹螻屈〔六〕，奄奄欲絕。寒威既替，熱復大來〔七〕，畢方媒毒〔八〕，回禄嗣災〔九〕。躁外渴中，卧已復興。欲挾斗杓，東適渤澥，酌以注嗌，未足爲快〔一〇〕。徂酉盡戌，澳然霑汗〔一一〕，然後乃已。

於是，處士乃澡心慮，斥聰明，枕石藉茅，偃於洞房，疲極而寐，夢五鬼物異服醜形，朱丹其髮，運斤鼓槖〔一二〕，縻綆注缶〔一三〕，揮以大箠〔一四〕，跳踉而進曰：「嘻，良苦！惟子昔年，學道名山，把握風雷，與斗爭威〔一五〕。吏兵雲屯，使者火馳。呼吸元氣，懸鬼以嬉。我屬蓄忿怒，候間隙之日久矣。孰爲爾來，荒唐是師，跅弛是友〔一六〕；果於自爲，横心肆口。隨世上下，金鎔木揉〔一七〕。嘗於禁戒，隳滅應手。交親指議，傳笑十九。而子岸然，恬不爲醜。我屬緣是得而甘心焉。」

於是處士驚遽，若失所以對者。衆鬼大笑，處士叱之曰：「來！汝鬼物。向吾示汝神明之機〔一八〕，天收其武，地藏其文。七緯十精，亡失光耀〔一九〕。而汝朋儔，漫不復省。瞽矇之前，藻繪徒施。叩宫流徵，而聵者勿知。嘗以爲未然，乃今信之。蹇吾妙齡，志於幽玄〔二〇〕。明師我違，以溺奇偏。疑信相寇，于兹有年。披收氛霧，乃睹青天。樊然故藝，一夕棄捐。飫食酣寢，以還本源。若夫嬪御如雲，珍貨山積；後房彈吹，秀色可食〔二一〕；馬有副，車有貳：人所同好，吾亦勿避。久宦無成，家徒壁立〔二二〕；彈劍而哦，援琴自慰；風埃藍縷，兒女所羞。人所共惡，吾亦勿求。好惡我無，與天下俱。故造物之父，與吾並駕而遊，固非汝曹知也。嗟汝鬼物，亦道之孫。經緯星辰，啓陰閉陽。何獨迷繆，自喪耿光，依憑草木，爲此不祥！」

於是衆鬼相視失色，涕泗交頤，呿而不合〔二三〕，悔其所爲，稽首再拜，稱弟子而去。處士瘖，亦失厥疾矣。

【校】

〔東適渤澥〕「渤」原作「浡」，通。此從王本、四部本。

〔跅弛是友〕「弛」原作「跑」，據王本、四部本改。

〔一夕棄捐〕「夕」原作「昔」，通。此從王本、四部本。

〔何獨迷繆〕「迷」原作「遠」，據王本、秦本改。

【箋注】

〔一〕本篇作於元豐三年庚申（一〇八〇）秋。秦譜云：「入夏，得中暑疾，秋復大劇，浹月始安。」當指此。

〔二〕邗溝處士句：邗溝處士，作者自號。痎瘧，素問生氣通天論：「夏傷於暑，秋爲痎瘧。」痎瘧，今謂之發瘧疾。

〔三〕發以景中：謂發病時在白晝。景，日光。

〔四〕起於毛端二句：素問瘧論：「瘧之始發也，先起於毫毛，伸欠乃作。」伸欠，打呵欠。

〔五〕沍壑陰崖：陰冷之山崖谷底。左傳昭公四年：「深山窮谷，固陰沍寒。」沍，凍結也。

〔六〕龜穹蠖屈：形容蜷縮之狀。

〔七〕寒威二句：素問瘧論形容瘧疾初發時「寒慄鼓頷，腰脊俱痛，寒去則内外皆熱」。

〔八〕畢方句：喻發熱時之病況。畢方，傳説中之怪鳥。山海經西山經：「有鳥焉，其狀如鶴，一足，赤文青質而白喙，名曰畢方，其鳴自叫也，見則其邑有譌火。」注：「譌，亦妖訛字。」

〔九〕回祿句：義同上句。回祿，火神名。左傳昭公十八年：「禳火於玄冥、回祿。」注：「回祿，火神。」疏：「楚之先吴回爲祝融，或云回祿即吴回也。」

〔一〇〕躁外渴中六句：素問瘧論謂發病時「頭痛如破，渴欲冷飲。……陽盛則外熱，陰虚則内熱，則喘而渴，故欲冷飲也。」嗌，咽喉。

〔一一〕徂酉二句：謂自酉時至戌時已盡，一直出大汗。素問瘧論：「夏傷於大暑，其汗大出。腠理開發，因遇夏氣淒滄之水，寒藏於腠理之中，秋傷於風，則病成矣。」

〔一二〕運斤鼓橐：運斤，揮動斧頭。鼓橐，鼓動風袋。墨子備穴：「具鑪橐，橐以牛皮。」淮南子本經訓：「鼓橐吹埵，以銷銅鐵。」可見鼓橐即冶鍊時鼓風以吹氧。

〔一三〕縻綆注缶：縻綆，繩索。注缶，向瓦缶注水。

〔一四〕大箑：大扇。

〔一五〕與斗争威：與星斗争威能。

〔一六〕跅弛：放蕩不拘。漢書武帝紀：「夫泛駕之馬，跅弛之士，亦在御之而已。」注：「跅者，跅落無檢拘也；弛者，放廢不遵禮度也。」

〔一七〕隨世上下二句：漢書董仲舒傳：「夫上之化下，下之從上，猶泥之在鈞，唯甄者之所爲；猶金之在鎔，唯冶者之所鑄。」注：「鎔，謂鑄器之模範也。」木揉，揉通輮。易說卦：「坎爲水……爲矯輮。」疏：「使曲者直爲矯，使直者曲爲輮。」荀子勸學：「木直中繩，輮以爲輪，其曲中規。」此猶任其擺布。

〔一八〕神明之機：淮南子兵略訓：「見人之所不見謂之明，知人之所不知謂之神，神明者，先勝者也。」又：「變化無常，得一之原以應無方，是謂神明。」

〔一九〕七緯二句：桓譚新論思慎：「七緯順度，以光天象。」注：「七緯，日月五星。」

〔二〇〕蹇吾二句：幽玄，謂深邃之老莊學説及佛教哲理。駱賓王代女道士王靈妃贈道士李榮詩：「自言少小慕幽玄，只言容易得神仙。」案：蘇軾與王荆公書稱譽秦觀云：「此外，博綜史傳，通曉佛書，講習醫藥，明練法律，若此類，未易以一二數也。」荆公（王安石）答東坡書云：「又聞秦君嘗學至言妙道。」

〔二一〕秀色可食：陸機日出東南隅行：「鮮膚一何潤，秀色若可餐。」

〔二二〕家徒壁立：史記司馬相如傳：「相如乃與（文君）馳歸成都，家居徒四壁立。」

〔二三〕呿：張口。

【彙評】

段斐君本淮海集徐渭評：王百穀之「倏而炮烙，倏而負冰」，非不宛肖，終覺未雅。

林紓林氏選評名家文集淮海集：此脱胎送窮之文，奇警黝黑，淌紙突兀，自是才人極筆。首一段寫瘧之狀，僕則五次嘗之，一無差謬，真善於體物矣！

祭洞庭文〔一〕

紹聖三年十月己亥朔，十一日丁卯，前宣義郎秦觀，敬以錢馬香酒茶果之奠，望洞庭青草湖境上〔二〕，敬祭于岳州境内洞庭昭靈王、青草安流王〔三〕、淵德侯〔四〕、順濟侯〔五〕、忠潔侯〔六〕、孝烈靈妃、孝感侯之神〔七〕。觀罪戾不肖，頃緣幸會，嘗厠朝列，備員儒館〔八〕，承乏史臣〔九〕，福過災生，數遭重劾，蒙恩寬貸，投竄湖南。老母戚氏，年踰七十，久抱末疾〔一〇〕。盡室幼累，幾二十口，不獲俱行。既寓浙西，方令男湛謀侍南來〔一一〕。敬惟諸神皆以威烈忠孝，著在方册，廟食此方，分風擘流〔一二〕，有禱如響。觀之得罪本末，諸神具知。願加哀憐老母，異時經彼重湖〔一三〕，賜以便風，安然獲濟。仍願神貺，早被天恩，生還鄉邑。觀以疾走便道，不遑躬詣祠下，盡此血誠。故修薄奠，以伸悃愊〔一四〕。心切詞迫，瀆浼至靈，俯企惶懼，唯諸神明鑒之！

【校】

〔題〕王本、四部本案：「當作祭洞庭湖神文。」

【箋注】

〔一〕紹聖三年丙子（一〇九六），少游自處州削秩徙郴州，十一月十一日途經洞庭湖時作。

〔二〕洞庭、青草：二湖名，在今湖南岳陽境内。

〔三〕洞庭昭靈王、青草安流王：舊五代史晉書高祖紀天福二年夏五月：「詔……湖南青草廟舊封安流侯進封廣利公，洞庭廟進封靈濟公。」光緒巴陵縣志卷五三引張舜民畫墁集郴行録：「（青草）廟居洲上，南向，門内一排三殿：中曰勸善太師，乃一僧像，西曰安流大王，東曰昭有此封號。

靈大王。勸善，即泗州大聖也；昭靈，馬援也；安流者，莫知其爲誰。」由少游文可知北宋已

〔四〕淵德侯：巴陵縣志卷十二「湘妃廟」：「陳邕以湘君不宜有侯廟，别建之君山。蓋其時君山之廟已廢，邕故建之，而城中淵德侯廟，必以洞庭湖神當之矣。」

〔五〕順濟侯：續資治通鑑長編卷二七七云，熙寧九年七月，遣同知禮院林希祭謝洪州順濟侯廟，順濟侯，俗曰小龍，以安南行營器甲舟行，人多見之故也。」沈括夢溪筆談卷二〇神奇謂「彭蠡小龍，顯異至多，人人能道之」，並舉熙寧中王師南征爲例，云離真州即有小蛇登船護軍仗，不日至洞庭，蛇乃附一商人船回南康。「世傳其封域止於洞庭，未嘗踰洞庭而南也。有司以狀聞，詔封神爲順濟王，遣禮官林希致詔。」林希、林括，皆與少游同時。

〔六〕忠潔侯：續資治通鑑卷七七：神宗元豐六年春正月丙午：「封楚三閭大夫屈平爲忠潔侯。」巴陵縣志卷十二「三閭大夫廟」：「屈原以忠見斥，隱於沅湘……被王逼逐，乃赴清泠之淵，楚人思慕，謂之水仙。……舊志：『唐封昭靈侯，宋封忠潔侯。』」又卷五三：「忠潔侯者，屈原也。」案：張舜民郴行録謂昭靈爲馬援，此處爲屈原，蓋民間傳説，向無定準。

〔七〕孝烈靈妃、孝感侯：巴陵縣志卷十二「賈烈婦祠」：「華容孫宜撰賈烈婦祠碑云：『烈婦死宋。……憲皇帝時岳州守李公某始請附祀孝烈靈妃廟，廟故並祀孝感侯。孝感侯者，靈妃弟也。』」案續資治通鑑長編卷三二三云：「岳州昭烈靈妃封孝靈妃，以知岳州李觀言：靈妃，

羅氏女，父爲秦鐵官，溺死尸不得，女蹈水，俱没，里民祀之。後唐天成中已嘗册贈故也。」

〔八〕備員儒館：指元祐中任祕書省校對黄本書籍及正字。

〔九〕承乏史臣：指元祐末爲國史院編修。詳年譜。

〔一〇〕末疾：四肢患風疾。左傳昭公元年：「風淫末疾。」杜預注：「末，四支也。」孔穎達疏：「謂手足也。」

〔一一〕男湛：少游子，字處度。後爲常州通判。

〔一二〕分風擘流：巴陵縣志卷五十三引一統志：「山海經云：『舜之二女，處河大澤，光照百里。』大澤者，洞庭也；光照者，威靈之暨也，至今湖神分風送客。」注引晉虞喜志林：「洞庭湖神，過客祈禱必驗，分風送船。」

〔一三〕重湖：二湖相連。此指洞庭湖與青草湖。

〔一四〕悃愊：至誠。王充論衡明雩：「禮之心悃愊，樂之意歡忻，悃愊以玉帛效心，歡忻以鐘鼓驗意。」

謁宣聖文〔一〕

郡守被命于朝，既至治所，則必告于境内之明神，禮也。矧惟宣聖，實我儒師；

薦見之禮，敢後群祠？是率僚屬，爰及士子；躬趨於庭，以報祀事。尚饗！

【箋注】

〔一〕舊時郡守到任，須謁諸廟。蘇軾出守潁州，有謁文宣王廟祝文一首，中云：「莅事之始，祗見於學，先聖先師，實臨之敬。」與此文同類。案元祐元年至五年，少游任蔡州教授，郡守凡三易：始則劉攽（貢父），次則謝景温，又次向宗回，再則王存（正仲），而集中有謁宣聖文及代蔡州太守謁先聖文共二首，當係分别代其中二人所作，依文意，雖難判斷何篇代誰而作，然爲在蔡州代郡守而作，自屬無疑。宣聖，指孔子。據文獻通考，唐開元二十年，追謚孔子爲文宣王。又續通考：「宋太宗追謚孔子曰『先聖文宣王』。真宗時改謚『至聖』。」

告狄梁公廟文〔一〕

惟公昔以盛德，爲唐名臣，嘗刺此州〔二〕，風流具存。越王之禍，玉石俱焚；二千餘人，賴公獲免〔三〕。宜千萬年，血食兹土。豫之子孫，報仰何窮！舊祠迫隘，不稱明靈。爰築新室，以安貌像。敢涓時日，薦告於庭。

【箋注】

〔一〕本篇作於元祐元年丙寅（一〇八六）。據秦瀛舊譜：「先生在蔡州。是歲太皇太后、皇太后上尊號……皆作賀表,爲太守向公作。又代作境内祀諸神文。」案:爲向公作諸賀表云云,皆誤。是歲劉攽守蔡州(見卷五送劉貢父舍二首注〔一〕),向宗回尚未到任(見卷九次韻太守向公登樓眺望二首注〔一〕)。祀境内諸神文當係代劉攽而作。狄梁公,名仁傑,字懷英,唐太原人。高宗初累遷大理丞,後爲豫州刺史,活詿誤論死者二千餘人。天授二年,入爲地官侍郎、同鳳閣鸞臺平章事,爲酷吏來俊臣誣陷下獄,密使其子訴於武后,獲免,貶彭澤令。神功元年復相,力勸武后立唐嗣。睿宗時追封梁國公。新、舊唐書有傳。

〔二〕此州:指蔡州。宋之蔡州,即唐初之豫州。

〔三〕越王之禍四句:新唐書狄仁傑傳謂仁傑出爲豫州刺史,時越王兵敗,支黨餘二千人論死。仁傑釋其械,密疏請恤。詔下悉謫戍邊。囚出寧州,父老迎勞曰:「狄使君活汝耶!」因相與哭碑下。至流所,亦爲立碑。案越王名貞,太宗李世民子。垂拱四年,起兵討武后,將兵攻上蔡;九月,被擊潰。

告李太尉廟文〔一〕

唐之中葉,盜據此方〔二〕。歲行四宫〔三〕,天誅不訖。公時銜命,實帥西師〔四〕,披此姦巢,市不易肆。蛇豕遺種〔五〕,化爲平民。公於蔡人,厥功懋矣。廟貌雖久,棟宇穿頹。易而新之，得是亢爽〔六〕。千秋萬歲，公其安焉！

【箋注】

〔一〕本篇元祐元年丙寅（一〇八六）作於蔡州，參見本卷謁宣聖文注〔一〕。李太尉，指李愬，字元直，元和中爲唐鄧節度使，討吴元濟，雪夜入蔡州，淮西亂平，進同中書門下平章事，卒贈太尉。新、舊唐書有傳。

〔二〕盜據此方：見卷九次韻太守向公登樓眺望二首之一注〔六〕。

〔三〕四宮：史記天官書謂「中宮天極星」，旁列二十八宿爲四宮：「東宮蒼龍」「南宮朱鳥」「西宮咸池」（索隱引文耀鉤云：「西宮白帝，其精白虎。」）「北宮玄武」。

〔四〕西師：新唐書李愬傳：「居半歲，知士可用，乃請濟師，詔益河中、鄜坊二千騎。」河中、鄜坊在西，故其兵稱「西師」。

〔五〕蛇豕遺種：喻貪殘害人之徒。蛇豕，爲「封豕長蛇」省語。隋書高祖紀上：「尉迥猖狂，稱兵鄴邑。……聚徒百萬，悉成蛇豕。」

〔六〕亢爽：高曠開朗。曾鞏擬峴臺記：「去榛與草，發其亢爽。」

祭勾芒神文〔一〕

日窮於次，歲時肇興。爰卜土牛，以送寒氣〔二〕。惟神佐成震治，于民有功。敢稽禮經，用修常祀〔三〕。尚饗！

【箋注】

〔一〕勾芒：古以爲春神。宋史禮志三：「木神勾芒。」木於五行屬東，東方爲春。宋史樂志十一載熙寧望祭樂章東望迎神凝安云：「盛德惟木，勾芒御神。沂岱淮海，厥功在民。」

〔二〕爰卜土牛二句：據禮記月令云：季冬之月，「出土牛以送寒氣」。宋時改在立春日。金盈之新醉翁談録卷三京城風俗記云：「立春，開封府土牛進入禁中；開封縣土牛，一日鼓樂迎置府南門上。天下真定府土牛最大。是日，自郎官、御史、寺監、長貳以上，皆賜春幡勝，以羅爲之；近臣皆加賜銀勝。開封府鞭牛訖，官屬大合樂燕飲，辨色入朝門，謝春幡勝。」諸郡倣此。本文云「歲時肇興」，當作於立春日。

〔三〕敢稽禮經二句：禮記月令：孟春之月、仲春之月、季春之月，皆云「其帝大皡，其神勾芒」。孔穎達疏：「其神勾芒者，謂自古以來主春立功之臣，其祀以爲神。……春祀之時，則祀此大皡、勾芒，故言也。」

代蔡州太守謁先聖文〔一〕

惟王道備天人，功崇列聖。大成既集〔二〕，六藝斯明〔三〕。内聖外王〔四〕，所同憲法。山川鳥獸，咸亦裕如。萬世尊親，天下通祀。惟時士子，生逢休明。讀玩棄餘，作爲藝業。有司論定，天澤遂覃〔五〕。推本所從，實王芘貺〔六〕。敢涓時日，薦見廟庭。

【箋注】

〔一〕本篇元祐二年丁卯（一〇八七）代蔡州太守向宗回作，是時宗回初到任。見卷九次韻太守向公登樓眺望二首注〔一〕。

〔二〕大成既集：孟子萬章下：「孔子之謂集大成。集大成也者，金聲而玉振之也。」先聖，指孔子。參見本卷謁宣聖文注〔一〕。

〔三〕六藝：此指「六經」，故下文云「内聖外王，所同憲法」。史記滑稽列傳：「孔子曰：『六藝於治一也。禮以節人，樂以發和，書以道事，詩以達意，易以神化，春秋以義。』」

〔四〕内聖外王：莊子天下：「是故内聖外王之道，闇而不明，鬱而不發，天下之人，各爲其所欲焉，以自爲方。」此乃道家所謂聖人兼有王者之位，以推行自然無爲之道。孔子爲儒家，此處當指内以聖人之道德爲體，外以王者之仁政爲用，體用兼備，各極其致，如宋史邵雍傳所云：「河南程顥，初侍其父識雍，論議終日，退而歎曰：『堯夫（邵雍）内聖外王之學也！』」内聖外王之學，即指儒家經典「六經」。

〔五〕天澤：指聖恩。宋書陸徽傳：「天澤雲行，時德雨施。」

〔六〕實王芘賜：猶庇蔭、賜予。莊子人間世：「隱將芘其所藾。」釋文：「芘，本作庇。」王指孔子：見本卷謁宣聖文注〔一〕。

代蔡州太守謁嶽廟文〔一〕

維神望秩岱宗〔二〕，實長群嶽。有嚴祀事，在于此邦。守土之臣，既見民吏。敢羞牲酒，進見于庭。

【箋注】

〔一〕本篇元祐元年丙寅（一〇八六）代蔡州太守劉攽作，説見本卷告狄梁公廟文注〔一〕。嶽廟，東嶽廟，俗稱泰山廟。

〔二〕岱宗：泰山。杜甫望嶽詩：「岱宗夫如何，齊魯青未了。」

代蔡州太守謁城隍文〔一〕

淮西古城，形若垂瓠，帶以汝水，生齒實繁〔二〕。惟神廟食此土，芘賜一方〔三〕。敢致酒牲，用嚴薦見。躬趨于庭，疇敢後時〔四〕？

【校】

〔淮西古城〕「西」原誤作「南」，據蜀本改。

【箋注】

〔一〕本篇元祐元年丙寅（一〇八六）作於蔡州，參見本卷告狄梁公廟文注〔一〕。

〔二〕淮西古城四句：蔡州城北汝水屈曲，形如垂瓠，古稱懸瓠城。見水經注卷二一汝水。宋史地理志一京西北路：「蔡州，緊，汝南郡，淮康軍節度。崇寧户九萬八千五百二，口十八萬五千一十三。」可見生齒之繁。

〔三〕芘貺：見本卷代蔡州太守謁先聖文注〔六〕。

〔四〕疇敢：誰敢。爾雅釋詁：「疇，誰也。」

代蔡州祈晴文〔一〕

謹以清酌庶羞之奠，敢昭告於某神。粤自去冬，陰氣爲沴〔二〕，雪積袤丈〔三〕。逮兹獻歲〔四〕，寒不時歸，雪又復作。道途梗塞，物價翔踴。四郊農事，茫然無期。是用奔走，乞晴于爾明神，廟食此土，宜赫厥靈，揮却慘鬱，屏除翳昏，還我大明〔五〕。毋使斯民，久罹重苦。

【校】

〔乞晴于爾明神〕王本考證附纂云：「乞晴于爾明神廟食此土，案播芳大全『神』下『廟』上有『惟神』二字。」案：依文理當有「惟神」二字。

〔久罹重苦〕王本考證附纂云：「據播芳大全，『重苦』作『重困』。」

【箋注】

〔一〕本篇元祐三年戊辰(一〇八八)春代蔡州太守向宗回作。參見卷九次韻太守向公登樓眺望二首注〔一〕及卷二五汝水漲溢説注〔一〕。

〔二〕粤自去冬二句：據宋史五行志一下，「元祐二年冬，京師大雪連日，至春不止，久陰沍寒」。可見爲大範圍内之久雪，自京師至蔡州皆受其害。沴，災害不祥之氣，莊子大宗師：「陰陽之氣有沴。」郭象注：「沴，陵亂也。」

〔三〕袤丈：謂積雪高約一丈。據説文：「南北曰袤，東西曰廣。」然小爾雅廣言則謂「袤，長也」，故此處依文意應指高度而言。

〔四〕獻歲：一年之始。楚辭宋玉招魂：「獻歲發春兮，汩吾南征。」據此，本文應作於元祐三年歲首。

〔五〕大明：指日。禮記禮器：「大明生於東，月生於西。」

代蔡州謝晴文〔一〕

謹以清酌庶羞之奠，敢昭告于某神。間者久陰不解，大雪荐作，寒氣總至，民不聊生。於是率僚屬吏士，奔走分告，乞晴於神。神享其誠，答以景貺〔二〕，閉陰啓陽，變慘爲舒〔三〕。清風既發，大明遂昇〔四〕。一方熙然，僅有生意。吏實不德，何以克堪！敢憑酒殽，以謝神貺。

【校】

〔僅有生意〕王本、四部本「僅」作「儘」。

【箋注】

〔一〕本篇元祐三年戊辰（一〇八八）代蔡州太守向宗回作。參見本卷代蔡州祈晴文注〔一〕。

〔二〕景貺：謂厚重賜予。「景」乃「大」意。宋史樂志八載樂章望燎儀安云：「願儲景貺，福我群生。」

〔三〕變慘爲舒：轉陰爲晴。文選張平子（衡）西京賦：「夫人在陽時則舒，在陰時則慘，此牽乎天者也。」

〔四〕大明：指太陽。見本卷代蔡州祈晴文注〔五〕。

淮海集箋注卷第三十二

文、疏

謝雨文〔一〕

謹以清酌庶羞之奠〔二〕，敢昭告於某神。惟大荒落〔三〕，陽氣寖驕；沮傷天和，怒風鳴條。川池既耗，土山行焦；念土之毛，民慘不聊〔四〕。祗奉明命，爰率我僚；禱雨於神，惠此東皋〔五〕。日走祠下，莫敢告勞。神享其誠，精祲宜交〔六〕；油然作雲，遂不崇朝〔七〕。其散如絲，其沃如膏。焦卷一變，蔚爲美苗。罷遣兒曹，無復叫號。巫覡反室，藏緘鼓簫。秋成可期，玉燭遂調〔八〕。樽有旨酒，豆有佳殽〔九〕。拜貺于神，神鑒其昭。尚饗！

【校】

〔文、疏〕原脱，據卷端目録補。

〔精祲宜交〕「宜」原作「且」，據蜀本改。

【箋注】

〔一〕本篇蓋元祐四年己巳（一〇八九）作於蔡州，因在巳年，故表云「惟大荒落」。係爲郡守向宗回撰文謝雨。參見卷九次韻太守向公登樓眺望二首注〔一〕。

〔二〕清酌庶羞：清酌，謂酒。庶羞，多種佳餚。羞，通饈。儀禮公食大夫禮：「士羞庶羞皆有大。」注：「羞，進也；庶，衆也。進衆珍味可進者也。」清胡培翬謂：「肴美曰羞，品多曰庶。」見儀禮正義。

〔三〕大荒落：爾雅釋天：「太歲在巳曰大荒落。」史記曆書：「彊梧大荒落四年。」索隱：「彊梧，丁也；大荒落，巳也。」

〔四〕川池四句：宋史五行志四：「（元祐）四年春，京師及東北旱，罷春燕。」又續資治通鑑長編卷四二四，元祐四年三月乙酉，中書舍人彭汝礪、曾肇言：「去年諸路災歉，京西、陝西，人至相食。……（今春）而雨不時應，旱氣以成，麥苗萎黄，勢將槁死。……自春亢旱，雨作輒止。」京西北路之蔡州，當亦災及。毛，植物也，此指麥苗。

〔五〕東皋：文選潘岳秋興賦：「耕東皋之沃壤兮。」李善注：「水田曰皋，東者，取其春意。」

〔六〕精祲：陰陽災祥之氣。漢書匡衡傳：「臣聞天人之際，精祲有以相盪，善惡有以相推。」注：「祲，謂陰陽氣相浸漸以成災祥者也。」

〔七〕油然二句：孟子梁惠王上：「天油然作雲，沛然下雨。」趙岐注：「油然，興雲之貌。」崇朝：通終朝，自天明至早餐前。詩衛風河廣：「誰謂宋遠，曾不崇朝。」老子二十三章：「故飄風不終朝，驟雨不終日。」

〔八〕玉燭：爾雅釋天：「四氣和謂之玉燭。」疏：「言四時和氣，温潤明照，故曰玉燭。」

〔九〕豆：古食具，木製，形似高盤。

代獲賊祭諸廟文〔一〕

謹以清酌庶羞之奠〔二〕，告於某神之靈。乃者群盜竊發，剽刼閭里，遊魂疆埸，境内騷然。賴神威靈，咸伏其辜。鯨鯢既殲〔三〕，民以休靖。敢用牲酒，以答神休。尚饗！

【箋注】

〔一〕本篇元祐四年己巳（一〇八九）代蔡州太守向宗回作。案是歲凶荒，饑民鬧事，守將鎮壓，獲其首領。參見卷二七代謝敕書獎諭表及注〔一〕。

〔二〕清酌庶羞:見本卷謝雨文注〔二〕。

〔三〕鯨鯢:指兇惡之人。左傳宣公十二年:「古者明王伐不敬,取其鯨鯢而封之,以爲大戮,於是乎有京觀以懲淫慝。」

代蔡州赦後省賽文〔一〕

維今月日,德音云云。謹以清酌庶羞之奠〔二〕,告于某神。祗奉綸言〔三〕,徧修群祀。導迎善氣,加惠元元〔四〕。敢不蒸進酒牲,備嚴薦獻,以承休命,神其鑒之。尚饗!

【校】

〔德音云云〕王本、四部本無此四字。

〔敢不蒸進酒牲〕王本、四部本「蒸」作「恭」。

【箋注】

〔一〕本篇元祐四年己巳(一〇八九)九月作於蔡州。續資治通鑑卷八一謂本年九月,「辛巳,大饗明堂,赦天下,百官加恩,賜賚士庶高年九十以上者。」與本篇所云「祗奉綸言……加惠元元」相合。時王存(正仲)守蔡州,當爲之代作。

〔二〕清酌庶羞：見本卷謝雨文注〔二〕。

〔三〕綸言：指皇帝詔書。禮緇衣：「王言如絲，其出如綸；王言如綸，其出如綍。」

〔四〕元元：平民。戰國策秦策一：「制海内，子元元。」

代祭歐陽夫人文〔一〕

吁嗟夫人，出於華宗〔二〕；來嬪高門，實配文忠。惟我文忠，一世之師；道德餘事，發爲文辭〔三〕。如天有斗，如歲有春；四方以正，萬物爲新。吁嗟夫人，其德爲稱；内宗外姻，俱承厥慶。文忠前薨，朝野涕瀾〔四〕；今夫人逝，士亦永歎。矧在敝族，晚通姻好〔五〕；承凶矍然，舉室驚悼。新鄭之原，文忠之塋〔六〕；歸合有期，千車送行。守土汝南，征駕莫遑；敬致薄辭，以奠一觴。

【箋注】

〔一〕本篇元祐四年己巳（一〇八九）作於蔡州。歐陽夫人，即歐陽修夫人。蘇詩總案卷三一「（元祐四年）九月聞薛夫人訃，爲文祭之」誥案：「夫人薛氏，奎之女也。奎謚簡肅。夫人以是年八月卒。」蘇轍歐陽文忠公夫人墓誌銘：「歐陽文忠公夫人薛氏，資政殿學士尚書户部侍郎簡肅公諱奎之女也……夫人簡肅公之第四女，母曰金城夫人，亦賢婦人也。……元祐四年八月戊午終於京師。」案：歐陽修前後兩娶薛奎女，邵氏聞見録卷八：「王懿恪公拱辰與歐陽文忠公同年進士……後懿恪、文忠同爲薛簡肅公子壻，文忠先娶懿恪夫人之姊，再娶其妹，故文忠有『舊女壻爲新女壻，大姨夫作小姨夫』之戲。」此處所祭者當爲後娶之薛氏夫人。文曰：「守土汝南，征駕莫遑。」係蔡州郡守口吻。考長編卷四二九，元祐四年六月甲辰，「中大夫守尚書左丞王存爲端明殿學士知蔡州」，則此文係代王存而作無疑。

〔二〕華宗：指貴族。文選任昉王文憲集序：「公生自華宗，世務間隔。」注：「善曰：魏志曹植上疏曰：『華宗貴族，必應斯舉。』銑曰：『言生於富貴之家。』」案：夫人之父薛奎，官至參知政事、資政殿學士（宋史有傳），故云。

〔三〕惟我文忠四句：蘇轍歐陽文忠公神道碑：「公之於文，天材有餘，豐約中度，雍容俯仰，不大聲色，而義理自勝……是以獨步當世。……自漢以來，更魏晉，歷南北（朝），文弊極矣。雖唐正觀、開元之盛，而文氣衰弱，燕、許之流，倔强其間，卒不能振。惟韓退之一變復古。……自退之以來，五代相承，天下不知所以爲文。祖宗之治，禮文法度，追迹漢、唐；而文章之士，楊、劉而已。及（歐）公之文行於天下，乃復無愧於古。於乎，自孔子至今，于數百年，文章廢而復興，惟得二人焉。」

〔四〕文忠前薨二句：蘇轍歐陽文忠公神道碑謂歐陽修卒於潁上：「天下學士聞之，皆出涕相吊。」

〔五〕矧在敝族二句：據續資治通鑑長編卷四一一載，元祐三年五月，歐陽棐（修之第三子）爲集賢校理、權判登聞鼓院，右正言劉安世上章論其「交結執政」，「又與王存係正親家」。可見兩家晚結姻好。

〔六〕新鄭之原二句：新鄭，今屬河南省。蘇轍歐陽文忠公神道碑：「（熙寧）八年秋九月，諸子奉公之喪葬於新鄭旌賢。」

代祭韓康公文〔一〕

嗚呼！我宋受命，網羅群英，諸夏用康〔二〕。百餘年間，異人間出，左右辟王。公以盛德，出入四朝，文武自將〔三〕。入爲上宰，厥有丕績〔四〕，盟府是藏〔五〕。出爲長城，臨制萬里，姦變銷亡〔六〕。伯氏仲氏，迭秉國鈞〔七〕，榮莫與亢。功成事畢，奉身而退，與道翱翔。歲在執徐〔八〕，爰請於朝，言還許昌〔九〕。百官奉旨，祖道供張，于國之陽。禮未及行，遽即窀穸〔一〇〕，漠然聲光。二聖震驚〔一一〕，法駕臨奠〔一二〕，哀動周行〔一三〕。哲人其萎〔一四〕，實舍於許，里門相望。遲公之歸，執爵承飲，稱壽公堂。承訃泫然，涕泗横集，精遊出疆〔一五〕。許道如砥，喬木交覆，比通大梁。不見安輿，乃見喪車，人具盡傷〔一六〕。悲來填膺，辭不成文，聊侑一觴。

【箋注】

〔一〕本篇元祐三年戊辰（一〇八八）三月代蔡州太守向宗回作。韓康公，指韓絳。絳，字子華，其先真定靈壽人，徙開封之雍丘。舉進士甲科，官至相位。宋史有傳。續資治通鑑卷八十謂是年「三月丙辰，司空致仕康國公韓絳卒，謚獻肅」。

〔二〕諸夏：左傳閔公元年：「諸夏親暱，不可棄也。」注：「諸夏，中國也。」

〔三〕出入四朝二句：四朝，指仁宗、英宗、神宗、哲宗四朝。據宋史本傳，韓絳歷官樞密副使、參知政事、陝西宣撫使，又「即軍中拜同中書門下平章事、昭文館大學士，開幕府於延安」。

〔四〕丕績：偉大功績。書大禹謨：「嘉乃丕績。」

〔五〕盟府：收藏盟書之府。左傳僖公二十六年：「昔周公、太公股肱周室，夾輔成王，成王勞而賜之盟，曰：『世世子孫，毋相害也。』載在盟府，太史職之。」

〔六〕出爲三句：喻韓絳守邊有功。宋史本傳：「數月，以翰林侍讀學士知慶州，熟羌據堡爲亂，即日討平之。」又：「熙寧三年，參知政事。夏人犯塞，絳請行邊。……十二月，即軍中拜同中書門下平章事、昭文館大學士，開幕府於延安。絳素不習兵事……欲取横山，令諸將聽命於（种）諤。……既城囉兀，又冒雪築撫寧堡，調發騷然。已而二城陷，趣諸道兵出援，慶卒遂作亂。議者罪絳，罷知鄧州。」此處因係祭文，不無溢美。長城，喻國所倚重之臣。南史檀道濟傳：「道濟見收，憤怒氣盛……乃脱幘投地曰，乃壞汝萬里長城。」

〔七〕伯氏仲氏二句：絳兄綜，累遷刑部員外郎，知制誥。弟維，進資政殿學士，以太子少傅致仕；縝，官至尚書右僕射。宋史俱有傳。

〔八〕歲在執徐：漢書禮樂志二郊祀歌天馬：「天馬徠，執徐時。」注引應劭曰：「太歲在辰曰執徐。」案：爾雅釋天將十二宮定名爲「星紀、玄枵……大火、析木」，與「寅、卯、子、丑」十二宮相應。歲星一年移一宮，移入娵訾宮稱「太歲在辰」，是年便稱「執徐」。元祐三年在干支爲戊辰，故云。

〔九〕許昌：原爲郡名，宋熙寧四年省爲鎮，併入長社。故址在今河南許昌一帶。

〔一〇〕窀穸：墓穴。左傳襄公十三年：「唯是春秋窀穸之事，所以從先君於禰廟者，請爲靈若厲，大夫擇焉。」注：「窀，厚也；穸，夜也。厚夜，猶長夜。」疏：「夜不復明，死不復生，故長夜謂葬埋也。」

〔一一〕二聖：指高太皇太后與哲宗。

〔一二〕法駕：天子車駕。史記呂后紀：「迺奉天子法駕，迎代王於邸。」集解引蔡邕曰：「法駕上所乘，曰金根車，駕六馬。」

〔一三〕周行：大路。詩周南卷耳：「嗟我懷人，寘彼周行。」

〔一四〕哲人句：禮檀弓上：「泰山其頹乎，梁木其壞乎，哲人其萎乎！」

〔一五〕精遊出疆：猶言失魂落魄。管子內業：「凡物之精，此則爲生。」房玄齡注：「精謂神之至靈者也，得此則爲生。」

〔一六〕畫傷：傷痛。書酒誥：「誕惟厥縱淫泆于非彝，用燕，喪威儀，民罔不畫傷心。」

【彙評】

林紓林氏選評名家文集淮海集：此祭獻肅文也。公諱綽，封康國公。所謂伯氏、仲氏，并及仲文、持國也。文亦雅逸。

祭酺神文〔一〕

比者，善氣始應，霖潦屢降，溝壑流通。事既有望矣，而越自雨闕以來，飛蝗蔽天，敢爲妖孽。土之毛髮〔二〕，所過爲盡。嗚呼，其不仁也哉！大旱之後，而得霖雨，是天有意於恤民也。惟爾有神，亦當上承天意，驅率醜類，入于江海。自求多福，無或違天，以速愆咎。

【箋注】

〔一〕本篇云：「而越自雨闕以來，飛蝗蔽天……」當作於元豐二年如越省親之際。酺神，周禮地官族師：「春秋祭酺，亦如之。」注：「酺者，爲人物裁害之神也。」宋史禮志六：「又有酺神之祀。慶曆中上封事者言：『螟蝗爲害，乞内外並修祭酺。』禮院言：『按周禮：族師，春秋祭酺。酺爲人物災害之神。』」

〔二〕土之毛髮：喻植物禾稼之屬。

登第後青詞〔一〕

竊以天運至神，固不期於報效；群生多故，實有賴於祈禳。敢伸悃愊之私〔二〕，仰瀆高明之鑒。伏念臣生而固陋，長更屯奇。奔走道塗，常數千里；淹留場屋，幾二十年〔三〕。既利欲之未忘，在過愆而奚免？深懼風霆之譴〔四〕，竊萌豺獺之心〔五〕。乃與母親戚氏，爰自往年，願修醮事。今則猥塵科第，叨預仕途。豈微軀之克堪，皆造物之冥賜。輒取丙寅之歲，祗就海陵之宫〔六〕。依按靈科，酬還素志。伏願上真昭答，列聖顧懷，增壽考於慈親，除禍殃於眇質〔七〕。私門安燕，無疾病之潛生；宦路亨通，絶謗傷之横至。臣無任。

【校】

〔輒取丙寅之歲〕丙寅，各本原作「甲寅」。秦譜元祐元年案：「舊譜於元豐八年載是歲有登第後青詞，考之青詞内『輒取甲寅之歲』句，疑是丙寅之譌，因編次於此。」段本注云：「秦瀛年譜案：需補元祐元年。」案：元祐元年爲丙寅歲，甲寅當爲「丙寅」之誤。

【箋注】

〔一〕本篇云：「輒取丙寅之歲」，當作於元祐元年。前一年少游登焦蹈榜進士第。是時「叨預仕途」，故以青詞謝神。青詞，上奏天神之表章。李肇翰林志：「凡太清宫道觀薦告詞文，用青藤紙朱字，謂之青詞。」

〔二〕悃愊：至誠。見卷三十一祭洞庭文注〔一四〕。

〔三〕淹留二句：場屋，舊時科舉考場，亦稱科場。案：本年少游三十八歲，若自十八歲後赴試，至此將近二十年。

〔四〕深懼風霆之譴：論語鄉黨：「迅雷風烈必變。」孔穎達正義：「風疾，雷爲烈，此陰陽氣激，爲天之怒，故孔子必變容以敬之也。」

〔五〕豺獺之心：謂祭祀之心。禮王制：「獺祭魚，然後虞人入澤梁；豺祭獸，然後田獵。」

〔六〕海陵之宫：指寺廟。據宋史地理志四，淮南東路泰州有海陵縣，爲泰州治所。地近高郵，舊有山陽河可通。海陵之宫，蓋即當地之廟。文謂「與母親戚氏，爰自往年，願修醮事」，可見母子早年曾許願，今來還願。

〔七〕眇質：眇小之人，猶眇身。漢書昭帝紀：「朕以眇身，獲保宗廟。」

【彙評】

秦元慶本淮海集眉批：文以詞達爲上，藻繢次之。

代蔡州進興龍節功德疏〔一〕

貝葉微言〔二〕，善會權而歸實〔三〕；蕊珠妙旨〔四〕，能却老以延年。方茲誕聖之晨〔五〕，可託效愚之意〔六〕。恭趨精宇〔七〕，嚴備浄筵〔八〕。梵唄徹於紫霄〔九〕，龍蘭鬱乎藻井〔一〇〕。皇帝陛下，伏願皇圖鞏固，睿算增新〔一一〕。下感群生，與松椿而共茂〔一二〕；上通列宿，將箕翼以並明〔一三〕。

【箋注】

〔一〕本篇元祐二年丁卯（一〇八七）十二月代蔡州郡守向宗回而作。參見卷二六代賀興龍節表注〔一〕。趙升朝野類要卷四云：「功德疏，聖節則帥、守、監、司各上賀表，并道釋功德疏，乃進銀奏，皆四六句，經通進司投進。」案：哲宗佞佛，立爲皇太子前已然。據宋史本紀元豐八年三月繼位時，「皇太后垂簾於福寧殿，諭珪（王珪）等曰：『皇子性莊重，從學穎悟，自（神宗）皇帝服藥，手寫佛書，爲帝祈福。』」故本篇多用佛家語，亦迎合上意。

〔二〕貝葉：即貝葉書，指佛經，因多寫於貝多樹葉，故名。貝多樹，即菩提樹。柳宗元晨詣超師院讀禪經詩：「閒持貝葉書，步出東齋讀。」

〔三〕善會權而歸實：「權」「實」乃佛教用語。摩訶止觀三：「權謂權謀，暫用還廢；實謂實録，究竟旨歸。」謝靈運辨宗論：「探研宗極，妙判權實。」

〔四〕蕊珠：道經名。鮑溶寄峨嵋山楊煉師詩：「道士夜誦蕊珠經，白鶴下遶香煙聽。」

〔五〕誕聖之晨：指哲宗生日，即興龍節。參見卷二六代賀興龍節表注〔一〕。

〔六〕效愚：猶效忠。漢書主父偃傳：主父偃諫伐匈奴，有云：「今臣不敢隱忠避死以效愚計，願陛下幸赦而少察之。」

〔七〕精宇：猶精舍，佛寺也。大智度論三：「王舍城有五精舍。」晉書孝武紀：「帝初奉佛法，立精舍於殿内，引諸沙門以居之。」

〔八〕浄筵：指素齋。琅琊代醉編浄土：「如來説：從西方過十萬億佛土……其國名浄土，以無三毒五濁業故也。」筵無「三毒五濁」，故稱浄筵。蘇軾端午遍遊諸寺得禪字詩：「焚香引幽步，酌名開浄筵。」

〔九〕梵唄：佛教作法時讚歎歌詠之聲。楞嚴經：「梵唄詠歌，自然敷奏。」

〔一〇〕龍蘭句：謂香煙氤氳，繞於藻井。龍蘭，龍腦（冰片）、蘭麝，皆香料名。

〔一一〕睿算：稱譽天子之年齡。歐陽修聖節五方老人祝壽文：「慶源流遠，齊河海以無窮；睿算綿長，等乾坤而不老。」此祝哲宗壽辰語。

〔二〕松椿：莊子逍遥遊：「上古有大椿者，以八千歲爲春，八千歲爲秋。」又詩小雅天保：「如松柏之茂，無不爾或承。」箋：「如松柏之枝葉常茂盛，青青相承，無衰落也。」

〔三〕上通二句：箕翼，二星名。史記天官書：「箕爲敖客。」索隱引宋均曰：「箕……受物，有去來來，客之象也。」天官書又云：「翼爲羽翼，主遠客。」正義：「翼二十二星……又主夷狄，亦主遠客。」是此二句以喻天子光被來賀興龍節之外國使者也。

代蔡州正賜庫功德疏〔一〕

歲功告備，方圖歸報之因；誕節届期，當具祝延之禮〔二〕。爰修勝會，用達愚衷。初入寶樓〔三〕，不假善財之彈指〔四〕；遍行香飯，何煩金粟之遺人〔五〕？助以風林水鳥之音〔六〕，雜以玉珮金鐺之韻。皇帝陛下，伏願聖躬如月，宸算後天〔七〕，日聞萬歲之呼，歲受千金之鑒。

【箋注】

〔一〕本篇當作於元祐元年至五年任蔡州教授時。正賜庫，官名。宋史職官志七府州軍監「諸曹官」謂「户曹參軍掌户籍賦税、倉庫受納」，蓋屬此類曹官。功德疏，參見本卷代蔡州進興龍節功德疏注〔一〕。

〔二〕祝延之禮：漢書外戚傳下：「傅昭儀爲人有材略，善事人，下至宮人左右，皆祝延之。」注引師古曰：「祝延，祝之使長年也。」

〔三〕寶樓：指佛殿。羅隱代文宣王答詩：「釋氏寶樓侵碧漢，道家宫殿拂青雲。」

〔四〕不假句：善財，釋迦牟尼弟子。華嚴經入法界品二：「以何因緣名曰善財？此童子者，初受胎時，於其宅内有七大寶藏。其藏普出七寶樓閣，自然周備……以此故事，婆羅門中善明相師字曰善財。」彈指，維摩經：「度百千劫，猶如彈指。」

〔五〕遍行二句：香飯，香積之飯。維摩經香積品：「於是香積如來，以衆香鉢盛滿香飯與化菩薩。」金粟，維摩居士，傳爲金粟如來之應化身。維摩經會疏：「今浄名（即維摩）或云金粟如來。」

〔六〕風林水鳥之音：佛家語。景德傳燈録卷二七：「僧問講彌陀經坐主：『水鳥樹林皆悉念佛念法念僧，作麽生講？』坐主曰：『基法師道：真友不待請，如母赴嬰兒。』」

〔七〕宸算句：意爲祝天子長壽。宸算，猶言聖算，見本卷代蔡州進興龍節功德疏注〔一一〕。後天：易乾：「先天而弗違，後天而奉天時。」疏：「後天而奉天時者，若在天時之後，行事能奉順上天，是大人合天也。」此指長壽。李白飛龍引：「紫皇乃賜白兔所擣之藥，方後天而老凋三光。」王琦注：「言三光有時凋落，而此之真身則長存也。」李商隱爲榮陽公賀老人星見

表：「況居率土之濱，皆慶後天之壽。」

興龍節功德疏二道〔一〕

其一

號登元祐，鬱佳氣以横流；節遇興龍，藹頌聲而並作。非具祝延之禮〔二〕，莫輸歸報之誠。爰詣梵坊，仍趨真境。儼朱紫以具在〔三〕，布紛緇而畢臻〔四〕。合覺背塵〔五〕，探寶王之妙教〔六〕；長生久視，發藏室之靈篇〔七〕。萬物循而其聲不窮，四海竭而此飯無盡。庶因勝會，稽致愚誠。皇帝陛下，伏願睿命增新，皇圖鞏固。警蹕所至，日聞嵩嶽之呼〔八〕；文軌攸同〔九〕，歲效封人之祝〔一〇〕。

【校】

〔題〕原無「功德」二字，諸本同，據卷端目録補。王本、四部本無「二道」二字。

〔其一〕此爲箋注者所加，下同。

【箋注】

〔一〕觀「藏室之靈篇」一句，知爲元祐五年六月供職祕書省後所作。參見卷二六代賀興龍節表注

〔一〕。功德疏，見本卷代蔡州進興龍節功德疏注〔一〕。

〔二〕祝延：祝禱長壽。見本卷代蔡州正賜庫功德疏注〔二〕。

〔三〕朱紫：唐三品以上服紫，五品以上服朱，因以朱紫喻顯貴。新唐書鄭餘慶傳：「每朝會，朱紫滿庭而少衣緑者。」

〔四〕紛緇：謂緇衣紛呈。僧人衣緇衣，故云。

〔五〕合覺背塵：涅槃經：「佛者名覺，既自覺悟，復能覺他。」淨心戒觀下：「云何名塵？坋污淨心，觸身成垢，故名塵。」案：佛教以色、香、味、聲、觸、法爲六塵。

〔六〕寶王：佛陀之尊稱。楞嚴經卷三：「願今得果成寶王，度知是恒沙衆。」

〔七〕藏室：藏書室。後漢書竇章傳：「是時學者稱東觀爲老氏臧室，道家蓬萊山。康遂薦章入東觀爲校書郎。」此指秘書省。

〔八〕嵩嶽之呼：漢元封元年春，武帝登嵩山，御史乘屬、在廟吏卒聞呼萬歲者三。見漢書武帝紀。

〔九〕文軌攸同：狀國家統一。秦始皇統一中國，令書同文字，車同軌，後遂以此作國家統一之象徵。見史記秦始皇本紀。

〔一〇〕封人之祝：莊子天地：「堯觀乎華，華封人曰：『嘻，聖人！請祝聖人，使聖人壽！……使聖人富！……使聖人多男子！』」案：封人，春秋時爲典守帝王社壇及京畿之官。

其二

電昔繞樞〔一〕，協氣已蟠於穹壤；葵今向日〔二〕，頌聲復溢於華戎。恭詣寶坊，廣延緇侶〔三〕。致上方香積之饌〔四〕，開西土貝葉之文〔五〕。妙會惟修，愚衷斯罄。伏願睿圖鞏固〔六〕，神算增隆〔七〕。日月無私〔八〕，永照臨於下土；風雲不間，常感會於中天〔九〕。

【校】

〔其二〕此爲箋注者所加。

【箋注】

〔一〕電昔繞樞：見卷二六代賀興龍節表注〔三〕。

〔二〕葵今向日：曹植求通親親表：「若葵藿之傾葉，太陽雖不爲之回光，然終向之者，誠也。」

〔三〕緇侶：指僧徒。

〔四〕香積：厨名。見卷八次韻子瞻贈金山寶覺大師注〔二〕。

〔五〕貝葉之文：見本卷代蔡州進興龍節功德疏注〔一一〕。

〔六〕睿圖：稱天子睿智之圖謀。隋書音樂志：「皇矣上帝，受命自天。睿圖作極，文教遐宣。」

〔七〕神算：猶睿算，聖壽也。參見本卷代蔡州進興龍節功德疏注〔一一〕。

〔八〕日月無私：喻恩惠遍施。禮記孔子閒居：「天無私覆，地無私載，日月無私照。」

〔九〕風雲二句：用易乾文言：「九五曰：飛龍在天，利見大人，何謂也？子曰：『……雲從龍，風從虎，聖人作而萬物睹。』」喻皇帝受群臣擁戴。

代蔡州進生辰功德疏〔一〕

格王休旦〔二〕，夷夏同瞻。文母誕辰〔三〕，天人合慶。非具祝延之禮〔四〕，莫輸歸報之誠。肆就寶坊，具伊蒲之盛饌〔五〕；遂延緇侶〔六〕，閱貝葉之真文〔七〕。梵音清越以干雲，香穗縈回而成蓋〔八〕。庶憑妙會，稍達愚衷。皇太后，伏願景命逾新，清躬益固。導迎戩穀〔九〕，豈惟如月之就盈；增續年齡，將見後天而難老〔一〇〕。

【校】

〔閱貝葉之真文〕「貝」原誤作「具」，據蜀本、王本改。

【箋注】

〔一〕本篇代蔡州郡守而作。少游元祐元年至五年任蔡州教授，歷劉攽、謝景温、向宗回、王存四郡守，其中元祐二年爲向宗回代作賀表最多。元祐四年後，太皇太后高氏屢降明詔減免賀禮，如四年八月辛酉，「詔今後明堂大禮毋令百官拜表稱賀」（見續資治通鑑卷八一）；而元祐二年十二月丙戌，哲宗始「初上壽于紫宸殿」（見宋史本紀）。可見元年、四年及五年爲郡守作此生辰功德疏之可能極小，而三年亦未見載籍。疏稱「皇太后」，當指欽聖憲肅向皇后，見卷二六代賀皇太后受册表注〔一〕。

〔二〕格王：書高宗肜日：「祖己曰：『惟先格王，正厥事。』」孔傳：「言至道之王遭變異，正其事而異自消。」格王，意即「至道之王」。

〔三〕文母：文王之母。此處借指欽聖皇太后。

〔四〕祝延：祝禱長壽。見本卷代蔡州正賜庫功德疏注〔二〕。

〔五〕伊蒲之盛饌：猶言齋供。後漢書楚王英傳：「以助伊蒲塞桑門之盛饌。」注：「伊蒲塞，即優婆塞也。中華翻爲近住，言受戒行，堪近僧住也。」

〔六〕緇侣：僧徒。

〔七〕貝葉之真文：見本卷代蔡州進興龍節功德疏注〔二〕。

〔八〕香穗：喻焚香時香煙氤氳如穗。

〔九〕戩穀：福禄。詩小雅天保：「天保定爾，俾爾戩穀。」傳：「戩，福；穀，禄。」

〔一〇〕後天而難老：見本卷代蔡州正賜庫功德疏注〔七〕。

神宗皇帝晏駕功德疏〔一〕

宫車晏駕，率土崩心。爰輪殞裂之誠，用結精嚴之會。伏願皇靈妙湛，天仗超摇〔二〕。大圓鑒中〔三〕，既證無生之忍〔四〕；妙高峰上〔五〕，更旋不退之輪〔六〕。慶逮邦家，澤流寰海。

【箋注】

〔一〕本篇作於元豐八年乙丑（一〇八五）。據宋史神宗紀，是歲三月戊戌，「上崩於福寧殿，年三十有八」。是時少游在京應試。

〔二〕天仗超摇：謂儀仗顯耀。張翥題牧牛圖詩：「畫中見此東臯春，牧兒超摇犢子馴。」超摇，猶招摇。

〔三〕大圓鑒中：大藏法數：「如來真智，本性清浄，離諸塵染，洞微内外，無幽不燭，如大圓鏡洞照萬物，無不明了，是名大圓鏡智。」鑒，鏡也。

〔四〕無生之忍：大智度論卷五十：「無生忍法者，於無生滅諸法實相中信受，通達，無礙，不退，是名無生忍。」

〔五〕妙高峰：指佛教傳説中之須彌山。西域記卷一：「蘇迷盧山，唐言妙高山。舊曰須彌，又曰須彌樓，皆訛略也。」案：實係譯音之不同。

〔六〕不退之輪：不退轉之法輪。維摩經佛國品：「能已隨順，轉不退輪。」

高郵長老開堂疏〔一〕

棒頭取證，尤爲瓦解冰消；喝下承當，未免龍頭蛇尾〔二〕。況乃不快漆桶〔三〕，無孔鐵鎚〔四〕。徒認影以迷頭〔五〕，但抱贓而叫屈。豈知塡溝塞壑，無非碧眼胡僧；積嶽堆山，盡是黄面老子。伏惟和尚脚根點地，鼻孔遼天〔六〕。眞匠子之鈐鎚〔七〕，實作家之鑪鞴〔八〕。諸方舉唱，要須十字縱横；大衆證明，但看一場敗闕。

【箋注】

〔一〕高郵長老：疑即顯之長老。卷三三慶禪師塔銘：「熙寧中遊淮南，往來廣陵、天長、高郵之間……而高郵之人遂以乾明請師出世，凡三住道場。」又云：「初高郵之乾明，次烏江之惠濟。」據秦譜，少游偕孫莘老、參寥子於熙寧九年訪顯之於惠濟院，則其住高郵開堂，當在熙寧七、八年。

〔二〕棒頭取證四句：佛教禪宗祖師重觸機，其接待初學，常當頭一棒，或大喝一聲，藉以測知其悟境。續傳燈録二五繼成禪師：「茫茫盡是覓佛法，舉世難盡閑道人。棒喝交馳成藥忌，了忘藥忌未天真。」龍頭蛇尾，喻有始無終。景德傳燈録卷十二景通禪師：「僧提起坐具，師云：『龍頭蛇尾。』」

〔三〕不快漆桶：佛家語。古尊宿語録卷十九袁州楊岐山普通禪院會和尚語録：「師進前作聽勢，第二座擬議，師打一掌云：『者漆桶也亂做！』」又卷三六投子和尚語録：「雪峯問云：『那箇是龍眠路？』師以杖子指之。峰云：『東去西去？』師云：『不快漆桶。』……雪峯又問：『此間還有人參也無？』師將钁頭拋向面前。峯云：『恁麽則當處掘去也。』師云：『不快漆桶。』」

〔四〕無孔鐵鎚：佛家語。景德傳燈録二八大法眼文益禪師：「（於佛法中）未上坐，實是不得，並無少許進趣，古人喚作無孔鐵鎚，生盲生聾無異。」五燈會元卷十八平江府泗州用元禪師：「一日一夜雨霖霖，無孔鐵鎚灑不入。」

〔五〕徒認影以迷頭：禪宗喻語。瞿汝稷水月齋指月録：「南泉普願禪師曰：『如今多有人喚心作佛，喚智爲道，見聞覺知皆是道。……迷頭認影，設使認得，亦不是汝本來頭。』」迷頭，猶蒙頭。

〔六〕伏惟和尚二句：脚跟點地，猶脚跟着地。景德傳燈録卷十八福州玄沙師備禪師：「一日雪峯上堂，曰：『要會此事，猶如古鏡當臺，胡來胡現，漢來漢現。』師曰：『忽遇明鏡來時如何？』雪峯曰：『胡漢俱隱。』師曰：『老和尚脚跟猶未點地。』」鼻孔遼天，形容傲岸之狀。古尊宿語録卷十七雲門匡真禪師：「三世祖佛總在你脚跟下，三十年後鼻孔遼天。」又卷四六滁州瑯琊山覺和尚語録：「鼻孔遼天一句作麽生道？（師）良久云：『堪羨一堂無事客，卧雲深處不朝天。珍重！』」五燈會元卷十八丞相張商英居士：「（其）題寺後擬瀑軒詩，其略曰：『不向廬山尋落處，象王鼻孔謾遼天。』意譏其不肯東林也。」

〔七〕鈐鎚：通鉗鎚。佛家語，以剃頭落髮、鎚打身體，喻禪門教導。五燈會元卷十七：「隆興府黄龍靈源惟清禪師，本州陳氏子，印心於晦堂，每謂人曰：『今之學者，未脱生死，病在什麽處？病在偷心未死耳。……古之學者，言下脱生死，效在什麽處？在偷心已死，然非學者自能爾，實爲師者鉗鎚妙密也。』」蘇轍贈方子明道人詩：「鉗鎚橐籥枉心力，齏鹽布被隨因緣。」

〔八〕鑪鞴：冶鑪與風箱。景德傳燈録卷二七婺州善慧大士：「鑪鞴之所多鈍鐵，良醫之門足病人。」

【彙評】

段斐君本淮海集徐渭評：善用禪宗當家語，嘻笑成文，文之瀟洒者。

寶林寺開堂疏〔一〕

彌勒開門〔二〕，惟善財而能入〔三〕；毗耶丈室〔四〕，非摩詰以難居〔五〕。寶林禪院，南宋遺區〔六〕，東吳勝概，本惠休繙經之地〔七〕，實澄觀隸業之坊〔八〕。法水灣環，妙峰孤秀〔九〕。下奩玉鑑〔一〇〕，涵日月於昏明；傍穴金虯〔一一〕，化風雷於呼吸。既川源之繡錯，仍丹雘之鼎新。飛閣浮堦，就山爲勢；方疏圓井〔一二〕，因水成姿。即之而智慧生，望之而塵勞破。九重雁塔〔一三〕，現多寶之莊嚴〔一四〕；萬石鯨鐘〔一五〕，示觀音之方便。允非開士，難稱覺場。大師雅稱聖箭〔一六〕，素號禪關。投虎峰而出家〔一七〕，遇龍浮而得法。祖師衣鉢〔一八〕，昔因書壁而傳〔一九〕；首座山林，今以躍瓶而獲〔二〇〕。了無異議，實有聖緣。往開大總持門〔二一〕，以繼鑠迦羅眼〔二二〕。

【校】

〔因水成姿〕「水」原誤作「木」，據蜀本、段本、秦本改。

〔莊嚴〕「莊」原誤作「裝」，據張本、胡本改。

【箋注】

〔一〕據秦譜，元豐二年己未，少游如越省親，疏當作於此時。寶林寺，在今浙江紹興塔山（原名龜山）上。熙寧十年八月毀於火；元豐元年三月，郡守程公闢率衆修復，賜號寶林禪院。卷三六有録寶林事實。今其塔尚存，在秋瑾故居之北。

〔二〕彌勒：佛名，意譯爲慈氏。法華嘉祥疏二：「彌勒，此云慈氏也，過去值彌勒佛，發願名彌勒也。」

〔三〕善財：見本卷代蔡州正賜庫功德疏注〔四〕。

〔四〕毗耶：梵語，意譯平整莊嚴。

〔五〕摩詰：即維摩詰，與釋迦同時，佛在世時毗耶離城之大乘居士也。見維摩經方便品。

〔六〕南宋遺區：南宋：南朝劉宋。卷三六録寶林事實：「寶林禪院，始於宋元徽中浮圖惠基，得郡人皮道輿所施宅，因山以造。」

〔七〕惠休：南朝宋僧人，原名湯休，人稱休上人。善文辭，後還俗，官至揚州從事史。見宋書徐湛之傳。

〔八〕澄觀：唐代高僧，華嚴宗四祖，俗姓夏侯，越州山陰（今浙江紹興）人。博通華嚴、天台、三論、戒律、南北禪諸家典籍，而以復興華嚴正統爲己任。後賜號清涼國師。見宋高僧傳卷五。

〔九〕法水二句：法水，見卷七題湯泉二首其一注〔四〕。此喻寶林寺四周之鑑湖。妙峰：此喻寶林寺所在之龜山，因四周皆平地，故曰「孤秀」。

〔一〇〕玉鑑：指鑑湖。

〔一一〕金虯：指府治所在之卧龍山。

〔一二〕方疏圓井：文選張協七命：「方疏含秀，圓井吐葩。」注：「向曰：疏，窗也。」按寶林寺内有靈鰻井,圓井即指此。

〔一三〕九重雁塔:在今陝西西安慈恩寺内。案西域記云:「昔有比丘見雙雁飛翔,思曰若得此雁,可以飢食。忽有一雁投下自隕,衆曰:『此雁垂戒,宜旌彼德。』於此瘞雁爲塔。」此處借喻寶林寺内應天塔,今尚存。

〔一四〕多寶:佛名,即多寶如來。法華經見寶塔品:「東方無量千萬億阿僧衹世界,國名寶浄,彼中有佛,號曰多寶。」

〔一五〕鯨鐘:王起寅月釁鐘賦:「豈比夫楚軍釁鼓,虐執蹶由;齊國鯨鐘,仁稱孟子。」案:佛寺撞鐘之杵,刻作鯨魚形,故稱。

〔一六〕聖箭:佛家語。古尊宿語録卷四二寶峰雲庵真浄禪師住筠州聖壽語録:「雪峰謂衆曰:『有一聖箭子,入九重城裏,建立佛事去也。』有孚上座去中路截住,問云:『承聞聖箭子,入九重城裏去,是否?』晏云:『是。』」

〔一七〕虎峰:指虎林山,武林山之别稱。光緒杭州府志卷二十引名勝志:「虎林山,在武林門内一里而近,高可三丈,舊名祖山。」又引方輿勝覽:「原名虎林,避唐諱,改虎爲武。」後多誤指靈隱山。咸淳臨安志卷二三:「武林山,祥符圖經云:在(錢塘)縣西十五里,高九十二丈,周回一十二里,又名靈隱山。」

〔一八〕祖師衣鉢:舊唐書方伎神秀傳:「昔後魏末,有僧達摩者,本天竺王子,以護國出家,入南海，得禪宗妙法，有衣鉢爲記，世相付授。」

〔一九〕昔因書壁而傳：景德傳燈録卷三菩提達磨：「寓止于嵩山少林寺，面壁而坐，終日默然，人莫之測，謂之壁觀。……又（謂慧可）曰：『吾有楞伽經四卷，亦用付汝。』」案：達磨乃東土禪宗初祖，所著之書即楞伽經四卷。

〔二〇〕躍瓶：説郛卷三樹萱録：「申屠有涯放浪林泉，常攜一瓶，時躍身入瓶中，時號瓶隱。」

〔二一〕往開大總持門：景德傳燈録卷一第二祖阿難：「亦云歡喜如來……多聞博達，智慧無礙，世尊以爲總持第一。」又卷二八大法眼文益禪師：「問：『承教有言佛真法身，猶若虚空應物，現形如水中月，如何得恁麼？』師曰：『……諸上坐若會得此語也，即會得諸聖總持門。』」案：總持爲佛家語，梵語陀羅尼之譯文。注維摩經一：「肇曰：總持，謂持善不失，持惡不生，無所漏忌，謂之持。」

〔二二〕以繼鑠迦羅眼：即繼承如來大法眼藏。景德傳燈録卷一第五祖提多迦：「提多伽者，摩伽陀國人也。初生之時，父夢金日自屋而出，照耀天地。……毱多尊者亦説偈曰：『我法傳於汝，當現大智慧，金日從屋出，照耀於天地。』提多迦聞師妙偈，設禮奉持；後至中印度，彼國有八千大僊，彌遮迦爲首。……乃告彌遮迦曰：『昔如來以大法眼藏，密付迦葉，展轉相授而至於我，我今付汝，當護念之。』」大唐西域記九摩揭陀國下：「此國先王鑠迦羅阿逸多，唐言帝日，敬重一乘，遵崇三寶，式占福地，建此伽藍。」案：提多伽與鑠迦羅皆摩伽（揭）陀國人，蓋係一人，唯譯音小異。

乾明開堂疏〔一〕

竊以離塵求覺，已乖調御之心；即幻見真，方契飲光之望〔二〕。聖因時遠，人與法差〔三〕。執空而取者〔四〕，依一精明；任相而求者〔五〕，認四顛倒〔六〕。守癡禪爲定力〔七〕，運乾慧爲悲光〔八〕。習以自欺，久則難變。既安邪解，沉迷有漏之因〔九〕；宜得正宗，開示無生之忍〔一〇〕。昭慶上人洞該真際〔一一〕，圓證法空。於旋流轉徙之徒，得妙湛總持之力〔一二〕。反聞聞性〔一三〕，體已徧於塵沙；自覺覺他〔一四〕，功未周於毫剎〔一五〕。輒勤三請，願繼一音。説現在心，作將來眼。

【箋注】

〔一〕本篇約作於熙寧七、八年，説見本卷高郵長老開堂疏注〔一〕。乾明，佛寺名。在高郵中四橋西，見嘉慶揚州府志卷二九。今已圮，舊址在今高郵縣城西南。疏云「昭慶上人」，即顯之長老，參見本卷高郵長老開堂疏注〔一〕及卷九顯之禪老許以草庵見處注〔一〕。

〔二〕飲光：即迦葉佛，梵語全稱摩訶迦葉波。摩訶，意譯爲大；迦葉波，意譯爲飲光。

〔三〕人與法差：法，佛家語，梵語達摩、曇無之意譯，指宇宙本原、道理、法術。大乘義章十：「法義不同，泛釋有二：一、自體名法，如成實説，所謂一切善惡無記三聚法等；二、軌則名法，辨彰行儀，能爲心軌，故名爲法。」

〔四〕執空而取者：空，佛家語，指超乎色相之境界。般若波羅蜜多心經：「照見五蘊皆空。」大乘義章：「空者，理之别目，絶衆相，故名爲空。」

〔五〕任相而求者：相，佛家語，謂姿態容貌形體。金剛經：「無人相、我相、衆生相、壽者相。」

〔六〕四顛倒：佛家語。俱舍論十九：「應知顛倒總有四種：一、於無常執常顛倒；二、於諸苦執樂顛倒；三、於不净執净顛倒；四、於無我執我顛倒。」

〔七〕守癡禪句：佛家語。大藏法數十一：「迷惑之心名之爲癡。若於一切事理之法無所明了，顛倒妄取，起邪行，是名癡毒。」癡禪，即沉迷於禪理。定力，佛家五力之一，無量壽經下：「定力禪力。」

〔八〕乾慧：佛家語。大乘義章：「雖有智慧，未得定水，故云乾慧。又此事觀，未得理水，亦名乾慧。」

〔九〕有漏：佛家語，謂三界之煩惱。涅槃經：「有漏法有二種，一因二果。有漏果者，是則名苦；有漏因者，是名爲集。」

〔一〇〕無生之忍：見本卷神宗皇帝晏駕功德疏注〔四〕。

〔一一〕真際：佛家語，猶實際。文選王巾頭陀寺碑文：「蔭法雲於真際，則火宅晨涼。」注：「維摩經曰：同真際，等法性，不可量。僧肇曰：真際，實際也。」

〔一二〕妙湛總持：即福州雪峰思慧妙湛禪師，原爲錢塘俞氏子，法雲寺本禪師法嗣。見五燈會元卷十六。

〔一三〕反聞聞性：佛家語。景德傳燈録卷四益州保唐寺無住禪師：「于時庭樹鴉鳴，公（杜鴻漸）問：『師聞否？』曰：『聞。』鴉去已，又問：『師聞否？』曰：『聞。』公曰：『鴉去無聲，云何言聞？』師乃普告大衆：『佛世難值，正法難聞，各各諦聽，聞無有聞。非關聞性，本來不生，何曾有滅？有聲之時是聲塵自生，無聲之時是聲塵自滅。而此聞性，不隨聲生，不隨聲滅。悟此聞性，則免聲塵之所轉。當知聞無生滅，聞無去來。」

〔一四〕自覺覺他：見本卷興龍節功德疏其一注〔五〕。

〔一五〕毫刹：即毫端刹境。見卷十圓通院白衣閣詩其二注〔一〕。

醴泉開堂疏〔一〕

毛端寶刹〔二〕，曾何新故之常；天下大禪，安有去來之累？惟古佛廟，實今醴泉。自百年香火之餘，迨一國風煙之際。塔閟連環之玉骨〔三〕，殿藏成錦之貝文〔四〕。然而飛鳥銜花〔五〕，空存勝景；真珠撒帳〔六〕，未遇明師。逮軍旅之荐興，獲法筵之初啓。芳公長老少通教相，晚悟宗乘〔七〕。密行則鄉黨之所依歸，妙法則天龍之所回向〔八〕。遊方既久，竚海滋深。願辭臃腫之居〔九〕，亟返歸來之駕。爲談不二，以度無邊〔一〇〕。

【校】

〔成錦〕「成」原誤作「及」，據王本、四部本改。

〔以度無邊〕張本、胡本「無」誤作「爲」。

【箋注】

〔一〕本篇似與乾明開堂疏作於同時。據嘉慶揚州府志卷二九高郵寺觀云：「醴泉寺，州舊城西南，或云即光孝寺，因有醴泉井，故名。宋秦觀醴泉開堂疏云……」

〔二〕毛端寶刹：古尊宿語録卷二七舒州龍門佛眼和尚語録：「毛端藏刹海，芥子納須彌，不離見聞緣，超然登十地。」毛端一作毫端，見卷十圓通院白衣閣詩其二注〔一〕。

〔三〕塔閟連環之玉骨：謂塔内藏有舍利。案：佛身荼毘（火化）後，結成珠狀之物質，光瑩堅固，椎擊不破，乃係依戒定慧熏修而得，其色凡三種：骨爲白舍利，髮爲黑舍利，肉爲赤舍利。此處指白舍利。參見法華經序品。連環，形容此舍利相連之狀。

〔四〕貝文：即貝葉所書之佛經。見本卷代蔡州進興龍節功德疏注〔二〕。

〔五〕飛鳥銜花：景德傳燈録四金陵牛頭山六世祖宗：「第一世法融禪師……投師落髮，從入牛頭山幽棲寺北巖之石室，有百鳥銜花之異，唐貞觀中四祖遥觀氣象，知彼山有奇異之人。」

〔六〕真珠撒帳：古尊宿語録卷二十五筠州大愚守芝禪師語録：「枯木存，一年還曾兩度春，兩度春。帳裏真珠撒與人。撒與人，思量也是慕西秦。」案：宋史禮志二三云：「注輦、三佛齊使者至，以真珠、龍腦、金蓮花等，登陛跪撒之，謂之撒殿。」撒帳蓋近似之，乃一種宗教儀式。

〔七〕芳公二句：芳公長老，生平不詳，據文意當係醴泉寺方丈。教相，佛家語，教觀二門之一。玄義一上：「教者，聖人被下之言也；相者，分別同異也。」此謂芳公長老少時便精通佛理，明辨異同。「宗乘」，指禪宗學説。景德傳燈録卷二一漳州羅漢院桂琛禪師：「師上堂曰：宗門玄妙爲當……不可將三個字便當却宗乘也。何者三個字？謂『宗教乘』也。汝才道著宗乘，便是宗乘；道著教乘，便是教乘。禪德、佛法、宗乘，元來由汝口裏安立名字，作取説取便是也。」

〔八〕天龍之所回向：佛家語。天龍，指八部衆中之天象與龍象。翻譯名義集卷二：「八部：一、天，二、龍，三、夜叉，四、乾闥婆（香神或樂神），五、阿修羅（非天），六、迦樓羅（金翅鳥），七、緊那羅（人非人，歌神），八、摩睺羅伽（大蟒神）。」回向，天台仁王經疏：「回向有二種：一者所作回向衆生，二者所作回向佛果。」大乘義章九：「言回向者，回己善法，有所趣向，故名回向。」

〔九〕臃腫之居：指俗塵之累贅。前文云「遊方既久」，「密行則鄉黨之所依歸」，「願辭」當指此。

〔一〇〕爲談二句：不二，指不二法門。維摩詰經入不二法門品：「如我意者，於一切法無言無説，無示無識，離諸問答，是爲入不二法門。」大乘義章一：「言不二者，無異之謂也。」案：大乘思想認爲應差别對待矛盾雙方，超越於對立面之上，方能達到佛教真理，稱爲「不二法門」。無邊，指人之一生乃無邊苦海，惟悟者可度。

淮海集箋注卷第三十三

誌銘

李狀元墓誌銘〔一〕

元祐三年，春三月，上始臨軒策有司所貢士，被選者凡數百人，而廪延李君爲第一〔二〕。君諱常寧，字安邦，自嘉祐中舉進士，數爲春官所却〔三〕，至是始獲奉大對於庭。上剌六經之文，旁獵百氏之言，下通當世之務，其詞奥衍有漢唐之遺風。進御一讀，遂爲舉首，天下莫不異之。是時朝廷耆老謀王體、斷國論者，皆累朝舊臣〔四〕。君於斯時，年踰知命，褎然得雋於翰墨之場〔五〕，世以爲萬户侯如以契券取也〔六〕。而君釋褐授宣義郎〔七〕，簽書鎮海軍節度判官〔八〕。是歲六月，以疾卒，享年五十有二。有司以聞，詔賜錢三十萬邺其家。天下莫不悲之。君困於科舉蓋三十年，其得名宦纔數月爾。嗚呼！何起之難而僨之易邪！然君子疾没世而名不稱焉〔九〕。君以諸生崛興，名動海内，其視碌碌無聞而殁者，亦可以無憾。

君結髮學問〔一〇〕，晚而彌勵。事親孝，於二弟友愛，爲人恭儉潔廉，其取予一毫不妄也。曾祖諱益，祖諱知進，世居開封廩延，不仕。考諱永昌，始仕爲從事郎、鼎州司户參軍。夫人秦氏，先大父承議之女也，後君四年卒。雖除君喪，猶布衣蔬食，以終其身，平生端烈類如此。子二人：長曰弼，有學行，次未名。女二人，尚幼。以卒之年，葬於開封府雍丘縣大善鄉裴村西谷山林之原、先府君之兆。初，君襄事期迫，不暇納幽堂之銘〔一一〕，逮夫人祔葬，始鑱銘而納之。銘曰：

帝初臨軒，策士于庭；有器晚成〔一二〕，冠我群英。大道孔夷〔一三〕，其御又良；閶闔玉堂，行矣翺翔。慶者在門，吊者在閭；胡亟只且〔一四〕？世爲嗟吁。如霆忽厲，風雨奄至，俛仰而闕，孰知其自？大椿久榮，朝菌暫敷；竟復何殊，同於空虚〔一五〕。隋渠之壖〔一六〕，杞國之疆〔一七〕；佳城蒼蒼〔一八〕，刻文是藏。

【校】

〔始仕爲從事郎〕王本考證附纂云：「始仕爲從仕郎，案顧氏宋文選作『始任爲從事郎』，義取任子如史文以蔭爲某官。」案：上文云「不仕」，此云「始仕」，當承上而言，故非「任」字而爲「仕」字。且其先輩皆不仕，無權以蔭爲官，不得享受「任子」特權。

【箋注】

〔一〕本篇作於元祐七年壬申（一〇九二）。銘謂其姑父李常寧卒於元祐三年六月，而其姑後四年卒，祔葬時作此銘，故當爲七年無疑矣。

〔二〕元祐三年五句：續資治通鑑長編卷四百九云：元祐三年三月，「丁巳，御集英殿試進士」；「己巳，賜進士李常寧等二十有四人及第，二百九十有六人出身。……各賜本科及第、出身、同出身有差。」案秦譜云：「蘇公軾、孫公覺同知貢舉，少章覯與李方叔廌並落，而殿試榜首李常寧，先生父姑之夫也。」廩延，古地名。左傳隱公元年：「太叔又收貳以爲己邑，至於廩延。」杜預注：「鄭邑，陳留酸棗縣北有延津。」案其地在今河南省延津東北，古黄河南。

〔三〕春官：禮部之別稱。

〔四〕是時二句：謂元祐更化後執政多係累朝舊臣，據宋史宰輔表元祐三年有文彦博、吕公著、范純仁、吕大防等。耇老：見卷二八代賀門下孫侍郎啓注〔六〕。

〔五〕裦然：挺秀貌。皮日休茶笥詩：「裦然三五寸，生必依巖洞。」

〔六〕如以契券取：史記平原君傳：「且虞卿操其兩權，事成，操右券以責。」又田敬仲完世家：「公常執左券，以責於秦韓。」案：契分兩半，各執一半爲憑證。戰國策韓三：「操右契，而爲公責德於秦魏之主。」鮑彪注:「左契,待合而已;右契,可以責取。」

〔七〕釋褐:脱去布衣,喻入仕。漢揚雄解嘲:「夫上世之士,或解縛而相,或釋褐而傅。」

〔八〕鎮海軍:指今江蘇鎮江。讀史方輿紀要江南:「鎮江府,禹貢揚州之域。……唐乾寧中,錢鏐移鎮海節度於杭州,而潤州爲淮南所有。既而淮南復置鎮海軍於此,領潤、昇、常、宣、歙、池六州,南唐亦爲鎮海軍治。」續資治通鑑長編卷四〇〇謂元祐三年五月丙辰,「以進士及第李常寧爲宣義郎簽書鎮海軍節度判官廳公事」。

〔九〕君子疾没世而名不稱焉:語見論語衛靈公。

〔一〇〕結髮:古男子自成童開始束髮。史記李廣傳:「且臣結髮而與匈奴戰,今乃一得當單于。」

〔一一〕幽堂之銘:指墓誌銘。韓愈劉統軍碑:「有謚有誄,有幽堂之銘。」

〔一二〕有器晚成:老子四十一章:「大器晚成。」三國志魏志崔琰傳:「琰從弟林,少無名望,雖姻族猶多輕之,而琰常曰:『此所謂大器晚成者也,終必遠至。』……後林、禮、毓咸至鼎輔。」

〔一三〕大道孔夷:老子五十三章:「大道甚夷。」孔夷,猶甚平,謂極爲平坦。

〔一四〕胡亟句:詩邶風北風:「其虚其邪,既亟只且。」集注:「亟,急也。只且,語助辭。」

〔一五〕大椿四句:莊子逍遥遊:「朝菌不知晦朔,惠蛄不知春秋,此小年也。……上古有大椿者,以八千歲爲春,八千歲爲秋。而彭祖乃今以久特聞,衆人匹之,不亦悲乎!」「朝菌」,陸德明音義:「崔云:糞上芝,朝生暮死,晦者不及朔,朔者不及晦。」此處四句意爲彭祖壽雖八百,與朝菌相比爲「大年」，與大椿相比則爲「小年」矣，故不必與衆人同調，「小年」與「大年」無殊，皆同於空虛。

〔一六〕隋渠：隋煬帝大業元年開通濟渠，自西苑引穀水、洛水入黄河，自板渚引黄河入汴水，因稱隋渠。宋雍丘縣即其流經之地。壖，水邊地。

〔一七〕杞國：古國名，宋雍丘縣（今河南杞縣）所在地。以上二句點出墳塋所在。

〔一八〕佳城：墓地。張華博物志七異聞：「漢滕公薨，求葬東都門外，公卿送喪，駟馬不行，蹐地悲鳴，跑蹄下地，得石有銘曰：『佳城鬱鬱，三千年，見白日，吁嗟滕公居此室。』遂葬之。」

【彙評】

林紓林氏選評名家文集淮海集：文極嚴潔，銘詞亦淒咽動人。

慶禪師塔銘〔一〕

師諱昭慶，字顯之，俗姓林氏，泉州晉江人也。少跅弛以氣自任〔二〕，嘗與鄉里數人，相結爲賈，自閩粤航海道直抵山東。往來海中者十數年，貲用甚饒。皇祐中祀明堂〔三〕，恩度天下僧。師爲兒時，父母嘗許爲僧，名隸漳州開元寺籍〔四〕。至是，輒謝諸賈，以財物屬同産〔五〕，使養其親，徒手入寺，毁鬚髮，受具戒。

鄉人異之。居無何，謂其曹曰：「出家兒當尋師訪道，求脱生死。若匏繫一方〔六〕，乃土偶人耳。」遂去開元，遍參知識。至禾山楚才禪師會中〔七〕，因看風幡話〔八〕，忽然有悟，以爲道妙盡於此矣。及見黄龍惠南禪師，示以佛手驢脚因緣〔九〕，輒漫不省，因服役左右，數年不去，始盡得黄龍之道，故師後出世法嗣黄龍云。

熙寧中，遊淮南，往來廣陵、天長、高郵之間，三邑之人見師如舊相識，莫不靡然心服，願爲弟子。而高郵之人遂以乾明請師出世〔一〇〕，凡三住道場：初高郵之乾明；次烏江之惠濟〔一一〕，最後廣陵之建隆〔一二〕。惟惠濟僻在深山中，地有湯泉〔一三〕，人跡罕至，心樂居之。乾明、建隆，皆爲檀越士大夫所彊〔一四〕，遯去不獲，非其好也。師所得法，廣大微妙，又學術無不通達。其爲人説法，或以經論，或以老莊，或以卜筮，或以方藥，下至種種一切俗諦之事，隨其根器示大方便〔一五〕，不獨守古人言句而已。

自唐以來，禪家盛行於世者，惟雲門、臨濟兩宗〔一六〕。是時雲門苗裔分據大刹，相望於淮浙之上。臨濟之後，自江以北，惟師一人。故雲門之徒，或不以師爲然，師聞而笑曰：「此吾所以爲臨濟兒孫也。」

晚歲多病，謝住持事，寓止高郵醴泉法嗣處安會中〔一七〕。一日，召安師及諸禪者，以偈兩首示之，明日飯後奄然歸寂，實元祐四年八月十六日也。俗壽六十三，僧臘四十一。其徒智勤等二十有二人與廣陵檀越奉師靈骨歸，建陵起塔而葬焉。明年智潭自廣陵走京師，乞銘於某。嗚呼，始師出世，某之外舅、故潭州寧鄉主簿徐君賡實爲檀越首〔一八〕。及師在惠濟，某嘗從故龍圖閣直學士孫公覺莘老、錢塘僧道潛參寥，訪師於湯泉山中〔一九〕。時烏江令，則今承議郎閻君木求仁也〔二〇〕。高郵士大夫孫、閻諸公，皆參問於師；而爲役之久、緣契最深者，殆莫如某。然則銘師之塔，某何敢辭？乃爲銘曰：

嗚呼我師，法妙難思；與物並作，而不磷緇〔二一〕。經論老莊，卜筮方藥；是皆黄龍，佛手驟脚。我從中證，決定無疑；非遷陀客，當大笑之〔二二〕。山河既露，水鳥又談〔二三〕；能事畢矣，汝復何參！少賈之雄，老禪之伯；求其異相，亦不可得。有岡崑崙〔二四〕，南直海門〔二五〕；盡未來際，我師長存。

【校】

〔爲人説法〕原脱「説」字，據王本、四部本補。

〔示大方便〕王本、四部本「示」作「施」。

〔非遷陀客〕「遷」當作「僊」。參注〔一二二〕。

【箋注】

〔一〕本篇謂昭慶禪師卒於元祐四年八月十六日，「明年智潭自廣陵走京師，乞銘於余」，故知作於元祐五年庚午（一〇九〇）。慶禪師，即顯之長老，參見卷九顯之禪老許以草庵見處作詩以約之注〔一〕。

〔二〕跅弛：放蕩不檢貌。漢書武帝紀：「夫從駕之馬，跅弛之士，亦在御之而已。」

〔三〕皇祐中祀明堂：宋史仁宗紀四皇祐二年九月：「辛亥，大饗天地於明堂。」

〔四〕漳州：今福建漳州。

〔五〕同産：同胞兄弟。後漢書明帝紀「爵過公乘，得移與子若同産、同産子。」注：「同産，同母兄弟也。」

〔六〕匏繫一方：論語陽貨：「吾豈匏瓜也哉，焉能繫而不食！」

〔七〕至禾山句：禾山，佛寺名，在江西永新西禾山赤面峯下，舊名甘露寺，唐宋時僧徒最盛。楚才，亦作楚材。五燈會元十五雲門：「吉州禾山楚材禪智禪師，臨江軍人也。」爲德山遠禪師法嗣。

〔八〕風幡：景德傳燈録五慧能大師：「師寓止廊廡間，暮夜風颺刹幡，聞二僧對論，一云幡動，一云風動。往復酬答，未曾契理。師曰：……直以風幡非動，動自心耳。」

〔九〕及見二句：五燈會元十七臨濟：「隆興府黄龍慧南禪師，信州章氏子，依泐潭澄禪師分座接物，名振諸方。……正當問答交鋒，却復伸手曰：『我手何似佛手？』……却復垂脚，曰：『我脚何似驢脚？』……頌曰：『生緣斷處伸驢脚，驢脚伸時佛手開。爲報五湖參學者，三關一一透將來。』」

〔一〇〕乾明：佛寺名，見卷三三乾明開堂疏注〔一〕。

〔一一〕烏江之惠濟：惠濟院，在歷陽之湯泉，參見卷七次韻莘老初至湯泉二首其一注〔一〕。

〔一二〕廣陵之建隆：五燈會元十七臨濟：「揚州建隆院昭慶禪師。」李斗揚州畫舫録卷一：「建隆寺，揚州八大刹之一。……寺在寧壽街堂子巷，山門大殿後有章武殿，兩廡有庫庾庖湢，方丈有連理柏一株。宋時第寺之甲乙，建隆爲巨。」

〔一三〕湯泉：見卷一湯泉賦注〔一〕。

〔一四〕檀越：施主。梵語陀那鉢底。一作「檀那」。

〔一五〕下至種種二句：俗諦，用通俗語言道出佛理真諦。諦爲佛家語。大毗婆沙論七七：「實義是諦義、真義、如義、不顛倒義是諦義。」二句意謂對不同根柢、器質之人，用不同程度之諦，使之領悟。維摩詰經法供養品：「以方便力，爲諸衆生分別解説，顯示分明。」

〔一六〕雲門、臨濟：佛教兩大宗派。雲門宗爲佛教禪宗五宗之一，源出六祖慧能弟子行思。行思傳天王道悟，道悟傳龍潭崇信，崇信傳德山宣鑒，宣鑒傳雪峯義存，義存傳文偃。文偃住廣東雲門山光泰禪院，門徒不下千人，因號雲門宗，勃興於五代，極盛於北宋。臨濟宗，亦爲佛教禪宗五宗之一。源出六祖曹溪慧能，下傳懷讓、馬祖、百丈、黄蘗，至臨濟玄義禪師。玄義住鎮州滹沱河畔臨濟院，爲該派之祖，故名臨濟宗。禪風以「棒喝」著稱。下傳六世至楚圓禪師，其門下有黄龍慧南、楊岐方會，復形成楊岐、黄龍二派。其教特盛。昭慶禪師則爲黄龍法嗣。

〔一七〕高郵醴泉：見卷三十二醴泉開堂疏注〔一〕。處安，僧名，生平無考。

〔一八〕徐君賡實：即徐成甫，少游岳父，卷三六有徐主簿行狀。

〔一九〕訪師於湯泉山中：見卷七次韻莘老初至湯泉二首其一注〔一〕及卷三八游湯泉記。

〔二〇〕閻君木求仁：見卷七題閻求仁虚樂亭三首其一注〔一〕。

〔二一〕磷緇：論語陽貨：「不曰堅乎，磨而不磷。不曰白乎，涅而不緇。」此喻不因外物影響而變化。

〔二二〕非僊陀客二句：僊陀，當爲「僊陀」之誤。藝林伐山：「佛寺曰僊陀，又曰仁祠，又曰寶坊，又曰香阜，又曰奈園。」亦指佛。景德傳燈録卷二一杭州天龍寺重機明真大師：「若言絶凡聖消息，無大地山河，盡十方世界，都是一隻眼，此乃事不獲已。恁麽道？所以常説『盲聾瘖瘂是僊陀，滿眼時人不奈何。』」此指上文「雲門之徒，或不以師爲然，師聞而笑曰……」

〔二三〕山河二句：佛家語。古尊宿語録卷四三寶峯雲庵真浄禪師住金陵報寧語録二：「山河及大地，全露法王身。山河大地，諸人總見，哪箇是法王身？良久云：『只爲分明極，都緣日用親。』」又四八佛照禪師奏對録：「彌陀國土，水鳥樹林，皆悉念佛念法，儻正念現前，喧寂不聞，則彈絲吹竹，皆譚實相也。」譚通談。

〔二四〕有岡崑崙：崑崙岡，亦名蜀岡，在今江蘇揚州西北。參見卷八次韻子由蜀井注〔一〕。

〔二五〕海門：指長江入海之門，北宋以前多指今鎮江東面。韋應物賦得暮雨送李冑詩：「海門深不見，浦樹遠含滋。」

葛宣德墓銘〔一〕

君諱書舉，字規叔，姓葛氏。其先廣陵人，唐天祐中，遠祖濤始徙常州之江陰焉。曾祖諱祥，不仕。祖諱惟甫，贈吏部尚書。考諱密，承議郎，致仕〔二〕。承議與其兄兵部侍郎宫相繼策名〔三〕，及其仲季，皆以德善壽考爲搢紳所推。諸子若孫，行學聞於時者相屬〔四〕。闔門百口，有古雍睦之風。今東南大族稱孝友者曰江陰葛氏。

君弱不好弄，五歲遭夫人憂，哀毁如成人，與葷血，輒揮去不食。及長，篤行力學，敏於文詞。熙寧三年，中進士第，調杭州餘杭縣主簿，詔舉學官，侍臣有欲以君充賦者，檄取所爲文，君嫌於求售，竟謝不與。是時朝廷興修二浙水利，議者謂苕霅二水出於天目之山，而溢於太湖。書曰：「三江既入，震澤厎定。」〔五〕今二江並廢，獨一松江入海〔六〕，故太湖之水壅而吴興被患，遂欲廢北關、長安二埭上塘之渠〔七〕，以與下塘相通。又於餘杭之南股，引苕溪之水達於漕渠〔八〕，穿錢塘之市而入於江，以紓吴興之患。時多以爲然。部使者檄君行視，君以爲吴興之水，原於太湖。太湖廣袤四萬八千餘頃，旁占數郡，其所灌輸，非獨苕霅也。書稱「三江」「震澤」，説者不同。就如議者之言，則尋常溝瀆之流豈可以比二江之任？祇益紛擾耳。且錢塘二埭，其來久矣。大役之興，古人所重。固執不可，議者不能奪，其事遂寢。

故龍圖閣直學士李公常時守吴興〔九〕，聞君之説，貽書嘉歎，而部使者亦知君而交薦之，移衛州共城縣令〔一〇〕。丁承議憂，服除，授淮南節度推官，知蔡州真陽縣事〔一一〕。改左宣德郎，知開封府長垣縣事〔一二〕。三邑皆有惠愛，民到于今思之。長垣有地訟，更數令不決。其人執康定元年二月書契爲證，君至，謂訟者曰：「爾所執僞契也，康定改元在寶元之冬〔一三〕，豈復有二月耶？」訟者詘服，吏大驚。君之爲政明，多此類也。

元祐六年六月十六日卒於長垣之官舍，享年五十有四。君爲人篤於孝悌，而毅然有守，不爲利害所移。觀其風節議論，朝廷器也，而間關數邑以卒，悲夫！娶夏侯氏，故司門員外郎淇之女。子男三人：張仲、牧仲、子仲，皆舉進士。女四人，在室。

以八年九月丙申，葬於常州江陰縣厝村之原。前期，諸孤以狀來請銘。余舉進士時，常與君同學。在汝南，復與君同官。君之登科，與儂仲父同年〔一四〕。而張仲又余之婿也。然則非余其誰宜銘者？銘曰：

葛以國氏其支覃〔一五〕，亂離瘼矣遷江南〔一六〕。崛起貳卿諸弟參〔一七〕，長垣詞德知不慚。有地百里如子男，侯挽不來迄今談〔一八〕。其積如京發二三〔一九〕，有如不信銘斯鑱。

【校】

〔常州之江陰焉〕張本、胡本、李本、段本、王本、秦本、四部本俱無「焉」字。

〔兵部侍郎宮〕「宮」原誤作「官」，據張本、胡本、李本、王本、四部本改。

〔震澤厎定〕「厎」原誤作「底」，據蜀本、王本、四部本改。

〔儂仲父〕王本、四部本「儂」作「余」。

【箋注】

〔一〕本篇云葛書舉元祐六年六月卒於長垣，以八年九月丙申葬於江陰縣，銘當作於八年秋。秦譜：「是歲作宣德郎葛（書）舉墓誌銘，（書）舉，江陰人，與先生叔父定同年，而其子張仲，亦先生婿也。」

〔二〕考諱密三句：據宋史葛密傳，密以進士爲光州推官，仕至太常博士，年五十，忽上書致仕，號草堂逸老。

〔三〕其兄兵部侍郎宫：據宋史葛宫傳，葛宫，字公雅，舉進士，授忠正軍掌書記，善屬文，爲楊億所稱。歷知南充縣、南劍州、滁州、秀州。治平中，轉工部侍郎。此云「兵部侍郎」，誤。

〔四〕及其仲季四句：據宋史葛密傳，兄書元爲望江令，仕至朝奉郎；書思，登第後調建德主簿，歷封丘主簿、漣水縣丞。書舉從子勝仲、從孫立方，世爲名儒。

〔五〕三江二句：見書禹貢。震澤，即太湖。

〔六〕今二江並廢二句：書禹貢「三江既入」，孔穎達正義：「松江下七十里分流，東北入海者爲婁江，東南流者爲東江，併松江爲三江。庾仲初揚都賦注、酈道元水經注皆同。」此云婁江、東江已廢。

〔七〕北關、長安二埭：在錢塘（今杭州）。見讀史方輿紀要浙江杭州府。

〔八〕引苕溪句：苕溪，見卷二泊吴興西觀音院注〔四〕。漕渠，指運河。

〔九〕李公常守吴興：李常公擇於熙寧七年至九年守吴興。

〔一〇〕衛州共城縣：宋時屬河北西路，今河南輝縣。

〔一一〕蔡州真陽縣：宋時屬京西北路，故城在今河南正陽北四十里。

〔一二〕長垣縣：宋建隆元年改鶴丘縣，後復稱長垣，今屬河南省。

〔一三〕康定改元在寶元之冬：此説疑誤。宋史仁宗紀康定元年二月丙午：「是日改元，去尊號『寶元』二字，許中外臣庶上封章言事。」

〔一四〕儂仲父：少游自指叔父定，與葛書舉俱中熙寧三年葉祖洽榜進士。

〔一五〕葛以國氏其支覃：鄭樵通志略氏族略：「得姓受氏者有三十二類」，其一即「以國爲氏」，中有葛氏。覃，延也。

〔一六〕亂離瘼矣：詩小雅四月：「亂離瘼矣，爰其適歸。」疏：「王政既亂，則國將有憂病矣。」案：此指唐哀帝天祐（九〇五至九〇七）中之藩鎮割據，是時葛氏遠祖濤由廣陵徙江陰。

〔一七〕崛起貳卿：指葛宫任兵部侍郎。

〔一八〕侯挽不來：晉書鄧攸傳謂攸爲吴郡守，後稱疾去職：「百姓數千人留牽攸船，不得進，攸乃小停，夜中發去。吴人歌之曰：『紞如打五鼓，鷄鳴天欲曙。鄧侯拖不留，謝令推不去。』」拖不留，樂府詩集卷八十五吴人歌作「挽不來」。此以葛書舉比鄧攸。

〔一九〕其積如京：詩小雅甫田：「曾孫之庾，如坻如京。」朱熹注：「京，高丘也。」

徐氏夫人墓誌銘〔一〕

夫人姓徐氏，真州揚子人〔二〕，供備庫副使諱昌言之孫，太子左清道率府致仕諱守約之女。年二十一，歸清河張氏，爲内殿承制諱文英之夫人。治平三年閏月二十八日以疾卒於京師，享年五十三。生男五人：清臣、良臣、堯臣、舜臣、禹臣。堯臣舉進士，以學行聞。舜臣應天府軍巡判官〔三〕，監楚州五祐鹽場〔四〕。女二人：長適進士王搆；次適進士王謤，早卒。以元豐四年十月癸酉，袝葬於揚州江都縣東興鄉馬坊里承制君之墓。承制君元配劉氏，無子早卒，既升朝，故事得封妻爲縣君，夫人請先劉氏，承制君義而從之。故夫人未及封而卒。後二年，以恩始追贈壽昌縣君〔五〕。銘曰：

懿懿壽昌，女子之師；渾然平夷，不妄笑嬉。初在厥家，孝謹是處；逮嬪德門，益踵前武。維親及黨，不汝瑕疵；豈伊黽勉〔六〕，天實我資。承祭奉賓，事嚴且飭；以身先之，疇敢不力？既美於躬，又相其夫；子多俊髦，亦澤之餘。崑崙之西〔七〕，岡阜蟠踞；鑱詞幽墟〔八〕，以照不腐。

【箋注】

〔一〕本篇作於元豐四年辛酉（一〇八一）。文云「元豐四年十月，袝葬於揚州江都縣」云云，可證。參見注〔五〕。

〔二〕真州揚子：據宋史地理志四，淮南東路真州有揚子縣，本揚州永正縣之白沙鎮。今屬江蘇儀徵。

〔三〕應天府：大中祥符七年（一〇一四），建爲南京，治所在宋城（今河南商丘南）。

〔四〕五祐鹽場：地在今江蘇鹽城大豐伍祐鎮。據宋史食貨志下四鹽中：「其在淮南，曰楚州鹽城監。……天聖中，通楚州場各七。」五祐鹽場當係其中之一。

〔五〕後二年二句：指治平三年以疾卒之後二年，即神宗熙寧元年（一〇六八）。案：卒時其夫張文英猶在。故先葬，無封故不銘。逮至元豐四年祔葬於張文英之墓，始作銘。下文曰「鑱詞幽墟」，即指此。

〔六〕黽勉：勤勉盡力。詩邶風谷風：「黽勉同心，不宜有怒。」

〔七〕崑崙：即今揚州市西北之蜀岡。參見卷八次韻子由蜀井注〔二〕。

〔八〕鑱詞幽墟：謂刻碑銘於墓道。文選曹植七啓：「經迥漠，出幽墟，入乎泱漭之野。」注：「銑曰：迥漠幽墟，皆荒遠之地。」

【彙評】

林紓林氏選評名家文集淮海集：清簡有致。

虞氏夫人墓誌銘〔一〕

夫人姓虞氏，諱麗華，越州山陰人，助教昱之季女，年十九歸同郡陸氏，爲承議郎知高郵縣事俶之夫人〔二〕，踰八年而卒。卒後十年，葬於山陰縣野人原其舅朝議公所生母袁夫人之兆，實熙寧三年五月某日也。元豐六年天子有事於南郊〔三〕，夫人以承議君陞朝，恩封仙源縣君云。

承議君嘗謂予曰：「虞雖越之著姓，世以財雄。亡妻婉嫕恭儉〔四〕，如出寒素之家。仰事舅姑，旁接内外之宗姻，下撫僮使之衆，殆無一人失其意者。不幸短折以死。生一女，嫁進士史安術，比已死矣，余深悲之。幸蒙明恩追錫封邑，而葬時迫，其幽堂之銘實尚未刻〔五〕。子與予故人也，願爲論次其事，將穿其墓前而納之，以致予意焉。」

是時，予將赴汝陽〔六〕，治裝薄遽，雖許其作而未暇，而君每見余輒以仙源之銘爲囑，至于八九而不倦。嗚呼！夫婦俗薄久矣，仙源之殁幾三十年，而君尋繹悼念，眷眷不忘如初，非風義之厚出於天性，何以至此耶？乃爲之銘曰：

惟夫人，胄東陽〔七〕。嬪德門，家有光。命雖絶，慶未央。刻斯文，誌幽荒。

【校】

〔一〕亡妻婉嫕恭儉〕「嫕」，原誤作「嫕」，據張本、胡本、李本、段本、王本、秦本、四部本改。

【箋注】

〔一〕本篇云：「卒後十年……實熙寧三年五月某日也。」可見夫人卒於嘉祐六年（一〇六一）。又云：「仙源之歿幾三十年。」則在元祐初。復云：「予將赴汝陽，治裝薄遽。」據秦譜，少游以元豐八年舉進士，授定海主簿，不赴任，尋調蔡州教授，奉母大人赴蔡州任。銘當作於元祐初。

〔二〕陸佖：陸佃之弟。佃，字農師，山陰人，仕至尚書右丞，陸游之祖，則虞氏夫人爲陸游之叔祖母。

〔三〕元豐六年天子有事於南郊：宋史神宗紀元豐六年十一月：「丙午，祀昊天上帝於圜丘。」案：宋代每年於冬至日行南郊祭禮，其壇在東京南薰門外，稱圜丘。見宋史禮志二。

〔四〕婉嫕：柔順貌。張華女史箴：「婉嫕淑慎，正位居室。」

〔五〕幽堂之銘：即墓誌銘，見本卷李狀元墓誌銘注〔一一〕。

〔六〕汝陽：蔡州汝陽縣。此指蔡州。

〔七〕胄東陽：胄，猶後裔，多指貴族而言。東陽，郡名，即婺州，與越州俱屬宋時兩浙路。此處約指虞氏之地望，與前文所云之山陰固非一地也。

【彙評】

林紓林氏選評名家文集淮海集：虞氏直一常婦人，本無可紀。以陸承議之言，嘉其有情，而爲之辭。末數語頗有韻致。

李氏夫人墓誌銘〔一〕

至和中,先君遊太學,事安定先生胡公〔二〕,歲時歸覲,具言太學人物之盛。數稱海陵王君觀及其從弟覿〔三〕,有高才,力學而文,流輩無與比者。余時爲兒侍左右,聞而心慕之,願即見,蓋不可得。後數年,二君相繼舉進士,中第,其試於有司,皆爲開封第一,名實既發,所與皆一時之豪。余遂以故人子獲從之遊。

元豐六年七月二十六日,寺丞君觀之母李夫人卒,宣德君覿以書抵余曰:「世母葬有日矣,伯氏荒迷〔四〕,不能請,願有銘。」嘻!先君友執之命也,其可以辭?謹按夫人李氏,諱仁用,世爲泰州如皋人,年二十六歸王氏,爲府君諱惟清之夫人,享年八十有三,以卒之年九月四日,祔葬于如皋之赤岸鄉府君之墓。子男一人,寺丞君也。女四人。其婿趙世昌爲内殿崇班,蔡實、丁傅、夏侯煦,皆舉進士。孫男一人,曰譚。孫女二人,一早卒,次尚幼。夫人性通達,治事有法度,凡内外之宗姻,下逮婢使,靡不得其歡心。子既出仕,供養甚厚,及坐法免〔五〕,生理蕭然,恬不以介意。雖高年,視聽不衰，手足便利，迄終，無一言亂者。銘曰：

於維夫人，閒且穆〔六〕，來嬪王宗，祇厥職。内嚴外順，宗姻懌，既壽又康，時酒食。變故相詭，獨處廓〔七〕，氣形逮反，超不失〔八〕。藏從其夫，古原宅，詞詔後來，有幽刻〔九〕。

【校】

〔名實既發〕「實」原誤作「貴」，據張本、李本、胡本、段本改。

〔丁傅〕張本、李本作「丁傳」，未知孰是。

【箋注】

〔一〕本篇云：「元豐六年七月二十六日，寺丞君觀之母李夫人卒」，「以卒之年九月四日祔葬於如皋」云云，當作於此時。

〔二〕安定先生胡公：指胡瑗。瑗，字翼之，海陵（今江蘇泰州）人。景祐初，以范仲淹薦，白衣召對於崇政殿。精音律，與阮逸校定雅音，授祕書省校書郎。後爲吴中教授，從之學者常數百人。慶曆中，取其授門弟子之法著爲太學令。皇祐中，授國子直講，居太學，學者益衆，時禮部取士，多出於其門。著有易書、中庸義、景祐樂議等書，人稱安定先生。宋史有傳，又見宋元學案卷一。

〔三〕海陵王君觀及其從弟覿：王觀，字通叟，見卷二和王通叟琵琶夢注〔一〕。王覿，字明叟，第進士，熙寧中，爲編修三司令式删定官、潤州推官。元豐中，起爲太僕丞、徙太常。哲宗立，擢右正言，進司諫，極論蔡確、章惇、韓縝、張璪朋邪害正。後於洛蜀黨争亦有非議。遷右諫議大夫，出知蘇州、成都。徽宗時罷歸。宋史有傳。

〔四〕伯氏荒迷：伯氏，指王觀之兄王覿。荒迷，意本沉溺昏迷，顔氏家訓勉學：「阮嗣宗沉酒荒迷。」此婉指王觀獲罪被斥。吴曾能改齋漫録卷十七云：「王觀學士嘗應制撰清平樂詞云『黄金殿裏』云云，高太后以爲媟瀆神宗，翌日罷職。世遂有逐客之號。」一説王觀於元豐二年「坐知江都縣受賄枉法」，「永州編管」，參見卷二和王通叟琵琶夢注〔一〕引長編卷三〇一。

〔五〕及坐法免：謂因王觀犯法，免去供養，見注〔四〕。

〔六〕於維：感嘆詞，於音烏。

〔七〕變故句：謂遭遇其子坐法放逐之變故，廓然獨處。

〔八〕氣形逮反：猶言内外交困。黄帝内經素問六節藏象論：「氣合而有形。」又云：「五氣入鼻，藏於心肺……氣和而生，津液相成，神乃自生。」此云李氏夫人氣與形處於矛盾狀態，極言痛苦之深。

〔九〕幽刻：同幽堂之銘，即墓誌銘。

掩關銘〔一〕

元豐初，觀舉進士不中，退居高郵，杜門却掃，以詩書自娛，乃作掩關之銘。其辭曰：

門有衡衢兮蹄踵聯，世不我謀兮地自偏〔二〕。渾沌是師兮機械焚〔三〕，何以玩心兮有討論。插架萬軸兮星宿懸〔四〕，口唫目披兮遊聖賢，偶與意會兮欣忘餐〔五〕。植芳樹美兮亦既蕃，執耰搏虎兮更衆難〔六〕。自覈不迷兮邈考槃〔七〕，蹇民多艱兮戒求全〔八〕。高明家室兮鬼笑喧〔九〕，速成亟壞兮理則然〔一〇〕。蔓蔓荊棘兮上造天，窽窾磨牙兮交術阡〔一一〕，勿應其求兮銜深冤。掩關自娛兮解憂患，啜菽飲水兮顔悦歡，優哉游哉兮聊永年。

【校】

〔其辭曰〕辭，張本、胡本、李本作「詞」。

〔窽窾〕原注云：「一作窾窾。」

【箋注】

〔一〕本篇作於元豐元年戊午（一〇七八）。秦譜云：是歲「先生舉鄉貢不售，蘇公有詩云：『底事秋來不得解?定中試與問諸天。』又簡云:『此不足爲太虚損益,但弔有司之不幸耳。』先生退居高郵,杜門却掃,以詩書自娱,乃作掩關之銘。」

〔二〕門有衡衢二句:用陶淵明飲酒二十首之五「結廬在人境,而無車馬喧,問君何能爾?心遠地自偏」意。衡衢,猶横衢,此指大路。

〔三〕渾沌句:渾沌,莊子應帝王:「中央之帝爲渾沌。」釋文:「李(軌)云:清濁未分也,此喻自然。」機械,見卷四同子瞻參寥游惠山三首其二注〔一〕。

〔四〕插架萬軸:形容書籍之多。韓愈送諸葛覺往隨州讀書詩:「鄴侯家多書,插架三萬軸。」

〔五〕偶與意會兮欣忘餐:陶淵明五柳先生傳:「好讀書,不求甚解,每有會意,便欣然忘食。」

〔六〕執櫌搏虎:櫌,古農具。案:上文云與聖賢有意會處,下文云不欲效法古之隱士,並感嘆「蹇民多艱」,則此處「搏虎」似寓有志在除苛政(禮記檀弓:「苛政猛於虎。」)之意,故接云「更衆難」。更衆難者,改變民衆之困難處境也。蓋暗指熙豐間吕惠卿等所推行之苛法而言。

〔七〕考槃:詩衛風篇名。傳:「詩人美賢者隱處澗谷之間,而碩大寬廣無戚戚之意,雖獨寐而寤言,猶自誓其不忘此樂也。」

〔八〕蹇民多艱:楚辭屈原離騷:「長太息以掩涕兮,哀民生之多艱。」蹇,通謇,發語辭。以下六句皆喻時世險惡,言所以「掩關」之緣由也。

〔九〕高明家室：指權貴之家。禮記月令：「仲夏之月……可以居高明，可以遠眺望。」注：「高明，謂樓觀也。」揚雄解嘲：「高明之家，鬼瞰其室。」此用其意。

〔一〇〕速成亟壞：蓋指熙、豐間新法。

〔一一〕窫窳句：窫窳：獸名。山海經海内南經：「窫窳，龍首，居弱水中，其狀如龍首，食人。」注：「窫窳，本蛇身人面，爲貳負臣所殺，復化而成此物也。」文選揚子雲長楊賦：「昔有彊秦，封豕其土，窫窳其民。」注引李奇曰：「以喻秦貪婪，殘食其人也。」磨牙，謂準備食人。此喻殘害人民之官吏。交術阡，術爲邑中路，阡爲田間路。謝靈運入華子岡詩：「險徑無測度，天路非術阡。」

劉氏研銘〔一〕

溪之精，石之靈。紫雲氣，函明星。爲潁窟〔二〕，作刃硎。永寶用，瑑斯銘〔三〕。

【箋注】

〔一〕銘曰「溪之精，石之靈。紫雲氣，函明星」，據此特徵，當係端硯。李之彦硯譜：「世傳端州有溪，因曰端溪，其石爲硯至妙。」又云：「水中石，其色青；半山石，其色紫；山絶頂者尤潤，如豬肝色者佳。」端硯以紫色者爲佳而多，故别於他硯。劉禹錫唐秀才贈端州紫石硯以詩答之:「端州石硯人間重。」李賀有楊生青花紫石硯歌云:「端州石工巧如神,踏天磨刀割紫雲。」乃形容採山頂之紫石者。又蘇軾東坡題跋書許敬宗硯:「杜叔元……蓄一硯……乃問莘老求而得。硯,端溪紫石也。……真四百餘年物也!」端硯宋時爲貢品。宋史地理志六廣南東路:「肇慶府……本端州。……貢銀、石硯。」又包拯傳:「(拯)徙知端州,遷殿中丞。端土産硯,前守緣貢,率取數十倍以遺權貴。拯命製者才足貢數,歲滿,不持一硯歸。」銘曰:「函明星。」謂硯上白點,貯水後閃爍如明星。鄒炳泰午風堂叢談:「端溪石爲硯至妙,益墨,青紫色者可直千金。……貯水處有赤、白、黄點,世謂鸜鵒眼。脈理黄者謂之金線。」是劉氏研乃白點者也。

〔二〕穎窟:藏筆之窟,喻硯池。毛筆,亦稱毛穎。

〔三〕瑑:在硯上雕刻凸文。

銘穎師研〔一〕

穎師十二歲,以書爲東坡、大滌二公所稱〔二〕,他時豈易量哉!予以紫石硯贈之〔三〕,銘其下曰:

三生懷素〔四〕,法穎上人。時於此處,轉大法輪〔五〕。

【校】

〔題〕卷端目録作「潁師研銘」，蓋係誤植。

〔以書爲東坡〕原脱「爲」字，據張本、胡本、李本補。

【箋注】

〔一〕潁師：即法潁。錢塘朱守素之子，字德秀。蘇軾東坡志林卷二付僧惠誠游吴中代書十二：「法潁沙彌，參寥子之法孫也，七八歲事師如成人。上元夜，予作樂滅慧，潁坐一夫肩上顧之。予謂曰：『出家兒亦看燈耶？』潁愀然變色，若無所容，啼呼求去。自爾不復出嬉游，今六七年矣。後當嗣參寥者。」後果爲參寥子編詩集，見陳師道參寥子詩集序。案蘇軾與參寥子簡之八云：「吴子野至，出潁沙彌行草書，蕭然有塵外意，決知不日潁脱而出，不可復没矣。」從語氣看，是時法潁年尚少。簡又云：「某來日出城赴定州。」考王文誥蘇詩總案卷三七，蘇軾於「元祐八年癸酉九月出帥中山（即定州）」，可見簡作於是時。少游銘曰「以書爲東坡、大滌二公所稱」，當在其後不久，故知銘作於元祐八年癸酉（一〇九三），次年改元紹聖，未幾少游即罹黨禍而謫居處州，便無贈研作銘之可能矣。

〔二〕大滌：指章惇。黄伯思東觀餘論卷七跋大滌翁論書帖後：「章申公暮年愈妙，一以晉諸賢爲則，此其正書，殊類逸少所臨鍾書。」案章惇，封申國公，見宋史姦臣傳。

〔三〕紫石硯：蓋指端溪紫石硯，參見本卷劉氏研銘注〔一〕。

〔四〕懷素：唐玄奘弟子，字藏真，俗姓錢。長沙人，遷居京兆。繼承張旭書法，以狂草爲著，世稱「顛張狂素」。見宣和書譜卷十九。

〔五〕法輪：喻稱佛法。謂佛之説法，如車輪輾轉不停。止觀輔行傳弘決卷一之二：「輪具二義：一者轉義；二摧輾義。以四諦輪轉度與他，摧破結惑，如王輪寶，能壞能安。法輪亦爾，壞煩惱怨，安住諦理。」

瀘州使君任公墓表〔一〕

元豐中，朝廷治西南乞弟之罪，至於斬將帥，絀監司，兩蜀騷然，四年而後定〔二〕。余嘗怪乞弟裔夷耳，兵不過二千人，非有冒頓强悍之威、結贊狡險之謀〔三〕。蛇豕微種，乃爲邊患如此。及觀瀘州使君任公事迹，然後知累年之役，實部使者爲之，裔夷何足責也？

任公諱伋，字師中，眉州眉山人。少學，讀書通其大義，不治章句，性任俠喜事，與其兄孜相繼舉進士中第，知名於時，眉人敬之，號二任，而蘇先生洵尤與厚善〔四〕。熙寧某年，其察訪使熊本薦知瀘州〔五〕。州上接僰道，下連南平〔六〕，控引蠻夷千有餘里，如甫望箇恕〔七〕、羅氏鬼主〔八〕、沙取諸郡〔九〕，皆歲來互市。而守將任輕，無節制之權，非有奇略遠謀，則不幸往往有事。公既至，威信大著，夷夏便之。歲滿當更，詔留再任。比滿，又特轉一官留之。

元豐二年，納溪砦互市[一〇]，有歐羅胡苟里夷人死者[一一]。故事，漢人殺夷人，既論死，仍償其資，謂之骨價。時砦將欲勿與，夷人大恚，争譟而出。公馳至境上，且以禍福曉之，相與投兵請降。辭者八毋其六。既聽命矣，而轉運判官意與公異，乃移瀘州，不與措置，事專爲攻討之計。公争弗能得，乃歎曰：「邊患自此始矣！」即具奏，言：「羅胡苟里，本瀘州熟户夷也。比因殺傷求索骨價，爲侵境上，故是常事，與異時生夷反叛不同。臣招納垂畢，而使者貪功生事，固欲討之。臣恐窮迫無所竄伏，轉投生界，則甫望箇恕諸部，更相結連，益鴟張而難制矣。」會女孫卒，不果上。七月詔涇原路副總管韓存寶，以陝右兵五千人經制其事。存寶在瀘攻羅胡苟里，滅之[一二]。諸夷驚潰，果奔甫望箇恕。其年冬，箇恕之酋乞弟遂稱兵反[一三]，皆如公所料云。

初，乞弟自納溪砦互市還，過江安縣[一四]，縣令犒之。既去數十里，遣親信楊節、一毛以一馬謝令，令辭不受[一五]。一毛去，至夷牢口，爲土夷所邀，一毛死焉。楊節者，本嘉州卒吏，避罪亡入夷中，夷人愛之用事，號爲羅判。至是，節自度不免，乃以矢房中乞弟所入馬二千緡券來降。公以中國不失信于小夷，宜斬節歸券，責以納亡之罪，則乞弟憚威而愧德矣。而轉運使固執不從〔一六〕。

三年〔一七〕，乞弟果以一毛爲辭入寇。路分都監王宣以兵二千人禦之，戰于羅箇牟國〔一八〕，爲賊所敗。宣與其子某，及裨將十有四人死之。於是詔韓存寶，復以陝右兵五千人經制其事。存寶至瀘，逗留不進，陰使人誘乞弟以書降，遽分屯奏功。天子得書，怒甚，更遣環慶路副總管林廣代之〔一九〕，命御史何正臣〔二〇〕、中人梁從政，至蜀雜治，獄具，斬存寶于瀘州〔二一〕，流監軍韓承式於海島，除轉運使董鉞名。四年，廣進兵抵乞弟之巢，賊空壁遁去。廣不得已，竟納其降而還。天子亦不復責矣。自是瀘州守將始加沿邊安撫之名，專治軍政，部使不得輒與。未幾，使者以開邊田賦生税爲請，天子一切不許，而西南夷復安堵矣。由是言之，前日之役，豈非部使者實爲之？

初，公既奏羅胡苟里之事，雖不果上，而使者聞知，内銜切骨，日夜謀中公以法。公知其謀，乃録使者不法事關瀘州十有五條，上之。使者薄遽不知所爲，即誣奏公乞弟過江安時不時掩擊；及延儒生講書，疑有私謁。朝廷疑之，乃先免，而下章於它部，各窮竟所考，未具。而公既卒矣，時當途者以公既歿，爲使者地。公之子大防，三詣闕上書陳冤狀，獄不敢變，使者竟免。

公爲吏通敏，吏民畏而愛之。其通守齊安也〔二二〕，嘗遊於定惠院〔二三〕。既去，郡人名其亭曰任公。時蘇先生之長子翰林公軾以讁遷齊安，人知其與公善也。復於其側爲師中庵，曰：「師中必來訪予，將館於是。」明年公卒，郡人聞之，相與哭於定惠者百餘人，飯僧於亭，而祭公於庵〔二四〕。而蘇先生之少子、中書公轍復爲之記。余嘗從翰林、中書公遊〔二五〕，聞二任之風久矣。後爲汝南學官，始識大防，於是得公之行事。

公以元豐四年三月二十四日卒于遂州西禪佛舍〔二六〕，享年六十有四，六年五月二十二日葬于光山縣淮信鄉午步原〔二七〕。其世次官邑，御史頓君既爲幽堂之誌〔二八〕，此不復著，著其瀘州之事與誌之闕不書者，揭于墓原，以備史官之擇云。

【校】

〔沙取諸郡〕案：「郡」，當爲「部」之誤，下文「則甫望箇恕諸部」可證。

〔辭者八毋其六〕段本、秦本、王本、四部本作「亂者八安其六」，義較勝。

〔乃先免而下章於它部〕王本考證附纂云：「乃先免而下章於它部，案蘇詩王注載林子仁引作『乃免使人下章于它部』。」

〔讁遷齊安〕「讁」，底本作「遣」，據王本、四部本改。

【箋注】

〔一〕秦譜謂元祐元年作瀘州使君任公墓表。表云：「後爲汝南學官，始識大防，於是得公之行事。」據此當作於蔡州。大防，師中子，字仲微。瀘州，宋時屬潼川府路。宋史地理志五：「瀘州，上，瀘川郡，瀘川軍節度，本軍事州。」在今四川南部。

〔二〕元豐六句：據宋史紀事本末卷四二云：「元豐三年，夏四月，詔忠州團練使韓存寶經制瀘夷。先是，渝州獠寇南川，其酋阿訛奔箇恕，熊本重賞檄斬之。阿訛桀黠，習知邊隙，箇恕匿不殺。會箇恕老，以兵屬其子乞弟，遂與阿訛侵諸部。時羅苟夷叛，犯納溪。……知瀘州喬叙遣梓夔都監王宣以兵二千守江安，而以賄招乞弟與盟於納溪。蠻以爲畏己，益悖慢，盟五日，遂率衆圍熟夷羅箇牟族。王宣救之，一軍皆没，事遂張。驛召存寶授方略，統三將，兵萬八千，趨東川。存寶怯懦不敢進，乞弟送款紿降，存寶信之，遂休兵於綿、梓、遂、資間。四年秋七月，韓存寶坐逗留無功，誅於瀘州，以步軍都虞侯林廣代將。……廣遂敗乞弟於納江，破樂共城，斬首二千級，乞弟遁。」

〔三〕非有句：冒頓，秦末漢初匈奴單于。公元前二〇九年殺其父頭曼自立，有兵號稱三十萬，東滅東胡，西破月氏，進占今河套地，與漢朝争雄，見史記匈奴傳。結贊，唐時吐蕃人。新唐書吐蕃傳下謂永泰十年，吐蕃王以結贊爲大相，與唐結盟。貞元三年，渾瑊將盟，結贊以伏兵襲之。後三分其兵趨隴、汧陽間，連營數十里。其勢極盛。「狡險之謀」，指結贊以伏兵襲擊唐軍。

〔四〕任公諱伋十二句：據宋史任伯雨傳：「（伯雨）父孜，字遵聖，以學問氣節推重鄉里，名與蘇洵埒，仕至光禄寺丞。其弟伋，字師中，亦知名，嘗通判黄州，後知瀘州。當時稱大任、小任。」「蘇先生洵尤與厚善」，案：蘇洵嘉祐集答二任詩云：「獨有二任子，知我有足嘉。遠遊苦相念，長篇寄芬葩。」又蘇轍黄州師中庵記：「師中姓任氏，諱伋，世家眉山，吾先君子之友人也，故余知其爲人。」記末云「元豐四年十二月日眉山蘇轍記」。少游文中多直録記中語。

〔五〕熊本：字伯通，番陽人，進士上第。熙寧初，提舉淮南常平。元豐六年，瀘州羅晏夷叛，詔察訪梓夔，得以便宜行事。後歷知滁、廣、桂、杭、洪諸州。宋史有傳。

〔六〕州上二句：僰道，古縣名，漢置，宋時入宜賓縣，熙寧四年改爲鎮，今屬四川。南平，續資治通鑑長編卷二七〇云：熙寧八年十一月，以渝州南川縣銅佛壩爲南平軍，初治南川，在今四川綦江縣南九十里。

〔七〕甫望箇恕：西南瀘夷酋長名。甫，一作斧。宋史蠻夷傳四瀘州蠻：「烏蠻有二酋領：曰晏子，曰斧望箇恕，常入漢地鬻馬。晏子所居，直長寧、寧遠以南；斧望箇恕所居，直納溪、江安以東，皆僕夜諸部也。」

〔八〕羅氏鬼主：瀘州夷酋長名。宋史蠻夷傳四瀘州蠻：「淯水夷者，羈縻十州五囤蠻也，雜種夷獠散居溪谷中。慶曆初，瀘州言：『管下溪洞十州，有唐及本朝所賜州額，今烏蠻王子得蓋居其地。部族最盛，旁有舊姚州，廢已久，得蓋願得州名以長夷落。』詔復建姚州，以得蓋爲刺史，鑄印賜之。得蓋死，其子竊號羅氏鬼主。」

〔九〕沙取諸郡：沙取，全稱沙取禄路，西南瀘夷晏子之子。見宋史蠻夷傳四瀘州蠻。諸郡，當作諸部。

〔一〇〕納溪砦：據宋史地理志五，納溪屬瀘州，皇祐三年於納溪口置砦。

〔一一〕羅胡苟里：宋史作「羅苟夷」，蠻夷傳四瀘州蠻云：「（熙寧）十年，羅苟夷犯納溪砦。初，砦民與羅苟夷競魚笱，誤歐殺之，吏爲按驗。夷已忿，謂『漢殺吾人，官不償我骨價，反暴露之』，遂叛。」少游文謂係元豐二年事，與宋史有異。

〔一二〕七月詔四句：宋史蠻夷傳四瀘州蠻：「（熙寧）十年，羅苟夷犯納溪砦……乃詔涇原副總管韓存寶擊之。存寶召乞弟等犄角，討蕩五十六村、十三囤，蠻乞降，願納土承賦租。乃詔罷兵。」

〔一三〕其年冬二句：乞弟，甫望箇恕之子，西南瀘夷酋長。其父入貢，命知歸來州，而以乞弟爲把截將、西南夷部巡檢。見宋史蠻夷傳四瀘州蠻。

〔一四〕江安縣：據宋史地理志五，江安屬瀘州，縣内有寧遠、安夷、西寧遠、南田、武寧、安遠諸砦。

〔一五〕楊節、一毛：二夷人名。

〔一六〕轉運使：指董鉞，見下文。據宋史本傳，鉞，字毅夫，德興人，治平進士。時任夔州轉運使。

曾與蘇軾相唱和。

〔一七〕三年：即元豐三年，詳見注〔二一〕。

〔一八〕羅箇牟國：一作羅箇牟族，部落名。宋史蠻夷傳四瀘州蠻：「三年，盟於納溪。蠻以爲畏己，益悖慢。盟五日，遂以衆圍羅箇牟族。羅箇牟，熊本所團結熟夷也。」

〔一九〕林廣：宋史本傳謂廣萊州人，以捧日軍卒爲行門，授内殿崇班，從環慶蔡挺麾下。李諒祚寇大順城，廣射中之。元豐中，轉步軍都虞侯。韓存寶討瀘蠻乞弟，逗撓不進，詔廣代之。進次歸徠州，斬阿汝及大酋二十八人，發故酋甫望箇恕塚。乞弟遁去。遂班師。官至馬軍都虞侯。

〔二〇〕何正臣：字君表，臨江新淦人，第進士。元豐三年，擢侍御史知雜事。宋史本傳云：「韓存寶討瀘夷無功，命治其獄，被以逗撓罪誅之。」

〔二一〕斬存寶于瀘州：據長編卷三一五，韓存寶於元豐四年八月十二日伏誅。案韓存寶功過，當時有不同看法。宋史林廣傳載林廣言：「韓存寶雖有罪，功亦多，以今日朝廷待諸將，存寶不至死。」

〔二二〕齊安：即黄州，今湖北黄岡。

〔二三〕定惠院：佛寺名。名勝志：「定惠院，在黄岡縣東南。」案：蘇軾元豐三年謫黄州時曾寓居定惠院，有卜算子（缺月掛疏桐）詞。

〔二四〕時蘇先生之長子十句：蘇詩總案卷二一元豐四年四月：「（蘇軾）聞任伋訃，爲文祭之。」「陳慥來自岐亭，王齊愈、齊萬來自車湖，潘丙、古耕道亦至，會於師中庵，再爲文祭之，並作任伋挽詞。」案：此段文字，係本蘇轍欒城集卷二四黄州師中庵記。

〔二五〕余嘗從句：翰林，指蘇軾；中書公，指蘇轍。據施宿東坡先生年譜元祐元年九月，東坡除翰林學士；又孫汝聽蘇潁濱年表，元祐元年八月，轍權中書舍人；十一月，轍召試中書舍人。由此可知此文必作於此後不久。

〔二六〕公以元豐句：蘇轍黄州師中庵記：「明年三月，師中没於遂州。」西禪佛舍，在遂州（今四川遂寧）。

〔二七〕光山縣：宋時屬淮南西路光州，今屬河南省。

〔二八〕御史頓君：指頓起，鄆州人。舉進士，嘗爲教授，通判泰州。與蘇軾友善。續資治通鑑長編卷三三四載，元豐六年三月，頓起爲監察御史。其爲「幽堂之銘」（即墓志銘），當在此時，正任伋葬於光州之時。

【彙評】

林紓林氏選評名家文集淮海集：通幅爲任公理枉，入手即痛斥部使者之開邊，叙任公兩次定策皆不能用，且含冤至死。文於字裏行間，皆寓怨懟。其使氣處，較蘇長公爲遜；然提挈安頓，亦自有法。

淮海集箋注卷第三十四

贊、跋

龍丘子真贊〔一〕

惟龍丘子以大塊爲輿〔二〕，元氣爲駒〔三〕，放意自娱，遊行六區〔四〕。世莫我疏，亦莫我親。追配古者，葛天之民〔五〕。

【箋注】

〔一〕據秦譜，元豐五年少游曾如黄州候蘇軾。時龍丘子居州北之岐亭，常與東坡相往還。故知真贊作於此時。龍丘子，即陳慥。洪邁容齋三筆卷三：「陳慥，字季常，公弼之子，居於黄州之岐亭，自稱龍丘先生，又曰方山子。」參見卷三寄陳季常注〔一〕。

〔二〕大塊：莊子大宗師：「夫大塊載我以形，勞我以生。」俞樾諸子平議卷一訓「大塊」爲地，是。

〔三〕元氣：漢書律曆志上：「太極元氣，函三爲一。」此指陰陽混一渾沌之氣。

〔四〕放意自娱二句：文選張衡思玄賦：「願得遠渡以自娱，上下無常窮六區。」李善注：「六區，上下四方也。」此指陳季常喜與二侍女騎馬漫游。見卷三寄陳季常注〔一〕。

〔五〕葛天之民：葛天氏，傳説中的古代部落。吕氏春秋古樂：「昔葛天氏之樂，三人操牛尾，投足以歌八闋。」

李潭漢馬圖贊〔一〕

前一馬驪〔二〕，就樹摩癢。百骸佳快，厥意可想。中間四馬，或顧或嬉。飲嚙自如，不相瑕疵。最後一騂〔三〕，尾鬣奮驚。背而號鳴，若聞其聲。寬閒之鄉，水遠草長。無羈無縶，樂未渠央〔四〕。

【校】

〔百骸〕張本、胡本、李本、王本、秦本、四部本「骸」作「駭」，疑誤。

【箋注】

〔一〕蘇軾東坡後集卷九有李潭六馬圖贊一首，云：「六馬異態，以似爲妍。……相此癢者，舉脣見咽。」少游此贊，也寫六馬，當題一圖。李潭，後魏至唐，同姓名者有數人。此蓋宋人，故東坡、少游皆爲其畫作贊。

〔二〕驪：純黑色馬。詩魯頌駉：「有驪有黃，以車彭彭。」

〔三〕騂：赤黃色馬。詩魯頌駉：「有騂有騏，以車伾伾。」

〔四〕樂未渠央：央，盡也。未央，未盡。渠，語助辭。此用蘇軾「各適其適」義。

【彙評】

段斐君本淮海集徐渭評：得坡翁羅漢贊筆意。

南都法寶禪院一長老真贊〔一〕

欲老不老，八反九倒〔二〕。昔是西庵，今爲法寶。文雅臺邊，清泠池畔〔三〕。大地山河，且舉一半〔四〕。

【校】

〔清泠池畔〕「泠」張本誤作「冷」，據底本、王本、四部本改。

【箋注】

〔一〕本篇疑作於元豐五年壬戌（一〇八二）。秦譜謂是歲「先生應禮部試，罷歸，過南都新亭」，此真贊有可能作於其時。法寶禪院，舊址在今河南商丘。

〔二〕八反九倒：左傳昭公元年：「后子享晉侯，造舟於河，十里舍車，自雍及絳，歸取酬幣，終事八反。」袁凱夜經胥浦鄉詩：「草鞋斷盡餘兩耳，十步九倒何由立？」

〔三〕文雅臺二句：文雅臺、清泠池，見卷六南都新亭行寄王子發注〔一九〕。

〔四〕大地山河二句：古尊宿語録黄蘗斷際禪師宛陵録：「世界山河大地皆然，見一滴水即見十方世界。」又：「山河大地、水鳥樹林一時説法；所以語亦説，默亦説。」此喻説法、講授佛理。

建隆慶和尚真贊〔一〕

大因緣，十八年。結跏座〔二〕，帶刀眠。汝鼻孔，未遼天〔三〕。呼我作，無事禪〔四〕。

【校】

〔結跏座〕「座」與下句「眠」對舉，當作「坐」。

〔未遼天〕王本、四部本「遼」作「撩」。

【箋注】

〔一〕本篇作於元祐三年戊辰(一〇八八)。建隆慶和尚，即昭慶禪師，見卷九顯之禪老許以草庵見處作詩以約之注〔一〕。少游慶禪師塔銘謂最後住廣陵之建隆，而其圓寂在元祐四年，題稱建隆，故當作於元祐三年。參見卷三三高郵長老開堂疏注〔一〕、乾明開堂疏注〔一〕。

〔二〕結跏座：即結跏趺坐，謂結跏趺於左右股上而坐也。大日經疏：「住蓮華座者結跏坐。」

〔三〕汝鼻孔二句：見卷三二高郵長老開堂疏注〔六〕。

〔四〕無事禪：無事，莊子達生：「芒然彷徨乎塵垢之外，逍遥乎無事之業。」禪，梵語「禪那」之略。慧苑音義上：「禪那，此云静慮，謂静心思慮也。」

書王蠋後事文〔一〕

古之世有不去商紂之虐君以從周武之聖臣而守死西山者，其人曰伯夷〔二〕。伯夷者，孔子稱爲仁〔三〕，孟子稱爲聖〔四〕，不在乎學者能道之也。古之人有不愛刳身戮尸之患，以求盡忠極節於其君者，其人曰比干〔五〕。比干者，孔子稱爲仁〔六〕，孟子稱爲賢〔七〕，不在乎學者能道之也。古之人有不愛將軍之印、不願萬家之封，引身即死以明君臣之大義而求自附於伯夷比干之事者，其人曰王蠋。王蠋無孔子孟子之稱，而其名亦不獲自附於伯夷、比干焉，學者亦不可不道也。

當燕人之破齊，齊王之走莒也〔八〕，臨菑之地〔九〕，汶篁之疆爲齊者無幾也〔一〇〕。齊之臣，平居腰黄金，結紫綬，論議人主之前者，一旦狼顧鼠竄，分散四出，不逃而去，則屈而降，無一人爲其君出身抗賊以全齊者。方是時，王蠋，齊之布衣也，積德累行，退耕於野，口未嘗食君之粟，身未嘗衣君之帛，獨以謂生於齊國，世爲齊民，則當死於齊君。乃奮身守大節，守區區之晝邑以待燕人〔一一〕。燕人亦爲之却三十里不敢近。其後燕將畏蠋之賢，念蠋之在而齊之卒不滅也，數爲甘言啗之曰：「我將以子爲將，封子以萬家；不者，屠晝邑。」蠋曰：「忠臣不仕二君，貞女不更二夫。國亡矣，蠋尚何存？今劫之以兵，誘之以將，是助桀爲虐也。與其無義而生，固不若烹。」乃經其頭於木枝，自奮絶脰而死〔一二〕。士大夫聞之，皆太息流涕曰：「王蠋，布衣也，義不北面於燕，況在位食禄者乎？」於是乃相與迎襄王於莒〔一三〕，而齊之殘民始感義奮發，閉城城守，人人莫肯下燕者，故莒即墨得數戰不亡〔一四〕。而田單卒能因其民心〔一五〕，奮其智謀，却數萬之衆，復七十餘城，王蠋激之也。

始予讀史記至此，未嘗不爲蠋廢書而泣，以謂推蠋之志，足以無憾於天，無怍於人，無欺於伯夷比干之事。太史公當特書之，屢書之，以破萬世亂臣賊子之心；奈何反不爲蠋立傳！其當時事迹，乃微見於田單之傳尾，使蠋之名僅存以不失傳，而不足以暴於天下，甚可恨也！且夫聶政荆軻之匹〔一六〕，徒能瞋目攘臂，奮然不顧，以報一言一飯之德，非有君臣之讎，而懷匕首，袖鐵椎，白日殺人，以喪七尺之軀者，太史公猶以其有義也，而爲之立傳以見後世。後世亦從而服之曰「壯士」。蘇秦張儀〔一七〕，陳軫犀首〔一八〕，左右賣國以取容，非有死國死君之行，朝爲楚卿，暮爲秦相，不以慊於心，太史公猶以其善説也，而爲之立傳以見後世。後世亦從而服之曰「奇材」。以至韓非申不害之徒〔一九〕，刑名之學也，猶以原道附之老聃〔二〇〕。淳于髡、鄒衍、田駢、慎到、接子、環淵、騶奭之徒〔二一〕，迂闊之士也，猶以爲多學而附之孟子。然則世有殺身成仁如王蠋之事者，獨不當傳之以附於伯夷之後乎？

噫！昔者夫子作春秋，其大意在於正君臣，嚴父子〔二二〕。使當時君臣正、父子嚴，則春秋不作矣。後世愚夫庸婦一言一行近似者，皆當筆之春秋。況夫卓然有補世教者，得無特書之、屢書之乎？此予所以爲太史公惜也。

【校】

〔萬家之封〕王本、四部本「家」作「户」。

〔齊王之走莒也〕原脱「之」字，據王本、四部本補。

〔狼顧鼠竄〕「鼠」原誤作「鳥」，據王本、四部本改。

〔念蠋之在而齊之卒不滅也〕蜀本「在」作「仕」。

〔貞女不更二夫〕「貞」原作「正」，係避宋仁宗嫌名，據王本、四部本及史記田單傳改。

〔閉城城守〕王本作「閉城堅守」，四部本作「閉城死守」。

〔無欺於伯夷比干〕王本、四部本「欺」作「歉」。

〔以破萬世二句〕王本攷證云：「以破萬世亂臣賊子之心，奈何反不爲蠋立傳，文粹『心』下有『焉』字，『奈何』下無『反』字。」

〔暴於天下〕原脱「於」字，據王本、四部本補。

〔猶以句〕王本攷證云：「猶以原道附之老聃，文粹『道』下『附』上有『德而』二字。」

〔環淵〕原脱「淵」字，據王本、四部本補。

【箋注】

〔一〕本篇亦見於上海商務印書館縮印明刊本濟北晁先生雞肋集卷三三，但後於宋本淮海集，疑錯入；且譌字甚多，顯係轉鈔之誤。王蠋，戰國齊之義士，事蹟附史記田單列傳。

〔二〕伯夷：商末孤竹國國君之長子，相傳其父遺命欲以其弟叔齊嗣位，叔齊讓於伯夷，伯夷不受，兄弟逃於周。武王伐紂，二人叩馬諫阻。武王滅紂，二人耻食周粟，採薇而食，餓死於首陽山。見史記本傳。

〔三〕孔子稱爲仁：論語述而：「（子貢）曰：『伯夷叔齊何人也？』子曰：『古之賢人也。』曰：『怨乎？』曰：『求仁而得仁，又何怨乎？』」

〔四〕孟子稱爲聖：孟子萬章下：「伯夷，聖之清者也。」又盡心下：「聖人，百世之師也，伯夷、柳下惠是也。」

〔五〕比干，殷紂王之叔（或曰庶兄）。史記宋微子世家：「王子比干者，亦紂之親戚也。見箕子諫不聽而爲奴，則曰：『君有過而不以死争，則百姓何辜！』乃直言諫紂。紂怒曰：『吾聞聖人之心有七竅，信有諸乎？』乃遂殺王子比干，刳視其心。」

〔六〕孔子稱爲仁：論語微子：「微子去之，箕子爲之奴，比干諫而死。孔子曰：『殷有三仁焉。』」

〔七〕孟子稱爲賢：孟子公孫丑上：「微子、微仲、王子比干、箕子、膠鬲，皆賢人也。」

〔八〕當燕人二句：齊湣王時，燕使樂毅破齊，齊湣王出奔，已而保莒城。見史記田單列傳。

〔九〕臨菑：古營丘地，齊獻公自薄姑遷都於此，更名臨菑。一作臨淄，今併入山東淄博。

〔一〇〕汶篁：史記樂毅傳遺燕惠王書：「薊丘之植，植於汶篁。」集解引徐廣曰：「竹田曰篁。」案汶指汶水，在今山東泰山及萊蕪地區。

〔一一〕畫邑二句：史記田單傳：「燕之初入齊，聞畫邑人王蠋賢，令軍中曰『環畫邑三十里無入』，以王蠋之故。」集解引劉熙曰：「齊西南近邑。畫音獲。」正義：「括地志云：『戟里城在臨淄西北三十里，春秋時棘邑，又云澅邑。』蠋所居即此邑，因澅水爲名也。」

〔一二〕絶脰：斷頸。脰，頸項。

〔一三〕迎襄王於莒：史記田單傳：「淖齒既殺湣王於莒……（齊大夫）乃相聚如莒，求諸子，立爲襄王。」「乃迎襄王於莒，入臨菑而聽政。」

〔一四〕即墨：今山東縣名，位於膠東半島。

〔一五〕田單：齊人，湣王時爲臨淄市掾。燕攻齊，田單保於即墨，以火牛陣破燕，殺其將騎劫，乃迎襄王於莒，入臨淄而聽政。封安平君。史記卷八二有傳。

〔一六〕聶政荆軻：聶政，戰國時軹人。嚴仲子與韓相俠累有隙，求政刺俠累。政因母在，不許。母死，乃獨行仗劍刺俠累，然後毀形自殺。其姊嫈哭其尸於韓市，死之。荆軻，戰國時衛人，爲燕太子丹客，至秦刺秦王，以詐獻樊於期頭及督亢地圖入見。圖窮而匕首現，刺而不中，被殺。以上俱見史記刺客列傳。

〔一七〕蘇秦張儀：戰國時縱横家。見卷十六辯士注〔一〇〕。史記各有傳。

〔一八〕陳軫：見卷十六辯士注〔一三〕。犀首，見辯士注〔一二〕。二人皆附史記張儀列傳。

〔一九〕韓非申不害：韓非，戰國韓諸公子，與李斯同師事荀卿，斯自以爲不如。説韓王變法，不用。後使秦，李斯忌其才，讒之入獄，使自殺。著有韓非子。申不害，見卷十二序篇注〔一〇〕。二人皆與老聃同傳，見史記卷六三。

〔二〇〕老聃：春秋戰國時楚苦縣人，曾爲周藏書室史官。史記有傳。

〔二一〕淳于髡句：淳于髡，戰國齊稷下人，以博學、滑稽、善辯著稱。齊威王時爲大夫，嘗以隱語諷威王罷長夜之飲，數使諸侯，未嘗辱命。見史記滑稽列傳、孟子荀卿列傳、田敬仲完世家，又見戰國策齊策三、燕策二、魏策三，吕氏春秋壅塞、離謂、報更及新序、説苑等。鄒衍，戰國齊臨淄人。史記作騶衍。通陰陽之道，歷游各國，燕昭王築碣石宫而師事之。見史記孟子荀卿列傳、燕昭王世家、平原君列傳并集解、封禪書以及説苑、論衡等。田駢，戰國齊人，遊稷下，號「天口」，道家者流。著有田子二十五篇。見史記孟子荀卿列傳，又見吕氏春秋用衆、執一、士容，以及荀子非十二子、戰國策齊策四，尹文子大道，淮南子人間訓等。慎到，趙人；接子，齊人；環淵，楚人。皆學黄老道德之術，因發明序其指意，故慎到著十二論，環淵著上下篇，接子亦皆有所論述。騶奭，齊諸騶子，亦頗采騶衍之術以紀文。見史記孟子荀卿列傳。慎到又見荀子天論、解蔽、非十二子，莊子天下，清錢熙祚輯有慎子七篇并佚文。接子環淵又見史記田敬仲完世家。

〔三〕昔者夫子三句：史記孔子世家：「乃因史記作春秋，上至隱公，下訖哀公十四年，十二公。據魯，親周，故殷，運之三代。約其文辭而指博。故吴楚之君自稱王，而春秋貶之曰『子』；踐土之會實召周天子，而春秋諱之曰『天王狩於河陽』，推此類以繩當世。貶損之義，後有王者舉而開之。春秋之義行，則天下亂臣賊子懼焉。」

【彙評】

段斐君本淮海集徐渭評「而田單卒能因其民心……王蠋激之也」一段：如此立論，方關係得大；不然，此一義士耳。

林紓林氏選評名家文集淮海集：凡論古之文，有關係者，亦不過一二語。此文浩瀚流衍，極力馳騁，讀者目迷五色，乃不知其關係處在田單之復齊，由王蠋激之。則蠋之於齊，關係爲不少矣。有是大關係，而史公不爲立傳，故少游爲之書後，即韓公之傳許遠、歐公之傳王鐵槍也。文人讀書得間，往往爲不可磨滅之文字，如此類者是。

書輞川圖後〔一〕

元祐丁卯，余爲汝南郡學官，夏，得腸癖之疾〔二〕，卧直舍中。所善高符仲攜摩詰輞川圖視余〔三〕，曰：「閱此可以愈疾。」余本江海人，得圖喜甚，即使二兒從旁引之，閱於枕上。恍然若與摩詰入輞川，度華子岡，經孟城坳，憩輞口莊，泊文杏館，上斤竹嶺並木蘭柴，絶茱萸沜，躡宫槐陌，窺鹿柴；返於南北垞，航欹湖，戲柳浪，濯欒家瀨，酌金屑泉，過白石灘，停竹里館，轉辛夷塢，抵漆園〔四〕，幅巾杖屨，棋弈茗飲，或賦詩自娱，忘其身之匏繫於汝南也〔五〕。數日疾良愈，而符仲亦爲夏侯太沖來取圖〔六〕，遂題其末而歸諸高氏。

【校】

〔宫槐陌〕原脱「宫」字，據王本、四部本補。

〔鹿柴〕原「柴」下衍「呰」字，據王本、四部本删。

【箋注】

〔一〕本篇首云「元祐丁卯」，可見元祐二年（一〇八七）作於蔡州。輞川圖，唐王維摩詰作。輞川，又名輞谷水，在今陝西藍田南。川口即嶢山之口，兩山夾峙，川水由此北流入灞，路極狹險。過此則豁然開朗，山巒掩映，風景優美。見讀史方輿紀要陝西西安府。案：二〇〇九年發現輞川圖跋真迹，余撰一文，刊于文學遺産，二〇一一年第一期。今編入補遺。

〔二〕腸癖之疾：癖，玉篇：「食不消留肚中也。」即消化不良。

〔三〕高符仲：疑即高無悔家中人，參見下高無悔跋尾注〔二〕。

〔四〕恍然若與摩詰入輞川……抵漆園：王維輞川集序：「余别業在輞川山谷，其遊止有孟城坳、華子崗、文杏館、斤竹嶺、鹿柴、木蘭柴、茱萸沜、宫槐陌、臨湖亭、南垞、欹湖、柳浪、欒家瀨、金屑泉、白石灘、北垞、竹里館、辛夷塢、漆園、椒園等，與裴迪閒暇，各賦絶句云爾。」

〔五〕匏繫：喻閑置不用於世。論語陽貨：「吾豈匏瓜也哉，焉能繫而不食？」

〔六〕夏侯太沖：蔡州秀才，少游嘗有詩次其韻，見卷五。

【彙評】

段斐君本淮海集徐渭評：可謂一往有深情者。

毛晉識淮海題跋：予昔在西湖僧舍，見王摩詰江干雪霽圖，恍然杖策金焦絶巘，遇快雪初晴,身在琉璃世界中,心目都瑩。……頃讀太虚輞川圖跋云云,快哉!予又恍然復見此二圖矣。每見人讀名家游記,輒云「如畫」。如是,是如畫矣。

王士禛香祖筆記卷十二:輟耕録言:「或題畫曰特健藥,不喻其義。」予因思昔人如秦少游觀輞川圖而愈疾,而黄大痴、曹雲西、沈石田、文衡山輩皆工畫,皆享大年,人謂是煙雲供養,則「特健藥」之名,不亦宜乎?

林紓林氏選評名家文集淮海集:信手拈來,初不經意,然頗無俗調。

高無悔跋尾〔一〕

無悔將家子,爲人沈鷙有奇略,習知邊事,結髮與羌人戰,大小數十遇,未嘗敗北,斬級捕虜,獲牛馬橐駝,動以萬計。與其兄館使皆爲邊人所推,號二高云〔二〕。

元豐五年,延帥與二詔使城永樂〔三〕,問於無悔,對曰:「永樂,羌人必争之地,而無險阻,無水泉,一日寇至,何以能守?」詔使大怒,以爲沮議,遣歸延安。既城永樂,羌人數十萬奄至,城中戍者纔三萬人〔四〕。館使謂詔使曰:「虜衆十倍於我,若其盡至,不可當也。我嘗破其衆於無定河川,今前隊囂甚,有懼我心,及未定擊之,雖衆可走。」詔使不許,曰:「王者之師,不鼓不成列。」〔五〕館使以足頓地,曰:「事去矣!」已而城外圍數重，諸將出戰無生還者。俄奪我水寨，城中穿井數十，皆不獲泉，士卒飢渴困甚，不能執兵。城遂陷，二詔使及館使皆死之〔六〕。於是議者皆以二高料敵有古良將之風，惜乎詔使之不能用也。

元祐三年，余爲汝南學官，被詔，至京師，以疾歸〔七〕；無悔亦以失邊帥意徙内地，鈐轄此郡兵馬〔八〕，相從於城東古寺〔九〕，日飲無何，絶口不掛時事。余酒酣悲歌，聲震林木。無悔嗔目熟視，髮上衝冠。人多怪之，余二人者，自若也。無悔一日出諸公所與尺牘，自韓魏公以下百餘番〔一〇〕，屬余跋尾。余欣然濡筆，因以永樂之事載之，庶幾見諸公所以稱道無悔者，非虚語也。

【校】

〔題〕王本、四部本題作「高無悔所藏尺牘跋」，題下注曰：「元本題作『高無悔跋尾』，似有譌脱。」

〔元祐三年〕原作「元祐二年」。王本考證附纂云：「元祐二年余爲汝南學官，被召至京師，以疾歸。案：『二』是『三』之譌，贈裴秀才詩跋尾作『元祐二年冬，裴君曰：聞秦少游方爲此郡學官』，宋史哲宗紀『元祐二年四月復制科』，詳見錢辛楣先生淮海年譜跋。」其説是，據改。參見卷十二進策序篇注〔一〕。

〔日飲無何〕李本、段本、秦本「無何」作「無間」。

【箋注】

〔一〕本篇云：「元祐三年，余爲汝南學官，被詔，至京師，以疾歸；無悔亦以失邊帥意徙内地，鈐轄此郡兵馬。」可見當作於是歲。高無悔，名永亨，詳注〔二〕。

〔二〕二高，指高永亨、高永能。據宋史紀事本末卷四十云：「大將高永亨曰：『城小人寡，又無水泉，恐不可守。』徐禧以爲沮衆，械送延州獄。」本篇下文無悔對曰五句與此相同，可證無悔爲高永亨之字。其兄館使，當指高永能，永能，宋史有傳，謂「家世州將」，弟爲永亨。

〔三〕元豐五年二句：據宋史紀事本末卷四十，是歲八月，知延州沈括議欲盡城横山，下瞰平夏。种諤上其策於朝，且言興功當自銀州始。神宗以爲然，遣給事中徐禧及内使李舜舉往鄜延議之。舜舉退。徐禧上言：請先城永樂。帝從禧議。案：延帥，當指沈括。二詔使，當指李舜舉與徐禧。案：徐禧，分寧人，宋史卷三三四有傳。李舜舉，開封人，見宋史宦者傳二。

〔四〕城中戍者纔三萬人：宋史紀事本末卷四十云：「禧、括及李舜舉等退還米脂，以兵萬人屬曲珍守永樂。」

〔五〕館使謂詔使……不鼓不成列：宋史紀事本末卷四十云：「大將高永能曰：『先至者皆精兵，及其未陣，急擊之則駭散，後雖有至者亦不敢進，此常勢也。』禧曰：『爾何知！王師不鼓不成列。』」

〔六〕城遂陷二句：宋會要輯稿兵八：「（九月丁亥）永樂城陷，徐禧、李稷、李舜舉并漢蕃官二百三十人，兵萬二千三百餘人皆没。」據今人考證，此役宋軍戰死及渴死者爲三萬餘人。見學術月刊總三〇一期八二頁。

〔七〕元祐三年五句：秦譜：謂元祐三年，蘇軾、鮮于侁以賢良方正薦少游於朝，爲忌者所中，引疾歸汝南。

〔八〕鈐轄此郡兵馬：宋史職官志七：「總管、鈐轄司，掌總治軍旅屯戍、營房守禦之政令。凡將兵隸屬官訓練、教閲、賞罰之事，皆掌之。」

〔九〕城東古寺：蓋指壺公祠。見卷九次韻太守向公登樓眺望二首其二注〔三〕。

〔一〇〕韓魏公：指韓琦。仁宗時爲陝西經略招討使，與范仲淹同守西北，英宗時封魏國公。見卷十三朋黨下注〔六〕。

【彙評】

錢基博中國文學史第五編：至于高無悔所藏尺牘跋、録壯愍劉公遺事，則尤生氣奮動，筆力嶄然，足稱其人之生平，卓犖爲杰，不懈而能追古。

裴秀才跋尾〔一〕

裴本秦之别姓〔二〕，自漢以來世有顯者，在唐尤爲望族，五房之裴爲宰相者，十有七人〔三〕。裴氏衣冠，於斯爲盛。而東眷房晉公度〔四〕，實唐第一等人。君，晉公之裔孫也。少篤學，鋒氣鋭甚，頗有志於天下之事。已而舉進士屢不中，乃嘆曰：「人生如寄耳〔五〕，用是區區者爲哉！」於是退居許之陽翟〔六〕，葛巾藜杖，日閲佛書，惟以專精神、養壽命爲事。

元祐三年冬，君之弟朝散君通判蔡州〔七〕，君自陽翟籃輿過之，踰月而去。將行，謂朝散君曰：「吾絶意世間事久矣，比閲篋中故人書札，見麻温故郎中昔所贈詩〔八〕，憮然感心，不能自已。聞秦少游方爲此郡學官，願因弟丐一言，庶幾異時有知我者。」余聞而嘆之。昔馬援南征〔九〕，謂官屬曰：「吾從弟少游，常哀吾慷慨多大志，曰：『士生一世，但取衣食裁足，乘下澤車，馭款段馬，爲郡掾吏，守墳墓，鄉里稱善人，斯可矣。致求嬴餘，但自苦耳！』〔一〇〕當吾在浪泊、西里，虜未滅之時，下潦上霧，毒氣薰蒸，仰視飛鳶，跕跕墮水中，卧念少游平生時語，何可得也？」

朝散君起家四十爲郎，聲聞籍甚，所謂功名富貴，蓋未易量。而君嬴老疾病，卧於衡茅之下，氣息奄奄僅屬。既不求人知，人亦莫君知者。弟兄出處異矣！然以二馬觀之，二裴之事，孰爲得失哉？麻君博雅君子，其所以稱道君者宜不謬。後之君子讀其詩者，可以知君少時之志；而讀余文者，可以識君莫年之心云。

【校】

〔題〕王本、四部本作「麻温故郎中贈裴秀才詩跋」，題下注曰：「元本題作『裴秀才跋尾』，似有謁脱。」

〔元祐三年冬〕王本、四部本「三年」作「二年」。

案：高無悔跋尾王本考證附纂引此段亦謂「二年」。俱誤。

【箋注】

〔一〕本篇云：「元祐三年冬，君之弟朝散君通判蔡州，君自陽翟籃輿過之，踰月而去。」故秦譜繫於是時。

〔二〕裴本秦之别姓：通志氏族略以鄉爲氏：「裴氏，嬴姓，伯益之後，秦非子之孫封𨛦鄉，因以爲氏。六代孫陵去邑從衣。」案：史記秦本紀索隱述贊云：「非子息馬，厥號秦嬴。」裴爲非子後裔之一支。

〔三〕爲宰相者十有七人：新唐書宰相世系表記載：裴氏「宰相十七人。」，自注：「西眷有寂、矩、洗馬有談、炎，南來吴有耀卿、行本、坦；中眷有光庭、遵慶、樞、贄；東眷有居道、休、澈、垍、冕、度。」

〔四〕東眷房晉公度：宰相世系表一上：「裴氏定著五房：一曰西眷裴，二曰洗馬裴，三曰南來吴裴，四曰中眷裴，五曰東眷裴。」裴度，字中立，封晉國公，新、舊唐書有傳。詳見卷二二李訓論注〔七〕。

〔五〕人生句：曹丕善哉行：「人生如寄，多憂何爲。」

〔六〕陽翟：縣名，宋時屬京西路潁昌府許昌郡。今爲河南禹縣。

〔七〕君之弟朝散君：指裴仲謨，見卷五送裴仲謨注〔一〕。

〔八〕麻温：臨淄人，希夢孫，曾官職方員外郎、屯田郎中。參見文恭集卷十五、王華陽集卷二七。歐陽修集古録之罘山秦篆遺文：「或云麻温學士於登州海上得片木，有此文。」當爲一人。

〔九〕馬援：東漢扶風茂陵人，字文淵，建武十七年任伏波將軍，南征。「謂官屬曰」以下見後漢書馬援傳，個别詞語微有出入。

〔一〇〕吾從弟少游以下十二句：見後漢書馬援傳。下澤車，李賢等注引周禮曰：「車人爲車，行澤者欲短轂，行山者欲長轂，短轂則利，長轂則安也。」款段馬，李賢等注：「款猶緩也，言形段遲緩也。」案：秦觀慕馬少游之爲人，因而改字少游。陳師道秦少游字序云：「今吾年至而慮易，不待蹈險而悔及之。願還四方之事，歸老邑里如馬少游，於是字以少游。」

【彙評】

段斐君本淮海集徐渭評「昔馬援南征」以下：將古事一引，跌入，此作法最省力，又最醒豁。

東坡獵會詩序同此。

録壯愍劉公遺事〔一〕

壯愍劉公未顯時，凡三與賊遇。始爲常州無錫縣尉〔二〕，有梟賊劉鐵槍者，起浙西，轉擾諸郡，捕盗官不能制。公一日霑醉夜歸，適報鐵槍入境，遂乘酒赴之，與賊接戰，手殺鐵槍及其徒五人，餘悉散走。部使者上其功，改大理評事。後知果州南充縣〔三〕，丁先太師憂，解官東還，道出興州境上〔四〕，遇群賊奄至，掠其行李，發之惟文書百餘帙，布數匹。賊魁詈其徒曰：「此窮官人，何足劫？」公時在後，聞變馳至，瞋目叱之，賊衆披靡，俄發三矢，輒斃三人，餘遂遁去。雍帥寇萊公表其事〔五〕，詔遷官知瀘州〔六〕。後移倅汝陰〔七〕，過安陸〔八〕，遇故人留飲，家屬先行，復遇盜劫，倒槖得一銀釦劍，洎一鍮石腰帶，持去。後賊敗於齊安〔九〕，獄具，法歸贓於主，有司以聞。時陝西轉運使員缺，執政方以公進擬，真宗曰：「是人爲郡守而止有一鍮石帶，廉可知也。」遂除。

公行狀、墓誌及國史本傳皆載無錫及興州事〔一〇〕。獨安陸一節遺而不書。元祐壬申歲，公之子隰州使君某，與余會於京師，嘗道公之遺事，具以天禧中劄示余〔一一〕，因論次之,附於中劄之後,以補史氏之缺云。

【校】

〔南充縣〕「南充」原誤作「南光」,據張本、胡本、李本、段本、王本、秦本、四部本改。

〔百餘帙〕「帙」原誤作「秩」,據張本、胡本、李本改。

〔碖石帶〕王本考證附纂云:「而止有一碖石帶。案明方以智通雅:『鍮乃自然銅之精者也。鍮又作鋀,玉篇並作鋀鉐。秦淮海録劉壯愍公遺事則又從石作碖。』(原注:以上通雅)考玉篇金部:『鍮,石似金。』『鋀,同上。』『鉐,鍮鉐。』石部:『碘,石;碖,同上。』廣韻『十九候』:『鍮,石似金。』『鋀,同上。』『十虞』:『碘,石次玉。』無碖字。集韻十虞并作碘碖。又案:鍮,碖,皆偕俞聲,俞偕舟聲。古韻虞、候通。」

【箋注】

〔一〕本篇如末段所云,元祐七年壬申(一〇九二)作於汴京。壯愍劉公:即劉平,字士衡,開封祥符人,第進士,補無錫尉,宋史本傳謂「擊殺賊五人,擢大理評事」。歷監察御史、河北安撫、陝西轉運使、永州防禦使,遷鄜延路副總管兼鄜延、環慶路同安撫使。元昊攻保安軍,平率師迎戰,兵敗被執,没於興州,謚壯武。此云壯愍,未知孰是。其子孝孫,字景文,從蘇軾遊,爲少游友。是歲春,孝孫擢知隰州,嘗謁蘇軾於潁州。其前當過汴京訪少游,參見卷九贈劉使君景文注〔一〕。

〔二〕無錫縣：今江蘇無錫。

〔三〕果州南充縣：宋史地理志五潼川府路：「順慶府，中，本果州，南充郡。……縣三：南充、西充、流溪。」今屬四川省。

〔四〕興州：地理志五利州路有興州，南宋改爲沔州，今陝西略陽縣。

〔五〕雍帥寇萊公：指寇準。準，字平仲，華州下邽人，官至中書侍郎、同平章事，封萊國公，太宗時知秦州，故稱雍帥。宋史有傳。

〔六〕瀘州：見卷三三瀘州使君任公墓表注〔一〕。

〔七〕後移倅汝陰：宋史本傳謂真宗時知其才，將用之，以不願隸丁謂黨胡則部，徙汝州。

〔八〕安陸：宋時屬荆湖北路德安府，本安州。今湖北省縣名。

〔九〕齊安：即黄州，今湖北黄岡。

〔一〇〕興州事：指東還過興州遇賊事，見注〔五〕。

〔一一〕天禧：宋真宗年號，公元一〇一七至一〇二一年。天禧中劄，即天禧中劄子。歐陽修歸田録卷二：「唐人奏事，非表非狀者謂之『牓子』，亦謂之『録子』，今謂之『劄子』。凡群臣百司上殿奏事，兩制以上非時有所奏陳，皆用劄子。中書、樞密院事有不降宣敕者，亦用劄子，與兩府自相往來亦然。」

【彙評】

林紓林氏選評名家文集淮海集：遺事補傳誌傳之所不及。安陸事以天語實之，頗覺骨重神寒。

淮海集箋注卷第三十五

跋

法帖通解序〔一〕

法帖者，太宗皇帝時，遣使購摹前代法書，集爲十卷，摹刻於板，藏之禁中〔二〕。大臣初登二府，詔以一本賜之，其後不復賜，世號官帖。故丞相劉公沆守長沙日，以賜帖摹刻二本，一置郡帑，一藏於家〔三〕。自此，法帖盛行於世，士大夫好事者又往往自爲别本矣。今可見者，潭、絳二郡，劉丞相家，潘尚書師旦家〔四〕，劉御史次莊家〔五〕，宗將世章家〔六〕，凡六本，雖有精粗，然大抵皆官帖之苗裔也。頃爲正字時〔七〕，見諸帖墨蹟有藏於秘府者，字皆華潤有肉，神氣動人，非如刻本之枯槁也。蓋雖官帖，亦其糟粕耳。又當時奉詔集帖之人，茍於書成，不復更加研考，頗有僞蹟濫厠其間。至於標題次序，乖錯逾甚。士大夫以字畫小技，莫有論次之者。投荒索居，無以解日，輒以其灼然可考者疏記之，疑者闕之，名曰法帖通解云。

【箋注】

〔一〕本篇作於紹聖四年丁丑（一〇九七）。秦譜謂是歲「先生在郴州，作法帖通解」。其序云：「投荒索居，無以解日，輒以其索然可考者疏記之。」正相合。法帖，指淳化法帖，以下漢章帝書、倉頡書、仲尼書、史籀李斯書、鍾繇書、懷素書，皆收入淳化法帖，少游論之，命曰「通解」。

〔二〕太宗皇帝五句：指宋太宗趙炅。葉夢得石林燕語卷三：「太宗留意字書。淳化中，嘗出内府及士大夫家所藏漢晉以下古帖，集爲十卷，刻石於祕閣，世傳爲『閣帖』是也。」案：傳世淳化法帖，十卷，采古代帝王以至唐人之書，以二王（羲之、獻之）居多，約佔大半。每卷末頁題「淳化三年壬辰歲十一月六日奉聖旨摹勒上石」，是葉夢得所言是。

〔三〕故丞相四句：葉夢得石林燕語卷三：「慶曆間，劉丞相沆知潭州，亦令僧希白摹刻於州廨，爲潭本。……希白自善書，潭本差能得其行筆意。」説郛卷七二慶曆長沙法帖云：「丞相劉公沆帥潭日，以淳化官帖命慧照大師希白模刻於石，置之郡齋。」又：「劉丞相既刻法帖於郡齋，復依效前本刻石十卷，以歸私第。」劉沆，字沖之，吉州永新人，仁宗天聖中，以龍圖閣直學士知潭州兼安撫使。宋史有傳。希白，名錢易，吳越後裔。

〔四〕潘尚書師旦：葉夢得石林燕語卷三：「絳人潘師旦取閣本再摹，藏於家，爲絳本。……絳本雜以五代、近世人書，微出鋒。」案歐陽修集古録小字法帖云：「右小字法帖者，近時有尚書郎潘師旦者，以官法帖私自模刻於家爲別本，以行於世。」

〔五〕劉御史次莊：長沙人，字中叟，熙寧進士。崇寧中官至殿中侍御史。臨摹古帖，最得其真，有法帖釋文。黄伯思東觀餘論卷下跋劉次莊戲魚堂記後摹本：「劉御史書最妙小楷，其原蓋出王大令、褚河南……求之今世，亦非多有。」

〔六〕宗將世章：即趙世章。宋元學案補遺卷二：「趙世章，字保之，吴懿王德昭曾孫，補右班殿直，累進右屯衛大將軍，加達州刺史，卒贈洋州觀察使。……博通五經，嘗學春秋於泰山孫復，又學易於王獵，頗工於歌詩，慕唐李長吉之格。」

〔七〕頃爲正字時：少游元祐八年爲祕書省正字，距作序時纔四年，故曰「頃」。

【彙評】

段斐君本淮海集徐渭評：通卷可入書法譜。

漢章帝書〔一〕

衛巨山云〔二〕：漢興而有草書，不知作者姓名。至章帝時齊相杜度〔三〕，號善作篇，是章帝時已有草書矣。然千字文者，乃梁武帝得王羲之所書千字，使周興嗣以韻次之〔四〕。時南平王偉令蕭子範亦製此文，蔡遠浪釋。辰宿一帖，興嗣文也〔五〕，豈得爲漢章帝之書耶？歐陽文忠以謂前世學書者，已有此語，不獨始於羲之〔六〕。按漢武帝時，司馬相如作無將篇〔七〕，無復字，元帝時黄門令史游作急就篇〔八〕，成帝時將作大匠李長作元尚篇〔九〕，元始中揚雄作訓纂篇，班固續之，無復字〔一〇〕，皆小學家也。千字文者，蓋擬諸篇而作，今急就篇之類，尚有存者。其詞高古，讀之不問可知爲漢人之文，與興嗣所作殊不類也。文忠此説，殆亦可疑爾。

【校】

〔至章帝時〕原脱「章」字，據張本、胡本、李本補。

〔杜度〕王本攷證附纂云：「案趙岐三輔決録、衛恒四體書勢並作杜伯度。」徐案：「度字伯度。」

〔豈得爲漢章帝之書耶〕「耶」，原誤作「即」，據王本、四部本改。

【箋注】

〔一〕漢章帝書：指淳化閣法帖中編入之「漢章帝千字文」，實係周興嗣千字文自「辰宿列張」至「既集墳典亦」八十八字之章草片斷。所謂「漢章帝」乃僞託。當與集王羲之字爲千字文，稱之爲王羲之書千字文相類，集古代章草而成者，託名爲漢章帝千字文。又趙明誠金石録卷三十千字文跋尾：「右千字文，世傳智永書，非也。蓋智永陳時人，而此書『虎』字『民』字『基』字皆闕之，以避唐諱，乃明皇以後人所書。不然，筆法本出智永，後來臨摹入石爾。」附此備考。

〔二〕衛巨山：名恒，巨山其字。晉安邑人，少辟齊王府，轉太子庶子黄門郎。後其父瓘爲賈后所殺，巨山亦遇害。巨山博雅不凡，善草隸，嘗作四體書。見晉書衛瓘傳及宣和書譜。

〔三〕杜度：東漢京兆杜陵人。本名操，後人爲避魏武帝曹操諱改。章帝時爲齊相，以善草書見稱。章帝詔使草書上事，後因章奏用此體即稱「章草」。見法書要録、書斷。

〔四〕然千字文三句：梁武帝，蕭衍，字叔達。公元五〇二年至五四八年在位。周興嗣，字思纂，陳郡項人，世居姑孰。博通記傳，善屬文，奏休平賦，拜安成王國侍郎。擢員外散騎侍郎。梁書本傳稱：「是時，高祖以三橋舊宅爲光宅寺，敕興嗣與陸倕各制寺碑，及成俱奏，高祖用興嗣所製者。自是銅表銘、栅塘碣、北伐檄、次韻王羲之書千字，並使興嗣爲文，每奏，高祖輒稱善，加賜金帛。」

〔五〕南平王四句：南平王偉，字文達，梁武帝蕭衍第八子。蕭子範，字景則。梁書本傳謂：「出爲建安太守，還除大司馬南平王户曹屬，從事中郎。王愛文學士，子範偏被恩遇，嘗曰：『此宗室奇才也！』使製千字文，其辭甚美。王命記室蔡薳注釋之。」蔡遠浪，史籍無考，疑即蔡蒗，下「浪」字爲「注」字之誤。辰宿，案：千字文有「辰宿列張」句，周興嗣以韻次之，淳化帖集有八十八字。詳注〔一〕。

〔六〕歐陽文忠三句：歐陽修集古録跋尾卷四云：「梁書言武帝得王羲之所書千字，命周興嗣以韻次之。今觀法帖有漢章帝所書百餘字，其言有『海鹹河淡』之類，蓋前世學書者多爲此語，不獨始於羲之也。」

〔七〕司馬相如句：漢書藝文志著録凡將一篇，云：「武帝時司馬相如作凡將篇，無復字。」現有清任大椿小學鈎沈、馬國翰玉函山房輯佚書本。此題無將篇，誤。

〔八〕急就篇：亦稱急就章，當時爲童蒙識字課本。今本三十四章，二千一百四十四字。見晁公武郡齋讀書志後志一小學類。

〔九〕元尚篇：古字書，漢書藝文志小學類有著録，今佚。

〔一〇〕元始中三句：漢書藝文志：「至元始中，徵天下通小學者以百數，各令記字於庭中，揚雄取其有用者以作訓纂篇，順續蒼頡，又易蒼頡中重復之字，凡八十九章。臣（班固）復續揚雄作十三章，凡一百二章，無復字，六藝群書所載略備矣。」

倉頡書〔一〕

易曰：「上古結繩而治，後世聖人易之以書契，百官以治，萬民以察，蓋取諸夬。」〔二〕而説者或以爲書契始於伏羲〔三〕，或以爲始於倉頡。蓋伏羲畫八卦，則書契已兆〔四〕，至倉頡觀鳥迹，則書契遂詳，始於伏羲，而成於倉頡爾。

古者八歲入小學，故周官保氏掌養國子，教之六書，謂象形、象事、象意、象聲、轉注、假借也〔五〕，謂之小學家。至秦焚燒典籍，始用篆隸，而古文滅矣。漢武時，魯共王壞孔子舊宅，於壁中得尚書、春秋、論語、孝經〔六〕。時人以不復知有古文，謂之科斗書〔七〕。又，北平侯張蒼獻春秋左氏傳〔八〕，郡國亦往往於山川得鼎彝，其銘則前代之古文，皆自相似。時王莽司空甄豐改定古文，有謂古文、奇字、篆書、佐書、繆篆、鳥書，凡六體〔九〕。所謂古文者，孔氏壁中書也〔一〇〕。魏初傳古文者，有邯鄲淳〔一一〕。衛覬嘗寫淳尚書〔一二〕，後以示淳，而淳不別。至正始中立三字石經，轉失淳法。因科斗之名，遂效其形。太康元年，汲縣人盜發魏襄王冢，得簡書十餘萬言〔一三〕。案衛氏所書，猶有髣髴古書亦數種，其一卷論楚事者最爲工妙。齊文惠太子爲雍州時，盜發楚王冢，亦得竹簡，青絲綸，簡廣數分，長二尺，皮節如新。有得十餘簡者，王僧虔云是科斗書，記周官所闕文〔一四〕。

以此論之，凡稱古文者，皆倉頡遺法也。古文雖非科斗書，而世常謂之科斗者，以其類科斗爾。此帖題曰倉頡書，而了不與科斗相類，乃近大小二篆，蓋可疑也。

【校】

〔掌養國子〕各本俱脱「養」字，據漢書藝文志補。

〔至秦焚燒典籍〕「至」上原衍一「自」字，據王本、四部本删。

〔於壁中得尚書〕王本攷證附纂云：「得尚書。案説文序『尚書』上有『禮記』字，衛恒四體書勢『尚書』上有『古文』字。」

〔有謂古文句〕篆書，原作「羲書」。王本攷證附纂云：「羲書。説文序作篆書。」據改。

〔孔氏句〕王本攷證附纂云：「孔氏壁中書也。（説文序）作孔子壁中書也。」

〔立三字石經〕原作「在三字不維」。王本攷證附纂云：「在三字不維。案四體書勢云：『魏初傳古文者出於邯鄲淳，至正始中立三字石經，轉失淳法。』據此，『在』是『立』之譌，『不維』是『石經』之譌。」據改。

〔案衛氏所書〕原作「案魏氏所出」，各本同。王本攷證附纂云：「案魏氏所出。（四體書勢）作『案敬侯所書』，敬侯即衛覬，『魏』當作『衛』，『出』是『書』之譌。」

【箋注】

〔一〕倉頡書：亦爲淳化閣法帖所收之一種。

〔二〕上古五句：見易繫辭下。書契，指文字。書者，文字；契者，刻木而書其側。

〔三〕而説者句：孔安國尚書序：「古者伏羲氏之王天下也，始畫八卦、造書契，以代結繩之政，由是文籍生焉。」

〔四〕蓋伏羲二句：易繫辭下傳第二章：「宓戲氏仰則觀象於天，俯則觀法於地，觀鳥獸之文與地之宜，近取諸身，遠取諸物，於是始作八卦。」宓戲氏，通伏羲氏。

〔五〕古者八歲四句：見漢書藝文志。

〔六〕漢武時三句：魯共王，即魯恭王（共通恭）。其事見漢書藝文志及許慎説文叙。

〔七〕科斗書：古代文字之一種，以頭粗尾細形似蝌蚪而得名。西京雜記卷四：「滕公駕至東都門，得石槨，有銘焉，乃以水洗寫其文。文字皆古異，左右莫能知，以問叔孫通。通曰：科斗書也。」

〔八〕張蒼：漢陽武人，精於律曆，秦時爲御史，主柱下方書，明習天下圖書計籍。仕漢，封北平侯。漢書有傳。隋書經籍志一：「而左氏，漢初出於張蒼之家，本無傳者。」

〔九〕時王莽三句：甄豐，漢人，附王莽。平帝初，以定策功拜少傅，遷司空。及莽稱帝，拜更始將軍、廣新公。後其子尋以作符命誅，豐自殺。見漢書王莽傳上。漢書藝文志：「六體者，古文、奇字、篆書、隸書、繆篆、蟲書，皆所以通古今文字，摹印章，書幡信也。」佐書，即隸書。

〔一〇〕孔氏壁中書：漢書藝文志：「古文尚書者，出孔氏壁中。武帝末，魯共王壞孔子宅，欲以廣其宫，而得古文尚書及禮記、論語、孝經凡數十篇，皆古字也。」隋書經籍志一：「初漢武帝時，魯恭王壞孔子舊宅，得其末孫惠所藏之書，字皆古文。孔安國以今文校之，得二十五篇。」

〔二〕邯鄲淳：三國志魏書卷二十云：「邯鄲淳，魏潁人。」注引魏略：「淳，一名竺，字子叔，博學有才章，又善蒼雅蟲篆，許氏字指。……及黄初初，以淳爲博士給事中。淳作投壺賦千餘言奏之，文帝以爲工，賜帛千匹。」

〔三〕衛覬：字伯儒，三國魏河東安邑人。少夙成，以才學稱。曹操辟爲司空掾。曹丕即王位，徙爲尚書。明帝時，進封閔鄉侯。史稱「好古文、鳥篆、隸草，無所不善」。見三國志魏書卷二一。

〔三〕汲縣人二句：晉太康二年，汲郡人不準盜發魏襄王墓（或云魏安釐王墓），得竹書數十車。武帝因命荀勖撰次，以爲中經。見晉書束皙傳、荀勖傳。此作「元年」，誤。

〔四〕齊文惠太子……記周官所闕文：南齊武帝蕭賾太子長懋，字雲喬，先武帝薨，謚文惠。南齊書本傳稱其曾爲雍州刺史，「時襄陽有盜發古冢者，相傳云是楚王冢，大獲寶物玉屐、玉屏風、竹簡書、青絲綸。簡廣數分，長二尺，皮節如新。盜以把火自照，後人有得十餘簡，以示撫軍王僧虔。僧虔云是科斗書考工記，周官所闕文也」。

仲尼書〔一〕

魯司寇仲尼書者〔二〕，吴季子墓銘也〔三〕。銘在季子墓上，其字皆徑尺餘，唐張從紳記云：「舊本湮滅，開元中玄宗命殷仲容摹搨，其書以傳。至大曆中，蕭定又刻于石。」〔四〕此小字者，蓋後人依倣爲之者也。歐陽文忠公謂：「孔子平生未嘗至吴，以史記世家考之，其歷聘諸侯，南不逾楚。推其歲月蹤跡，未嘗過吴，不得親銘季子之墓。又其字特大，非古簡牘所容。」〔五〕然則季子墓銘，其真者猶疑非仲尼書，又況依倣爲之者歟？

【校】

〔舊本湮滅〕歐陽修集古録跋尾卷八唐重摹吴季子銘引作「舊石湮滅」，是。

〔後人依倣〕「依倣」原作「依效」。按本篇結句各本俱作「依倣」，此處蓋「效」原作「效」，形近而譌。

【箋注】

〔一〕仲尼：孔子之字。史記孔子世家：「（叔梁）紇與顔氏女……禱於尼丘得孔子，魯襄公二十二年而孔子生。生而首上圩頂，故因名曰丘云。字仲尼，姓孔氏。」仲尼書，説郛續四六號弓徐官古今印史孔子書云：「陶九成云，先聖孔子采摭舊作，緣飾篆文，天授其靈，創物垂則，今傳於世者，比干墓銘與季札碑是也。」此處指收於法帖之季札碑。

〔二〕魯司寇：史記孔子世家：「定公十四年，孔子年五十六，由大司寇行攝相事，有喜色。」

〔三〕吴季子：即吴季札，春秋時吴公子，吴王壽夢之季子，欲傳以位，不受。封於延陵，故又稱延陵季子。見史記吴太伯世家。歐陽修集古録卷八有唐重摹吴季子墓銘。徐官古今印史孔子書謂季札墓在常州江陰，季札碑曰「於乎，有吴延陵季子之墓」，「總十字，皆古書，與大篆相類，生動而神。」趙明誠金石録卷二八唐重摹延陵季子墓刻謂「碑銘始於東漢，孔子時所未有，而其字畫乃故爲奇怪以欺眩世俗者，非孔子書無疑。」

〔四〕唐張從紳六句：張從紳，吴郡人。紳，一作「申」。擢進士第，官至大理司直。工正、行書，所書碑李陽冰多爲之篆額，時人稱爲「二絶」。兄從師、從儀、從約並工書，皆右軍風規，世人謂之「張氏四龍」。見述書賦注、墨池編、東觀餘論。殷仲容，唐聞禮子，武后深愛其才，官至申州刺史。善書畫，工篆隸，題署尤精。新、舊唐書有傳。蕭定，字梅臣，唐江南蘭陵人，以父蔭授陝州參軍、金城丞，以吏事清幹聞。大曆中，課績爲天下第一。尋遷户部侍郎、太常卿。卒贈太子太師。新、舊唐書有傳。徐官古今印史孔子書云：「唐玄宗敕殷仲容摹搨其本，大曆十四年，潤州刺史蕭定重於石。」

〔五〕歐陽文忠公……非古簡牘所容：歐陽文忠公，即歐陽修。自「孔子平生」至「非古簡牘所容」，見其集古録跋尾卷八唐重摹吴季子墓銘。

【彙評】

楊慎升庵詩話卷六：陶潛季札贊曰：「夫子戾止，爰詔作銘。」謂題季子有吴延陵君碑也。

此可證其爲古無疑。秦觀疑其出於唐人，未考陶集乎？

史籀李斯書〔一〕

史籀者，周宣王太史，作大篆十五篇，與古文時有同異。先王之時，天下之書同文；及其衰也，諸侯各自爲政，而字畫之形亦異殊矣。秦兼天下，丞相李斯乃奏罷不合秦文者，而斯作倉頡篇，車府令趙高作爰歷篇，太史令胡母敬作博學篇，皆取史籀大篆，或頗省改，是爲小篆〔二〕。是時天下多事，篆字難成，長安下邽人程邈得罪繫雲陽十年，從獄中增減大篆，去其繁複，奏之，始皇以爲善，出邈爲御史，名其書曰「隸書」〔三〕。凡奏事令隸人書之，故又謂之「佐書」。自爾秦書有大篆、小篆、刻符、蟲書、隸書等，凡八體焉〔四〕。倉頡、爰歷、博學三篇，至漢時閭里之師并爲倉頡篇。而籀文至建武時亡六篇矣〔五〕。今稱史籀之迹者，惟岐陽石鼓文〔六〕；李斯之書，惟泰山詔爲真蹟〔七〕。二世詔嶧山之碑，近世傳者出於徐常侍、夏英公家〔八〕，自唐封演已疑非真〔九〕，杜甫直謂「野火焚」、「棗木傳刻」爾〔一〇〕。不知此謂史籀、李斯二帖者，何從得之也？今漢碑在者皆隸字，而程邈此帖，乃是小楷。觀其氣象，豈敢遂信以爲秦人書？

【校】

〔題〕原脱「書」字，據王本、四部本補。

〔長安下邽人程邈得罪繫雲陽十年〕「下邽」原誤作「下士」；「雲陽」原誤作「寧陽」。王本考證附纂云：「程邈得繫雲陽。案『陽』下脱『獄』字，説文序注：『徐鍇曰：王僧虔云，秦獄吏程邈得罪繫雲陽獄。』又張懷瓘書斷、封氏聞見記並云：『程邈有罪擊雲陽獄中。』」徐案：下句有「從獄中增減大篆」，此處「獄」字疑從省。

〔蟲書〕原作「包蚫」，據王本、四部本改。案：「蚫」字見字彙補，注云：「義未詳。」

〔至建武時亡六篇矣〕「亡」原誤作「已」，各本同。王本考證附纂云：「至建武時已六篇矣。案漢書藝文志『史籀十五篇』注：『周宣王大史作大篆十五篇，建武時亡六篇矣。』『已』是『亡』之譌。」今據改。

〔泰山詔〕王本、四部本作「泰山銘」。

【箋注】

〔一〕史籀李斯書：乃收於淳化法帖中之兩種字帖。

〔二〕秦兼天下八句：漢書藝文志：「蒼頡七章者，秦丞相李斯所作也。爰歷六章者，車府令趙高所作也。博學七章者，太史令胡母敬所作也：文字多取史籀篇，而篆體復頗異，所謂秦篆者也。」

〔三〕長安下邽人程邈六句：據張彦遠法書要録卷七云：程邈，秦下邽（今陝西渭南東北）人，始爲縣獄吏，得罪始皇，幽繫雲陽獄中，苦思十年，變大小篆方圓爲隸書三千字奏之，始皇稱善，用爲御史。以奏事繁多，篆字難成，乃用隸字以爲隸人佐書，故名「隸書」或「佐書」。案：漢書藝文志僅云「是時始造隸書矣，起於官獄多事，苟趨省易，施之於徒隸也」，而未及程邈。

〔四〕自爾二句：八體，八種書體。隋書經籍志：「秦世既廢古文，始用八體，有大篆、小篆、刻符、摹印、蟲書、署書、殳書、隸書。」案：漢書藝文志止云「六體」，謂：「六體者，古文、奇字、篆書、隸書、繆篆、蟲書。」注引師古曰：「古文謂孔子壁中書。奇字即古文而異者也。篆書謂小篆，蓋秦始皇使程邈所作也，隸書亦程邈所獻，主於徒隸，從簡易也。繆篆謂其文屈曲纏繞，所以摹印章也。蟲書謂爲蟲鳥之形，所以書幡信也。」師古認爲小篆亦程邈所作，與衆説李斯所作異。

〔五〕建武：漢光武帝年號，公元二十五年至五十六年。

〔六〕岐陽石鼓文：石索周岐陽石鼓：「石鼓文字，雄視百家，超今邁古，洵成周之鉅製、篆刻之極軌也。秦漢以來，遺逸陳倉田野中，未顯於世，至唐賢始盛稱之。……然以車攻之詩，合史籀之篆，其爲宣王獵碣，有斷斷不爽者。」歐陽修集古録：「石鼓文在岐陽，初不見稱於世，至唐人始盛稱之，而韋應物以爲周之文王之鼓，至宣王刻詩爾，韓退之直以爲宣王之鼓，在今鳳翔孔子廟中。」案：石鼓文唐代發現於陳倉（今陝西寶鷄），其地在岐山之陽，故稱岐陽石鼓文，亦稱陳倉十碣或獵碣（内容爲秦君游獵事）。據近人研究，文乃刻於秦代，唯年代衆説不一：羅振玉、馬叙倫等鑒定爲秦文公（前七六五——七一六）時物，馬衡考爲穆公（前六五九——六二一）時物，郭沫若則以爲襄公（前七七七——七六六）時物。皆與舊説周宣王時所刻不同。

〔七〕泰山詔：今稱泰山碑，秦始皇二十八年登泰山，爲頌秦德，刻石於此。後二世又刻詔書於石背，爲李斯所書，篆體圓勁。明末斷石出土，先移置碧霞元君祠，殘存二十九字。乾隆五年（一七四〇），元君祠毁於火。後嘉慶二十年（一八一五）又在玉女池訪得殘石二塊，止存四行十字，乃置山頂東嶽廟。今由朱復戡補齊。

〔八〕二世詔二句：秦始皇二十八年東巡登嶧山，刻石紀功，後有二世詔辭，傳爲李斯篆書。原石已亡。據歐陽修集古録跋尾卷一云，宋淳化四年，鄭文寶取其師徐鉉摹本重刻於長安。現存陝西博物館碑林内。徐常侍，即徐鉉，廣陵人，字鼎臣，由南唐入宋，爲太子率更令。太平興國八年，出爲右散騎常侍，遷左常侍。見宋史文苑傳。夏英公，即夏竦，宋江州德安人，字子喬，仁宗時官至樞密使、參知政事，封英國公。宋史有傳。

〔九〕封演：唐渤海蓨人，天寶中爲太學生，貢舉登第，官至吏部郎中兼御史中丞，德宗貞元中猶在世。著有封氏聞見記，見四庫全書一百二十。封氏聞見記卷八嶧山云：「始皇刻石紀功，其文字李斯小篆，後魏太武帝登山，使人排倒之，然而歷代摹拓，以爲楷則。邑人疲於供命，聚薪其下，因野火焚之，由是殘缺，不堪摹寫。……有縣宰取舊文勒於石碑之上，凡成數片，置之縣廨，須則拓取。……今間有嶧山碑，皆新刻之碑也。」

〔一〇〕杜甫句：杜甫李潮八分小篆歌：「秦有李斯漢蔡邕，中間作者寂不聞。嶧山之碑野火焚，棗木傳刻肥失真。」

鍾繇書〔一〕

鍾繇賀捷表〔二〕，其後云：「建安二十四年閏月九日，南蕃東武亭侯鍾繇上。」歐陽文忠公嘗問孫集賢思恭云〔三〕：「建安二十四年閏在何月？」集賢精於曆學，以漢家所用四分、乾象曆推之，是歲己亥，三曆皆閏十月〔四〕。文忠以陳壽三國志考，與集賢之言合。然文忠考魏吴二志，乃權以是歲閏十月方征關羽，至十二月獲之〔五〕，明年正月始傳首至洛陽〔六〕。鍾繇安得於閏十月先賀捷也？由是疑此表爲非真焉〔七〕。

【校】

〔題〕原無「書」字，據王本、四部本補。

〔闕羽〕王本、四部本「羽」作「某」。

【箋注】

〔一〕鍾繇書：乃淳化法帖所收之一種。案：鍾繇，三國魏潁川人，字元常，漢末舉孝廉，官至尚書僕射，入魏進太傅。善書，工正、隸、行、草、八分，尤長於正、隸。與胡昭並師劉德升草書，世傳胡肥鍾瘦。譽之者謂秦漢以來一人而已。三國志魏書有傳。相傳黄初三年受禪表，王朗文，梁鵠書，鍾繇刻石，稱爲「三絶」。則繇亦善刻石。後世書壇與王羲之並稱鍾王。

〔二〕賀捷表：歐陽修集古録跋尾卷四魏鍾繇表：「右鍾繇法帖者，曹公破闕羽賀捷表也。」

〔三〕孫集賢思恭：字彦先，宋登州人，第進士，精於曆數之學，歷官集賢校理、天章閣待制，知江寧府、鄧州。宋史有傳。

〔四〕四分、乾象曆：後漢書律曆志中：「至元和二年，太初（曆）失天益遠……章帝知其謬錯……故召治曆編訢、李梵等綜校其狀。二月甲寅，遂下詔曰：『……史官用太初鄧平術……冬至之日日在斗二十一度，而（太初）曆以爲牽牛中星，先立春一日，則四分數之立春日也。……今改行四分，以遵於堯，以順孔聖奉天之文。……』於是四分施行。」晉書律曆志中：「其劉氏在蜀，仍漢四分曆。吴中書令闞澤受劉洪乾象法於東萊徐岳，又加解注。中常侍王蕃以洪術精妙，用推渾天之理，以制儀象及論，故孫氏用乾象曆，至吴亡。」蓋乾象曆有劉制闞注二種，加四分曆，故稱「三曆」。

〔五〕然文忠三句：三國志魏書武帝紀建安二十四年：「冬十月，軍還洛陽。孫權遣使上書，以討關羽自效。王自洛陽南征羽，未至，晃攻羽，破之。羽走，仁圍解。」又吴書吴主傳：「二十四年，關羽圍曹仁於襄陽。……權内憚羽，外欲以爲己功，牋與曹公，乞以討羽自效。……十二月，（潘）璋司馬馬忠獲羽及其子平。」

〔六〕明年句：三國志魏書武帝紀：「（建安）二十五年春正月，至洛陽，權擊斬羽，傳其首。」

〔七〕由是疑此表爲非真：歐陽修集古録：「由是此表疑爲非真，而今世盛行復有兩本，字大小不同，小字差類繇書，然不知其果是否？姑并存之，以俟識者。」

懷素書〔一〕

懷素，唐僧，字藏真。此帖稱「王右軍云：『吾真書可比鍾繇，而草故不減張芝。』〔二〕僕以爲真不如鍾，草不如張」。又嘗見其一帖云：「漢時張芝言書爲世所重，非老僧莫入其體。」則懷素自謂抗張芝而過右軍矣。昔桓玄自謂右軍之流〔三〕，論者以比孔琳之〔四〕。齊高帝謂張融曰：「卿書殊有骨力，但恨無二王法。」答曰：「非恨臣無二王法，亦恨二王無臣法。」〔五〕前世善書者，蓋嘗欲與右軍抗衡矣，而每不謂公論所許。懷素此言，其果然歟？歐陽文忠公嘗謂：「法帖者，乃魏晉時人施於家人朋友，其逸筆餘興，初非用意，自然可喜。後人乃棄百事而以學書爲事，如一未至，至於終老窮年，疲弊精神而不以爲苦。是真可歎也。懷素之徒是已。」〔六〕文忠此論，可謂名言。然天下之事，畢竟亦何所有？孰爲可學、孰爲不可學者？自古以藝目名家，主於文章學術、大功大名，世所謂不朽者〔七〕，其人方從事於其間也，曷嘗不棄百事而爲之，至於終老窮年，疲弊精神而不以爲苦也！由後世觀之，其異於懷素之學草書也幾何邪？

【校】

〔題〕原無「書」字，據王本、四部本補。

〔而每不謂公論所許〕謂，疑「爲」之誤。

〔文忠此論〕王本、四部本「此」作「之」。

〔藝目名家，主於文章〕「目」原誤作「自」，「主」原誤作「至」，據王本、四部本改。

【箋注】

〔一〕懷素書：乃淳化法帖所收之一種。懷素，玄奘弟子，字藏真，俗姓錢，唐長沙人，遷居京兆。

相傳種芭蕉萬餘株，以蕉葉代紙寫字。因名所居曰綠天庵。勤學苦練，秃筆成塚，以狂草與張旭齊名，世稱「顛張狂素」。參見宣和書譜十九。

〔二〕王右軍云三句：晉書王羲之傳：「（羲之）每自稱：『我書比鍾繇當抗行，比張芝草猶當雁行也。』」而懷素則貶之「真不如鍾，草不如張」。張芝：東漢敦煌酒泉人，徙家華陰，字伯英，與弟昶並善草書，尤長章草。相傳臨池學書，池水盡黑。三國魏韋誕稱之爲「草聖」。見後漢書張奂傳、張彦遠書法要録卷八。

〔三〕桓玄：晉譙國龍亢人，字敬道，桓温之子，襲父爵爲南郡公。元興元年，率軍自江陵東下入建康，迫安帝禪位，後被劉裕所殺。晉書有傳。玄善書，唐李嗣真後書品列之於中中品，云：「桓玄如驚蛇入草，銛鋒出匣。」王僧虔論書云：「桓玄書，自比右軍，議者未之許，云可比孔琳之。」（見張懷瓘法書要録卷一引）

〔四〕孔琳之：南朝宋會稽山陰人，字彦林，好文藝，解音律，妙善草隸。桓玄以爲西閣祭酒，永初間爲御史中丞，累遷祠部尚書。宋書、南史有傳。梁庾肩吾書品云：「季琰（王珉）、桓玄，筋力俱駿。羊欣早隨子敬，最得王體。孔琳之聲高宋氏，王僧虔雄發齊代。」

〔五〕齊高帝六句：南齊蕭道成，代宋稱帝，公元四八〇年至四八二年在位。南齊書本紀稱其「博涉經史，善屬文，工草隸書，弈棋第二品」。張融，字思光，南齊吴郡吴人。文辭詭激，獨與衆異。辟太祖太傅掾，歷驃騎、豫章王司空諮議參軍，遷中書郎。又爲長沙王鎮軍，竟陵王征北諮議。有集名玉海。南齊書有傳，云：「融善草書，常自美其能。帝曰：『卿書殊有骨力，但恨無二王法。』答曰：『非恨臣無二王法，亦恨二王無臣法。』」

〔六〕法帖者……懷素之徒是已：見集古録跋尾卷八唐僧懷素帖，惟文字小異。

〔七〕自古三句：左傳襄公二四年：「太上有立德，其次有立功，其次有立言，雖久不廢，此之謂不朽。」此用其意。

【彙評】

林紓林氏選評名家文集淮海集：通解自序言：「灼然可考者疏記之，疑者闕之。」然考處甚精覈，而疑處亦極有理。當時精考據者以劉貢父爲最，常笑歐九不讀書，以集古録歐公有言皆引貢父，故貢父從而輕之。少游與貢父同時，此數篇之文，語語皆有根據；然長公文字，則未嘗有此。懷素篇末，措語神似歐公，則少游似又學歐公矣。

書晉賢圖後〔一〕

此畫舊名晉賢圖，有古衣冠十人〔二〕，惟一人舉杯欲飲，其餘隱几、杖策、傾聽、假寐、讀書、屬文，了無霑醉之態。龍眠李叔時見之曰〔三〕：「此醉客圖也。」蓋以唐竇蒙畫評有毛惠遠醉客圖〔四〕，故以名之焉。叔時善畫，人所取信，未幾轉相摹寫，徧於都下，皆曰此真醉客圖也，非叔時疇能辨之？獨譙郡張文潛與余以爲不然。此畫晉賢宴居之狀，非醉客也。叔時易其名，出奇以眩俗耳。

余舊傳聞江南有一僧，以貲得度，未嘗誦經，聞有書生欲苦之，詣僧問曰：「上人亦嘗誦經否？」僧曰：「然。」生曰：「金剛經幾卷？」僧實不知，卒爲所困，即誣生曰：「君今日已醉，不復可語，請俟他日。」書生笑而去。至夜，僧從鄰房問知卷數。詰旦生來〔五〕，僧大聲曰：「君今日乃可語耳，豈不知金剛經一卷也。」生曰：「然則卷有幾分？」僧茫然，瞪目熟視曰：「君又醉耶？」聞者莫不絶倒。

今圖中諸公了無醉態，而横被沉湎之名，然後知昔所傳聞爲不謬矣。雖然，余懼叔時以余與文潛異論，亦將以醉見名。則余二人者，將何以自解也？叔時好古博雅君子，其言宜不妄。豈評此畫時方在酩酊邪？圖中諸客洎予二人，孰醉孰不醉，當有能辨之者。

【箋注】

〔一〕本篇謂李叔時、張文潛嘗評此圖，並云「未幾轉相摹寫，徧於都下」，邵祖壽張文潛年譜系于元祐四年。時少游尚未任館職。參見卷九寄張文潛注〔一〕。卷六次韻答張文潛病中見寄注〔一〕。

〔二〕衣冠：衣帽。論語堯曰：「君子正其衣冠，尊其瞻視。」此指有十人着古代衣冠。

〔三〕龍眠李叔時：即李伯時，見卷五題驄褭圖注〔一〕、〔九〕。

〔四〕竇蒙：唐扶風人，字子全，與弟臮並以書法名，官至國子司業，兼太原令。見四庫提要卷一百十二。毛惠遠，南齊陽武人，善畫馬及人物故實，師顧愷之。宋郭若虛圖畫聞見志卷一謂撰有裝馬譜，並云：「風俗則南齊毛惠遠有剡中溪谷村墟圖。」

〔五〕詰旦：明朝、明晨。

【彙評】

李詡戒庵老人漫筆卷三少游題龍眠圖誤：龍眠居士李公麟，字伯時。秦少游書晉賢圖後作「龍眠李叔時見之曰：此醉客圖也」，不知何謂？

林紓林氏選評名家文集淮海集：凡負大名者，古書古畫經其審定，人多不敢異議。龍眠精於畫，而又博雅，未必無見而然。少游但以圖中人狀態，決其非醉，即由醉字生出波瀾。至以鈍僧比龍眠，書生自喻，由畫中被冤之客，跌落文潛及己，妙語橫生。又將龍眠擡高，忽又疑他評畫時，亦是醉語，將一醉字弄玩如宜僚之丸，隨心高下，真聰明臻於極地。

書蘭亭叙後〔一〕

蘭亭者，晉右將軍會稽内史瑯琊王羲之逸少所書詩序也〔二〕。右軍以穆帝永和九年三月三日〔三〕，與太原孫統承公〔四〕、孫綽興公〔五〕、廣漢王彬之道生〔六〕、陳郡謝安安石〔七〕、高平郄曇重熙〔八〕、太原王藴叔仁〔九〕、釋支遁道林〔一〇〕，及其子凝之、徽之、操之等四十有一人〔一一〕，修祓禊於山陰之蘭亭，酒酣賦詩製序，用蠶繭紙、鼠鬚筆，書凡二十八行、三百二十四字，字有重者皆構别體，而「之」字最多，至二十許字。他日更書數十本，終無及者。右軍亦自愛重，留付子孫，至七代孫智永爲比丘〔一二〕，俗呼永禪師。永卒，傳其書於弟子辨才〔一三〕。才俗姓袁氏，梁司空昂之玄孫。唐貞觀中，太宗鋭意學二王書帖，摹搨殆盡，惟未得蘭亭。凡三召辨才，詰之，固稱荐經喪亂，亡失不知所在。後遣監察御史蕭翼微服爲書生以詭辨才，始得之〔一四〕。命供奉搨書人趙模、韓道政、馮承素、諸葛貞等四人〔一五〕，各搨數本，以賜皇太子、諸王、近臣。貞觀二十三年，高宗奉遺詔以蘭亭入昭陵，惟趙模等所搨者傳於世，事見何延之蘭亭記。

【校】

〔會稽内史〕「史」原誤作「使」，此從王本、四部本。

〔叔仁〕原誤作「發仁」，據王本、四部本改。

〔貞觀〕原作「正觀」，係避宋仁宗嫌名，此依王本、四部本。

〔荐經喪亂〕王本、四部本「荐」作「洊」，王本攷證附纂云：「洊經喪亂，案（四體）書勢洊作薦。」胡本、李本、段本、秦本亦作「薦」，與「荐」通。

【箋注】

〔一〕歐陽修集古録跋尾卷四有晉蘭亭修禊序跋尾四則，謂「其前本流俗所傳，不記其所得；其二得於殿中丞王廣淵；其三得於故相王沂公家……其四得於三司蔡給事君謨。世所傳本，不出乎此。」少游此文據何延之蘭亭始來記概括，原文載全唐文卷三〇一。

〔二〕王羲之：見卷九西城宴集詩之二注〔四〕。

〔三〕穆帝：晉穆帝司馬聃。永和九年，即公元三五三年。

〔四〕孫統：字承公，晉太原中都人，幼與弟綽過江。任誕不羈，而善屬文，時人以爲有楚風。家於會稽，性好山水，縱意游肆。曾爲鄞令、餘姚令。晉書有傳。

〔五〕孫綽：字興公，統弟，博學善屬文。居于會稽，游放山水十有餘年，乃作遂初賦以致其意。與高陽許詢爲一時名流。晉書有傳，世説新語文學：「孫興公作天台山賦成，以示范榮期云：『卿試擲地，要作金石聲。』范曰：『恐子之金石，非宮商中聲。』然每至佳句，輒云：『應是我輩語。』」

〔六〕王彬之：字道生，廣漢人。善書，放縱快利，筆道流便。何延之蘭亭記曰：「王羲之與太原孫統、孫綽、王彬之等四十有一人，修祓禊之禮。」

〔七〕謝安：見卷二十二王儉論注〔二〕。

〔八〕郄曇：字重熙，高平金鄉人。少賜爵東安縣開國伯。王導辟爲祕書郎，歷中書侍郎、尚書吏部郎、御史中丞、散騎常侍，領徐兗二州刺史。戰事失利，降號建威將軍。晉書有傳。

〔九〕王藴：字叔仁，晉孝武定皇后父。起佐著作郎，累遷尚書吏部郎。定后立，遷光禄大夫，領五兵尚書封建昌縣侯。素嗜酒，及在會稽，略少醒日，然猶以和簡爲百姓所悦。見晉書本傳。

〔一〇〕支遁：見前卷一歎二鶴賦注〔一二〕及卷十與倪老伯輝九曲池有懷元龍參寥注〔四〕。

〔一一〕凝之、徽之、操之：皆王羲之之子。王凝之，亦工草隸，歷仕江州刺史、左將軍、會稽内史，篤信張氏五斗米道。孫恩攻會稽，凝之禱於鬼神，卒遇害。徽之，字子猷，性卓犖不羈，曾爲桓温參軍，後爲黄門侍郎，棄官東歸。操之，字子重，歷官侍中、尚書、豫章太守。俱見晉書王羲之傳附。

〔一二〕智永：南朝陳會稽僧人，名法極，羲之七世孫，徽之後，與兄孝賓俱舍家入道，俗號永禪師，常居永欣寺閣上學書，凡三十年，臨得真草千字文八百餘本，施浙東諸寺。見尚書故實、全唐文何延之蘭亭記。

〔一三〕辨才：唐陳郡陽夏僧人，俗姓袁，智永弟子，博學工文，琴棋書畫，皆得其妙。每臨永禪師之書逼真。嘗於所寢方丈梁上，鑿其暗楹，以貯蘭亭序真本。貞觀中太宗降敕追師入内道場，後放歸越中。未幾，蘭亭序爲蕭翼賺去，殉於昭陵。見全唐文何延之蘭亭記。

〔一四〕蕭翼：唐魏州莘縣人，初爲監察御史。以房玄齡薦，微服至潭州，過辨才院，留宿賦詩，因談翰墨。辨才謂有蘭亭真蹟，翼佯笑曰：「數經亂離，真蹟豈在？」辨才遂於梁上取出。翼得之，拜員外郎。見全唐文何延之蘭亭記。

〔一五〕趙模：唐太宗時翰林供奉搨書人，太子右監門府鎧曹參軍，工正書，尤擅臨摹。始習王羲之、獻之，學集成千字文，後搨蘭亭序。見宣和書譜。韓道政、馮承素、諸葛貞，皆太宗時供奉搨書人，見學津討源本何延之蘭亭記。

【彙評】

黄庭堅跋蘭亭：蘭亭叙草，王羲之平生得意書也。反復觀之，略無一字一筆不可人意。摹寫或失之肥瘦，亦自成妍。

林紓林氏選評名家文集淮海集：此特一段蘭亭之補註，無甚意味。

淮海集箋注卷第三十六

狀

鮮于子駿行狀〔一〕

公諱侁，字子駿，其先成湯之裔箕子封于朝鮮〔二〕，子仲食采於于，爲鮮于氏。世家漁陽〔三〕，唐初紹爲閬州刺史，殁于官，子孫家焉，遂爲閬中人〔四〕。開元時，仲通、叔明節制兩川〔五〕。叔明以功賜姓李氏，後復故姓，於公十二世祖也。曾祖演、祖瓘，皆不仕。父至，自號隱居先生，爲蜀名儒，以公贈金紫光禄大夫。母趙氏，追封安德郡太夫人。

公自少莊重不苟，力學有文，鄉黨異之。年二十，登景祐五年進士科，調京兆府櫟陽縣主簿〔六〕，到官數月，丁外艱。服除，授江陵府右司理參軍〔七〕。慶曆中天下大旱，有詔中外臣僚實封言事〔八〕。公上書，推災變所興有四：一曰言不從，二曰厥咎僭〔九〕，三曰爾德不明，四曰上下皆蔽〔一〇〕，言甚切直。移歙州歙縣令。歙俗喜訟，善持吏長短，吏稍繩以法，輒得罪去。公爲黟，又嘗攝婺源，其治皆爲諸邑最，豪强畏之〔一一〕。改著作佐郎，知河南府伊闕縣事〔一二〕。遷祕書丞，通判黔州〔一三〕，未行，改通判綿州〔一四〕。左綿遠郡，自守將以下，皆日課吏卒供薪炭、芻豆、蔬菓，而贏取其直，公到悉罷之。守將已下，聞之亦罷，其風遂絶。清獻趙公使蜀，首薦之朝〔一五〕，轉屯田員外郎，賜五品服。英宗初爲皇嗣，公上疏言：「儲號未正，措置未宜，今皇嗣初定，未聞選經術識慮之士以擁護羽翼，乞妙選賢德以爲宮僚。陛下清躬小有寢食不順，朝夕左右固惟婦寺，願復漢侍中之職，令二府番休宿衛。」覃恩遷都官員外郎，通判保安軍〔一六〕。何公郯帥永興〔一七〕，辟公簽書其節度判官廳公事，改職方員外郎，覃恩轉屯田郎中，代還，用三司使薦除蔡河撥發。

神宗初即位，詔中外直言闕失，公應詔言十六事。其目曰：「納諫諍以輔德，訪多士以圖治，嚴法令以制世，崇節儉以富民，明黜陟以考實，去貪暴以崇厚，重臺諫以委任，選監司以督姦，閱守宰以求治，慎遷易以去弊，重根本以圖固，復選舉以澄源，申武備以警姦，治軍旅以除患，謹邊防以重內，練將帥以禦戎。」其末曰：「願陛下事兩宮以孝，待大臣以禮，侍從知其邪正，近習防其姦壬。」〔一八〕上愛其文，出以示御史中丞滕元發曰〔一九〕：「此文不減王陶。」王陶東宮舊臣〔二〇〕，上所信重，故以公擬之。而陶亦雅相知，嘗薦公明經術，知治體，切直不阿，宜備顧問。後爲三司使，又奏爲其判官，不從。熙寧初，有詔侍從之臣各舉所知。范蜀公時爲翰林學士〔二一〕，以應詔，除利州路轉運判官〔二二〕。執政有沮議者〔二三〕。上曰：「鮮于某有文學。」執政曰：「陛下何以知之？」上曰：「有章疏在。」執政乃不敢言。

王荆公用事，公上疏言時政之失曰：「可爲憂患者一，可爲太息者二，其它逆治體而起人心者，不可槩舉。」〔二四〕又曰：「陛下聰明過於文帝〔二五〕，而群臣無賈生之才。」〔二六〕西方議用兵，公以兵將未擇，關陝無年，未宜輕動〔二七〕。乃移書勸安撫使，宜如李牧守雁門故事〔二八〕，遠斥堠，謹烽火，堅壁清野，使寇無所獲。密戒諸路選將訓兵，蓄鋭俟時，須其可擊而圖之。安撫使不能用，師果無功〔二九〕。未幾，慶州兵叛，關中震擾，巴峽以西皆警。成都守與部使者争議發兵屯要處，書檄旁午於塗，公一皆止之，示以無事。蜀人遂安。公以劍門形勢之地〔三〇〕，當分權以制內外，今帥劍南者〔三一〕，舉全蜀之權以畀之，非便；宜循唐制，成都益昌各自置帥〔三二〕，以消姦雄窺伺之心。書累上，不報。

是時初作助役、青苗之法，詔諸路監司，各定所部役錢之數〔三三〕。轉運使李瑜欲以四十萬緡爲額，公以利路民貧，用二十萬緡足矣。與瑜論不合，各具利害以聞。上是公議，謂判司農寺曾布曰：「鮮于某所定利路役書，可爲諸路法。」遂罷瑜，而以公爲轉運副使兼提舉常平農田水利差役事〔三四〕。而青苗之法獨久之不行，執政怪焉，亟遣吏問狀。公曰：「詔書稱：願取即與。利路之民無願取者，豈可强與之邪？」〔三五〕歲滿，有旨再任，及罷又留之，轉都官郎中。西京左藏庫使知利州事周永懿貪暴不法，前使者憚其凶狡，置不敢問。公具得其姦贓，即遣吏就捕，械送於獄。永懿竟除名編管衡州〔三六〕。初，利州以兼益利路兵馬都監故事，武臣爲守，至是，公上言乞堂選文臣知州事，別置路分都監，以懲永懿之弊。又言劍門關葭萌寨使臣兼知縣事〔三七〕，類多不習文法，宜各置令，專領邑事。詔皆報可，遂爲定制。其他深計遠畫，公私便之而人所不及者，蓋不可悉數。十餘年，使者有欲變其法者，父老泣曰：「老運使之法，何可變也！」蓋公之猶子師中，嘗使利路，故民以老運使別之。公奉使九年，閬爲名郡，方新法初行，諸路騷動，而公平心處之，鄉人無異議者。今翰林蘇公以謂上不害法、中不傷民、下不廢親爲「三難」云〔三八〕。

移京東西路轉運副使，過闕陛見，面賜三品服，遷司封郎中。時河決曹村，梁楚之地被害〔三九〕。公移檄諸郡，具爲科條，所以拯救之術甚備。議者或謂決河東流入海，自其本性，宜勿復塞。公曰：「東州平衍，兖鄆單濟曹濮諸河，其所歸納。惟梁山張澤兩濼〔四〇〕。夏秋霖潦，猶能爲害。矧縱大河衝注於中，則諸郡生聚其爲魚乎！」乃作議河一篇數千言上之。又乞下澶州早行閉塞〔四一〕，上皆嘉納。初京東分東西兩路，後以財用虛羸不相通和，詔復合爲一路，升公爲轉運使，更盡領其事。召還賜對，勞問甚厚。上欲留公京師，而公固求守郡，遂除知揚州事〔四二〕，官制行，换朝請大夫，未幾，坐舉吏受賕，免，降爲朝散大夫。方在譴中，又聞故吏以賕敗者，或勸公宜懲前事自陳。公曰：「吾專剌舉十二年，所任吏四百餘人，寧盡保其往耶？然既已薦之於朝，豈可反覆爲自全計？」卒不首也。

復朝請大夫，管勾西京留守司御史臺〔四三〕。公之在西京也，今樞密范公亦領臺事〔四四〕，而司馬温公提舉崇福宫〔四五〕，三人相得歡甚，搢紳慕其游。及二聖臨御，圖任老成，於是拜温公爲門下侍郎〔四六〕，起范公帥環慶〔四七〕，復除公爲京東轉運使。温公曰：「子駿不當使外，顧東土承使者聚斂之後，民不聊生，煩子駿往救之耳。」比公行，又謂所親曰：「福星往矣，安得百子駿布在天下乎？」〔四八〕公至，則奏罷萊蕪、利國監鐵冶〔四九〕，乞變鹽法，依河北路通商，逐句當公事之刻薄者二人〔五〇〕，發濰州守姦贓。東人大悦〔五一〕。又言：「高麗朝貢，可令瀕海州郡爲禮，不煩朝廷。若其自欲商賈，聽往閩、越州，麗人無以辭矣。」

召還，爲太常少卿。三省太常會議神宗配享功臣，或欲用王荆公、吴正憲公者，公曰：「富文忠公勳德終始，天下具知，宜配食。」議遂定〔五二〕。因上言本朝舊制配享雖用二人，宜如唐用郭子儀故事〔五三〕，止用富公一人，詔從之。

元祐元年明堂禮畢，拜右諫議大夫，既拜命，即以辨邪正之説爲獻，其言君子小人相爲消長之理甚備。又言近歲人物衰少，凡一官有缺，差擬爲艱，宜許六曹、寺監、長史各舉僚屬，嚴其論薦之法，亦以見達官之所舉，而執政大臣可以優游論道。蓋宰相擇臺省長官，臺省長官薦舉僚屬，知人安民之道，於斯爲得。自保甲之法行，民以藝能入等授班行者，即爲官户免役，時祥符縣至一鄉止有一户可差〔五四〕。公言僥倖太甚，宜依進納官例，充役如故，須其陞朝乃免。

有旨治諫官直廬，不得與東兩省相通，以防漏泄〔五五〕。公上言：「昔漢武帝嘗命文學之士遞宿禁中，凡公府欲行之政，俾之閱視辨論，中外相應以義理之文，故文章爾雅，訓詞深厚，炳然與三代同風。唐太宗臨御，每遇宰相平章事，必命諫官俱入，小有頗失，隨即箴規。故貞觀之治，企及三代。今乃屏置諫官，使與兩省不相往還，恐非朝廷開言路以副聖上納諫之義。」又劾大臣不宜輔郡者，請加譴黜，以示天下。其餘乞復制舉〔五六〕，分經義、詩賦爲兩科以求人材〔五七〕；罷大理獄以省事；罷帳司檢法以省官；嚴出官之法，減特奏名人數〔五八〕，以抑濫進。再言京東鹽禁不便，宜弛以利民；許蔡河撥發統制縣道〔五九〕，以便程督；罷戎瀘保甲〔六〇〕，以卹民力；行浙中舊法，以省漕運；復三路義勇〔六一〕，以寬保甲；沙汰學官，以熄異議：事多施行。

明年春，以病不任朝謁，乞郡，數賜告不俞。章三上，乃拜集賢殿修撰知陳州事〔六二〕。仍有旨，滿歲除待制。夏五月辛未，終于州寢〔六三〕，享年六十有九，累勳柱國，賜爵清源縣男。前數日語諸子曰：「吾心無不足者，惟以不得歸老陽翟〔六四〕，別著易説爲恨。」無它言。

公忠亮果斷，出於天性。自小官以至進擢，數上書言天下事，咸具利害。移諫官御史，其言或用或不用，未嘗小加損益。爲政以經術自輔，所至有迹；其去，民追思之。熙寧、元豐之間，士大夫騖於功利，更其素守者多矣。公雖屢更使指，而屹然於新進少年之中，號爲正人。晚登侍從，益厲鋒氣，知無不言。在職九十餘日，所言當世之務略盡。嗚呼，使公不疾病且死，得大用於時，其勳業豈易量哉！然公起諸生，仕爲諫官，供奉仗内，言聽計行，天下受其賜，比夫當軸處中初無益於縣官者〔六五〕，蓋得失相萬也。由是言之，雖病疾且死，弗克大用於時，亦可以無憾矣。

喜推轂士〔六六〕，士之游其門者，後皆知名。治經術有師法，論注多出於新意。晚年爲詩與楚辭尤精〔六七〕。泰山孫復嘗與公論春秋，歎曰：「今世學經術未有如公者！」〔六八〕蘇翰林讀公八詠，自謂「欲作而不可及」；讀公九誦，以謂有屈宋之風〔六九〕。今天子賜之詔書亦曰：「學足以邇古，才足以御今，智足以應變，强足以守官。深於經術，達於人情。」又曰：「金石之節，皓首不衰。」則公之德善，於是可考也。所著文集二十卷，詩傳二十卷，周易聖斷七卷，典説一卷，治世讜言七卷，諫垣奏藁二卷，刀筆集三卷。其餘未編次者尚多。

娶陳氏，太常寺太祝藩之女，恭儉婉嫕，治家有法，封某君，前公一年終。男五人：復，早卒；頡，河南府偃師縣尉；群，鳳州司法參軍；綽，假承務郎；焯，未仕。皆有學行，而頡尤自立，士大夫多稱之。女四人：長早卒，次適趙氏，次適蒲氏，皆前卒，次適永安縣主簿張球。孫男一人，崧。孫女二人。公兩得任子恩，皆以予兄之子，故焯猶未仕。凡嫁内外親族之女若干人。

諸孤將以某年某月某日葬於潁昌府陽翟縣大儒鄉高村之原。前期，頡以書走汝陽，請狀公之行義，將乞銘於知公者。某被遇最厚，又嘗辱薦於朝〔七〇〕。義不敢辭，輒加論次。而公之行能謀議，過人者甚多，難以具舉，取其可考不誣繫國家之大者著之，以告夫當世之君子云。

【校】

〔狀〕各本無此字，據卷端目録補。

〔唐初匡紹爲閬州刺史〕原作「唐初詔爲閬州刺史」，誤，據元和姓纂卷五改。

〔爾德不明〕原作「欲得不明」，張本、四庫本、胡本、李本、王本、秦本、四部本同。王本攷證附纂云：「欲得不明。案『欲德不用』與『上下皆蔽』句俱見漢書五行志引傳曰：『言之不從……』『得』是『德』之譌，『明』是『用』之譌。」徐案：漢書五行志七中之下引詩云：「爾德不明，以亡陪亡卿。」二句見詩大雅蕩，因知王本攷證附纂亦誤。據此改。

〔首薦之朝〕王本、四部本「之」作「於」。

〔措置未宜〕「措」原誤作「横」，據王本、四部本改。

〔起人心〕王本、四部本作「召人怨」。

〔貞觀之治〕「貞」原作「正」，係避仁宗嫌名，此從四部本。

〔鶩於功利〕「鶩」原作「騖」，此從張本、胡本、李本。

〔詩傳二十卷〕各本俱脱「詩」字，王本攷證附纂云：「傳二十卷，案本傳『傳』上有『詩』字。」據宋史本傳補。

【箋注】

〔一〕據秦譜，本篇作於元祐二年丁卯（一〇八七）。文曰鮮于子駿「元祐元年明堂禮畢，拜右諫議大夫」，「明年春，以病不任朝謁，乞郡……乃拜集賢殿修撰知陳州事。仍有旨，滿歲除待制。夏五月辛未，終於州寢」。又云其子「頡以書走汝陽，請狀公之行義」，可見元祐二年作於蔡州。鮮于子駿，名侁，參見卷七鮮于子駿使君生日注〔一〕。

〔二〕箕子：商紂諸父，因諫紂被囚，周武王伐商，釋之歸鎬京，復封之於朝鮮而不臣。見史記殷本紀、宋微子世家。後支子仲食采於于，子孫因合鮮于爲氏。見鄧名世古今姓氏書辯證。

〔三〕世家漁陽：元和姓纂卷五鮮于：「漁陽：後漢有京兆尹鮮于裒；魏志有太尉從事鮮于〔輔〕，後拜度遼將軍；北齊有鮮于〔世〕榮，領軍將軍，封夷陽王，判右僕射。後周懷州刺史鮮于緒，生明，唐蒲州刺史、定襄公，生匡濟、匡紹。匡濟，左騎將軍。匡紹，閬、同、河、利四州刺史，生建業、建宗。」

〔四〕唐初四句：紹，即匡紹，見注〔三〕。元和姓纂卷五鮮于：「閬中：京兆尹、劍南節度鮮于仲通，云匡紹曾孫也，居閬中。鮮于僩，鮮于惠子……」

〔五〕開元時仲通、叔明：唐閬州新政人，仲通字向，與弟叔明皆涉學明經。開元中仲通舉進士，天寶末爲京兆尹、劍南節度使。叔明，字晉，一字晉卿，肅宗時擢明經，尹京兆，兼秩御史中丞，歷東川節度使，遂、梓二州刺史，檢校户部尚書。亦作李叔明，乃賜姓也。新、舊唐書有李叔明傳。

〔六〕京兆府櫟陽縣：宋時屬陝西路，見宋史地理志三。後併入陝西長安縣。

〔七〕授江陵府右司理參軍：江陵府，宋史地理志四荆湖北路：「江陵府，次府，江陵郡，荆南節度。」治所在今湖北江陵縣。司理參軍，宋史職官志七府州軍監諸曹官：「司理參軍掌訟獄勘鞫之事。」

〔八〕慶曆中天下大旱二句：據宋史五行志四：「慶曆元年九月丁未朔，遣官祈雨。二年六月戊寅，祈雨。三年，遣使詣嶽、瀆祈雨。四年三月丙寅，遣内侍兩浙、淮南、江南祠廟祈雨。五年二月詔：天久不雨，令州縣決淹獄，又幸大相國寺、會靈觀、天清寺、祥源觀祈雨。六年四月壬申，遣使祈雨。七年正月，京師不雨，二月丙寅，遣官嶽、瀆祈雨。三月辛丑，西太乙宫祈雨。」可見慶曆中連年大旱，然考之續資治通鑑長編災情最爲嚴重者爲三年與七年，而詔中外臣僚上封事者唯有七年。長編卷一六〇慶曆七年三月：「癸巳詔曰：自冬迄春，旱暵未已，五種弗入，農作失業……咎自朕致，民實何愆。與其降災於人，不若移災於朕。自今避正殿、減常膳，中外臣僚指當世切務，實封條上三事。」故本句係指七年，下句「公上書」，亦在本年。

〔九〕一曰言不從二句：漢書五行志七中之上引經曰：「言曰從……咎徵：曰狂，恒雨若；僭，恒陽若。」注引應劭曰：「僭，僭差。」又引師古曰：「凡言恒者，謂所行者失道，則寒暑風雨不時，而恒久爲災也。」又五行志七中之上：「傳曰：『言之不從，是謂不艾，（師古曰：「艾，讀曰乂。」）厥咎僭，厥罰恒陽，厥極憂。……』『言之不從』，從，順也。『是謂不乂』，乂，治也。……言上號令不順民心，虚譁憒亂，則不能治海内，失在過差，故其咎僭。僭，差也。刑罰妄加，群陰不附，則陽氣勝，故其罰常陽也。旱傷百穀，則有寇難，上下俱憂，故其極憂也。」

〔一〇〕三曰爾德不明二句：漢書五行志七中之下：「詩云：『爾德不明，以亡陪亡卿；不明爾德，以亡背亡仄。』（徐案：詩大雅蕩前二句在後，「以亡」句作「時無背爾側」，亡，皆作「無」。）言上不明，暗昧蔽惑，則不能知善惡。……盛夏日長，暑以養物，政弛緩，故其罰常奥也。」注引師古曰：「奥，讀曰燠。燠，暵也。」案宋史本傳亦謂鮮于侁此次上言，「其語剴切，唐介與同鄉里，稱其名於上官，交章論薦」。

〔一一〕移歙州九句：宋史地理志四江南東路：「徽州，上，新安郡，軍事。宣和三年，改歙州爲徽州。……縣六：歙，休寧，祁門，婺源，績溪，黟。」歙縣、黟縣，今屬安徽；婺源，今屬江西。案宋史本傳云：「調黟令，攝治婺源。姦民汪氏富而狠，横里中，因事抵法，群吏羅拜曰：『汪族敗前令不少，今不舍，後當詒患。』侁怒，立杖之，惡類屏迹。」

〔一二〕伊闕縣：即伊陽縣，在今河南洛陽南。宋史地理志一京西北路：「河南府洛陽郡……縣十六……伊陽……」原注：「熙寧二年，割欒川治鎮入虢州盧氏縣；五年，廢伊闕縣爲鎮入河南；六年，改隸伊陽。」

〔一三〕黔州：治所在今四川彭水縣。宋時屬成都府路，見宋史地理志五。

〔一四〕綿州：治所在今四川綿陽縣。宋時屬成都府路，見宋史地理志五。

〔一五〕清獻趙公：即趙抃，字閱道，衢州西安人，進士第。仁宗時請知睦州，移梓州路轉運使，改益州，蜀風爲變。英宗時又加龍圖閣直學士知成都，蜀民大悦。神宗時仕至參知政事，復以資政殿大學士知成都，蜀郡宴然。卒，謚清獻。宋史有傳。此處指首次守蜀時薦鮮于侁於朝。然侁本傳謂「未及用，從何郯辟，簽書永興軍判官」。

〔一六〕保安軍：宋時屬永興軍路，其地在今陝西延安縣。見宋史地理志三。

〔一七〕何公郯：何郯，字聖從，本陵州人，徙成都。英宗時歷知永興、河南。治平末，再知梓州。神宗時以尚書右丞致仕。宋史有傳。永興，宋爲永興軍路，治所在今陝西西安。

〔一八〕姦壬：姦佞。漢書元帝紀：「是故壬人在位而吉士雍蔽。」顔注引服虔曰：「壬人，佞人也。」

〔一九〕滕元發：初名甫，後因避諱改字爲名，而字達道。東陽人。九歲能賦詩，范仲淹見而奇之。舉進士，授大理評事，通判湖州。召爲集賢校理、進知制誥、知諫院，拜御史中丞，授翰林學士、開封府尹，出守鄆州。歷青州、應天府、齊鄧湖三州。哲宗即位，徙蘇揚二州，除龍圖閣直學士。徙真定，又徙太原。治邊凛然，威行西北，號稱名帥。宋史有傳。墓志謂卒於元祐五年十月二十四日，年七十一。

〔二〇〕王陶：字樂道，京兆萬年人。第進士，除太子中允，英宗即位，加直史館、修起居注，神宗爲淮陽郡王時，陶爲侍講。神宗立，拜御史中丞，以東宫舊臣加觀文殿學士。宋史有傳。

〔二一〕范蜀公：范鎮，字景仁，成都華陽人。舉進士，禮部奏名第一。擢起居舍人、知諫院。遷翰林學士，兼侍讀。哲宗立，拜端明殿學士，累封蜀郡公。宋史有傳。

〔二二〕利州路：治所在今四川廣元，見宋史地理志五。

〔二三〕執政有沮議者：執政，指王安石，時爲相。所以「沮議」，以所論「時政」，皆針對新法。見宋史侁本傳。

〔二四〕王荆公用事六句：見宋史鮮于侁傳，「起人心」，本傳作「召民怨」。王荆公，王安石。

〔二五〕文帝：指漢文帝。

〔二六〕而群臣句：群臣，指王安石及新法之支持者如吕惠卿、曾布、陳升之等。賈生，指賈誼。

〔二七〕西方議用兵四句：指神宗元豐三年夏人侵環慶州，韓絳請行邊，王安石亦請用兵。遂以絳爲陝西宣撫使。見宋史紀事本末卷四十西夏用兵。

〔二八〕宜如句：李牧，戰國趙人，守趙北邊，習騎射烽火，多間諜，匈奴不敢犯邊。史記有傳。雁門，郡名，戰國趙地，秦置郡。今山西北部皆其地。

〔二九〕安撫使二句：安撫使，指韓絳。其時絳與种諤出兵取横山、城永樂，結果大敗。見宋史紀事本末卷四十西夏用兵。參卷三四高無悔跋尾注〔六〕。

〔三〇〕劍門：指劍門山，在今四川劍閣縣東北。

〔三一〕劍南：唐十道之一，宋時屬隆慶府，爲劍州。地當今四川劍閣以南、長江以北一帶。

〔三二〕益昌：唐改利州爲益昌郡，宋爲利州益川郡，今四川廣元治。

〔三三〕是時三句：宋史紀事本末卷三七熙寧二年二月：「甲子，議行新法。……由是安石信任（曾）布，亞於（吕）惠卿。而農田、水利、青苗、均輸、保甲、免役、市易、保馬、方田諸役，相繼并興，號爲新法，頒行天下。」

〔三四〕轉運使李瑜……水利差役事：亦見宋史鮮于侁傳。

〔三五〕而青苗之法……豈可强與之邪：執政，指王安石。宋史鮮于侁傳：「部民不請青苗錢，安石遣吏廉按，且詰侁不散之故。侁曰：『青苗之法，願取則與，民自不願，豈能彊之哉！』」

〔三六〕西京左藏庫使……編管衡州：亦見宋史本傳，傳謂周永懿「流之衡湘」。

〔三七〕葭萌寨：故址在今四川廣元南。

〔三八〕上不害法四句：見宋史本傳。蘇軾題鮮于子駿八咏後：「子駿世家南隆，親族故人散處所部……而子駿爲之九年，其聲藹然聞之四方，上不害法，下不傷民，中不廢親。」

〔三九〕時河决二句：參見卷一黄樓賦并引。

〔四〇〕梁山張澤兩濼：在今山東東平、鄆城間梁山下，即古鉅野澤。宋時黄河潰決，水入其中，遂成數百里巨澤。

〔四一〕澶州：唐置，治所在頓丘，宋景德初，宋遼會盟於此。

〔四二〕知揚州事：自元豐二年六月至四年四月，鮮于侁知揚州。見北宋經撫年表卷四。是時少游始從之游。見卷三和游金山注〔一〕。

〔四三〕西京：宋史地理志一：「西京，唐顯慶間爲東都，開元改河南府，宋爲西京，山陵在焉。」案：即今河南洛陽市。

〔四四〕樞密范公：即范純仁，元祐元年四月至三年四月，同知樞密院事。

〔四五〕司馬温公提舉崇福宫：續資治通鑑長編卷二六三云，熙寧八年閏四月丁酉，端明殿學士、翰林侍讀學士權判西京留司御史臺司馬光提舉崇福宫。

〔四六〕拜温公爲門下侍郎：據宋史宰輔表，元豐八年五月，司馬光自資政殿學士、通議大夫知陳州，加門下侍郎。

〔四七〕起范公帥環慶：元豐八年，范純仁加直龍圖閣知慶州。

〔四八〕温公曰九句：宋史侁本傳：「哲宗立，念東國困於役，吴居厚掊斂虐害，竄之，復以侁使京東。司馬光言於朝曰：『以侁之賢，不宜使居外。顧齊魯之區，凋敝已甚，須侁往救之，安得如侁百輩，布列天下乎？』」使者，指吴居厚。

〔四九〕萊蕪、利國監：二地名。宋史地理志一京東西路，謂萊蕪監屬襲慶府（本兗州），利國監屬徐州，皆主鐵冶。

〔五〇〕句當：即勾當，辦理、處理。北史序傳：「事無大小，士彦一委仲舉，推尋勾當，絲髮無遺。」

〔五一〕東人大悦：宋史本傳：「士民聞其重臨，如見慈父母。」

〔五二〕三省太常會議七句：宋史哲宗紀元祐元年六月戊申，以富弼配享神宗廟庭。案：富弼，河南洛陽人，字彦國。見卷十三朋黨下注〔六〕。宋史佺本傳：「侍從議神宗廟配享，有欲用王安石、吴充者，佺曰：『先朝宰相之賢，誰出富弼右？』乃用弼。」吴正憲公，即吴充，字沖卿，建州浦城人。神宗熙寧、元豐間代王安石爲同中書門下平章事，與王珪並相。卒，謚正憲。宋史有傳。

〔五三〕唐用郭子儀故事：新唐書郭子儀傳謂子儀「賜謚曰忠武，配饗代宗廟廷」。

〔五四〕祥符縣：宋時屬開封府，見宋史地理志一。其地在今河南開封境内。

〔五五〕有旨治諫官直廬三句：直廬，值班室。「東兩省」，疑爲東西兩省之誤。宋史本傳：「乞……許兩省諫官相往來。」只稱兩省。案：兩省指中書省與門下省。李濂汴京遺迹志二：「宋中書省在左掖門之東，宰相之所蒞，稱東府焉。」周城宋東京考：「門下省初在嚴祇門外學士院北，明道元年改爲諫院，而徙舊省於右掖門西。」門下省之諫官皆號左，中書省之諫官皆號右。宋史職官志一：「元祐元年二月詔：諫官雖不同省，許二人同上殿，後又從司諫虞策之請，如獨員，許與臺官同對……十一月，（王）巖叟又言：近降聖旨，兩省諫官各令出入異户，勿與給事中、中書舍人通，實欲限隔諫官，不使在政事之地，恐知本末，數論列爾。尋詔諫官直舍仍舊。」給事中屬西垣（門下省），中書舍人屬東府（中書省）。

〔五六〕乞復制舉：制舉，即賢良方正能直言極諫科，熙寧中王安石行新法時廢之。故元祐二年吕公著等乞復制科。宋史侁本傳謂侁又言：「制舉，誠取士之要，國朝尤爲得人。王安石用事，諱人詆訾新法，遂廢其科。今方搜羅俊賢，廓通言路，宜復六科之舊。」

〔五七〕分經義、詩賦爲兩科：宋史紀事本末卷三八學校科舉之制：「神宗熙寧四年二月丁巳，更定科舉法，從王安石議，罷詩賦及明經諸科，專以經義論策試士。」又元祐二年春正月戊辰：「詔毋以老子、列子命題試士。時科舉罷詞賦，專用王安石經義，且雜以釋氏之説。」又云：「四年夏四月戊午，分經義、詩賦爲兩科試士。」是侁之上言當在元祐二年之前。

〔五八〕減特奏名人數：特奏名，即「恩科」，貢舉名目之一。宋制，舉人年高而屢經省試或殿試落第者，遇殿試時，許由禮部貢院另立名册奏上，參預附試，稱「特奏名」。咸平三年，真宗親試正奏名八百四十人，而特奏名竟有九百餘人。見宋史選舉志一。

〔五九〕許蔡河句：蔡河，東京夢華録一東都外城：「城南一邊，東南則陳州門，旁有蔡河水門。西南則戴樓門，旁亦有蔡河水門。蔡河，正名惠民河，爲通蔡州故也。」撥發，官名。宋史職官志七撥發司：「掌以時起發綱運，而督其滯留，以供京師之用。」

〔六〇〕罷戎瀘保甲：戎、瀘，戎州、瀘州，見宋史地理志五。今屬四川。保甲，宋史兵志六：「熙寧初，王安石變募兵而行保甲……乃詔畿内之民，十家爲一保，選主户有幹力者一人爲保長；五十家爲一大保，選一人爲大保長；十大保爲一都保，選爲衆所服者爲都保正，又以一人爲之副。應主客户兩丁以上，選一人爲保丁，附保。……每一大保夜輪五人警盜，凡告捕所獲，以賞格從事。同保犯强盜、殺人、放火、强姦、略人、傳習妖教，造畜蠱毒，知而不告，依律伍保法。」

〔六一〕義勇：宋時民兵之一種。宋史兵志五：「治平元年，詔陝西除商、虢二州，餘悉籍義勇。凡主户三丁選一，六丁選二，九丁選三，年二十至三十材勇者充，止涅手背。以五百人爲指揮，置指揮使、副二人，正都頭三人，十將、虞候、承局、押官各五人。歲以十月番上，閲教一月而罷。」

〔六二〕乃拜句：續資治通鑑長編卷三九六元祐二年三月丙寅：「右諫議大夫鮮于侁爲集賢殿修撰知陳州，侁以疾請補外郡故也。」

〔六三〕夏五月句：長編卷三九六注引侁舊傳，謂元祐二年五月二十日侁卒。

〔六四〕陽翟：宋史地理志一京西北路，謂陽翟屬潁昌府。今河南禹縣。

〔六五〕初無益於縣官：縣官，指天子。史記絳侯周勃世家：「庸知其盜賣縣官器。」司馬貞索隱：「縣官謂天子也。……夏官王畿内縣即國都也。王者官天下，故曰縣官也。」亦泛指朝廷。

〔六六〕喜推轂士：推轂：薦舉。史記魏其武安侯列傳：「魏其武安俱好儒術，推轂趙綰爲御史大夫，王臧爲郎中令。」宋史佚本傳：「佚曰：『吾有薦舉之權，而所列非賢，恥也。』故凡所薦如劉贄、李常、蘇軾、蘇轍、劉攽、范祖禹，皆守道背時之士。」

〔六七〕晚年爲詩與楚辭尤精：宋史佚本傳：「佚刻意經術，著詩傳、易斷，爲范鎮、孫甫推許。……作詩平澹淵粹，尤長於楚辭。」

〔六八〕泰山孫復嘗與公論春秋二句：宋史佚本傳：「孫復與論春秋，謂今學者不能如之。」案：孫復，字明復，平陽人，舉進士不第，退居泰山，學春秋，著尊王發微十二篇。范仲淹、富弼言復有經術，除祕書省校書郎、國子監直講，累遷殿中丞。宋史有傳。

〔六九〕蘇翰林四句：指蘇軾之評語。蘇軾書鮮于子駿楚詞後：「鮮于子駿作楚詞九誦以示軾。軾讀之，茫然而思，喟然而歎，曰：嗟乎，此聲之不作也久矣！……今子駿獨行吟坐思，寤寐於千載之上，追古屈原、宋玉，友其人於冥冥，續微學之將墜，可謂至矣。」又題鮮于子駿八詠後：「子駿以其所作八詠寄余。余甚愛其詩，欲作而不可及，乃書其末，所遺益昌之人，使刻於石，以無忘子駿之德。」古今詩話：「東坡稱鮮于子駿所作九誦，以爲有屈宋之風；至八詠，自謂欲作不及。」

〔七〇〕又嘗辱薦於朝：秦譜謂元祐二年：「先生在蔡州，四月復制科，蘇公與鮮于公佚共以賢良方正薦先生於朝。」

【彙評】

錢基博中國文學史第五編：秦觀久從軾遊，而詩與詞皆別于軾以自成家。文則議論得軾之疏快，則碑傳勝軾之冗絮，如鮮于子駿行狀……陳偕傳、魏景傳……不矜奇字奥語，亦不刻意構畫其事，而用筆有提挈，叙事有裁斷，潔净而具本末，坦迤而有波瀾，儼然歐陽修義法；而不似軾之平鋪直叙，徒亂人意。

徐君主簿行狀〔一〕

君姓徐氏，諱某，字成甫，其先泰州興化人〔二〕，遠祖湘自興化徙揚州之高郵，家焉。湘生嗣，嗣生亮。亮於君，曾祖也，咸不仕。祖元吉，有厚德，鄉人尊愛之，終於高郵軍司理〔三〕。父格，前通州司户參軍〔四〕。參軍磊落豪縱，不耐細務。自司理之没，事計多以委君。家既右族〔五〕，金錢邸第甲於一鄉。公私斂施，交錯重復，君操其綱維，批贅補隙〔六〕，抉剔貸負〔七〕，日縱月收，巾笥幺麽〔八〕，無所遺漏。於是參軍以爲能，謂所親曰：「吾有子矣，將不復與家事。」

熙寧某年，以入粟試將作監主簿。又五年，始至京師，授潭州寧鄉主簿〔九〕，皆非其好也。君事親至孝，四時甘新未進，不以輒嘗。待昆弟族人，一主於恩義。叔父某爲不悦者所構，刺史惑之，會有人誣君笞殺家奴，刺史大怒，以君屬吏，諷并致其叔。君曰：「罪緣某，不繇叔也。」榜脅萬端，不服，獄吏嘉之，爲請於刺史得脱。友人以貧不能葬其親者，君聞之曰：「是余過也。」即爲買田，出錢以辦喪事，而友人之親得葬者五喪。此其可見者也。至於字親族之孤，急交遊之難，賴其施者甚衆，而能諱不自言，雖妻子有不得而知者矣。雅性寬厚，給使皂隸，或時犯之，殊不介意。婚姻之事不幸至於甚難處者，君指顧從容，顔色不變，而事以兩全。繇此見其材智度量，信有以過人者焉。

頗涉傳記，陰陽、醫藥、算術之學，無所不窺。晚節尤厭人事，思與佛侣、處士杖屨相從〔一〇〕，蔬食清淡，爲忘年之計，惜乎未及而卒矣，實熙寧八年閏月十八日也。享年四十一。初娶張氏，有賢德，前君若干年卒；更娶蔡氏，節行益奇〔一一〕，君病殆時，至取毒藥自引，後君二日卒。於是又見所以刑諸家者也〔一二〕。子男五人，曰文通、文仲、文剛、文饒、文昌。女三人，曰文美、文英、文柔。初君好學問，聚書幾萬卷，欲舉進士，而父祖不從。乃嘆曰：「子當讀書，女必嫁士人。」其後四子藝業蔚然有成，而文通尤自立。又以文美妻余，如其志云。葬有日矣，文通泣謂余曰：「惟先人行義，可質諸幽明，不幸以多貲之故，士大夫以嫌自戒者，或不能究言，諸孤良懼泯滅，盍爲我圖之。」余既相與泣下，因掇其尤著白者爲行狀，以俟夫自信之君子考而誌焉。

【校】

〔抉剔貸負〕「貸」原作「含」，此從王本、四部本。

〔巾笥幺麽〕「巾笥」原誤作「市笥」，據清鈔本改。

〔一主於恩義〕「義」原作「意」，此從張本、胡本、李本、段本、王本、秦本、四部本。

〔所構〕原無「構」字，注曰：「御名。」此從張本。

〔因掇其〕「掇」原誤作「撥」，據張本、胡本、李本、段本、王本、四部本改。

【箋注】

〔一〕據秦譜，本篇作於熙寧八年乙卯（一〇七五）。道光高郵州志卷十下云：「徐天德，字成孚，號賡實。父格，通州司户參軍，磊落豪縱，家故右族，金錢邸第甲一鄉，悉命天德綜理。……以入粟試將作監簿，旋授潭州寧鄉主簿。」成孚，一作成甫，少游之外舅。

〔二〕泰州興化：宋史地理志四淮南東路：「泰州，上，海陵郡。……建炎四年，又以興化隸高郵軍。」據此則建炎四年以前，興化縣屬泰州。今屬江蘇揚州。

〔三〕高郵軍司理：宋史地理志四淮南東路：「開寶四年，以揚州高郵縣爲軍。熙寧五年，廢爲縣，隸揚州。元祐元年，復爲軍。」又職官志七府州軍監諸曹官：「司理參軍掌訟獄勘鞫之事。」

〔四〕通州司户參軍：宋史地理志四淮南東路：「通州，中，軍事。」今爲江蘇南通。司户參軍，亦稱户曹參軍，「掌户籍賦税、倉庫受納」，見宋史職官志七。

〔五〕右族：世家大族。古以右爲上。北史王子直傳：「王子直……京兆杜陵人也，世爲郡右族。」

〔六〕批贅補隙：謂以多餘補不足。

〔七〕抉剔貸負：消除帳目中之拖欠。抉剔，剔除。蘇軾寄劉孝叔詩：「爾來手實降新書，抉剔根株窮脈摶。」

〔八〕巾笥幺麽：指細小之事。巾笥，以巾覆蓋之箱籠。幺麽，史通外篇雜説下：「粗陳一二幺麽恒事，曾何足觀？」

〔九〕授潭州句：宋史地理志四：「潭州，上，長沙郡，武安軍節度。……縣十二：長沙……寧鄉……」案：今屬河南省。主簿，宋史職官志七府州軍監主簿：「開寶三年，詔諸縣千户以上置令、簿、尉。……簿掌出納官物，銷注簿書。」

〔一〇〕杖屨相從：相隨扶杖漫步。杜甫祠南夕望詩：「興來猶杖屨，目斷更雲沙。」辛棄疾水調歌頭盟鷗：「先生杖屨無事，一日走千回。」

〔一一〕更娶蔡氏二句：本卷有蔡氏夫人行狀，可參看。

〔三〕刑諸家：爲家人表率。刑，通型，儀型、典型。

蔡氏夫人行狀〔一〕

夫人姓蔡氏，楚州山陽人〔二〕，故潭州寧鄉主簿徐君諱某之妻，而守祕書省校書郎致仕諱中正之女也。幼聰敏有才藝，父母獨奇愛之，異於他女。年十四適同郡環生，生故疾病，成禮十六日而卒。夫人雖幼，居喪事舅姑，孝謹如成人。已而其舅又卒，爲之斬衰〔三〕，蔬食誦佛經，無復更嫁意。於是其母與諸昆弟率親族數十人，即環館奪之曰：「若十四而適人，十六日夫死，爲夫之喪三年，舅之喪又三年，若爲人婦亦至矣。又不欲更嫁，無迺過乎！且環父子俱亡嗣，若雖欲守志，將誰與居？」夫人悲哀，迫不得已，遂去環氏，一年而歸徐君。

徐君高郵人，號佳士，所與遊者皆一時之豪。夫人既得賢夫，所爲益進，宗族甚重之。俄而君病且殆。夫人曰：「身踐二庭，女子之辱也。矧又如此，生復何聊？吾其決矣！」因不食，潛使一媪市砒霜，紿曰〔四〕：「吾侍君疾，將佩之以厭惡氣。」媪爲市與之，遂以自服。家人大驚，亟求解藥以進。夫人曰：「是豈復欲生耶？」趣使持去，强之終不肯下。徐君没二日而夫人亦卒矣。卒之日，里巷相傳，皆歎曰：「異哉若人者，豈前古所謂烈女者歟？」時熙寧八年閏月二十日也，年三十九。

夫人性卓犖，斬斬不爲兒女事〔五〕。既生大家，而所適又皆富贍，金繒服玩，取足於身，餘輒以散親族，作佛事，無一毫愛惜。既死，篋中索然。徐君前娶張氏生四男一女，妾生一女一男，夫人所出，才一女而已。既撫諸子猶己之子，又奉張母虞氏，時節勞問如己母。故其卒也，諸子洎虞氏及余，哭之如君云。仲兄繩亦以操行知名於時〔六〕，出殯自山陽，屢來，因得訊夫人之舊事，而并余之所見書焉。

【校】

〔張氏生四男一女〕原脱「生四男一女」五字，據王本、四部本補。

【箋注】

〔一〕本篇云蔡氏卒於「熙寧八年閏月二十日」，當作於此後不久。道光高郵州志卷十下：「蔡氏，山陽人，祕書省校書郎蔡中正之女，潭州寧鄉主簿徐天德之妻也。天德病且殆，蔡市砒礵服之。天德殁後二日，蔡亦卒。秦淮海稱其奇節，爲作行狀及哀詞。」案：徐天德，字成甫，本卷有行狀。蔡氏，少游之繼岳母。

〔二〕楚州山陽：宋史地理志四淮南東路：「楚州，緊，山陽郡。」今江蘇淮安。

〔三〕斬衰：喪服名。儀禮喪服：「喪服，斬衰喪。」傳曰：「斬者何，不緝也。」以粗麻布製成，不縫邊。爲喪服中最重的一種。

〔四〕紿：誑騙。

〔五〕斬斬：整齊、嚴肅。韓愈曹成王碑：「持官持身，内外斬斬。」

〔六〕仲兄繩：蓋即卷三十與參寥大師簡中之蔡彦規。段朝端徐集小箋卷上：「蔡彦規，名不傳，淮壖小記疑即蔡繩。謂其官其時其地並同，但無確證。按（徐積）本集卷五再送端叔詩序云：『端叔爲我吟此詩，果有情否？此情得似醴泉故主簿否？』因端叔往延州而念及醴泉之故主簿，雖未明言何人，以哭彦規詩序證之，其爲彦規無疑，醴泉主簿爲彦規無疑，則彦規之爲蔡繩，更無疑矣。況準繩規矩，名字又相應乎！」參見卷五徐仲車食於學官吏或以爲不可……詩注〔一〕。

圓通禪師行狀〔一〕

師諱懷賢，字濳道，俗姓何氏，温州永嘉人也〔二〕。在襁褓中能合掌僧坐，父母異之。時郡之西山，有僧嗣仁，修西方白蓮浄觀〔三〕，行甚高，衆歸之勤，號嗣仁社主，乃以師從社主出家。天禧二年〔四〕，普度天下僧，遂落髮受具戒，時年四歲也。師既得法器〔五〕，又幼得高僧爲之依歸，藝行日進，同輩無與比者。有講肆，輒往聽。未幾，盡傳其學。及長，慨然有游方之志，即辭社主去，遍參知識，所至處延居上遊，最後見達觀禪師曇穎於潤之因聖〔六〕，遂得其法。皇祐初〔七〕，潤守王公琪雅聞師名〔八〕，乃具禮請傳法於甘露〔九〕，而太平之繁昌〔一〇〕，亦以隱静召〔一一〕。師以甘露近城邑，而隱静僻在深山中，遂從太平繁昌之請，開堂於郡之瑞竹院。

初，師從瑞新禪師遊十有二年〔一二〕，具知宗門承襲賓主之事，自謂無以復加矣。比至達觀會中聞所開示，類皆世緣俗諦，或雜以嵬瑣詼諧之言。又嘗以事斥一僧去，每升堂輒追罵，至累日猶不已。師心陋之，乃潛詣丈室，請達觀曰：「爲人天師，當只説法，奈何預以世俗間事？且僧有過，斥去則已矣，何足追罵至累日乎？」達觀頷而不答，師因此省悟。至是以信香嗣達觀法云。

居隱静七年。王公移守金陵，復召師以清涼〔一三〕，辭不赴。明年，達觀自明州雪竇徙金山之龍游〔一四〕。州人乃以雪竇召師，既行，道過龍游，留一月。會達觀示寂，潤州之衣冠緇素，因以狀詣郡守請止師繼焉。而龍游主者，故事當稟於朝廷，郡守以白部使者，上之，報可。龍游自火災之後，棟宇灰燼，瑞新禪師實中興之，功未既而卒。師至，修新公故事，大興土木，積八年，殿堂廊廡皆具。今宮室之盛，冠絶淮海者，蓋始於新而成於師。然其地當孔道，客至無虛日，師頗厭之。熙寧元年，遂謝去，隱於金牛山，去丹陽縣數十里〔一五〕，人迹罕至。事委其徒覺澄主之，師一切不問。庭養猿、鶴、孔雀、鸚鵡、白鷴，皆就掌取食，號「五客」，各爲一詩贈之。士大夫欲相見者，就山中訪焉。三年，劉公述謫守九江〔一六〕，以圓通召師〔一七〕。師素聞匡廬山水之富，常以未至爲恨，得疏，欣然從之，題詩壁間，而其卒章云：「歲晚當期返竹門。」至圓通一年，果謝去，復還金牛。

明州復以雪竇來請，固以疾辭。史館刁公約謂師曰〔一八〕：「雪竇東南名山，明覺、達觀嗣居其地〔一九〕，二十年間，請者三至，可謂勤矣。今又不赴，無乃孤其望乎？」師素厚刁公，心善其説，遂登舟，由海道去。比轉海門，遇大風卒起，風檣摧敗，夜漂至慈溪之東岸〔二〇〕。舟破，從者百餘人皆散走。師獨安坐水中不動，從者還救之，乃免。居雪竇一年，復謝去，還金牛，以元豐五年九月甲午示寂，俗壽六十七，僧臘六十三。覺澄等即以某月丁未葬師于金牛之西壠，累墳，遂塔焉。

師操行卓越，而遇人有恩意，雖對賓客，未嘗與衆異饌。夜，輒從衆僧寢于堂中，不入丈室。雅性樂施，所得金錢繒帛，率緣手盡，其徒以此歸之。又多才藝，工於詩，字畫有法，閒居絶口不掛事。事雖交至錯出，處之晏然，無不集者。當時賢士大夫聞其風，皆傾意願與之遊。始用參知政事高公若訥奏〔二〕，賜紫方袍。又用節度使李公端愿奏〔三〕，賜號圓通大師。凡十被請，從之者四，皆天下名山巨刹。道化方行，輒託事隱去。州郡雖欲挽而留之，不可得也。弟子五十有五人，所著詩、頌、文集凡五卷，又撰次其自少至老出處之迹一篇，號穉耄典記，以自見云。謹狀。

【校】

〔有講肆〕「肆」原誤作「肆」，據張本、胡本、李本、段本、王本、秦本、四部本改。

〔嵬瑣詼諧〕王本、四部本「嵬瑣」作「猥瑣」，通。

〔閒居絶口不掛事事〕：王本、四部本「事事」作「世事」。

【箋注】

〔一〕本篇云圓通禪師「以元豐五年九月甲午示寂」，當作於此後不久。五燈會元卷十二臨濟宗金山穎禪師法嗣：「潤州金山懷賢圓通禪師，僧問：『師揚宗旨，得法何人？』師拈起拂子。僧問：『鐵甕城頭曾印證，碧溪岸畔祖燈輝。』師拂一拂，曰：『聽事不真，唤鐘作甕。』」

〔二〕温州永嘉：宋史地理志四兩浙路：「瑞安府，本温州，永嘉郡。」今浙江温州。

〔三〕西方白蓮浄觀：指浄土宗，亦稱蓮宗，以念佛往生彌陀浄土爲宗旨。唐善導創立，奉東晉慧遠爲始祖。慧遠曾在廬山東林寺集僧俗百二十三人結社，當時賢士劉遺民、宗炳、雷次宗、周續之等均與之，於精舍旁植白蓮，故稱白蓮社或蓮宗。二祖爲善導、三祖承遠、四祖法照、五祖少康、六祖延壽、七祖省常、八祖蓮池、九祖省庵，見蓮社高賢傳、蓮宗九祖傳略。

〔四〕天禧：宋真宗年號，公元一〇一七至一〇二一年。

〔五〕法器：佛家謂行道者曰法器。法華經提婆品：「女人垢穢，非是法器。」山堂肆考：「二祖慧可久事達摩，莫聞誨勵，乃斷臂求法，師知是法器，付以衣鉢。」

〔六〕最後句：達觀禪師曇穎，宋詩紀事卷九一：「曇穎，錢塘丘氏子，出家龍興寺，與歐陽永叔、刁景純游。嘉祐四年，示寂於金山龍游寺。」潤之因聖，指潤州因聖院。潤州，今江蘇鎮江。五燈會元卷十二稱潤州金山曇穎達觀禪師，係谷隱蘊聰禪師法嗣。

〔七〕皇祐：宋仁宗年號，公元一〇四九至一〇五四年。

〔八〕王公琪：王琪，成都華陽人，字君玉，官館閣校勘、集賢校理，歷開封府推官，兩浙淮南轉運使。皇祐中，以龍圖閣待制知潤州，移守江寧，終禮部侍郎，宋史有傳。

〔九〕甘露：寺名，在今鎮江北固山上。三國吴甘露中建。見讀史方輿紀要江南鎮江府。

〔一〇〕太平之繁昌：宋史地理志四江南東路：「太平州……縣三：當塗，蕪湖，繁昌。」今屬安徽省。

〔一一〕隱静：寺名。

〔一二〕瑞新禪師：福昌善禪師法嗣。五燈會元卷十五：「潤州金山瑞新禪師，僧問：『吾有大患，爲吾有身，父母未生，未審此身在什麽處？』師曰：『曠大劫來無處所，若論生滅盡成非。』」

〔一三〕清涼：寺名。在今江蘇南京市清涼門内。

〔一四〕達觀自明州句：明州，宋時屬兩浙路，治所在今浙江寧波。雪竇，山名，山有資聖寺，見卷三十與參寥大師簡注〔一〇〕。龍游，寺名，故址在今江蘇鎮江金山上，亦稱金山寺。

〔一五〕丹陽：縣名，宋時屬兩浙路鎮江府。在今江蘇鎮江市之東滬寧鐵路一側。

〔一六〕劉公述：劉述，字孝叔，湖州人。歷知温、耀、真州，神宗時，授吏部郎中。王安石參知政事，述兼判刑部，安石争謀殺刑名，述不以爲是，因貶知江州。蓋熙寧中也。見宋史本傳。

〔一七〕以圓通召師：圓通，佛寺名，在今江西廬山上。

〔一八〕史館刁公約：刁約，衎之孫，字景純，能文章，天聖進士，寶元中爲館閣校理，後直史館。掛冠歸潤州，築室曰藏春塢。見尚友録卷六。

〔一九〕明覺：即重顯(九八〇——一〇五二)，遂寧(今屬四川)人，俗姓李，字隱之，乾興元年(一〇二二)，住資聖寺，以雪竇爲號。有僧問：「如何是諸佛本源?」師云：「千峯寒色。」皇祐中卒，謚「明覺大師」。著有瀑泉集、頌古百則、明覺禪師語録，雪竇開堂録等。見續傳燈録一、新續高僧傳十四、五燈會元十五。

〔二〇〕慈溪：縣名，宋時屬明州奉化郡。今屬浙江。

〔二一〕高公若訥：高若訥，字敏之，榆次人。累官起居舍人，知諫院。慶曆黨争中，曾奏貶歐陽修爲夷陵令。官至參知政事。宋史有傳。

〔一二〕李公端愿：李端愿，字公謹，遵勖之子，以母獻穆公主（太宗女、真宗妹）恩，七歲授如京副使，四遷爲恩州團練使。累進邢州觀察使、鎮東軍留後。歷知襄鄧、相州。神宗即位，連年請老，以太子少保致仕。哲宗嗣位，進太子太保，卒贈開府儀同三司。見宋史外戚傳上。

録寶林事實〔一〕

寶林禪院，始於宋元徽中浮圖惠基〔二〕，得郡人皮道輿所施宅，因山以造。梁大同中〔三〕，賜號寶林寺，唐會昌中廢〔四〕，乾符中復興〔五〕，更號應天寺，本朝因之。其山一名寶林，一名飛來，一名龜山〔六〕，上有鰻井，歲旱禱雨輒應〔七〕，事見圖記〔八〕。

熙寧十年八月丙申，一夕火，棟宇灰燼。十月，給事中集賢修撰程公來領州事〔九〕，登其山故址而歎悼之。於是郡之衣冠緇素數十人詣州自陳，請修復故寺，公爲具其事以聞，逾月，賜號寶林禪院，遂以明年三月興工，復率僚屬親至其上勸勞之。衆皆感激思奮，奔走承事，下至刮摩摶石之技，咸盡其能，而貧富各以財力施。其制蓋即山巔爲多寶塔，塔有環屋，其北爲羅漢殿，殿旁如塔之制。其南降而夷山腹爲法堂，法堂之東爲寢堂，又東爲方丈。又降而南，得平地，爲佛大殿，殿有兩廡以達于東西序，前爲三門，其左則鐘樓、幡刹〔一〇〕、厨庫之所相望也，其右則轉輪〔一一〕、經藏、僧堂之所相屬也。繚以高垣，甃以方甓，未踰再期，而金石土木之觀侈於舊三倍。都人士女俯仰瞻歎，疑有神鬼相之。凡吴越之間，塔廟以火廢者，其復未有如寶林之遽者也。

蓋越之城南，左右數十里，疾馳屹立皆屬於秦望〔一二〕；而秦望又率其左右之山因鑑水謁于越。越城之中，能與秦望爲主客者凡三山：卧龍〔一三〕、寶林、蕺山也〔一四〕。卧龍爲郡守所治，而蕺山少東，不能正受秦望之謁。是越之形勢，自卧龍已下，未有如寶林者。其地如此，宜其廢不踰時而復興矣。

方寺之未火時，便房曲道，各自爲家，山川之勝蔽虧隔閡者十六七，而前世詞臣才士如元稹、李紳、徐浩之徒〔一五〕，猶誦歎不已，見於篇章。矧今制度一新，神工天巧，廓然披露，可以岸巾憑几而盡得之。使數子而在，其所誦歎又可知已。然則，前日之廢，豈非所以爲今日之興乎？

公一日率賓客至其上，顧謂觀曰：「寶林之中興，天也，余何力焉？雖然，不可使其事掩抑不少概見於世，前日賜號，革爲十方，集賢孫公既爲之記矣〔一六〕。今棟宇垂備，將乞文於集賢林公〔一七〕，子亦與見吾事者也，盍摭厥實以請，庶幾二集賢之文，相與傳於無窮，不亦韙歟！」觀承命掇其大概，并公之意而次之，號曰寶林事實，以獻諸集賢云。

【校】

〔修復故寺〕「寺」原誤作「幸」，據王本、四部本改。

【箋注】

〔一〕據秦譜，本篇作於元豐二年己未（一〇七九）如越省親之際。

〔二〕宋元徽：南朝宋後廢帝劉昱年號，公元四七三年至四七七年。

〔三〕梁大同：梁武帝蕭衍年號，公元五三五年至五四六年。

〔四〕唐會昌：唐武宗李炎年號，公元八四一年至八四六年。

〔五〕乾符：唐僖宗李儇年號，公元八七四年至八七九年。

〔六〕其山三句：謂一山有三名。今又名塔山，在浙江紹興南門內。

〔七〕上有鰻井二句：沈括夢溪筆談卷二十：「越州應天寺有鰻井，在一大磐石上，其高數丈，井纔方數寸，乃一石竅也，其深不可知。唐徐浩詩云：『深泉鰻井開。』即此也，其來亦遠矣。鰻將出游，人取之置懷袖間，了無驚猜，如鰻而有鱗，兩耳甚大，尾有刃迹，相傳黄巢曾以劍制之。凡鰻出游，越中必有水旱疫癘之災，鄉人常以此候之。」

〔八〕圖記：王洙有皇祐方域圖記三十卷。

〔九〕程公：程師孟，見卷七遊龍門山次程公韻注〔一〕。

〔一〇〕幡刹：寺前幡杆。鄭文寶南唐近事：「（馮）僎一夕夢登崇孝寺幡刹極高處打方響。」

〔一一〕轉輪：指金、銀、銅、鐵四轉輪王。俱舍論十二：「有轉輪王生……此王由輪旋轉應導，威伏一切，名轉輪王。施設足中説有四種：金銀銅鐵應別。」

〔一二〕秦望：山名。嘉泰會稽志卷九：「秦望山，在縣東南四十里。……輿地紀云：秦望在州城南，爲衆峯之傑，秦始皇登之以望南海。」

〔一三〕卧龍：山名，見卷五送蔡子驤用蔡子駿韻注〔一〕。

〔一四〕蕺山：嘉泰會稽志卷九：「蕺山，在府西北六里，舊經云：越王嗜蕺，採於此山，故名。」

〔一五〕元稹、李紳、徐浩：皆曾守會稽，並有詩。元稹，見卷二〇陳寔論注〔八〕。李紳，唐潤州無錫人，字公垂。元和進士，官至宰相。新、舊唐書有傳。徐浩，字季海，肅宗朝授中書舍人，德宗朝進會稽郡公。新、舊唐書有傳。

〔一六〕集賢孫公：指孫覺，神宗時，直集賢院。詳卷二夜坐懷莘老司諫注〔一〕。茆泮林孫莘老年譜謂熙寧十年作寶林禪院記。案：茆氏所載不確。院毀於熙寧十年八月，「明年（元豐元年）三月興工」，「未逾再期」而修復，其時當在元豐二年初。孫覺安得於禪院未修復時作記？據宋刊三山志秩官載，覺於元豐元年十二月至四年四月知福州，寶林禪院記應作於赴官之初。

〔一七〕集賢林公：蓋指林希，希，字子中，福州人，曾爲集賢校理，元豐初與趙抃唱和於杭州。宋史有傳。

代蔡州進銀絹狀〔一〕

大鈞播物，難酬坱圠之恩〔二〕；墜露增流，以致眇微之意〔三〕。前件物山澤所寶，箱篚攸資。屬茲誕聖之辰，式備充庭之貢。

【箋注】

〔一〕本篇蓋元祐二年丁卯（一〇八七）作於蔡州，中云「屬茲誕聖之辰」，爲七月坤成節或十二月興龍節，即高太皇太后或哲宗之誕辰。參見卷二六賀坤成節表注〔一〕、賀興龍節表注〔一〕。

〔二〕大鈞二句：猶言聖恩難酬。大鈞，原意指天、大自然；此喻稱聖上。坱圠，彌漫，此處喻聖恩浩大。漢賈誼鵩鳥賦：「大鈞播物兮，坱圠無垠。」

〔三〕墜露二句：自謙貢物菲薄。墜露，楚辭屈原離騷：「朝飲木蘭之墜露兮。」

代蔡州進瑞麥圖狀〔一〕

勘會本州，自春已來，屢得雨澤，已於某月日具狀奏聞。訖今來二麥並已成熟，地無高下，所收斗斛，數倍當年，及諸縣節次申送，致麥苗有一莖二穗或三穗，其多有至五穗者甚多。父老等皆云數十年來無此豐熟，亦未嘗見有麥苗一莖至數穗者。以此見二聖臨御已來〔二〕，功化日新，利興害去，善氣充塞，致此嘉應。臣待罪郡守，目睹其事，不敢隱默，謹畫成圖子一本，隨狀上進以聞，謹奏。

【箋注】

〔一〕本篇當作於元祐五年庚午（一〇九〇）夏。文云「臣待罪郡守」，指蔡州郡守王存。存於元祐四年六月罷尚書左丞，以端明殿學士知蔡州，以臺諫論其與范純仁「營救蔡確」故也，據宋史五行志四：「元祐元年春，諸路旱。……是冬，復旱。二年春，旱。三年秋，諸路旱；京西、陝西尤甚。四年春，京師及東北旱，罷春燕。八年秋，旱。」而未及五、六、七年。五年六月以後，少游入京供職祕書省。則此文之作，應在五年。

〔二〕二聖：指太皇太后高氏與哲宗。

代薦蔡奉議奏狀〔一〕

竊以管下居住，具位蔡駟〔二〕，少以文翰見推流輩，仕宦所至，皆有能聲。安貧守道，恬於進取〔三〕。有士如此，豈敢不言？伏望聖朝特賜考察，擢充臺省清要任使〔四〕。

【箋注】

〔一〕本篇似作於元祐四年己巳（一〇八九）。續資治通鑑長編卷四三五云，是歲十一月壬午，「奉議郎蔡駰充編修官」，「駰」與「駟」，蓋形近而誤。蔡駟，字里不詳。卷五有送蔡子驥用蔡子駿韻，疑即其中之一人。奉議郎，宋初爲從六品上階文散官，太平興國初，改爲奉直郎。元豐三年後，以奉議郎爲新寄禄官，相當於太常、祕書、殿中丞、著作郎。案：是時王存守蔡州，蔡駟在其「管下」，此文當代王存而作。

〔二〕具位：漢書翟方進傳：「欲當大位，爲具臣以全身，難矣！」注：「具位之臣，無功德也。」

〔三〕恬於進取：淡於進取。謂不求功名利禄。

〔四〕臺省清要：指任編修一職。據長編卷四三五云：「壬午，詔：樞密院諸房條例，久未經編修；又自官制後舊事隸屬他司，所存者亦未删正冗雜，難以檢用。命承旨司取索編修……」因以蔡駟、衡規二人任此職。「承旨司」屬翰林學士院，所取之編修，自屬「清要」。清要者，「職慢位顯謂之清，職緊位顯謂之要，兼此二者，謂之清要」，見趙升朝野類要二稱謂。

淮海集箋注卷第三十七

書

上王岐公論薦士書〔一〕

門下相公閣下〔二〕，某淮海一介之士，行能無取，比汲汲焉惟犬馬之養是營〔三〕，釜鍾之禄是干〔四〕。行年三十有七矣，而脂韋汩没〔五〕，德不加充，學不加進，可謂無以别於常人者，豈復有意求知於搢紳先生之門哉？比者先人之友喬君執事，奉使吴越，道過淮南〔六〕，具言常辱相公齒及名氏。屬喬君喻意，使進謁於門下。夫布衣之賤，獲見知於宰相，此古人所以書亟上、日掃門而求者也。顧某之不肖，何以辱此？幸甚幸甚。

然嘗聞之，禍莫大於蔽賢，福莫長於薦士。漢武之大臣，其功莫如衛、霍〔七〕，其酷莫如張湯〔八〕。青、去病之後，侯失國除，其傳不過一再〔九〕。而湯之子孫，茅土相襲，逮乎東京〔一〇〕，何哉？一身之功過，不足以易天下之利害。故青、去病受蔽賢之禍〔一一〕，而湯獲薦士之福〔一二〕。雖微二三子，古之人其孰不然哉？一沐三握髮，一飯三吐哺，起以待士，猶恐失天下之賢人〔一三〕。蓋其封於少昊之墟曲阜〔一四〕，廟食者三十有四世，其別封者又爲凡、蔣、邢、茅、胙、祭之國〔一五〕。夫周公之求賢豈有意於求福哉？天之報施，自當然耳。

伏惟相公輔先帝已來，陰陽調和，廢政具舉，吏民效職，夷狄賓貢，其度數聲名文物之盛，粲然與唐虞同風。逮承顧命，立今天子，宗社至計，定於從容，已事缺然，若無所與，其功德可謂冠百辟而通神明矣〔一六〕。當此之時，雖持尊養嚴，却客疏士，固於盛致未可云損。然猶區區訪諏〔一七〕，發於至誠。如某之不肖，尚掛左右之餘論，又況盛德尊行、魁奇雋偉之才乎！誠推所以辱賜不肖之意，思天下所謂盛德尊行、魁奇雋偉之才，抱能而不試，已用而未顯者，兼收並進之，使朝野内外，才能各當其分，無一人失其所者；則相公雖不求於天，天之所以報王氏之子孫者，當不下於周公矣。惟相公察焉！干冒鈞嚴，俯伏惟命，不宣。

【校】

〔比者〕「比」原誤作「此」，據胡本、李本、段本、王本、秦本、四部本改。

【箋注】

〔一〕本篇云：「行年三十有七矣。」又云：「逮承顧命，立今天子，宗社至計。」故知作於元豐八年哲宗嗣位之後。王岐公，王珪，字禹玉，成都華陽人。舉進士甲科。歷知開封府，熙寧九年，進同中書門下平章事。元豐八年，神宗有疾，請立延安郡王爲太子。太子立，是爲哲宗。續資治通鑑卷七八謂元豐八年三月庚午，「進封尚書左僕射郇國公王珪爲岐國公」，五月庚戌卒。宋史有傳。是時少游入京應舉，故上書以干謁。

〔二〕門下相公：據宋史宰輔表，是時王珪拜尚書左僕射兼門下侍郎，故稱。

〔三〕犬馬之養：自謙養親之情，參卷三十與蘇公先生簡其一注〔六〕。

〔四〕釜鍾之禄：喻微薄官俸。左傳昭公二十六年：「豆區釜鍾之數，其取之公也。」晏子春秋問下：「齊舊四量：豆、區、釜、鍾。四升爲豆，各自其四，以登於釜，釜十則鍾。」案：釜，六斗四升；鍾，六斛四斗。

〔五〕脂韋汩没：見卷三十與蘇公先生簡其一注〔二〕。

〔六〕比者三句：喬君，喬執中，字希聖，見卷六送喬希聖注〔一〕、補遺秦淮海帖注〔一〕。

〔七〕衛、霍：衛青，見卷十三任臣下注〔二〕。霍去病，見卷十六奇兵注〔七〕。

〔八〕張湯：見卷十三任臣下注〔三〕。

〔九〕青、去病之後三句：漢書衛青霍去病傳：「去病……元狩六年薨。……子嬗嗣……從封泰山而薨，無子，國除。自去病死後，(衛)青長子宜春侯伉坐法失侯。後五歲，伉弟二人：陰安侯不疑、發干侯登，皆坐酎金失侯。後二歲，冠軍侯國絶。後四年，元封五年，青薨。……子伉嗣，六年坐法免。」

〔一〇〕而湯之子孫三句：漢書張湯傳贊：「漢興以來，侯者百數，保國持寵，未有若富平者也。」案張湯子安世封富平侯。安世薨，子延壽嗣，位列九卿，國在陳留，薨，子勃嗣，勃薨，子臨嗣，臨薨，子放嗣，放死，子純嗣，「王莽時不失爵」，(東漢)建武中封武始侯。東京，指東漢也。見漢書張湯傳。

〔一一〕故青、去病受蔽賢之禍：漢書衛青霍去病傳贊：「蘇建嘗説青『大將軍至尊重，而天下之賢士大夫無稱焉，願將軍觀古名將所招選者，勉之哉！』青謝曰：『自魏其、武安之厚賓客，天子常切齒。彼親待士大夫，招賢黜不肖者，人主之柄也。人臣奉法遵職而已，何與招士！』票騎(霍去病)亦方此意，爲將如此。」

〔一二〕而湯獲薦士之福：漢書張湯傳：「(湯)及列九卿，收接天下名士大夫」，「其欲薦吏，揚人之善，解人之過」，「於故人子弟爲吏及貧昆弟，調護之尤厚。」

〔一三〕一沐三握髮四句：見史記魯周公世家。又韓詩外傳卷三：「成王封伯禽於魯，周公誡之曰：『……吾於天下，亦不輕矣，然一沐三握髮，一飯三吐哺，猶恐失天下之士。』」言周公於沐髮用飯之際，聞有客至，立即出迎。後遂用以形容勤於國政、求賢若渴。

〔一四〕蓋其封句：史記魯周公世家：「封周公旦於少昊之虛曲阜，是爲魯公。周公不就封，留佐武王。……而使其子伯禽代就封於魯。」正義引括地志云：「兗州曲阜縣外城，即魯公伯禽所築也。」

〔一五〕其別封句：左傳僖公二十四年：「凡、蔣、邢、茅、胙、祭，周公之胤也。」案通志氏族略以國爲氏：「凡氏，周公第二子凡伯之後，爲周畿内諸侯。袁崧云：凡，在共縣西南。」又：「蔣氏，周公之第三子所封之國也。杜預云：弋陽期思縣是。按：期思，宋改爲樂安，今光州仙居縣是也。」又唐書宰相世系表：「邢氏出自姬姓，周公第四子封於邢。」又通志氏族略以國爲氏：「茅氏，周公之後也，今濟州金鄉是其地。」又：「胙氏，周公之後也，今滑州胙城是。」又通志氏族略以邑爲氏：「祭氏，姬姓，周公第七子所封，其地今鄭州管城東北祭城是也。」

〔一六〕百辟：詩大雅假樂：「百辟卿士，媚於天子。」文選張衡東京賦：「然後百辟乃入，司儀辨等，尊卑以班。」李善注：「百辟，諸侯也。」後亦泛指公卿。

〔一七〕區區訪諏：區區，同拳拳，愛也，見廣雅釋訓。訪諏，猶諮諏，徵求詢問。三國志蜀書諸葛亮傳：「陛下亦宜自謀，以諮諏善道，察納雅言，深追先帝遺詔。」

上呂晦叔書〔一〕

五月日,進士秦某,謹再拜獻書知府大資閣下。某聞天下之功,成於器識;來世之名,立於學術。古之大臣,以道事君,不可則止,未始有意於功名。然其器識學術,博大而精微,則功名翕然與時自至,雖欲深閉固拒,揮而去之,不可得也。

昔漢昭宣之時,霍光以宿衛之臣,任漢室之寄,大器將傾,徐起而正之,神色不變,此其器識實有以過人者;然操持國柄,不知消息盈虛之運,身死肉未及寒,而宗族滅矣,則學術不明之弊也〔二〕。其後順桓之間,李固以一時名儒,位居三事,扼姦臣之吭而奪其氣,此其學術真有古之遺風;然易舉輕發,不能定大計於無形,至爭以口舌,申之書牘,事固不就,身亦隨之喪焉,則器識不宏之弊也〔三〕。非特二子爲如此,大抵西漢之士器識優於學術,故多成功而名不足;東漢之士學術優於器識,故多令名而功不成。夫君子以器爲車,以識爲馬,學術者,所以御之耳。西漢之士如環人之車〔四〕,駕以駃騠〔五〕,驅通道,上峻阪,無所不可。然而日暮途遠,倒行逆施者有焉〔六〕。東漢之士如泰豆氏持策攬轡〔七〕,圓旋中規,方折中矩〔八〕,然而車弊馬羸,轉薄於險阻之間,則固已敗矣。

某狂妄，嘗以此説推論歷世豪傑之士，又以默觀當今之時，而搢紳先生有告某者，以謂器足以任天下之事，識足以致無窮之遠，學足以探天人之頤〔九〕，術足以偶事物之變，如古之所謂大臣，非閤下不足以與於此。又曰：閤下之道，如元氣行乎渾茫之中，其發爲風霆雨露者特糟粕耳。某時方食，聞之投匕箸而起〔一〇〕，遂欲身從服役之後，求備掃洒之列〔一一〕，而困於無介紹莫獲自通。竊伏淮海，抱區區之願，缺然未厭者有年矣。比者天幸，閤下來守是邦，而某丘墓之邑實隸麾下。是以輒忘賤陋，取其不腆之文，録在異卷，贄諸下執事，又述其願見之説，爲書先焉。

夫大冶無棄金，大陶無棄土〔一二〕，江海不却水，王侯不遺士〔一三〕。某雖不能廉小謹曲以自託於鄉間，然古人所以處廢興而擇去就者，竊嘗講其一二矣。儻閤下不賜拒絶而辱收之，請繼此以進。干冒台嚴，俯伏待命，不宣。

【校】

〔泰豆氏〕原誤作「豆泰氏」，據王本、四部本改。

【箋注】

〔一〕本篇云：「進士秦某，謹再拜知府大資閤下。」又云：「比者天幸，閤下來守是邦，而某丘墓之邑實隸麾下。」可證作於吕晦叔守揚州時。案：宋承唐制，凡應進士科考試之舉人，皆稱進士，並爲布衣。故此時少游尚未中進士。大資，資政殿大學士之簡稱。據續資治通鑑長編卷三四二云：元豐七年春正月，吕公著（晦叔）以資政殿大學士移知揚州，本篇當作於是歲五月。參見卷三春日雜興十首其一注〔一〕。

〔二〕昔漢昭宣之時……則學術不明之弊也：漢書霍光傳贊：「霍光……受襁褓之託，任漢室之寄……因權制敵，以成其忠，處廢置之際，臨大節而不可奪，遂匡國家，安社稷，擁昭立宣，光爲師保，雖周公、阿衡，何以加此！然光不學亡術，闇於大理……以增顛覆之禍，死纔三年，宗族誅夷。」少游立論，基本同此。參見卷二十三擬郡學試近世社稷之臣論注〔一四〕。

〔三〕其後順桓之間……則器識不宏之弊也：姦臣，指梁冀。後漢書李固傳贊：「順桓之間，國統三絶，太后稱制，賊臣虎視。李固據位持重，以争大義，確乎而不可奪。……觀其發正辭，及所遺梁冀書，雖機失謀乖，猶戀戀而不能已。」「以争大義」，即少游所謂「争以口舌」；「所遺梁冀書」，即少游所謂「申之書縢」。縢，布袋。戰國策趙策一：「嬴縢負書擔橐。」漢書雖説李固「機失謀乖」，而重其氣節。少游則肯定其學術而短其器識，立論角度有所不同。

〔四〕環人之車：周禮秋官：「環人，掌送逆邦國之通賓客，以路節達諸四方。舍則授館，令聚欜；有任器，則令環之。凡門關無幾，送逆及疆。」

〔五〕駃騠：即騾子。本草騾：「牡馬交驢而生者爲駃騠。」又史記匈奴傳：「其奇畜，則槖駞、驢贏、駃騠、駒駼、驒騱。」集解：「徐廣曰：駃騠，北狄駿馬。」

〔六〕然而日暮途遠二句：史記主父偃列傳：「主父曰：『臣結髮求學四十餘年，身不得遂，親不以爲子，昆弟不收，賓客棄我，我阸日久矣。且丈夫生不五鼎食，死即五鼎烹耳。吾日暮途遠，故倒行暴施之。』」

〔七〕泰豆氏：列子湯問：「造父之師曰泰豆氏。造父之始從習御也，執禮甚卑。泰豆三年不告，造父執禮愈謹。」

〔八〕圓旋中規二句：禮記玉藻：「（君子之行）周還中規，折旋中矩。」還，通旋。

〔九〕探天人之頤：易繫辭上：「探頤索隱，鉤深致遠。」疏：「探，謂闚探求取；頤，謂幽深難見。」

〔一〇〕投匕箸而起：三國志蜀先主傳：「先主方食，投匕箸而起。」此處謂激動而輟食。

〔一一〕求備掃灑之列：大學章句序：「至於庶人之子弟，皆入小學，而教之以灑掃應對進退之節，禮樂射御書數之文。」此謂執弟子之禮。

〔一二〕夫大冶二句：大冶，鑄鐵匠之至巧者；大陶，窯工之至巧者。漢書董仲舒傳：「陶冶而成之。」注：「陶以喻造瓦，冶以喻鑄金也。言天之生人，有似於此也。」

〔一三〕江海不却水二句：李斯諫逐客書：「河海不擇細流，故能就其深；王者不却衆庶，故能明其德。」

【彙評】

林紓林氏選評名家文集淮海集：此亦干人之書，才士之所不免。然論東漢之士，真識高於頂。

謝王學士書〔一〕

史院學士閣下，某愚不自揆，竊嘗以謂衣冠而稱士者，宜有以異於流俗而以古人自期。故凡方册所載，簡牘所存，不見則已；苟有見焉，未嘗不熟誦其文，精覈其義，縱觀其形勢，而私掇其英華，敝精神，勞筋力，不能自休已者十年於兹矣。然志大而才不揜，事左而身益困，每觀今時偶變投隙之士，操數寸之管，書方尺之紙，無不拾取青紫爲宗族榮耀〔二〕，而已獨碌碌抱不售之器以自濵於飢寒，鄉人憫其愚而笑之。干禄少年，至指以爲戒，雖某亦自疑焉。因計曰，劍工之惑劍，劍之似莫耶者惟歐冶能名其種。玉工之眩玉，玉之似碧蘆者惟猗頓不失其情〔三〕。夫宗工碩儒，亦後進之歐冶、猗頓也，何重惜一見以質其胸中之疑乎？於是試取其所爲文投執事，而諸公見之乃大稱借，以爲非世俗之所知，復激勸之，使卒其業。故前輩諸公在東南者〔四〕，多得與之遊焉。

然某之私意尚有所不滿者，獨以未見閣下也。前日復衣食所迫，求試有司，遂得進謁左右，屬賓客盛集，不獲薦其區區。方謀繼見，而閣下固已得鄙文於從遊之間。伏蒙猥賜薦寵，以爲可教，亦如諸公所云。某於是自決不疑，亦知前志之不謬、俗議之不足卹，而古人爲可信也。古之人有立行著書而舉世莫或知者，猶業之如故，以俟後之君子，況不至於是者耶？

天不爲人惡寒而輟其冬，地不爲人惡險而易其廣，君子不以小人之匈匈而易其行〔五〕。某雖不肖，竊誦此久矣。自擯棄以來，尤自刻勵，深居簡出，幾不與世人相通，獨念昨出都時，會閣下在告，私懷惓惓有所未畢。適有西行之便，故復略而陳之，并以近所爲詩文合七篇獻諸執事。伏惟閣下道德文章爲一時君子之所望，鄙陋之迹固已獲進於前日矣。宜更賜指教，水導而木植之，使駑駘蹇服，知所趨向，不繆於先進之迹，亦君子樂育人材之義也。惟深賜憐察，幸甚幸甚。

【校】

〔碧蘆〕王本、四部本作「碧盧」。

【箋注】

〔一〕本篇云：「前日復衣食所迫，求試有司。」蓋指元豐元年在京應舉。王學士，似指王存（字正仲），存歷仕館閣校勘，集賢校理、史館校對。元豐元年，神宗察其忠實無黨，以爲國史編修官，修起居注。故此處稱「史院學士」。詳見卷六正仲左丞生日注〔一〕。

〔二〕拾取青紫：謂獵取功名富貴。漢書夏侯勝傳：「士病不明經術，經術苟明，其取青紫如俯拾地芥耳。」顏師古注謂「青紫」爲「卿大夫之服」，袁文甕牖閑評三已指出其不確。杜甫夏夜歎「青紫雖披體，不如早還鄉」即承其誤。此「青紫」指綬色。東觀漢記謂漢「三公金印紫綬，九卿銀印青綬」者是。

〔三〕劍工之惑劍四句：淮南子氾論訓：「故劍工惑劍之似莫邪者，唯歐冶能名其種；玉工眩玉之似碧盧者，唯猗頓不失其情。」高誘注：「碧盧，或云碔砆。猗頓，魯之富人，能知玉理，不失其情也。」案：歐冶子，春秋時冶匠，曾爲越王鑄湛盧、巨闕等五劍，後又與干將爲楚王鑄龍淵、泰阿等三劍。莫邪，古劍名，干將之妻莫邪造。見越絶書十一。

〔四〕故前輩諸公在東南者：此指蘇軾（時守徐）、孫莘老（高郵人）、喬執中（高郵人）、李常（公擇）等。

〔五〕天不爲人惡寒三句：見荀子天論。原文與引文小異：「天不爲人之惡寒也輟冬，地不爲人之惡遼遠也輟廣，君子不爲小人匈匈也輟行。」楊倞注：「匈匈，喧嘩之聲，與訩同。」

【彙評】

林紓林氏選評名家文集淮海集：語頗歷落有致。

謝曾子開書〔一〕

史院學士閣下，某不肖，竊伏下風之日久矣〔二〕，顧受性鄙陋，又學習迂闊，凡所辛苦而僅有之者，率不與世合。以故分甘委棄，不敢輒款於搢紳之門。比者不意閤下於遊從之間得其鄙文而數稱之〔三〕，士大夫聞者莫不竊疑私怪，以爲故嘗服役於左右，而某未嘗一望閤下之屨舄也〔四〕。

竊觀今之士子，峩冠大帶求試於有司殆五六千人，學宫儒館以教育自任者無慮百數。其因緣親故以爲介紹，談説道真以爲贄獻〔五〕，善詞令以干謁者，俛理色以叩閽人〔六〕，冒汙忍耻、僥倖人之已知者，迹相仍、袂相屬也。然而得善遇者十無五六，與之進而教誨者十無二三。至於許之以國士之風〔七〕，借之以齒牙餘論者〔八〕，蓋百無一二焉。其售愈急，其價愈輕，亦其勢之然也。

某與閤下非有父兄之契、姻黨鄉縣之舊，介紹不先，贄納不前，謁者未嘗知名，閽人莫識其面；而閤下獨見其骫骳之文以爲可教〔九〕，因曲推而過與之。傳曰：「鳴聲相應，仇偶相從，人由意合，物以類同。」〔一〇〕嗚呼，閤下之知某，某之受知於閤下，可謂無愧乎今之人矣。

前日嘗一進謁於執事，屬迫東下，不獲繼見，以盡所欲言。旋觸閧罷〔一一〕，遂無入都之期，燕居閒處，獨念無以謝盛意之萬一。輒因西行之便，略陳固陋，并近所爲詩、賦、文、記合七篇，獻諸下執事。伏惟閤下既推借之於其始，宜成就之於其終，數灌漑以茂其本根，削垢翳以發其光明，不問疏賤而教之以書，使晚節末路獲列於士君子之林〔二〕。則某與閣下非特無愧於今之人，又將無愧於古之人矣。古語有云：「烹牛而不鹹，敗所爲也。」〔三〕此言雖小，可以喻大。惟閣下裁之。

【校】

〔談説道真〕王本、四部本「真」作「德」。

〔烹牛而不鹹〕王本、四部本「鹹」作「鹽」。

案：底本篇末以雙行小字附曾子開答書，今移置附録四。

【箋注】

〔一〕本篇當作於元豐五年壬戌（一〇八二），中云：「前日嘗一進於執事，屬迫東下，不獲繼見。」當指落第歸來。曾子開答淮海居士書云：「參寥至京。」又云：「春寒眠食佳否？」可證少游作此書於秋冬，而子開答於次年之春。曾子開名肇，曾鞏弟，宋史本傳謂「擢崇文校書、館閣校勘兼國子監直講。」以兄布行新法被責，滯於館下，恬然無愠。三曾年譜本曾肇年譜謂元豐五年八月除國史院編修。故此處稱史院學士。

〔二〕下風：喻所處之下位。左傳僖公十五年：「皇天后土，實聞君之言，群臣敢在下風。」

〔三〕比者句：曾肇答淮海居士書：「參寥至京，久而復見，自言與足下遊最舊，一日出足下所爲詩并雜文讀之，其辭瓌瑋閎麗，言近指遠，有騷人之風。」

〔四〕未嘗一望閣下之屨舄：自謙未曾與曾肇謀面。屨舄，鞋也，單底爲屨，複底爲舄。陶宗儀輟耕録屨舄履考：「禪下曰屨，複下曰舄。」禪，單也。

〔五〕道真：道德之真義。後漢書張衡傳：「何道真之純粹兮，去穢累而票輕。」注：「道真爲道德之真。班固幽通賦曰：『矧沈躬於道真。』」

〔六〕俛理色：謂低首下心。文選司馬遷報任安書：「其次不辱理色，其次不辱辭令。」注：「良曰：理，義理；色，顔色也。」

〔七〕國士之風：漢書李廣傳附李陵傳載陵敗降匈奴，群臣皆罪陵，漢武帝以問司馬遷，遷言：「陵事親孝，與士信……有國士之風。」因此而獲罪。「許之以國士之風」，謂知己也。

〔八〕齒牙餘論：南史謝裕傳附謝朓傳：「朓好獎人才。會稽孔顗粗有才筆，未爲時知，孔珪嘗令草讓表以示朓，朓嗟吟良久，手自折簡寫之，謂珪曰：『士子聲名未立，應共獎成，無惜齒牙餘論。』」

〔九〕骫骳之文：漢書枚皋傳：「又自詆娸，其文骫骳，曲隨其事，皆得其意。」注：「骫骳，猶言屈曲也。」此指骫骳從俗之文。

〔一〇〕鳴聲四句：見文選王褒四子講德論。

〔一一〕旋觸聞罷：罷，指元豐五年落第罷歸。

〔一二〕晚節末路:文選鄒陽上書吴王:「至其晚節末路,張耳陳勝連從兵之據,以叩函谷,咸陽遂危。」此指在窮途末路之時。

〔一三〕烹牛二句:淮南子説山訓:「遺人馬而解其羈,遺人車而税其轙,所愛者少而所亡者多,故里人諺曰:『烹牛而不鹽,敗所爲也。』」高誘注:「烹羹不與鹽,不成羹,故曰敗所爲。」此喻好事須做到底。

【彙評】

林紓林氏選評名家文集淮海集:文頗自占身分。

與喬希聖論黄連書〔一〕

某比聞公以眼疾,餌黄連至數十兩猶不已,不知果然否?審如所聞,殆不可也。某頃年血氣未定,頗好方術之説,讀醫經數年,嘗記釋者云:「服黄連苦參久而反熱」〔二〕,甚以爲不然,後乃信之。

蓋五味入胃,各歸其所喜。故酸先歸肝,苦先歸心,甘先歸脾,辛先歸肺,鹹先歸腎〔三〕。入肝則爲温,入心則爲熱,入肺則爲清,入腎則爲寒,入脾則爲至陰,而血氣兼之〔四〕。皆謂增其氣不已,則臟氣有所偏勝。有所偏勝,則必有所偏絶〔五〕。黄連苦參，性雖大寒，然其味至苦，入胃則先歸於心，久而不已，則心火之氣勝。火勝則熱，乃其理也。眼疾之生，本於肝之熱〔六〕。肝與心爲子母。夫心爲子，肝爲母，心，火也，肝亦火也，腎，孤臟也〔七〕。人嘗患一水不勝二火。今病本于肝而久餌苦藥，使心有所偏勝，是所謂以火救火，命之曰益多，其不可亦明矣。

夫藥所以療疾，其過也適所以爲疾。聞比初作時十已損其七八，正宜節藥，慎護飲食，以俟其自平，非如決疣潰癰可以忽然一朝去也。輒具以進，惟留意而聽之，無忽。

【箋注】

〔一〕本篇云：「某頃年血氣未定……」案論語季氏曰：「少之時血氣未定。」蓋作於二十歲前後，即熙寧中也。喬希聖，見卷六送喬希聖注〔一〕。黄連，草藥名。本草綱目十三：「黄連，今雖吴蜀皆有，惟以雅州、眉州者爲良。」

〔二〕嘗記釋者云二句：黄帝内經素問至真要大論唐王冰注：「故久服黄連、苦參而反熱者，此其類也。」本草綱目草部黄連李時珍曰：「所以久服黄連、苦參反熱，從火化也。餘味皆然。久則臟氣偏勝，即有偏絶，則有暴夭之道。是以絶粒服餌之人不暴亡者，無五味偏助也。」案：苦參，味苦寒，一名水槐，一名苦蘵。

〔三〕蓋五味入胃七句：素問至真要大論：「夫五味入胃，各歸所喜攻：酸先入肝，苦先入心，甘先入脾，辛先入肺，鹹先入腎。」本篇脱「攻」字，「入」作「歸」，餘盡同。又五臟生成篇：「故心欲苦，肺欲辛，肝欲酸，脾欲甘，腎欲鹹，此五味之所合也。」

〔四〕入肝則爲温六句：素問至真要大論王冰注：「夫入肝爲温，入心爲熱，入肺爲清，入腎爲寒，入脾爲至陰，而四氣兼之。」本篇「血氣」疑爲「四氣」之誤。案：據中醫理論，四季與五臟之肝、心、肺、腎相應。素問水熱穴論篇：「春者木，始治肝」；「夏者火，始治心」；「秋者金，始治肺」；「冬者水，始治腎」，故云「入肝則爲温」云云。又素問陰陽應象大論：「脾……在地爲土。」土即爲地，「積陰爲地」，故曰「入脾爲至陰。」又素問調經論篇：「五臟之道，皆出於經隧，以行血氣。」少游云「血氣兼之」，蓋指此。

〔五〕皆謂增其氣四句：素問至真要大論王冰注：「氣增不已，益歲年則藏（臟）氣偏勝，氣有偏勝則有偏絶。藏有偏絶則有暴夭者，故曰氣增而久，夭之由也。」

〔六〕眼疾之生，本於肝之熱：據中醫理論，五官與五臟有對應關係。素問陰陽應象大論：「肝主目」，「心主舌」，「脾主口」，「肺主鼻」，「腎主耳」。故曰「眼疾之生，本於肝之熱」。

〔七〕肝與心爲子母八句：據中醫理論，五行與五臟各有對應關係，心爲火，肝爲木。木能生火，故曰「心爲子，肝爲母」，「肝亦火也」。素問陰陽應象大論：「在地爲木，……在臟爲肝」；「在地爲火……在臟爲心」。又云：「肝生筋，筋生心。」「腎，孤臟也」，蓋因腎爲水，素問陰陽應象大論：「在地爲水……在臟爲腎。」而心肝皆屬火，故腎與心肝對言是爲「孤臟」。下文云「一水不勝二火」即指此。

【彙評】

李時珍本草綱目草部黄連：秦公此書，蓋因王公（王冰）之説而推詳之也。

林紓林氏選評名家文集淮海集：「藥所以療疾，其過適所以爲疾」，的是名言。

與鮮于學士書

其一〔一〕

昨蒙左右，不以觀之不肖，猥賜論薦，以備著述之科。假借過當，伏增悚懼。觀重惟結髮以來〔二〕，明公以先人之故〔三〕，比諸子弟而教誨之。受性狂妄，動取悔尤，常恐一旦蒙擯絶，則内傷先人之聞，上負門下之義，死不瞑目，敢圖始終假借以及於此？賜非望始，榮幸實深；論報無緣，愧懼滋甚。

韓退之與陳給事書云：「始之以日隔之疏，加之以不專之望，以不與者之心而聽忌者之説，閣下之門由是無愈之跡矣。」〔四〕觀之去門下，于今七年。明公自留臺奉使京東，入爲九列，進拜諫議大夫，供奉仗内〔五〕，士因緣介紹有候門牆希望明公一顧者，肩相摩、跡相接也。觀以聲聞過情，深爲同進所忌，閉關却掃，罪惡日聞。然則明公之門，宜其無觀之迹矣。而詔書比下，明公首以觀充賦〔六〕。乃知君子之所爲自有常度，豈以顯晦數疏而易其意哉？

汝南雖當孔道〔七〕，人事絶少，風氣和平，魚稻蔬果，不減於淮海。士子亦樂於相從，養親讀書之計，極爲安便。但創置之官，居處什物之類，百色皆無。自供職已來，干乞營繕，殆無須臾之閑。久不獲進左右之問，緣此故也。伏望垂悉，幸甚！

【校】

〔其一〕此爲箋注者所加，下同。

〔擯絶〕王本、四部本「擯」作「屏」。

【箋注】

〔一〕本篇云：「觀之去門下，于今七年。」案：少游於元豐三年從鮮于侁游於揚州，七年之後正爲元祐二年。據秦譜，是歲「蘇公與鮮于公侁共以賢良方正薦先生於朝，先生致鮮于公書」云云，故知作於元祐二年。又續資治通鑑長編卷三九六記載，鮮于侁卒於是歲五月二十日，書當作於其前。

〔二〕結髮：古代男子自成童開始束髮，因稱童年爲結髮。

〔三〕先人：自指其父元化公，蓋與鮮于侁同學於太學。

〔四〕韓退之……之跡矣：見全唐文五五二。「閣下」句原作「由是閣下之庭無愈之跡矣」。陳給事，即陳京。馬其昶韓昌黎文集校注：「京字慶復，大曆元年中進士第，貞元十九年……自考功員外遷給事中。」新唐書儒林傳有其傳。

〔五〕明公自留臺奉使四句：少游鮮于子駿行狀云：「元祐元年明堂禮畢，拜右諫議大夫。」續資治通鑑長編卷三八七謂元祐元年九月丁卯，鮮于侁爲右諫議大夫。又卷三九六云，元祐二年三月丙寅，右諫議大夫鮮于侁爲集賢殿修撰知陳州。

〔六〕而詔書二句：續資治通鑑長編卷八十載，元祐二年四月乙未，「詔復賢良方正能言極諫科」。故知鮮于侁之薦在此後不久。

〔七〕汝南：即蔡州。時少游爲蔡州教授。

【彙評】

段斐君本淮海集徐渭評「汝南雖當孔道……極爲安便」：人生惟此樂，雖死，勢位富厚不與焉。

林紓林氏選評名家文集淮海集：行文有激昂之氣。

其　二〔一〕

自承拜命，即欲致左右之問，屬守將驟易，日迫賤事，乃爾後時，皇恐無地。議者謂今中書舍人皆以伯仲繼直西垣〔二〕，前世以來未有其事，誠國家之美，非特衣冠之盛也。除書始下，中外欣然，舉酒相屬；況如觀者，自先舍人已來〔三〕，獲備服役之列，其爲慶慰，何可勝言！引領門仞〔四〕，但有傾倒而已。

【箋注】

〔一〕本篇元祐二年丁卯（一〇八七）五月作於蔡州，中云「屬守將驟易」，指向宗回此時接替郡守，少游代敕書獎諭記云「元祐二年，夏五月，詔以臣某知蔡州軍事」；續資治通鑑長編卷四〇一云是歲五月丁卯，「寶文閣直學士知蔡州謝景温知潁昌府，温州刺史提舉萬壽觀向宗回知蔡州」。

〔二〕議者句：伯仲，指蘇軾、蘇轍等兄弟。西垣，中書省之别稱。據施宿東坡先生年譜下云：元祐元年三月辛未，蘇軾免試除中書舍人；冬，蘇轍遷中書舍人。句中云「皆」，據洪邁容齋隨筆卷十六謂：元祐二年曾子開、劉貢甫二人亦除中書舍人，而「子開之兄子固，子宣，貢甫之兄原甫，皆經是職，故少游有此語云」。

〔三〕先舍人：指其父元化公。漢書高帝紀上：「南陽守欲自剄，其舍人陳恢曰：『死未晚也。』」

注：「舍人，親近左右之通稱也，後遂以爲私屬官號。」

〔四〕門仞，論語子張：「子貢曰：譬之宫牆，賜之牆也及肩，窺見室家之好。夫子之牆數仞，不得其門而入，不見宗廟之美，百官之富，得其門者或寡矣。」此喻師門。

婚書〔一〕

蚤年擁篲〔二〕，嘗趨大丞相之門；末路紬書〔三〕，實佐先翰林之事〔四〕。重以世母，出於伯姜〔五〕。既事契之久敦，宜婚姻之申結。敬承佳命，增慰夙心。

【校】

〔擁篲〕張本作「擁彗」，通。

【箋注】

〔一〕本篇乃爲其女婚姻致親家范祖禹而作。范祖禹范太史集卷三四納采啓云：「某第二子温，樸愚粗立，日訓義方；賢女令淑有聞，尚勤姆教。已協宜家之卜，敢先納采之宜。」據蔡絛鐵圍山叢談四云：「范内翰祖禹……幼子温，字元實……嘗預貴人家會。貴人有侍兒，善歌秦少游長短句……温遽起，叉手而對曰：『某乃「山抹微雲」女婿也。』」「山抹微雲」，少游滿庭芳詞首句。可知少游與祖禹爲親家。文云「末路紬書」，指元祐八年（一〇九三）任史院編修官。詳注〔三〕。又云「嘗趨大丞相之門」，大丞相，蓋指范百禄。百禄，祖禹從父，宋史宰輔表謂元祐七年六月辛酉「自翰林學士、太中大夫除中書侍郎」。案：中書侍郎輔佐中書令，參議大政，奉宣詔旨。元豐改制，以尚書右僕射兼中書侍郎，另置中書侍郎以代參知政事。故此處稱之爲大丞相。

〔二〕蚤年擁篲：擁篲，即執帚，意謂掃除以待賓客。史記孟軻傳附騶衍傳：「（衍）如燕，昭王擁篲先驅，請列弟子之座而受業。」案：少游於元豐八年七月爲范百禄作代謝中書舍人啓，可證。詳見卷二九。故曰「蚤年擁篲」。

〔三〕末路紬書：末路，文選王子淵四子講德論：「曩從末路，望聽玉音。」紬書，謂編書。史記太史公自序：「卒三歲而遷太史令，紬史記石室金匱之書。」案：少游於元祐六年七月由秘書省校對黄本書籍遷正字，以賈易、趙君錫論其「行爲不檢」，未幾而罷；至八年六月復爲正字；七月，以宰相吕大防薦，充史院編修官。故曰「末路紬書」。紬書，指任編修也。

〔四〕先翰林：指范鎮，祖禹之從祖。鎮，字景仁。早年曾任館閣校勘、直秘閣。英宗、神宗兩朝，三度爲翰林學士。元祐三年閏十二月卒，故稱「先翰林」。宋史有傳。

〔五〕重以世母，出於伯姜：世母，伯母，指范祖禹之母。范祖禹告先妣文：「維元祐七年歲次壬申，十月庚戌朔，長子翰林學士……某敢昭告於先妣高平郡太君，某奉七月癸巳詔書，登進講職。」可見世母即高平郡太君。又祭叔母宇文氏文：「惟我叔母，我之自出。……昔我先妣，實維冢婦。」是范乃叔母所生，而過繼於高平郡太君者。

淮海集箋注卷第三十八

記

代御書手詔記〔一〕

元豐元年八月，詔以先臣某爲天章閣待制、環慶路安撫經略使〔二〕。三年四月，環州肅遠寨慕家白子等，剽屬羌〔三〕，構兵馬亂，攻殺旁族。先臣遣第二將張守約〔四〕，走馬承受陸中招降之〔五〕，誅其不聽命者。於是羌族始定。而亡入夏國者，凡三百人。復遣守約屯寨上，檄夏人使歸其衆，夏人承命震恐，以其衆歸。

初，慕羌之叛也，附置以聞，有詔「得亡者無小大長少，皆即其地斬之」。至是，斬其酋豪百二十有二人，而録其脅從幼弱婦女百四十有二人。請于朝，詔皆原之。既又別賜手詔褒諭，先臣跪捧伏讀，感激涕下，退謂臣等曰：「我本孤生，蒙上識拔，寵遇如此，自度無以報萬一，惟與汝曹共誓捐軀而已。」

明年先臣下世，臣等銜奉遺訓，夙夜殞越〔六〕。念無以致區區者，輒求金石，具刻明詔，以爲不朽之傳。蓋亦先臣之念也。昔唐相權德輿嘗讀太宗所賜手詔，至流涕曰：「君臣之際迺爾耶！」〔七〕臣以爲萬世之後，當有讀明詔而感動復如德輿者矣，豈特今日爲百執事之勸哉。六年月日，承務郎臣俞次皋記。

【校】

〔題〕原脱「代」字，據王本、四部本補。

【箋注】

〔一〕本篇首云「元豐元年八月」，末署「六年月日」，知作於元豐六年癸亥（一〇八三）。觀結句，知爲代俞次皋作。次皋，俞充子。充，字公達，明州鄞縣人，登進士第。熙寧中爲都水丞，加集賢校理，後爲淮南轉運副使、成都府路轉運副使。擢天章閣待制知慶州。環慶田與夏境犬牙交錯，每穫必遭掠，多棄之不理，充檄所部復以時耕植。元豐三年四月，慕家族山夷反，舉户亡入西夏者且三百。充遣將張守約耀兵塞上，檄夏人歸其衆，神宗降詔奬諭。參見宋史俞充傳。此文詳記其事實。

〔二〕元豐元年二句：續資治通鑑卷七三謂在八月壬子，並云：「王珪知帝欲伐夏，故奏乞用充爲邊帥，使圖之，以迎合帝意。」

〔三〕剽屬羌：謂慕家白子等剽劫業已歸宋之羌人部落。屬羌，又稱熟羌。集韻：「剽，一曰剽劫人。」

〔四〕張守約：字希參，濮州人。歐陽修薦其有智略，知邊事，第功最多。宋史本傳謂「慕家族頡佷難制，摇動種落，勒兵討擒之，餘遁入夏國。守約駐師境上，檄取不置，居數日，械以來，斬於市」。

〔五〕走馬承受陸中：走馬承受，官名，宋置，諸路各一員，以三班使臣及内侍充任。無事，歲一入奏；有邊警則不時馳驛上聞，初隸經略安撫使總管司，崇寧中始詔不隸帥司。亦稱走馬承受公事，續資治通鑑長編卷三一三謂俞充之死，係「據六月十六日御集：環慶走馬承受陸中奏」。

〔六〕殞越：本指殞墜、死亡，國語周語中：「昔先王之教，懋帥其德也，猶恐殞越。」此喻悲痛欲絶。

〔七〕昔唐三句：權德輿，字載之，天水略陽人，少以文章著稱，由諫官累遷至禮部尚書，同中書門下平章事。新唐書有傳。又新唐書李靖傳云：「靖五代孫彦芳，大和中，爲鳳翔司録參軍。家故藏高祖、太宗賜靖詔書數函，上之。一曰：『兵事節度皆付公，吾不從中治也。』一曰：『有晝夜視公疾大老嫗遣來，吾欲熟知公起居狀。』……權德輿嘗讀太宗手詔，至流涕曰：『君臣之際乃爾邪！』」

五百羅漢圖記〔一〕

五百羅漢圖一軸。入定於龕中者一人。蔭樹趺坐而説法者一人〔二〕，左右侍聽者八人。説經者六人。課經者六人。課已而收經、與誦而倚杖者，各一人。環坐指畫而議論者，麈揮、手杖、支頤相嚮而談者，各六人。歸依寶塔者五人。和南合座者六人〔三〕。稽首舍利光者八人〔四〕。飯餓鬼者四人。食烏鳶者，施魚鼈者，各五人。雲升者六人。指現五色光者，鉢現白光者，泉湧於頂者，火燃於踵者，袒而洗、耳金環、手隨求而立者〔五〕，各一人。受齋請者七人。受龍女珠獻者六人。受兩猊花獻者四人。受往生花獻者七人〔六〕。受衣冠從三牛謁者五人。受胡輸贐者七人。受胡從兩槖駝而致琛者四人。受海神跪寶者五人。騎龍者，跨虎者，乘馬者，象駕者，獅子馭者，各三人。爲犀説法者一人。後座者三人。植錫而座巨蟒上者一人〔七〕。背樹矚山鵲者六人。注猱升者，仰鳳集者，閲麋鹿者，各四人。俛伏𤢕者〔八〕，翫舞鶴者，各五人。擷菡萏者一人，從後者五人。書蕉葉者五人。持蕉葉而涉筆者二人。焚香而茗飲者六人。臨流而滌鉢者三人，滌已而持歸者一人。浣衣者，就樹絞衣者，浣已而歸者，將浣而進者，隔岸而覘者，各一人。洗屨者，後洗而納屨者，振衣而去者，各一人。削髮者，爲削髮者沐而待者，解衣者，既解收衣者，各一人。補毳者二人〔九〕。操刀尺者一人。治綫者三人。泉涌於石，遠近而觀者十六人。度石梁者三人，欲度者四人。行杖錫者二人。導者二人，贊者三人。芒屩檐簦而歸者三人〔一〇〕。束裝而行者一人。或坐、或行、或立，跏趺、欽欠、杖柱、笠負、數珠、白拂，山曲水隈塗覯而卒遇者十八輩，合一百二十有三人。或坐、或行、或立，背樓觀、憑欄楯、據危迫險、俛瞰仰睇、直視轉盼、側睨旁顧，近相目、遠相望者二十八輩，合一百三十九人。凡羅漢五百人，而佛處其中焉。

佛之旁，又有寶冠珠絡，持如意，執蓮花，座猊象者菩薩二。右袒徒跣，曲拳和南而後侍者弟子十。瞻贊而前謁者十六。甲胄椎髻，挺劍秉鉞立左右者善神二。別三十有一焉。又童子有抱經室、主茶奩、荷策持鉼、典湯徹器，凡十有六。鬼有馭龍、馭馬象、受施食、送齋書、鱗身鳥咮〔一一〕、衣短後、隱樹而窺者，凡十有四。雜人物，有白衣胡跪，獻花香珍怪，衣冠而謁，驅牛以從，載犀象、挈筐篚而進，被甲、服弓矢，愕而瞻歎者，凡十有九。鳥獸有鳳、鶴、鵲、烏、龍、虎、犀、象、師子、馬、牛、橐駝、蟠蟒、戲猊、猿猱，大小四十有三。

然以羅漢爲主,故號五百羅漢圖。世傳吴僧法能之所作也〔一二〕。筆畫雖不甚精絶,而情韻風趣,各有所得。其綿密委曲,可謂至矣!昔戴逵常畫佛像〔一三〕,而自隱於帳中,人有所臧否,輒竊聽而隨改之,積數年而就。余意法能亦嘗研思若此,然後可成,非率然而爲之决也。余家既世崇佛氏,又嘗覽韓文公畫記〔一四〕,愛其善叙事,該而不煩縟,詳而有軌律,讀其文,恍然如即其畫,心竊慕焉。於是倣其遺意,取羅漢佛之像而記之。顧余文之陋,豈能使人讀之如即其畫哉?姑致叙之私意云爾。元豐二年正月十五日,弟子秦某記。

【校】

〔瞻歎者〕「瞻」原作「贍」,據王本、四部本改。

〔師子〕,王本、四部本作「獅子」,通。

【箋注】

〔一〕本篇末云:「元豐二年正月十五日,弟子秦某記。」嘉慶揚州府志卷二九高郵州:「五百羅漢院在焦里郵,宋僧諸千建,一名存居寺,又名華龍寺。宋秦觀(作)五百羅漢圖記。」

〔二〕趺坐:雙足交疊而坐。善導觀念阿彌陀佛相海三昧功德法門:「行者若欲坐,先須結跏趺坐,左足安右髀上與外齊,右足安左髀上與外齊,右手安左手掌中,二大指面相合,次端身正坐。」

〔三〕和南：梵語Vandana之音譯，合掌敬禮之意。僧史略上：「若西域相見則合掌，曰和南。」寄歸傳三：「言和南者，梵云畔睇，或云畔彈南，譯爲敬禮。但爲采語不真，唤『和南』矣。」

〔四〕稽首句：稽首，跪拜禮。荀子大略：「平衡曰拜，下衡曰稽首，至地曰稽顙。」注：「稽首，亦頭至手，而首至地，故曰下衡。稽顙則頭觸地。」舍利光，佛骨之有光者。魏書釋老志：「佛既謝世，香木焚尸，靈骨分碎，大小如粒，擊之不壞，焚亦不燋，或有光明神驗，胡言謂之舍利。」

〔五〕手隨求而立：佛教中之隨求菩薩係觀音菩薩之變身别名，現八臂，手各持寶物。此處當指狀如八臂觀音之持寶而立者。

〔六〕受往生花獻者：佛教謂去娑婆世界，往彌陀如來之極樂浄土，謂之往；化生於彼土七寶蓮華中，謂之生。往生花，即七寶蓮花。無量壽經下：「無量壽佛與諸大衆現其人前，即隨彼往生其國，便於七寶華中自然化生。」

〔七〕植錫：僧之手杖曰錫。植錫，謂僧杖直立。

〔八〕羱：大角野羊。

〔九〕毳：鳥毛織成之僧服。

〔一〇〕檐簦：簦，有長柄之笠，猶今之傘。檐，通擔。史記虞卿傳：「虞卿者，游説之士也。躡蹻檐籩，説趙孝成王。」

〔一二〕烏咮：烏口。詩曹風候人：「維鵜在梁，不濡其咮。」

〔一三〕吴僧法能：宋人，善畫羅漢。鄧椿畫繼卷五及吴縣志謂其嘗作五百羅漢圖。

〔一三〕戴逵：字安道，晉譙國銍（今安徽宿縣）人，徙會稽剡縣。博學能文，工書畫，善鐫刻。曾造無量壽木像，高丈六，潛坐帷中，密聽衆論褒貶，輒加詳研，積思三年，刻像乃成，迎至山陰靈寶寺。參見紹興府志、古畫品。

〔一四〕韓文公畫記：見全唐文卷五五七。此畫爲趙侍御手模，亡之且二十年，獨孤生申叔得之，韓愈感而作畫記。其略曰：「凡人之事三十有二，爲人大小百二十有三。……凡馬之事二十有七，爲馬大小八十有三，而莫有同者焉。」

【彙評】

張邦基墨莊漫録卷四：張芸叟作鳳翔吴生畫記，秦少游作五百羅漢圖記，皆法退之畫記，俱無愧也。

鄧椿畫繼卷五：法能，吴僧也，作五百羅漢圖，少游爲之記云：「昔戴逵常畫佛像……積年而就。」意法能研思，亦當若此，非率然而爲之決也。雖然，少游獨能察人之畫，而不退思其作記時耶？

雪齋記〔一〕

雪齋者，杭州法會院言師所居室之東軒也。始言師開此軒〔二〕，汲水以爲池，累石以爲小山，又灑粉於峯巒草木之上，以象飛雪之集。州倅太史蘇公過而愛之〔三〕，以爲事雖類兒嬉，而意趣湛妙，有可以發人佳興者，爲名曰雪齋而去。後四年，公爲彭城〔四〕，復命郡從事畢君景儒篆其名〔五〕，并自作詩以寄之。於是雪齋之名浸有聞於時。士大夫喜幽尋而樂勝選者，過杭而不至則以爲恨焉。

杭，大州也，外帶濤江漲海之險，内抱湖山竹林之勝，其俗工巧，羞質朴而尚靡麗。且事佛爲最勤，故佛之宫室棋布於境中者殆千有餘區。其登覽宴遊之地，不可勝計。然獨不至雪齋則人以爲恨，何也？蓋公之才豪於天下，斥其棄餘以爲詞章字畫者，亦皆絶妙一時。讀而翫之，使人超然有孤舉遠擢之意。是齋雖褊小無足取稱於人，而公所書詩實在其壁，士大夫過杭而不能一至其地以寓目焉，是豈所謂喜幽尋而樂勝選者哉？以爲恨焉宜矣。

昔李約得蕭子雲飛白大書「蕭」字，持歸東洛，遂號所寘亭爲蕭齋〔六〕。余謂後之君子，將有聞雪齋之風不可得而見者矣，豈特爲今日之貴耶？言師名法言，字無擇，泊然蕭洒人也。蓋能作雪齋從蘇太史遊〔七〕，則不問可知其爲人。元豐三年四月十五日記。

【箋注】

〔一〕本篇末署「元豐三年四月十五日記」。是歲之秋，黄庭堅赴太和，過高郵，爲書雪齋、龍井二記，寄辨才、無擇勒石。見卷三十與參寥大師簡。案：文中所寫，皆元豐二年事。

〔二〕言師：杭僧思聰，少游字之以聞復。詳見卷三十與蘇公先生簡四注〔一一〕。

〔三〕州倅太史蘇公：蘇軾熙寧四年十一月至七年九月，任杭州通判。蘇詩總案卷七熙寧五年七月：「法言作雪山於東軒，公過而愛之，爲題『雪齋』榜。」

〔四〕公爲彭城：蘇軾於熙寧十年四月至元豐二年二月在徐州太守任。

〔五〕畢君景儒：蓋即畢仲孫兄弟中之一人。蘇軾元豐二年正月游桓山記謂從遊者有畢仲孫。蘇詩總案卷十六「夜飲和畢仲孫韻」誥案：「時有三畢從公游：仲遠、仲游、仲孫。」

〔六〕昔李約三句：李肇國史補卷中：「梁武帝造寺，令蕭子雲飛白大書『蕭』字，至今一蕭字存焉。李約竭産自江南買歸東洛，匾於小亭以翫之，號爲蕭齋。」

〔七〕蘇太史：指蘇軾。蘇詩總案卷十二熙寧七年九月：「告下，以太常博士、直史館、權知密州軍州事。」故稱太史。

龍井記〔一〕

龍井，舊名龍泓，距錢塘十里，吴赤烏中方士葛洪嘗鍊丹於此，事見圖記〔二〕。其地當西湖之西，淛江之北〔三〕，風篁嶺之上〔四〕，實深山亂石中之泉也。每歲旱，禱雨於他祠不獲，則禱於此，其禱輒應，故相傳以爲有龍居之。

然泉者山之精氣所發也。西湖深靚空闊，納光景而涵煙霏，菱芡荷花之所附麗，黿魚鳥蟲之所依憑，漫衍而不迫，紆餘以成文。陰晴之中，各有奇態，而不可以言盡也。故岸湖之山多爲所誘，而不克以爲泉。淛江介於吴越之間，一晝一夜，濤頭自海而上者再，疾擊而遠馳，兕虎駭而風雨怒，遇者摧，當者壞，乘高而望之，使人毛髮盡立，心掉而不禁。故岸江之山，多爲所脅，而不暇以爲泉。惟此地蟠幽而踞阻，内無靡曼之誘以散越其精，外無豪悍之脅以虧疏其氣。故嶺之左右大率多泉，龍井其尤者也。夫畜之深者，發之遠；其養也不苟，則其施也無窮。龍井之德，蓋有至於是者，則其爲神物之託也，亦奚疑哉？

元豐二年，辨才法師元静〔五〕，自天竺謝講事，退休於此山之壽聖院〔六〕。院去龍井一里，凡山中之人有事於錢塘，與游客之將至壽聖者，皆取道井旁。法師乃即其處爲亭，又率其徒以浮屠法環而呪之〔七〕，庶幾有慰夫所謂龍者。俄有大魚自泉中躍出，觀者異焉。然後知井之有龍不謬，而其名由此益大聞於時。

是歲，余自淮南如越省親，過錢塘，訪法師於山中。法師策杖送余於風篁嶺之上，指龍井曰：「此泉之德，至矣！美如西湖，不能淫之使遷；壯如淛江，不能威之使屈。受天地之中，資陰陽之和，以養其源。推其緒餘，以澤於萬物。雖古有道之士，又何以加於此！盍爲我記之。」余曰：「唯唯。」

【校】

〔石中之泉〕原作「石之中泉」，據王本、四部本改。

【箋注】

〔一〕本篇云：「是歲，余自淮南如越省親，過錢塘，訪法師於山中。」又云：法師指龍井曰：「盍爲我記之。」案：少游於元豐二年如越省親，故知此篇作於是歲。參見本卷龍井題名記。西湖志全集卷四：「龍井本名龍泓，吴赤烏中葛稚川煉丹於此，有秦少游記，米元章書。其略云：『龍井當西湖之西、浙江之北、風篁嶺之上、深山亂石之間是也。井中相傳有龍居焉，禱雨輒應。』」咸淳臨安志同此。

〔二〕吴赤烏中方士葛洪嘗鍊丹於此：赤烏，三國吴孫權年號，公元二三五年至二五一年。葛洪，字稚川，乃東晉人，焉能於吴赤烏中鍊丹？晉書葛洪傳謂洪之「從祖玄，吴時學道得仙，號曰葛仙公，以其鍊丹秘術授弟子鄭隱，洪就隱學，悉得其法」。是吴時鍊丹者當爲葛玄，少游所據之圖記傳誤。其後方志又因少游龍井記之誤而誤。圖記，全稱皇祐方域圖記，宋王洙撰。

〔三〕淛江：通浙江。

〔四〕風篁嶺：咸淳臨安志卷二六：「風篁嶺，在錢塘門外放馬場西，路通龍井，嶺最高峻。元豐中，僧辨才師淬治修篁怪石，風韻蕭爽，因名曰風篁。」

〔五〕辨才法師元静：元静，一作「元浄」，見卷三十與蘇公先生簡四注〔一〇〕。

〔六〕壽聖院：即龍井延恩衍慶院。咸淳臨安志卷七八：「龍井延恩衍慶院，在風篁嶺，乾祐二年居民凌霄募緣建造，舊額報國看經院，熙寧中改壽聖院。紹興三十一年改廣福院，淳祐六年改今額。有龍井。」

〔七〕浮屠法：即佛法。後漢書楚王英傳：「晚節更喜黄老，學爲浮屠齋戒祭祀。」注：「浮屠，佛也，西域天竺國有佛道焉。」

【彙評】

朱子語類輯略：作文字須是靠實，説得有道理，乃好；不可架空細巧。大率要七分實，只二三分文。如歐公文字好者,只是靠實而有條理,如張承業及宦者等傳,自然好。東坡如靈壁張氏園亭記,最好,亦是靠實。秦少游龍井記之類,全是架空説去,殊不起發人意思。(案:此段亦見吴訥文章辨體序説,文字小異。)

袁宏道西湖記述:秦少游舊有龍井記,文字亦爽健,但未免酸腐。

林紓林氏選評名家文集淮海集:此文挾有奇思,施以壯采。不克以爲泉,奇矣!不暇以爲泉,乃更奇。然無一誘字,無一脅字,則不克不暇,均無着落。不克爲泉者,人誘於西湖之明媚,不留意於泉,所以不克。不暇爲泉者,人脅於江湖之澎湃,不重視於泉,所以不暇。用思之刻深,大是聰明人吐屬。

【附】

陸以湉冷廬雜識卷七龍井寺:西湖龍井寺重修於乾隆二十六年。明年仲春,高宗純皇帝敬奉慈輿,省方南服,駐蹕湖濱。旬日之中,翠華四至,親灑宸翰三十有一,自來名勝,莫之能比,見於浙江巡撫莊有恭碑記。余於咸豐元年重九日往游,寺宇全圮,殘碑斷碣偃仆荒草間,僅存秦淮海祠三楹,壁間刊龍井題名記及無錫小峴侍郎瀛一跋一記、謝蘊山中丞二詩。因恐數年之後並此亦毁,急録之以備湖山掌故。跋云:「始祖淮海先生以宋元豐二年至杭州,與龍井僧辨才善,有龍井記、龍井題名記,並見集中。元豐二年己未至今乾隆六十年乙卯,閱七百十有七年,而瀛以備兵浙西至龍井。龍井記,故米襄陽書,今壁間碑石乃明華亭董文敏仿米書補書者。龍井題名記則尋覓不可得。瀛既屬長洲周瓚敬摹先生像，選工上石，並補録龍井題名記。鐫像後，付龍井僧嵌置寺壁。無錫裔孫瀛謹識。」記云：「龍井之名何以著？以辨才僧居龍井著也。辨才居龍井何以著？以余遠祖淮海先生爲辨才作龍井記者也。先生以紹聖初，嘗由國史院編修出爲杭州通判矣，而其與辨才往還則在元豐二年。時先生方自淮如越省親，過錢塘與參寥訪辨才於壽聖院之潮音堂，憩龍井亭，據石酌泉，爲之題名，又爲之記。乾隆乙卯春，瀛監司浙右，過龍井，既嘗摹先生像，並補書龍井題名，鑱諸石，嵌龍井壁間，既而思曰：吾祖文章氣節與蘇文忠略同，兩公於杭皆有遺跡，今文忠與李鄴侯、白刺史、林處士並祀孤山，稱四賢，而先生則無有祠而祀之者。龍井故先生舊游處，不可以無祀。爰於隙地葺屋三楹，中奉先生栗主，而左則以辨才祔焉。瀛嘗按先生游龍井，與辨才善，旋别去。其後先生倅杭在紹聖初，辨才示寂於元祐八年：是先生再至杭州，辨才已殁，而龍井之名猶特以先生與辨才而著。聖天子時行蒞止，親灑翰墨，天文炳煜，照耀山谷，蓋賢哲之流風遠矣！龍井故在風篁嶺上，俗稱老龍井。今龍井距風篁嶺半里許。所謂壽聖院、潮音堂都不可考。方先生倅杭，即道貶處州，是以無政績可見。今栗主稱杭州通判者，以先生嘗奉有倅杭之命，則從先生官宜也。祠之落成，以嘉慶元年十二月朔日。董其役者，前浙江臨海縣知縣無錫華瑞潢、龍井僧廣浩。浙江杭嘉湖兵備道無錫裔孫秦瀛撰，翰林侍講錢塘後學梁同書書。」詩云：「杖策呼龍伴夜吟，揮毫對客聽潮音。封侯那敵識蘇面，説偈同來印佛心。淮海無雙推國士，衣冠中歲宴瓊林。倚笻久作歸歟想，篁嶺風泉託意深。被謫杭州又處州，觚稜十載夢仙游。熙豐紹復憐諸老，黨籍遷移到遠陬。烏鵲欄杆人去後，古籐花影月明秋。雨深溪路黄鸝語，彷佛先生在上頭。丁巳夏日，謁少游先生祠二首。南康謝啓昆。」

龍井題名記〔一〕

元豐二年中秋後一日，余自吴興過杭，東還會稽，龍井辨才法師以書邀予入山〔二〕。比出郭，已日夕。航湖至普寧〔三〕，遇道人參寥，問龍井所遣籃輿，則曰：「以不時至，去矣。」

是夕，天宇開霽，林間月明，可數毛髮，遂棄舟，從參寥杖策並湖而行，出雷峯〔四〕，度南屏〔五〕，濯足于惠因澗〔六〕，入靈石塢〔七〕，得支徑，上風篁嶺〔八〕，憩龍井亭〔九〕，酌泉據石而飲之。

自普寧經佛寺十，皆寂不聞人聲。道旁廬舍，或燈火隱顯，草木深鬱，流水激激悲鳴，殆非人間有也。行二鼓矣，始至壽聖院〔一〇〕，謁辨才於潮音堂〔一一〕，明日乃還。

【校】

〔法師以書邀予入山〕王本攷證云：「法師，東坡集作『大師』；以書，作『以事』。」

〔可數毛髮三句〕王本攷證云：「毛髮，顧氏宋文選作『毫髮』，杖策作『策杖』。」

〔憩龍井亭〕王本攷證云：「（宋文選）『憩』下『龍井』上有『於』字。」

〔經佛寺十〕王本、四部本「十」下有「五」字。

〔流水激激二句〕王本、四部本「激激」作「上激」，「人間有」作「人間境」。

案：宋本篇末附有龍井題名記子瞻跋尾，他本皆無。

【箋注】

〔一〕據王文誥蘇詩總案卷十九，元豐二年七月注引烏臺詩案云：「六月二十七日權監察御史裏行何正臣」始論軾「爲譏諷文字」，七月三日，權御史中丞李定復論軾「可廢之罪」有四。總案又云，七月二十八日，「臺吏皇甫遵到湖追攝」，注引年譜曰：「八月十八日下獄。」是七月底已離湖州。其時少游省親於越州，聞訊即渡錢塘至吳興探詢，已而還杭州，於中秋後一日夜游龍井，作是篇。後一年，蘇軾在黄州，爲本篇作跋尾，見附録。案題名記爲文之一體，文體明辨題名曰：「按題名者，記識登覽尋訪之歲月，與其同遊之人也。其叙事欲簡而贍，其秉筆欲健而嚴，獨昌黎集有之，亦文之一體也。」

〔二〕辨才法師：見卷三十與蘇公先生簡四注〔一〇〕。

〔三〕普寧：佛寺名。咸淳臨安志卷七八：「普寧寺，在雷峯塔下，廣順元年建，號安吴寺，大中祥符初改今額。……有鐵塔一、石塔二。」

〔四〕雷峯：在今浙江杭州西湖南岸夕照山上。咸淳臨安志卷二三：「雷峯，在浄慈寺前，郡人雷氏築庵居之，故名。世又謂之中峯。」西湖志全集卷四：「雷峯者，南屏之支也，穹窿回映，舊名中峯，亦名回峯。」

〔五〕南屏：山名。咸淳臨安志卷二三：「南屏山，在興教寺後，怪石聳秀，中穿一洞，上有石壁若屏障然。」

〔六〕惠因澗：咸淳臨安志卷三六：「惠因澗，在赤山惠因寺側，秦少游龍井題名記云：『並湖而行，出雷峯，度南屏，濯足於惠因澗。』」

〔七〕靈石塢：咸淳臨安志卷三十：「靈石塢，在楊梅塢後山。」又卷二三引古跡事實云：「靈石山在南山棲真院之上。」又謂楊梅塢在南山，近瑞峯。光緒杭州府志卷三三云：「靈石山，在麥嶺、風篁嶺之中路，一名積慶山，上多奇石，時時見瑞光，故曰靈石，中有塢，路最深杳，人跡罕至，惟樵子往來其間。」

〔八〕風篁嶺：見本卷龍井記注〔四〕。

〔九〕龍井亭：又名德威亭。咸淳臨安志卷七一：「龍井惠濟廟，在風篁嶺上。……旁有德威亭，即舊龍井亭，東坡書匾。」案：少游龍井記謂辨才法師在井旁爲亭，蓋即龍井亭也。

〔一〇〕壽聖院：見本卷龍井記注〔六〕。

〔一一〕潮音堂：在風篁嶺壽聖院内。咸淳臨安志卷七八龍井延恩衍慶院：「元豐二年，辨才大師元浄自天竺退休兹山（指風篁嶺），始鼎新棟宇及游覽之所，有過溪亭、德威亭、歸隱橋、方圓庵、寂室、照閣、趙清獻公閑堂、訥齋、潮音堂。……而二蘇、趙、秦諸賢皆與辨才爲方外交，名章大篇，照映泉石；龍井古荒刹，由是振顯，豈非以其人乎？」

【彙評】

周煇清波雜志卷三：張文潛雜書有云：「余自金陵月堂謁蔣帝祠，初出北門，始辨色，行平野中，時暮春，人家桃李未謝。西望城壁濠水，或絶或流。多鵁鶄白鷺。迤邐近山，風物夭秀，如行錦繡圖畫中。」……予亦云：東坡跋秦太虛夜航西湖，至普明（寧）院，捨舟，從參寥并湖而行，出雷峯，度南屏，濯足於惠因澗，入靈石塢，得支徑，上風篁嶺，憩於龍井，始至壽星（聖）院，謁辨才：一段奇事，景趣略相似，皆可以畫，但恐畫不就爾。

鄭清之跋：余每愛少游支筇步月，敲辨才門，夜半清話，殆非人間世。今留題中寫澗谷經行、登危憩寂之境，衝煙破暝之態，溪潺林影，斷續隱現，雖善畫不能及。題識猶爾，況記乎？（見咸淳臨安志卷三七引）

段斐君本淮海集徐渭評：疑東坡作。○幽絶。

張相、周邦英選評宋文鑑簡編：寫景有佳致。

【附】

蘇軾秦太虛龍井題名記跋尾：覽太虛題名，皆余昔時遊行處，閉目想之，了然可數。始予與辨才别五年，乃自徐州遷於湖，至高郵見秦太虚、參寥，遂載與俱。辨才聞余至，欲扁舟相過，以結夏未果。太虚、參寥又相與適越，云秋盡當還。而余倉卒去郡，遂不復見。明年余謫居黄州，辨才、參寥遣人致問，且以題名相示。時去中秋不十日，秋潦方漲，水面十里，月出房、心間，風露浩然。所居去江無十步，獨與兒子邁棹小舟至赤壁，西望武昌山谷，喬木蒼然，雲漢際天。因録以寄參寥，使以示辨才。有便至高郵，亦可以寄太虚也。元豐三年八月六日記。

閑軒記〔一〕

建安之北〔二〕，有山巋然與州治相直，曰北山。山之南有澗，澗之南有横阜。背山而面阜，據澗之北濱，有屋數十楹，則東海徐君大正燕居之地也〔三〕。其名曰閑軒。去軒數十里，有田可以給饘粥〔四〕、供絲麻，賓婚燕祭之用取具。君將歸而老焉，而求記於高郵秦觀。

觀曰：士累於進退久矣！弁冕端委於廟堂之上者，倦而不知歸〔五〕；據莽蒼而佃，横清泠而漁者，閉距而不肯試〔六〕：二者皆有累焉。君雖少舉進士，而便馬善射，慷慨有氣略，天下奇男子也！夫以精悍之姿，遇休明之時，齒髮未衰，足以任事，而欲就閒曠，處幽隱，分猿狖之居〔七〕，厠麋鹿之遊，竊爲君不取也。乃爲詞以招之曰：

山之雲兮油然作，水循澗兮號不斁〔八〕。雲爲雨兮水爲瀆，時不淹兮難驟得〔九〕。念夫君兮武且力，矢奔星兮弧挽月。夜參半兮投袂起，探虎穴兮虜其子。破千金兮購奇服，撫劍馬兮氣横出。山之中兮歲將闌，木樛枝兮水驚湍。鷹隼擊兮蛟龍蟠，熊咆虎嘯兮天爲寒。四無人兮誰與言？膏君車兮秣君馬〔一〇〕，軒之中兮不可以久閑。

【校】

〔横清泠〕「泠」原誤作「冷」，據王本、四部本改。

【箋注】

〔一〕本篇元豐八年作於高郵。參見卷六徐得之閑軒注〔一〕。

〔二〕建安：郡名，宋時屬福建路建寧府，今福建建甌縣。

〔三〕徐君大正：即徐得之。見卷六徐得之閑軒注〔一〕。

〔四〕饘粥：見卷三十與蘇公先生簡一注〔五〕。

〔五〕弁冕二句：謂在朝而不願隱退。弁冕端委，謂衣官服於朝。參卷十二主術注〔三〕。

〔六〕據莽蒼三句：謂在野而不願出仕。莽蒼，莊子逍遥遊「適莽蒼者」，成玄英疏：「莽蒼，郊野之色，遥望之不甚分明也。」佃，耕作。漢書韓安國傳「方佃作時」注：「佃，治田也，音與田同。」清泠，狀水之清涼明浄。柳宗元鈷鉧潭西小丘記：「清泠之狀與目謀。」

〔七〕猿狖之居：屈原九章涉江：「深林杳以冥冥兮，猨狖之所居。」猿，通猨。狖，淮南子覽冥訓：「猨狖顛蹶而失木枝。」高誘注：「狖，猨屬也，長尾而昂鼻。」

〔八〕水循澗兮號不斁：謂澗中流水鳴聲不停。不斁，不厭。文選枚乘七發：「高歌陳唱，萬歲無斁。」注：「孔安國尚書傳曰：『斁，厭也。』」

〔九〕時不淹兮難驟得：屈原九歌湘夫人：「時不可兮驟得。」不淹，不可滯留。驟，屢。

〔一〇〕膏君車兮秣君馬：韓愈送李愿歸盤谷序：「膏吾車兮秣吾馬，從子于盤兮，終吾生以徜徉。」此反用其意。

【彙評】

林紓林氏選評名家文集淮海集：文有奇氣。

芝室記〔一〕

河南張倪老既以其父宣義君命〔二〕，奉其母彭城君之喪，殯於廣陵石塔佛舍〔三〕，遂與其弟曼老，沖老廬於殯側。數月，有芝生於廬中，余聞而謁觀焉。蓋附土而出者數本，其色正赤，澤而堅悍，若傅髹彤〔四〕。

余撫而歎曰：「天下之物，固有未易詰其所以然者。夫濡雨露而生，被霜雪而死，下菱而上蔓者〔五〕，草之常性也。今芝亦草耳，而孝士大夫之家則生，賢諸侯之國則生，明天子之世則生〔六〕，徙之不可，蒔之不能，豈所謂未易詰其所以然者歟？」有浮屠聞而笑之曰：「是不然，天下之物皆吾心也〔七〕。心之本體，明白空洞，實無一毫可得而有〔八〕。惟其覺真蔽於塵幻〔九〕，由是清激而升者爲想，濁污而墮者爲情。夫情想之於心，猶珠鑑之有影像〔一〇〕，江海之有浪漚，形固具存，非其本矣。故無窮如虛空，有物如天地，爰逮日月斗星金石草木之屬〔一一〕，凡悦可於吾心意者，皆善想之所變；而憎惡於吾耳目者，皆惡情之所生也〔一二〕。吾聞彭城君承其先夫人之凶，五日而以毀死。諸子廬於殯側，刺血書經，哀動道路。善想交感，室爲生芝，異於凡草，理固然矣，其又奚疑？若夫善惡畢寂，情想究空，芝於此時，瑞爲何物？」已而歎曰：「奇哉！吾不能以告子矣。」

余未嘗讀佛書，固不知所論中否，然竊怪其語宏博瓌奇有足觀者。明年張氏兄弟服除而歸廣陵，士大夫因號其廬曰芝室，懼來者之不知也，而囑余爲記。余既論次其事，遂追疏浮屠之語而并載也。倪老名康伯，以召試中選，今爲南都教授。曼老名節孫，前參海陵軍。沖老名康道云。

【校】

〔孝士大夫〕王本、四部本作「學士大夫」。

【箋注】

〔一〕嘉慶揚州府志卷六四：「揚州石塔佛舍芝室記，秦觀撰，無年月，在揚州。」案本篇云：「明年張氏兄弟服除而歸廣陵。」當倪老在揚州期間，少游曾相與游九曲池，故知此篇作於元豐七年。參見卷十與倪老伯輝九曲池有懷元龍參寥詩注〔一〕。

〔二〕張倪老：名康伯。熙寧丙辰徐鐸榜進士，官至吏部尚書。其弟康國宋史有傳，云：揚州人，元豐己未時彦榜進士，知雍丘縣。始因蔡京進，崇寧三年，由翰林學士遷承旨，拜尚書左丞，而以其兄康伯（即倪老）代爲學士。卒贈開府儀同三司，謚文簡。

〔三〕奉其母二句：彭城君，張倪老之母。宋史職官志十叙封原注：「天禧元年，令文武升朝官無嫡母者聽封生母。……令給諫、舍人母並封郡太君；妻，郡君。四年，又令翰林學士至龍圖閣直學士如給、舍例。」倪老及其弟康國俱仕爲翰林學士，則其生母自可封郡太君，故知彭城君之全稱應爲彭城郡太君。下文「彭城君承其先夫人之凶，五日而以毁死」，先夫人指彭城君之母，即倪老之外祖母。死纔五日，生母哀毁過度，故而亦死。石塔佛舍，又名木蘭院。乾隆江都縣志卷十六：「石塔佛舍，晉時遺刹也。唐先天初爲安國寺，乾元中爲木蘭院……及開成中建石塔，藏古佛舍利，故改名石塔寺。」案：石塔寺舊在揚州西門外，宋嘉熙中移創於城内浮山觀之前。

〔四〕若傳髹彤：似上過油漆。髹彤，赤黑色油漆。

〔五〕下荄而上蔓：下部是根，上部爲藤蔓。荄，草根。

〔六〕今芝四句：説文：「芝，神草也。」孝經援神契：「德至於草木，則芝草生。」案：古人迷信，以爲芝乃瑞應，宋代尤甚。宋史五行志二上自建隆二年起，各地獻芝，史不絶書。儘管仁宗云：「朕以豐年爲上瑞，賢臣爲寶，至於草木魚蟲之異，焉足尚哉！」民間仍然迷信芝草，「祥瑞日聞」。少游此説當受傳統觀念影響。

〔七〕天下之物皆吾心也：景德傳燈録四第一世法融禪師：「（師）請説真要。祖曰：『夫百千法門，同歸方寸；河沙妙德，總在心源。』」

〔八〕心之本體三句：景德傳燈録一第三祖商那和修：「我故無我，我故即心不生滅。心不生滅，即是常道。諸佛亦常。心無形相，其體亦然。」可見心乃「明白空洞」，一毫無有。

〔九〕覺真蔽於塵幻：佛教謂領悟佛教真諦曰覺真，而俗世則有六塵（色、聲、香、味、觸、法）之累，前者常爲後者所蒙蔽。景德傳燈録四第一世法融禪師：「隨行有相轉，鳥去空中真。……境發無處所，緣覺了知生。境謝覺還轉，覺乃變爲境。若以心曳心，還爲覺所覺。從之隨隨去，不離生滅際。」又云：「一切煩惱業障，本來空寂；一切因果，皆如夢幻。」「心塵萬分一，不了説無名。」覺真蔽於塵幻，猶之智鏡蒙上灰塵。

〔一〇〕夫情想二句：景德傳燈録二第十六祖羅睺羅多：「一童子持圓鑑直造尊者前……曰：『諸佛大圓鑑，内外無瑕翳，兩人同得見，心眼皆相似。』」又第二十四祖師子比丘：「我雖來此，心亦不亂……如浄明珠，内外無翳……其珠明徹，内外悉定，我心不亂，猶若此浄。」少游據此加以發揮。

〔一一〕故無窮三句：見卷二五心説注〔一一〕。

〔一二〕凡悦四句：景德傳燈録六江西道一禪師：「故三界唯心森羅萬象，一法之所印。凡所見色，皆是見心。心不自心，因色故有心。汝但隨時言説，即事即理，都無所礙。……於心所生，即名爲色。知色空，故生；即不生，若了。」此用其意。

【彙評】

林紓林氏選評名家文集淮海集：浮屠之言，蓋謂心自心，物自物。所謂善想者，以芝生適在廬墓之時。芝本無情，而自廬墓之善想者觸之，即據以爲瑞：由己生耳。譬如爲不善者，已蓄惡情，果有不祥之物適當其前，人即以爲此惡情之感召也。所謂天下之物皆吾心者，蓋謂祥與不祥，皆心造也。果善惡畢寂，情想究空，則芝瑞亦復何有？此即莊子「彼是俱忘」之義也。少游湛深佛理，能叙僧言，安有不知？不過不欲將産芝之瑞應當面抹殺耳，自是行文應有之例。

祖氏先塋芝記〔一〕

大夫祖公無頗〔二〕，自西蜀使者得請以崇福祠官燕居于蔡，將還朝，謂高郵秦觀曰：「祖氏本幽州之范陽。晉將軍逖〔三〕，實我遠祖其後稍徙深州〔四〕。至道間〔五〕，始來居蔡。今汝陽縣陽安鄉十里岡之源〔六〕，則我先府君之墓也。元豐初，有芝數十本産于塋中，其後歲歲有之，迨今不絶。夫豈一氣之運，偶然感發，莫詰其所以然耶？抑天時人事之際或有以致之也？子其爲我記之。」

觀曰：草之有芝，猶鳥之有鳳，獸之有麟，從古相傳，以爲瑞物〔七〕。今乃歲生於先塋之中者，殆汝南和氣之應，祖氏方大之祥，其非偶然決也。何以明之？汝南在漢爲佳郡，陳蕃、黄憲、二許、諸袁之徒〔八〕，實皆郡人。俗尚風節，輕勢利。士不守道，則妻妾恥之。故天下號汝南爲名氏之區。迨唐之世，始建彰義節度使，屯宿重兵，而李希烈、吴元濟、秦宗權之屬盜有其地〔九〕，王澤不流，民甿無知。父以弄兵詔子，兄以殺人誨弟。故天下號淮西爲盜賊之藪〔一〇〕。皇朝受命，定都大梁。蔡去京師七驛，遂爲輔郡。百餘年間，良二千石接武而至，興學校，修貢舉，以宣布教化。故盛德尊行魁奇俊偉之才相繼出焉，蓋唐之舊俗浸微，而漢之遺風復起。當此之時，祖氏一門顯者數人。府君之仲弟士衡〔一一〕，掌誥掖垣；從子無擇〔一二〕，通籍内閣。大夫踐更中外，爲省名郎，作時膚使，行且登用。諸子森然多有植立，其慶未艾也。由是言之，芝爲汝南和氣之應、祖氏方大之祥，豈不信然！

昔新豐市李興廬於父之墓左，有紫芝、白芝二本，生於廬上。柳宗元以爲孝治神化，陰中其心，克致斯事〔一三〕。矧今芝出於股肱之郡、侍從之家也哉！宜得一時文學之士比物屬辭歸美於上，度爲樂歌，薦之郊廟，追配元封齋房之篇〔一四〕。觀也何足以與於此？姑承大夫之命，論次其事，以備作者採擇而已。府君諱士龍，字德驤云。元祐八年四月吉日記。

【校】

〔四月吉日〕原脱「日」字，據張本、胡本、李本、段本、王本、秦本、四部本補。

【箋注】

〔一〕本篇末署「元祐八年四月」，當作於汴京。

〔二〕祖公無頗：蔡州上蔡人，士龍之子，無擇之從兄、士衡之從子。蘇詩總案卷十九謂元豐二年蘇軾因烏臺詩案就逮於湖州時，「權州事祖無頗等皆畏避」，注引吳興備志云：「皇甫僎至，軾在告，祖無頗權州事。」爾後仕履不詳。

〔三〕晉將軍逖：祖逖，晉范陽遒縣人，字士稚。累遷太子中舍人，豫章王從事中郎。元帝時爲豫州刺史，自募軍，復黄河以南晉土。晉書有傳。

〔四〕深州：今河北深縣。

〔五〕至道：宋太宗年號，公元九九五至九九七年。

〔六〕汝陽縣：屬蔡州，今河南汝南。

〔七〕猶鳥之有鳳四句：禮記禮運：「何謂四靈？麟鳳龜龍。」

〔八〕陳蕃句：陳蕃，見卷二十李固論注〔一〇〕。黄憲，後漢汝南慎陽人，字叔度。年十四，荀淑謂之「我之師表也」。郭泰稱其「汪汪若千頃陂」。後漢書有傳。二許，許劭、許靖，見卷五送裴仲謨注〔五〕。諸袁，指後漢袁安、袁紹、袁術，皆汝陽人。見卷十三任臣上注〔九〕、卷十六謀主注〔一一〕。

〔九〕而李希烈句：李希烈，唐遼西人，德宗時拜淮西節度使。李納叛，詔希烈往討。希烈約納爲脣齒，與朱滔、田悦等連和，旋破汴，自立爲帝，國號楚。新、舊唐書有傳。吴元濟，見卷九次韻太守向公登樓眺望二首其一注〔六〕。秦宗權，唐上蔡人，爲許州牙將，黄巢涉淮，宗權因逐刺史據蔡州。復與巢連和圍陳州。後爲朱全忠所殺。新、舊唐書有傳。

〔一〇〕故天下句：李商隱韓碑：「淮西有賊五十載，封狼生貙貙生羆。」

〔一〕士衡：字平叔，博學有文。楊億謂劉筠曰：「祖士衡辭學日新，後生可畏也！」舉進士甲科，未幾知制誥，爲史館修撰。天聖初以附丁謂，落職知吉州。宋史有傳。

〔二〕無擇：字擇之，進士高第。神宗朝與王安石同知制誥，熙寧初被謫忠正軍節度副使，尋復光禄卿、祕書監、集賢院學士。宋史有傳，論曰：「祖無擇治郡所至，能修校官，是皆班班可紀者。」

〔三〕昔新豐市……克致斯事：新唐書卷一九五侯知道傳：「壽州安豐李興亦有至行，柳宗元爲作孝門銘曰：『壽州刺史臣承思言：「九月丁亥，安豐令上所編户甿興……（於父）墳左作小廬，蒙以苫茨，伏匿其中，扶服頓踊，晝夜哭訴，孝誠幽達，神爲見異，廬上産紫芝、白芝，廬中醴泉涌。此皆陛下孝治神化，陰中其心，而克致斯事。」』」少游此處誤書壽州安豐爲「新豐市」。

〔四〕元封齋房之篇：齋房，漢郊祀歌，一作芝房歌。漢書武帝紀云：「元封二年夏六月，甘泉宫内産芝，九莖連葉，作芝房之歌：『齊房産草，九莖連葉。宫童效異，披圖案諜。玄氣之精，回復此都。蔓蔓日茂，芝成靈華。』」齊，通「齋」。

羅君生祠堂記〔一〕

羅君之爲江都〔二〕，以誠心爲主，恥言鈎距惠文之事〔三〕。凡民有訟，曲直徑決於前，不以屬吏詿誤〔四〕。若小過，輒誨諭遣去。視鰥寡孤獨之有失其所者，如己致焉。黎明視事，入夜猶不已。或譏其太勞，君曰：「與其委成於吏，民有不盡之情，孰若勞予之耳目哉？」居數月，政化大行，民知其長者，不忍欺紿之，訟者益少。君乃出行諸郊，所過召其耆老，問以疾苦及所願欲，而不得者爲罷行之。

始復大石湖，改名元豐〔五〕，廣袤數百步，溉田千有餘頃。是歲大穰，畝收皆倍〔六〕。於是遠近自陳願復陂塘溝渠之利者相屬。君一切聽許，親至其地，與之經始，築大堤以却潮之患，疏潦水而注諸江。凡水利之興復者五十有五，溉田六千頃，而桑之以課種者亦八十五萬有奇。徙其治於東南爽塏之地，爲屋數百楹，以其羸材新驛堠亭館之在境者。又頗出私錢營致藥劑，以給疾病之民，所痛至不可勝計。歲或乾溢，有禱群祠，雨暘輒應如響，世益謂神其享之。

歲滿代去〔七〕，其民思之不置，乃聚而謀曰：「我民之德羅君至矣，顧無以自效。聞古有召伯者善治民，民追思之，至不忍伐其所憩之棠。又有謝公者亦其流也，嘗以斯城北築埭，後人因名其埭曰召埭〔八〕。今埭實在江都之北境。盍即其地堂畫羅君之像而祠之，以慰吾民？」且曰：「使羅君之名與召、謝共傳而不朽，不亦可乎？」衆曰：「善。」於是即召埭之東法華佛寺，置生祠焉。

羅君名適，字正之。台州寧海人〔九〕。學術有本末、通於世務，風節凜然，國士也。嘗再被召見，皆以不合罷歸。其蒞官行己，所可書者甚有。書在江都者，以爲生祠記云。

【校】

〔爽塏〕「塏」張本誤作「愷」，此據底本、王本、四部本。

【箋注】

〔一〕本篇作於元豐四年辛酉（一〇八一）。羅適於元豐元年就任江都縣令，文云「歲滿代去」，當在元豐四年。參見卷九次韻羅正之惠綿扇注〔一〕。嘉慶揚州府志卷二五云：「羅令祠，在邵伯鎮法華寺側，祀宋江都令羅適，宋秦觀羅君生祠記曰（略）。」

〔二〕江都：縣名，宋時治所在今江蘇揚州。

〔三〕以誠心二句：誠心，禮記大學：「古之欲明明德於天下者，先治其國。欲治其國者，先齊其家。欲齊其家者，先修其身。欲修其身者，先正其心。欲正其心者，先誠其意。欲誠其意者，先致其知。致知在格物。」羅適以儒家思想治理江都，故「恥言鈎距惠文之事」。鈎距惠文，指以法律從事。參卷十二治勢下注〔六〕、〔七〕。

〔四〕詿誤：貽誤、連累。戰國策韓策一：「夫不顧社稷之長利……詿誤人主者，無過於此矣。」

〔五〕始復大石湖二句：江南通志：「宋元豐中，知江都縣羅適，濬大石湖，改名元豐。」案：大石湖，即古之岱石湖，在今揚州江都邵伯鎮附近，已併入邵伯湖。

〔六〕是歲二句：大穰，大豐收。案：宋史五行志五載，元豐四年：「七月甲午夜，泰州海風作，繼以大雨，浸州城，壞公私廬舍數千間。静海縣（縣治在今南通）大風雨，毁官私廬舍二千七百六十三楹。」可見爲颱風，江都鄰近，當受其害。故知「大穰」應在元豐三年或二年。

〔七〕歲滿代去：指任期滿後遷兩浙提刑。後集卷一有送羅正之兩浙提刑詩。

〔八〕聞古召伯者六句：召伯，見卷三和孫莘老題召伯斗野亭詩注〔一〕。謝公，指謝安，見卷二二王儉論注〔二〕。

〔九〕台州寧海：宋時屬兩浙路，今屬浙江省。

代蔡州敕書獎諭記〔一〕

元祐二年，夏五月，詔以臣某知蔡州軍州事。三年春，盜發陳、蔡、潁之間，甲而兵者四十餘人，皆慓悍善鬭，其渠魁頗能拊衆，得其死力。每劫大姓之家，獨取金幣，斥其錢粟以予小民。小民德之，樂爲囊橐通行饋食〔二〕。捕盜官以故稀復遇；間遇之，又輒爲所敗。

俄轉入淮南界光壽〔三〕，都巡檢使與戰不勝〔四〕，其子死之，奪仙居縣尉朱記〔五〕，吏卒死傷甚衆。既而引還，陳、蔡、潁之間復擾。於是，有旨合京西南、北部使者督捕，移將官於京東，募弓箭手騎兵於渭州〔六〕，增立賞格：得其渠魁者，官三班供職〔七〕，錢六十萬；餘黨一人，錢四十萬。是時，諸捕盜官相望者十餘屯，無晝夜，閟不解甲，而賊衆詭秘，出没如神，終莫能得。臣既陰布耳目，察其所在；又預募將兵，以備掩擊。會諜知其區處，而諸屯皆遠不可遽召。於是，令權節度推官翟元衡統所募兵〔八〕，夜從間道去，果遇賊於高佐之北，斬其渠魁并其妻等六級梟於市。元衡又與諸捕盜官圍殘黨於李曲，殲其衆，遁免者以次皆擒，或自相屠殺，棄屍於水中，獲仙居縣尉朱記。前後斬首凡三十四級，生得者六人，獲鎧甲、旗幟、仗械二百二十有七。是時渭州弓箭手騎兵猶未至，奏却於途，諸捕盜官各解去。而陳、蔡、潁之間安堵矣。

四年六月，蒙恩賜敕書獎諭。臣竊惟二聖臨御以來，神功聖化，鼓動海内，陰陽調和，菑害絶息。臣於此時，幸緣肺腑，備位郡守〔九〕，偶因薄效，遽賜褒嘉。承命震驚，榮懼交至。敢憑金石具刻明詔，傳示無窮，又論次其事而并載之。元祐四年六月二十八日，臣向宗回記。

【校】

〔題〕原無「代」字，據張本、胡本、李本補。又無「蔡州」二字，據卷端目録補。

〔詔以臣某〕王本攷證附纂云：「案文末有『向宗回』字，第一行『臣某』之某，當作『宗回』。」

〔都巡檢使與〕張本作「都巡御史素」，誤，此據底本。

【箋注】

〔一〕本篇末署「元祐四年六月二十八日，臣向宗回記。」當係作於蔡州，時少游爲蔡州教授。敕書，見卷二七代謝敕書獎諭表注〔一〕。

〔二〕囊橐：見卷二七代謝敕書獎諭表注〔一三〕。

〔三〕淮南界光壽：宋史地理志四淮南西路：「府：壽春。州七：廬、蘄、和、舒、濠、光、黄。」又：「壽春府，壽春郡，緊，忠正軍節度，本壽州。」「光州，上，弋陽郡，光山軍節度，本軍州事。」案：光州治所在今河南潢川縣地；壽州，治所在今安徽壽縣地。

〔四〕都巡檢：亦稱提舉兵馬巡檢。宋史職官志七巡檢司：「有沿邊溪洞都巡檢，或蕃漢都巡檢，或數州數縣管界、或一州一縣巡檢，掌訓治甲兵、巡邏州邑、擒捕盜賊事。」疑指高永亨，參卷三四高無悔跋尾注。

〔五〕仙居縣尉朱記：仙居爲光州所屬縣。宋史地理志四淮南西路：「光州……縣四：定城、固始、光山、仙居。」注：「南渡無。」又職官志七府州軍監：「每縣置尉一員……掌閲習弓手，戢姦禁暴……並帶兼巡捉私茶、鹽、礬。……」仙居縣尉朱記爲盜所奪，故下文曰獲之。

〔六〕募弓箭手騎兵於渭州：卷二七代謝敕書獎諭表：「募驍兵於隴右。」即指此。弓箭手，宋代鄉兵之一種。宋史兵志四鄉兵一：「河東、陝西有弓箭手。」元祐元年，「隴山招置弓箭手人馬凡五千二百六十一，賜敕書獎諭」。

〔七〕三班：宋代官吏之職名。宋史職官志九：「武臣三班借職至節度使敘遷之制：三班借職（原注：轉三班奉職）；三班奉職（原注：轉右班殿直）。」又：「三班院。」原注：「勾押官補正名後理，五年出奉職。」又文臣換右職之制：「三班使臣補換及三年、差使及五年，方許試換。」案：雍熙四年（九八七）置三班院，主管武官三班使臣之注擬、昇移、酬賞等事。此謂捕盜有功者，賞以「三班」供職之官。

〔八〕權節度推官翟元衡：宋史職官志七府州軍監幕職官：「凡節度推、判官從軍額。」其職爲「掌裨贊郡政，總理諸案文移」。翟元衡爲蔡州之權節度推官，仕履不詳。

〔九〕幸緣二句：謂向宗回以向太后之故而任蔡州太守。參見卷二六代賀坤成節表注〔六〕。

遊湯泉記〔一〕

漳南道人昭慶隱湯泉山之八月〔二〕，集賢孫公謂其遊曰〔三〕：「漳南去幾時，已甚久，且聞其所寓富山水，盍往訪焉？」於是余與道人參寥請從之。具鞍馬，戒徒御，翼日出高郵西郭門，馳六十里，宿神居山之悟空寺。神居高不踰三四引，而股趾盤薄甚大，旁占數墟，俗呼土山〔四〕。或曰：昔老姥煉丹於此，功成仙去。今寺有石藥臼者，乃其遺物也〔五〕。

又馳四十里，宿黃公店，從者以雨告，止焉。又馳六十里，次六合〔六〕，館壽聖寺之香積院。院有厖眉老僧主之〔七〕，應客淡然，若無意於世者。與之言，心如其貌，蓋有道者也。又馳七十里，次真相院。明日漳南來逆，相勞苦如平生歡。遂與俱行，馳二十五里，至湯泉，館惠濟院〔八〕。院則漳南之所寓也。景申，遂浴於湯泉之墟，西惠濟二百步，周袤不踰一成〔九〕，有泉五：一曰太子湯，舊傳梁昭明所遊〔一〇〕，今廢於野；一在居民朱氏家；其三則隸于惠濟，而惠濟三泉，旁皆甃石爲八方斛，竅其兩崖，一以受虛，一以泄滿。泉輪其中，晨夜不絕。其色深碧沸白，香氣襲人。爬搔委頓之病，浴之輒愈，贏糧自遠而至者無虛時。劉夢得和州記云：「地有沸井。」〔一一〕即此泉也。

噫，泉爲湯者衆矣！彼汝水、驪山嘗爲乘輿後宫之所臨幸〔一二〕。方其盛時，綺疏璇題〔一三〕，魚龍飛動，眩人目睛。勢徂事變，鹿豕得而辱焉〔一四〕。其僻昧不聞於世者，又皆蔽於叢薄，堙於土塗，抱清懷潔，歷千百年莫或稍試於用，二者皆有恨焉。獨是泉出無亢滿之累，其仁足以及物，豈所謂無出而陽，無入而藏，柴立乎其中央者歟〔一五〕？余三人者既嘉泉之近於道，又貪其有功於塵垢疾病也，日不一至，再日必至焉，率以爲常。

越三日，烏江令閻求仁來，求仁，余鄉友也。遂與俱行，東南馳八里至龍洞山下，棄馬而徒步。山形斗起蒙籠，曲道尤難登。捫蘿進者五里，然後至其山椒〔一六〕。是日風曀，望建業江山〔一七〕，蟠龍踞虎之狀〔一八〕，皆依約而得之。自山椒轉而西南，盤紆徑復，又二里而至龍洞，其上巄嵸崟岑，不可窮竟。門則大穴也，漸下十數丈，窅然深黑，日光所不及，揭炬然後可行。腹中空豁，可儲粟數萬斛，屏以青壁，而泉嚙其趾。蓋以乳石而鼠家其竇，仰而視之，或突然傲岸而出，若有恃者；或侵尋而却，若有畏者。雲撓而鳥企，鼻口呀而齗齶露〔一九〕。其呀牙橫遻〔二〇〕，卒愕之變，疑生於鬼神，雖智者造謀而巧者述之，未必能爾也。惜乎閟於龕巖，敻絶人迹罕至之地〔二一〕，世莫得而窺焉。夫豈負天下之奇勝者，固不欲售其伎，必待夫至誠篤好之士，然後與之接耶？或曰：洞有小蛇，青色而赤章，旱歲禱雨多應云。

景夕，還惠濟。惠濟有庵二：一在太子泉南百步崦中，隱者陳生居之；一未構基，在院西六十步大丘之原。丘勢坡陁，前有小澗，涓涓而流，藩以齊篠〔二二〕，閡以雙松。每泠風自遠而至，泛篠薄，激松梢，度流水，其音嘈然如奏笙籟。巽嚮而望〔二三〕，自定山轉而西，服光晷，薄星辰，亘二百里，迅馳而矗立，姡危而恬壯，分秀而取奇，各挾其伎，以效履舄之下。孫公愛其地勝，欲寄以老焉，因請名曰寄老庵〔二四〕，相率作詩以約之〔二五〕。明年庵成，發二奇石於雙松之下，形勢益振。於是環山數百里，嘗以遊觀名者，遷延辭避，推寄老焉。西庵之成久矣，其地迫遽無流水，非枯槁自謀之士莫能居之，故蔑有聞者。是庵始基也，爲賢士大夫所屬；及成，遂以眺望浮遊之勝甲於一方。物之興固自有時也哉！

湯泉之事既窮，余又獨從參寥，西馳七十里，入烏江，邀求仁謁項羽祠，飲繫馬松下〔二六〕，憑大江以望三山〔二七〕。憩于虛樂亭〔二八〕，復還惠濟。翌日乃歸。

蓋自高郵距烏江三百二十五里，凡經佛寺四，神祠一，山水之勝者二，得詩三十首，賦一篇。至於山林雲物之變，溪瀨潺湲之音，故墟荒落晨汲暝舂之狀，悠然與耳目謀而適然與心遇者，蓋不可勝計。嗚戲，茲遊之所得，可謂富矣！

明年漳南自湯泉來，會于高郵，追敍去年登臨之美，且歎日月之速，盛遊之難再也。因撰次之，以備湯泉故事，時與同好者覽之以自擇焉。熙寧十年九月記。

【校】

〔綺疏璇題〕原無「題」字，「璇」下注：「闕文。」據張本補。

〔鳴戲〕王本、四部本「鳴戲」作「於戲」，通。

【箋注】

〔一〕本篇結尾云：「明年漳南自湯泉來，會於高郵。……熙寧十年九月記。」可證作於高郵。湯泉，見卷七次韻莘老初至湯泉二首其一注〔一〕。

〔二〕漳南道人昭慶：見卷九顯之禪老許以草庵見處作詩以約之注〔一〕。及卷三三慶禪師塔銘。

〔三〕集賢孫公：即孫莘老。茆泮林孫莘老年譜云：「熙寧九年丙辰，四十九歲，在高郵，八月，訪漳南道人昭慶於湯泉。」

〔四〕宿神居山五句：神居山，在今江蘇高郵西六十里，石山戴土，故亦稱土山。輿地紀勝：「山不甚廣，而股趾盤礴甚大，遂爲州境之望。」案：今已爲高郵湖隔斷，與縣城陸上不通。引，十丈。

〔五〕昔老姥四句：太平寰宇記神居：「上有石井石臼，山下人時見人著朱衣高冠，徘徊井側，或云古列仙之宅焉。」據少游之聞，則仙去者乃一老姥。

〔六〕六合：縣名，今屬江蘇南京。

〔七〕庬眉：眉毛花白。

〔八〕真相院、惠濟院：在湯泉。卷一寄老庵賦：「真相惠濟，二刹相望。殿寢中開，四注脩廊。」

〔九〕周袤不踰一成：言其面積。古稱十里見方爲一成。左傳哀公元年：「有田一成。」杜注：「方十里爲成。」

〔一〇〕梁昭明：即南朝梁昭明太子蕭統。統，字德施，梁武帝蕭衍長子，好文學，博覽群書，編有文選三十卷，梁書有傳。

〔一一〕劉夢得：劉禹錫，字夢得，其和州刺史廳壁記曰：「異有血闔，祥有沸井。」沸井，指湯泉也。參見卷二九謝胡晉侯啓注〔九〕。

〔一二〕汝水、驪山：見卷一湯泉賦注。

〔一三〕綺疏璇題：雕有花紋之窗曰綺疏。陸機贈尚書郎顧彦先之二：「玄雲拖朱閣，振風薄綺疏。」美玉裝飾之椽頭曰璇題，亦稱玉題。左思蜀都賦：「金鋪交映，玉題相輝。」

〔一四〕勢徂二句：似指安史之亂。鹿豕，諧音雙關語。鹿、禄音同，喻安禄山；豕、史音同，喻史思明。下文謂「二者皆有恨」，其一爲「僻昧」、「蔽於叢薄」、「堙於土塗」，其二蓋指「鹿豕得而辱」，則「鹿豕」必爲隱喻而非實指。

〔一五〕豈所謂三句：莊子達生：「無入而藏，無生而陽，柴立乎中央。」柴立，如枯木之獨立。

〔一六〕山椒：山頂。漢書孝武李夫人傳武帝歌：「釋輿馬於山椒兮，奄脩夜之不陽。」

〔一七〕建業：一稱建康。今江蘇南京。李承霈纂六合縣志卷一云：「建康當下流都會，望潯陽武昌皆直南，望歷陽壽陽皆直西。」此爲自西方東望。

〔一八〕蟠龍踞虎：太平御覽卷一五六州郡部二引吴録云：「諸葛亮至京，因睹秣陵山阜，歎曰：『鍾山龍盤，石城虎踞，此帝王之宅。』」李白永王東巡歌之四：「龍盤虎踞帝王州，帝子金陵訪古丘。」

〔一九〕齗齶：齒齦。柳宗元遊黄溪記：「石皆巍然臨峻流，若頦頷齗齶。」

〔二〇〕其隈牙横遻：謂山脚横出如角如牙。隈，廣雅釋言：「角也。」遻，抵觸。

〔二一〕敻絶：絶遠。陶弘景吴太極左仙公葛公碑：「九垓敻絶，七度虚懸。」

〔二二〕藩以齊篠：編細竹爲籬。漢書地理志上：「篠簜既敷。」注引師古曰：「篠，小竹也。簜，大竹也。」

〔二三〕巽嚮而望：向東南而望。巽，東南方。

〔二四〕寄老庵：參見卷一寄老庵賦。

〔二五〕作詩以約之：見卷九顯之禪老許以草庵見處作詩以約之。

〔二六〕繫馬松：相傳爲項羽繫烏騅馬處。歷陽典録卷九：「(項亭)最後有墓，墓四周古松數百章，怒濤洶洶，如大風雨至，少游湯泉記云『飲繫馬松下』即此。」

〔二七〕三山：賀鑄慶湖遺老集卷九三山詩自注：「在金陵西南百里，屹起大江之中，昔王龍驤順流鼓棹徑過三山，謝玄暉登三山望京邑，皆此地也。」李白登金陵鳳凰臺詩：「三山半落青天外，二水中分白鷺洲。」

〔二八〕虛樂亭：見卷七題閻求仁虛樂亭三首其一注〔一〕。

淮海集箋注卷第三十九

序

俞紫芝字序〔一〕

余昔遊玉笥山〔二〕，周行二十四峯，訪蕭子雲故隱〔三〕，道見靈芝焉，生乎磐石之上，回環而有華，秀澤而不根，信天下之異草也！竊愛久之，留不能去。俄有童子，朱顔紺髮，自松陰中，距石輒止，撫芝嘆曰：「嘻，道人無本〔四〕，其亦如是矣！」余異而問曰：「適吾子有緒言，不敏未知所謂，願終其説。」

童子笑曰：「子求終乎？終之久矣。以爲未耶，没身無終。雖然，嘗試爲汝言其崖略。夫德人以有本爲宗〔五〕，道人以無本爲宗。天下皆知有物所以失己也，不知有已所以失己也，而德人知之。於是内觀無是，外觀無彼〔六〕。無是，故能以己爲物；

無彼，故能以物爲己。己物不二，謂之真一〔七〕，夫是之謂以有本爲宗。天下皆知有僞所以喪真也，不知有真所以喪真也，而道人知之。於是前際無捨，後際無取。無捨，故不斷一切僞；無取，故不住一切真。真僞兩忘〔八〕，亦無真一，夫是之謂以無本爲宗。蓋非有本，則不能離相而歸空〔九〕；非無本，則不能即空而證實〔一〇〕。有本然後明心，無本然後見性。夫子識之，人間所謂道德者，固不出乎此矣。雖然，有本無本，吾豈能識之哉？」

語未既，有老人復杖策自松陰中來，顧謂童子曰：「適何所言？」童子欲語，老人引杖擊之，童子走松陰，忽然不見；還視老人，亦以亡矣。於是余茫然自失，私識其言。後九年遊京師，遇金華居士俞紫芝請余改字，因思昔日玉笥童子之言，字曰無本，復以其説爲序贈焉。

【校】

〔序〕各本無此字，據卷端目録補。

【箋注】

〔一〕本篇首云：「余昔遊玉笥山。」結又云：「後九年遊京師，遇金華居士俞紫芝請余改字。」案：

少游于元豐二年（一〇七九）如越省親，遊玉笥山，「後九年」，當爲元祐三年（一〇八八）在京秘書省任職時。序即作於是時。宋詩紀事卷二九：「紫芝，字秀老，金華人，流寓揚州，少有高行，不娶。游王荊公之門。弟澹字清老，志操修潔，頗使酒。有詩名敝帚集。」黄庭堅元祐四年十一月在汴京時，有書贈俞清老（文云：「清老，金華俞子中也。」王安石使之爲僧，「予之僧名曰紫琳，字清老」。兄弟二人性情行跡交游多類似。葉夢得石林詩話謂秀老「得浮屠氏心法，所至翛然；而工於詩，王荊公尤愛重之。……秀老卒於元祐初，惜時無發明者，不得與林和靖一流概見於隱逸」。卒於元祐初，恐誤。

〔二〕玉笥山：會稽山之一峰。初學記八會稽志：「射的北有石帆壁立，臨水漫石，宜山遥望，花芃有似張帆，又名玉笥山，又曰石簣山。」

〔三〕蕭子雲故隱：曾敏行獨醒雜志卷六：「玉笥山舊多隱君子，皆梁宋以來避亂者也。最著者孔丘明、杜曇永、蕭子雲，皆當時禁從，其居今悉爲宮觀。山谷詩曰：『郁木坑頭春鳥呼，雲迷帝子在時居。風流掃地無人問，唯有寒藤學草書。』即題蕭子雲宅也。」案：蕭子雲，字景喬，南朝梁南蘭陵人，南齊宗室，仕梁至侍郎，梁書、南史有傳。

〔四〕道人無本：智度論：「得道者名曰道人。」此云「無本」，下文又曰「有本」，其中雜以佛、老之學，關係到世界有否存在一個本體。道家以「道」爲世界之本源，至魏晉玄學以「無」爲世界之本源。以無爲本，還是以有爲本，成爲解釋世界本源之兩種哲學觀念。晉書王衍傳云：

「何晏、王弼立論，天地萬物皆以無爲本。」王弼老子四十章注云：「天下之物，皆以有爲生。有之所始，以無爲本。將欲求有，必反於無也。」魏晉佛教如支讖説「涅槃」、「真如」、「空」，慧遠論「法性」，均以爲有一形而上之本體。慧遠沙門不敬王者論提出「反本求宗」，「悟徹者反本，惑理者逐物」，以涅槃爲反本，實乃承認有本。而晉之裴頠則著崇有之論，明確提出「形象著分，有生之體也。……理之所體，所謂有也；有之所須，所謂資也；資有攸合，所謂宜也」，並批判貴無之説。（見晉書本傳）及至張湛，復倡貴無，其列子天瑞篇注云：「有之爲有，恃無以生。」周穆王篇注云：「夫禀生受有謂之形，俯仰變異謂之化，神之所交謂之夢，形之所覺謂之覺。原其極也，同歸虚僞。」「同歸虚僞」，即同歸於無，於是貴無之説有所終結。時僧肇傳西土之般若學，著不真空論，亦將本體否定，以「無本」爲宗。本篇當受以上二説影響。

〔五〕德人：莊子天地：「淳芒將東之大壑，遇苑風於東海之濱，苑風曰：『……願聞德人。』曰：『德人者，居無思，行無慮，不藏是非美惡。四海之内共利之之謂悦，共給之之謂安。怊乎若嬰兒之失其母也，儻乎若行而失其道也。財用有餘而不知其所自來，飲食取足而不知其所從，此謂德人之容。』」

〔六〕於是内觀二句：列子仲尼：「務外游不知務内觀，外游者求備於物，内觀者取足於身。取足於身，游之至也。求備於物，游之不至也。」張湛注：「人雖七尺之形，而天地之理備矣。……内觀諸色，靡有一物不備，豈須仰觀俯察，履涉朝野，然後備所見？」外觀，即指「仰觀俯察，履涉朝野」。晉書范寧傳載治療目疾六種方法中有「專内視」、「簡外觀」，並云「蘊於胸中」，「非但明目，亦且延年」。「無是」、「無彼」，莊子齊物論：「物無非彼，物無非是，自彼則不見，自知則知之，故曰彼出於是，是亦因彼。」郭象注：「無彼無是，所以玄同也。」

〔七〕己物不二二句：類莊子之「齊物我」思想。莊子齊物論郭象注：「夫自是而非彼，美己而惡人，物莫不皆然。故是非雖異，而彼我均也。」真一，謂道也。鬼谷子本經陰符七術：「信心術，守真一。」

〔八〕真僞兩忘：乃一種更空更玄之境界。大華嚴經略策：「迷真起妄，假號衆生。體妄即真，故稱爲佛。」妄即是真，始近乎「真僞兩忘」。

〔九〕離相而歸空：大乘義章三本：「諸法體狀，謂之爲相。」金剛經：「凡所有相，皆是虚妄。」

〔一〇〕即空而證實：妙法蓮華經玄義二下：「昔者慧眼但見於空，不見不空。今開慧眼即見不空，不空即見佛性。」大乘玄經：「至論佛性，不但非是本始，亦非是非本非始。」景德傳燈録一第七祖婆須蜜：「證得虚空時，無是無非法。」

曹虢州詩序〔一〕

虢爲州〔二〕，在關陝之間。其地不當孔道，無稱使過客之勞。刺史之宅，有水池竹林，其樂可以忘老。故自唐以來，號爲佳郡。朝之士大夫樂静退者，多願往焉。元和中，劉使君作三堂新題二十一章，昌黎韓文公爲屬和，於是亭臺島渚之勝，天下稱之〔三〕。

譙國曹子方比自尚書郎出守兹郡〔四〕，左丞相汲郡吕公引昌黎故事送之以詩。子方至陜右，以書抵余曰：「待罪司勳，初無裨補。疾病求去，丞相不加譴，假以一州，幸矣！又賜詞詩，以寵其行，幸孰甚焉？且其卒章之意，欲因某以警來者，將摹刻於三堂之上，其爲我序之。」

余曰：木不能飛空，託泰山則干青雲；人不能蹈水，附樓航則絶大海。自唐迄今，守虢者多矣，而劉使君獨傳於世者，非以昌黎文公故耶？今得丞相之詩，則曹劉二使君皆當傳於不朽，知虢之亭臺島渚將益顯於天下，朝之卿大夫願往者，又加多也。余未嘗至虢，竊誦丞相之詩，已若幅巾杖屨從子方於水竹之間，子方守虢之樂，爲可知也。

然士大夫皆謂子方賢者，宜同樂於天下，不當獨樂於虢。子方盍專精神，近藥物，亟還天朝，以慰士大夫之論，毋爲水池竹林之所留也。傳曰：「懷與安，實敗名。」〔五〕子方其慎之！

【校】

〔而劉使君〕「使君」原誤作「史君」，據張本、胡本、李本、段本、王本、秦本、四部本改。

【箋注】

〔一〕本篇云：「左丞相汲郡呂公引昌黎故事送之以詩。」案呂大防，其先汲郡人。據宋史宰輔表元祐三年四月至紹聖元年三月爲尚書左僕射（即左丞相）。詩序當作於此期間。曹虢州，字子方，名輔。宋詩紀事卷二三：「輔，字子方，華州人。登嘉祐八年乙科，官提點廣南西路刑獄、福建轉運使、朝奉郎，守司勳郎中。號静常先生。」蘇軾有送曹輔赴閩漕詩，題下施注：「曹輔字子方，海陵人。元祐三年九月，自太僕丞爲福建轉運判官。東坡繼出守錢塘，同過吴興，作後六客詞，子方其一也。……子方自閩歸，道錢塘，有真覺院瑞香花、雪中同遊西湖二詩。元豐七年間，爲鄜延路經略司勾當公事，故詩云：往來戎馬間，邊風裂儒冠。……後提點廣西刑獄。先生在惠，數有往來書帖。元祐黨禍，諸賢多在巡内，子方不阿時好，周恤備至，士論與之。紹聖二年，移守衢州。」又合注：「今山東沂州府費縣，有元祐七年四月秦觀書唐魯郡顔文忠公新廟記石刻，係左承議郎、尚書職方員外郎、雲騎尉賜緋魚袋曹輔撰，當即子方也。」又山谷外集有送曹子方福建路運判兼簡運使張仲謀詩，題下史容注：「按實録:元祐三年九月,太僕寺曹輔權發遣福建路轉運判官。輔,字子方。」又張耒柯山集同文唱和詩載有曹輔與耒、晁補之、鄧忠臣、蔡肇等唱和之作十餘首,有句云:「别館朋簪盍,華堂燕俎齊。」想見當時同在館閣之狀。蓋是時已從福建召回,後不久爲職方員外郎、司勳郎中。而少游於元祐五年六月始入京供職,故知序當作於是歲以後。序稱「譙國曹子方」,指其郡望(案:曹操三國志魏武帝紀謂沛國譙人,本此),蓋籍屬華州,移居海陵,近高郵,故與少游相識。

〔二〕虢爲州:虢州,隋置,在今河南省盧氏縣。讀史方輿紀要河南河南府:「盧氏縣,府西南三百四十里,本虢之莘地,隋初改虢州,皆治焉。」案宋史地理志三永興軍路:「虢州,雄,軍事。……縣四:盧氏,虢略,朱陽,欒川。」

〔三〕元和中五句:韓愈奉和虢州劉給事使君伯芻三堂新題二十一詠序:「劉伯芻以元和八年出刺虢州。虢州刺史宅連水池竹林,往往爲亭臺島渚,目其處爲三堂。劉兄自給事中出刺此州,在任逾歲。……又作二十一詩以詠其事,流行京師,文士爭和之。」

〔四〕譙國句:譙國,今安徽亳州。尚書郎,指尚書省所屬禮部之司勳郎中。

〔五〕懷與安二句:見左傳僖公二十三年。懷,留戀妻室;安,貪圖安逸。

逆旅集序〔一〕

余閑居有所聞,輒書記之,既盈編軸,因次爲若干卷,題曰逆旅集。蓋以其智愚好醜無所不存，彼皆隨至隨往，適相遇於一時，竟亦不能久其留也。

或曰：「吾聞君子言欲純事，書欲純理，詳於誌常而略於紀異。今子所集，雖有先王之餘論，周孔之遺言，而浮屠老子、卜醫夢幻、神仙鬼物之説猥雜於其間，是否莫之分也，信誕莫之質也，常者不加詳，而異者不加略也。無迺與所謂君子之書言者異乎？」

余笑之曰：「烏棲不擇山林，唯其木而已；魚游不擇江湖，唯其水而已〔二〕。彼計事而處，簡物而言，竊竊然去彼取此者，縉紳先生之事也。僕，野人也，擁腫是師〔三〕，懈怠是習，仰不知雅言之可愛，俯不知俗論之可卑。偶有所聞，則隨而記之耳，又安知其純與駁耶？然觀今世人，謂其言是，則矍然改容；謂其言信，則適然以喜，而終身未嘗信也。則又安知彼之純不爲駁，而吾之駁不爲純乎？且萬物歷歷，同歸一隙；衆言喧喧，歸于一源。吾方與之沉，與之浮，欲有取捨而不可得，何暇是否信誕之擇哉？子往矣！」

客去，遂以爲序。

【校】

〔余笑之曰〕王本、四部本「笑之」作「笑謂」。

【箋注】

〔一〕本篇疑作於元豐六年癸亥（一〇八三）。秦譜於是歲案云：「逆旅集自序云：『余閑居有所聞，輒書記之。』然皆未詳年月，無從編次，附載於此。」明陳繼儒太平清話：「秦少游有逆旅集，閑居有聞，輒記之，恨未見。」

〔二〕鳥棲四句：左傳哀公十一年：「鳥則擇木，木豈能擇鳥？」桓譚新論記附：「鳥有擇木之性，魚有選潭之情。」此化用其義。

〔三〕擁腫：喻不中繩墨之庸材。莊子逍遥遊：「吾有大樹，人謂之樗，其大本擁腫而不中繩墨，其小枝卷曲而不中規矩。」

揚州集序〔一〕

揚州集者，大夫鮮于公領州事之二年〔二〕，始命教授馬君希孟採諸家之集而次之〔三〕，又搜訪於境内簡編碑板亡缺之餘，凡得古律詩洎箴賦合二百二篇，勒爲三卷，號揚州集云。

按禹貢曰：「淮海惟揚州，彭蠡既瀦，三江既入〔四〕，震澤厎定〔五〕。」而周禮職方氏亦稱「東南曰揚州，其山鎮曰會稽，其澤藪曰具區〔六〕，川曰三江，浸曰五湖」〔七〕。

則三代以前所謂揚州者，西北劇淮，東南距海，江湖之間盡其地。自漢已來既置刺史，於是稱揚州者往往指其刺史所治而已。蓋西漢刺史無常治，東漢治歷陽，或徙壽春〔八〕，又徙曲阿〔九〕。魏亦治壽春，或徙合肥〔一〇〕。吴治建業〔一一〕。西晉、後魏、後周皆因魏〔一二〕。東晉、宋、齊、梁、陳皆因吴〔一三〕。惟宋常以建業爲王畿，而東揚州爲揚州〔一四〕。東揚州者，會稽也〔一五〕。隋以後皆治廣陵〔一六〕。繇是言之，凡稱揚州者，東漢指歷陽，或壽春，或曲阿。中原自魏至周，指壽春或合肥。江左自吴至陳，指建業或會稽。隋唐五代，乃指廣陵。廣陵在二漢時，嘗爲吴國、江都國、廣陵郡〔一七〕，宋爲南兖州，北齊爲東廣州，後周爲吴州〔一八〕，唐初亦爲邗州〔一九〕。其爲揚州，自隋始也。繇是言之，凡稱吴國、江都、廣陵、南兖、東廣、吴州、邗州者，皆今之揚州也。

此集之作，自魏文帝詩已下，在當時雖非揚州而實今之廣陵者，皆取之。其非廣陵而當時爲揚州者，皆不復取。至揚子雲箴本約禹貢爲辭〔二〇〕，則廣陵自在其中，固不得而不録也。既成，公又屬某推表廢興遷徙之跡而究其端，使夫覽之者有考焉。

【校】

〔彭蠡既瀦〕徐案：書禹貢「瀦」作「豬」，字通；又此句下有「陽鳥攸居」四字。

〔江都國廣陵郡〕王本考證云：「通雅引作『江都廣陵國』，與漢志合。」

〔宋爲南兗州〕王本考證云：「（通雅引）『宋』上有『劉』字。」

【箋注】

〔一〕少游元豐四年與蘇公先生簡其四云：「子駿以公言，顧遇甚厚，嘗令作揚州集序。」此篇起句云：「揚州集者，大夫鮮于公領州事之二年，始命教授馬君希孟採諸家之集而次之。」案嘉慶揚州府志卷四三云：「鮮于侁，閬州人，爲京東西路轉運使，元豐二年召對，命知揚州。」可見「領州事之二年」，即元豐三年，亦即作序之時。

〔二〕鮮于公：指鮮于侁，見卷七鮮于子駿使君生日注〔一〕。

〔三〕馬君希孟：宋元學案補遺卷九八有進士馬先生希孟條，注云：「有馬氏禮記解。」續資治通鑑長編卷三五一謂元豐八年二月辛巳，是夜貢院火，宣德郎、太學博士馬希孟被焚死。

〔四〕彭蠡二句：彭蠡，尚書正義孔穎達疏：「彭蠡，是江、漢合處。」史記夏本紀：「彭蠡既都。」集解引鄭玄曰：「地理志：彭蠡澤在豫章彭澤西。」索隱引孔安國曰：「水所停曰豬。」又引鄭玄曰：「南方謂都爲豬，則是水聚會之義。」後隨地貌之改變逐漸南移爲今之鄱陽湖。三江，史記夏本紀正義：「三江者，在蘇州東南三十里，名三江口：一江西南上七十里至太湖，名曰松江，古笠澤江；一江東南上七十里至白蜆湖，名曰上江，亦曰東江；一江東北下三百餘里入海，名曰下江，亦曰婁江：於其分處曰三江口。」松江，今名蘇州河。

〔五〕震澤句：震澤，今太湖。書禹貢蔡沈注：「具區之水，多震而難定，故謂之震澤。厎定者，言厎於定而不震蕩也。」

〔六〕具區：太湖之又一古稱。爾雅釋地：「吴、越之間有具區。」書禹貢蔡沈注：「揚州藪曰具區。地志：在吴縣西南五十里，今蘇州吴縣是也。」

〔七〕五湖：史記夏本紀集解：「五湖者，菱湖、游湖、莫湖、貢湖、胥湖，皆太湖東岸，五灣爲五湖，蓋古時應別，今並相連。菱湖在莫釐山東，周回三十餘里，西口闊二里，其口南則莫釐山，北則徐侯山，西與莫湖通。莫湖在莫釐山西及北，北與胥湖連；胥湖在胥山西，南與莫湖連：各周回五六十里，西連太湖。游湖在北二十里，在長山東，湖西口闊二里，其口東南岸樹里山，西北岸長山，湖周回五六十里。貢湖在長山西，其口闊四五里，口東南長山，山南即山陽村，西北連常州、無錫老岸，湖周回一百九十里已上，湖身向東北，長七十餘里。兩湖西亦連太湖。」

〔八〕東漢治歷陽、壽春：後漢書郡國志四九江郡：「十四城：壽春。」注：「漢官云：刺史治，去雒陽千三百里，與志不同。」又：「歷陽。」原注：「侯國，刺史治。」魏書地形志中：「揚州。」原注：「後漢治歷陽。」太平御覽卷一五七州郡部三：「續漢書郡國志曰：光武中興，命併省郡國……凡縣道侯國四百餘所，後爲十三州……揚州理歷陽。」原注：「今和州縣。」

〔九〕曲阿：即丹陽，在今江蘇南部。漢書地理志上：「丹揚郡，故鄣郡，屬江都。武帝元封二年更名丹揚，屬揚州。」後漢書獻帝紀建安十八年春正月庚寅：「復禹貢九州。」注引獻帝春秋曰：「於是有兗、豫、青、徐、荆、楊、冀、益、雍也。」治所蓋沿武帝之舊，仍在丹陽。

〔一〇〕魏亦治壽春，或徙合肥：三國志魏三少帝紀正元二年二月：「甲子，吳大將孫峻等衆號十萬至壽春，諸葛誕拒擊，破之。」又甘露二年五月丁丑：「詔曰：諸葛誕造爲凶亂，盪覆揚州。」是揚州治所在壽春。又云：「三年春二月，大將軍司馬文王陷壽春城，斬諸葛誕。」蓋壽春城經此戰役破壞，遂徙治於合肥。又明帝紀曾云「先帝（指文帝曹丕）東置合肥，南守襄陽，西固祁山……地有所必争也。」晉書地理志下：「揚州……江西廬江、九江之地，自合肥之北至壽春悉屬魏。」魏書地形志中：「揚州。」原注：「魏治壽春。」

〔一一〕吳治建業：晉書地理志下：「揚州……孫權又分豫章立鄱陽郡，分丹楊立新都郡。」三國志吳孫權傳：「（建安）十六年，權徙治秣陵；明年，城石頭，改秣陵爲建業。」

〔一二〕西晉、後魏、後周皆因魏：晉書地理志下：「揚州……及晉平吳……揚州合統郡十八、縣一百七十三。」魏書地形志中：「揚州。」原注：「後漢治歷陽……晉亂，置豫州，劉裕、蕭道成並同之。景明中改，孝昌中陷，武定中復。」地形志中謂揚州「郡十：梁郡、淮南郡、北譙郡、陳留郡、北陳郡、邊城郡、新蔡郡、安豐郡、下蔡郡、潁川郡」。又謂淮南郡領壽春，蓋州治所在。舊五代史郡縣志淮南道：「壽州。」原注：「周顯德四年，移於潁州下蔡縣，仍以下蔡縣爲倚郭，以舊壽州爲壽春縣。」又周書世宗紀第三：「淮南節度使向訓自揚州班師，回駐壽春。」是壽春爲揚州治所。

〔一三〕東晉、宋、齊、梁、陳皆因吴：晉書五行志中：「庾亮初鎮武昌，出至石頭（即建業）。百姓於岸上歌曰：『庾公上武昌，翩翩如飛鳥；庾公還揚州，白馬牽旒旐。』後連徵不入，及薨於鎮，以喪還都葬，皆如謡言。」據王運熙師考證：「這裏『還揚州』即是『還都』，且揚州與武昌對言，不與荆州對言，揚州當然也指建業。」（見吴聲西曲中的揚州，見上海古籍出版社漢魏六朝唐代文學論叢）又樂史太平寰宇記卷一二三：「揚州，元帝渡江歷江左，揚州常理建業。」江左，指南朝東晉、宋、齊、梁、陳。

〔一四〕惟宋常以建業爲王畿二句：南史宋本紀第二大明三年：「二月乙卯，以揚州所統六郡爲王畿，以東揚州爲揚州。」

〔一五〕東揚州者會稽也：讀史方輿紀要浙江紹興府：「禹貢揚州之域……宋爲會稽郡，孝建初置東揚州，大明三年，直曰揚州。」

〔一六〕隋以後皆治廣陵：隋書地理志下：「江都郡。」原注：「開皇九年，改爲揚州，置總管府。」廣陵，今江蘇揚州。

〔一七〕廣陵在二漢時二句：漢書吴王濞傳：「孝景前三年正月甲子，初起兵於廣陵。」晉書地理志下揚州：「（漢）十一年，（英）布誅，立皇子長爲淮南王，封劉濞爲吴王，二國盡得揚州之地。」「景帝四年，封皇子非爲江都王。……武帝改江都曰廣陵。……後漢順帝分會稽立吴郡，揚州統會稽、丹楊、吳、豫章、九江、廬江六郡。」又：「廣陵郡，漢置，統縣八。」

〔一八〕宋爲南兗州三句：隋書地理志下：「江都郡。」原注：「梁置南兗州，後齊改爲東廣州，陳復曰南兗，後周改爲吴州。」少游謂「宋置南兗州」，小異。按：焦循雕菰集十一廣陵考十：「南兗之名，始於宋永初元年，歷齊、梁、陳，皆鎮廣陵。」可證少游之説是。

〔一九〕唐初亦爲邗州：新唐書地理志五：「揚州廣陵郡……本南兗州江都郡，武德七年曰邗州，以邗溝爲名，九年更置揚州。」

〔二〇〕揚子雲箴：揚雄，字子雲，其百官箴揚州牧箴云：「矯矯揚州，江漢之滸；彭蠡既瀦，陽鳥攸處。」見古文苑十四、全漢文五四。

【彙評】

張相、周邦英選評宋文鑑簡編：爲考據語而不繁重，斯是雅才。

會稽唱和詩序〔一〕

給事中集賢殿修撰廣平程公守越之二年〔二〕，南陽趙公自杭以太子少保致仕〔三〕，道越以歸南陽。公與廣平公，其登進士第也爲同年〔四〕，其守浙東西也爲鄰國〔五〕。又皆喜登臨，樂吟賦，故其雅好視遊，從中爲厚。而山川覽矚之美，酬獻之娱，一皆寓之於詩。舊所唱和多矣，集賢林公既爲之序〔六〕，而道于越也，復得二十有二篇。東南衣冠争誦傳之，號爲盛事，以後見爲耻。

或曰：昔之業詩者，必奇探遠取，然後得名於時。今二公之詩，平夷渾厚，不事才巧，而爲世貴重如此，何邪？竊嘗以爲激者辭溢，夸者辭淫，事謬則語難，理誣則氣索，人之情也。二公内無所激，外無所夸，其事核，其理富，故語與氣俱足，不待繁於刻劃之功而固已過人遠矣。鮑昭曰：「謝康樂詩如初發芙蓉，自然可愛。」〔七〕蓋如其言也。

某既獲睹盛德之事爲幸，因手寫二十二篇之詩，以遺越人使鑱諸石；又述其所以然者發其端云。

【校】

〔視遊〕王本、四部本作「觀遊」。

〔竊嘗〕「竊」原作「切」，據王本、四部本改。

【箋注】

〔一〕本篇元豐二年己未（一〇七九）作於如越省親之際。秦譜云：「是時給事廣平程公闢領越州，先生相得歡甚，多登臨唱酬之什，作會稽唱和詩序。華鎮送越帥程給事赴詔：『風流自得篇章樂。』自注：『公當世詩匠，在越尤多唱和。』」

〔二〕程公：程師孟。據嘉泰會稽志卷二：「程師孟熙寧十年十月以給事中充集賢殿修撰知，元豐二年十二月替。」「守越之二年」，即元豐元年。

〔三〕南陽趙公：指趙抃。南陽，指其郡望。抃，字閱道。衢州西安人。進士及第。歷知睦州、益州、虔州、成都。神宗立，召知諫院。以與王安石議不合，出知杭州，改青州。據北宋經撫年表，熙寧七年六月知越州，熙寧十年六月復徙杭州。元豐元年，以太子少保致仕。宋史有傳。參卷二三老堂詩注〔一〕。

〔四〕其登進士第也爲同年：龔明之中吴紀聞卷三程光禄：「程師孟字公闢……擢景祐元年進士第。」趙抃與之同時及第，故曰「同年」。

〔五〕其守浙東西也爲鄰國：據宋史地理志四，宋代兩浙路熙寧七年分爲浙東、浙西兩路，尋合爲一；熙寧九年又分，十年復合。程公守越，屬浙東；趙公守杭，屬浙西，故云「其守浙東西爲鄰國」。

〔六〕集賢林公：蓋指林希。續資治通鑑長編卷二八二謂熙寧十年五月，「著作佐郎、集賢校理林希並爲編修官」。考趙抃於元豐元年由越州移知杭州，趙槩來游，抃有次韻林希喜少師概游杭詩，可見林希時在杭州越州。參卷二三老堂注〔一〕及卷三六録竇林事實注〔一三〕。

〔七〕鮑昭：即鮑照。謝康樂，即謝靈運。鍾嶸詩品謂湯惠休稱「謝（靈運）詩如芙蓉出水，顔（延之）詩如錯采鏤金」。而南史顔延之傳則謂鮑照言「謝五言如初發芙蓉，自然可愛，君（指顔）詩若鋪錦列繡，亦雕繢滿眼」。少游從南史。二句喻詩格清新。

懷樂安蔣公唱和詩序〔一〕

會稽之爲鎮舊矣〔二〕，豈惟山川形勢之盛實控扼於東南哉？其勝遊珍觀相望乎楓柟竹箭之上，枕帶乎藻荇芙蕖之濱，可以從事雲月優遊而忘年者，殆亦非他州所及，而卧龍山、鑑湖尤爲一郡佳處〔三〕。蓋府第之所占，城堞樓雉之所憑，非若窮崖絶壑遊鹿豕而家魚龍，不可與民同樂者也。

前太守貳卿樂安蔣公，嘗以山富草木，樵蘇所采，爲令於公府止之；湖地沃衍，田爲豪奪，爲表於朝廷復之〔四〕。又廢山西淫祠，分湖之别派，覆以締構爲流觴曲水，以追永和故事〔五〕。於是湖山自然之觀，始深密空明，不復爲人力所敗，聞山水間棹歌之詩，至今稱焉。熙寧十年，廣平程公以給事中集賢殿修撰來領州事〔六〕，覺其遺迹而嘆曰：「此前賢所以遺後來也，使予無一日之雅，猶當奉以周旋，況嘗被其知遇乎？」乃述樂安之志，手植松千餘章於卧龍山之上。狂枝惡蔓，斬薙以時；秀甲珍芽，無得輒取。每春秋佳日，開池籞〔七〕，具舟艦，與民共遊而樂之。復爲詩以記其事，元老名儒，屬而和者凡六人。而樂安之從子金部預焉〔八〕。

公素以詩名天下，其所述作，必有深屬遠寄，不獨事章句而已。翟公曰：「一死一生，乃見交情。」〔九〕時樂安之没幾三十年，而公想像風流，眷眷不忘如此。然則是詩之作也，豈特與山水俱傳而不朽哉？聞其風者，可以興起矣。

【校】

〔秀甲珍芽〕「芽」原作「牙」，通，此從王本、四部本。

【箋注】

〔一〕本篇元豐二年作於如越省親之際。樂安蔣公，即蔣堂，字希魯，常州宜興人，擢進士第。歷知泗州、越州、徙蘇州、改應天府、知杭州、益州。以尚書禮部侍郎致仕。宋史有傳，謂其好學工文辭，尤喜作詩，有吴門集。

〔二〕會稽之爲鎮舊矣：會稽，今浙江紹興市。史記越王句踐世家：「三年……越王乃以餘兵五千人保棲於會稽。」集解引杜預曰：「上會稽山也。」其爲鎮，自秦始皇時始。漢書地理志八上：「會稽郡，秦置。」

〔三〕卧龍山、鑑湖：在紹興市。詳見卷七流觴亭並次韻二首之二注〔一〕及卷八游鑑湖注〔一〕。

〔四〕前太守貳卿七句：宋史本傳云：「降知越州，州之鑑湖，馬臻所爲，溉田八千頃，食利者萬家，前守建言聽民自占，多爲豪右所侵，堂奏復之。」七句即指此。貳卿，侍郎之别稱。蔣堂卒贈禮部侍郎，故云。據北宋經撫年表，蔣堂於仁宗景祐三年八月至四年五月知越州。

〔五〕又廢山西淫祠四句：嘉泰會稽志卷一：「府西園之新，蓋自樂安蔣公堂。初，景祐三年冬，公實始來數月，政成，郡以無事。乃闢金山神祠作正俗亭，既又爲曲水閣，有流觴亭、茂林亭，並取永和蘭亭故事。」永和故事，指東晉永和九年三月上巳王羲之、謝安、孫綽等在會稽蘭亭修禊事。王羲之蘭亭集序有「茂林修竹」「流觴曲水」之句，因以名亭。

〔六〕廣平程公：指程師孟，見卷七游龍門山次程公韻注〔一〕。

〔七〕池籞：山堂肆考：「池籞，池中編竹籬以養魚者。」

〔八〕金部：官名。宋史職官志三：「户部……其屬三：曰度支，曰金部，曰倉部。」又曰：「金部郎中、員外郎，參掌天下給納之泉幣，計其歲之所輸，歸于受藏之府，以待邦國之用。」

〔九〕翟公：漢下邽人，初爲廷尉，賓客盈門；及廢，門可羅雀。復職後賓客欲往謁，乃大書其門曰：「一死一生，乃知交情；一貧一富，乃知交態；一貴一賤，交情乃見。」見史記汲鄭列傳贊。

送錢秀才序〔一〕

去年夏，余始與錢節遇於京師，一見握手相狎侮，不顧忌諱，如平生故人。余所泊第，節數辰輒一來就，語笑終日去。或遂與俱出，遨遊飲食而歸；或闕然不見至數浹日，莫卜所詣，大衢支徑，卒相覯逢，輒嫚罵索酒不肯已。因登樓，縱飲狂醉，各馳驢去，亦不相辭謝。異日復然，率以爲常。

至秋，余先浮汴絶淮以歸。後踰月，而節亦出都矣。於是復會於高郵。高郵，余鄉也，而邑令適節之僚壻，爲留數十日。余既以所學迂闊，不售於世，鄉人多笑之，耻與遊，而余亦不願見也。因閉門却掃，日以文史自娛。其不忍遽絶而時過之者，惟道人參寥、東海徐子思兄弟數人而已〔二〕。節聞而心慕之。數人者來，節每偕焉，循陋巷，欵小扉，叱奴使通，即自褫帶坐南軒下。余出見之，相與論詩書，講字畫，茗飲弈棋，或至夜艾，而絶口未嘗一言及曩時事也。於是余始奇節能同余弛張，而節亦浸知余非脂韋汨没之人矣〔三〕。

客聞而笑之曰：「子二人者，昔日浩歌劇飲，白眼視禮法士，一燕費十餘萬錢，何縱也！今者室居而輿出，非澹泊之事不治，掩抑若處子，又何拘也！罔兩問景曰：曩子坐，今子起；曩子行，今子止。何其無特操歟〔四〕？子二人之謂矣。」余對曰：「吾二人者，信景也，宜乎子之問也。當爲若語。其凡夫思慮可以求索、視聽可以聞見、而操履可以殆及者，皆物也。歌酒之娛，文字之樂，等物而已矣。顧何足以殊觀哉？

漁父有云：『滄浪之水清兮，可以濯我纓。滄浪之水濁兮，可以濯我足。』〔五〕夫清濁因水而不在物，拘縱因時而不在己。余病弗能久矣，不意偶似之也，而復何苦竊竊焉隨余而隘之哉？」客無以應。

一日，節曰：「我補官嘉禾〔六〕，今期至，當行矣，盍有詩以爲送乎？」比懶賦詩，又重逆其意〔七〕，因叙遊從本末之迹，並以解嘲之詞贈焉。節，吴越文穆王之苗裔〔八〕，翰林之孫〔九〕，起居之子〔一〇〕。倜儻好事，有父祖風云。

【箋注】

〔一〕本篇云：「去年夏，余始與錢節遇於京師。」又云：「至秋，余先浮汴絶淮以歸。」指元豐元年在京應試，可見此序爲翌年即元豐二年作。參見卷九寄錢節注〔一〕。

〔二〕東海徐子思：不詳。案卷三十與孫莘老學士簡云：「前書聞姨婆縣君服藥甚久，徐氏弟兄及妻子皆憂撓不知所爲。」徐子思兄弟蓋即其人。

〔三〕脂韋汩没之人：見卷三十與蘇公先生簡一注〔二〕。

〔四〕罔兩問景六句：見莊子齊物論，原注：「罔兩，景外之微陰也。」案：景通影，罔兩爲影子外層之淡影。

〔五〕滄浪四句：見楚辭漁父。

〔六〕嘉禾：今浙江嘉興。

〔七〕重逆其意：重，難也。史記司馬相如傳喻巴蜀檄：「方今田時，重煩百姓。」索隱：「重猶難也。」

〔八〕吴越文穆王：五代吴越鏐第七子，名元瓘，在位十年，謚文穆。五代史有紀。

〔九〕翰林：指錢易，父倧，爲文穆王元瓘第七子。易，字希白。仁宗朝，累遷左司郎中，爲翰林學士。宋史有傳。

〔一〇〕起居：指錢彦遠。彦遠，字子高，易子，以父蔭補太廟齋郎，遷起居舍人，直集賢院，知諫院。宋史有傳。

【彙評】

段斐君本淮海集徐渭評：此種真率文字，古人往往多見，然無筆致，最易近俚，勿視爲易。

林紓林氏選評名家文集淮海集：一味使才，行文頗乏静氣。

王定國注論語序〔一〕

元豐二年，眉陽蘇公用御史言，文涉謗訕屬吏，獄具，天子薄其罪，責爲黄州團練副使〔二〕。於是梁國張公〔三〕、涑水司馬公等三十六人素厚善眉陽，得其文不以告，皆罰金〔四〕。而太原王定國獨謫監賓州鹽稅〔五〕。定國相家子，少知名，一朝坐交遊，斥海上，人皆意其日飲無度，不復以筆硯爲職矣。而定國至賓，益自刻勵，晨起入局，視鹽稅之事唯謹。退則窮經著書，或賦詩自娱，非疾病慶吊輒不廢。

七年，罷還，詣東上閤門〔六〕奏書曰：「臣無狀，幸緣先臣之故，獲齒仕版〔七〕，不能慎事，陷于罪戾，念無以自贖，間因職事之暇，妄以所見汴成論語十卷，未敢以進。唯陛下裁哀之。」明日詔御藥院〔八〕，取其書去，未報，而神宗棄天下。

嗚呼！自熙寧初王氏父子以經術得幸，下其説於太學，凡置博士，試諸生，皆以新書從事〔九〕，不合者黜罷之，而諸儒之論廢矣。定國於時，處放逐之中，蠻夷瘴癘之地，乃能自信不惑，論著成一家之言，至天子聞之取其書。非其氣過人，何以及此？

傳曰：「天不爲人之惡寒而輟其冬，地不爲人之惡險而輟其廣。君子不爲小人之匈匈而易其行。」〔一〇〕於斯言可信。余比多事，未獲請觀其書，而定國迺以副本來屬予爲序。顧余文之陋，豈能發定國之所藴乎？姑掇其大概，使夫覽之者知定國著書之時爲如此，又知神宗嚮經術亦非主於一家而已。

【校】

〔一〕〔而太原王定國獨謫監賓州鹽稅……而定國至賓〕「賓」原誤作「濱」，王本、四部本注：「一濱字俱當作『賓』，詳攷證。」案：攷證見卷八次韻馬忠玉喜王定國還自賓州校記。

〔裁哀〕段本、秦本作「裁䁘」。

【箋注】

〔一〕本篇云：「明日詔御藥院，取其書去，未報，而神宗棄天下。」案神宗崩於元豐八年三月，則此序之作當在此後。王定國，見卷八次韻馬忠玉喜王定國還自賓州注〔一〕。

〔二〕元豐二年六句：指蘇軾烏臺詩案。王宗稷蘇文忠公年譜元豐二年：「是歲言事者以先生湖州到任謝表以爲謗，七月二十八日，中使皇甫遵到湖追攝。」傅藻紀年録：「是月（七月）太子中允權監察御史何正臣、舒亶，諫議大夫李定言公作爲詩文，謗訕朝廷及中外臣僚，無所畏憚。國子博士李宜之狀亦上。……奉聖旨送御史臺根勘，二十八日皇甫遵到湖州追之。……十二月二十四日（案施宿東坡先生年譜作十二月二十六日）得旨，責檢校尚書水部員外郎、黄州團練副使，本州安置。」

〔三〕梁國張公：指張方平。方平，字安道，宋南京人，舉茂才異等，歷仕仁宗、英宗、神宗、哲宗四朝，官至尚書左丞、參知政事。宋史本傳云：「軾下制獄，又抗章爲請，故軾終身敬事之，叙其文，以比孔融、諸葛亮。」施宿東坡先生年譜云：「張文定公方平、范蜀公鎮，皆上書救先生，不報。」案：張方平，乃王鞏岳父。

〔四〕涑水司馬公三句：司馬公，指司馬光。光，字君實，陝州夏縣人，仁宗時中進士甲科。官至尚書左僕射。曾主編資治通鑑。宋史有傳。案施宿東坡先生年譜云：「先生既貶，子由責監筠州鹽酒税，張公、范公與李清臣、司馬公光以下二十二人，皆以收受詩文，罰金有差。」王宗稷蘇文忠公年譜元豐二年案語謂張方平、司馬光等係收蘇軾有譏諷文字，不申繳入司，張方平罰銅三十斤，司馬光罰銅二十斤。

〔五〕太原王定國句：施宿東坡先生年譜云：「王詵、王鞏，皆以往還連坐。」王宗稷蘇文忠公年譜案：「正字王鞏監賓州鹽酒務，令開封府差人押出門趣赴任。」賓州，今廣西賓陽。

〔六〕東上閤門：東京正衙文德殿之東掖門。宋史地理志一：「正衙殿曰文德，兩掖門曰東西上閤。」趙昇朝野類要卷一：「本朝殿名最多，如常朝則文德殿。」司馬光温公詩話：「文德殿百官常朝之所也。宰相奏事畢，乃來押班。」

〔七〕幸緣二句：先臣，指王鞏之父王素。二句謂王鞏以廕得官。

〔八〕御藥院：孟元老東京夢華録卷二大内：「（大慶）殿之外皆知省、御藥。」

〔九〕自熙寧初五句：王氏父子，王安石及其子王雱。宋史紀事本末卷三八：「神宗熙寧四年，二月丁巳，更定科舉法，從王安石議，罷詩賦及明經諸科，專以經義、論、策試士。」「冬十月戊辰，立太學生三舍法……試論、策、經義如進士法。」

〔一〇〕傳曰三句：見荀子彊國篇。

集瑞圖序〔一〕

熙寧九年，燕國邵舜文與諸弟〔二〕，持其先君之喪於宜興〔三〕。數月有雙瓜生于後圃。後二年，又生紫芝三雙、桃雙、蓮一：凡六物。於是，鄉之耆老聞而嘆曰：「邵氏其興乎？何其瑞之多也！」舜文因集六物者而圖之，號集瑞圖云。

余謂萬物皆天地之委和，而瑞物者又至和之所委也〔四〕。至和之氣，磅礴氤氳而不已，則必發見於天地之間。其精者，蓋已爲盛德，爲尊行，爲豪傑之材。其浮沉而上下者，則又爲景星卿雲〔五〕、甘露時雨、醴泉芝草、連理之木、同穎之禾。而棲翔遊息乎其中者，則又爲鳳凰、麒麟、神馬、靈龜之屬。曄乎光景色象之異也，藹乎華實臭味之殊也，卓乎形聲文章之無與及也！於是世指以爲瑞焉。繇是言之，世之所謂瑞者，乃盛德、尊行、魁奇之才所鍾，和氣之餘者耶？

邵氏之祖考，既以潛德隱行見推鄉閭〔六〕，至舜文、彥瞻、端仁，又以文學取科第，弟兄相繼有聞於時，而諸子森然皆列於英俊之域。則是至和之氣鍾於其家久矣，宜其餘者發爲草木之瑞也。昔楊寶得王母使者白環四枚，而寶生震，震生秉，秉生賜，賜生彪：凡四世爲三公〔七〕。以往推今，即邵氏六物之瑞，豈徒生而已夫？蓋有應之者矣！

【校】

〔取科第〕「取」原誤作「收」，據王本、四部本改。

【箋注】

〔一〕本篇作於元豐三年庚申（一〇八〇）。秦譜云是歲「邵彦瞻爲揚州從事，爲作集瑞圖序」。時少游有與邵彦瞻簡其二云：「頃蒙以集瑞圖序文見屬。……故不敢固辭，輒撰次，並揚州集序寄呈。」

〔二〕邵舜文：邵彦瞻之兄。時彦瞻爲揚州從事。參見卷三和游金山注〔一〕。

〔三〕宜興：縣名，今屬江蘇。宋時屬兩浙路常州毗陵郡，見宋史地理志四。

〔四〕余謂萬物二句：莊子知北遊：「舜問乎丞曰：『……吾身非吾有也，孰有之哉？』（丞）曰：『是天地之委形也。生非汝有，是天地之委和也。』」郭象注：「今氣聚而生，汝不能禁也；氣散而死，汝不能止也。明其委結而自成耳，非汝有也。」案：少游此文「萬物」二句，後被王應麟輯入玉海。

〔五〕景星卿雲：即瑞星慶雲。晉書天文志：「瑞星，一曰景星。」論衡指瑞：「四時和爲景星。」案史記天官書注引孟康曰：「有赤方氣與青方氣相連，赤方中有兩黄星，青方中一黄星，凡三星合爲景星。」史記天官書：「若煙非煙，若雲非雲，郁郁紛紛，蕭索輪囷，是謂卿雲。卿雲，喜氣也。」

〔六〕潛德隱行：不仕之義。劉歆遂初賦：「處幽潛德，含聖神兮。」參見卷四送少章弟赴仁和主簿注〔三〕。

〔七〕昔楊寶……爲三公：後漢書楊震傳：「楊震字伯起，弘農華陰人也。……父寶，習歐陽尚書，哀、平之世，隱居教授。居攝二年，與兩龔、蔣詡俱徵，遂遁逃，不知所處。光武高其節。建武中，公車特徵，老病不到，卒於家。」注引續齊諧記曰：「寶年九歲時，至華陰山北，見一黄雀爲鴟梟所搏，墜於樹下，爲螻蟻所困。寶取之以歸，置巾箱中，唯食黄花，百餘日毛羽成，乃飛去。其夜有黄衣童子向寶再拜曰：『我西王母使者，君仁愛救拯，實感成濟。』以白環四枚與寶：『令君子孫潔白，位登三事，當如此環矣。』」三事，古稱三公爲三事大夫。

【彙評】

張相、周邦英選評宋文鑑簡編評「余謂」段：命意本莊子，詞亦極連犿之致。

送馮梓州序〔一〕

上即位之明年，有詔侍從之官各舉部使者二人〔二〕。故龍圖閣直學士滕公與二三耆老〔三〕，皆以馮侯叔明應詔，即日除陝西路提點刑獄公事。

觀嘗問於滕公曰：「馮侯何如人？」公曰：「有守君子也。」觀曰：「何以知之？」公曰：「昔高平范公之帥環慶也，環將种古以寧守史籍變其熟羌獄，上書訟冤；且言高平公不法者七事，朝廷疑之，即寧州置獄，而馮侯以御史推直實奉詔往訊〔四〕。是時高平公坐言事去，執政有惡之者，欲中以危法久矣〔五〕。此獄之起，人皆爲懼。及馮侯召對，神宗曰：『帥臣不法萬一有之，恐誤邊事。然范純仁爲時名卿，宜審治。所以遣吏者，政恐有差誤耳。』即賜緋衣銀魚，馮侯拜賜出。執政謂曰：『上怒慶帥甚，君其慎之！』馮侯曰：『上意亦無他。』因誦所聞德音，執政不悦。及考按，連逮熟羌之獄實不可變〔六〕，而古所言高平公七事，皆無狀。附置以聞，執政殊失望。會史籍有異詞，詔遣韓晉卿覆治〔七〕。執政因言范純仁事，亦恐治未竟，願令晉卿盡覆。神宗曰：『范純仁事已明白，勿復治也。』獄具，如馮侯章。於是籍、古皆得罪，而高平公獨免。執政大不快。未幾，高平復爲鄰帥所奏，謫守信陽，而馮侯失用事者意，亦竟罷去。繇是言之，非有守君子而何？」觀曰：「如公所云，殆古之遺直也，豈特良部使者而已哉？」後六年，馮侯自尚書郎出守梓潼〔八〕，加集賢校理，實始相識，質其事信然。

嗚呼，古語有之，人能勝天，天定亦能勝人〔九〕，信斯言也！方高平公被誣，上有明天子之無私，下有良使者之不撓，可以免矣。而二三子表裏爲姦，始終巧請，至於抵罪而後已，可不謂人能勝天乎？然當時所謂用事之臣與諸附麗之者，今日屈指數之，幾人爲能無恙？而高平公方以故相之重，保釐西洛郊〔一〇〕，馮侯亦通籍儒館，持節鄉郡，其福禄壽考功業未艾也。可不謂天定亦能勝人乎？

馮侯將行，同舍之士二十有八人，餞飲于慈孝佛寺，又將屬賦詩，而觀以拙陋，所欲言者不能盡之於詩，乃以舊聞，並以嘗所感嘆者爲序贈之。

【校】

〔爲時名卿〕「爲」原誤作「有」，據張本、胡本、李本、段本、王本、秦本、四部本改。

〔良部使者〕原脱「良」字，據王本、四部本補。

〔西洛郊〕王本、四部本無「郊」字。

【箋注】

〔一〕本篇云：「上即位之明年……後六年，馮侯自尚書郎出守梓潼。」當作於元祐七年壬申（一〇九二）。案續資治通鑑長編卷四八二謂元祐八年三月，門下侍郎蘇轍奏：「近臣以董敦易言川人太盛，差知梓州馮如晦不當，指爲臣過。……況馮如晦係東川人，臣係西川，鄉里隔遠，全非交舊。……謂臣曲庇如晦，事屬誣罔。」又卷四八四云：是歲五月壬辰，國子司業趙挺之言：「馮如晦爲夔州路轉運使，曰按發公事不當，見係御史臺推治，未結絶間，輒以川人，遂除館職，差知梓州。近斷敕方下，如晦雖以法奪官，而差遣與職竟不動也。」此皆指馮出守梓州之次年。馮如晦，字叔明，安岳人。熙寧十年，范純仁守環慶，時有訟其不法者，詔擊寧州，八月如晦受命往訊之，力辯其誣。見續資治通鑑長編卷二八九。

〔二〕上即位二句：續資治通鑑卷七九元祐元年二月：「丁卯，詔：『侍從各舉堪任監司者二人，舉非其人有罰。』」

〔三〕滕公：即滕元發，字達道，見卷三六鮮于子駿行狀注〔一八〕。

〔四〕公曰……奉詔往訊：高平范公，即范純仁，熙寧十年守環慶。據宋史本傳云，時「環州种古執熟羌爲盜，流南方，過慶呼冤，純仁以屬吏，非盜也。古避罪讕訟，詔御史治於寧州。純仁就逮，民萬數遮馬涕泗，不得行，至有自投於河者。獄成，古以誣告謫，亦加純仁以他過，黜知信陽軍」。案：其中「御史」，即馮如晦。种古字大質，种世衡之子。父死，録古爲天興尉，後知原州，宋史有傳。史籍，以范純仁薦，時爲寧州守，後爲比部郎中，以申制院不實，追兩官並勒停，見續資治通鑑長編卷二八九。

〔五〕執政有惡之者二句：執政，指王安石。宋史范純仁傳：「安石大怒，乞加重貶。……（純仁）以新法不便，戒州縣未得遽行。安石怒純仁沮格，因讒者遣使欲捃摭私事。」下文「執政殊失望」,「執政大不快」,前後皆一人。

〔六〕連逮:史記秦本紀:「(二世)乃行誅大臣及諸公子,以罪過連逮少近官三郎……」索隱:「逮訓及也,謂連及俱被捕,故云連逮。」

〔七〕韓晉卿:密州安丘人,字伯修,以明經中第。元祐中爲大理卿,持平考核。元豐中,「嘗被詔按治寧州獄,循故事當入對,晉卿曰:『奉使有指,三尺法具在,豈可刺探主意,輕重其心乎?』受命即行」。見宋史循吏傳。

〔八〕梓潼:縣名,宋時屬隆慶府,今屬四川省。

〔九〕人能勝天二句:語本史記伍子胥傳:「吾聞之人衆者勝天,天定亦能破人。」

〔一〇〕而高平公二句:據宋史本傳及宰輔表,元祐三年至四年,范純仁爲尚書右僕射,四年二月,罷知潁昌府,踰年知太原府,後徙河南府,再徙潁昌府,八年七月召還,復拜右僕射。則元祐七年正在河南府任上。又宋史地理志云:河南府,洛陽郡,自熙寧五年分隸京西北路,此即所謂「以故相之重保釐西洛郊」也。

【彙評】

林紓林氏選評名家文集淮海集:此文若出之歐公,必吞咽不肯吐露如此。

淮海集箋注卷第四十

哀挽

大行太皇太后挽詞二首〔一〕

其一

東朝制詔九年稱〔二〕，烈武功高後世興。坐舉不周天柱正〔三〕，親扶暘谷日車升〔四〕。班行尚想延和殿〔五〕，羽衛俄趨永厚陵〔六〕。洛水嵩峯霄漢外〔七〕，百官西望涕難勝。

【校】

〔一〕二首　王本、四部本無此二字。

〔其一〕此爲箋注者所加,下同。

【箋注】

〔一〕本篇元祐八年癸酉(一〇九三)九月作於汴京。據宋史英宗宣仁聖烈高皇后列傳,高皇后,亳州蒙城人,曾祖瓊,祖繼勳。后生神宗。哲宗嗣位,尊爲太皇太后。元祐八年九月三日,屬疾崩於崇寧宫,年六十二。施注蘇詩稱其在哲宗時嘗「垂簾聽政」九年。元祐八年十二月,上謚號曰宣仁聖烈皇后。大行,一去不返。臣下因諱言皇帝死亡,故云。史記李斯列傳:「今大行未發,喪禮未終。」

〔二〕東朝制詔:宋史本傳:「元豐八年,帝不豫,浸劇,宰執王珪等入問疾,乞立延安郡王爲皇太子,太后權同聽政,帝頷之。」自神宗病危時確定高氏「權同聽政」,至此時,正爲九年。

〔三〕不周:傳説中山名。淮南子天文:「昔者共工與顓頊争爲帝,怒而觸不周之山,天柱折,地維絶。天傾西北,故日月星辰移焉;地不滿東南,故水潦塵埃歸焉。」又覽冥訓謂女媧「斷鼇足以立四極」,此用其義,歌頌高太后維護宋室之功勳。

〔四〕親扶句:喻高太皇太后扶助哲宗即位。山海經大荒南經:「羲和者,帝俊之妻,生十日。」暘谷,日所出處。淮南子天文訓:「日出於暘谷。」書堯典:「分命羲仲宅嵎夷,曰暘谷。」傳:「宅,居也。東夷之地稱嵎夷。暘,明也。日出於谷而天下明,故稱暘谷。暘谷嵎夷,一也。」日車,指太陽。莊子徐無鬼:「若乘日之車而遊於襄城之野。」注:「司馬云:以日爲車也。」

〔五〕延和殿：宋宮殿名。據宋史地理志一，宫城内景福殿西有殿曰延和，便坐殿也，大中祥符七年建，賜名宣和門承明殿，明道元年改端明，二年改今名。續資治通鑑長編卷四五六謂元祐六年三月乙酉取進士後，高太后曾在延和殿「宣諭」，詩當指此類事。

〔六〕永厚陵：英宗陵墓。宋史禮志凶禮二：「英宗宣仁聖烈皇后高氏……四月一日葬永厚陵。」時在紹聖元年。

〔七〕洛水句：洛水，見卷六南都新亭行寄王子發注〔二〕。嵩峯，即嵩山，見卷九送劉承議解職歸養注〔七〕。皆指皇陵所在地。

其　二

保扶明主自春宫〔一〕，萬國昇平出至公。顧命一時聊共政〔二〕，思齊千古遂同風〔三〕。外家恩數仍長信〔四〕，原廟烝嘗即治隆〔五〕。欲叙聖功歌挽者，乾坤難入畫圖中。

【校】

〔烝嘗〕「烝」原作「蒸」，通，此從胡本、段本、王本、秦本、四部本。

【箋注】

〔一〕保扶句：續資治通鑑卷七八元豐八年：「三月甲午朔，執政詣内東門，入問候，皇太后垂簾，皇子立簾外。太后諭（王）珪等：『皇子清俊好學……』遂宣制，立爲皇太子，改名煦，仍令有司擇日備禮册命。又詔：『應軍國重事，並皇太后權同處分。』」春宮，太子之宮，亦稱東宮。

〔二〕顧命：書顧命疏：「顧，還視也。成王將崩，命群臣立康王，史序其事爲篇，謂之顧命者。鄭玄云：『回頭曰顧，臨死回顧而發命也。』」續資治通鑑卷七八元豐八年二月癸巳：「帝（神宗）大漸……（王珪）又乞皇太后權同聽政，候康復日依舊，帝亦顧視首肯。」本句指此。

〔三〕思齊：詩大雅思齊：「思齊大任，文王之母。」集傳：「思，語辭。齊，莊。此莊敬之大任，乃文王之母也。」

〔四〕外家句：指高后母家。宋史外戚傳：「方宣仁后臨朝，繩檢族人以法度。」據高后傳云，后弟士林，英宗欲遷其官，后辭之。從父遵裕坐西征失律，蔡確乞復其官，后以爲得免刑誅，幸矣。堅不許。其姪公繪、公紀當轉觀察使，又力遏之。自是内降遂絶，力行故事，抑絶外家私恩。長信，漢代太皇太后所居之宮名。文選謝朓齊敬皇后哀策文：「痛椒塗之先廓，哀長信之莫臨。」注：「應劭漢官儀曰：帝祖母爲太皇太后，其所居曰長信宮也。」

〔五〕原廟句：原廟，正廟以外別立之廟，此指高后廟。烝嘗，冬祭曰烝，秋祭曰嘗。詩小雅楚茨：「絜爾牛羊，以往烝嘗。」左傳僖公三十三年：「凡君薨，卒哭而祔，祔而作主，特祀於主，烝嘗禘於廟。」

韓樞密夫人挽詞二首〔一〕

其一

奕葉貂蟬後〔二〕，宗姻樂静間〔三〕。從夫登兩地〔四〕，看子入三山〔五〕。舊像瞻榆闕〔六〕，遺音想佩環。百年川閲水，不復更西還〔七〕。

【校】

〔二首〕王本、四部本無此二字。

〔其一〕此爲箋注者所加，下同。

【箋注】

〔一〕本篇當作於元祐五年庚午（一〇九〇）七月。韓樞密夫人，即韓忠彦夫人，吕公弼之女。王安禮吕公弼行狀：「女四人，長適太常博士祕閣校理韓忠彦，早卒。次適保州推官向紀，次又適忠彦……」此時忠彦已在樞密院，故知此爲公弼第三女。公弼爲吕公著之兄，宋史有傳。案：其二云「鸞詔初乾墨」，可證作於元祐五年。據續資治通鑑長編卷四七六云：「元祐七年八月丁卯，殿中侍御史吴立禮言：臣伏睹知樞密院韓忠彦長子治，昨自朝散郎祕閣校理丁母憂，服闋朝見，未數日即除太常丞。」案：宋時丁憂一般爲三年，實僅二十七月，依此推算，其母當卒於元祐五年七月。挽詞即作於此時。續資治通鑑長編卷四二九云：「范祖禹之妻與韓忠彦之妻，從兄弟也。」祖禹之子温字元實，爲少游婿，少游蓋因此親戚關係而作挽詞。

〔二〕奕葉句：奕葉，猶言累世。曹植王仲宣誄：「伊君顯考，奕葉佐時。」貂蟬，冠飾。後漢書輿服志：「侍中、中常侍冠武弁大冠，加黄金璫，附蟬爲文，貂尾爲飾，謂之趙惠文冠。」此借指顯宦。

〔三〕宗姻句：宋史韓琦傳謂「嘉彦尚神宗女齊國公主」，忠彦乃嘉彦兄，故稱宗姻。樂静，禮記樂記：「樂由中出故静，禮自外作，故文。……揖讓而治天下者，禮樂之謂也。暴民不作，諸侯賓服，兵革不試，五刑不用，百姓無患，天子不怒，如此則樂達矣。」是「樂静」亦稱頌聖明之辭。

〔四〕兩地：易説卦：「参天兩地而倚數。」孔疏：「必三之以天、兩之以地者，天三覆，地兩載。」又引張氏曰：「以三中含兩有一，以包兩之義，明天有包地之德，陽有包陰之道。」易以奇數象天、象陽，以偶數象地、象陰，故曰「兩地」。「從夫登兩地」，喻妻以夫貴而榮。

〔五〕三山：王嘉拾遺記高辛「三壺，則海中三山也：一曰方壺，則方丈也；二曰蓬壺，則蓬萊也；三曰瀛壺，則瀛洲也」。此以蓬萊山借指祕書省（漢代以藏書之東觀爲道家蓬萊山，祕書省爲宋代藏書機構）。時其子韓治爲祕閣校理，故曰「看子入三山」。

〔六〕榆關：即榆關。史記楚世家：「悼王十一年，三晉伐楚，敗我大梁榆關。」索隱：「此榆關當在大梁之西。」此指夫人墓地，當在汴京之西。

〔七〕百年二句：謂人死不能復生，用論語子罕：「子在川上曰：『逝者如斯夫，不舍晝夜。』」

其二

天上開華屋，丘山忽返真〔一〕。內人歸賵盛〔二〕，挽者轉哀新。鸞詔初乾墨〔三〕，魚軒已暗塵〔四〕。藹然多德善，論次有蒼珉〔五〕。

【箋注】

〔一〕天上二句：對去世的美喻。華屋、丘山，曹植箜篌引：「盛時不可再，百年忽我適。生存華屋處，零落歸山丘。」

〔二〕內人句：內人，宮女。周禮天官寺人：「掌王之內人及女宮之戒令。」後漢書和熹鄧皇后紀：「（鄧）康以太后久臨朝政，心懷畏懼，託病不朝，太后使內人問之。」歸賵，左傳隱公元年：「天王使宰咺來歸惠公仲子之賵。」注：「賵，助喪之物。」此指宮中賜喪禮頗豐。

〔三〕鸞詔：猶鳳詔，指皇帝詔書。案宋史哲宗紀元祐五年三月壬申，詔「以韓忠彦同知樞密院事」。三月至七月，爲時甚促，故曰「初乾墨」。

〔四〕魚軒：貴婦人之車，左傳閔公二年：「歸夫人魚軒。」注：「魚軒，夫人車，以魚皮爲飾。」

〔五〕蒼珉：蒼色玉色。袁桷袁褒東湖聯句：「碧洞諸天杳，蒼珉帝畫鐫。」此指石碑。

俞公達待制挽詞二首〔一〕

其一

詞場英妙氣如虹〔二〕，出入青雲見事功〔三〕。流馬木牛通蜀漕〔四〕，葛巾羽扇破渠戎〔五〕。風生使者旌旄上〔六〕，春在將軍俎豆中〔七〕。詔墨未乾人奄忽〔八〕，傷心江漢日傾東〔九〕。

【校】

〔二首〕王本、四部本無此二字。

〔其一〕此爲箋注者所加，下同。

〔詞場〕原誤作「詞場」，據張本、李本、段本改。

【箋注】

〔一〕本篇作於元豐四年辛酉（一〇八一）。俞公達，名充，事迹見卷三八代御書手詔記注〔一〕。據續資治通鑑長編卷三一三云：元豐四年六月壬戌，「知慶州天章閣待制俞充卒」。陸游老學庵筆記卷十云：「一日，充死，中正（徐案：指王珪）輒侍神廟言：『充非獨吏事過人遠甚，參禪亦超然悟解。今談笑而終，略無疾恙。』上亦稱歎，以語中官李舜舉。舜舉素敢言，對曰：『以臣觀之，止是猝死耳。』」

〔二〕氣如虹：李賀高軒過：「入門下馬氣如虹，云是東京才子，文章巨公。」

〔三〕青雲：見卷五送張叔和兼簡黄魯直注〔八〕。

〔四〕流馬木牛：古代運載工具。諸葛亮伐魏，曾以之運糧。三國志諸葛亮傳注引亮集載有製作規格。續資治通鑑長編卷二五九云，熙寧八年正月，俞充權發遣成都府路轉運副使，本句指此。

〔五〕葛巾羽扇：猶羽扇綸巾，狀人物之風雅閑散。類説四九殷芸小説：「武侯與宣王治兵。將戰，宣王戎服莅事，使人密覘武侯，乃乘素輿葛巾，執白羽扇指麾，三軍隨其進止。宣王嘆曰：『真名士也！』」武侯謂諸葛亮，宣王謂司馬懿。此指元豐三年四月平羌人慕家白子部落，見卷三八代御書手詔記。

〔六〕旌旄：指旌節，以旄牛尾爲飾，故名。

〔七〕俎豆：禮器，古代宴客、朝聘、祭祀用。論語衛靈公：「俎豆之事，則嘗聞之矣。」此處義猶折衝尊俎。戰國策齊策五：「千丈之城，拔之尊俎之間；百尺之衝，折之衽席之上。」此句謂在戰場上克敵制勝，乃溢美之辭。

〔八〕詔墨句：宋史俞充傳：「充願得乘傳入覲，面陳攻討之略。詔令掾屬入議，未及行，充暴卒。」本句指此。

〔九〕江漢日傾東：書禹貢：「江漢朝於海。」詩大雅江漢序：「江漢，尹吉甫美宣王也，能興衰撥亂，命召公，平淮夷。」此喻俞充心向朝廷，守邊有功。

【彙評】

胡仔苕溪漁隱叢話前集卷五十引王直方詩話云：東坡作藏春塢詩，有「年抛造物甄陶外，春在先生杖屨中」；而少游作俞充哀詞，乃云：「風生使者旌旄上，春在將軍俎豆中。」余以爲依仿太甚。

陳善捫蝨新話卷七東坡少游周美成詩：東坡藏春塢詩有「年抛造物甄陶外，春在先生杖屨中」之句，其後秦少游作俞待制挽詞遂云：「風生使者旌旄上，春在將軍俎豆中。」人已謂其依倣太甚。今人只見周美成蔡相生辰詩云：「化行禹貢山川外，人在周公禮樂中。」相傳競以爲佳，不知前輩已疊用之矣。人之易欺如此。

其　二

一麾出守著威名〔一〕，凶訃西來上爲驚〔二〕。玉帳笑談成昨夢〔三〕，錦囊書札見平生〔四〕。衣冠漸散紅蓮府〔五〕，鎧馬還歸細柳營〔六〕。可道風流回首盡，芝蘭庭下粲朝榮〔七〕。

【箋注】

〔一〕一麾出守：顔延之五君詠阮始平詩：「屢薦不入官，一麾乃出守。」謂阮咸受到揮斥、排擠而出守始平。杜牧將赴吴興登樂遊原詩：「欲把一麾江海去，樂遊原上望昭陵。」遂將「麾」誤解爲「旌麾」之「麾」。此用後一義，謂京官赴外任。

〔二〕凶訃西來：俞卒於慶州邊防，故云。據續資治通鑑長編卷三一五云：元豐四年六月壬戌「知慶州天章閣待制俞充卒」。注：「據六月十六日御集，環慶走馬承受陸中奏，今月七日經略司俞充身亡。」

〔三〕玉帳：征戰時主將所居之軍帳。李白司馬將軍歌：「身居玉帳臨河魁，紫髯若戟冠崔嵬。」説郛三十張淏雲谷雜記玉帳：「顔之推觀我生賦云：『守金城之湯池，轉絳宫之玉帳。』……

蓋玉帳乃兵家厭勝之方位，謂主將於其方置軍帳，則堅不可犯，如玉帳然。」

〔四〕錦囊書札：指錦囊妙計。李白潁陽别元丹丘之淮陽詩：「我有錦囊訣，可以持吾身。」訣，即妙計。宋史俞充傳謂「充亦知帝有用兵意，屢倡請西征」，並令乘傳入朝，「面陳攻討之略」。本句指此。

〔五〕紅蓮府：指蓮幕。見卷七次韻朱李二君見寄二首其一注〔三〕。

〔六〕細柳營：據史記周勃世家，漢文帝時周亞夫爲將軍，屯軍細柳（在今陝西咸陽市西南），以備匈奴。文帝親往勞軍，需亞夫傳令始得入營。既入，見軍紀肅然，嘆曰：「真將軍矣！曩者霸上棘門軍，若兒戲耳。」此美喻俞充所部。

〔七〕芝蘭句：見卷四别子瞻學士注〔七〕，此處稱譽其子次皋。

陳承事挽詞〔一〕

明時就養寄淮壖〔二〕，忽歎艅艎以柩旋〔三〕。八尺衣冠成繪事〔四〕，百年風誼列幽鐫〔五〕。銘旌暮暗黄梅雨〔六〕，鄉路秋横碧玉天。遥想葬期豪傑會，高車連軫駐新阡〔七〕。

【箋注】

〔一〕本篇蓋作於出仕之前。首句「明時」指聖明之世。陳承事去世前曾在淮壖療養，因非淮人，故曰寄。此時少游正在家中，故與之相識；次句「忽報」言陳死之速，「以柩旋」歸故里，作者不能同去，故下文曰「遥想」。由此推知此詩大致作於元豐間。陳承事，家里無考。承事郎，元豐初爲八品下階文散官，元豐三年改制後廢文散官，遂爲新寄禄官，相當於舊寄禄官大理評事。

〔二〕淮壖：淮水邊，壖，河邊地。此指淮南。

〔三〕艅艎：見卷二泊吴興西觀音院注〔一一〕。

〔四〕繪事：論語八佾：「繪事後素。」文心雕龍定勢：「是以繪事圖色……色糅而犬馬殊形。」此句謂死後繪畫其形像。

〔五〕幽鐫：指墓誌銘。劉師培左盦文論：「自裴松之奏禁私立墓碑，而後有墓誌一體。觀漢魏刻石之出土者，並無墓誌，亦足證此體之始於六朝也。墓誌一體，原爲不能立碑者而設，而風尚所趨，即本可立碑或帝王后妃之已有哀策者，亦並兼有之。……後世於墓誌之外，復有墓碣、墓表，亦自此體出也。」

〔六〕銘旌：喪具之一種。周禮春官：「大喪共銘旌。」儀禮士喪禮注：「銘，明旌也，雜帛爲物，大夫、士之所建也。以死者爲不可别，故以其旗識識之。……半幅，一尺。終幅，二尺。」宋制有所變易，司馬光書儀卷五銘旌：「銘旌以絳帛爲之，廣終幅，三品以上長九尺，五品以上八尺，六品以下七尺，書曰某官某公之柩，以竹爲杠，長準銘旌，置屋西階上。」

〔七〕高車句：連軫，謂車輛首尾相接。説文段注：「合輿下三面之材，與後横木而正方，故謂之軫。」此指會葬送喪之車。新阡，新墳。阡，墓道。

永壽縣君挽詞二首〔一〕

其一

廷尉蒙恩後〔二〕，蘭臺就養初〔三〕。大椿宜更壽〔四〕，流水遽焉如〔五〕？鸞錦封花誥〔六〕，蛛絲綱板輿〔七〕。百年誰考德？琬琰在幽墟〔八〕。

【校】

〔二首〕王本、四部本無此二字。

〔其一〕此爲箋注者所加，下同。

【箋注】

〔一〕永壽縣君：范祖禹太史范公文集卷五十右監門衛大將軍嘉州刺史妻永壽縣君程氏墓志

銘：「君，程氏，曾祖坦，贈太師中書令兼尚書令；祖戡，宣徽南院使、武安軍節度使，贈太師中書令兼尚書令；父莘，文思使。君幼端謹沉厚，精於女功，不喜華飾。年十七，歸遂寧郡王之子右監門衛大將軍嘉州刺史（趙）世設。……元祐三年十月庚辰卒。」案：世設，宋史不載，據宗室傳一：燕王德昭子惟和，惟和子從誨，從誨子世開，疑世設爲世開兄弟。據宋史職官志九「宗室自率府副率至侍中叙遷之制」，「右監門衛大將軍轉遥郡刺史」，可見品級約當於州郡，故又稱嘉州刺史。范祖禹爲其妻作墓誌銘，少游與范交，故而有此挽詞。

〔二〕廷尉：官名。秦始置，爲九卿之一，掌刑獄。漢承秦制，秩二千石。漢景帝中元六年更名大理，武帝建元四年復稱廷尉。北齊至宋，均稱大理寺卿。

〔三〕蘭臺：本爲漢代宫廷藏書處。東漢以後御史臺也稱蘭臺；又因班固曾任蘭臺令史，奉敕撰光武本紀及諸傳記，故後世也稱史官爲蘭臺。

〔四〕大椿：見卷六正仲左丞生日注〔五〕。

〔五〕流水句：用論語子罕「子在川上曰『逝者如斯夫』」之典。

〔六〕鸞錦句：稱譽死者曾受誥命封贈。

〔七〕板輿：見卷七題閻求仁虚樂亭三首其一注〔四〕。

〔八〕琬琰：孝經序：「寫之琬琰，庶有補於將來。」疏：「謂刊石也，而言寫之琬琰者，取其美名耳。」此喻碑銘。

其二

明世辭隆養〔一〕,哀榮道路傳。賵喪從上宰〔二〕,歌挽出群仙〔三〕。素幔傷秋泛,青釭慘夜船〔四〕。玉峯歸葬處〔五〕,木拱雁連天〔六〕。

【校】

〔青釭〕原作「青缸」,通,此從王本、四部本。

【箋注】

〔一〕隆養:豐厚之養禄。辭隆養,婉言去世。

〔二〕賵喪句:宋史禮志凶禮三:「賵贈,凡近臣及帶職事官薨,非詔葬者,如有喪訃及遷葬,皆賜賵贈。……自中書、樞密而下至兩省五品、三司三館職事、内職、軍校並執事禁近者亡歿,及父母、近親喪,皆有贈賜。」永壽縣君程氏之夫爲右監門衛大將軍嘉州刺史,約爲四、五品,且係宗室,故有賵贈。

〔三〕歌挽出群仙:喻哀喪女眷之多。

〔四〕素幔二句:寫靈柩經由水路而歸。程氏卒於十月,而此云「秋泛」,時間概念上約略而言之。釭,燈。

〔五〕玉峯：道教七十二福地中第五十六福地，相傳在西都京兆縣，屬仙人栢户所治。見雲笈七籤。此處蓋虚指。

〔六〕木拱句：木拱，左傳僖公三十二年：「中壽，爾墓之木拱矣。」此處指墓。雁連天，點出時令。

曾子固哀詞〔一〕

皇受命而熙洽兮〔二〕，實千祀而一時〔三〕。協氣鬱而四塞兮〔四〕，與盛德其俱升。麟鳳出而旁午兮〔五〕，猶氤氲而扶輿〔六〕。篤生我公兮，以文章爲世師。

公神禹之苗裔兮，肇子爵而鄫封〔七〕。逮去邑而爲氏兮，季葉汩其南征〔八〕。祖騫翔而績著兮〔九〕，考踸踔而文鳴〔一〇〕。公既生而多艱兮，踵祖武而好修〔一一〕。既輕車又良御兮，遂大放乎厥詞〔一二〕。發天人之奥秘兮，約六藝而成章〔一三〕。元氣含而未泄兮，洞芒芴而窅冥〔一四〕。挽天河而一瀉兮，物應手而華昌。揖揚馬使先路兮，咸告公曰「不敢」。彼崔蔡之紛紛兮，孰云窺其藩翰〔一五〕？辰來遲而去速兮，固前修以跋疐〔一六〕。方盤礴而上征兮，遽相羊而補外〔一七〕。皇揆公之忠誠兮，即商墟而賜環〔一八〕。紬史諜乎東觀兮〔一九〕，裁誥命乎西垣〔二〇〕。典章絶而復作兮，世争睹而快先。正經緯乎終古兮，配維斗而昭然〔二一〕。變化詭而難常兮，雖司命其或昧〔二二〕。忽遭艱而去國兮，遂銜哀而即世〔二三〕。述作紛其具存兮，悵爽靈之焉詣〔二四〕！信百年不斯須兮，遒電滅而焱逝。

天不憖遺一老兮〔二五〕，固縉紳之所傷。矧不肖以薄技兮，早獲進於門牆〔二六〕。路貫江而修徂兮，曾莫奠乎酒漿〔二七〕。悲填膺而茀鬱兮〔二八〕，聊自託於斯文。

【校】

〔辰來遲〕原脱「來」字，據張本、胡本、李本、段本、秦本補。

〔電滅〕「電」原誤作「雷」，據張本、胡本、李本、段本、王本、秦本改。

【箋注】

〔一〕本篇作於元豐六年癸亥（一〇八三）。曾子固名鞏，續資治通鑑長編卷三三四云，是歲四月丙辰，丁憂人前朝散郎試中書舍人曾鞏卒。參見卷二次韻邢敦夫秋懷十首其三注〔一〕。

〔二〕熙洽：指清明和樂之世。文選班固東都賦：「至於永平之際，重熙累洽。」

〔三〕千祀而一時：即千載一時。文選謝瞻經張子房廟詩：「惠心奮千祀，清埃播無疆。」

〔四〕協氣：文選司馬相如封禪文：「懷生之類，霑濡浸潤，協氣橫流，武節飄逝。」注：「善曰：協氣、和氣也。」

〔五〕麟鳳句：白虎通封禪：「天下太平，符瑞所以來至者，以爲王者承統理，調和陰陽。陰陽和，萬物序，休氣充塞，故符瑞並臻，皆應德而至。……德至鳥獸，則鳳凰翔，鸞鳥舞，麒麟臻。」旁午，縱横錯雜貌。

〔六〕扶輿：見卷一浮山堰賦注〔一四〕。

〔七〕公神禹之苗裔兮二句：史記夏本紀：「禹爲姒姓，其後分封，故有……繒氏。」説文通訓定聲：「鄫，夏禹之後。」又：「段假爲繒。」可見繒同鄫，古國名，姒姓，春秋魯襄公六年爲莒所滅。故地在今山東棗莊。三曾年譜本曾子固年譜：「其先魯人。」宋曾敏行獨醒雜志卷七云：「按千姓篇：曾氏望出廬陵，自孔門點、參、元、西之後，至漢纔有尚書郎偉一人耳。而江西之曾居廬陵，尤多散在諸邑。」又云：「南豐之曾，曰鞏，曰牟，曰宰，曰布，曰肇。章貢之曾，曰弼，曰懋，曰班，曰開，曰幾，皆以伯仲取科第。南豐之最著者子固、子開，而子宣遂登相位。章貢之最著者叔夏、天猷，若吉甫雖晚遇，亦終次對。此二族蓋甲于江西也。」

〔八〕季葉：猶末世。案曾子固年譜云：「後世遷豫章，因家江南，其四世祖延鐸始爲建昌軍南豐人。」

〔九〕祖騫翔句：陳師道後山居士文集卷十八光禄曾公神道碑謂曾子固之祖名致堯，户部郎中，直史館，贈諫議大夫。騫翔，謂仕途順利。

〔一〇〕考蹉跼句：據陳師道光禄曾公神道碑云：曾鞏之父名易占，字不疑，以蔭爲太廟齋郎，歷撫州宜黄臨川尉，徙司法參軍，遷鎮東節度推官，遷太子中允、太常博士，知泰州如皋、信州玉山二縣，多爲善政。然在信州時，有錢仙芝者，曾以危法中公，請御史出驗治，仙芝坐誣公得罪，而公卒不免，故云「蹉跼」，易占早在寶元康定間，曾上書言邊事；又爲時議數十篇，縱論天下事，學者嚮之。

〔一一〕公既生二句：楚辭屈原離騷：「哀民生之多艱。」又：「忽奔走以先後兮，及前王之踵武。」王逸注：「踵，繼也。武，跡也。」案：本篇多用離騷語辭，如「前修」（「因前修以菹醢」）、「先路」（「來吾導夫先路」）、「上征」（「溘埃風余上征」）、「皇揆」（「皇覽揆予初度兮」）、「苗裔」（「帝高陽之苗裔兮」）等等。全文句法亦效離騷體。

〔一二〕遂大放乎厥詞：原爲褒義。韓愈祭柳子厚文：「玉佩瓊琚，大放厥詞。」此指宋史鞏本傳：「年十二，試作六論，援筆而成，辭甚偉。」

〔一三〕約六藝而成章：六藝，即六經。宋史鞏本傳：「爲文章上下馳騁，愈出而愈工，本原六經。」

〔一四〕元氣二句：見卷二三變化論注〔一〕。

〔一五〕揖揚馬四句：揚馬，揚雄、司馬相如。崔蔡，崔駰、蔡邕。駰字亭伯，與班固、傅毅齊名；邕，字伯喈，博學工辭章。後漢書俱有傳。宋史鞏本傳：「一時工文詞者鮮能過。」

〔一六〕固前修句：前修，前賢。跋疐，詩豳風狼跋：「狼跋其胡，載疐其尾。」宋熹注：「跋，躐也，胡，頷下懸肉也。載，則；疐，跲也。老狼有胡，進而躐其胡，則退而跲其尾。……周公雖遭疑謗，然所以處之不失其常，故詩人美之。」宋史鞏本傳：「鞏負才名，久外徙，世頗謂偃蹇不偶。」

〔一七〕方盤礴二句：謂其仕途正順利，忽遷延而補授外郡之職。宋史鞏本傳謂其「徙襄州、洪州……加直龍圖閣，知福州。……徙明、亳、滄三州」。宋時以京官爲榮，而「補外」則爲「偃蹇不偶」。相羊，徜徉，徘徊不前。楚辭離騷：「聊逍遥以相羊。」

〔一八〕皇揆二句：三曾年譜謂鞏元豐三年移知滄州：「會徙滄州，召見，勞問甚寵。」宋史鞏本傳：「過闕，神宗召見，勞問甚寵，遂留三班院。」商墟，史記衛世家：「居河淇間故商墟。」即殷墟，在今河南安陽市西北小屯村及洹河兩岸一帶。賜環，見卷二九代回胡右丞年節啓注〔七〕。二句指行至殷墟附近被召還。

〔一九〕紬史諜句：東觀，漢藏書處，後多指祕書省、史院。三曾年譜元豐四年：「秋七月己酉，詔曾鞏充史館修撰，專典史事。」宋史鞏本傳：「帝以三朝、兩朝國史各自爲書，將合而爲一，加鞏史館修撰，專典之。」

〔二〇〕裁誥命句：西垣，中書省。三曾年譜：元豐五年：「四月，擢試中書舍人。」中書舍人職司起草誥命訓詞，故云。

〔二一〕維斗：即北斗星。莊子大宗師：「維斗得之，終古不忒。」成玄英疏：「北斗爲衆星綱維，故曰維斗。」

〔二二〕司命：主管壽命之神。晉書天文志：「三台……上台爲司命，主壽。」

〔二三〕忽遭艱二句：宋史本傳云：「甫數月，丁母艱去，又數月而卒。」三曾年譜元豐六年：「母憂。四月丙辰，卒於江寧府。」

〔二四〕爽靈：猶魂靈。一稱靈爽。文選郭景純(璞)江賦：「奇相得道而宅神，乃協靈爽於湘娥。」

〔二五〕天不憖句：詩小雅十月之交：「不憖遺一老，俾守我王。」不憖，猶言寧不、何不。左傳哀公十六年：「夏四月己丑，孔丘卒。公誄之曰：『旻天不吊，不憖遺一老。』」漢魏碑文多用「天不憖遺」爲哀悼大臣之詞。舊唐書李晟傳：「喪我賢哲，虧我股肱；天不憖遺，痛惜何極！」

〔二六〕早獲進句：少游早與曾肇相識，見卷三七謝曾子開學士書。其從曾鞏游，不可考。

〔二七〕路貫江二句：時曾鞏在江寧(今江蘇南京)卒，而少游在蔡州教授任，故云隔江而路遠，不能前往祭奠。

〔二八〕茀鬱：抑鬱不舒。漢書廣川惠王越傳：「心重結，意不舒；内茀鬱，憂哀積。」

蔡氏哀詞〔一〕

惟夫人之高誼兮〔二〕，真一時之女英。既富有此好德兮，又申之以令儀。帶幽蕙之縹緲兮〔三〕，佩明月之陸離〔四〕。人自操舍之不一兮，雅獨取善以自持。何報施之或忒兮〔五〕，罹禍艱於不虞。顏色炫而未暮兮，所天忽以殞殂〔六〕。

痛平素之偕處兮，忍此奄奄而嫠居。瀝哀血以自誓兮，甘餌毒而捐軀〔七〕。佩珠玉以死貞兮，固衆女之所嗤。曷卓越以不顧兮，棄性命其如遺。美不可强有兮，信天資之所開。要反心以内省兮，豈或售乎人知？嗟三晨之未浹兮〔八〕，遂俱遊而莫留。死者有知兮，羌魂魄以並遊〔九〕。日黄昏而不見兮，虚室窈其無人。惟哀風以歸來兮，動素幔之襜襜〔一〇〕。何平生之款密兮，遽音聲之不可尋。儼遺跡以在目兮，紛百憂而攻心。豈至理不吾喻兮，如意厚而悲深。撫雙櫬以增慟兮〔一一〕，涕漬血而洒襟。

已矣哉！人生有死兮，自前古而既然。精魄忽其不駐兮，惟修名之可延。忍録録以寓世兮〔一二〕，信烈者之所羞。儻佳志之獲申兮，雖奄忽其焉悼？

【校】

〔炫而未暮〕「而」原作「兮」，據張本、胡本、李本改。

〔死貞〕「貞」原作「真」，此從王本、四部本。

〔俱遊〕王本、四部本「遊」作「逝」。

〔日黄昏而不見〕王本、四部本「而」作「以」。

〔漬血〕原作「清血」，據張本、胡本、李本改。

【箋注】

〔一〕本篇作於熙寧八年乙卯（一〇七五）。參見卷三六蔡氏夫人行狀注〔一〕。

〔二〕高誼：猶高義。公孫龍子跡府：「素聞先生高誼，願爲弟子久。」

〔三〕帶幽蕙句：屈原離騷：「矯菌桂以紉蕙兮，索胡繩之纚纚。」此用其義。

〔四〕佩明月之陸離：屈原離騷：「高余冠之岌岌兮，長余佩之陸離。」案：明月，珍珠名，司馬相如上林賦：「明月珠子，的皪江靡。」陸離，璀璨也。

〔五〕忒：差錯。詩大雅抑：「昊天不忒。」釋文：「忒，差也。」

〔六〕殞殂：猶殞滅，指死亡。

〔七〕甘餌毒而捐軀：蔡氏夫人行狀謂其夫死後，飲砒礵自盡。

〔八〕三晨未浹：蔡氏夫人行狀云：「後君二日卒。」故云。

〔九〕羌：古代楚方言語首助辭，楚辭離騷：「羌内恕己以量人兮。」此文效楚辭句法，故用之。

〔一〇〕襜襜：摇動貌。司馬相如長門賦：「飄風回而赴閨兮，舉帷幄之襜襜。」

〔一一〕雙櫬：指蔡氏與其夫徐成甫之靈櫬。

〔一二〕録録：凡庸，無所作爲。通「碌碌」，見通雅釋詁。

【彙評】

段斐君本淮海集徐渭評：清疏流利，不事組繪，似賈長沙。

時宣義挽詞〔一〕

奮發多難裏，哀榮厚夜中〔二〕。妙年推正行，末路見陰功〔三〕。風雨雙龍合〔四〕，山川吊鶴空〔五〕。懸知青史上，又載一于公〔六〕。

【箋注】

〔一〕本篇作於元祐末。時宣義，蓋即時彦，嘉靖惟揚志十九稱其元豐二年己未進士第一。又嘉慶揚州府志卷四六：「時丹立（宣義），興化人，元祐間任高郵司理，蒞位仁恕，民德之。鄉人稱其所居曰時堡。卒，秦觀以詩挽之，有『懸知青史上，又載一于公』之句。」案：長編卷四七八元祐七年十月乙亥，「校書郎時彦晁補之並爲著作佐郎」。又卷四八四元祐八年五月戊戌，「集賢校理、著作佐郎時彦爲兵部員外郎」。爾後即無記載，蓋不久即卒矣。

〔二〕厚夜：猶修夜、長夜。王縉玄宗大明皇帝哀册文：「厚夜兮藏晝，終天兮緝輝。」漢書外戚傳漢武帝悼李夫人賦：「奄修夜之不陽。」師古注：「言夫人身處墳墓而隱翳也。修，長也。」

〔三〕末路：晚年。謝靈運酬從弟惠連詩：「末路值令弟，開顏披心胸。」注：「衰老始得逢令弟，開解我心胸也。」陰功，即陰德。

〔四〕雙龍合：雙龍，即雙劍。據晉書張華傳，雷煥在豐城得龍泉、太阿二劍，一送張華，一自佩，並云：「靈異之物，終當化去。」煥死，其子攜劍過延平津，劍忽從腰間躍入水中。使人打撈，但見兩龍各長數丈，飛上天去。後世遂以雙劍化龍喻人之去世。韓愈大行皇太后挽歌詞之二：「鳳飛終不返，劍化會相從。」此以「雙龍合」喻時宣義之逝。

〔五〕吊鶴空：指吊喪。晉書陶侃傳：「（侃）後以母憂去職，有二客來吊，不哭而退，化爲雙鶴，沖天而去，時人異之。」

〔六〕于公：漢剡人，爲縣獄史，善決獄，嘗雪東海孝婦之冤。後公閭門壞，父老方共治之；于公謂曰：「少高大，令容駟馬車蓋；我治獄多陰德，子孫必有興者。」後子定國爲丞相，孫永爲御史大夫，封侯傳世。見漢書于定國傳。時丹立爲縣司理，主管獄訟，因以爲喻。

中書侍郎挽詞二首〔一〕

其一

崛起商巖後〔二〕，清忠士論歸〔三〕。法知商鞅弊〔四〕，議折董宏非〔五〕。遷謫生華髮〔六〕，騫騰上紫微〔七〕。又騎箕尾去〔八〕，朝野涕空揮。

【校】

〔二首〕王本、四部本無此二字，題下案曰：「郎下應有闕文，疑有『傅欽之』字。」

〔其一〕此爲箋注者所加，下同。

【箋注】

〔一〕本篇元祐六年辛未（一〇九一）作於汴京。續資治通鑑長編卷四六八云，是歲十一月辛丑中書侍郎傅堯俞卒。堯俞，字欽之，見卷二寄題傅欽之草堂注〔一〕。

〔二〕商巖：指殷相傅説。相傳曾築於商巖之野，殷王武丁訪得，舉以爲相，致殷中興。見書説命、史記殷本紀。

〔三〕清忠句：宋史本傳：「司馬光嘗謂河南邵雍曰：『清、直、勇三德，人所難兼，吾於欽之畏焉。』雍曰：『欽之清而不耀，直而不激，勇而能温，是謂難爾。』」

〔四〕法知句：指反對王安石變法。宋史本傳：「熙寧三年，至京師。王安石素與之善，方行新法，謂之曰：『舉朝紛紛，俟君來久矣，將以待制、諫院處君。』堯俞曰：『新法世以爲不便，誠如是，當極論之。平生未嘗好欺，敢以爲告。』」商鞅，見卷十四法律上注〔四〕。

〔五〕議折句：指反對尊崇濮王。宋史本傳英宗治平三年：「大臣建言濮安懿王宜稱皇考，堯俞曰：『此於人情禮文，皆大謬戾。』與侍御史呂誨同上十餘疏，其言極切。主議者知恟恟不可遏，遂易『考』稱『親』。」董宏漢人，參見卷二九代賀簽書趙樞密啓注〔三〕。

〔六〕遷謫句：堯俞治平中因濮議自請謫和州，熙寧中因反對新法謫爲河北轉運使，宋史本傳謂「再歲六移官，困於道路，知不爲時所容，請提舉崇福宫」。

〔七〕鶱騰句：飛騰。鶱，通「騫」。杜甫寄岳州賈司馬六丈巴州嚴八使君兩閣老五十韻：「如公盡雄俊，志必在騰鶱。」紫微，紫微垣，星座名。此指中書省。

〔八〕騎箕尾：喻死去。箕，星名。莊子大宗師：「傅説得之，以相武丁，奄有天下。乘東維，騎箕尾，而比於列星。」後常以「騎箕尾」比國家重臣之死亡。宋史趙鼎傳自書銘旌：「身騎箕尾歸天上，氣作山河壯本朝。」

其二

守道無夷險〔一〕，如公實寡儔。望從烏府重〔二〕，官到鳳池休〔三〕。二品追褒峻〔四〕，千金賻恤優。縉紳終有恨，王駿不封侯〔五〕。

【校】

〔寡儔〕「儔」原作「仇」，此從王本、四部本。

【箋注】

〔一〕夷險：平坦與險阻。淮南子本經：「接徑歷遠，直道夷險。」

〔二〕烏府：謂御史府。漢書朱博傳：「(御史)府中列柏樹，常有野烏數百棲宿其上，晨去暮來，號曰朝夕烏。」後因稱御史府爲烏府或烏臺。宋史本傳謂：「英宗即位，轉殿中侍御史。」此後諫逐任守忠，又諫濮議，堯俞聲望遂重。

〔三〕鳳池：即鳳凰池，指中書省。晉書荀勖傳：「勖自中書監除尚書令，人賀之。勖曰：『奪我鳳凰池，諸君何賀耶？』」按通典職官志：「中書省地在樞近，多承寵任，是以人固其位，謂之鳳凰池也。」此指傅堯俞官終中書侍郎。

〔四〕二品句：長編卷四六八載：「上輟朝臨奠，贈右銀青光禄大夫，謚獻簡。」據宋史職官志八，銀青光禄大夫爲從二品。

〔五〕王駿：漢王吉子，曾爲趙内史。後薛宣免，駿代爲丞相，病卒，「衆人爲駿恨不得封侯」。見漢書王吉傳附。此處借指傅堯俞。

吕與叔挽章四首〔一〕

其一

舉舉西州士〔二〕，來爲邦國華〔三〕。藝文尤爾雅，經術自名家。正有高山仰〔四〕，俄成逝水嗟〔五〕。賢人各有數，不獨歲龍蛇〔六〕。

【校】

〔四首〕王本、四部本無此二字。

〔其一〕此爲箋注者所加，下同。

【箋注】

〔一〕四首作於元祐八年癸酉（一〇九三）春間。其三起二句云：「追惟獻歲發春間，和我新詩憶故山。」指和元日立春而言。蘇軾詩集亦有此挽章，次於元日立春之後、馬上寄蔣穎叔之前，可證。吕與叔，名大臨，大防之弟。其先汲郡人，家於京兆藍田。學於程頤，與謝良佐、游酢、楊時在程門號「四先生」。通六經，尤邃於禮。嘗監鳳翔司竹監。元祐間，從官薦其行義修飾，文詞爾雅，除太學博士，遷祕書省正字。與少游同列。范祖禹乞以備勸學，未及用而卒。見宋史吕大防傳附。

〔二〕舉舉句：舉舉，韓愈送陸暢歸江南詩：「舉舉江南子，名以能詩聞。」方崧卿注：「唐人以舉止端麗爲舉舉。」西州，西方之州郡，此指京兆藍田。

〔三〕邦國華：意猶爲國增光。國語魯語上：「且吾聞以德榮爲國華，不聞以妾與馬。」

〔四〕高山仰：詩小雅車舝：「高山仰止，景行行止。」曹丕與鍾大理書：「高山景行，私所仰慕。」

〔五〕逝水嗟：論語子罕：「子在川上曰：『逝者如斯夫，不舍晝夜！』」

〔六〕歲龍蛇：後漢書鄭玄傳：「夢孔子告之曰：『起，起！今年歲在辰，來年歲在巳。』既寤，以讖合之，知命當終。」注：「辰爲龍，巳爲蛇，歲在龍蛇賢人嗟。」

其二

數日音容隔，人琴遂已虚〔一〕。門生應有謚〔二〕，國史可無書？舊室懸蛛網，遺編走蠹魚〔三〕。定無封禪草，平日笑相如〔四〕。

【箋注】

〔一〕人琴句：世説新語傷逝：「王子猷、王子敬俱病篤，而子敬先亡。子猷……來奔喪……便徑入，坐靈牀上，取子敬琴彈。弦既不調，擲地云：『子敬子敬，人琴俱亡！』」劉禹錫和西川李尚書漢州微月遊房太尉西湖詩：「人琴久寂寞，煙月若平生。」

〔二〕謚：按生前事蹟評定褒貶，給予稱號曰謚。

〔三〕遺編：據文獻通考，吕大臨著有玉溪集二十卷、玉溪别集十卷，又有考古圖十卷，並傳於世。

〔四〕定無二句：史記司馬相如傳：「相如既病免，家居茂陵。天子曰：『司馬相如病甚，可往從悉取其書；若不然，後失之矣。』使所忠往，而相如已死，家無書。問其妻，對曰：『長卿固未嘗有書也；時時著書，人又取去，即空居。長卿未死時有一卷書，曰：有使者來求書，奏之。無他書。』其遺札書言封禪事，奏所忠。忠奏其書，天子異之。」案封禪草，即指封禪文，多歌功頌德之詞。

其　三

追惟獻歲發春間〔一〕，和我新詩憶故山〔二〕。今日始知詩是讖〔三〕，魂兮應已度函關〔四〕。

【校】

〔其三〕此首與下一首王本、四部本另列，題作「失題」，案曰：「元在呂與叔挽章後。」徐案：與叔京兆藍田人，故結句云「魂兮應已度函關」，當係挽呂之詞。

【箋注】

〔一〕獻歲：見卷十元日立春三絶其二注〔一〕。

〔二〕和我新詩：即和元日立春詩。

〔三〕詩是讖：古人迷信，以爲詩句足爲他日吉凶之徵兆者，謂之詩讖。南史侯景傳：「初，簡文寒夕詩云：『雪花無有蔕，冰鏡不安臺。』又詠月云：『飛輪了無轍，明鏡不安臺。』後人以爲詩讖，謂無蔕者是無帝，不安臺者臺城不安；輪無轂者，以邵陵名綸，空有赴援名也。」

〔四〕函關：函谷關，在今河南靈寶縣南。死者家居藍田，在函谷關之西，故云。

其四

風流雲散了無餘〔一〕，天禄空存舊直廬〔二〕。小吏獨來開鎖鑰，案頭塵滿校殘書。

【箋注】

〔一〕風流雲散：見卷九和程給事賨閣黎化去之什注〔二〕。

〔二〕天禄句：天禄，見卷二次韻邢敦夫秋懷十首其六註〔三〕。此處借指祕書省。直廬，值班住宿之房舍。陸機贈尚書郎顧彦先詩之二：「朝遊遊層城，夕息旋直廬。」

東平夫人挽章 錢穆夫人。〔一〕

相閥風流盛〔二〕，王家地勢雄〔三〕。室中蘭作佩〔四〕，庭下玉成叢〔五〕。啼鳥悲春檻，荒原入夜宫〔六〕。遺芳得鴻筆〔七〕，論次詔無窮。

【箋注】

〔一〕本篇蓋作於元祐中。錢穆夫人，即錢勰（穆父）之夫人。參見卷十春日偶題贈錢尚書注〔一〕。案：張耒有呂郡君錢穆父妻挽詞云：「表海東侯長，分吴異姓王；世家端作合，華裔遠相望。」内容相似。可見夫人姓呂氏。案呂氏爲宰相呂夷簡之後人，壽州人，州治壽張，宋屬東平府，故稱。

〔二〕相閥：宰相門第。此指夫人出身。

〔三〕王家：錢勰先世爲吴越王，故云。

〔四〕室中句：屈原九歌湘夫人：「築室兮水中……桂棟兮蘭橑。」又離騷：「扈江離與辟芷兮，紉秋蘭以爲佩。」此用其意。

〔五〕庭下句：玉，連上句謂芝蘭玉樹，喻佳子弟。世説新語言語：「謝太傅（安）問諸子姪：『子弟亦何預人事，而正欲使其佳？』諸人莫有言者。車騎（謝玄）答曰：『譬如芝蘭玉樹，欲使其生於庭階耳。』」案：陸游老學庵筆記卷十云：「錢穆父風姿甚美，有九子。都下九子母祠作一巾紵美丈夫，坐於西偏，俗以爲九子母之夫，故都下謂穆父爲九子母夫。東坡贈詩云：『九子羡君門户壯』，蓋戲之也。」張耒呂郡君挽詞亦云「雛成九鳳凰」，亦即「玉成叢」之意也。

〔六〕夜宫：指墳墓，猶夜臺、夜室。

〔七〕鴻筆：大手筆。王充論衡須頌：「古之帝王建鴻德者，必須鴻筆之臣，褒頌紀載，鴻德乃彰。」此句謂生前德行將撰成銘文。

開府李公挽章〔一〕

其一

報國封章數，論交意氣真。先朝貴公子，當代老成人〔二〕。月動融尊酒〔三〕，花催鄭驛賓〔四〕。誰知古原上，馬鬣一朝新〔五〕。

【校】

〔其一〕此爲箋注者所加，下同。

【箋注】

〔一〕本篇作於元祐六年辛未（一〇九一）八月。續資治通鑑長編卷四六三云：元祐六年八月己丑，「太子太保致仕李端愿卒」。案李端愿卒後贈開府儀同三司，故稱開府李公。參見卷三六圓通禪師行狀注〔二〇〕。

〔二〕老成人：詩大雅蕩：「雖無老成人，尚有典刑。」疏：「年老成德之人。」

〔三〕融尊酒：後漢書孔融傳：「（融）性寬容少忌，好士，喜誘益後進。及退閑職，賓客日盈其門，常嘆曰：『坐上客恒滿，尊中酒不空，吾無憂矣！』」

〔四〕鄭驛賓：漢書鄭當時傳：「當時以任俠自喜。……孝景時，爲太子舍人。每五日洗沐，常置驛馬長安諸郊，詣謝賓客，夜以繼日，至明旦，常恐不遍。」此喻李端愿。續資治通鑑長編卷四六三云：「端愿，獻穆公主子，好交喜名，所與遊皆一時賢士大夫，故慨然數論天下事。」案少游嘗參與遊燕，參見卷九清明前一日李觀察席上得風字注〔一〕。

〔五〕誰知二句：馬鬣，墳上封土，狀如馬鬣，故云。禮檀弓上「馬鬣封」注：「封，築土爲墳也。……馬鬃鬣之上其肉薄，封形似之也。」白居易哭崔二十四詩：「貂冠初別九重門，馬鬣新封四尺墳。」

其二

戚里薨耆舊〔一〕，哀榮世未如。襚加三事衮〔二〕，奠致兩宮輿〔三〕。鹵簿前衢隘〔四〕，歌鐘後院虚〔五〕。英風知不墜，芝玉茂庭除〔六〕。

【箋注】

〔一〕戚里句：戚里，外戚聚居之處。見卷九次韻王仲至侍郎詩注〔六〕。案：李端愿之父李遵勖，爲駙馬都尉，賜第永寧里。見宋史李遵勖傳。耆舊，謂德高望重之老人。

〔二〕襚加句：襚，贈死者之衣衾曰襚。三事衮，古代三公的禮服。宋史本傳謂「帝輟朝臨奠，賻典加等，贈開府儀同三司」。

〔三〕兩宫：謂哲宗、高太皇太后。

〔四〕鹵簿：古代儀仗隊。蔡邕獨斷：「天子出，車駕次第，謂之鹵簿。」宋代葬禮，一品二品大官亦用鹵簿。宋史禮志凶禮三：「詔葬禮院例，册諸一品二品喪，敕備本品鹵簿送葬……」

〔五〕歌鐘後院虚：古代喪禮罷樂，宋亦然。宋史禮志二六：「忌日，唐初始著罷樂……宋循其制。」帝后忌日，「禁樂各三日」。忌日如此，喪時當更如此。

〔六〕芝玉：即芝蘭玉樹，見本卷東平夫人挽章注〔五〕。案：李端愿有弟名端慤，字守道，官至蔡州觀察使；有子名評，字持正，知蔡州。故以此喻之。

孫莘老挽詞四首〔一〕

其一

同功一體盡調元〔二〕，獨抱沉痾反故園〔三〕。壺遂暮年非不遇〔四〕，人生到此可忘言〔五〕！

【校】

〔其一〕此爲箋校者所加，下同。

【箋注】

〔一〕孫莘老，名覺，宋史有傳。據續資治通鑑長編卷四三九，孫莘老卒於元祐五年庚午（一〇九〇）二月丙申。茆泮林孫莘老年譜謂本年六十三歲；並引陸游老學庵筆記卷四云：「李公擇、孫莘老平時至相親厚，皆終於御史中丞。元祐五年二月二日公擇卒，三日莘老卒，先後纔一日。」

〔二〕同功句：贊孫莘老之功績、身分可與宰相相當。史記黥布列傳：「令尹曰：『往年殺彭越，前年殺韓信，言此三人者，同功一體之人也。』」調元，胡安國春秋傳：「體元者，人君之職；調元者，宰相之事。」

〔三〕獨抱句：孫莘老年譜元祐三年九月引長編：「乙未，御史中丞孫覺爲龍圖閣直學士提舉醴泉觀兼侍講。覺引疾求罷，故有是命。」又元祐四年五月：「先生請罷，以龍圖閣學士提舉醴泉觀，求舒州靈仙觀以歸。」故園，孫莘老故鄉在高郵。龐元英文昌雜録卷四：「祕書少監孫莘老莊居在高郵新開湖邊。」

〔四〕壺遂：漢梁人，與太史令司馬遷等同定律曆，官至詹事。其人深中篤行，武帝欲以爲相，會病卒，不果。故云「非不遇」。事迹散見於史記太史公自序等篇。據宋史覺本傳，哲宗即位，兼侍講，遷右諫議大夫，進吏部侍郎，擢御史中丞。卒前，哲宗遣使存勞，賜白金五百兩。所遇甚厚，故以壺遂相比。

〔五〕忘言：謂無須言說，即可意會。莊子外物：「言者所以在意，得意而忘言。」陶淵明飲酒之五：「此中有真意，欲辨已忘言。」

其　二

青春芸閣妙文詞〔一〕，進讀金華鬢若絲〔二〕。轉守七州多異政〔三〕，奉常處處有房祠〔四〕。

【箋注】

〔一〕芸閣：古藏書之所。以所用芸香可辟書蠹，故名。常指祕書省。周行己哭吕與叔詩之二：「芸閣校讎非苟禄，每回高論助經綸。」據宋史孫覺傳：「嘉祐中，擇名士編校昭文書籍，覺首預選，進館閣校勘。」本句指此。

〔二〕金華：漢宮官署名。三輔黄圖：「未央宮有宣室、麒麟、金華、承明、武臺、鈎弋等殿。」劉孝綽贈任中丞詩：「步出金華省，遥望承明廬。」見本篇其一注〔四〕。本句指孫覺嘗兼侍講。

〔三〕轉守七州：見卷八寄孫莘老少監注〔二〕。

〔四〕奉常句：奉常，官名，秦置，爲九卿之一，掌宗廟禮儀，漢景帝中六年改名太常。孫覺元豐末嘗爲太常少卿，故云。房祠，即房祀。後漢書桓帝紀：「丁巳，壞郡國房祀。」注：「房，祠堂也。」此句指孫覺守七州時多德政，所任之地多立生祠祀之。

其　三

月旦嘗居第一評〔一〕，立朝風采照公卿。門生故吏知多少，盡向碑陰刻姓名。

【箋注】

〔一〕月旦：即月旦評。見卷五送裴仲謨注〔五〕。

其　四

華屋丘山可奈何〔一〕！百年光景一投梭〔二〕。故人唯有羊曇在，慟哭西州不忍歌〔三〕。

【箋注】

〔一〕華屋丘山：見本卷韓樞密夫人挽詞其二注〔一〕。

〔二〕投梭：喻迅疾。蘇軾百步洪詩：「長洪斗落生跳波，輕舟南下如投梭。」

〔三〕故人二句：羊曇，晉泰山人，謝安之甥，多材藝，爲安所重。安死，曇輟樂終年，行路不經安所居之西州路。一日，醉中過西州門，從者告知，曇悲吟曹植「華屋丘山」詩，慟哭而去。見晉書謝安傳。後因以此喻甥舅、姻親關係。温庭筠經故翰林袁學士居詩：「西州門外花千樹，盡是羊曇醉後春。」西州門，建業（今江蘇南京）城門名。少游與孫莘老學士簡稱孫夫人爲「姨婆縣君」，故此處以羊曇自比。

陳用之學士挽詞四首〔一〕

其一

禮經三百鬢毛班，追述先儒伯仲間〔二〕。誰請尚書重給札？盡抄遺藁入名山〔三〕。

【校】

〔四首〕原無此二字，據卷端目録補。

〔其一〕此爲箋注者所加，下同。

【箋注】

〔一〕此四首元祐八年癸酉（一〇九三）作於汴京。陳用之，名祥道。范祖禹薦陳祥道禮官劄子（原注：七年四月二日）：「伏見祕書省正字陳祥道深於禮學。」長編卷四七八云：「元祐七年十月辛未，正字陳祥道爲館閣校勘。」范祖禹乞看詳陳祥道禮書劄子（原注：十一月二日得旨）：「伏見太常博士陳祥道專意禮學二十餘年，近世儒者，未見其比。」長編卷四八〇云：「八年正月己亥，范祖禹言太常博士陳祥道注解儀禮三十二卷，精詳博洽，非諸儒所及。」又卷四八三云：「八年四月戊午，禮部言祕書正字陳祥道狀，蒙差兼權太常博士。」爾後即無記載，明年少游亦遷謫在外，可證祥道之死在元祐八年。挽詞其二云「直舍相依欲二年」，當指元祐五年六月少游初入祕書省至元祐七年二人共事階段。祥道，一字祐之，福州人，治平四年進士，事蹟附見宋史陳暘傳及東都事略陳暘傳。

〔二〕伯仲間：喻成就相差無幾，難分優劣。曹丕典論論文：「傅毅之於班固，伯仲之間耳。」

〔三〕入名山：史記太史公自序：「藏之名山，副在京師。」又報任少卿書：「僕誠已著此書，藏之名山，傳之其人。」

其二

岹嶢芸閣上參天[一]，直舍相依欲二年[二]。願寫此情歌挽者，淚霑毫素不成篇[三]。

【箋注】

[一] 岹嶢句：岹嶢，見卷九次韻侍祠南郊詩注[六]。芸閣，指祕書省，見本卷孫莘老挽詞四首其二注[一]。

[二] 直舍：猶直廬，指值勤所居之室。見卷九春日寓直有懷參寥注[一]。

[三] 毫素：筆與紙。陸機文賦：「紛葳蕤以馺遝，惟毫素之所擬。」注：「毫，筆也。書縑曰素。」

其三

雲臺歌者候昏明[一]，奎壁躔中失二星[二]。上界真人重離別[三]，陰風一夜攬青冥[四]。

【校】

〔奎壁二星〕「壁」原誤作「璧」，據王本、四部本改。

【箋注】

〔一〕雲臺：後漢書五行志二：「夫雲臺者，乃周家之所造也，圖書、術籍、珍玩、寶怪，皆所藏在也。」此處借指祕書省。

〔二〕奎壁二星：初學記卷二十一孝經援神契：「奎，主文章。」晉書天文志上：「東壁二星，天下圖書之祕府也。」奎宿、東壁，皆屬文章之府。陳用之曾供職祕書省，故稱。

〔三〕上界真人：天上仙人。雲笈七籤：「上界宫館生於窈冥，皆有五色之氣而結成。」張九齡祠紫蓋山經玉泉山寺詩：「上界投佛影，中天揚梵音。」

〔四〕青冥：指青天。屈原九章悲回風：「據青冥而攄虹兮，遂儵忽而捫天。」

其　四

牢落公車待詔時〔一〕，白頭掌故更悽悽〔二〕。一生勤苦成何事？只得銘旌數尺題〔三〕。

【箋注】

〔一〕牢落句：牢落，稀疏。韓愈天星送楊凝郎中賀正詩：「天星牢落雞喔咿，僕夫起餐車載脂。」公車，漢官署名。史記東方朔傳：「朔初入長安，至公車上書，凡用三千奏牘。公車令兩人，共持舉其書，僅然能勝之。」後以公車作爲舉人入京應試之代稱。

〔二〕白頭句：掌故，史記晁錯傳：「以文學爲太常掌故。」索隱引漢舊儀：「太常博士弟子試射策，中甲科補郎，中乙科補掌故也。」此指陳用之曾爲太常博士。棲棲，詩小雅六月：「六月棲棲，戎車既飭。」毛詩傳箋通釋：「按棲、栖古同字，義與論語栖栖同，謂行不止也。」

〔三〕銘旌：見本卷陳承事挽詞注〔六〕。

滕達道挽詞二首〔一〕

其一

早歲峨冠侍冕旒〔二〕，白頭淹卹外諸侯〔三〕。篋中尚有東封草〔四〕，塞下曾無北顧憂〔五〕。心繫漢庭長入夢，氣吞胡虜不防秋。經綸未了埋黄土〔六〕，精爽還應屬斗牛〔七〕。

【校】

〔二首〕原無此二字，據卷端目録補。

〔其一〕此爲箋注者所加，下同。

【箋注】

〔一〕本篇元祐五年庚午（一〇九〇）作於汴京。蘇軾代張方平作滕元發墓誌銘云，後元發「力求淮南，上不得已，乃以龍圖閣學士知揚州，未至而薨，蓋元祐五年十月二十四日也。公諱甫，字元發，其後避高魯王諱，以字爲名，而字達道，東陽人也」。

〔二〕冕旒：古代禮冠中最尊貴之一種，旒爲前端下垂之珠纓，天子十二，諸侯九，上大夫七，下大夫五。後多作皇帝之代稱。王維奉和賈至舍人早朝大明宫詩：「九天閶闔開宫殿，萬國衣冠拜冕旒。」據宋史本傳：「神宗即位，召問治亂之道。」本句指此。

〔三〕淹卹：久遭憂患。卹，通恤，憂患。左傳襄公二十六年：「君淹恤在外十二年矣，而無憂色，亦無寬言。」此句謂元發年老時屢守外郡。

〔四〕篋中句：用司馬相如事。史記司馬相如列傳：「使所忠往，而相如已死，家無書。問其妻，對曰：『長卿固未嘗有書也。時時著書，人又取去，即空居。長卿未死時爲一卷書，曰有使者來求書，奏之。』無他書，其遺札書言封禪事，奏所忠。忠奏其書，天子異之。」案：司馬相如封禪書因請東封泰山，故此處稱「東封草」，以喻上書。據蘇詩總案卷二二，元豐六年十二月：「滕元發至闕，爲飛語所中，將自明作書。」本句即指此。

〔五〕北顧憂：指北方外族入侵之憂。南朝宋文帝元嘉中因草率出兵導致失敗，曾有詩曰：「惆悵懼遷逝，北顧涕交流。」案：蘇軾滕元發墓誌銘云：「今上（哲宗）即位……徙真定、河東，治邊凛然，威行西北，號稱名將。」本句指此。

〔六〕經綸：謂治理國事之籌略。禮中庸：「唯天下至誠，爲能經綸天下之大經，立天下之大本，知天地之化育。」梁書王瞻傳：「史臣曰：洎東晉王茂弘經綸江左，時人方之管仲。」

〔七〕精爽：謂魂靈。潘岳寡婦賦：「睎形影於几筵兮，馳精爽於丘墓。」

其二

江南江北奉周旋，合散如雲二十年〔一〕。春郡勝遊花蔽馬，夜山清話雨連天。共驚萬里長城壞〔二〕，獨把千金寶劍懸〔三〕。平日書題多散亂，呼兒尋聚一潸然。

【箋注】

〔一〕江南二句：謂少游從滕元發游前後約二十年。依卒年句上推算，蓋熙寧初爲從游之始。據蘇詩總案卷二四，元豐七年（一〇八四），東坡自黄州量移汝州，八月十九日「發儀真，滕元發乘小舟破浪來迎，執手涕下；而許遵、秦觀亦至，遂會於金山，作倡和詩。」後東坡與滕達道簡稱:「秦太虚言,公有意拆却逍遥堂横廊,切謂宜且留之。」又王明清揮麈後録卷六記滕甫一則内云「少游辱公之知最早」。

〔二〕萬里長城:喻國所重倚之臣。南史檀道濟傳「道濟見收,憤怒氣盛……乃脱幘投地曰:『乃壞汝萬里長城!』」

〔三〕千金寶劍懸:史記吴太伯世家:「季札之初使,北遇徐君。徐君好季札劍,口弗敢言。季札心知之,爲使上國,未獻。還至徐,徐君已死,於是乃解其寶劍,繫之徐君冢樹而去。」此喻生死不變之友情。

【附】

王明清揮麈後録卷六:滕公奮身寒苦,兄弟三人,誓不異居,而有象傲之弟,即申焉,恃其愛無所不至,公一切置之。元祐間,公自高陽易鎮維揚,道卒。喪次國門,先祖自陳留來會哭,朝士皆集舟次。秦少游時在館中,少游辱公之知最早。吊畢,來見先祖於舟,因爲少游言其弟凌蔑諸孤狀,少游不平,策馬而去。翌日,方欲解維,開封府遣人尋滕光禄舟甚急,乃御史中丞蘇轍劄子,言元發昔事先帝,早蒙知遇,有弟申,從來無行。今元發既死,或恐從此凌暴諸孤,不得安居。緣元發出自孤貧,兄弟别無合分財産,欲乞特降指揮,在京及沿路至蘇州已來官司,不得〔許〕申干預家事及奏薦恩澤,仍常(切)覺察。奉聖旨令開封府備文榜舟次。詢之,乃少游昨日徑往見子由,爲言其事,所以然耳。昔人篤於風誼乃爾。今蘇黄門章疏備載其劄子。

自作挽詞

昔鮑照陶潛自作哀挽，其詞哀。讀予此章，乃知前作之未哀也。〔一〕

嬰釁徙窮荒〔二〕，茹哀與世辭。官來録我槖，吏來驗我屍。藤束木皮棺〔三〕，藁葬路傍陂〔四〕。家鄉在萬里，妻子天一涯〔五〕。孤魂不敢歸，惴惴猶在兹〔六〕。昔忝柱下史〔七〕，通籍黄金閨〔八〕。奇禍一朝作〔九〕，飄零至於斯〔一〇〕。弱孤未堪事，返骨定何時〔一一〕？脩途繚山海〔一二〕，豈免從闍維〔一三〕？荼毒復荼毒，彼蒼那得知〔一四〕！歲晚瘴江急，鳥獸鳴聲悲。空濛寒雨零，慘淡陰風吹。殯宫生蒼蘚〔一五〕，紙錢掛空枝。無人設薄奠，誰與飯黄緇〔一六〕？亦無挽歌者，空有挽歌辭。

【箋注】

〔一〕本篇元符三年庚辰（一〇九六）作於雷州。秦譜云：「先生於是歲之春作挽詞。……至六月二十五日，蘇公與先生相會於海康。先生因出自作挽詞呈公，公撫其肩曰：『某嘗憂逝，未盡此理，今復何言！某亦嘗自爲誌墓文，封付從者，不使過子知也。』遂相與嘯咏而別。」鮑照，南史本傳：「鮑照，字明遠，東海人。文辭贍逸，嘗爲古樂府，文甚遒麗。」照有代挽歌云：「獨處重冥下，憶昔登高臺。傲岸平生中，不爲物所裁。埏門只復閉，白蟻相將來。生時芳蘭體，小蟲今爲災。玄鬢無復根，枯髏依青苔。憶昔好飲酒，素盤進青梅。彭韓及廉藺，疇昔已成灰。壯士皆死盡，餘人安在哉！」陶潛有挽歌詩三首，兹録其三：「荒草何茫茫，白楊亦蕭蕭！嚴霜九月中，送我出遠郊。四面無人居，高墳正嶕嶢。馬爲仰天鳴，風爲自蕭條。幽室一已閉，千年不復朝；千年不復朝，賢達無奈何！向來相送人，各自還其家。親戚或餘悲，他人亦已歌。死去何所道，託體同山阿。」

〔二〕嬰釁：得罪、犯罪。嬰，通攖，義猶觸犯、遭遇。唐韓愈潮州刺史謝上表：「而臣負罪嬰衅，自拘海島。」窮荒，邊荒之地。唐杜甫送高三十五書記：「請公問諸將，焉用窮荒爲。」

〔三〕藤束木皮棺：韓愈去歲自刑部侍郎以罪貶潮州刺史乘驛赴任其後家亦譴逐小女道死殯之層峯驛旁山下蒙恩還朝過其墓留題驛梁詩：「數條藤束木皮棺，草殯荒山白骨寒。」

〔四〕藁葬：草草安葬。後漢書馬援傳：「援妻孥惶懼，不敢以喪還舊塋，裁買城西數畝地，槀葬而已。」注：「藁，草也。以不歸舊塋時權葬，故稱槀。」槀，通藁。

〔五〕家鄉二句：古詩十九首之一：「相去萬餘里，各在天一涯。」

〔六〕惴惴：憂懼貌。詩小雅小宛：「惴惴小心，如臨於谷。」

〔七〕柱下史：原爲周秦官名，相當於漢以後之御史。史記張丞相列傳：「而張蒼乃自秦時爲柱下史，明習天下圖書計籍。」此謂元祐末曾爲國史院編修官。李白贈宣城趙太守悦詩：「公爲柱下史，脱繡歸田園。」

〔八〕通籍句：通籍，記名于門籍，可以進出宫門。漢書元帝紀：「今從官給事宫司馬中者，得爲大父母父母兄弟通籍。」顔師古注引應劭：「籍者，爲二尺竹牒，記其年紀名字物色，縣之宫門，案省相應，乃得入也。」黄金閨：即金閨，金馬門之别稱。參見卷六次韻張文潛病中見寄注〔四〕。

〔九〕奇禍句：秦譜紹聖元年：「先生坐黨籍，改館閣校勘，出爲杭州通判。」

〔一〇〕飄零句：宋史哲宗紀元符元年：「九月庚戌，秦觀除名，移雷州編管。」

〔一一〕弱孤二句：指其子秦湛。案：秦譜元符三年：「是歲，處度公湛自旅次匍匐來奔，扶櫬北還。」終于實現其願望。

〔一二〕修途：長途。晉張華情詩之四：「懸邈極修途，山川阻且深。」

〔一三〕闍維：梵語，一作「荼毗」，謂僧死火化。徐陵東陽雙林寺傅大士碑：「用震旦之常儀，乘闍維之舊法。」

〔一四〕彼蒼：指天。詩經秦風黄鳥：「彼蒼者天，殲我良人。」

〔一五〕殯宫：停置靈柩之所。儀禮既夕禮：「遂適殯宫，皆如啓位拾踊三。」

〔一六〕黄緇：指道士與僧人。法苑珠林：「屢詔緇黄，考窮名教。」范仲淹上執政書：「蓋古者四民，秦漢之下，兵及緇黄，共六民矣。」案：道士戴黄冠，僧人著緇衣，故用以代指僧道。此句指僧道齋供。

【彙評】

蘇軾書秦少游挽詞後：庚辰歲六月二十五日，余與少游相别於海康，意色自若，與平日不少異。但自作挽詞一篇，人或怪之。余以謂少游齊生死，了物我，戲出此語，無足怪者。已而北歸，至藤州，以八月十二日卒於光化亭上。嗚呼，豈亦自知當然者耶？乃録其詩云。

黄庭堅與王庠周彦書：秦少游没於藤州，傳得自作祭文並詩，可爲霣涕。如此奇才，今世不復有矣！

宋張耒跋吕居仁所藏秦少游投卷：少游平生爲文不多，而一一精好可傳。在嶺外亦時爲文，臨殁自爲挽詩一章，殊可悲也。

胡仔苕溪漁隱叢話後集卷三：苕溪漁隱曰：「淵明自作挽辭，秦太虚亦效之。余謂淵明之辭了達，太虚之辭哀怨。淵明三首，今録其一，云：『有生必有死，早終非命促。昨暮同爲人，今旦在鬼録。魂氣散何之？枯形寄空木。嬌兒索父啼，良友撫我哭。得失不復知，是非安能覺？千秋萬歲後，誰知榮與辱？但恨在世時，飲酒不得足。』太虚云（略）……東坡謂太虚『齊死生，了物我，戲出此語』，其言過矣。此言唯淵明可以當之。若太虚者，情鍾世味，意戀生理，一經遷謫，不能自釋，遂挾忿而作此辭。豈真若是乎？」

何薳春渚紀聞卷六：（東坡）先生自惠移儋耳，秦七丈少游亦自郴陽移海康，渡海相遇。二公共語，恐下石者更啓後命。少游因出自作挽詞呈公。公撫其背曰：「某嘗憂少游未盡此理，今復何言？某亦嘗自爲誌墓文封付從者，不使過子知也。」遂相與嘯咏而别。初，少游謁公彭門，和詩有「更約後期游汗漫」，蓋讖於此云。

劉克莊後村詩話後集卷一：山谷以崇寧甲申謫宜州……明年乙酉九月卒，年六十一，以集考之，在宜僅有七詩：與黄龍清老三首，别元明一首，和范寥二首，而絶筆於乞鍾乳一詩，豈年高地惡而然耶？其别元明猶云：「術者謂吾兄弟俱壽八十。」谷亦不自料大期止此。少游在藤州自作挽歌之屬，比谷尤悲哀。惟坡公海外筆力，益老健宏放，無憂患遷謫之態，黄秦皆不能及，李文饒亦不能及。

錢鍾書管錐編一二二九頁：秦觀淮海集卷五（應爲卷四十）自作挽詞設想已死于貶所，身後凄涼寂寞之況，情詞慘戚。

淮海集箋注後集卷第一

詩

進南郊慶成詩 并表〔一〕

右臣伏睹皇帝陛下肇修典禮，冬日之至，親有事於南郊，仍復祖宗故事，以皇天地祇合祭。前期之日，陰雲蔽空。將祀之夕，月躔畢宿。詩云：「月離于畢，俾滂沱矣。」〔二〕於法當雨，而是夜開霽，特甚晏温，星月昭明。禮畢之明日，雨雪乃作。朝市郊野，相告欣然；頌歎之聲，形于中外。非二聖有作〔三〕，上當天心，神祇顧享，何以逮此。臣雖疎賤，通籍祕省，預見熙事〔四〕，不勝犬馬區區之情。輒將輿人之頌〔五〕，撰成郊禮慶成五言二十韻詩一首，隨狀上進，干冒宸嚴〔六〕。臣無任瞻天望聖激切屏營之至。

於赫龍飛後〔七〕，中區八月秋〔八〕。合嚴天地祀，遠繼祖宗休。熙事將興舉，彝章預講諏〔九〕。紛然曲臺議〔一〇〕，斷自太任謀〔一一〕。宗伯方承命〔一二〕，元龜遂告猷〔一三〕。三錢封内帑，五瑞輯諸侯〔一四〕。路寢前齋玉〔一五〕，清宮復射牛〔一六〕。長迎南至日〔一七〕，圓即自然丘〔一八〕。扈蹕三千劍〔一九〕，干霄十二樓〔二〇〕。鈎陳嚴御座〔二一〕，太一奉宸遊〔二二〕。好雨虛聞畢〔二三〕，生陽不待鄒〔二四〕。浮雲依斗散，華月亘天流。宵被黄裀却〔二五〕，霜空曲蓋收〔二六〕。堪輿同顧饗〔二七〕，河嶽盡懷柔〔二八〕。麾日初鳴仗，旂風不滿旒。回鑾龍入馭，傳詔鶴爲郵〔二九〕。崇慶天難老，華胥聖不憂〔三〇〕。衣冠千玉簡，宇宙一金甌〔三一〕。可但豐年屢，當知世德求。慙無班馬手〔三二〕，作頌配商周〔三三〕。

【校】

〔卷第一〕張本、胡本俱作「卷之一」。

〔皇天〕原脱「天」字，據張本、胡本、李本、段本、王本、秦本、四部本補。

〔月躔〕「躔」原誤作「纏」，據李本、段本、王本、秦本、四部本改。

〔太任〕段本、秦本作「大妊」，通。

〔黄裀〕段本、秦本作「黄絪」。

【箋注】

〔一〕本篇作於元祐七年壬申（一〇九二）冬至之後。宋史禮志二：「南郊壇制：梁及後唐郊壇皆在洛陽；宋初，始作壇於（汴京）南薰門外，四成，十二陛，三壝。設燎壇於内壇之外丙地，高一丈二尺。」祭祀時在燎壇内燔柴，舊時爲皇朝盛典，據續資治通鑑長編卷四七五云，是歲「以尚書左僕射兼門下侍郎吕大防爲南郊大禮使，禮部尚書胡宗愈爲禮儀使，龍圖閣學士蘇軾爲兵部尚書充鹵簿使，御史中丞李之純爲儀仗使，權知開封府韓宗道爲橋道頓遞使。」又卷四七八云：「癸巳冬至，合祭天地於圜丘，以太祖配。……是日五鼓初，輦詣壇外壝，撤蓋；及内壝，百官準詔不同班，自小次歷午。陛下升壇，不設茵褥，稽首跪奠，致誠極恭。夜月澄爽，雲物晏温。比還，御樓肆赦，終日和暖，天惠昭答。翌日風寒相屬，時雪如期。宰臣、執政、侍從官皆進詩賀。」

〔二〕月躔四句：躔，星次。漢書律曆志：「日月初躔。」注引孟康曰：「舍也。」又引師古曰：「踐也。」此謂月所會次。畢宿：二十八宿之一，白虎七宿之第五宿，有星八顆。古人謂月離於畢，爲將雨之徵兆。引詩見詩小雅漸漸之石。離，通罹。

〔三〕二聖：指哲宗與高太皇太后。

〔四〕熙事：吉祥之事。歐陽修賜刑部郎中充天章閣待制錢象先等獎諭詔：「覽奏篇之來上，慶熙事之有成。」

〔五〕輿人之頌：左傳僖公二十八年：「晉侯……聽輿人之誦。」曰：「原田每每，舍其舊而新是謀。」輿人，本義指制作車輛之匠人，此處指衆人。此處少游蓋用「舍其舊而新是謀」之義。

〔六〕宸嚴：帝王之威嚴。江淹建平王之南徐州刺史辭闕表：「託慕宸嚴，載維感戀。」

〔七〕於赫句：於赫，贊歎之辭。詩商頌那：「於赫湯孫，穆穆厥孫。」龍飛：易乾：「飛龍在天，利見大人。」本義：「剛健中正以居尊位，如以聖人之德，居聖人之位，故其象如此。」

〔八〕中區句：中區，指中州、中原一帶。皇甫謐三都賦序：「魏跨中區之衍。」魏書世宗紀：「（高祖）徙縣中區，光宅天邑。」（指魏孝文帝遷都洛陽）八月秋，蓋指本年豐收。禮記月令：「仲秋之月……乃命有司趣民收斂，務蓄菜，多積聚。」

〔九〕彝章句：彝章，常典。長孫無忌進律疏表：「虞帝納麓，皋陶創其彝章。」注：「彝，常；章，典也。」講諏，猶謀議。

〔一〇〕曲臺：指太常寺，掌禮樂郊廟社稷事宜。

〔一一〕太任：周季歷之妃，文王之母。此處喻指高太皇太后。

〔一二〕宗伯：官職名，六卿之一。書周官：「宗伯掌邦禮，治神人，和上下。」周禮春官有大宗伯，掌邦國祭祀典禮。後常稱禮部尚書爲大宗伯，禮部侍郎爲少宗伯。此指禮部尚書胡宗愈。

〔一三〕元龜句：書大禹謨：「禹官占，惟先蔽志，昆命於元龜。」此句指向大龜占卜。告猷，謂謀畫。書君陳：「爾有嘉謀嘉猷，則入告爾后於內。」

〔一四〕三錢二句：即三幣：龍幣、馬幣、龜幣。見漢書食貨志。此處泛指錢幣。内帑，皇家府庫。五瑞：即五靈，古代傳説以麟、鳳、龜、龍、白虎爲五瑞。晉杜預春秋左氏經傳集解序疏：「麟、鳳與龜、龍、白虎，五者神靈之鳥獸，王者之嘉瑞也。」案：以上二句謂皇家賞賜群臣。宋史哲宗紀元祐七年十一月：「癸巳，祀天地於圜丘，赦天下，群臣中外加恩。」

〔一五〕路寢：正寢。詩魯頌閟宮：「路寢孔碩，新廟奕奕。」宋史禮志四：「夫明堂者，布政之宮，朝諸侯之位，天子之路寢，乃今之大慶殿也。」陸游老學庵筆記卷十：「古所謂路寢，猶今言正廳也。」

〔一六〕射牛：古時帝王祭祀天地宗廟，必親自射牛，以示隆重。國語楚語：「天子禘郊之事，必自射其牲。……諸侯宗廟之事，必自射牛、刲羊、擊豕。」

〔一七〕南至：冬至。左傳僖公五年：「春，王正月，辛亥，朔，日南至。」注：「周正月，今十一月。冬至之日，日南極。」

〔一八〕圓即自然丘：指圜丘，古代於其上祭天。周禮春官大司樂：「凡樂……冬至日於地上之圜丘奏之。」疏：「土之高者曰丘，……圜者，象天圜。」

〔一九〕扈蹕：護衛皇帝車駕之隨從。韋嗣立奉和三日祓禊渭濱詩：「乘春祓禊逐風光，扈蹕陪鑾渭渚旁。」

〔二〇〕十二樓：史記封禪書：「黄帝時，爲五城十二樓。」漢書郊祀志：「方士有言，黄帝時爲五城十二樓,以候神人,名曰迎年。」

〔二二〕鈎陳:星名,見卷二次韻邢敦夫秋懷十首其一注〔四〕。

〔二三〕太一:星名,屬紫微垣,中宮天極星之一。

〔二三〕虚聞畢:義謂徒聞月躔畢宿,雨終未下。

〔二四〕生陽句:相傳戰國時齊臨淄人鄒衍,燕昭王築碣石宫,以師禮事之。昭王崩,惠王信讒下鄒衍於獄,夏月爲之降霜。北方有地,美而寒,不生五穀。衍吹律暖之,而禾黍遂滋生。事見王充論衡感虚、初學記二引淮南子、列子湯問「鄒衍之吹律」張湛注。

〔二五〕裀:裀褥。此句形容天暖,故不需裀褥。

〔二六〕曲蓋:儀仗用之曲柄傘。晉書馬隆傳:「其假節宣威將軍,加赤幢、曲蓋、鼓吹。」

〔二七〕堪輿:漢書揚雄傳甘泉賦:「屬堪輿以壁壘兮,梢夔魖而抶獝狂。」注引張晏以爲天地之總名。此指普天之下。

〔二八〕河嶽句:河嶽,黄河與五嶽。懷柔,招徠、安撫。詩周頌時邁:「懷柔百神,及河喬嶽。」爲此句所本。

〔二九〕傳詔句:宋史禮志二十御樓肆赦:「樓上以朱絲繩貫木鶴,仙人乘之,奉制書循繩而下,至地以畫臺承鶴,有司取制書置案上。」

〔三〇〕華胥:見卷五送蔡子驤用蔡子駿韻注〔一三〕。

〔二〕金甌：喻江山鞏固。南史朱异傳：「我國家猶若金甌，無一傷缺。」

〔三〕班馬：班固、司馬遷，皆漢代史學家、文學家。

〔三〕商周：此指詩經之商頌、周頌，古之廟堂樂章。

【彙評】

段斐君本淮海後集卷一眉批：莊偉。

幽　眠〔一〕

幽眠起常晚，冬晷復不長〔二〕。中間數十刻，倏如驚燕翔。晨飡初云畢，申鼓鳴相望〔三〕。忽忽竟何就？念之動中腸。天地一逆旅〔四〕，死生猶轉商〔五〕。暫來旋云去，遲速乃所常。較計亦何補，徒然非慨慷。不如聽兩行〔六〕，一概付酒觴。北風吹老槐，白日轉紙窗。布衾一覺睡，身世成渺茫。宿莽冬不衰〔七〕，蘭茝幽更芳〔八〕。無庸傷局促〔九〕，速此鬢髮霜。

【校】

〔遲速乃所常〕原脱「遲速乃」三字，據張本、胡本、段本補。

【箋注】

〔一〕本篇云「忽忽竟何就」，又云「遲速乃所常」，「蘭茝幽更芳」，當係元豐間未入仕前村居時所作。參見卷三十與蘇子由著作簡其一注〔一〕。

〔二〕冬晷：冬天之日影。周髀算經卷上：「冬至日晷長，夏至日晷短。」

〔三〕申鼓：猶暮鼓。古以十二支計時，申時相當於今時午後三至五點。

〔四〕逆旅：客舍，旅館。李白春夜宴從弟桃花園序：「夫天地者，萬物之逆旅。」又擬古十二首之九：「天地一逆旅，同悲萬古塵。」

〔五〕轉商：商，星名。參、商二星此出彼没，兩不相見。轉商爲參，喻生死交替乃是常事。

〔六〕不如句：謂不執着于是非的争論，而應保持事理的自然平衡。兩行：莊子齊物論：「聖人和之以是非，而休乎天均，是之謂兩行。」疏：「不離是非，而得無是非，故謂之兩行。」少游無題二首之二亦云：「達觀聽兩行，昧者乃多態。」

〔七〕宿莽：經冬不枯之草。屈原離騷：「朝搴阰之木蘭兮，夕攬洲之宿莽。」王逸注：「草冬生不死者，楚人名曰宿莽。」

〔八〕蘭茝：皆香草名。茝，今名白芷。屈原九章悲回風：「故荼薺不同畝兮，蘭茝幽而獨芳。」案：此句意同卷三十與蘇子由著作簡其二「蘭生幽谷，不爲莫服而不芳」，乃寫落第後心情。

〔九〕局促：短促，拘束不安。杜甫夢李白二首之二：「告歸常局促，苦道來不易。」

【彙評】

段斐君本淮海集後集卷一徐渭眉批：句意真率，佳！

越王〔一〕

越王念吴役，寢興常不安〔二〕。有臣曰種蠡，實與同難艱〔三〕。終酬會稽耻，列國不敢干〔四〕。智者見未兆，愚夫暗前觀。范公拂衣去，扁舟五湖間〔五〕。清輝照四海，秋月耿雲端。種也竟不悟，處之若無難。屬鏤一朝至，身與名俱殘〔六〕。兔走獵狗悲，鳥盡良弓閑〔七〕。自古身不退，多爲世所歎。

【箋注】

〔一〕本篇元豐二年己未（一〇七九）作於會稽，時少游在越省親，見秦譜。

〔二〕越王二句：見卷二十一袁紹論注〔一〇〕。

〔三〕有臣二句：種蠡，越大夫文種與范蠡。在句踐被俘至吴時，范蠡同往受辱；歸國後，文種獻計，君臣刻苦圖强。詳注〔五〕、〔六〕。

〔四〕終酬二句：謂越王滅吴後，稱霸中國。

〔五〕范公二句：范公，指范蠡。吳越春秋句踐伐吴外傳：「句踐已滅吴……范蠡……乃乘扁舟，出三江，入五湖，人莫知其所適。」

〔六〕種也四句：吴越春秋卷六句踐伐吴外傳：「二十五年丙午平旦，越王召相國文種而問之。……復召相國問曰：『子有陰謀兵法、傾敵取國九術之策，今用三已破强吴，其六尚在，子所願，幸以餘術爲孤前王於地下謀吴之前人。』……越王遂賜文種屬盧（原注：盧當作鏤。）之劍。種得劍又嘆曰：『南陽之宰而爲越王之擒。』自笑曰：『後百世之末，忠臣必以吾爲喻矣。』遂伏劍而死。」

〔七〕兔走二句：史記越世家范蠡遺文種書曰：「蜚鳥盡，良弓藏。狡兔死，走狗烹。越王爲人長頸鳥喙，可與共患難，不可與共安樂，子何不去？」

隕星石〔一〕

蕭然古丘上，有石傳隕星。胡爲霄漢間，墜地成此精？雖有堅白姿〔二〕，塊然誰汝靈〔三〕？犬眠牛礪角〔四〕，終日蒙羶腥。疇昔同列者，到今司賞刑〔五〕。森然事芒角〔六〕，次第羅空青〔七〕。俛仰一氣中，萬化無常經〔八〕。安知風雲會，不復歸青冥〔九〕！

【箋注】

〔一〕本篇疑元符二年乙亥（一〇九五）作於雷州。據海康縣志卷二，宋仁宗天聖元年秋杪，中夜，有星隕於精華坊；翌日，寇準使人求之，得一石，衆皆寶之。少游初貶雷州，故借隕石以喻流放中遷客，以未隕之星喻尚在朝爲官的昔日同僚。在地者「終日蒙羶腥」，在天者「森然事芒角」，對比强烈，諷諭深刻。結語似猶寄放還之希望于將來。

〔二〕堅白姿：指隕石之質與色。論語陽貨：「不曰堅乎，磨而不磷；不曰白乎，涅而不緇。」孔安國注：「言至堅者磨之而不薄，至白者染之于涅而不黑。喻君子雖在濁亂，濁亂不能污。」此少游自喻堅貞的性格。

〔三〕塊然：孤獨貌。見卷二醫者注〔二〕。

〔四〕牛礪角：韓愈石鼓歌：「牧童敲火牛礪角，誰復著手爲摩挲？」

〔五〕司賞刑：左傳僖公二十八年：「詩云：『惠此中國，以綏四方。』不失賞刑之謂也。」此指未隕之星。晉書天文志上：「紫宮垣……宮門左星内二星曰大理，主平刑斷獄也。」「文昌六星……四曰司祿、司中，司隸賞功進。」此處借喻當權的新黨。

〔六〕芒角：指星之光芒。蘇軾夜泛西湖五絶其三：「蒼龍已没牛斗横，東方芒角昇長庚。」此句與下句承上，指「同列者」而言，蓋喻昔之同人仍有在朝爲官者，因趨附章惇一派，聲勢烜赫。

〔七〕空青：喻青色之天空。杜甫不離西閣之二：「江雲飄素練，石壁斷空青。」亦爲礦石名，青色，産於山谷銅礦中，亦稱楊梅青。江淹有空青賦即寫此。

〔八〕俛仰二句：莊子知北遊：「臭腐復化爲神奇，神奇復化爲臭腐，故曰通天下一氣耳。」王充論衡齊世：「一天一地，並生萬物；萬物之生，俱得一氣。」常經，永恒的規律。漢書谷永傳：「夫去惡奪弱，遷命賢聖，天地之常經，百王之所同也。」

〔九〕安知二句：寄寓作者希望，謂今後未必不能還朝。風雲會，喻際遇。後漢書朱祐等傳論：「中興二十八將……咸能感會風雲，奮在智勇。」王粲雜詩：「遭遇風雲會，託身鸞鳳間。」「復歸青冥」，隕星重回天上，喻重入朝。楚辭九章悲回風：「據青冥而攄虹兮，遂儵忽而捫天。」

山陽阻淺〔一〕

一日行一尺，十日行一丈。豈不歎淹留，所幸無波浪。悲風動深夜，原野眇森爽。青天行蟾蜍〔二〕，枯水轉魍魎〔三〕。此時蓬茅下，去心劇於癢〔四〕。棄置勿復論，通塞如反掌〔五〕。

【校】

〔森爽〕原作「林爽」，據張本、胡本、李本、段本、王本改。

【箋注】

〔一〕山陽：今江蘇淮安。徐仲車積居山陽，少游與之有舊，嘗訪之。參見卷二次韻徐仲車見寄注〔一〕。高郵州志卷一：「山陽河，在州治東四十五里，南通樊汊鎮，接甘泉、泰州界，北自三垜橋口入射陽湖，達淮安山陽界。隋開皇七年，揚州開山陽瀆以通漕運，即此。」案：少游故里武寧鄉，即在山陽河側三垜附近。

〔二〕蟾蜍：指月亮。見卷七題閻求仁虚樂亭三首其二注〔三〕。

〔三〕魍魎：水中之鬼。舊題陶潛搜神後記：「昔顓頊氏有三子，死而爲疫鬼，一居若水爲魍魎鬼。」

〔四〕去心句：謂心欲歸去而未能，甚於膚癢之難搔也。王建贈索暹將軍詩：「聞休鬬戰心還癢，見説烟塵眼即開。」

〔五〕通塞句：易節：「象曰：不出户庭，知通塞也。」潘岳西征賦：「生有脩短之命，位有通塞之遇。」反掌，喻極易。漢書枚乘傳：「易於反掌，安於泰山。」

次韻參寥莘老〔一〕

迅風薄高林，萬象號虎豹。紛披枳與棘，爾復鼓狂鬧。我垣既已頽，我楝又以撓。豈無一木支？〔一〕橫力難與較。黎明忽自罷，晴日射魚罩〔二〕。死水失狂瀾，衰木回故貌。勞生真夢事〔三〕，往趨如睡覺。炊黍焚黃鶉，吾其理歸棹〔四〕。

【校】

〔一木支〕「支」原作「枝」，據王本、秦本改。

〔真夢事〕「真」下原注曰：「一作共。」張本注曰：「一作其。」

【箋注】

〔一〕本篇熙寧九年丙辰（一〇七六）作於歷陽（今安徽和縣）之湯泉。其時杭僧參寥子來淮南，孫莘老居家丁祖母憂，與少游同遊湯泉。詩中「迅風」二句寫北風乍起，結句寫思歸，皆與遊湯泉時情景相合。參見卷二夜坐懷莘老司諫注〔一〕及卷三八遊湯泉記。

〔二〕魚罩：漁具，編細竹以罩魚。温庭筠罩魚歌清曾益案：「爾雅：籗謂之罩，捕魚籠也。」

〔三〕勞生：人生多勞，故云。見卷八次韻子由題九曲池注〔六〕。

〔四〕炊黍二句：詩小雅黃鳥：「黃鳥黃鳥，無集於栩，無啄我黍。此邦之人，不可與處。言旋言歸，復我諸父。」此用其「言旋言歸」之意。鶉，鳥類，似雞而小，俗名鵪鶉，然與鵪非一物。

送洪景之循州參軍〔一〕

寒梅不自重，輒花桃李先。矯枉有佳菊，最後衆芳妍。各因一時美，難以相嗤憐。物理固若是，士林亦宜然。夫子南國俊，聲猷推妙年〔二〕。數奇晚方偶〔三〕，參軍古龍川〔四〕。龍川雖云遠，風物號清鮮。羅浮不相下〔五〕，頡頏巉荒天〔六〕。雲鬟二三子，聊足奉周旋。行矣試老拳〔七〕，歸歟遠翔騫〔八〕。

【箋注】

〔一〕洪景之：據詩中「夫子南國俊」及「歸歟遠翔騫」二語，疑爲江西人，黄庭堅有甥洪芻（駒父）、洪朋、洪炎、洪羽，號「四洪」，俱負才名，蓋其族人。循州，隋置，尋改爲龍川郡，唐復曰循州。宋史地理志六謂廣南東路有循州海豐郡。故治在今廣東惠陽東北。

〔二〕聲猷：以善于謀略而聞名。北史蕭督傳論：「聲猷遠振，豈非繼世之令主乎？」

〔三〕數奇：命運乖舛。漢書李廣傳：「以爲李廣數奇。」注：「言廣命隻不耦合也。」

〔四〕龍川：郡名，此指循州。

〔五〕羅浮：山名。在廣東增城、博羅、河源等縣間，風景秀麗，爲粤中名山。相傳浮山爲蓬萊之一阜，浮海而至，與羅山並體，故曰羅浮。東晉葛洪於此得「仙術」，道教稱山上之洞爲第七洞天。見元和郡縣志卷三四。

〔六〕頡頏：詩邶風燕燕：「燕燕于飛，頡之頏之。」傳：「飛而上曰頡，飛而下曰頏。」此喻山巒起伏之狀。

〔七〕老拳：見卷二答朱廣微注〔六〕。

〔八〕翔翥：展翅飛舉。文選張平子西京賦：「鳳騫翥於甍標，咸溯風而欲翔。」

茶

茶實嘉木英〔一〕，其香乃天育〔二〕。芳不愧杜蘅〔三〕，清堪揜椒菊〔四〕。上客集堂葵〔五〕，圓月探奩盝〔六〕。玉鼎注漫流〔七〕，金碾響文竹〔八〕。侵尋發美鬯〔九〕，猗狔生乳粟〔一〇〕。經時不銷歇，衣袂帶紛郁〔一一〕。幸蒙巾笥藏〔一二〕，苦厭龍蘭續〔一三〕。願君斥異類，使我全芳馥。

【箋注】

〔一〕茶實句：陸羽茶經卷上：「茶者，南方之嘉木也。……葉如梔子，花如白薔薇。」

〔二〕其香乃天育：蔡襄茶録：「茶有真香，而入貢者微以龍腦和膏，欲助其香。建安民間試茶，皆不入香，恐奪其真。」

〔三〕杜蘅：香草名，亦作杜衡，又名杜葵、馬蹄香。屈原九歌山鬼：「被石蘭兮帶杜衡，折芳馨兮遺所思。」

〔四〕揜椒菊：超過椒與菊。揜，通「掩」，蓋過。椒，即椒聊，香木名。陸璣毛詩草木鳥獸蟲魚疏上：「椒樹似茱萸，有鍼刺，莖葉堅而滑澤。蜀人作茶，吴人作茗，皆合煮其葉以爲香。」此喻茶之清純。陸羽茶經卷上：「茶之爲用，味至寒，爲飲最宜……聊四五啜，與醍醐甘露抗衡也。」

〔五〕上客集堂葵：謂上客如葵向日而傾集於堂上。

〔六〕奩盠：小鏡匣。此喻茶甌中茶水之清澈。

〔七〕玉鼎：指煎茶之風爐。陸羽茶經卷中：「風爐以銅鐵鑄之，如古鼎，形厚三分，緣闊九分……或運泥爲之，其灰承作三足鐵柈檯之。」

〔八〕金碾句：蔡襄茶録下篇論茶器：「茶碾以銀或鐵爲之。黄金性柔，銅及鍮石皆能生鉎（原注：音星），不入用。」又上篇論茶：「碾茶先以淨紙密裹搥碎，然後熟碾。其大要旋碾則色白，或經宿則色已昏矣。」文竹，疑指竹製羅合。陸羽茶經卷中羅合：「羅末以合蓋貯之……合中用巨竹剖而屈之，以紗絹衣之，其合以竹節爲之……高三寸，蓋一寸，底二寸，口徑四寸。」全句蓋謂碾出茶末，以羅篩之，故發出響聲。

〔九〕侵尋句：侵尋，漸漸，猶浸淫。美醞，美酒。即陸羽茶經所謂可「與醍醐甘露抗衡也」，參見注〔四〕。

〔一〇〕猗狔句：猗狔，柔弱貌，一作猗柅。司馬相如上林賦：「紛溶萷蔘，猗柅從風。」乳粟，指茶之泡沫。少游滿庭芳茶詞：「纖纖捧，香泉濺乳，金縷鷓鴣斑。」

〔二〕紛郁：香氣氤氳之狀。陸羽茶經卷下五之煮：「及沸，則重華累沫，皤皤然若積雪耳。……其色緗也，其馨𩡋也。」

〔三〕巾笥：指以茶盒收藏。蔡襄茶録上篇論茶：「藏茶：茶宜蒻葉而畏香，藥喜温燥而忌濕冷，故收藏之家以蒻葉封裹。……如人體温温，則禦濕潤。」

〔三〕苦厭句：龍蘭，龍腦與蘭麝。連下二句謂宜保持茶之真香，若佐以香料，反失真香。參見注〔二〕。

茶　臼〔一〕

幽人躭茗飲〔二〕，刳木事擣撞〔三〕。巧制合臼形，雅音侔柷椌〔四〕。靈室困亭午〔五〕，松然明鼎窗〔六〕。呼奴碎圓月〔七〕，搔首聞錚鏦。茶仙賴君得〔八〕，睡魔資爾降。所宜玉兔擣〔九〕，不必力士扛〔一〇〕。願偕黄金碾〔一一〕，自比白玉缸。彼美制作妙〔一二〕，俗物難與雙。

【校】

〔合臼形〕原脱「臼」字，據張本補。

【箋注】

〔一〕茶臼，據朱翌猗覺寮齋日記卷上：「唐末有碾磨，止用臼，多是煎茶。故張志和婢樵青使竹裹煎茶。柳子厚云：『日午獨覺無餘聲，山童隔竹敲茶臼。』」

〔二〕幽人：幽居之人。易履：「履道坦坦，幽人貞吉。」

〔三〕刳木：易繫辭下：「刳木爲舟。」刳，挖空。此指剜木爲茶臼。陸羽茶經卷中四之器：「以梨、桑、桐、柘爲臼，内圓而外方。内圓備於運行也，外方制其傾危也。」

〔四〕柷椌：即柷敔，古打擊樂器。禮王制：「天子賜諸侯樂，則以柷將之。」禮樂記：「然後聖人作爲鞉、鼓、椌、楬、壎、篪：此六者，德音之音也。」注：「椌、楬，謂柷敔也。」

〔五〕靈室句：靈室，藏書之室。素問氣交變大論：「而藏之靈室。」注：「靈室，謂靈蘭室，黄帝之書府也。」宋人多以藏書室指祕書省。亭午，正午。據此句，本篇當作於元祐中任職祕書省期間。

〔六〕松然句：然，通燃；鼎，當也。

〔七〕圓月：即月團，茶餅名。此句謂在茶臼中搗碎茶葉。

〔八〕茶仙：指陸羽。新唐書本傳：「羽嗜茶，著經三篇，言茶之原、之法、之具尤備，天下益知飲茶矣。時鬻茶者，至陶羽形置煬突間，祀爲茶神。」

〔九〕玉兔擣：傳説月宮玉兔擣藥。李白把酒問月詩：「白兔擣藥秋復春，嫦娥孤棲與誰鄰？」此喻擣茶。

〔一〇〕不必句：史記項羽本紀：「力能扛鼎，才氣過人。」茶臼木製，其質非重，故云。

〔一一〕顧偕句：茶臼與碾相配可供碾茶，故云。黄金碾，見本卷茶詩注〔八〕。

〔一二〕彼美：指茶臼。

石魚〔一〕

佛宫琢琳瑯〔二〕，懸魚警群聽〔三〕。緩扣集方袍〔四〕，急拊趨百工〔五〕。雖無筍簴器〔六〕，自協徵與宫〔七〕。犂然當人心〔八〕，邈有炎氏風〔九〕。山泉自疏數，珮玉相玲瓏。朝昏間鐘鼓，清響傳無窮。惟有寶陀山〔一〇〕，於音獲圓通〔一一〕。一聞如得解，石犨亦投弓〔一二〕。

【校】

〔急拊〕原脱「急」字，據張本、胡本、李本、段本補。

〔筍簴器〕原脱「器」字，據張本、胡本、李本、段本補。

【箋注】

〔一〕石魚：佛寺中樂器。

〔二〕琳瑯：玉石名。宋書禮志：「雕琢琳琅，和寳畢至，大啓群蒙，茂兹成德。」此狀石魚之精美。瑯，通琅。

〔三〕懸魚句：皇極經世書：「在水者不瞑。」芝田録：「門鑰必以魚，取其不瞑目守夜之義。」蓋以切「警」字。此指寺院中魚鼓，以石爲之，故下句云「緩扣」、「急拊」。

〔四〕方袍：僧衣。白居易題天竺南院贈閑元旻清四上人詩：「白衣一居士，方袍四道人。」景德傳燈録卷三三泉州慧忠禪師述偈三首之二：「多年塵事謾騰騰，雖着方袍未是僧。」此處借指僧人。

〔五〕急拊：疾速敲擊。書益稷：「夔曰：『於！予擊石拊石，百獸率舞，庶尹允諧。』……乃歌曰：『股肱喜哉，元首起哉，百工熙哉！』」

〔六〕筍虡器：古代懸鐘磬之架，横曰筍，直曰虡。周禮考工記梓人：「梓人爲筍虡。」一作簨虡、栒虡。

〔七〕徵與宫：五音宫、商、角、徵、羽中之二音。此泛指音樂。

〔八〕犖然：莊子山木：「木聲與人聲，犖然有當於人心。」釋文：「司馬（彪）云：犖然猶栗然。」栗然，堅實，剛硬。

〔九〕炎氏風：謂古風。炎氏，指炎帝，相傳以火名官，作耒耜，教人耕種，故又號神農氏。傳稱始作五絃之琴。

〔一〇〕寶陀山：見卷六和子瞻雙石注〔一三〕。

〔一一〕圓通：見卷七題湯泉二首其一注〔七〕。

〔一二〕一聞二句：五燈會元卷三南岳：「撫州石鞏慧藏禪師，本以弋獵爲務，惡見沙門。因逐鹿從馬祖庵前過，祖乃逆之。師遂問：『還見鹿過否？』祖曰：『汝是何人？』曰：『獵者。』祖曰：『汝解射否？』曰：『解射。』祖曰：『汝一箭射幾箇？』曰：『一箭射一箇。』祖曰：『汝不解射。』曰：『和尚解射否？』祖曰：『解射。』曰：『一箭射幾箇？』祖曰：『一箭射一群。』曰：『彼此生命，何用射他一群？』祖曰：『汝既知如是，何不自射？』曰：『若教某甲自射，直是無下手處。』祖曰：『這漢曠劫無明煩惱，今日頓息！』師擲下弓箭，投祖出家。」

劉公幹〔一〕

鄴中多賢豪〔二〕，公幹氣飄逸〔三〕。弱歲頗徊徨，飄零低金室〔四〕。君王事遨宴，下馬列琴瑟。豪吹挾哀彈，娱歡非一日〔五〕。當年侍賡酬〔六〕，珠玉任揮筆〔七〕。五字一何工〔八〕！妙絶冠儔匹〔九〕。所得雖經奇，未得偏人失〔一〇〕。

【校】

〔經奇〕原誤作「經寄」，據謝靈運擬魏太子鄴中集劉楨詩序改。

【箋注】

〔一〕劉公幹：即劉楨，詳見卷九送平仲學士注〔四〕。

〔二〕鄴中：在今河南臨漳縣境。漢建安十八年，曹操爲魏王，定都於此，築銅雀臺。曹丕代漢，定都洛陽，鄴中仍爲五都之一，繁盛富庶，建安七子圍繞曹氏父子，形成鄴下文人集團。

〔三〕氣飄逸：曹丕與吳質書：「公幹有逸氣，但未遒耳。」

〔四〕弱歲二句：劉楨贈從弟詩三首之三：「鳳凰集南嶽，徘徊孤竹根。於心有不厭，奮翅凌紫氛。豈不常勤苦，羞與黄雀群。」又贈徐幹詩：「步出北寺門，遥望西苑園。……乖人易感動，涕下與衿連。」此用其意。金室，指西苑園之類高門華族。摯虞思遊賦：「訊碩老於金室兮，求舊聞於前修。」與此同義。

〔五〕君王四句：君王，指曹丕，其與吳質書云：「徐、陳、應、劉，一時俱逝，痛可言邪！昔日遊處，行則連輿，止則接席，何曾須臾相失。每至觴酌流行，絲竹並奏，酒酣耳熱，仰而賦詩。當此之時，忽然不自知樂也。」劉楨亦有詩與曹丕，其贈五官中郎將四首之一云：「昔我從元后，整駕至南鄉。過彼豐沛都，與君共翺翔。……衆賓會廣坐，明鐙熺炎光。清歌製妙聲，萬舞在中堂。金罍含甘醴，羽觴行無方。長夜忘歸來，聊且爲太康。」

〔六〕賡酬：賡和酬唱。賡，續也。張耒屋東詩：「賴有西鄰好詩句，賡酬終日自忘飢。」

〔七〕珠玉：喻詩文之美。杜甫和賈至舍人早朝大明宫詩：「朝罷香煙攜滿袖，詩成珠玉在揮毫。」

〔八〕五字：猶五言。此句贊美劉公幹五言詩。曹丕與吳質書：「公幹……其五言詩之善者，妙絶時人。」

〔九〕冠儔匹：超越同類作家，指建安七子。鍾嶸詩品列劉楨爲上品，並曰：「真骨凌霜，高風跨俗，但氣過其文，雕潤恨少；然自陳思已下，楨稱獨步。」

〔一〇〕所得二句：謝靈運擬魏太子鄴中集劉楨詩序：「卓犖偏人，而文最有氣，所得頗經奇。」

【彙評】

王士禛帶經堂詩話卷二評駁類：古人同調齊名，大抵不甚相遠。獨劉楨與思王並稱，予所不解。建安七子，自孔文舉不當與諸人同流，此外如陳琳之飲馬長城窟行、阮瑀之定情詩、徐幹之室思，皆有漢人風矩。唯楨詩無一語可采，而自古在昔，並稱「曹劉」，未有駁正其非者。鍾嶸又謂其「仗氣愛奇，動多振絶；思王而下，楨爲獨步」，殊似囈語。豈佳處今不傳耶？乃秦少游亦云：「五字一何工，妙絶冠儔匹。」殆亦耳食之習。

贈醫者鄒放〔一〕

百工皆聖作，惟醫有書傳。緒餘起人死〔二〕，妙處實通天。鄒子本淮海，弱齡加討研〔三〕。岐扁逢卷中〔四〕，遂知百病先。往歲遊京室，公侯紛薦延。國工不敢妬〔五〕，遣兒求執鞭〔六〕。晚棄本州役，青衫鬢蕭然。臨衢開大肆，旁午送金錢〔七〕。嗣子頗不凡〔八〕，文場早周旋。行期拾青紫〔九〕，善積神所憐〔一〇〕。

【箋注】

〔一〕本篇當作於熙寧末年至元豐初年。鄒放，高郵醫生。是時參寥子從秦觀游，宿高郵乾明寺，曾請鄒放治病，有贈鄒醫詩叙其身世云：「鄒君業醫世淮海，瀉盛補衰知徑蹊。……傾年西游抵京室，達官貴吏争品題。歸來鄉縣頗蕭瑟，湖水黏雲芳草萋。憐余寢瘵古佛刹，每辱珍劑相扶攜。」少游此詩云「晚棄本州役」，又云「臨衢開大肆」，當作於同時。參見卷二醫者注〔一〕。

〔二〕緒餘：主體以外之次要部分。莊子讓王：「道之真以治身；其緒餘以爲國家；其土苴以爲天下。」

〔三〕弱齡：少年。陶潛始作鎮軍參軍經曲阿詩：「弱齡寄事外，委懷在琴書。」

〔四〕岐扁：岐伯、扁鵲，皆古之名醫。漢書藝文志方技：「太古有岐伯俞拊，中世有扁鵲秦和，蓋論病以及國，原診以知政。」按扁鵲爲戰國時名醫，原名秦越人，勃海郡鄭人，家於盧國，又名盧醫。受禁方於長桑君，歷遊齊趙。入秦，被刺殺。著有内經、外經，不傳。史記有傳。

〔五〕國工：此處指名醫。史記倉公傳：「師光喜曰：公必爲國工。」

〔六〕執鞭：論語述而：「富而可求也，雖執鞭之士，吾亦爲之。」

〔七〕旁午：見卷二田居四首其三注〔八〕。

〔八〕嗣子：指嫡長子。

〔九〕拾青紫：謂博取官位。漢制：丞相、太尉，皆金印紫綬，御史大夫銀印青綬。漢書夏侯勝傳：「士病不明經術，經術苟明，其取青紫如俛拾地芥耳。」

〔一〇〕善積句：易坤：「文言曰：積善之家，必有餘慶。」

贈張潛道〔一〕

張生何爲者，落魄不自拘〔二〕。獨攜三尺琴，笑別妻與孥。一來泊吾里，忽已月再虛。朝遊故人館，暮止佛子廬〔三〕。雖無食羹餘，所樂常晏如〔四〕。我欲有所進，生聞勿煩紆〔五〕。君子閑有道，不專塊然居。無道祇深適，嗚戲亦已愚〔六〕！願生脱塵鞅〔七〕，從我滄海隅。

【校】

〔嗚戲〕「嗚」原誤作「鳴」，此從胡本、李本、段本、秦本。王本、四部本作「於戲」，通。

【箋注】

〔一〕本篇云「一來泊吾里」，似元豐間作於高郵。張潛道，字里無考。

〔二〕落魄：窮困失意。史記酈生傳：「好讀書，家貧落魄，無以爲衣食業。」

〔三〕佛子廬：僧舍、佛寺。據高郵州志，邑有乾明寺及醴泉寺，當指此。

〔四〕晏如：安然。陶潛五柳先生傳：「環堵蕭然，不蔽風日，短褐穿結，簞瓢屢空，晏如也。」

〔五〕煩紆：煩悶郁結。張衡四愁詩：「路遠莫致倚踟躕，何爲懷憂心煩紆？」

〔六〕君子四句：吕氏春秋卷十六觀世：「列禦寇，蓋有道之士也。……鄭子陽令官遺之粟數十秉。……再拜而辭。……子列子入，其妻望而拊心曰：『聞爲有道者妻子皆得逸樂。今妻子有饑色矣，君過而遺先生食，先生又弗受也，豈非命也哉？』子列子笑而謂之曰：『君非自知我也。以人之言而遺我粟也，至已而罪我也。有罪且以人言，此吾所以不受也。』其卒，民果作難殺子陽。受人之養而不死其難，則不義；死其難，則死無道也。死無道，逆也。子列子除不義，去逆也，豈不遠哉！」此以列子喻張潛道。「閑有道」，以有道作爲處世範疇。塊然，獨處貌。深適，深自適應，此句切「潛道」之人名。

〔七〕塵鞅：塵世之束縛。鞅，套於馬頸之皮帶。白居易登香爐峯頂詩：「紛吾何屑屑，未能脱塵鞅。」

荷　花〔一〕

方塘收雨脚，落日半遥岑。芙蕖浄娟娟〔二〕，麗服撫翠衾。無言意自遠，欲渡秋水深。緬懷平生人，對此詎可尋？弄芳惜畹晚〔三〕，酒至誰與斟？天涯有歸雲，聊寄相思心。心開獲清賞，芙蕖一何綺！美人艷新粧〔四〕，斂袂照秋水〔五〕。端如蕩子妻〔六〕，顧自良家子〔七〕。黄金選燕趙〔八〕，揺落對江沚〔九〕。薄暮風雨來，獨立淚如洗。望君君詎知，傾宫定誰似〔一〇〕？

【箋注】

〔一〕本篇蓋元豐二年己未（一〇七九）秋作於會稽。詩中「遥岑」「荷花」皆會稽景色；「緬懷平生人」，「天涯有歸雲」，皆思歸之辭。可參見卷八游鑑湖諸詩。

〔二〕浄娟娟：杜甫狂夫詩：「風含翠篠娟娟浄，雨裛紅蕖冉冉香。」

〔三〕畹晚：見卷二送僧歸遂州注〔四〕。

〔四〕美人句：王昌齡採蓮曲二首之二：「荷葉羅裙一色裁，芙蓉向臉兩邊開。」李白越女詞五首之三：「笑入荷花去，佯羞不出來。」少游似之。以下至〔一〇〕，皆以美人擬荷花。

〔五〕斂袂：整理衣袖，表示端莊、敬服。史記貨殖傳：「故齊冠帶衣履天下，海岱之間斂袂而往朝焉。」少游調笑令十首王昭君：「明妃斂袂登氈車。」

〔六〕蕩子妻：古詩十九首：「盈盈樓上女，皎皎當窗牖。娥娥紅粉妝，纖纖出素手。昔爲倡家女，今爲蕩子婦。」

〔七〕良家子：清白人家女子。史記外戚世家：「吕太后時，竇姬以良家子入宫侍太后。」薛道衡昭君辭：「我本良家子，充選入椒庭。」

〔八〕黄金句：戰國時燕昭王從郭隗之説築高臺於易水附近，置黄金於臺上，招致天下賢士（見戰國策燕策）。此處謂以重金選取美女。古詩十九首：「燕趙多佳人，美者顔如玉。」

〔九〕摇落句：楚辭宋玉九辯：「悲哉秋之爲氣也，蕭瑟兮，草木摇落而變衰。」本篇前云「秋水深」「照秋水」，明言時令爲秋；此云「摇落」，亦照應之詞。江沚，江中小洲。

〔一〇〕傾宫句：此謂全宫之美人難以相比。

【彙評】

段斐君本徐渭眉批：意致淡遠。

酬曾逢原參寥上人見寄山陽作〔一〕

倦客當老秋，於忽少佳意〔二〕。孰云塵滓地，劉阮肯俱至〔三〕？一披清骨毛〔四〕，再見失身世。有如執盛熱，儵月濯涼吹〔五〕。又如觀巨梓〔六〕，却覘蕭葦細。十辰同遨遊，不覺日車逝〔七〕。嗟予逃空虛，終日面林翳。聞人足音喜，況乃道所契〔八〕。方念衣袖分，明月忽我畀〔九〕。眷言何以酬〔一〇〕？白髮同所詣。

【箋注】

〔一〕本篇作於元豐元年戊午（一〇七八）深秋。據蘇詩總案卷十七，是歲八月中旬，參寥子訪東坡於彭城，館於虛白堂；十二月，東坡有和參寥寄秦觀失解及送參寥詩。王文誥案曰：「詩有秋風過淮之語」，「是參寥到於九月王定國既去之後，而去於冬杪也。」本篇作於八月赴徐過山陽之時。曾逢原，名孝序，見卷二寄曾逢原注〔一〕。參寥，詳卷二夜坐懷莘老司諫注〔一〕。

〔二〕於（音烏）忽：不歡貌。龐德公於忽操：「於忽乎不可以爲，其又奚爲！」

〔三〕劉阮：劉晨、阮肇，見卷二八謝程公闢啓注〔一二〕。此比曾逢原、參寥。

〔四〕清骨毛：謂毛骨清爽。張耒上方詩：「坐久神慮平，微涼清骨毛。」

〔五〕儵月：向月。廣韻：「儵，向也。」

〔六〕巨梓：梓樹高可達二丈餘，故曰巨梓。

〔七〕日車：指太陽。見卷四十大行太皇太后挽詞二首其一注〔四〕。

〔八〕嗟予四句：莊子徐無鬼：「夫逃虚空者，藜藋柱乎鼪鼬之逕，良位其空，聞人足音跫然而喜矣，而況昆弟親戚之謦欬其側者乎！」後常以空谷足音喻難得之音訊與言論。此喻閑居中承寄「山陽作」，感到欣喜。

〔九〕明月句：明月，珠名。張衡四愁詩：「美人贈我貂襜褕，何以報之明月珠。」畀，賜給。此喻曾逢原參寥子所贈之詩。

〔一〇〕眷言：見卷二田居四首之注〔一〇〕。

吴興道中〔一〕

黽勉蓽門下〔二〕，十年守一方〔三〕。胡爲御舟者，挽我置此旁！青山不肯盡，流水故意長。雖云道理遠，瓦樽有酒漿。

【校】

〔置此旁〕旁，各本俱作「傍」，據現今規範字逕改。

【箋注】

〔一〕據秦譜，紹聖元年甲戌（一〇九四），少游出爲杭州通判，道貶處州。此詩作於吴興道中，「胡爲」二句寫遷謫之恨。

〔二〕黽勉句：黽勉，努力。詩邶風谷風：「黽勉同心，不宜有怒。」蓽門，編荆竹爲門。蓽，又作篳。禮儒行：「篳門圭窬，蓬户甕牖。」指貧者所居。

〔三〕十年：指出仕至今。作者自元豐八年(一〇八五)中第至此時離京，共十年。

無題二首〔一〕

其一

君子有常度〔二〕，所遭能自如。不與死生變〔三〕，豈爲憂患渝？西伯囚演易〔四〕，馬遷罪成書〔五〕。性剛趣和藥，淺淺非丈夫〔六〕。

【校】

〔二首〕王本、四部本無此二字。

〔所遭〕原誤作「所連」，據張本、胡本、李本、段本、王本、秦本改。

〔和藥〕「藥」，張本、胡本、李本、段本、王本、秦本作「樂」，誤。

【箋注】

〔一〕觀「西伯囚演易，馬遷罪成書」及「歘然化蒼狗，俄頃成章蓋」四句，此二首似俱作於遷謫之後，姑列於元符間。

〔二〕常度：猶常態。後漢書吳漢傳：「諸將見戰陳不利，或多惶懼，失其常度。」

〔三〕不與句：老子五十章：「出生入死，生之徒十有三，死之徒十有三，人之生動之死地，亦十有三。夫何故？以其生生之厚……以其無死也。」王弼注：「取其生道全生之極十分有三耳；取死之道全死之極亦十分有三耳。而民生生之厚更之無生之地焉。善攝生者，無以生爲生，故無死地也。」少游之生死觀，即源於道家。

〔四〕西伯：周文王。史記周本紀謂西伯曾囚羑里，益易之八卦爲六十四卦。又太史公自序：「昔西伯拘羑里，演周易；孔子厄陳蔡，作春秋；屈原放逐，著離騷；左丘失明，厥有國語；孫子臏脚，而論兵法；不韋遷蜀，世傳吕覽；韓非囚秦，説難孤憤。詩三百篇，大抵賢聖發憤之所爲作也。此人皆意有所鬱結，不得通其道也。」

〔五〕馬遷：司馬遷，見卷二司馬遷注〔一〕。此句謂司馬遷因爲李陵辯護受宫刑，憤而作史記。

〔六〕性剛二句：漢書蕭望之傳云：「天子方倚欲以爲丞相……會望之子散騎中郎伋上書訟望之前事，事下有司……請逮捕。……上曰：『蕭太傅素剛，安肯就吏？』……使者至……望之以問門生朱雲。雲者，好節士，勸望之自裁。於是望之……字謂雲曰：『游，趣和藥來，無久留我死！』竟飲鴆自殺。」淺淺，器量褊狹。桓寬鹽鐵論論誹：「疾小人淺淺面從，以成人之過也。」

其二

世事如浮雲，飄忽不相待。欻然化蒼狗，俄頃成章蓋〔一〕。達觀聽兩行〔二〕，昧者乃多態。舍旃勿重陳〔三〕，百年等銷壞〔四〕。

【校】

〔重陳〕「陳」原誤作「陸」，據張本、胡本、李本改。

【箋注】

〔一〕世事四句：喻世事變化無常。浮雲、蒼狗，見卷八寄孫莘老少監注〔四〕。章蓋，即傘蓋，因色呈五彩，故云。

〔二〕兩行：見本卷幽眠注〔六〕。

〔三〕舍旃：詩唐風采苓：「舍旃舍旃，苟亦無然。」箋：「旃之言焉也；舍之焉，舍之焉。」旃，語助辭。

〔四〕銷壞：消亡。

喜雨得城字〔一〕

陰陽有常職，代御不可并〔二〕。一氣或錯繆，愆伏相寇兵〔三〕。惟時四月交，南國厭久晴〔四〕。風師挾帝令〔五〕，呼號肆徂征。雲師畏推逐〔六〕，蓄意不敢爭。雨師曠厥官，所苟朝夕生〔七〕。黃塵暗如霧，掩彼日月明。帝眷一夕回，旱議沮莫行。番然霈膏澤，夜半來雨聲。黎明縱遐眺，溝澮各已盈〔八〕。青秧散廣畝，白水涵孤城。耕夫欣有託，水鳥飛且鳴。乃知化工妙〔九〕，悠然信難名。行矣耘我穡〔一〇〕，歲終苧坻京〔一一〕。

【校】

〔一夕回〕「夕」原作「昔」，通。

〔青秧〕原作「青葜」，通。

【箋注】

〔一〕本篇蓋作於熙寧、元豐中村居之時。詩之結句，與卷二田居四首所寫情景相似，可參看；而「白水涵孤城」，亦與高郵「環以萬頃湖」（見後集卷二送孫誠之尉北海）之地勢吻合。而「行矣耘我穡」則表明是時少游尚未入仕，故有此作。

〔二〕代御：謂順次轉移。荀子天論：「列星隨旋，日月遞照；四時代御，陰陽大化。」

〔三〕愆伏：氣候失常，多指大旱或酷暑。宋書王弘傳：「愆伏之災，患纏氓庶。」

〔四〕南國：古指江漢至淮一帶，高郵也在其內。詩小雅四月：「滔滔江漢，南國之紀。」又周南傳:「漢廣汝墳,則以南國之詩附焉。」

〔五〕風師:主風之神,亦稱風伯。應劭風俗通義風伯:「飛廉,風伯也。」

〔六〕雲師:楚辭離騷:「吾令豐隆乘雲兮,求宓妃之所在。」王逸注:「豐隆,雲師,一曰雷師。」

〔七〕雨師二句:謂雨師曠工,在於苟全生命。案:周禮春官鄭玄注以畢宿爲雨師,風俗通義雨師以玄冥爲雨師,山海經海外東經郭璞注以屏翳爲雨師。朝夕,極言生命之短暫。

〔八〕溝澮:田間排水渠道。孟子離婁下:「苟爲無本,七八月之間雨集,溝澮皆盈。」

〔九〕化工:指自然創造力。賈誼鵩鳥賦:「且夫天地爲鑪,造化爲工。」張瓚杏花詩:「碎剪明霞役化工。」

〔一〇〕耘我穡:猶耘我稼。穡,原指收穫穀物,此引申爲莊稼。

〔一一〕坻京:詩小雅甫田:「曾孫之庾,如坻如京。」傳:「京,高丘也。」箋:「坻,水中之高地也。」指穀物豐收堆積如山。

東城被盜得世字〔一〕

野人無機心,觸事少防衛。所至輒酣寢,屢墮穿窬計〔二〕。孤亭夜深墨,風死雨初霽。有盜穴壁來,攘取逮衾袂。微思不敵怒,弱力鼓虛鋭。起搏且復呼,可否難量勢。誰云同室鬭〔三〕，函丈莫相繼〔四〕。兩奴眠牖旁，矯首但睥睨〔五〕。棄之倚柱休，盜亦從此逝。慚無牛缺賢，幸脱燕人斃〔六〕。亡弓豈須求〔七〕，失馬不必涕〔八〕。黎明成感嘆，事往若異世。良賈號深藏〔九〕，無鬩稱善閉〔一〇〕。君子勿我誇，得喪求無際。

【校】

〔難量勢〕「難」原作「誰」，此從王本、四部本。

〔誰云同〕「同」原誤作「月」，據張本、胡本、李本改。

【箋注】

〔一〕本篇作於元祐五年庚午（一〇九〇）在京任職之初。據續資治通鑑長編卷四四三云：「元祐五年六月丁酉，詔祕書省見校對黄本書籍可奉一員，以明州定海縣主簿秦觀充。校對黄本始此。」案王直方詩話云：「少游爲黄本校勘甚貧，錢穆父爲户書，皆居東華門之堆垜場。」孟元老東京夢華録卷一大内云：「……行至文德殿，殿前東西大街，東出東華門，西出西華門。」又云：「東華門外市井最盛，蓋禁中買賣在此。」東城當指此。

〔二〕穿窬：指偷盜者穿壁入户。論語陽貨：「色厲而内荏，譬諸小人，其猶穿窬之盜也與。」

〔三〕同室鬭：孟子離婁下：「今有同室之人鬭者，救之，雖被髮纓冠而救之可也。」

〔四〕函丈：喻同室之人。禮曲禮上：「席間函丈。」注：「函猶容也，講問宜相對容丈，足以指畫也。」又文王世子：「凡侍坐於大司成者，遠近間三席，可以問。」注：「席之制，廣三尺三寸三分，則是所謂函丈也。」

〔五〕睥睨：斜視。後漢書仲長統傳：「消搖一世之上，睥睨天地之間。」

〔六〕慚無二句：列子説符：「牛缺者，上地之大儒也，下之邯鄲，遇盜於耦沙之中，盡取其衣裝車，牛步而去。視之，歡然無憂恡之色。盜追而問其故，曰：『君子不以所養害其所養。』盜曰：『嘻，賢矣夫！』既而相謂曰：『以彼之賢往見趙君，使以我爲必困我，不如殺之。』乃相與追而殺之。燕人聞之，聚族相戒曰：『遇盜莫如上地之牛缺也！』皆受教。俄而其弟適秦，至關下果遇盜，憶其兄之戒，因與盜力争，既而不如。又追而以卑辭請物。盜怒曰：『吾活汝，弘矣；而追吾不已，迹將著焉。既爲盜矣，仁將焉在？』遂殺之，又旁害其黨四五人焉。」

〔七〕亡弓：孔子家語好生：「楚共王出遊，亡其烏號之弓，左右請求之。王曰：『止！楚人失弓，楚人得之，又何求之？』孔子聞之曰：『惜乎其不大也！不曰人遺弓人得之而已，何必楚也。』」

〔八〕失馬：指塞翁失馬。淮南子人間訓：「近塞上之人，有善術者，馬無故亡而入胡，人皆吊之。其父曰：『此何遽不爲福乎？』居數月，其馬將胡駿馬而歸。」

〔九〕良賈句：史記孔子世家：「良賈深藏若虛。」

〔一〇〕無閡句：無閡，無阻隔，猶言敞開。老子二十七章：「善閉無關楗而不可開。」此用其意。

夢伯收文公〔一〕

昨夜夢故人，心顔少歡趣。自嗟棄有司，却言歸山路。君王下明詔，群英翕争赴〔二〕。焦鵬共揮翮〔三〕，跛鼈亦騁步〔四〕。擾擾天地間，飛鳥不知數。何意獨蕭條？命與時相忤。空復蔽馬牛，不爲匠人顧〔五〕。昔爲土中花，行待東風煦。今爲簷下草，遠矣霑秋露。老母鬢成絲，寒妻被無絮。歲暮多嚴風，絺綌將焉度〔六〕？覺來不復見，撫枕淚如注。安得萬頃波，活此舟中鮒〔七〕！

【校】

〔題〕王本、四部本題下附注：「案：似有譌脱。」

〔萬頃波〕張本、胡本、李本、段本、秦本「波」作「陂」。

【箋注】

〔一〕伯收文公：王本題下附注：「案釋道潛參寥子集有次韻朱伯收主簿觀雪詩。」案參寥子次韻朱伯收主簿觀雪詩之二有句云「苦侵陋巷凌寒士」，情景與本詩相似。此詩所詠係一懷才不遇貧士，可能同爲一人。

〔二〕翕争赴：猶齊争赴。翕，聚合、趨附貌。

〔三〕焦鵬：神鳥名，亦作「焦朋」。漢書司馬相如傳上林賦：「捷鵕鸃，掩焦朋。」史記作「焦明」，集解：「焦明似鳳。」劉向九歎遠逝：「駕鸞鳳以上遊兮，從玄鶴與焦明。」又作「鷦鵬」。

〔四〕跛鼈：荀子修身：「故蹞步而不休，跛鼈千里；累土而不輟，丘山崇成。」

〔五〕空復二句：莊子人間世：「匠石之齊，至乎曲轅，見櫟社樹，其大蔽牛，絜之百圍。其高臨山十仞而後有枝。其可以爲舟者旁十數。觀者如市，匠伯不顧，遂行不輟。」

〔六〕絺綌：細葛布與粗葛布。詩周南葛覃：「爲絺爲綌，服之無斁。」杜甫遣興五首之一：「朔風飄胡雁，慘淡帶砂礫。……焉知南鄰客，九月猶絺綌。」

〔七〕活此句：莊子外物：「周顧視車轍中，有鮒魚焉。周問之曰：『鮒魚來，子何爲者邪？』對曰：『我東海之波臣也，君豈有斗升之水而活我哉？』」

送佛印〔一〕

打包初捨蔚頭藍〔二〕，江月松風處處參。他日惠林爲上首〔三〕，幾年彌勒作同龕〔四〕。真珠撒帳開新座，飛鳥銜花繞舊庵〔五〕。雲散虎溪蓮社友〔六〕，獨依香火思何堪！

【校】

〔打包初捨〕「打」原誤作「抱」，據王本、四部本改。

【箋注】

〔一〕佛印，僧了元之號，字覺老，浮梁人，俗姓林。歷住江州承天寺、淮山斗方寺、廬山開先寺、鎮江金山寺及焦山，後住江西大仰，四住雲居。曾於金山築妙高臺，與蘇軾、秦觀相善。據蘇詩總案卷二四云，元豐七年八月十九日，東坡「發儀真，滕元發乘小舟破浪來迎，執手涕下；而許遵、秦觀亦至，遂會於金山，作倡和詩」。案：蘇軾與佛印十二首之六云：「殤子之戚，亦不復經營（指宜興買田），惟感覺老憂愛之深也。太虛已去，知之。」據蘇詩總案卷二三，元豐七年七月二十八日，軾子遯亡。是時蘇軾有書浮玉老師元公買田云：「浮玉老師元公，欲爲吾買田京口，要與浮玉之田相近。」可證佛印正住金山。此簡當作於其後不久。

〔二〕打包句：謂佛印將離開寺中所供佛像他去。打包，指行脚僧整理行囊。鄭克折獄龜鑑卷五：「按僧之富者必不能出遊；出遊也，則必治裝告别，亦不能如打包僧翩然往也。」後也泛指僧人長途旅行爲「打包」。蔚頭藍，王本考證附纂：「案傳燈録：『第十八祖伽邪舍多者，摩提國人也，姓鬱頭藍。』玉篇：『蔚，烏貴、於勿二切。』蔚，音同鬱，譯音，蓋無定字。」一作鬱定，徒步歸山。」

頭藍弗。慧琳音義二六：「鬱頭藍弗，此云獺戲子坐，得非想定，獲五神通，飛入王宮，遂失

〔三〕他日句：惠林，宋神宗時分東京大相國寺爲八院，惠林爲其中之一。五燈會元作「慧林」。

參見次韻邢敦夫秋懷十首其二注〔一〕。上首，佛家語，意爲首座。觀無量壽經：「三萬三千

菩薩衆中，舉文殊師利一人爲上首。」五燈會元卷十六謂佛印曾「九坐道場，四衆傾向，名動

朝野。神宗賜高麗磨衲金鉢，以旌師德」，故少游頌之。

〔四〕彌勒：佛名，彌勒是姓，義爲慈氏；字乃阿逸多，義爲無勝。

〔五〕真珠二句：見卷三十二醴泉開堂疏注〔五〕〔六〕。

〔六〕雲散句：虎溪，見卷二答朱廣微注〔三〕。蓮社，見卷二八謝程公闢啓注〔一一〕。此處以佛

印喻東晉高僧慧遠，而以劉遺民自喻。

次韻公闢會流觴亭〔一〕

偷引湖光一派飛〔二〕，詠觴還却似當時〔三〕。吴歌送酒隨流急〔四〕，越艷浮花轉曲

遲。山廟早因前守徹〔五〕，冰盤元是故工遺。年年禊飲今非昔，不到蘭亭到北池〔六〕。

【校】

〔詠觴〕原誤作「泳觴」，據張本、胡本、李本、段本改。

〔轉曲遲〕原誤作「轉曲池」，據張本、胡本、李本、段本改。

【箋注】

〔一〕據秦譜，本篇元豐二年己未（一〇七九）作於會稽。公闢，即程師孟，見卷七遊龍門山次程公韻注〔一〕。流觴亭，見卷七流觴亭并次韻二首其一注〔三〕。

〔二〕偷引句：嘉泰會稽志卷一西園：「鑿渠引湖水入，屈折縈紆，激爲湍流，（曲水）閣距其上。」流觴亭亦在其上。西園在卧龍山西麓。今俱不存。

〔三〕詠觴句：指晉永和九年王羲之、謝安、孫綽等蘭亭修禊之事。王羲之蘭亭集序：「一觴一詠，亦足以暢叙幽情。」

〔四〕吴歌：吴地歌謡，流行於江南一帶。李白烏棲曲：「吴歌楚舞歡未畢，青山欲銜半邊日。」羅隱春日葉秀才曲江詩：「裨補明時望重才，一曲吴歌齊拍手。」

〔五〕山廟句，山廟，指金山神祠。前守，指蔣堂，景祐間守此郡。卷三九懷樂安蔣公唱和詩序：「又廢山西淫祠，分湖之别派，覆以綈構爲流觴曲水，以追永和故事。」

〔六〕年年二句：禊飲，古代於三月上巳（魏以後定爲三月初三），至水邊嬉遊採蘭，以祓除不祥，稱爲修禊。王羲之蘭亭集序云：「永和九年，暮春之初，會於會稽山陰之蘭亭，修禊事也。」

即指此。蘭亭，嘉泰會稽志卷十云：「蘭渚，在縣西南二十五里。舊經云：山陰縣西蘭渚有亭，王右軍所置，曲水賦詩，作序於此。」北池，指流觴亭下水池。

次韻公闢會蓬萊閣〔一〕

林聲摵摵動秋風〔二〕，共躡丹梯上卧龍〔三〕。路隔西陵三兩水，門臨南鎮一千峯〔四〕。湖吞碧落詩争發〔五〕，塔湧青冥畫幾重〔六〕。非是登高能賦客〔七〕，可憐猿鶴自相容〔八〕。

【箋注】

〔一〕據秦譜，本篇元豐二年己未（一〇七九）秋作於會稽。公闢，即州守程師孟，見卷七遊龍門山次程公韻注〔一〕。蓬萊閣，見卷五送蔡子驤用蔡子駿韻詩注〔八〕。

〔二〕摵摵：見卷九九月八日夜大風雨寄王定國注〔三〕。

〔三〕卧龍：山名，見卷五送蔡子驤用蔡子駿韻詩注〔四〕。

〔四〕路隔二句：西陵，一名固陵、西興，今杭州蕭山。南鎮，唐開元四年，封四鎮山爲公，會稽南鎮曰永興公。見嘉泰會稽志卷九。千峯：指會稽山脈諸山，俱在蓬萊閣之南。

〔五〕碧落：指天空。白居易長恨歌：「上窮碧落下黄泉，兩處茫茫皆不見。」

〔六〕塔：指寶林寺塔，原名多寶塔，在會稽城内龜山（今稱塔山）上。見卷三六録寶林事實。

〔七〕登高能賦：韓詩外傳卷一：「孔子遊於景山之上，子路、子貢、顔淵從。孔子曰：君子登高必賦，小子願者何？」漢書藝文志：「不歌而誦謂之賦，登高能賦可以爲大夫。」

〔八〕猿鶴：藝文類聚卷九十引抱朴子：「周穆王南征，一軍盡化，君子爲猿爲鶴，小人爲蟲爲沙。」

送羅正之兩浙提刑〔一〕

豈爲鱸魚憶故丘〔二〕？東南昏墊賴良謀〔三〕。一封暮别雲間闕〔四〕，三組秋歸海上州〔五〕。子政暫爲都水使〔六〕，千秋終作富民侯〔七〕。贈君一語君應笑，競注江河本不流。

【箋注】

〔一〕本篇作於元豐四年辛酉（一〇八一）。參見卷三八羅君生祠堂記注〔一〕。兩浙，即兩浙路，北宋大行政區之一，其地包括今蘇南及浙江全境。見宋史地理志四。羅適，字正之，宋詩紀事卷二三云：「治平二年進士，官提點兩浙、京西刑獄，有赤城集。」詳見卷九次韻羅正之惠綿扇注〔一〕。

〔二〕豈爲句：鱸魚，參見卷四別子瞻學士詩注〔六〕。故丘，羅適乃浙東台州寧海人，故云。

〔三〕昏墊：陷溺，迷惘無所適從。書益稷：「洪水滔天，浩浩懷山襄陵，下民昏墊。」

〔四〕一封句：一封，謂一封詔書。韓愈左遷至藍關示侄孫湘詩：「一封朝奏九重天，夕貶潮陽路八千。」雲間閣，指揚州雲山閣，見卷八中秋口號注〔一〕。此指離江都縣令任。

〔五〕三組句：組，結印章之絲帶。三組即指三顆印，表示兼任三職。漢書楊僕傳：「懷銀黄，垂三組，夸鄉里。」注：「僕爲主爵都尉，又爲樓船將軍，並將梁侯三印，故三組也。」海上州，指浙東台州。羅爲台州人，故云。

〔六〕子政：劉向字，漢楚元王交四世孫，宣帝朝，累遷給事中。成帝時，向以故九卿召，拜爲中郎，使領護三輔都水。數奏封事，遷光禄大夫。見漢書楚元王傳。

〔七〕千秋：田千秋，漢長陵人，武帝時曾上書爲戾太子辯冤，拜爲大鴻臚，後遷丞相，封爲富民侯。見漢書車千秋傳。

【附】

林表天臺續集別編卷一范鉞送羅正之年兄出使二浙：紫泥封詔出蓬萊，且指東南倚憲臺。千里忽驚霜斧去，百城争望錦衣來。淛江氣象心先到，吴俗姦婾膽欲摧。天姥舊山還好在，應尋鄉老一裴徊。徐案：憲臺，指提刑，此詩乃詠憲臺。可對照。

淮海集箋注後集卷第二

詩

秋夜病起懷端叔作詩寄之〔一〕

寢瘵當老秋〔二〕，入夜庭軒空。天光脆如洗，月色清無縫。風飈戾戾輕〔三〕，露氣霏霏重。簷花伴徐步〔四〕，籠燭窺孤諷。緬惟情所親，佳辰誰與共？夫子淮海英，材大難爲用。秉心既絶俗，發語自驚衆。麈尾扣球琳〔五〕，筆端攢蝃蝀〔六〕。雄深迫揚馬〔七〕，妙麗該沈宋〔八〕。浮沈任朝野，魚鳥狎鯤鳳〔九〕。與時真楚越〔一〇〕，於我實伯仲。爾來居邑鄰〔一一〕，頗便書札貢。上憑鴻雁傳，下託鯉魚送。二物或愆時，已辱移文訟〔一二〕。人生無根柢，泛若凌波葑〔一三〕。昧者復汲汲〔一四〕，晨暝趨一閧。陰持含沙毒，射影期必中〔一五〕。自匿嫫母容，對客施錦幪〔一六〕。溘然一朝逝，萬事俱成夢。形骸猶汝辭，利勢猶君動。思之可太息，復之爲長慟。所以古達人，脱身事高縱〔一七〕。我生尤不敏，胸腹常空洞。彊顏入規模，垂耳受羈鞚。行謀買竿槐〔一八〕，名理就折衷。但恐狂接輿〔一九〕，煩君更嘲弄。

【校】

〔情所親〕「親」原誤作「新」，據張本、胡本、李本、段本、秦本改。

〔扣球琳〕「扣」原誤作「拒」，據張本、胡本、李本、段本、秦本改。

〔狎鯤鳳〕原作「鯤摶鳳」，此從張本、胡本、李本、段本、王本。

〔自匿〕原脱「自」字，據張本、胡本、李本補。

〔君動〕原脱「動」字，據張本、胡本、李本補。

【箋注】

〔一〕本篇元豐三年庚申（一〇八〇）作於高郵。其與參寥大師簡云：「僕自病起，每把筆如讎，不知何謂。」又云：「李端叔在楚，音問不絶，比如毗陵，過此相見極歡。」此詩蓋端叔去毗陵（今江蘇常州）前所寫，故有「爾來居邑鄰，頗便書札貢」之語。端叔即李之儀，見卷四送李端叔從辟中山注〔一〕。

〔二〕寢瘵：見卷三春日雜興十首其六注〔一二〕。

〔三〕風颷句：颷，暴風。戾戾，勁疾、猛烈。潘岳秋興賦：「庭樹槭以灑落兮，勁風戾而吹帷。」文選李善注：「戾，勁疾之貌。」輕，謂暴風由勁疾轉輕緩。

〔四〕簪花：見卷三春日雜興十首其七注〔一〇〕。

〔五〕麈尾句：麈尾，指麈尾拂子。古名士執之助談。吴曾能改齋漫録卷二：「名苑曰：『鹿之大者曰麈，群鹿隨之，皆看麈所往，隨麈尾所轉爲準。』今講僧執麈尾拂子，蓋象彼有所指麾故耳。」球琳，美玉。書禹貢：「厥貢惟球琳琅玕。」此句喻李端叔講談清越有如扣玉。

〔六〕蝃蝀：虹之别名，亦作螮蝀。詩鄘風蝃蝀：「蝃蝀在東，莫之敢指。」此喻文章宏麗如彩虹。

〔七〕揚馬：揚雄、司馬相如。見卷三春日雜興十首其十注〔五〕。

〔八〕沈宋：沈佺期、宋之問。沈佺期，唐相州内黄人，字雲卿，武后時遷通事舍人，中宗時爲起居郎，兼修文館直學士。宋之問，字延清，高宗時進士，官至考功員外郎。工詩，與沈佺期齊名，時號沈宋。二人多應制之作，以音韻協暢、對仗工整、辭藻華麗著稱。參閲新唐書宋之問傳。

〔九〕魚鳥句：鯤，莊子逍遥遊：「窮髮之北，天池也。有魚焉，其廣數千里，未有知其修者，其名爲鯤。有鳥焉，其名爲鵬，背負大山，翼若垂天之雲，摶扶摇羊角而上者九萬里，絶雲氣，負青天，然後圖南，且適南冥也。斥鴳笑之曰：『彼且奚適也？我騰躍而上，不過數仞而下，翱翔蓬蒿之間，此亦飛之至也。而彼且奚適也？』」此用其意，謂君子反被小人所欺。

〔一〇〕楚越：喻相去遥遠。莊子德充符：「自其異者視之，肝膽楚越。」疏：「楚越迢遞，相去數千。」

〔一一〕爾來句：端叔居楚州（今江蘇淮安），於高郵爲鄰邑，故云。

〔一二〕二物二句：謂少游寄去二信延誤時日，而端叔之信已來。移文，猶移書。文心雕龍檄移：「劉歆之移太常，辭剛而義辨，文移之首也。」案漢書劉歆傳謂哀帝令歆與五經博士講論經義，「諸博士或不肯置對，歆因移書太常博士責讓之」。端叔信中當有戲爲責讓之語。

〔一三〕凌波葑：喻飄泊不定。葑，菰根，即茭白根。晉書毛璩傳：「四面湖澤，皆是菰葑。」

〔一四〕汲汲：急切貌，引申爲急於追求。漢書揚雄傳：「少嗜欲，不汲汲於富貴，不戚戚於貧賤。」此句至「俱成夢」，皆寫世態。

〔一五〕陰持二句：謂昧者爲追求利禄權勢，不惜中傷他人。詩小雅何人斯：「爲鬼爲蜮，則不可得。」詩義疏：「蜮，江淮水濱皆有之。人在岸上，影見水中，投人影則殺之。」白居易讀史詩：「含沙射人影，雖病人不知。巧言構人罪，至死人不疑。」此寫被人毁謗，故致明年淮南詔獄。

〔一六〕自匿二句：嫫母，古之醜女。文選王子淵四子講德論：「故毛嬙西施，善毁者不能蔽其好；嫫姆倭傀，善譽者不能掩其醜。」錦幪，蒙面之巾，猶錦帕。此謂醜女對客以錦帕蒙面，欲掩其醜。

〔一七〕高縱：史記司馬相如傳大人賦：「㜸侵潯而高縱兮，紛鴻涌而上厲。」此處猶高蹈。

〔一八〕竿栧：見卷七德清道中還寄子瞻注〔二〕。二句謂將入京求試。

〔一九〕接輿：春秋時楚人，姓陸名通，佯狂避世。論語微子：「楚狂接輿歌而過孔子。……孔子下，欲與之言。趨而避之，不得與之言。」

送孫誠之尉北海〔一〕

吾鄉如覆盂，地據揚楚脊〔二〕。環以萬頃湖，黏天四無壁〔三〕。蜿蜒戲神珠，正晝飛霹靂〔四〕。草木無異姿，靈氣殊鬱積。所以生群材，名抱荆山璧〔五〕。小爲百夫防，大爲萬人敵〔六〕。夫子少邁倫，喑嗚阻金石。奏賦明光宫〔七〕，玉座瞻咫尺〔八〕。翻身墮雲霄，十載迫窮厄。焚舟更一戰〔九〕，得尉滄海北。五月乘畫船，簫鼓事遠適。天横齊山青，雨帶楚水黑。勿云晚方仕，四十乃古昔〔一〇〕。勿云名位卑，九萬自此擊〔一一〕。幽求尉朝邑〔一二〕，鬢髮森已白。元振尉通泉〔一三〕，律令非所即。一朝會風雲〔一四〕，顧眄立四極〔一五〕。行矣壯舊圖，勉闕文

【校】

〔名抱〕「名」，疑爲「各」之誤。

〔勉〕張本「勉」下「闕文」二字作「逸」字。

【箋注】

〔一〕本篇元祐三年作於汴京。孫誠之，名勉，莘老弟。孫莘老年譜元祐三年謂誠之中制科，并云：「……淮海集：北海尉孫誠之，陸佃陶山集依韻和孫勉教授詩元注：『莘老最稱重誠之。』誠之乃孫勉也，與莘老伯仲。」考蘇詩集成卷十七送孫勉詩云：「昔年罷東武，曾過北海縣。……更被髯將軍，豪篇來督戰。」軾自注：「其兄莘老，以詩寄之，皆言戰事。」乾隆高郵州志卷九以爲孫誠之即莘老之子子實，中制科，授北海尉，乃誤弟爲子也。後集卷四又有小詩題曰新開湖送孫誠之有龍見於東北因成絶句，可相互參證。北海縣，宋屬京東路青州，宋史地理一：「建隆三年，以青州北海縣建爲北海軍，置昌邑縣隸之。」

〔二〕吾鄉二句：覆盂，嘉慶揚州府志卷十五高郵城池：「州地四圍皆下，城基獨高，狀如覆盂，故曰盂城。」案：嘉靖惟揚志卷二按語引此二句並曰：「則高郵以地高合秦郵而名之耳，以如覆盂，又名盂城；有高沙館，又名高沙。」揚楚脊，揚州至楚州（今江蘇淮安）之間爲運河大堤，故云。

〔三〕環以二句：萬頃湖，指高郵湖。黏天四無壁，楊慎詞品：「韓文：洞庭汗漫，黏天無壁。」後人因紀念少游此詩建無壁亭。嘉靖揚州府志云：「無壁亭在高郵北新城多寶橋西，以秦觀詩『黏天無壁』云。」

〔四〕蜿蜒二句：神珠，據沈括夢溪筆談云，嘉祐中，揚州有一珠甚大，天晦多見。初出於天長縣陂澤中，後轉入甓社湖，後又在新開湖中。九十餘年，居民行人常常見之。珠大如拳，爛然不可正視，十餘里間，林木皆有影，如日初照。又邵伯温聞見録稱孫覺未第時，與士大夫講學於郊館别墅，見大珠浮遊湖面，其光屬天，旁照遠近。少游因及之。案：甓社湖，又稱珠湖，因神話傳説而得名，在今江蘇高郵西。黄庭堅呈外舅孫莘老二首之二云：「甓社湖中有明月，淮南草木借光輝。」即指此。

〔五〕荆山璧：即和氏璧。文選曹子建與楊德祖書：「家家自謂抱荆山之玉。」注引韓子曰：「楚人和氏得玉璞於楚山之中，奉而獻之。文王使玉人治其璞而得寶。」又見韓非子和氏。此喻人之才器。

〔六〕萬人敵：史記項羽本紀：「劍，一人敵，不足學；學萬人敵。」此以將帥喻人才。案：高郵宋代有孫莘老弟兄、孫升、喬執中、喬竦、崔公度、崔希甫及秦觀，皆出仕，見道光高郵州志選舉、藝文。故二句及之。

〔七〕明光宫：漢宫名，武帝置，在長安。此喻宋室宫殿。

〔八〕玉座：指帝座。白居易鑾子朝歌：「上心貴在懷遠鑾，引臨玉座近天顔。」

〔九〕焚舟：左傳文公三年：「秦伯伐晉，濟河焚舟。」喻下定決心，義無反顧。雍陶離家後作詩：「出門便作焚舟計，生不成名死不歸。」

〔一〇〕四十句：禮記典禮上：「四十曰强，而仕。」

〔一一〕九萬句：見卷二紀夢答劉全美注〔九〕。

〔一二〕幽求：即劉幽求，唐武强人，武后聖曆中舉制科，授朝邑尉。臨淄王入誅韋庶人，幽求預參大策，號令詔敕，一出其手。官至尚書右僕射。新、舊唐書有傳。朝邑，縣名，現已撤併陝西大荔縣。

〔一三〕元振：郭震，字元振，唐貴鄉人，年十八，舉進士，授通泉尉。武后時爲涼州都督，官至兵部尚書同中書門下三品。新、舊唐書有傳。通泉，舊縣名，故治在今四川射洪縣東部。

〔一四〕會風雲：比喻際遇。後漢書朱祐傳論：「中興二十八將……咸能感會風雲，奮其智勇。」

〔一五〕立四極：見卷六和子瞻雙石詩注〔五〕。

抱甕〔一〕

搰搰抱甕人，汒乎治其内〔二〕。仲尼爲所輕，子貢無以對。捨器欲還樸，爲量固已隘。苟得渾沌真，寧羞事機械〔三〕？

【校】

〔汒乎〕「乎」原作「呼」，據胡本、李本、王本改。

【箋注】

〔一〕本篇疑元符二年己卯（一〇九五）作於雷州。少游海康書事十首其一云：「灌園以餬口，身自雜蒼頭。」此詩蓋借歷史故事反映灌園生活及内心思想。

〔二〕搰搰二句：搰搰，用力貌。汒乎，茫然；汒，通「茫」。莊子天地篇：「子貢南遊於楚，反於晉，過漢陰，見一丈人方將爲圃畦，鑿隧而入井，抱甕而出灌，搰搰然用力甚多而見功寡。子貢曰：『有械於此，一日浸百畦，用力甚寡而見功多，夫子不欲乎？』爲圃者卬而視之曰：『奈何！』（子貢）曰：『鑿木爲機，後重前輕，挈水若抽，數如泆湯，其名爲槔。』圃者忿然作色而笑曰：『吾聞之吾師：有機械者必有機事，有機事者必有機心。機心存於胸中，則純白不備；純白不備，則神生不定；神生不定者，道之所不載也。吾非不知，羞而不爲也。』」

〔三〕仲尼六句：莊子天地篇：「子貢瞞然慚，俯而不對。……反於魯，以告孔子。孔子曰：『彼假脩渾沌氏之術者也，識其一不知其二，治其内而不治其外。夫明白入素，無爲復朴，體性抱神以遊世俗之間者，汝將固驚邪？』」郭象注：「此真渾沌也。」

讀列子〔一〕

咄咄兩小兒〔二〕，多言空爾爲。後之日無定，不覺心有期。尺捶探蒼溟〔三〕，俱令傍者嗤。誰謂不能決，孔丘乃真知。

【校】

〔孔丘〕王本、四部本作「孔某」，蓋後世避孔子諱改。

【箋注】

〔一〕本篇事見列子湯問，云：「孔子東遊，見兩小兒辯鬬。問其故，一兒曰：『我以日始出時去人近，而日中時遠也。』一兒以日初出遠而日中時近也。一兒曰：『日初出，大如車蓋；及日中，則如盤盂：此不爲遠者小而近者大乎？』一兒曰：『日初出，滄滄涼涼，及其日中如探湯：此不爲近者熱而遠者涼乎？』孔子不能決也。兩小兒笑曰：『孰爲汝多知乎？』」

〔二〕咄咄：感嘆聲。後漢書嚴光傳：「咄咄子陵，不可相助爲理邪？」

〔三〕尺棰句：尺棰，莊子天下：「一尺之棰，日取其半，萬世不竭。」棰，杖、鞭。棰，通「箠」。蒼溟，滄海。

和顯之長老〔一〕

禪子觀因緣〔二〕，寸晷無復餘。講人治經論〔三〕，艾夜猶未除〔四〕。冷風奏哀松，寒月掛碧虛〔五〕。此意了不諭，悲哉同翳如〔六〕。

【校】

〔經論〕王本、四部本作「經綸」，非。

〔不諭〕王本、四部本作「不喻」。

【箋注】

〔一〕本篇熙寧八年乙卯（一〇七五）作於高郵。顯之長老，即昭慶禪師，參見卷九顯之禪老許以草庵見處作詩以約之注〔一〕。

〔二〕禪子句：因緣，翻譯名義集釋十二支：「尼陀那，此云因緣。（鳩摩羅）什曰：『力强爲因，力弱爲緣。』（僧）肇曰：『前緣相生，因也；現象助成，緣也。』」少游慶禪師塔銘謂顯之長老離漳州開元寺後，「遍參知識，至禾山楚才禪師會中，因看風幡話，忽然有悟，以爲道妙盡於此矣。及見黄龍惠南禪師，示以佛手驢脚因緣，輒漫不省，因服役左右，數年不去，始盡得黄龍之道」。本句即詠此。

〔三〕經論：慶禪師塔銘：「師所得法，廣大微妙；又學術無不通達，其爲人説法，或以經論，或以老莊，或以卜筮，或以方藥，下至種種一切俗諦之事，隨其根器示大方便。」顯之長老，又稱慶禪師。

〔四〕艾夜：長夜。詩小雅庭燎：「夜如何其，夜未艾。」毛傳：「艾，久也。」

〔五〕碧虚：碧空。

〔六〕翳如：謂隱没不存。陶潛和劉柴桑：「去去百年外，身名同翳如。」此指晦昧不明。

清夜

子夜天無雲，稀星耿頑碧。茫茫行役者，對此焉不息？胡爲蝸角端，相與競尋尺〔一〕？勸君歸去來，飛空鳥無跡〔二〕。

【箋注】

〔一〕胡爲二句：莊子則陽：「有國於蝸之左角者曰觸氏，有國於蝸之右角者曰蠻氏，時相與争地而戰，伏尸數萬，逐北旬有五日而後反。」八尺曰尋。元祐黨争迭起，故以蠻觸之争進行諷喻。

〔二〕勸君二句：陶潛歸去來辭：「歸去來兮，胡不歸！」又云：「雲無心以出岫，鳥倦飛而知還。」此用其意。

南池〔一〕

泛泛池中凫，上下與水俱。不與水争力，所以全其軀〔二〕。遇物貴含垢〔三〕，修身戒明污。胡能若雲月，浪自驚群愚〔四〕！

【箋注】

〔一〕本篇元豐二年己未（一〇七九）作於會稽。嘉泰會稽志卷十：「南池在縣東南二十六里會稽山，池有上下二所。舊經云：范蠡養魚於此。又云：句踐棲會稽，謂范蠡曰：『孤在高山上，不享魚肉之味久矣。』蠡曰：『臣聞水居不乏乾熇之物，陸居不絶深淵之寶，會稽山有魚池。』於是修之，三年致魚三萬。」

〔二〕泛泛四句：楚辭卜居：「寧昂昂若千里之駒乎？將氾氾若水中之鳧，與波上下，媮以全吾軀乎？」王夫之楚辭通釋：「鳧隨波上下，以苟避矰弋，不能昂首而行其志。」

〔三〕遇物句：老子五十六章：「和其光，同其塵，是謂玄同。」含垢，忍辱。晉書嵇康傳：「康性含垢藏瑕，愛惡不争于懷，喜怒不寄于顔。」

〔四〕修身三句：莊子山木：「直木先伐，甘井先竭，子其意者飾知以驚愚，修身以明污，昭昭乎如揭日月而行。」此謂何必潔身自好以驚群愚。

和王定國〔一〕

崢嶸歲月徂〔二〕，物色莽於邑〔三〕。歡言公子至，坐失百憂集〔四〕。宵箔蕙煙横，寒炮玉脂泣〔五〕。勉旃決南圖〔六〕，荷華行滿隰〔七〕。

【校】

〔莽於邑〕「莽」原作「芥」，據張本、胡本、李本、段本改。

【箋注】

〔一〕本篇蓋作於元豐三年庚申（一〇八〇）。據王宗稷蘇文忠公年譜，蘇軾烏臺詩案發，王鞏（字定國）受牽連，謫監賓州鹽酒稅。又王文誥蘇文忠公詩編注集成總案卷十九元豐二年十二月二十九日云：「王鞏謫監賓州鹽酒務。」時少游方由越返里，與定國相逢於高郵。詩云：「崢嶸歲月徂」，「勉旃決南圖」，皆與此相合。參見卷八次韻馬忠玉喜王定國還自賓州注〔一〕。

〔二〕崢嶸句：文選鮑照舞鶴賦：「歲崢嶸而愁暮，心惆悵而哀離。」注：「廣雅曰：崢嶸，高貌。歲之將盡，猶物之高。」少游阮郎歸詞：「崢嶸歲又除。」

〔三〕物色句：物色，指景色。顔延年秋胡詩：「日暮行采歸，物色桑榆時。」莽，草木深邃。於邑，憂鬱、哽咽。屈原九章悲回風：「傷太息之愍憐兮，氣於邑而不可止。」句謂物色陰鬱悽慘。

〔四〕歡言：歡欣。二句謂與定國驟然相逢，驚喜交集。

〔五〕寒炮：通寒庖，厨房之謙稱。玉脂：本草白玉髓：「釋名：玉脂、玉膏、玉液。」集解：「別録曰：玉脂生藍田玉石間。」此處形容佳餚美味。

〔六〕勉旃句：勉旃，猶「勉之」，旃爲「之焉」二字合音。高適宋中别李八詩：「行矣各勉旃，吾當挹餘烈。」南圖，指定國南遷賓州。句中含勸慰意，可見少游對其不幸，深表同情。

〔七〕荷華句：由高郵至賓州，路程遥遠，預計定國入夏始至貶所，故云。滿隰，猶滿池。隰，低窪之地。

宿金山〔一〕

山南山北江水流〔二〕，半空金碧隨雲浮〔三〕。我來仍值風日好，十月未寒如晚秋。山僧引客尋蒼翠，歷盡參差到平地。萬里風來拂骨清，却憶人間如夢寐。夜深無風月入扉，相對老人如槁枝。流水與天争入海，共笑此心誰得知。下山却向中⿰氵靈望〔四〕，番憶當時在屏障〔五〕。老母思兒且欲歸〔六〕，回首雲峯已天上〔七〕。

【校】

〔晚秋〕原作「曉秋」，此據張本、胡本、李本、段本改。

〔歷盡參差〕「盡」原誤作「卷」，此從李本、段本、王本、秦本、四部本。

〔中⿰氵靈〕段本、秦本作「中泠」，通。

〔番憶當時在屏障〕「障」原作「幛」，此從張本。「番憶」，胡本、李本、段本、王本、秦本、四部本作「翻憶」，通。

【箋注】

〔一〕本篇元豐七年甲子（一〇八四）作於金山。秦譜云：「冬十月，先生與蘇公會於金山。」時蘇軾自黄州量移汝州，少游以小像索贊。軾舟行至竹西，報書，遂會於金山。蘇詩集成有次韻滕元發許仲塗秦少游詩云：「何似秦郎妙天下，明年獻頌請東巡。」王文誥案曰：「秦少游方自淮上來迎，故亦預會。詩以少游作結。」金山，見卷三和游金山注〔五〕。

〔二〕山南句：據宋盧憲嘉定鎮江志卷六，當時金山在江中，去城七里，故云「山南山北江水流」。

〔三〕金碧：少游雨中花詞：「正火輪飛上，霧捲煙開，洞觀金碧。」似作於同時。此指金山寺金碧輝煌。

〔四〕中瀘：泉名，一作「中泠」「中濡」。在今江蘇鎮江西北石山簰東，原在長江中，盤渦深險，至冬季枯水期，可以汲竿取水。唐劉伯芻以此爲第一烹茶好水，故有天下第一泉之稱。周必大二老堂雜志：「（金山）最高處曰金鼇峯、妙高峯。有江天寺、中泠泉、朝陽洞、金玉巖、雲根島諸勝，樓閣壯麗，草木葱鬱，爲江南有名勝地。」

〔五〕屏障：比喻峯巒。元稹以州宅誇於樂天詩：「四面常時對屏障，一家終日在樓臺。」此句回憶元豐二年如越省親過金山時情景，參見卷八次韻子瞻贈金山寶覺大師注〔一〕。

〔六〕老母：卷三一祭洞庭文：「老母戚氏，年踰七十，久抱末疾。」

〔七〕雲峯：指金山上妙高峯、金鼇峯。

【彙評】

段斐君本淮海集徐渭眉批：七言古，覺更公之所長。

別賈耘老〔一〕

若有人兮霅之濱〔二〕，服火齊兮冠切雲〔三〕。有才不爲世所掄，盡入詩句爲奇新。忘歸繁弱不浪陳〔四〕，發必中的疑有神。目關飛鳥緡蒼鱗〔五〕，俛仰自娱忘賤貧。翳我與君素參辰，孰爲一見同天倫〔六〕？共指飛光易沉淪〔七〕，莫若痛飲還我真〔八〕。況有内子賢文君〔九〕，終日叫呼不怒嗔。酒酣往往出前珍，瓦甌竹筯羞青芹。左列文史右紅裙，樽前不覺徂清晨〔一〇〕。念我行當西道秦，拏舟來別非所欣〔一一〕。欲託毫素通殷勤，郢匠旁矚難揮斤〔一二〕。人生百齡同臂伸，斷梗流萍暫相親。行行飲酒且勿云，丈夫萬里猶比鄰〔一三〕。

【箋注】

〔一〕詩云：「念我行當西道秦。」案：讀史方輿紀要江南揚州府：「高郵廢縣，今州治，秦高郵亭也。」後世因稱高郵曰秦郵。此處則簡稱「秦」。據秦譜，元豐二年己未（一〇七九）少游如越省親，歲暮返里，詩當途經吴興時所作。賈耘老，名收，烏程（今浙江湖州）人，有詩名，喜飲酒，其居有水閣，曰浮暉。李公擇、蘇子瞻與之遊，倡酬極多。子瞻遊道場山回，值風雨，登浮暉閣，命官奴秉燭掃風雪竹於壁間，復刻石於墨妙亭。收家貧，東坡每念之。（案：東坡貶黄州，有書與刁景純曰：「耘老病而貧，必賜清顧，幸甚。」）後蘇去，收作亭以懷蘇名；有詩一編，號懷蘇集。其後軾有簡答賈耘老，云：「遠枉手教，且審比日動止佳勝，感慰兼集。寄示石刻，足見故人風氣之深，且與世異趣也。……貧困固詩人之常，齒落目昏，當是爲雙荷葉所困，未可專咎詩也。」雙荷葉，賈家小妓，此爲戲語。參見湖州府圖志卷二十、宋詩紀事卷三十。

〔二〕雪之濱：霅溪在今浙江湖州。明成化湖州府圖志：「霅溪，即安定門内江子滙是也。其源從南來者曰餘不溪，曰前溪，曰北流水，三水會於峴山漾而入安定門。從西來者曰苕溪，自清源門而入。四水總聚於江子滙，霅然有聲，故謂霅溪，又謂之霅川。」

〔三〕服火齊兮冠切雲：火齊，寶石名，即玫瑰珠石。左思吴都賦：「火齊之寶，駭雞之珍。」劉逵注：「異物志云：火齊如雲母，重沓而可開，色黄赤，似金，出日南。」冠切雲，屈原九章涉江：「帶長鋏之陸離兮，冠切雲之崔嵬。」注：「戴崔嵬之冠，其高切青雲也。」

〔四〕忘歸繁弱：見卷十六奇兵注〔四〕。

〔五〕緡蒼鱗：即釣魚。緡，釣絲。詩召南何彼禯矣：「其釣維何？維絲伊緡。」

〔六〕翳我二句：參辰，即參商二星。杜甫贈韋八處士詩：「人生不相見，動如參與商。」此喻雙方原不相識。天倫，指父子、兄弟等天然關係。李華祭李評事兄文：「羈旅情倍，天倫豈殊。」

〔七〕飛光：謂日月。江淹別賦：「日下壁而沉彩，月上軒而飛光。」李賀苦晝短詩：「飛光飛光，勸爾一杯酒，吾不識青天高黄地厚，惟見月寒日暖，來煎人壽。」王琦注：「沈約詩：『飛光忽我遒。』張銑注：『飛光，日月光也。』」

〔八〕莫若句：陶淵明飲酒詩之五：「此中有真意，欲辨已忘言。」又之二十：「羲農去我久，舉世少復真。……若復不快飲，空負頭上巾。」

〔九〕況有句：周密齊東野語：「賈耘老隱苕城（湖州之别稱）南横塘上，沈（偕）以詩挑之，得詩不樂，和韻詆之。……（沈）復用韻報之，有『團雌還卻勝尖雄』之句。賈晚娶真氏，人謂『賈秀才取真縣君』以爲笑，沈所指爲此。」内子，即指真氏。文君，即卓文君，見卷五和東坡紅鞓帶注〔一二〕。

〔一〇〕徂：往、逝。

〔一一〕拏舟：猶挽舟。拏，牽引。

〔一二〕郢匠句：見卷二七代南京謝上表注〔八〕。

〔一三〕萬里猶比鄰：王勃送杜少府之任蜀州詩：「海内存知己，天涯若比鄰。」此用其意。

李端叔見寄次韻〔一〕

君文豪贍無與儔，使我吟誦忘離憂。浩如沅湘起陽侯〔二〕，翻星轉日呑數州。華章藻句饒風力，頃刻朱紅迷畛域〔三〕。一斑縱復爲管窺〔四〕，萬派終難以蠡測〔五〕。區區文墨倦高情，解鞅還游怳惚庭〔六〕。半槽新水六尺簟〔七〕，卧視雲物行空青。伊我籃輿抵京縣〔八〕，溽暑黄埃負初願。君家只在御城東，彌月不能三兩見。求仙未若醉中真，蟻鬬蛾飛愁殺人〔九〕。清都夢斷理歸棹〔一〇〕，回首一樹瓊枝新〔一一〕。歸來草木春風换，世事蝟毛那可算〔一二〕？幸謝故人頻寄書，莫笑元郎自呼漫〔一三〕。

【校】

〔豪贍〕原誤作「豪膽」，據張本、胡本、李本、段本、王本、秦本改。

【箋注】

〔一〕本篇當作於元豐六年癸亥（一〇八三）春。續資治通鑑長編卷三四一云，元豐六年冬十一月壬申，「上批祭奠高麗國使楊景略等奏辟李之儀書狀官，聞之儀雖諳達吏方，隨器可使，然文章之稱，不著士論」。可見此前之儀（字端叔）已在京任職。案少游入京赴試凡三次，元豐元年端叔未入仕，居山陽；元豐八年少游已考中。詩中「伊我」以下四句，當係回憶元豐五年在京應試前後與端叔相聚時情景。「清都」以下四句，謂落第歸里已届次年春天。端叔生平詳見卷四送李端叔從辟中山注〔一〕及本卷秋夜病起懷端叔作詩寄之注〔一〕。

〔二〕浩如句：沅湘，二水名，在今湖南境内。陽侯，水神名。屈原九章哀郢：「凌陽侯之氾濫兮，忽翱翔之焉薄？」淮南子覽冥訓：「武王伐紂，渡於孟津，陽侯之波，逆流而擊。」高誘注：「陽侯，陵陽國侯也。其國近水，溺水而死。其神能爲大波，有所傷害，因謂之陽侯之波。」此喻大波。

〔三〕朱紅迷畛域：形容詞藻華美，眩人眼目。畛域，界限。莊子秋水：「泛泛乎，其若四方之無窮，其無所畛域。」

〔四〕管窺：世説新語方正：「王子敬數歲時，嘗看諸門生摴蒲，見有勝負，因曰：『南風不競。』門生輩輕其小兒，廼曰：『此郎亦管中窺豹，時見一斑。』」此爲少游自謙之詞。

〔五〕以蠡測：即以蠡測海。漢書東方朔傳：「以筦窺天，以蠡測海。」

〔六〕解鞅句：解鞅，見卷二三老堂注〔六〕。恍惚庭，曹植髑髏説：「是故洞於纖微之域，通於恍惚之庭，望之不見其象，聽之不聞其聲。」此指虚無渺茫之境界。

〔七〕半槽新水：喻竹席之篾紋。蘇軾南堂詩其五：「掃地焚香閉閤眠，簟紋如水帳如煙。」

〔八〕籃輿：竹轎。晉書陶潛傳：「潛有脚疾，使一門生二小兒舉籃輿，既至，便欣然共飲酌。」

〔九〕蟻鬭：晉書殷仲堪傳：「仲堪父嘗患耳聰，聞牀下蟻動，謂之牛鬭。」蘇軾見戲耳聾詩：「人將蟻動作牛鬬，我覺風雷真一噫。」此與「蛾飛」皆喻世俗之鬬爭。

〔一〇〕清都：見卷九題之禪老許以草庵見處作詩以約之注〔三〕。

〔一一〕瓊枝：見卷四同子瞻參寥游惠山三首其二注〔四〕。

〔一二〕蝟毛：謂世事紛乘，如蝟毛之森豎。見卷七次韻二首之一注〔八〕。

〔一三〕元郎自呼漫：元郎，即元結，唐詩人，顔真卿元次山表墓碑銘序：「將家瀼濱，乃自稱浪士。及爲郎，時人以浪者漫爲郎乎？遂見呼爲漫郎。」此處作者自喻。參見卷二漫郎注〔一〕。

陳令舉妙奴詩〔一〕

西湖水滑多嬌嫱，妙奴十二正芬芳〔二〕。肌膚皙白髮脚長，含語未發先有香。溪上夜燕侍簪裳〔三〕，皎如華月墮滄浪〔四〕。音聲入雲能斷腸，不許北客辭酒漿。主人藹藹邦之良〔五〕，少年射策謁未央〔六〕。俊詞偉氣森開張，玉杓貫斗生怒芒〔七〕。天欲文彩老更昌，故使斂翮窺群翔〔八〕。五十僅補尚書郎，浩歌騎牛倚徜徉。東風戲雨花草狂，二溪泱泱青黛光〔九〕。妙奴勿倦侑羽觴，主人正欲遊醉鄉。

【校】

〔題〕王本、四部本作「贈陳令舉妙奴」。

〔徜徉〕原作「倘徉」，據張本、胡本、李本改。

【箋注】

〔一〕本篇當作於熙寧九年丙辰（一〇七六）春。陳令舉，名舜俞，烏程（今浙江湖州）人。慶曆六年進士，嘉祐四年登制科，歷山陰知縣，都官員外郎。熙寧三年，坐詆新法，謫監南康軍酒稅，著廬山記。熙寧七年九月，與詞人張先至湖州同訪李公擇，遂與蘇軾、楊繪、劉述作「六客之會」。嘗居秀州之白牛村，自號白牛居士，梅磵詩話因以爲嘉禾人。宋史有傳。據王文誥蘇詩總案卷十四，熙寧九年五月，蘇軾「聞陳舜俞訃」。本篇謂「主人藹藹邦之良」云云，明係受陳令舉宴請口吻。又據參寥子哭少游學士詩云「歸來自苕霅」，「彷彿熙寧末」，熙寧凡十年，九年近「末」，則熙寧九年五月令舉逝世前，少游嘗在湖州，其間當造訪令舉。據詩中「東風戲雨花草狂」可知此詩寫於春天。據田汝成西湖遊覽志餘卷十六云：「妙奴者，錢塘陳令舉小鬟也。令舉宴少游，出以佐酒。少游贈之詩云（略）。」

〔二〕西湖二句：謂妙奴係杭人，在西湖邊成長。嬙，本指宮廷女官，此處「嬌嬙」泛指美女。

〔三〕溪上，指苕溪與霅溪，在湖州。簪裳：簪纓冠裳，顯貴者之服飾。此處代指妙奴侍酒之貴客。

〔四〕滄浪：水青色。陸機塘上行：「發藻玉臺下，垂影滄浪泉。」

〔五〕藹藹：詩大雅卷阿：「藹藹王多吉士。維君子使，媚于天子。」傳：「藹藹，猶濟濟也。」爾雅釋訓：「藹藹，止也。」舍人注：「藹藹，賢士之貌。」此用後一義。

〔六〕少年句：射策，漢代取士有對策、射策之制。文心雕龍議對：「又對策者，應詔而陳政也；射策者，探事而獻説也。言中理凖，譬射侯中的。……射策者，以甲科入仕。」未央，漢宮名，此喻朝廷。陳令舉於嘉祐四年登制科，本句指此。

〔七〕玉杓：指斗杓，即北斗七星之五至七星。

〔八〕天欲二句：據宋史本傳，陳令舉是時正罷歸，二句即指此而言。

〔九〕二溪：指霅溪和苕溪，參見卷二泊吴興西觀音院注〔四〕。

自　警〔一〕

古人去後音容寂，何處茫茫尋舊迹？君看草遍北邙山〔二〕，骼骴由來丘壟積〔三〕。那堪此地日昏黄，長途萬里傷行客！只知恩愛動傷情，豈悟區區頭已白？莫嫌天地少含弘〔四〕，自是人心多褊窄。争名競利走如狂，復被利名生怨隙。貪聲戀色鎮如癡，終被聲色迷阡陌。休言七十古稀有〔五〕，最苦如今難半百。聞道蓬宮仙子閑〔六〕，紅塵不染無瑕謫〔七〕。日月遲遲異短明，三峯秀麗皆仙格。女蘿覆石蔓黄花〔八〕，芝草琅玕知幾尺〔九〕。桃源長占四時春〔一〇〕，漾漾華池真水碧〔一一〕！乘槎擬欲扣金扃〔一二〕，巨浪洪波依舊隔。歸來芳舍與誰儔？老鶴松間三四隻。唳天聲動彩雲飛，對我時時振長翮。驂鸞未遇且悠悠〔一三〕，盡日琴書還有適。紛華任使投吾前，争奈此心終匪石〔一四〕！拜命懷金誰謂榮〔一五〕，低頭未免拾言責。從兹俗態兩相忘，笑指青山歸路僻。同人有志覓長生，運氣休糧徒有益〔一六〕。須知下手向無爲〔一七〕，莫學迷徒賴針灸。

【箋注】

〔一〕本篇蓋作於紹聖三年丙子（一〇九六）歲尾。時少游徙湖南郴州。湖南去故鄉遼遠，而秋冬間多陰霾，故詩云：「那堪此地日昏黄，長途萬里傷行客。」少游時年四十八，故詩又云：「豈悟區區頭已白」，「最苦如今難半百。」

〔二〕北邙山：見卷六游仙二首其一注〔八〕。

〔三〕骼骴：枯骨腐屍。周禮秋官蜡氏：「掌除骴。」疏：「骨枯曰骼，肉腐曰骴。」

〔四〕含弘：包含萬物。易坤：「含弘光大，品物咸亨。」

〔五〕七十古稀有：杜甫曲江二首：「酒債尋常行處有，人生七十古來稀。」

〔六〕蓬宫：太平御覽卷六七四道部一六理所引真誥：「蓬萊山上有九天真宫，蓋太真仙人所居。」

〔七〕瑕謪：玉上斑痕，一作「瑕適」「瑕讁」。管子水地：「夫玉，温潤以澤，仁也……瑕適皆見，精也。」老子：「善行無轍迹，善言無瑕讁。」

〔八〕女蘿：又名兔絲，藤蔓植物。屈原九歌山鬼：「若有人兮山之阿，被薜荔兮帶女蘿。」

〔九〕芝草琅玕：芝草，靈芝。琅玕，美石。杜甫玄都壇歌：「知君此計成長往，芝草琅玕日應長。」案此皆本諸神話傳説。十洲記：「方丈山仙家數十萬，耕田種芝草，課計頃畝，如種稻狀。」又急就篇：「係臂琅玕虎魄龍。」注：「琅玕，火齊珠也；一曰石似珠者也。」

〔一〇〕桃源：桃花源。陶淵明有桃花源記。此喻世外之樂土。

〔一一〕華池：文選孫綽遊天台賦：「漱以華池之泉。」李善注：「華池在崑崙上。」

〔一二〕乘槎句：乘槎，見卷六次韻黄冕仲寄題順興步雲閣注〔七〕。金扃，即金門。張衡同聲賦：「重户結金扃，高下華燈光。」

〔一三〕驂鸞：謂乘鸞而飛。湯惠休明妃曲：「驂駕鸞鶴，往來仙臺。」

〔一四〕此心終匪石：詩邶風柏舟：「我心匪石，不可轉也。」疏：「言我心非如石然，石雖堅尚可轉，我心堅不可轉也。」

〔一五〕拜命懷金：謂做官掌印。拜命，拜官、受君命。南史歐陽頠傳：「蕭勃留之，不獲拜命。」懷金，身藏金印。後漢書宦者傳序：「若夫高冠長劍，紆朱懷金者，布滿宫闈。」李軌注：「金，金印也。」

〔一六〕運氣休糧：道家修鍊之術。休糧，猶絕粒。抱朴子仙藥：「黄精甘美易食，凶年可以與老小休糧，人不能别之，謂爲米脯也。」貫休休糧僧詩：「不食更何憂，自由中自由。」

〔一七〕無爲：謂純任自然。易繫辭上：「易，無思也，無爲也，寂然不動，感而遂通天下之故，非天下之至神，其孰能與此？」朱熹注：「無思無爲，言其無心也。」

陪李公擇觀金地佛牙〔一〕

薄伽梵相含空虛〔二〕，化人分段同璠璵〔三〕。爾來示滅二千歲〔四〕，真骨萬里傳中區。錢塘有尼號法照，得自禁掖藏金鋪〔五〕。欲因此勝高構閣，假設象似開群愚。偶從好事至霅上〔六〕，持出瞻玩相歡娱。靈牙寶色玉不如，上有無數光明珠。莊嚴一一出御帑〔七〕，蜿蜒繡袋榮硨磲〔八〕。是時賓客盡上士，回向已登十地初〔九〕。殷勤稱讚出軟語〔一〇〕，坐入顧眄驚俗污。因悲人生信如夢，浪逐聲勢霜鬢鬚。一源清浄誰復無〔一一〕？枉入諸趣更崎嶇〔一二〕。願因今日詣真際〔一三〕，古松白日常蕭疏。乃知金仙妙難測〔一四〕，餘潤普及霑凡枯〔一五〕。況復老尼亦才辯，朱甍碧瓦非難圖。行看岧嶢倚青嶂〔一六〕，翁嫗頌説傾三吳〔一七〕。

【校】

〔璠璵〕原作「凡與」，此從張本、胡本、李本、段本、王本、秦本、四部本。

〔枉入諸趣〕「趣」原作「趨」，據張本、胡本、李本、段本、王本改。

〔乃知金仙〕「仙」原作「山」，據張本、胡本、李本、段本、王本改。

【箋注】

〔一〕本篇似作於熙寧九年丙辰（一〇七六）。詩云：「錢塘有尼號法照……偶從好事至霅上。」其時當在湖州。據嘉泰吴興志記載，李公擇於熙寧七年至九年守湖州。少游霅上感懷詩曰：「七年三過白蘋洲。」蓋熙寧五年見孫莘老於湖州爲初過，此爲二過，元豐二年爲三過。又參寥子哭少游學士詩回憶云：「瓶盂客京口，彷佛熙寧末。君方駕扁舟，歸來自苕霅。」可證少游此時確曾去過湖州。李公擇，見卷七懷李公擇學士注〔一〕。後集卷六有李公擇行狀。佛牙，太平御覽卷六五三釋部一叙佛引佛國記：「佛有四牙，廣半寸，長半寸。一牙在呵條國，又一牙在天上，又一牙在海龍王宮，又一牙在乹陁國，國王使大臣九人守保之，月朝捧擎牙出。牙或時放光明。香花數十斛散牙上，而牙不没。」此指佛舍利。

〔二〕薄伽梵相：猶言佛相。薄伽梵，譯言爲「世尊」，爲佛十種尊號之一。玄奘佛地經論卷一：「薄伽梵者，謂薄伽聲依六義轉：一自在義，二熾盛義，三端嚴義，四名稱義，五吉祥義，六尊貴義。」

〔三〕化人句：列子周穆王：「西極之國，有化人來，入水火，貫金石……千變萬化，不可窮極。」佛教謂神、佛變形爲人以化度衆生者，稱化人。翻譯名義集卷七：「周穆王時，文殊、目蓮來化，即列子所謂化人者也。」璠璵，逸論語：「璠璵，魯之寶玉也。」孔子曰：『美哉璠璵！遠而望之焕若也，近而視之瑟若也。』」

〔四〕爾來句：釋迦牟尼約卒於公元前四八六年，至宋約一千五百載。此處概言之。示滅：同示寂，謂佛之死。

〔五〕得自句：禁掖，宫禁之内。金鋪，謂宫門。鋪，銜門環之底座。司馬相如長門賦：「擠玉户以撼金鋪兮，聲噌吰而似鐘音。」

〔六〕雪上：見本卷别賈耘老注〔二〕。

〔七〕莊嚴句：莊嚴，佛家語。阿彌陀經：「功德莊嚴。」華嚴經探玄記三：「莊嚴有二義：一是具德義；二是交飾義。」此爲交飾義，如無量壽經上所云：「又講堂精舍，宫殿樓觀，皆七寶莊嚴，自然化成。」御帑，皇家庫藏。

〔八〕硨磲：廣雅釋地：「硨磲，石之次玉。」曹丕車渠椀賦序：「車渠，玉屬也，多纖理縟文，生於西國，其俗寶之。」車渠，由海中蚌殼製成的飾物，此喻佛牙之美。

〔九〕回向句：回向，佛家語。大乘義章：「言回向者，回己善法有所趣向，故名回向。」天台仁王經疏：「回向有二種：一者所作回向衆生，二者所作回向佛果。」十地，佛家語，有三乘十地、大乘菩薩十地之別。此指後者。楞嚴經謂：一歡喜地，二離垢地，三發光地，四焰慧地，五難勝地，六現前地，七遠行地，八不動地，九善慧地，十法雲地。十地初，指歡喜地。華嚴經十地品：「今明初地義，是初菩薩地，名之爲歡喜。」李嶠奉和幸三會寺應制：「謬奉千齡日，欣陪十地初。」

〔一〇〕軟語：權德輿與草衣禪師宴坐記：「微言軟語，有時而聞。」吴曾能改齋漫録卷六：「杜子美詩『夜闌聽軟語』，本法華經『又以軟語』。一云言詞柔軟。」今稱蘇州方言爲吴儂軟語。

〔一一〕一源句：一源，一根源。佛家語。大集經八：「一味一乘，一道一源。」清浄，清正無垢也，佛家語。俱舍論：「遠離一切惡行煩惱垢故，名爲清浄。」

〔一二〕枉入句：諸趣，梵書：「蚊蚋小蟲之屬名爲諸趣。」此句謂若輪回墮入小蟲之屬，命運將更艱難。

〔一三〕真際：指不生不滅之宇宙本體，猶言真如、真諦。梁武帝蕭衍寶亮法師涅槃義疏序：「空空不能測其真際，玄玄不能窮其妙門。」

〔一四〕金仙：指佛。佛家謂如來之身金色微妙，故稱。李白贈僧崖公詩：「授予金仙道，曠劫未如聞。」宋史徽宗紀：「宣和元年，詔佛改號大覺金仙。」

〔一五〕凡枯：凡人之枯骨。此句謂澤及枯骨。

〔一六〕岧嶢：高峻。見卷九次韻侍祠南郊詩注〔六〕。

〔一七〕三吴：據水經注，以吴興、吴郡、會稽爲三吴。

雪浪石〔一〕

漢庭卿士如雲屯〔二〕，結綬彈冠朝至尊〔三〕。登高履危足在外，神色不變惟伯昏〔四〕。金華掉頭不肯住〔五〕，乞身欲老江南村〔六〕。天恩許兼兩學士〔七〕，將兵百萬守北門〔八〕。居士彊名曰天吴〔九〕，寤寐山水勞心魂。高齋引泉注奇石〔一〇〕，迅若飛浪來雲根〔一一〕。朔南修好八十載〔一二〕，兵法雖妙何足論？夜闌番漢人馬静，想見雉堞低金盆〔一三〕。報罷五更人吏散，坐調一氣白元存〔一四〕。

【校】

〔天吴〕各本俱誤作「天元」，王本攷證附纂云：「居士彊名曰天元。案：蘇詩查注附此詩，注云：『天元字疑譌。』（原注：以上查注。）詩是和東坡次韻滕大夫作，坡詩第二首句『已見天吴分浪頭』，自注：石中似有海獸形狀。據此，東坡名其石曰天吴，故少游句作『彊名曰天吴』，元是吴之譌。」

〔迅若句〕王本攷證云：「迅若飛浪來雲根。案：東坡原唱及子由、李端叔、晁無咎、張文潛次韻詩，根韻下皆多痕字一韻。蘇詩查注附淮海詩，注云：『根下少二句。』」

【箋注】

〔一〕本篇作於元祐八年癸酉（一〇九三）。據蘇詩總案卷三七，是歲十一月，蘇軾在定州，有雪浪齋銘引曰：「予於中山後圃，得黑石，白脈，如蜀孫位、孫知微所畫石間奔流，盡水之變。又得白石曲陽，爲大盆以承之，激水其上，名其石曰雪浪齋。」並作雪浪石詩。少游次韻詩當作於其後不久。

〔二〕漢庭句：漢庭，喻宋朝。雲屯，喻其衆多。後漢書袁紹劉表傳贊：「魚儷漢舳，雲屯冀馬。」

〔三〕結綬彈冠：謂上朝前整理衣冠。

〔四〕登高二句：列子黄帝篇：「伯昏瞀人曰：『是射之射，非不射之射也。當與汝登高山，履危石，臨百仞之淵，若能射乎？』於是瞀人遂登山，履危石，臨百仞之淵，背逡巡，足二分垂在外。」瞀人，一作無人。見莊子。

〔五〕金華：漢殿名，見前卷四十孫莘老挽詞四首之二注〔二〕。掉頭，杜甫送孔巢父謝病歸遊江東兼呈李白：「巢父掉頭不肯住。」此句謂蘇軾不願在朝中爲官。

〔六〕乞身句：宋史蘇軾傳：「（元祐）八年，宣仁后崩，哲宗親政。軾乞補外，以兩學士出知定州。」案：蘇詩總案卷三六：「九月三日，宣仁崩……哲宗親政。」而乞越州則在六月。軾元豐七年在宜興買田，因兼及之。

〔七〕許兼兩學士：據王宗稷蘇文忠公年譜云：「（元祐）八年癸酉，先生年五十八，任端明、侍讀二學士。」施宿東坡先生年譜亦謂是歲「六月，以端明、翰林侍讀二學士除知定州」。蘇詩總案卷三七：「元祐八年癸酉九月，出帥中山。」中山，即定州。

〔八〕北門：定州在汴京之北，鄰遼，故云。

〔九〕居士句：居士，指東坡居士。天吴，水神名。山海經海外東經：「朝陽之國，神曰天吴，是爲水伯。……其爲獸也，八首人面，八足八尾，皆青黄。」又大荒東經：「有神人，八首人面，虎身十尾，名曰天吴。」

〔一〇〕高齋：常指郡齋。韋應物聞雁詩：「淮南秋雨夜，高齋聞雁來。」此指雪浪齋。

〔一一〕雲根：古代詩詞多謂石爲雲根，以爲雲係觸石而生。皇甫松大隱賦：「曲徑抱雲根，斜陽遶山脚。」

〔一二〕朔南句：朔南，指遼（契丹），因其地在朔漠南部。案真宗景德元年十二月，契丹使韓杞與曹利用俱來，請盟。利用竟以銀十萬兩、絹二十萬匹簽訂和約（見宋史紀事本末卷二一），下距元祐八年，共八十九年，此云「八十載」，係概數。

〔一三〕夜闌二句：杜甫贈蜀僧閭邱師兄：「夜闌接軟語，落月如金盆。」此處謂夜闌人静，月漸低於雉堞之下。

〔一四〕白元：道經所謂肺神。黄庭内景經：「喘息呼吸體不快，急存白元和六氣。」注：「白元君，主肺宫也。」

【附】

蘇軾雪浪石詩：太行西來萬馬屯，勢與岱嶽争雄尊。飛狐上黨天下脊，半掩落日先黄昏。削成山東二百郡，氣壓代北三家村。千峯右卷矗牙帳，崩崖鑿斷開土門。揭來城下作飛石，一礟驚落天驕魂。承平百年烽燧冷，此物僵卧枯榆根。畫師争摹雪浪勢，天工不見雷斧痕。離堆四面繞江水，坐無蜀士誰與論？老翁兒戲作飛雨，把酒坐看珠跳盆。此身自幻孰非夢？故國山水聊心存。

李端叔（之儀）次韻東坡和滕希靖雪浪石：風波末路方奔屯，屹然不動誰如尊？豈知胸中噉十日，顧眄不接無重昏。東觀海市俛弱水，南登赤壁凌江村。斯文未喪天豈遠，出没狐鼠徙千門。綸巾羽扇晚自得，已聞漠北幾亡魂。由來妙趣入造化，地靈特出雲濤根。生平到處若再歷，隱隱似有屐齒痕。玻璃鏡裏萬象發，金粟堂中千偈論。會須白玉漱寒水，更借落月傾金盆。咄嗟靈溪成底物？混沌空誇竅鑿存。

和蔡天啓贈文潛之什〔一〕

蔡侯飽學困干釜，濯足清江起南土〔二〕。劇談頗似燕客豪，快奪范雎如墜雨〔三〕。

東城橋梓未足論〔四〕，柏直何爲口方乳〔五〕？蔣侯山中伴香火，三年不厭長蔬苦〔六〕。平生瑰瑋有誰同？要得張侯三日語〔七〕。晝閑那自運甓忙〔八〕，時清不用聞雞舞〔九〕。桓榮歡喜見車馬，書册辛勤立門户〔一〇〕。要當食肉似班超〔一一〕，猛虎何嘗窺案俎！

【校】

〔干釜〕原誤作「千釜」，據張本、胡本、李本改。

〔燕客〕「燕」原誤作「蒸」，此從胡本、李本、段本、王本、秦本、四部本。

〔東城橋梓〕原脱「梓」字，據張本、胡本、李本補。

【箋注】

〔一〕本篇蓋作於元祐八年癸酉（一〇九三）。先是文潛有詩初伏大雨戲呈无咎，蔡天啓次韻二首，少游此詩則爲和蔡天啓而作。天啓詩云：「省中無事騎馬歸。」又云：「急呼南巷同舍郎。」可證少游與張文潛、蔡天啓俱供職祕書省。東都事略卷一一七：「蔡肇，字天啓，丹陽人也。始師事王安石，長於歌詩，中進士，爲明州户掾，除太學正，通判常州，召爲衛尉寺丞，提舉永興路常平。徽宗即位，入爲吏部員外郎，兼編修國史，言事者論其學術反覆。」宋史本傳謂其「又從蘇軾游，聲譽益顯。……元祐中爲太學正」，官至中書舍人，顯謨閣待制。

〔二〕蔡侯二句：干釜，猶干謁。史記范睢蔡澤列傳：「蔡澤者，燕人也，游學干諸侯小大甚衆，不遇。……去,之趙,見逐。之韓、魏,遇奪釜鬲於塗。」此以切蔡肇。案:蔡肇丹陽(今屬江蘇)人,故云「濯足清江起南土」。

〔三〕劇談二句:史記范雎蔡澤列傳:「蔡澤乃西入秦,將見昭王,使人宣言以感怒應侯(范雎),曰:『燕客蔡澤,天下雄俊,弘辯智士也。彼一見秦王,秦王必困君而奪君之位。』應侯聞,曰:『五帝三代之事,百家之説,吾既知之。衆口之辯,吾既摧之。是惡能困我而奪我位乎?』使人召蔡澤。蔡澤入,則揖應侯。應侯固不快,及見之,又倨。應侯因讓之曰:『子嘗宣言欲代我相秦,寧有之乎?』對曰:『然。』應侯曰:『請問其説。』蔡澤遂説之,於是應侯稱善。」薦蔡澤於昭王,因謝病請歸相印,昭王遂拜蔡澤爲秦相。此處以「墜雨」喻蔡澤言辭之淋漓痛快。

〔四〕橋梓:尚書大傳梓材:伯禽與康叔朝於成王,見乎周公,三見而三笞之。二子有駭色,乃問於商子曰:「吾二子見於周公,三見而三笞之,何也?」商子曰:「南山之陽有木名橋,南山之陰有木名梓,二子盍往觀焉?」於是二子如其言而往觀之,見橋木高而仰,梓木晉而俯,反以告商子。商子曰:「橋者,父道也;梓者,子道也。」後因稱父子爲橋梓。少游居汴京東城,有子名湛,此句係自指。

〔五〕柏直:漢書高帝紀:「食其還,漢王問:『魏大將誰也?』對曰:『柏直。』王曰:『是口尚乳臭,不能當韓信。』」此處少游自謙年事尚輕,如柏直之猶帶「乳臭」也。

〔六〕蔣侯山：即今南京鍾山。據干寶搜神記卷五：蔣子文，東漢廣陵人，爲秣陵尉，逐盜鍾山下，傷額而死。嘗自謂骨清，死當爲神。及吳孫權都建業，有吏見子文乘白馬，執白羽扇，顯形於道，侍從如平生。曰：「我當爲此土地神。」權乃封之爲都中侯，改鍾山爲蔣山，立廟以表靈異。張耒同文唱和詩有欲知歸期近呈天啓云：「鍾山浄名老，爲子不惜口。頗聞國士薦，固自君所有。」浄名老，似指王安石。二句謂蔡肇曾從王安石學於鍾山。

〔七〕張侯：指張文潛。

〔八〕運甓：晉書陶侃傳：「侃刺廣州，無事，輒朝運百甓於齋外，暮運之於齋内；人問其故，曰：『吾方致力中原，過爾優逸，恐不堪事。』其勵志勤力，皆此類也。」甓，磚。

〔九〕聞雞舞：晉書祖逖傳：「（逖）與司空劉琨俱爲司州主簿，情好綢繆，共被同寢。中夜聞荒鷄鳴，蹴琨覺曰：『此非惡聲也。』因起舞。」後遂以喻志士奮發之情。

〔一〇〕桓榮二句：據後漢書桓榮傳，榮，東漢龍亢人，字春卿，少學於長安，習歐陽尚書，教授徒衆數百人。光武立，拜議郎，遷少傅，賜輜車乘馬；榮以示弟子曰：「此稽古之力也。」此喻好學稽古。

〔一一〕食肉似班超：班超，字仲升，漢扶風安陵人。父彪卒，家貧，爲官府抄書以養母。當其未顯時，人有相之曰：「燕頷虎頸，飛而食肉，此萬里侯相也。」後投筆從戎，官至西域都護，封定遠侯。見後漢書本傳。

【附】

張耒初伏大雨戲呈无咎詩：初伏炎炎坐湯釜，長安行人汗沾土。誰傾江海作清涼？玄雲駕風横白雨。普陀真人甘露手，能使渴乏厭膏乳。且欲當風展簟眠，敢辭避漏移牀苦？清貧學士卧陶齋，壁工墨君淡無語。翰林但解嘲苜蓿，彭宣不得窺歌舞。聯詩得句笑出看，策馬涉泥歸閉户。牀頭金榼定何嫌？窗外石榴堪薦俎。

蔡肇次韻之一：城中鼎食排翠釜，羊胛駝峯賤如土。青衫學士家故貧，斗米束薪炊濕雨。縱横圖史照屋壁，呫囁詩騷從稚乳。省中無事騎馬歸，雨聲一洗茅簷苦。急呼南巷同舍郎，聽我臨風有清語。且貪青簡事文章，未有黄金買歌舞。往來詩卷牛腰許，太羹玄酒並在户。吾詩老澀邀使前，政坐苦口收艱俎。

早春

黄金蔌蔌滿垂楊〔一〕，尚有春寒到畫堂。酒力漸銷歌扇怯〔二〕，入簾飛雪帶梅香。

【箋注】

〔一〕黄金句：黄金，狀柳色。李白早春寄王漢陽詩：「昨夜東風入武昌，陌頭楊柳黄金色。」蔌蔌，象聲詞，狀風吹楊柳之聲。

〔二〕歌扇怯：歌扇爲歌妓所用道具，上列歌名，以供點唱。怯，狀舞姿及歌聲之嬌怯。晏幾道浣溪沙詞：「濺酒滴殘歌扇字，弄花熏得舞衣香。」又鷓鴣天詞：「舞低楊柳樓心月，歌盡桃花扇底風。」意相似。

【彙評】

段斐君本淮海集後集卷二徐渭眉批：淺語自俊。

赴杭倅至汴上作〔一〕

俯仰觚稜十載間〔二〕，扁舟江海得身閑。平生孤負僧牀睡，準擬如今處處還。

【箋注】

〔一〕本篇作於紹聖元年（一〇九四）。秦譜云：「春三月，李清臣發策試進士，始有紹復熙豐之意。……先生坐黨籍，改館閣校勘，出爲杭州通判。先生至汴上，作詩一絶。」

〔二〕觚稜：見卷九西城宴集詩其二注〔三〕。此處借指皇宫。少游自元豐八年中進士第入仕途，至本年，共約十載，故云。

【彙評】

阮閲詩話總龜前集卷三二引王直方詩話：少游紹聖間以校勘爲杭倅，方至楚泗間，有詩

云:「平生逋欠僧房睡,準擬如今處處還。」詩成之明日,以言者落職,監處州酒(税)。人以爲詩讖。(並見卷三四詩讖門)

吴可藏海詩話:秦少游詩:「十年逋欠僧牀睡,準擬如今處處還。」又晏叔原詞:「唱得紅梅字字香。」如「處處還」、「字字香」,下得巧。

胡仔苕溪漁隱叢話前集卷四十:王直方詩話云:「秦少游紹聖間謫外,以校勘爲杭倅,方至楚、泗間,有詩云:『平生逋欠僧坊睡,準擬如今處處還。』詩成之明日,以言者落職,監處州酒,好事者以爲詩讖。」……苕溪漁隱曰:「人之得失生死,自有定數,豈容前兆,烏得以詩讖言之?何不達理如此!乃庸俗之論也。如東坡自黄移汝,别雪堂鄰里,有詞云:『百年强半少,來日苦無多。』蓋用退之詩『年皆過半百,來日苦無多』之語;然東坡自此脱謫籍,登禁從,累帥方面。晚雖南遷,亦幾二十年,乃薨。則『來日苦無多』之語,何爲不成讖邪?」

無　題〔一〕

掃地燒香閉閣眠,簟紋如水帳如煙〔二〕。客來夢覺知何處?掛起西窗浪接天〔三〕。

【箋注】

〔一〕王本、四部本案：「此篇别見蘇東坡詩南堂五首内。」王直方詩話：邢敦夫云：「東坡此詩，嘗題余扇，山谷初讀，以爲劉夢得所作。」案：此篇爲蘇軾南堂五首之一，其與蔡景繁書云：「近葺小屋，强名南堂，暑月少紓。蒙德殊厚，小詩五絶，乞不示人。」時在黄州。

〔二〕簟紋句：李商隱偶題詩：「水文簟上琥珀枕，傍有墮釵雙翠翹。」尉遲偓中朝故事：「（路巖）籍没家産，不知紀極，有蚊幮一頂，輕密如碧煙，人疑其鮫綃也。」

〔三〕掛起句：南堂在黄州，瀕臨長江，故云。

【彙評】

王士禛池北偶談卷十九談藝：偶爲朱錫鬯太史彝尊舉宋人絶句可追踪唐賢者，得數十首，聊記於此：「……掃地焚香閉閤眠（略）」

蘇子瞻記江南所題詩本不全余嘗見之記其五絶以補子瞻之遺〔一〕

其一

紅窗小泣低聲怨，永夕東風斗帳空〔二〕。中酒落花飛絮亂〔三〕，曉鶯啼破夢匆匆。

【校】

〔題〕原題下附注：「東坡跋並三絶見正集第十卷擬織錦詩注下。」張本、胡本、李本、段本、王本、秦本、四部本同。王本、四部本案：「舊本擬織錦詩下無注，亦無東坡跋並絶句。」徐案：所云舊本當指張本、胡本、李本、段本；宋本擬織錦圖詩下有注，並附有東坡跋及三絶句，俱見卷十擬織錦圖詩校記。王敬之蓋未見宋本，故如此云云。又馮應榴蘇詩合注卷四七有次韻回文三首，附江南本織錦圖上回文原作三首，後者引查慎行案曰：「經籍志有江南集十卷，今其詩訛入先生集中。又和人回文五首，即少游所記江南本詩也。」王本又案：「此非太虚詩，姑從舊本列入，説見攷證。」攷證云：「元注：『東坡跋並三絶見正集第十卷擬織錦詩注下。』苕溪漁隱叢話：『東坡後集有題織錦圖上回文三首。淮海集載東坡跋云：余少時見一江南本，其後有人題詩十數首，皆奇絶。今記其三首云：春晚落花餘碧草，夜涼低月半枯桐。人隨遠雁邊城暮，雨映疎簾繡閣空。紅手素絲千字錦，故人新曲九回腸。風吹絮雪愁縈骨，淚灑縑書恨見郎。羞看一首回文錦，錦似文君別恨深。頭白自吟悲賦客，斷腸愁是斷絃琴。然則此詩非東坡所作也。少游又云：子瞻記江南所題詩本不全，余嘗見之，記其五絶，今以補子瞻之遺。即叢話前集所載回文詩五首是也，世以爲少游所作亦非也。』」徐案：以上見苕溪漁隱叢話後集卷四十，所述次序稍有不同。此下王本又案：「今本正集擬題織錦圖詩下無跋，亦無附注、三絶。據漁隱所云，是淮海集舊有附注、跋及詩，後人因詩載蘇集遂删之耳。少游所記五首，集中誤收；宋漫堂蘇詩補遺又將淮海集所誤收詩羼入，亦誤。」徐案：苕溪漁隱叢話前集所載之淮海集東坡跋及回文詩三首，實已載於宋本淮海集卷十，具見前述。此五首係孔毅父詩，見清江三孔集，題作題織錦璇璣圖。前人不明，故多揣測耳。

〔其一〕此爲箋注者所加。

〔小泣〕王本、四部本作「小立」。

〔永夕東風〕王本、四部本作「永日春寒」。

【箋注】

〔一〕此題均係回文詩，非少游所作。説見校記。

〔二〕斗帳：小帳，形如覆斗。古詩爲焦仲卿妻作：「紅羅覆斗帳，四角垂香囊。」

〔三〕中酒：醉酒。史記樊噲傳：「項羽既饗軍士，中酒，亞父謀欲殺沛公。」

【彙評】

胡仔苕溪漁隱叢話前集卷六十回文詩引漫叟詩話：回紋兩讀必徧，獨此五詩不然。其一曰：「紅窗小泣低聲怨，永日春寒斗帳空。中酒落花飛絮亂，曉鶯啼破夢匆匆。」（徐案：此條及以下四條又見詩話總龜後集卷四十七，「兩讀」原誤作「兩續」，據總龜改。）

段斐君本淮海集徐渭眉批：又香又艷，作詞調那得不佳！

其　二

晞草露如郎倖薄〔一〕，亂花飛似妾情多。歸鴻見處彈珠淚，語燕聞時斂翠蛾〔二〕。

【箋注】

〔一〕晞草露：形容易於消逝。晞，破曉。詩齊風東方未明：「東方未晞。」若回文倒讀，則作曬乾解。

〔二〕斂翠蛾：皺眉，狀女子之愁容。

【附】

胡仔苕溪漁隱叢話前集卷六十回文詩引漫叟詩話：回紋兩讀必徧，獨此五詩不然。……其五曰：「蛾翠斂時聞燕語，淚珠彈處見鴻歸。多情妾似飛花亂，薄倖郎如露草晞。」（徐案：蛾翠，原誤作「娥翠」。）

其　三

琴弦斷續愁兼恨，嶺水分流西復東〔一〕。深院小扉紅日落，繡窗閑倚更誰同？

【箋注】

〔一〕嶺水句：古詩白頭吟：「今日斗酒會，明旦溝水頭。躞蹀御溝上，溝水東西流。」李商隱代應二首之一：「溝水分流西復東，九秋霜月五更風。」

【附】

胡仔苕溪漁隱叢話前集卷六十回文詩引漫叟詩話：其二云：「同誰更倚閑窗繡？落日紅扉小院深。東復西流分水嶺，恨兼愁續斷弦琴。」

其四

參橫霽色天沉水〔一〕，鳥宿寒枝竹鎖煙。衾惹舊香清夜半，淚凝殘燭畫堂前〔二〕。

【校】

〔竹鎖煙〕「鎖」原誤作「瑣」。據胡本、李本、段本改。

【箋注】

〔一〕參橫：見卷七對淮南詔獄二首其二注〔四〕。

〔二〕畫堂：謂華麗之廳堂。梁簡文帝餞廬陵内史王脩應令：「回池瀉飛棟，濃雲垂畫堂。」

【附】胡仔苕溪漁隱叢話前集卷六十回文詩引漫叟詩話：其四曰：「前堂畫燭殘凝淚，半夜清香舊惹衾。煙鎖竹枝寒宿鳥，水沉天色霽横參。」

其五

寒信霜風似葉黄，冷燈殘月照空牀。看君記憶回文錦，字字愁縈惹斷腸。

【校】王本、四部本篇末注：「馮應榴蘇文忠公詩合注：此五絶句見清江三孔集。」

〔霜風似〕王本、四部本作「風飄霜」。

〔冷燈〕四部本「冷」作「泠」。

〔回文錦〕原作「傳文錦」，據苕溪漁隱叢話引漫叟詩話改。

〔愁縈〕王本、四部本作「縈愁」。

【附】胡仔苕溪漁隱叢話前集卷六十回文詩引漫叟詩話：其三曰：「寒信風飄霜葉黄，冷燈殘月照空牀。看君寄憶回紋錦，字字凝愁寫斷腸。」